D1932375

Peter Watson

STEINE DES VERRATS

Peter Watson

STEINE DES VERRATS

ROMAN

Deutsch von
Monika Hahn-Prölss

ECON Verlag
Düsseldorf · Wien · New York · Moskau

Titel der englischen Originalausgabe: »Stone of Treason«
Originalverlag: Hutchinson, London
Übersetzt von Monika Hahn-Prölss
Copyright © 1991 by Peter Watson

Die Deutsche Bibliothek – CIP-Einheitsaufnahme

Watson, Peter:
Steine des Verrats: Roman/Peter Watson. Dt. von Monika Hahn-Prölss. – Düsseldorf; Wien; New York; Moskau: ECON Verl., 1992
ISBN 3-430-19507-1

Copyright © 1992 der deutschen Ausgabe by ECON Verlag GmbH, Düsseldorf, Wien, New York und Moskau.
Alle Rechte der Verbreitung, auch durch Film, Funk und Fernsehen, fotomechanische Wiedergabe, Tonträger jeder Art, auszugsweisen Nachdruck oder Einspeicherung und Rückgewinnung in Datenverarbeitungsanlagen aller Art, sind vorbehalten.
Lektorat: Dr. Monika Siedentopf
Gesetzt aus der Walbaum, Linotype
Satz: Lichtsatz Heinrich Fanslau, Düsseldorf
Papier: Papierfabrik Schleipen GmbH, Bad Dürkheim
Druck und Bindearbeiten: Bercker, Grafischer Betrieb, Kevelaer
Printed in Germany
ISBN 3-430-19507-1

VORWORT DES AUTORS

Im Frühsommer des Jahres 1945, unmittelbar nach Beendigung des Zweiten Weltkriegs, wurde Anthony Blunt – damals Verwalter der Royal Collection, der Königlichen Gemäldesammlung – von König George VI. in geheimer Mission nach Hessen in Deutschland geschickt. Im Jahre 1979 enthüllte Premierministerin Margaret Thatcher vor dem Unterhaus, daß Blunt nach eigenem Geständnis sowjetischer Spion war, was MI5, der britische Geheimdienst, seit dem Jahre 1964 gewußt hatte.

Soweit die Tatsachen, doch dies ist ein Roman.
Er spielt im Jahre 1996.

INHALT

ERSTE WOCHE
DAS VERSCHOLLENE MEISTERWERK

1. KAPITEL

Mittwoch

Edward Andover war sich bewußt, daß es für einen Mann in seiner Position fast schon exzentrisch war, mit dem Fahrrad in London herumzukurven, aber ihm war es nun einmal lieber so. Genaugenommen war es vermutlich unter seiner Würde, dabei gesehen zu werden, wie er die Mall entlangradelte, Bücher und Aktenordner in den Drahtkorb am Lenker gestopft, den linken Daumen ständig an der schrillen Klingel, um Touristen zu warnen, die achtlos die Straße überquerten. Die gelbschwarzen Kopfhörer seines Walkmans waren auch nicht gerade eine Zierde, denn sie hingen von seinem Kopf wie die Bänder einer Haube, während er seine Morgenration Count Basie oder Bruckner in sich aufnahm. Der Verwalter der Gemäldesammlung der Queen, ein Posten, den Edward nun schon fünf herrliche Monate lang innehatte, verbrachte den größten Teil seiner Arbeitszeit in so edler Gesellschaft wie Hans Holbein, Leonardo da Vinci und Sir Peter Paul Rubens. Dazu paßte ein Fahrrad einfach nicht.

Doch an jenem Mittwoch, an dem alles begann, radelte Edward mal wieder zum St. James's Palace, und dafür gab es gute Gründe. Es war nicht weit von seiner Dienstwohnung im Kensington Palace, es war ein heiterer, sonniger Julimorgen, und außerdem hielt ihn die körperliche Bewegung in Form.

Er bog von der Mall in die Marlborough Road ein. Etwa

auf halber Strecke hatte er den kleinen Hof des St. James's Palace erreicht, bremste und stieg ab. Dann schob er sein Fahrrad zu einer glänzend polierten schwarzen Tür in der Palastmauer, halb versteckt in einem Kreuzgang. Zur Zeit spielte sich sein Leben fast nur in Palästen ab, was daran lag, daß die Königliche Gemäldesammlung, die Royal Collection, auf mehrere prächtige Gebäude verteilt war: Buckingham Palace, Windsor Castle, Hampton Court, Balmoral Castle, Sandringham und Kensington Palace. St. James's Palace war jedoch sein Lieblingspalast, und zwar nicht nur, weil er dort sein Büro hatte. Ihm gefiel es, daß St. James's mitten im Zentrum Londons stand, statt sich hinter hohen königlichen Mauern zu verstecken. Wie angenehm war es für ihn, daß er rasch mal zu Christie's oder in seinen Club oder quer über die Straße zu Hardy's gehen konnte, um seine Angelrute reparieren zu lassen oder um einige künstliche Fliegen zu erstehen. Nicht nur die Staatsbibliothek erreichte er in fünf Minuten, sondern auch Paxton & Whitfield, wo es frischen Parmesan zu kaufen gab. In Balmoral war allein die Zufahrt schon drei Kilometer lang, und die Ortschaft lag noch ein Kilometer weiter weg, so daß man einen ganzen Vormittag brauchte, nur um einen Scheck einzulösen.

Edward klopfte an die schwarze Tür. Hinter dem Guckloch bewegte sich etwas, und er vernahm metallisches Klirren, als ein Riegel zurückgeschoben wurde. Die Tür öffnete sich; ein uniformierter Sicherheitsbeamter lächelte ihm zur Begrüßung zu. Edward brauchte keinen Passierschein. Sein Gesicht war sein Passierschein.

Edward Andover war ein hochgewachsener, überschlanker Mann von 35 Jahren. Am auffälligsten war seine Hakennase. Er hatte sie sich gebrochen, als er in der Jazzband seiner Schule Saxophon spielte. Der Schlagzeuger, ein kleiner Waliser mit mehr Enthusiasmus als Begabung, hatte während der Vorführung einer Jelly-Roll-Morton-Nummer die Kontrolle über seine Stöcke verloren, und einer hatte Edward voll ins Gesicht getroffen. Er versuchte sich damit zu trösten, daß er in einem der Skizzenbücher von Leonardo da Vinci eine Nase entdeckt hatte, die seiner glich. Edwards braune Augen kontrastierten mit seinem dichten blonden Haarschopf, der allerdings über der Stirn schon etwas gelichtet war.

Er stellte sein Fahrrad in einem kleinen Innenhof ab, wo die roten Feuerlöscher aufgereiht standen. Nachdem er sich die Kopfhörer abgestreift hatte, nahm er Bücher und Aktenordner aus dem Drahtkorb am Lenker. Eine Tür jenseits des Hofs führte in einen Korridor, den auf einer Seite Fenster säumten. Durch diese Fenster sah man auf eine viereckige Rasenfläche. Dahinter ragte eine Mauer mit Kletterrosen auf, und hinter ihr wiederum gab es eine weitere Rasenfläche. Edward wußte darüber gut Bescheid, obwohl er noch nie dort gewesen war. Es handelte sich um den Garten der Königinmutter. Clarence House, ihr offizieller Wohnsitz, verbarg sich hinter der Mauer und den Gärten. Er bestand aus verblichenem gelbem Sandstein, den Edward haßte. Wenn es nach ihm ginge, würde er Clarence House in die Luft jagen und neu aufbauen.

Am Ende des Korridors kam er in eine große Halle mit einer breiten Treppe aus hellem Eichenholz. Eine Ansicht eines englischen Schlosses, einer der vielen Canalettos aus der Royal Collection, hing über einem nicht benutzten Kamin. Hier saß ein weiterer uniformierter Sicherheitsbeamter an seinem Pult. Edward trat zu ihm und quittierte den Empfang seiner Post. Seit den Briefbombendrohungen der siebziger Jahre wurden alle Postsendungen für den königlichen Hofstaat überprüft. Er nahm die Briefe – es waren an die fünfzehn Umschläge – und begann, die Treppe hinaufzusteigen. Sein Büro lag im ersten Stock.

»Doktor Andover ... hier habe ich noch etwas für Sie.«

Edward drehte sich zu dem Sicherheitsbeamten um. Der Mann griff gerade nach einem Paket, das an seinem Pult lehnte.

Mit leicht gerunzelter Stirn kam Edward zurück, bückte

sich und betastete das Paket. Es war flach und fast quadratisch, jede Seite ungefähr einen Meter lang. Die Verpackung bestand aus braunem wasserabstoßendem Papier und fester weißer Schnur. Mit Filzstift waren in schwarzen Druckbuchstaben sein Name und die Palastadresse geschrieben. Rasch hob er das Paket auf. Da es erstaunlich wenig wog, vermutete er, daß es sich um ein Bild handelte. Die Größe stimmte, und das Gewicht stimmte auch, falls kein Rahmen dabei war. Aber wer würde ein Bild mit der Post schicken, wo es doch dabei so leicht beschädigt werden konnte? Und warum? Gewiß, die Royal Collection wurde immer noch erweitert, obwohl Ihre Majestät, Gott segne sie, kein Charles I. war, was ihr Kunstverständnis betraf. Aber Gemälde, seien sie nun wertvoll oder nicht, mit der Post zu schicken, war total ungewöhnlich.

Die Bücher, seinen Walkman und den Rest der Post in einer Hand, griff sich Edward mit der anderen das Paket und stieg zum zweiten Mal die Treppe hinauf.

Man betrat sein Büro durch das Vorzimmer seiner Sekretärin Wilma Winnington-Brown. Wilma war eine attraktive Frau, fast so hochgewachsen wie Edward und mit einer fast identischen Nase. Als Witwe eines Colonels der Blues and Royals erhielt sie eine Pension, mit der sie ihr bescheidenes Gehalt aufbessern konnte, und sie sah immer so »geschniegelt und gebügelt« aus wie die Palastwache. Da sie ausgesprochen energisch war, hieß sie im St. James's Palace überall nur »General«.

Sie telefonierte gerade, als er hereinkam, schenkte ihm aber ein breites Lächeln. Betäubender Parfumduft füllte das Zimmer. Edward lächelte zurück und ging in sein eigenes Büro, von wo aus man auf die Cleveland Row blickte, ein kleines Geviert, das laut »General« den Zugang zum Clarence House und Lancaster House kontrollierte. Fast immer lag Cleveland Row völlig verlassen da. Autos durften dort nicht mehr parken, und die Straße führte nirgends hin, falls man keiner der wenigen Auserwählten war, die bei der Königinmutter zum Essen geladen waren.

Edward liebte sein Büro. Als erstes fiel einem der fast wellige Fußboden auf. Irgendwann in der Vergangenheit – vielleicht vor 200 Jahren oder auch vor 300, aber jedenfalls vor der Epoche solider Fundamente – war das Palastgebäude ein wenig abgesackt. Die breiten Eichendielen, durch Alter und unablässiges Scheuern fast weiß ausgebleicht, hingen durch, waren bucklig und verzogen, hatten aber standgehalten. Der Raum besaß Charakter.

In Regalen gegenüber den Fenstern reihten sich Bücher und Auktionskataloge, doch an der Wand, auf die Edward von seinem Schreibtisch blickte, hing eine der besonderen Attraktionen seines Jobs: zur Zeit eine weiße Kreidezeichnung von Veronese – ein paar zarte Striche auf blauem Papier. Edward hatte die Royal Collection zur freien Auswahl. Wann immer er Nachforschungen über ein Gemälde anstellte, durfte er es sich mit Erlaubnis Ihrer Majestät, die sie fast immer erteilte, zu Studienzwecken ausleihen. Dann konnte er es wochenlang in aller Ruhe bewundern.

Er lud seine Post und den Walkman auf seinem Schreibtisch ab. Dann legte er das Paket auf einen Tisch, an dem er manchmal Konferenzen abhielt, und begann, jene Bücher ins Regal zurückzustellen, die er am Vorabend nach Hause mitgenommen hatte. Während er damit beschäftigt war, kam Wilma herein und stellte eine Tasse Kaffee neben die ungeöffnete Post auf den Schreibtisch.

»Zwei Anrufe ... Aber zuerst möchte ich konstatieren, daß Sie heute morgen etwas blaß aussehen, Edward. Hoffentlich haben Sie gestern nacht nicht zu lange gelesen? Sie müssen auf sich aufpassen.« Wenige Generäle – übrigens auch wenige Sekretärinnen – waren so mütterlich wie Wilma Winnington-Brown. Sie hatte eine unverheiratete Tochter von 28 Jahren und hoffte immer noch ...

»Was für Anrufe? Und wenn Sie's unbedingt wissen wollen, ich war gestern abend bei einem Dinner im Marine-Museum. Vom dortigen Essen wird jeder seekrank. Um 22.15 war alles vorbei.«

Er sah den General zufrieden lächeln und fügte hinzu: »Dann ging ich noch in den Albatros Club und hörte mir bis 2.30 Uhr die Louisiana Bigband an. Deshalb bin ich nicht etwa bläßlich, General, sondern total erledigt. Nun aber die Anrufe, Weib, die Anrufe!«

Wilma zog eine kleine Grimasse. Sie sah sich eher in der Rolle eines Adjutanten als in der einer Sekretärin. »Ich habe Süßstoff in Ihren Kaffee getan, und zwar nur eine Tablette. Schmuggeln Sie ja nicht noch mehr hinter meinem Rücken rein. Also ... der erste Anruf kam von Mister Chetwode in Sandringham. Dort gab es gestern abend einen üblen Wolkenbruch, und ein Oberlicht war nicht fest verriegelt. Regen drang hindurch und durchnäßte einen der Watteaus. Chetwode bittet um Instruktionen.«

Edward trank einen Schluck Kaffee.

»Anruf Nummer zwei kam von Geneviève Chombert aus dem Louvre. Man würde dort gerne Ihren Vortrag in der nächsten Woche vom Dienstag auf den Mittwoch verschieben, wenn es Ihnen recht ist. Anscheinend paßt einem der anderen Referenten der Mittwoch nicht, und sie möchte gerne, daß Sie tauschen. Ich sagte, Sie würden ihr noch vor dem Lunch Bescheid geben. Vergessen Sie nicht, daß es dort schon eine Stunde später ist. Ach ja, vergessen Sie auch nicht, daß ich heute gern etwas früher heimgehen würde, denn der Sohn hat Geburtstag.«

Es amüsierte Edward immer wieder, wie der General seine Sprößlinge als »der Sohn« und »die Tochter« bezeichnete, als ob sie nichts mit ihr zu tun hätten. Er stellte die Kaffeetasse auf seinen Schreibtisch und sagte lächelnd: »Ich schlage Ihnen einen Kuhhandel vor. Sie können um 16 Uhr gehen, wenn Sie auf dem Rückweg vom Lunch neue Batterien für mich besorgen. Scarlatti wurde immer langsamer, während ich die Mall entlangradelte.«

»Es ist unter meiner Würde, aber ich werd's trotzdem tun«, sagte sie, bevor sie in ihrem Büro verschwand. »Ich bin schließlich Sekretärin, nicht etwa Ihre Schwiegermutter.«

Lachend ging Edward zu dem Tisch, auf den er das Paket gelegt hatte. Der Schatten des Fensterrahmens fiel auf das Packpapier und formte Quadrate, was ihn an ein Gemälde von Mondrian denken ließ. Die Handschrift auf dem Paket war ihm unbekannt. Er war natürlich neugierig auf den Inhalt, doch im Grunde empfand er das Ganze als Störung. Er führte ein friedliches, fast schon routinemäßiges Dasein, abseits vom Rampenlicht der Öffentlichkeit. Er wollte es so. Telemanns Oboensonaten waren für ihn aufregend genug. Außerdem war er zur Zeit mit Arbeit überlastet, da Sir James Hillier, Direktor der Royal Collection und Edwards Vorgesetzter, wegen einer Rückenoperation im Krankenhaus lag. Dadurch hatte Edward mehr als seine üblichen Pflichten zu erledigen.

Seufzend nahm er eine Schere und schnitt die Schnur durch. Wie schon vermutet, handelte es sich bei dem verpackten Objekt um ein Bild. Als er es umdrehte, um es zu betrachten, beschleunigte sich sein Puls. Es war ein prachtvolles Bild, eine Zeichnung – Bleistift und Kreide – auf vergilbtem gelbem Papier, das auf Karton aufgezogen war. Dargestellt waren eine Frau und zwei Kinder, zwei pausbäckige Babys, und die drei Figuren bildeten fast so etwas wie eine Pyramide. Das linke Baby schlief, während das rechte zu ihm hinüberdeutete.

Edward untersuchte die Zeichnung genauestens von allen Seiten. Offenbar war sie irgendwann einmal gefaltet worden; die Faltstellen waren noch sichtbar und unterteilten die Komposition in sechs Felder. Kleidung und Hände waren meisterhaft gezeichnet. Es handelte sich ganz eindeutig um die Jungfrau Maria mit dem Jesuskind und – vermutlich – Johannes. Seiner Schätzung nach stammte die Zeichnung aus Italien, Ende 15. oder Anfang 16. Jahrhundert.

Aber warum hatte man sie ihm geschickt?

Edward war so vollauf mit dem Bild beschäftigt und von dessen Schönheit so hingerissen, daß er gar nicht darauf geachtet hatte, ob ein Brief dabeilag. Nun bückte er sich und entdeckte auch tatsächlich inmitten des Packpapiers auf dem Boden einen Umschlag, auf den sein Name getippt war. Er richtete sich auf, legte die Zeichnung auf den Tisch und riß das Kuvert auf. Zum Vorschein kam ein einzelner Bogen Papier, auf den zwei Zeilen mit der Maschine geschrieben waren – auf den ersten Blick wie in Versform. Doch die Botschaft klang prosaisch. Sie lautete:

Dort, woher dies stammt, gibt es noch mehr.
Sie hören wieder von uns. Die »Apollo-Brigade«.

Ratlos wendete Edward das Papier um, doch das war's auch schon. Keine Unterschrift, keinerlei Hinweis. Also griff er sich noch einmal den Umschlag, aber da stand nur sein Name. Als nächstes untersuchte er das Packpapier und fand den Poststempel, der zwar verwischt war, aber vielleicht London N1 oder N7 heißen konnte. Das Paket war einige Tage zuvor abgesandt worden, und zwar nicht einmal per Einschreiben. Gereizt fragte er sich, wer sich da einen schlechten Scherz erlaubte. Er las noch einmal die Zeilen: Dort, woher dies stammt, gibt es noch mehr. Sollte das heißen, daß es sich um eine Fälschung handelte? Daß man Zeichnungen wie diese hier in jeder beliebigen Anzahl auf den Markt bringen konnte? Nein, er war sicher, daß dieses Bild keine Fälschung war, zumindest keine aus der heutigen Zeit. Eins stand für ihn fest: Was immer hier gespielt wurde, war ernst zu nehmen. Die Zeichnung war einfach zu gut.

Aber das half auch nicht weiter. Warum hatte man das Bild ausgerechnet ihm geschickt?

Auf einem der Aktenschränke neben seinem Schreibtisch stand eine kleine Staffelei aus Holz. Er holte sie nun herunter, stellte sie auf den Tisch und postierte die Zeichnung darauf so, daß er sie von seinem Schreibtisch aus betrachten konnte. Die zweite Zeile der Botschaft kündigte ja an, daß er bald mehr hören würde. Dann würde sich dieses Geheimnis vielleicht von selbst aufklären. Er hatte schließlich viel zu erledigen und machte sich am besten gleich an die Arbeit.

Den Rest des Vormittags verbrachte er am Schreibtisch. Er beauftragte einen Restaurator vom Norwich Museum, nach Sandringham zu fahren und ihm dann zu berichten, wie stark der Watteau beschädigt war. Er rief Geneviève Chombert in Paris an und erklärte, daß er seinen Vortrag über Barockgemälde der Royal Collection ebensogut am Mittwoch wie am Dienstag nächster Woche halten könnte. Doch auch während er telefonierte, ruhte sein Blick fast unverwandt auf der mysteriösen Zeichnung.

Als nächstes machte er sich daran, seinen Vortrag für Paris auszufeilen. Er hatte eine gute Bibliothek in seinem Büro und stand von Zeit zu Zeit auf, um etwas in einem Buch nachzuschlagen. Bei einer dieser Gelegenheiten konnte er der Versuchung nicht widerstehen, die Zeichnung noch einmal besonders genau zu inspizieren. Kurz entschlossen holte er ein Buch aus dem Regal und blätterte darin, bis er eine bestimmte Abbildung gefunden hatte, die er dann mit der Zeichnung auf der Staffelei verglich. Nachdem er die Bildunterschrift gelesen hatte, rief er zu Wilma hinüber: »Verbinden Sie mich bitte mit Michael Arran.«

Schon Sekunden später hatte er Arran am Telefon. Der Direktor der National Gallery war ein vielbeschäftigter Mann, aber Edward Andover war nicht nur sein Freund, sondern auch eine wichtige Figur für Museumsleute. Mindestens zwanzig Hauptattraktionen der National Gallery am Trafalgar Square waren Leihgaben aus der Royal Collection. »Haben Sie schon eine Verabredung zum Lunch, Michael?«

»Ja, tut mir leid, Edward. Aber ich müßte eigentlich gegen 3 Uhr zurück sein und bleibe dann den ganzen Nachmittag hier im Museum. Ist es etwas Wichtiges?«

»Wenn ich das wüßte!« Edward erzählte ihm kurz von dem Paket.

»Merkwürdig, da stimme ich Ihnen zu«, sagte Arran. »Aber ich verstehe nicht ganz, warum Sie meine Hilfe brauchen.«

»Nicht Ihre persönliche Hilfe, Michael. Ich benötige die Sachkenntnis Ihrer Mitarbeiter. Dies ist eine merkwürdige Angelegenheit, wie Sie sagen, aber ich glaube allmählich, daß ›merkwürdig‹ nicht das richtige Wort ist.«

»Was soll das heißen?«

»Hier handelt es sich nicht um ein gewöhnliches Bild, Michael. Ich habe ein bißchen nachgeforscht und es mit ähnlichen Zeichnungen in meinen Büchern verglichen. Aber ich bin mir nicht sicher und brauche deshalb Ihre Hilfe. Tja, Michael, ich habe den starken Verdacht, daß diese Zeichnung hier auf meinem Schreibtisch, dieses vergilbte Blatt Papier, das als ganz normales Paket mit der Post verschickt wurde, ein Original von ... Raffael ist. Es muß Millionen wert sein.«

Das Sichtfeld auf Edwards Anrufbeantworter leuchtete ihm aus dem Halbdunkel entgegen. Die Zahl 3 warf einen grünlichen Schimmer über seine Schreibtischplatte. Er hatte bis spät in seinem Büro gearbeitet, in der Hoffnung, mit seinem Vortrag fertig zu werden, es aber nicht geschafft. Vermutlich würde er einen weiteren halben Tag dafür aufwenden müssen. Als er kurz nach 20 Uhr in seiner Wohnung im Kensington Palace eintraf, dämmerte es schon.

Er lockerte seine Krawatte und ging zu seiner Bar – eigentlich nur ein Lacktablett voller Flaschen, das ihm als Bar diente –, mixte sich einen Whisky Soda, hob das Glas an die Lippen und sah sich um. Tapeten, Vorhänge und auch einige der Möbel gehörten zu dieser Dienstwohnung, aber die Bilder waren sein Eigentum. Da gab es ein zauberhaftes Aquarell der Kathedrale von Ely von William Callow in Braun, Gelb und pfirsichfarben. Eine Ansicht des Nils von Edward Lear – schimmerndes Blau und Gold. Über der Tür zum Schlafzimmer hing ein kleines Ölgemälde von Edward Molyneux – zwei Rosen in einem Glas. Das Wasser war perfekt gemalt, die Blütenblätter leuchteten in glühendem Orangerot. Auf Edwards Schreibtisch stand ein Foto von ihm selbst, auf dem er einen 1934er Bugatti in Silverstone fuhr.

Auf dem Fußboden neben seinem Schreibtisch häuften sich etwa einen halben Meter hoch Dokumente – sein Aktenschrank. Er brachte es nicht fertig, etwas wegzuwerfen, und schon gar keine Papiere. In der untersten Reihe des Bücherregals am Fenster gab es einen weiteren Haufen von alten Briefen und Bankunterlagen. Ein dritter war in eine dicke Aktenmappe gestopft, die halb versteckt unter dem Schreibtisch lag. Im ganzen Raum herrschte heilloses Durcheinander. Edward drückte auf die Taste seines Anrufbeantworters.

Nach mehrmaligem Klicken und einer kleinen Pause sagte eine Stimme: »Hier ist Vater, Edward. Schade, daß ich dich nicht antreffe. Barbara läßt herzlich grüßen. Bitte rufe uns zurück, wenn möglich. Hoffe, es geht dir gut. Wiedersehen!« Edward war ein Einzelkind. Sein Vater, ein erfolgreicher Architekt, lebte in Stanford in Kalifornien und hielt an der dortigen Universität Vorlesungen. Er hatte eine neuartige Brücke konstruiert, die Erdbeben standhalten sollte. Nach dem Tod seiner Frau, Edwards Mutter, hatte er Barbara geheiratet, eine Amerikanerin. Die drei trafen sich fast nie, und selbst ein Telefonanruf war ungewöhnlich, obwohl Edward seinen Vater eigentlich sehr mochte. Das Ehepaar verbrachte gerade seinen Urlaub auf den Inseln vor Schottland und würde bald in London eintreffen.

Er trank einen Schluck Scotch, während der nächste Anruf ablief. »Ich bin's, Samantha. Vergiß ja nicht, daß du versprochen hast, mich in das große Jazzkonzert in der Albert Hall auszuführen. Stell dir vor, Arabella, meine Schulfreundin, möchte auch mitkommen. Falls du's dir anders überlegt oder es gar vergessen hast, dann garantiere ich dir, daß wir in der Schule Stecknadeln in dein Abbild stechen. Das wär's. Byebye!«

Sammy war Edwards Patenkind, eine hoch aufgeschossene sechzehnjährige Blondine mit gewaltigem Appetit auf neue Erlebnisse. Edward lächelte in sich hinein. Der Abend in der Albert Hall würde bestimmt lustig werden. Noch ein Schluck Whisky, während er auf den dritten Anruf wartete.

»Hallo, hier ist Nancy. Wo steckst du denn? Sag's lieber nicht, falls es mich eifersüchtig macht. Ich bin gerade in Hackness, Yorkshire, wo es einige interessante Gräber von Matthew Noble gibt, aber das weißt du vermutlich alles schon. Es ist schwer, dir irgend etwas Neues zu bieten. Es ist sogar schwer, mit dir persönlich zu sprechen, denn dies ist schon die dritte Botschaft, die ich deiner verdammten Maschine anvertrauen muß. Wo bist du, Woodie? Hört noch jemand anders zu? Falls ja, schalte jetzt ab.« Nach einigen Sekunden der Stille, in denen Edward sich einen tiefen Schluck Whisky genehmigte, ließ sich Nancys Stimme wieder vernehmen, diesmal fast nur ein Flüstern. »Woodie, ich habe gerade ein Bad genommen und mich noch nicht wieder angezogen. Ich trage nur das Telefon. Wenn du jetzt hier wärst ... Ich habe mir etwas ausgedacht, das für dich vielleicht doch neu sein könnte. Bis bald.«

Versonnen tippte Edward mit dem Rand seines Whiskyglases gegen seine Zähne. Vor ihm tauchte schemenhaft Nancy Tucker, nackt auf einem Bett liegend, auf. Nancy war eine Kalifornierin, die in London lebte. Sie hatten sich kennengelernt, als Edward an der Kunstakademie Courtauld eine Vorlesung hielt, wo sie Kunstgeschichte mit Schwerpunkt Bildhauerei studierte. Nancy, nun Ende Zwanzig, war an den Stränden um San Francisco aufgewachsen und hatte immer noch das sonnengebleichte Haar und den gesunden gebräunten Teint ihrer Teenagerzeit. Mit zwanzig hatte sie die Kunst entdeckt, war ehrgeizig geworden und hatte das Strandleben gegen Seminare in einem College an der Ostküste eingetauscht. Sie hatte das Abschlußexamen als Beste ihrer Klasse bestanden und war mit einem Stipendium belohnt worden, das es ihr ermöglichte, weitere Studien bei dem berühmten Fritz Lasko in London zu betreiben.

Nancy hatte für immer neue Überraschungen gesorgt. Edward trank sein Glas aus und dachte an ihre erste Begegnung zurück. Für ihn war es schon überraschend, daß sie es gewesen war, die eine Verabredung vorgeschlagen hatte. Sie waren ins Kino gegangen, und hinterher hatte sie ihn wieder überrascht, als sie ihn zum nächstbesten McDonald's schleppte und »Big-Mac«-Hamburger bestellte. Sie hatte darauf bestanden zu bezahlen und Edward anvertraut, daß sie trotz edler Handtaschen von Fendi, trotz ausgezeichneter Kenntnisse über die größten Bildhauer der Welt und trotz der Tatsache, daß sie einen geheimen Vorrat an persischem Kaviar besaß und eines Tages ein Vierunddreißigstel der Vosné-Romanée-Weinberge in Burgund erben würde, ganz wild auf »Junk food« war.

An ihrem ersten Abend hatte Edward amüsiert beobachtet, wie Nancy ein vollbeladenes Tablett anschleppte. Sie war elegant und trug teure, schlichte Kleider, die dezent waren, aber dennoch ihre Figur bestens zur Geltung brachten. Ihre Haut war so gesund und so abgehärtet, daß sie selbst im kältesten Winter nie verfroren aussah. Ihr langer, zarter Hals war mit dafür verantwortlich, daß sie es auf 1,75 Meter brachte.

Nancy hatte das Tablett abgesetzt und ihm Plastikbesteck gereicht.

»Ob die wohl wissen, daß dies »Regency« ist?« hatte er grinsend gefragt und die Gabel hochgehalten.

»Sei kein solcher Snob, Woodie.« Ihr Bruder war auch ein Edward. Da sie ihn schrecklich vermißte und da er allgemein nur Woodie hieß, kam Edward zu der Ehre, nun ebenfalls so genannt zu werden. Sie hatte mit der Gabel einige Pommes frites aufgespickt und damit in seine Richtung gewedelt. »Fast food machte Amerika groß. Es schmeckt genausogut wie Yorkshirepudding oder Kedgeree.«

»Ich hasse Yorkshirepudding und habe noch nie Kedgeree probiert.«

Nancy hatte nichts erwidert. Es war ihr auch gar nicht möglich gewesen, da sie heiße Pommes frites im Mund hatte und damit beschäftigt war, sich Luft zuzufächeln.

»Ich hielt den Film für reichlich überzogen«, hatte Edward nach einer Weile erklärt. »Amerikanischer Kitsch schlimmster Sorte.«

Sie hatte ihm einen raschen Blick zugeworfen, da sie nicht wußte, ob er es ernst meinte oder sie nur aufzog. »Booshi!« sagte sie mit vollem Mund. Sicher sollte dies »Bullshit!« bedeuten, ein Lieblingswort von ihr. Danach hatte sie die Pommes frites in ihrem Mund mit einem tiefen Schluck eiskalter Coca-Cola abgekühlt.

Edward war ein Schauder über den Rücken gelaufen, hatte dann aber doch gelächelt. »Ich meine es ernst. Sentimental, rührselig und optimistisch wider jede Vernunft.«

Im Film war es einer Krankenschwester in einer Anstalt für geistig Behinderte gelungen, mit einem autistischen Patienten Kontakt aufzunehmen, der Zeuge eines politisch brisanten Verbrechens geworden war.

»Die Zuschauer wollen ein Happy-End.«

»Auf jeden Fall die Amerikaner, mehr als die meisten anderen.«

»Nimm dich in acht, oder du kriegst Ketchup auf deinen Hemdkragen.«

»Hast du kein besseres Argument?«

»Der Film wollte unterhalten, mehr nicht. Nimm's doch nicht so ernst. Die Produzenten haben schon zweihundert Millionen eingesackt.«

»›Eingesackt‹ ist genau das richtige Wort.«

Wie um ihn zu bestrafen, hatte Nancy damals demonstrativ ihre Finger abgeleckt. Doch Edward erinnerte sich nun im Halbdunkel seiner Wohnung, daß Nancy Tucker, wie amerikanisch sie auch sein mochte, über sehr viel natürliche Grazie und Charme verfügte. Außerdem hatte sie so viele Facetten, daß sie bei jeder Verabredung neu und aufregend für ihn war.

Es hatte Nancy nicht besonders imponiert, daß er sozusagen Angestellter der Queen war. Nancy war überzeugte Republikanerin und der Meinung, daß alle Königsfamilien abgeschafft werden müßten. Nicht hingerichtet oder gedemütigt oder in Armut gestoßen, nein, aber sie sollten in einem modernen Staat keine offizielle Rolle mehr bekleiden.

Erst als Edward erklärt hatte, daß seine Hauptaufgabe bei der Royal Collection war, einen Katalog der barocken Gemälde und Skulpturen der Queen zusammenzustellen, war sie bereit gewesen einzugestehen, daß sein Job doch zu einem erwachsenen Mann paßte.

Als sie McDonald's verlassen hatten, waren am nächtlichen Himmel dicke Wolken aufgezogen, und es roch schon nach Regen. »Wie wär's mit Jazz?« hatte er vorgeschlagen. Es war noch früh, kurz vor 23 Uhr, und er wollte sich für Nancys Gastfreundschaft revanchieren.

Da hatte sie wieder für eine Überraschung gesorgt. »Nein, lieber nicht«, hatte sie geflüstert. »Ich muß dir etwas gestehen.« Sie hatte ihm tief in die Augen gesehen, ihn dann auf die Wange geküßt und mit ihren Lippen sein Ohr berührt. »Den ganzen Abend lang wollte ich schon sagen: ›Nimm mich zu deinem Palast mit.‹«

»Soso, du willst also keine Queen, fühlst dich aber zu ihren Palästen hingezogen, hm?« Doch er hatte sie natürlich mitgenommen, und sie waren schon an jenem ersten Abend miteinander ins Bett gegangen. Edward genoß immer noch die Erinnerung an die Entdeckungen, die er in jener Nacht gemacht hatte. Nancys brauner Rücken und ihre geschwungenen Hüften glichen einem Hügelkamm in der Wüste – vom Wind geglättet. Ihre Schultern, ihr langer schmaler Hals und die sanfte Kerbe ihres Rückgrats hatten sich im Halbdunkel auf und ab bewegt wie ein fremdartiges Tier im Urwald.

Aber sie hatte später noch eine Überraschung für ihn auf Lager gehabt. Nach dieser ersten Verabredung hatte Edward Nancy fast zwei Wochen überhaupt nicht gesehen. Sie war abgereist, da sie gerade zu der Zeit mit ihrer Bestandsaufnahme von Skulpturen in englischen Kirchen begonnen hatte, und hatte weder ihm noch sonstjemandem verraten, wo sie eigentlich steckte. Nach zehn oder elf Tagen hatte sie ihn angerufen, einen gemeinsamen Filmbesuch vorgeschlagen und war dann ebenso gut gelaunt, spontan und respektlos wie bei ihrer ersten Begegnung gewesen. Als Edward sich nach ihrer Studienfahrt erkundigt hatte, war ihre Antwort sehr vage geblieben. Dieses Verhalten wurde zur Gewohnheit. Wenn sie sich trafen, dann war Nancy so liebebedürftig, daß Edward sich schon fragte, ob sie etwa eine trostlose Kindheit hinter sich hatte. In sexueller Hinsicht war sie unersättlicher als alle Frauen, die er bis dahin gekannt hatte. Aber ihre Unberechenbarkeit machte ihm schwer zu schaffen. Natürlich sehnte er sich nach ihr, wenn sie einmal wieder länger unterwegs war, aber ihr unvorhersehbares Kommen und Gehen war er allmählich leid.

Auch daß sie sich ständig am Telefon verfehlten, war typisch für Nancy. Sie kannte Edwards Tageslauf, schien jedoch fast absichtlich nur dann anzurufen, wenn sie wußte, daß er nicht zu Hause war.

Seufzend wählte er die Nummer des Hotels, wo sie augenblicklich logierte, wie er wußte. Aber natürlich war sie zum Essen ausgegangen. Er lächelte. Was machte sie bloß, falls kein McDonald's in der Nähe war?

2. KAPITEL

Donnerstag

Im obersten Stockwerk der National Gallery am Trafalgar Square befindet sich ein Atelier, das den Neid jedes Künstlers erregen würde. Ein gewaltiges Oberlicht überflutet den Raum geradezu mit gleißender Helligkeit. Selbst an einem trüben Tag ist es so, als wäre man hoch über den Wolken.

Dort werden die Kunstschätze der Nation gereinigt, aufgefrischt oder mit neuem Firnis versehen. Um zu diesem Atelier zu gelangen, wo vier bis fünf riesige Staffeleien herumstehen, muß man einen der größten und sicherlich auch langsamsten Aufzüge der ganzen Welt benutzen, was fast schon ein kleines Abenteuer für sich ist. Als die berühmten venezianischen Meister – Bellini, Tizian, Tintoretto und Veronese – Aufträge von den Dogen, Kardinälen und wohlhabenden Handelsherren der »Serenissima« ausführten, sollten damit die prächtigsten und gewaltigsten Paläste Venedigs geschmückt werden. Ihre Gemälde – üppige Bankettszenen für die Refektorien der Klöster oder gewaltige Darstellungen von Schlachten, die in den staatlichen Machtzentren ihren Platz fanden – waren häufig über sechs Meter breit und fast ebenso hoch. Damit sie heutzutage zum Atelier hoch oben in der National Gallery transportiert werden können, muß der Lift groß genug sein, um sie zu fassen, und sanft genug gleiten, damit es beim Start oder Halt keine jähen Bewegungen gab, die kostbare Farbpigmente ablösen könnten.

Edward Andover stand nun unter dem großen Oberlicht

und versuchte zu verstehen, was Michael Arran sagte, obwohl Hagelkörner fast ununterbrochen auf das Glas prasselten und jedes andere Geräusch übertönten. Heute hatte es für Edward kein Fahrrad und keinen Telemann oder Jazz von Jack Teagarden über Kopfhörer gegeben. Hastig strich er sich übers zerzauste und feuchte Haar, denn er war etwas unsicher wegen seiner beginnenden Stirnglatze.

»Ich sagte ...«, Arran deutete entnervt zum Oberlicht, um zu erklären, warum er seine Worte noch einmal wiederholte, »... ich sagte, daß Martin schon auf dem Weg hierher ist. Wir werden Sie nicht lange aufhalten.« Arran war ein schmächtiger Mann und wirkte eigentlich immer nervös.

Edward hatte die Zeichnung am vorherigen Nachmittag selbst in die National Gallery gebracht. Falls es sich dabei wirklich um einen Raffael handelte, war er viel zu wertvoll, um ihn einem Boten anzuvertrauen.

Da Edwards Hauptwissensgebiet Barockkunst und Arran auf deutsche und niederländische Malerei spezialisiert war, hatten sie Martin Ramsay, den Kustos der italienischen Gemäldesammlung in der National Gallery, zu Hilfe geholt. Am gestrigen Nachmittag hatte Ramsay die Zeichnung angestarrt, seine Brille abgenommen, sie wieder aufgesetzt, dann über die Stirn hochgeschoben und schließlich geflüstert: »Oh, mein Gott!« Dann hatte er Edward gebeten: »Kann ich die Zeichnung über Nacht behalten? Ich würde gern noch etwas Bestimmtes überprüfen.« Sie hatten vereinbart, sich heute nach dem Lunch hier zu treffen. Ramsay hatte geheimnisvoll angedeutet, das Atelier sei der günstigste Ort »vom Sicherheitsstandpunkt aus betrachtet«.

Als Edward mit dem Lift hinaufgefahren war, hatte er über diese Ausdrucksweise nachgegrübelt. Was, zum Teufel, hatte Ramsay damit gemeint? War das Bild auf irgendeine Weise in Gefahr? Edward wandte sich nun an Arran, um dessen Meinung zu erkunden. Für einen Moment hatte das Trommelfeuer auf dem Oberlicht nachgelassen.

Bevor er seine Frage stellen konnte, öffneten sich jedoch

die Aufzugtüren, und Ramsay kam in Begleitung eines Museumswächters herein. Er musterte die drei oder vier Restauratoren, die im Atelier arbeiteten, und sagte dann zu Arran: »Wenn Sie gestatten, Herr Direktor, ich halte es für das beste, daß Sie alle anderen hinausschicken.«

Arran schüttelte den Kopf. »Aber ich bitte Sie, Martin. Was ...«

»Ich meine es ernst.«

Arran gab nach. Er drehte sich um, winkte den Restauratoren zu und scheuchte sie in Richtung Lift. Nur unwillig folgten sie seiner Aufforderung. Sie waren schließlich mitten in der Arbeit und wollten nicht Pinsel und Farbpigmente einfach so herumliegen lassen. Doch endlich war auch der letzte im Aufzug verschwunden, der Wächter schloß von innen die Türen, und der eigenartig geformte Kasten begann seine langsame Fahrt abwärts.

»Hoffentlich haben Sie einen guten Grund ...«

»Den habe ich«, unterbrach ihn Ramsay. »Ich weiß zwar nicht, ob dadurch Doktor Andovers Geheimnis aufgeklärt wird, aber Sie werden staunen, das verspreche ich Ihnen.« Er ging zu einer der Staffeleien und postierte darauf die Zeichnung. Die anderen folgten ihm, und er drehte sich zu ihnen um. »Es ist ein Raffael! Darüber besteht kein Zweifel«, sagte er.

»Sie meinen, es ist ein bekanntes Bild, das in allen Werkverzeichnissen aufgeführt wird?« Arran machte ein erstauntes Gesicht.

»Nicht in allen, Michael.« Ramsay zeigte ihnen einen Vermerk auf der Rückseite der Zeichnung. »Schauen Sie sich das an: ›1774E‹. Ich war mir schon gestern ziemlich sicher, aber inzwischen fand ich die Bestätigung. Es handelt sich um eine Ankaufnummer – und zwar für die Uffizien in Florenz.«

Edward schnappte nach Luft. »Die Zeichnung stammt aus den Uffizien ...? Sie meinen, daß sie gestohlen ist?«

Ramsays Augen blitzten. »Ja, sie wurde tatsächlich gestohlen. Aber es handelt sich dabei um einen ganz speziellen Diebstahl.« Der Hagel prasselte mit neuer Wucht auf das Glasfenster über ihnen. »Diese Zeichnung wurde nicht etwa letzte Woche oder letzten Monat oder letztes Jahr gestohlen, und deshalb wollte ich auch nicht, daß es irgend jemand außer uns hört. Jedenfalls im Moment noch nicht. Es könnte Ihre Majestät in Verlegenheit bringen.«

Die anderen schauten ihn stumm an, fragend. Die Glasscheiben über ihnen drohten unter der erneuten Attacke des Hagels zu zerbersten.

»Dies ist Raffaels berühmte Zeichnung ›Die Madonna mit dem Schleier‹. Nun aber kommt's! Sie wurde Anfang der vierziger Jahre in Florenz erbeutet, und zwar von den Nazis.«

»Hallo! Ich bin immer noch in Yorkshire. Heute habe ich mir die Statue des Erzbischofs Tillotson von Joseph Wilton angeschaut, woran du sehen kannst, daß es zügig weitergeht. Ach, übrigens, Yorkshirepudding ist nicht so schlecht, eindeutig besser als Kedgeree. Dabei wollte ich eigentlich gar nicht übers Essen reden, Woodie. Worüber möchte ich denn reden? Du hast recht ... Ruf mich an. Bis bald.«

Edward schmunzelte, als er das Gerät abschaltete. Nancy war die beste Telefoniererin, die er kannte. Sehr sexy. Nun folgte seine übliche Routine. Er schenkte sich ein Glas Whisky ein, bewunderte die schöne arabische Kalligraphie, die neben seinem Bücherregal hing, und wählte die Nummer, die Nancy hinterlassen hatte.

»Du rettest mir das Leben!« rief sie erleichtert, als sie Edwards Stimme vernahm. »Ich wollte gerade meine dritte Tafel Schokolade essen. Mein Gott, ist das hier abends immer langweilig! In Kalifornien könnte ich wenigstens am Strand spazierengehen. Falls ich hier in Yorkshire am Strand spazierenginge, würde meine Spucke gefrieren.«

»Du trägst schon wieder mal zu dick auf.«

»Ich fühle mich auch dick. Schließlich verdrückte ich zwei riesige Tafeln Schokolade.«

»Ich dachte, du fühlst dich ... bei deinem Anruf sagtest du, du möchtest reden über ...«

»Das ist ja Stunden her, Woodie. Ich habe mich mit Schokolade getröstet.« Sie lachte. »Aber ich freue mich, deine Stimme zu hören. Was tut sich am Hof von St. James's?«

»Erstaunlich viel, wenn du schon fragst.« Er berichtete ihr, was am Nachmittag in der National Gallery geschehen war.

»Ah, das ist mal ein richtiges Geheimnis. Warum wohl ›Apollo-Brigade‹? Was meinst du?«

»Keine Ahnung. Apollo war der griechische Gott der Künste, aber das weißt du ja selbst. Und Brigade ... das klingt militärisch.«

»Vielleicht hat es etwas mit den Nazis zu tun. Vielleicht ist das ein Verbindungsglied.«

»Vielleicht, vielleicht, vielleicht.«

»Was wirst du tun?«

»Ich werde die Sache weiterleiten. Als Verwalter der Königlichen Gemäldesammlung gehöre ich zur Abteilung des Lord Chamberlain. Er war heute nicht im Hause, aber ich bin morgen mit ihm verabredet. Apropos Verabredung ..., wann sehe ich dich wieder?«

»Die Zugfahrt dauert ungefähr drei Stunden.«

»Ich könnte morgen abend bei dir sein.«

»Klingt besser als Schokolade. Aber möchtest du auch wirklich kommen? Ich habe ein winziges Zimmer mit einem winzigen Bett ...«

»Miete etwas Größeres.«

»Ist das ein Befehl?«

»Warum sollen wir es nicht bequem haben?«

»Es ist nicht sehr elegant hier.«

»Wunderbar.«

»Und es ist viel kälter als in London.«

»Willst du mich vergraulen?«

Eine kleine Pause. Dann sagte Nancy leise: »Nein, Woodie, aber nein. Ich versuche nicht, dich zu vergraulen. Im Gegenteil! Ich wünschte, du wärst schon hier.«

3. KAPITEL

Freitag

Zu Edwards Erstaunen hatte der Lord Chamberlain, sobald er erfahren hatte, worum es sich handelte, ihn an eine noch höhere Instanz verwiesen: »Das fällt in Mordaunts Ressort, glaube ich.« Edward war sogar mehr als überrascht. Francis Mordaunt war Oberstallmeister der Königin, das heißt ihr Privatsekretär. In dieser Funktion war er der mächtigste Mann im Buckingham Palace. Nichts Wichtiges geschah ohne seine Anordnung, und nichts konnte ohne sein Wissen geschehen. Er war der einzige, der Ihre Majestät täglich sah, und somit ungefähr sechzig Tage pro Jahr häufiger als der Herzog von Edinburgh.

Mordaunt konnte Edward nicht gleich empfangen, da er im Ausland war. Die Queen plante einen Staatsbesuch in Berlin, und er überprüfte dort alle Vorbereitungen. Am Abend wurde er allerdings zurückerwartet. Edward erlebte eine weitere und diesmal sehr unangenehme Überraschung, als er am Nachmittag von einer der drei Sekretärinnen des Oberstallmeisters angerufen und angewiesen wurde, gleich am nächsten Morgen um 10 Uhr bei Mordaunt im Buckingham Palace zu erscheinen.

»Am Samstag?« fragte Edward verblüfft. Eine Verabredung am Wochenende wurde am Königshof äußerst selten getroffen.

»Sir Francis besteht darauf. Er möchte Sie unbedingt sprechen.«

Edward fluchte vor sich hin. Sein spontaner Entschluß, das Wochenende mit Nancy in Yorkshire zu verbringen, war damit zunichte gemacht.

»Aber ich sehe keine Möglichkeit, wie ich mich davor drücken kann«, sagte er schlechtgelaunt zu Nancy am Telefon. »Hillier liegt noch im Krankenhaus, und ich weiß, daß Mordaunt viel von einem Hauptfeldwebel hat.«

»Wenn deine Verabredung um 10 Uhr ist, könntest du hinterher doch immer noch herkommen. Dann hätten wir wenigstens eine Nacht für uns.«

Edward freute sich über Nancys Reaktion und versprach, sie wieder anzurufen, sobald sein Gespräch mit Mordaunt vorbei war. Da er den Abend nun entgegen seiner ursprünglichen Planung in London verbringen mußte, beendete er seinen Vortrag für den Louvre, so daß er noch vor seiner Verabredung im Buckingham Palace in seinem eigenen Büro Fotokopien des Manuskripts anfertigen konnte. Er wollte seinen Vortrag einem oder zwei Kollegen zum Lesen geben, bevor er ihn in Frankreich hielt.

Als er im St. James's Palace eintraf, um den Fotokopierer zu benutzen, entdeckte er, daß wieder ein Paket auf ihn wartete. Ein zweites Bild war mit der Post geschickt worden.

4. KAPITEL

Samstag

Edward war nur einmal zuvor in der Privatwohnung des Oberstallmeisters im Buckingham Palace gewesen, und zwar kurz nachdem man ihn zum Verwalter ernannt hatte. Damals war er zu einem Glas Sherry geladen worden.

Am Seiteneingang zum Palast in Buckingham Gate wurde er von einer Frau in mittleren Jahren eine lange Treppe hinaufgeführt. Sie trug ein Kostüm aus leichtem Wollstoff, denn im Palast wollte man nämlich soweit wie möglich auf Uniformen verzichten. Die von einem Oberlicht erhellte Treppe mündete in einen weitläufigen Korridor, der zum offiziellen Treppenhaus führte. An einer Seite des Treppenhauses befand sich der prächtige Balkon mit Blick auf die Mall, wo sich die Königsfamilie nach Krönungen, Hochzeiten oder bei Paraden versammelte. Auf der anderen Seite des Treppenhauses gelangte man zu einem kleineren Balkon und dann zu einem schmalen Korridor, der Edward entfernt ans Parlament erinnerte, im Gegensatz dazu jedoch nicht auf künstliche Beleuchtung angewiesen war. Einige Sofas – blauer Satin mit vergoldetem Gestell – säumten die eine Seite des Korridors, während eine ganze Reihe getäfelter Türen von der anderen Seite abgingen. Der dicke, flauschige Teppich war tiefblau – an den Wänden hingen englische Porträts aus dem 18. Jahrhundert. Sie gefielen Edward recht gut, auch wenn sie nach Museumsmaßstäben nur zweitklassig waren. Die Royal Collection war wirklich sehr umfangreich.

Im letzten Drittel des Korridors stand eine Tür offen. Edward wurde hindurchgeführt. Das Büro, wo werktags Sekretärinnen emsig tätig waren, lag nun verlassen da. Durch eine zweite, ebenfalls offene Tür konnte Edward Francis Mordaunt sehen, der auf einem Sofa saß und Zeitung las.

»Hier herein!« rief Mordaunt, faltete die Zeitung zusammen und sprang auf. Er bedankte sich bei der Frau, die wieder auf den Korridor hinaustrat, und schloß hinter ihr die Tür. Erst dann ergriff er Edwards Hand und führte ihn zum Sofa. »Kaffee gibt's leider nicht am Samstag. Mineralwasser?«

»Nein, danke.«

Der helle, lichte Raum hatte ein rundes Erkerfenster mit Blick auf die Gärten, den Teich und die obere Hälfte des »Hilton Hotels«. Hauptschmuck waren unzählige Fotografien. Francis Mordaunt – pardon, Sir Francis natürlich, aber heutzutage gibt es im Palast ebenso viele von der Königin Geadelte, wie es in früheren interessanteren Zeiten königliche Mätressen gab – stammte aus einer guten Westcountry-Familie mit vielen Tanten und Onkeln, Nichten und Neffen, Patenkindern und Schoßtieren, die alle irgendwie und irgendwo in diesem Zimmer abgebildet waren. Ansonsten war es perfekt aufgeräumt. Hier gab es keine Zeitungshaufen, die sich wie Wolkenkratzer in Hongkong hochtürmten. Aber schließlich hatte Mordaunt ja auch drei Sekretärinnen.

Sie setzten sich nebeneinander auf das Sofa. Der fast schmächtig zu nennende Mordaunt war heute ausnahmsweise fast lässig gekleidet. Er trug einen Blazer, ein weißes Hemd ohne Krawatte, blaßgraue Flanellhosen und braune handgearbeitete Slipper. Der dunkle Blazer ließ ihn nicht nur schmächtig, sondern auch extrem blaß erscheinen. Bei der ersten Begegnung konnte man sich versucht fühlen, den Oberstallmeister für einen unbedeutenden Mann zu halten.

Edward wußte genau, daß dies nicht stimmte. Mordaunts graue Augen konnten eisig blicken, falls sich jemand mit ihm anlegte. Sein Durchhaltevermögen war legendär, und seine frühere Ausbildung als Diplomat befähigte ihn dazu, ein Problem gleichzeitig von allen Gesichtspunkten aus zu betrachten – und das normalerweise rascher als jeder andere. Er war nun schon seit fast zwei Jahrzehnten Privatsekretär der Queen.

Mordaunt begann, seine Brille mit einem Taschentuch zu polieren. »Man berichtete mir, daß Ihnen anonym ein Bild geschickt wurde, das möglicherweise von den Nazis im Zweiten Weltkrieg gestohlen wurde.«

»Heute morgen kam ein zweites.«

Das Polieren hörte auf, wenn auch nur für einen Moment.

»Erzählen Sie mir alles, und zwar von Anfang an.«

Edward schilderte das bisherige Geschehen und schloß mit dem Eintreffen des zweiten Paketes an diesem Morgen. »Es war in das gleiche Papier verpackt wie das erste und trug dieselbe Handschrift. Dieses zweite Bild sieht für mich aus wie ein Canaletto. Eine Ansicht von Venedig … Kanäle, Palazzi, kurzum die übliche Mischung.«

»Ebenfalls Nazi-Beute?«

Edward schüttelte den Kopf. »Das wüßte ich auch gern. Aber ich hatte noch keine Zeit, es zu überprüfen.«

»Lag ein Schreiben bei?«

»Ja, ich habe es hier.« Er griff in sein Jackett, zog einen Umschlag heraus und reichte ihn Mordaunt. Wie zuvor stand Edwards Name in Maschinenschrift auf dem Kuvert, und wie zuvor waren es nur zwei Zeilen Text:

> Hiermit müßte unsere Glaubwürdigkeit eigentlich bewiesen sein. Wie Sie sehen, wurden sie nicht zerstört.
> Die »Apollo-Brigade«.

»Wenn Sie erlauben, möchte ich dies behalten«, sagte Mordaunt, faltete das Papier, schob es in das Kuvert zurück und verstaute es in seiner Blazertasche.

Edward hielt es für sinnlos, ihm zu widersprechen. »Haben Sie eine Idee, worum es hier überhaupt geht? Oder was diese ›Apollo-Brigade‹ ist?«

Statt zu antworten, stellte Mordaunt nun selbst eine Frage. »Wie viele Leute wissen schon davon? Sie, der Lord Chamberlain, Arran von der National Gallery, dieser Ramsay. Ihre Sekretärin ...?«

Edward schüttelte den Kopf. »Sie hat zwar den Raffael gesehen, ahnt aber nichts von dessen Bedeutung.« Er fixierte den Oberstallmeister. »Was das betrifft, so bin ich selbst übrigens auch nicht schlauer.«

Mordaunt biß bei diesem Köder nicht an. »Wann können Sie herausfinden, ob dieses zweite Bild ebenfalls Nazi-Beute ist?«

»Sobald ich Martin Ramsay erreiche. Er besitzt ein Buch, genaugenommen ein Dossier, das von Italien und Deutschland in den siebziger Jahren herausgegeben wurde. Darin sind alle bedeutenden Kunstwerke aufgelistet, die nach übereinstimmender Meinung beider Regierungen im Krieg erbeutet wurden und immer noch verschwunden sind.«

»Können Sie das übers Wochenende klären?«

»Ich kann es versuchen, falls es so wichtig ist.«

»Ja, es ist so wichtig!« sagte Mordaunt scharf.

»Ich habe Arrans private Telefonnummer, und er kann mir sicher Ramsays geben. Meinen Sie nicht, Sir Francis, daß dies eine Angelegenheit für Scotland Yard ist ...?«

»Sie haben doch noch niemanden eingeschaltet, oder?« erkundigte sich Mordaunt erschrocken.

»Nein, bisher noch nicht.«

»Gott sei Dank! Dies ist eine interne Angelegenheit des Palastes, Edward, und muß es auch bleiben, zumindest vorläufig. Sie dürfen niemandem erzählen, was Sie mir eben erzählt haben. Niemandem! Wenn Sie diesen ... Ramsay anrufen, dann erwähnen Sie nicht mal das zweite Bild. Denken Sie sich irgendeine Erklärung aus, die vielleicht etwas mit dem ersten Bild zu tun hat. Versuchen Sie, ihm das

Dossier abzuluchsen, ohne weitere Informationen zu geben. Überlassen Sie alles übrige mir. Ich werde fürs erste mal annehmen, daß auch dieses zweite Bild im Krieg erbeutet wurde. Aber sobald Sie herausfinden, daß es tatsächlich so ist, müssen Sie es mich wissen lassen. Wie sehen Ihre Pläne fürs Wochenende aus?«

Edward zögerte. Mordaunts heftige Reaktion auf seine Bemerkung über Scotland Yard irritierte ihn. Bisher hatte sich noch keine Gelegenheit geboten zuzugeben, daß er auch Nancy in die Bilderaffäre eingeweiht hatte, und nun konnte er sich nicht mehr dazu aufraffen. »Ich fahre nach Yorkshire, um Freunde zu besuchen. Eigentlich wollte ich schon letzte Nacht los.«

Mordaunt biß sich auf die Unterlippe. »Nein, ganz ausgeschlossen! Ramsay muß für Sie an erster Stelle kommen!«

Edward wollte schon protestieren, doch Mordaunt schnitt ihm das Wort ab. »Sehr bedauerlich, aber auch ich muß meine Pläne über Bord werfen. Wenn Sie Ramsay rasch kontaktieren können, um so besser. Dann können Sie Ihr Wochenende genießen. Aber was auch geschieht, ich lege großen Wert darauf, daß Sie am Montag früh um 9 Uhr in Ihrem Büro sind. Für alle Fälle.«

»Für alle Fälle, Sir Francis? Ich begreife überhaupt nichts mehr.«

Mordaunt stand auf und ging zum Fenster hinüber. »Sie brauchen auch noch nichts zu begreifen, Edward. Mehr kann ich dazu nicht sagen. Es tut mir leid, aber Sie müssen eben mein Wort dafür nehmen, daß dies eine Palastangelegenheit ist, und zwar eine äußerst prekäre.« Er blieb noch einen Moment stehen und schaute auf den Garten hinunter. Aus der Ferne wurde der jaulende Sirenenton eines Rettungswagens herübergetragen.

Mordaunt schüttelte seine nachdenkliche Stimmung ab und wandte sich zu Edward um. »So, nun machen Sie sich auf die Suche nach diesem Ramsay.« Als Edward sich erhob, fügte er hinzu: »Und vergessen Sie nicht, die zwei Bilder an einem sicheren Ort aufzubewahren. Wir wollen sie schließlich nicht verlieren. Finden Sie allein Ihren Weg nach Bukkingham Gate zurück?«

Edward nickte und machte zum Abschied eine matte Handbewegung. Mordaunt saß inzwischen schon an seinem Schreibtisch, den Blazer aufgeknöpft, die Hand am Telefon. »Schließen Sie doch bitte die Tür hinter sich.«

Edward zog die Tür sachte ins Schloß. Zu den vielen kleinen Dingen, die er inzwischen im Buckingham Palace schätzte, der von außen nicht gerade sein Lieblingsgebäude war, zählten auch die schweren Türen, die so perfekt eingepaßt waren, daß sie sich mühelos und fast lautlos zuziehen ließen.

Bevor sich die Tür ganz schloß, hörte Edward noch die Stimme des Oberstallmeisters, der bereits telefonierte. »Ist dort Windsor Castle? Hier ist Francis Mordaunt. Ich möchte mit Ihrer Majestät verbunden werden. Sie müssen sie finden, wo immer sie auch steckt. Sagen Sie ihr, daß ich es bin und daß es sich um eine sehr dringende Angelegenheit handelt.«

5. KAPITEL

Sonntag

Als Edward Ramsay endlich am Sonntag erreichte, war er verständlicherweise miesester Stimmung. Durch Mordaunts Bitte, genauer gesagt Befehl, war sein Wochenende ruiniert worden. Wie sich herausstellte, hatte Ramsay ausgerechnet in Yorkshire den ganzen Samstag verbracht. Da hatte ihn Edward natürlich nicht aufspüren können und folglich in London bleiben müssen.

Nancy war überraschend verständnisvoll gewesen, als er sie anrief und ihr die schlechte Nachricht mitteilte. »Vergiß nicht, daß ich ein lausiger Yankee bin«, hatte sie lachend gesagt. »Für uns kommt die Arbeit immer an erster Stelle. Aber dieser Mordaunt benimmt sich ja wie eine königliche Majestät.«

»Und warum, zum Teufel, klärt er mich nicht auf?« Edward war außer sich gewesen. »Was soll diese ganze Geheimniskrämerei um die Bilder?«

»Ich bin übrigens kein großer Canaletto-Fan. Und wie steht's mit dir, Woodie?« hatte sich Nancy erkundigt. »Seine Menschen sind nur Schablonen.«

»Sie wecken keine Anteilnahme, da gebe ich dir recht. Aber häng einen Canaletto ins Zimmer, eine Ansicht von Venedig oder von der Themse, und auf einmal entsteht da ein verblüffender Eindruck von Weite.« Edward seufzte. »Es war clever von dir, mich auf das Thema Kunst zu bringen. Schon bin ich nicht mehr ganz so wütend.«

»Ruf mich morgen an«, hatte sich Nancy liebevoll verabschiedet. »Nachdem du diesen Ramsay aufgetrieben hast. Telefonieren ist immer noch besser als nichts.«

Kaum hatte er den Hörer aufgelegt, da hatte das Telefon schon wieder geläutet. Vielleicht endlich Ramsay?

»Kannst du mich verstehen, Edward?«

»Ja, Dad. Sogar gut. Wo steckst du denn?«

»Overbister.«

»Over wo?«

Sein Vater hatte gelacht. »Das liegt auf den Orkney-Inseln. Dort kann man seltene Vögel beobachten. Wir wohnen bei Roddy Dunne und Marjorie, an die du dich noch erinnerst, oder? Er ist die Nummer zwei im RAF-Fliegerhorst hier in Sanday. Aber wir werden am Mittwoch in London sein, da ich einen Ferrari GTO angeboten bekam, den du dir vielleicht auch ansehen möchtest.«

Die Liebe zu Autos war so ungefähr das einzige, was Edward und sein Vater gemeinsam hatten.

»Welches Baujahr?«

«1962.«

»Großer Gott!« Edward wußte auch ohne Erklärung, daß die 1962er GTOs so selten wie Orkney-Vögel waren und weit kostspieliger.

»Coxwold Cars, Eaton Mews West. Mittwoch um 12 Uhr. Wir könnten hinterher zusammen essen.«

»Da bin ich leider in Paris, Dad. Eine Konferenz im Louvre.«

»Verdammt! Und wir fliegen am nächsten Morgen nach Kalifornien zurück.«

»Oh, das ist schade.«

»Ja, das finde ich auch.« Damit war ihr Telefonat beendet gewesen.

Edward hatte geseufzt. Sein Vater glaubte, daß er Barbara nicht leiden konnte. Das stimmte nicht, aber es stimmte, daß sein Vater sich verändert hatte, seit er Barbara kannte. Er versuchte, sich betont jugendlich zu geben, was Edward ausgesprochen peinlich war. Vielleicht hielt er die Sache mit der Konferenz in Paris sogar für eine Lüge. Nun, daran war nichts mehr zu ändern. Edward hatte versucht, sich in bessere Laune zu bringen, indem er die Karten für den Ausflug mit Sammy zur Albert Hall bestellte. Und zwar vier Karten. Nancy hatte sicher Lust, auch mitzukommen.

Ramsay nahm am Sonntag kurz vor Mittag endlich das Telefon ab, konnte Edward aber erst am frühen Nachmittag in seinem Büro in der National Gallery treffen. Wie von Mordaunt instruiert, erwähnte Edward den Canaletto überhaupt nicht, sondern behauptete einfach, daß Mitglieder des königlichen Hofstaats sich mit eigenen Augen davon überzeugen wollten, daß der Raffael tatsächlich auf der Liste der von Nazis erbeuteten Bilder stand, bevor entschieden wurde, was zu tun sei.

»Was passiert mit der Zeichnung, Edward?« erkundigte sich Ramsay.

Edward zuckte die Achseln und erwiderte so beiläufig wie möglich: »Natürlich wird sie irgendwann zurückgegeben. Ich nehme an, auf diplomatischem Weg. Bitte behalten Sie vorläufig alles für sich, seien Sie so gut. Nachforschungen müssen angestellt werden, und der Palast möchte selbst damit an die Öffentlichkeit treten, falls erforderlich. Sie möchten uns doch nicht in Verlegenheit bringen, oder?«

»Natürlich nicht. Keine Sorge. Schließlich ist der Palast ja einer unserer Hauptleihgeber. Aber ich wüßte zu gern, was hinter alledem steckt.«

»Sie werden es erfahren, sobald ich mehr weiß. Das verspreche ich Ihnen.«

Ramsay übergab Edward das Dossier über erbeutete Bilder, und er verstaute es in dem Drahtkorb am Lenker seines Fahrrads.

Er fuhr die Pall Mall hinunter, doch sobald er außer Sichtweite von Ramsay und der National Gallery war, bremste er am Straßenrand vor dem »Reform Club« und öffnete das

Dossier. Auf Seite 83 sprang ihm eine Ansicht von Venedig förmlich in die Augen. Sie war 1940 aus Parma entwendet worden und stammte von Antonio Canale, besser bekannt als Canaletto.

Noch am selben Nachmittag ließ er sich telefonisch mit Mordaunt in Windsor verbinden und übermittelte die Neuigkeiten. Der Oberstallmeister bedankte sich und verpflichtete ihn noch einmal zu absolutem Stillschweigen. Danach rief Edward Nancy an.

Sie war nicht im Hotel, rief ihn aber am Abend zurück. Als sie sich erkundigte, was inzwischen passiert war, wußte Edward nicht so recht, wie er sich aus der Affäre ziehen sollte. »Mordaunt hämmert mir immer wieder ein, daß ich nichts weitererzählen darf. Am besten vergißt du alles, was ich dir bisher sagte.«

»Ich habe sowieso keine Lust, über all das zu reden. Rate mal, was ich heute getan habe.«

»Du hast dich doch nicht schon wieder über Schokolade hergemacht?«

»Das geht dich verdammt wenig an, mein Lieber. Nein, ich schaute mir die Kollektion von Totenmasken in Milton Rudby an.«

»Gruselig.«

»Nein, überhaupt nicht! Faszinierend! Wir sollten diese Praxis wiederaufleben lassen, denn sie sind viel wirklichkeitsgetreuer, viel echter als Porträts.«

»Ich hätte gerne ein Porträt von dir, Nancy. Ich vergesse nämlich langsam, wie du aussiehst. Wann kommst du zurück?«

»Ich bleibe wohl noch eine Woche hier, aber vielleicht können wir am nächsten Wochenende nachholen, was wir diesmal nicht schafften.«

»Ja. Hoffentlich tauchen keine weiteren Bilder mehr auf.«

»Was für Bilder? Siehst du – ich hab's schon vergessen. Bis bald.«

ZWEITE WOCHE
DIE »APOLLO-BRIGADE«

6. KAPITEL

Montag

Edward saß, wie angeordnet, um 9 Uhr an seinem Schreibtisch. Das Wochenende war ein Reinfall gewesen, aber immerhin blieb ihm die Vorfreude auf Paris. Er hatte sogar schon für ein Abendessen im »L'Ambroisie« an der Place des Vosges einen Tisch reserviert, wo es die besten Ravioli der ganzen Welt gab, Italien nicht ausgenommen. Geraume Zeit verbrachte er damit, seinen Vortrag mit Kollegen durchzusprechen. Jedesmal, wenn das Telefon klingelte, erwartete er, daß Mordaunt anrief, aber selbst als er zum Lunch ging, hatte sich der Oberstallmeister noch nicht gemeldet.

Edward speiste mit Thierry Dinant, einem hervorragenden belgischen Gelehrten vom Königlichen Museum in Brüssel. Als Dinant eine Woche zuvor angerufen hatte, um Hillier zu sprechen, und bei dieser Gelegenheit erfahren hatte, daß der Direktor der Royal Collection im Krankenhaus lag, hatte er statt dessen Edward ins »Overton's« eingeladen.

Edward kam kurz nach 13 Uhr in das Restaurant, das auch zu seinen Lieblingslokalen zählte. Der Belgier war hochgewachsen und wirkte recht streng, was durch seine dicken Brillengläser noch verstärkt wurde. Er saß bereits am Tisch und begrüßte Edward aufs liebenswürdigste in perfektem Englisch.

»Montag ist nicht gerade ideal für Fisch, wie ja jeder weiß. Aber ich kann hier nie widerstehen, Fisch zu bestellen. Ich hoffe, das stört Sie nicht.«

Edward schüttelte lächelnd den Kopf. »Sie scheinen hier mehr Stammgast zu sein als ich, und dabei liegt mein Büro genau gegenüber.«

»Ich bin in letzter Zeit viel gereist, das stimmt, und natürlich auch nach England. Ich werde Ihnen gleich erzählen, warum ... Aber vielleicht geben wir lieber erst unsere Bestellung auf.«

Dinant winkte den Ober herbei und war eine Weile ganz damit beschäftigt, die Speisenfolge zu besprechen. Edward war amüsiert darüber, mit welcher Ernsthaftigkeit er dies betrieb. Als Dinant fertig war, lehnte er sich bequemer auf der gepolsterten Bank zurück und schaute Edward fragend an.

»Wie ist Hilliers Befinden?«

»Das kann man noch nicht sagen. Er wurde wegen eines Bandscheibenvorfalls operiert, eine sehr heikle Angelegenheit. Manche Leute erholen sich rasch und vollständig, andere wieder nicht. In seinem Fall ist es noch zu früh, um dies zu beurteilen.«

»Dann weihe ich eben Sie in alles ein.«

»Was in aller Welt meinen Sie denn damit?«

»Ich erwähnte vorhin, daß ich erklären würde, warum ich so viel herumgereist bin. In den letzten drei Jahren hatte ich neben meiner Arbeit am Königlichen Museum von Brüssel auch noch die Leitung des sogenannten Rubens-Forschungsprojekts. Wie Sie wissen, produzierte Rubens ungeheuer viel und hatte ein großes Atelier mit mehreren Mitarbeitern. Gegen Ende seines Lebens bekam er Gicht. Diese Tatsachen zusammengenommen ergeben, daß es einwandfrei gewisse Gemälde gibt, die ihm zugeschrieben wurden, aber nicht von ihm sind. Es ist Aufgabe des Rubens-Forschungsprojekts, die Spreu vom Weizen zu trennen.«

Dinant hielt inne, um mit Kennermiene den Wein zu probieren, den der Ober brachte.

»Während der vergangenen Monate habe ich angebliche Rubensgemälde in – oh, Madrid, Mailand, Melbourne und Moskau inspiziert. Angenehme Arbeit, aber recht anstrengend. Auch die Bilder aus Ihrer Royal Collection sah ich mir natürlich an.«

Edward warf ihm einen erstaunten Blick zu. Das mußte mit Hillier verabredet worden sein, denn Edward hörte zum ersten Mal davon. Was würde er weiter zu hören bekommen?

Dinant hatte sich im Eifer des Gesprächs nach vorn gebeugt, lehnte sich nun aber wieder zurück, als sein Fischgericht serviert wurde. Er preßte eine Zitronenscheibe darüber aus.

»Sie – oder besser gesagt Ihre Majestät – hat ein Bild mit dem Titel ›Die drei Marien am Grab‹. Leider muß ich Ihnen nun eröffnen, daß meine Kollegen und ich nicht glauben, daß es vom Meister selbst stammt.« Er zerlegte geschickt seinen Fisch.

Noch bevor Dinant es aussprach, hatte Edward schon vermutet, was er zu hören bekommen würde. Er stocherte mit der Gabel in seinem Essen herum. Was sollte er erwidern?

Dinant ergriff wieder das Wort. »Ich teile Ihnen dies aus reiner Gefälligkeit mit. Unser Bericht wird erst im nächsten Jahr veröffentlicht werden, aber vielleicht möchten Sie Ihre Majestät im voraus warnen und möglicherweise Ihre eigene Beurteilung abändern, um zu verhindern, daß irgendwelche Boulevardzeitungen eine Riesenaffäre daraus machen, daß ein Rubens in der Royal Collection eine Fälschung ist.«

Dinant äußerte all dies ohne jede Emotion, und auch Edward blieb äußerlich völlig gelassen. Er erwiderte lediglich: »Was für einen Beweis haben Sie, Thierry?«

Dinant verzog leicht die Mundwinkel. »Das Gemälde wird nicht in den Briefen erwähnt. Ein weiteres Indiz sind die Nebenfiguren, die bei einem echten Rubens von Gehilfen gemalt worden wären. Im vorliegenden Fall stimmen sie jedoch nicht mit dem Stil irgendeines der bekannten Gehilfen überein, und außerdem ist die Herkunft dieselbe wie bei ein oder zwei anderen Bildern, die wir ebenfalls für Fälschungen halten.«

Edward antwortete nicht gleich, sondern trank erst etwas Wein. Dinant hatte in einem Punkt völlig recht – falls die Zeitungen Wind davon bekämen, wäre es für sie ein Freudenfest. Eine Fälschung in der Royal Collection! Doch das war nicht seine größte Sorge.

»Hillier wird das ganz und gar nicht gefallen.«

Dinant senkte seinen Blick. »Ich weiß, aber daran kann ich nichts ändern. Immerhin sind es ja nicht seine Gemälde, und man könnte sie sowieso nicht verkaufen. Also schädigen wir ja niemanden finanziell.«

»Ja, das stimmt. Aber das habe ich nicht gemeint.«

»Was denn?«

»Seine Fachkenntnis wird dadurch in Frage gestellt. Seiner Meinung nach ist das Bild ›Die drei Marien am Grab‹ ein echter Rubens.«

»Ach, tatsächlich? Das überrascht mich. Es gibt doch an die zweitausend Bilder in der Royal Collection. Kein Mensch kann von ihm erwarten, daß er jedes einzelne Bild genau kennt.«

»Nein ... da stimme ich Ihnen zu. Sie sind ein großer Gelehrter, Thierry, aber es gibt gewisse Dinge, von denen Sie nichts wissen.«

»Sie meinen, daß es im Zusammenhang mit diesem Bild etwas gibt, von dem ich keine Ahnung habe?«

Edward nickte und lehnte sich dann zurück, weil der Ober den Hauptgang servierte und sich viel Zeit ließ, ihnen Spinat, Kartoffeln und Sauce Hollandaise auf die Teller zu füllen.

»Bitte sprechen Sie weiter«, drängte Dinant, sobald der Ober sich entfernt hatte. »Was weiß ich nicht über dieses Gemälde?«

Edward wischte sich den Mund mit der Serviette ab. »Sie wissen nicht, daß ich vor einem Monat Hillier eine Notiz schickte, die ausgerechnet die drei Marien zum Thema hatte. Diese Notiz besagte, daß ich das Bild nicht für einen echten Rubens hielt, und zwar aus genau denselben Gründen wie Sie, Thierry. Hillier antwortete, kurz bevor er ins Krankenhaus ging. Er erklärte, ich sei im Irrtum, und deutete mehr oder minder höflich an, daß ich nicht wüßte, wovon ich spräche. Nun behaupten Sie dasselbe wie ich. Das wird ihm ganz und gar nicht passen. Ich arbeite noch nicht lang im Palast, und schon liege ich im Streit mit meinem Boß. Durch Ihre Feststellung wird sich die ganze Situation noch mehr zuspitzen, da gehe ich jede Wette ein.«

7. KAPITEL

Dienstag

Man könnte sagen, Buckingham Palace gliedere sich in vier Abteilungen. Da gibt es die königlichen Gemächer am Nordende des Gebäudes, die eigentlich niemand, außer den Mitgliedern der Königsfamilie und ihren persönlichen Bediensteten, jemals betritt. An der Westseite befindet sich der Verwaltungstrakt, wo Mordaunt und andere ihre Büros haben. Dann gibt es die Staatsgemächer – große Säle für festliche Bälle, Bankette, Empfänge und anderes mehr. Sie liegen in der Mitte des Palastes, an der Ostseite, mit Blick auf die Mall. Und zu guter Letzt ist da noch ein kleiner Bereich mit einer ganz speziellen Funktion, wovon Edward noch keine Ahnung hatte, als er am folgenden Dienstag von Mordaunt bestellt wurde. Wieder war es ein strahlend schöner Morgen, so daß er zu Fuß vom St. James's Palace herüberkam und, wie erbeten, kurz vor dem Zwölfuhrläuten eintraf. Sein Flug nach Paris ging erst um 17 Uhr von Heathrow ab, so daß ihm noch genug Zeit blieb.

Diesmal kam eine der drei Sekretärinnen Mordaunts zum Eingang am Buckingham Gate und führte ihn im Erdgeschoß tief ins Innere des Palastes. Sie kamen an einem Raum mit drei Billardtischen für Angestellte vorbei, an mehreren Küchen, einem Schuster, einer Reinigung, wo grüne Samtuniformen mit goldenen Paspeln in mehreren Reihen hingen. Sie gingen weiter, bis sie, nach Edwards Schätzung, sich direkt unter den königlichen Gemächern befanden. Nachdem die Sekretärin ihn in ein Zimmer mit bequemen Sesseln geleitet hatte, bot sie ihm Kaffee an. Gegenüber saß ein Mann, der einige Jahre jünger als Edward war und, seinem Haarschnitt, seinen Schuhen, seiner ganzen Erscheinung nach, offenbar Polizeibeamter in Zivil war. Hatte Mordaunt es sich anders überlegt und Scotland Yard doch eingeschaltet? Vielleicht klärte sich nun das ganze Geheimnis auf. Der Mann nickte Edward zu und las dann weiter Zeitung.

Edward lehnte sich im Sessel zurück und nippte an seinem Kaffee. Leider hatte er für die Wartezeit keine Lektüre mitgenommen.

Er gewöhnte sich langsam an das Warten. Gestern hatte er auch nach dem Lunch nichts von Mordaunt gehört. Bis 18 Uhr hatte er gewartet und war dabei in immer gereiztere Stimmung geraten. Als er jedoch an diesem Morgen in seinem Büro eintraf, teilte ihm der General als erstes mit, daß er im Buckingham Palace erwartet werde. »Sie sehen irgendwie mitgenommen aus, Edward«, fügte Wilma hinzu. »Und Sie tragen jetzt schon seit zwei Tagen dieselbe Krawatte. Darf ich vielleicht erfahren, was los ist?«

Edward schüttelte den Kopf. »Ich weiß selbst nicht, was los ist, General. Aber ich verrate es Ihnen, sobald ich etwas herausfinde. Falls ich dazu die Erlaubnis habe.«

Sie schnaubte empört. »Sie sind so schlimm wie der Sohn. Auch er hat seine Geheimnisse.«

Obwohl es Wilma wieder einmal gelungen war, Edward aufzuheitern, verflog seine gute Laune rasch, während er von einem Palast zum anderen marschierte. Er fühlte sich etwas verletzt durch das Verhalten des Oberstallmeisters ihm gegenüber. Außerdem haßte er es, wenn man ihn im dunkeln tappen ließ. Aber jetzt kam wohl endlich Licht in die Angelegenheit. Er musterte den Polizisten, der ihm etwas zu jung vorkam für einen höheren Dienstgrad. Da es sich hier um eine Art Vorzimmer handelte, sprachen womöglich Mordaunt und der Vorgesetzte des Polizisten die ganze Affäre im benachbarten Raum durch.

Kaum war ihm dieser Gedanke gekommen, als sich eine Tür öffnete und Mordaunt erschien. »Kommen Sie rein, Andover«, sagte er. »Nehmen Sie Ihren Kaffee mit.«

Mordaunt schob Edward fast vor sich her. »Kennen Sie schon Mr. Lockwood?«

Edward holte tief Luft, und fast wäre ihm der Unterkiefer heruntergeklappt. Als er dem Premierminister die Hand gab, sagte er: »Wir haben uns schon einmal getroffen, beim Dinner der Royal Academy.«

Der Premierminister nickte schweigend. In den Zeitungen wurde oft behauptet, daß William Lockwood große Ähnlichkeit mit dem verstorbenen Herbert von Karajan habe, dem österreichischen Dirigenten. Er war klein, hatte dichtes, eisgraues Haar, einen äußerst durchdringenden Blick und tiefe Wangenfalten.

Leicht verwirrt von der jähen Wendung der Ereignisse, suchte sich Edward einen Platz in der Nähe des Fensters. Sie befanden sich in einer Art Salon mit französischen Fenstertüren, die auf einen von Rosenbeeten eingerahmten Kiesweg hinausführten. Erst viel später fiel ihm ein, daß der Premierminister vermutlich gerade seine wöchentliche Audienz bei der Königin hinter sich hatte. Hier also fand sie statt.

Erstaunlicherweise schien der Premierminister auf Mordaunt zu warten, der noch einmal ins Vorzimmer gegangen war und dort halblaut mit dem Polizisten sprach, der, wie Edward erst jetzt begriff, ein Bodyguard war. Schließlich kam Mordaunt zurück und schloß die Tür hinter sich. »Ich habe gerade von Webber erfahren, Sir«, sagte er, zu Lockwood gewandt, »daß Sie um 13.15 Uhr bei der Vertretung Neuseelands sein müssen. Eventuell brauchen wir die ganze Zeit bis dahin, aber wir werden uns bemühen, daß Sie nicht zu spät kommen.«

Lockwood schaute von Mordaunt zu Edward. Er wirkte sehr ernst. »Nun, worum geht's hier überhaupt? Ihre Majestät bat mich zu bleiben, und deshalb bin ich nun hier. Aber ...«

»Am besten wird es sein, Sir«, unterbrach ihn Mordaunt, »wenn Doktor Andover zuerst spricht. Es ist immer von Vorteil, eine Nachricht aus erster Quelle zu erfahren.« Der Oberstallmeister nickte Edward zu. »Bitte berichten Sie dem Premierminister von den Bildern, die Ihnen zugesandt wurden.«

Edward erfüllte seine Bitte. Wie viele Male würde er diese Geschichte noch erzählen müssen, dachte er bei sich, ohne zu wissen, was hinter diesem verdammten Geheimnis steckte? Aber immerhin hatte er etwas Neues hinzuzufügen, was Mordaunt noch nicht wußte. »Heute morgen traf ein drittes Bild ein«, beendete er seinen Bericht. »Diesmal handelt es sich um eine Sepiazeichnung von Poussin. Sie ist signiert und wurde – ebenfalls von den Nazis – in Piacenza gestohlen. Ich bin mir da so sicher, weil Ramsay mir seinen Katalog lieh.«

»War irgendeine Botschaft dabei?« fragte Mordaunt.

»Die üblichen zwei Zeilen. Soll ich sie vorlesen?«

Der Oberstallmeister nickte.

»›Dieses dritte Bild müßte alle Zweifel beseitigt haben. Falls Sie überzeugt sind, lassen Sie die königliche Filmpremiere am Donnerstag ausfallen. Dann hören Sie wieder von uns. Die ›Apollo-Brigade‹.«

Mordaunt starrte auf das Papier in Edwards Hand. »Zeigen Sie's mir.« Und schon griff er danach.

»Die Premiere ausfallen lassen?« wiederholte Lockwood. »Das klingt wie ein Befehl, wie Erpressung. Was soll das?«

»Warten Sie!« Mordaunt legte Nachdruck in seine Stimme, ohne sie zu erheben. »Warten Sie. Es kommt noch mehr.« Der Oberstallmeister überflog die dritte Botschaft, faltete sie und steckte sie in die Tasche, bevor er sich wieder an Lockwood wandte. »Das meiste von dem, was Doktor Andover gerade berichtete, erfuhr ich von ihm schon am letzten Samstag. Ich gebe gern zu, daß Edwards Schilderung für jeden, der nicht über gewisse Informationen verfügt, mehr als seltsam klingen muß. Aber wenn Sie wissen, was Ihre Majestät weiß und was ich weiß, dann kann man diese Entwicklung nur als sehr bedrohlich einstufen ...«

Mordaunt legte eine bedeutungsvolle Pause ein und schlug die Beine übereinander. Nun hatte er die volle Aufmerksamkeit des Premierministers.

»Als erstes etwas über die Hintergründe, Sir. Sie können alle Dokumente lesen, wenn Sie möchten, aber das würde mehr Zeit in Anspruch nehmen, als Sie vermutlich erübrigen können.« Er nahm seine Brille ab. »Die Geschichte beginnt mit einem der berühmtesten und außergewöhnlichsten Vorgänger von Doktor Andover. Ich meine Anthony Blunt, der über ein Vierteljahrhundert lang, von 1947 bis 1972, Verwalter der Royal Collection war. Wie die Welt inzwischen weiß, war Blunt ein sowjetischer Agent, ein russischer Spion, von Mitte der dreißiger Jahre bis – vermutlich – in die frühen sechziger Jahre. Zwanzig Jahre lang, in denen er eine wichtige Funktion im Palast innehatte, erhielt Blunt zusätzlich Sold aus Moskau. Im Jahre 1945, gleich nach Ende des Krieges und bevor auch nur der Verdacht aufkam, er könnte etwas anderes sein, als er zu sein schien, wurde Blunt von König George VI. auf eine äußerst geheime und äußerst wichtige Mission geschickt.«

»Blunt! Man schickte Blunt?«

Mordaunt nickte. »Die Mission betraf unter anderem die Beziehung des älteren Bruders des Königs – Edward VIII., der abdankte und zum legendären Herzog von Windsor wurde – zu Adolf Hitler. Wie Sie sich vielleicht erinnern, Sir, war der Herzog leider Gottes so etwas wie ein Verehrer von Hitler. Im einzelnen galt die Mission, von der ich spreche, einer Anzahl von Gemälden und Dokumenten, die sich bei Kriegsende im Besitz der Familie der Fürsten von Hessen befanden, und zwar in Kronberg, nahe bei Frankfurt. Die Dokumente enthielten im Detail die Vereinbarungen zwischen dem Herzog von Windsor und Hitler über des Herzogs Rolle in England, sollten die Nazis je das Inselreich erobern. Selbstredend waren diese Dokumente für die Königsfamilie äußerst peinlich, aber die Bilder ..., die Bilder waren die größte Gefahr.

Die Fürsten von Hessen sind mit dem britischen Königshaus verwandt, da sie sowohl Abkömmlinge des deutschen Kaisers als auch der britischen Queen Victoria sind. Prinz Philipp von Hessen stand in der Nazi-Hierarchie auf Platz 53 – er wurde nach dem Krieg auch tatsächlich verhaftet – und heiratete in den dreißiger Jahren Mussolinis Tochter. Etwa ab 1938 beschäftigte er sich mit der italienischen Malerei und arrangierte eine Anzahl von ›Geschenken‹ für Hitler und Göring.

Kurze Zeit später arrangierte er noch andere ›Geschenke‹. Es handelte sich ebenfalls um Gemälde, aber diesmal war der Empfänger oder der vorgesehene Empfänger kein anderer als sein Verwandter, Edward, der Herzog von Windsor.«

Lockwood machte unwillkürlich eine Handbewegung. »Der Herzog akzeptierte Nazi-Beute?« fragte er fassungslos.

»Vergessen Sie nicht, daß er damals von der britischen Gesellschaft gemieden wurde. Sein Vater hatte ihn enterbt. Er wollte einen angesehenen Posten, was er als sein gutes Recht erachtete, wurde statt dessen aber nur Gouverneur auf den Bahamas. Ich will ihn damit nicht entschuldigen, sondern sein Verhalten nur etwas besser erklären. Verständlicherweise konnte er die Bilder nicht nach England oder auf die Bahamas schaffen lassen, und deshalb bewahrten seine hessischen Verwandten sie für ihn auf. Wie es der Zufall wollte, waren gerade diese Verwandten die Nazis, die für die Beschlagnahme der Bilder zuständig waren.«

»Um wie viele Bilder handelte es sich denn?«

»Da sind wir uns nicht sicher. Aber lassen Sie mich weiter berichten. Blunt war damals, wie schon gesagt, über jeden Verdacht erhaben, und als Verwalter der Königlichen Gemäldesammlung der geeignete Mann, um eine solch delikate Mission zu erfüllen. Ihn begleitete Sir Owen Morehead, der königliche Bibliothekar, der sämtliche diskriminierenden Dokumente sicherstellen sollte. Beide reisten nach Kronberg und zu anderen Residenzen der Fürsten von Hessen weiter im Süden, bei Darmstadt, um das belastende Material an sich zu bringen. Dies fiel ihnen nicht schwer, da einige Verwandte des Königs ihm schon während des Krieges Informationen hatten zukommen lassen. Während nun Morehead unverzüglich mit den Dokumenten nach England zurückkehrte, blieb jedoch Blunt mit den Bildern und den dazugehörigen Unterlagen noch einige Zeit in Deutschland. Als er schließlich in London ankam, erklärte er, daß er die diskriminierenden Bilder und Papiere vernichtet habe. Neben seinen anderen Tätigkeiten war Blunt auch ein Mitglied der Kommission für die Schönen Künste, Monumente und Archive, deren offizielle Aufgabe es war, widerrechtlich erworbene Kunstgegenstände aufzuspüren. Blunt sagte, daß sich in Deutschland viele miese Typen herumtrieben, die mit geraubter Kunst dunkle Geschäfte machten. Angesichts dieser Tatsache und der chaotischen Zeiten habe er es für sicherer gehalten, die Bilder zu vernichten, statt etwas anderes mit ihnen anzufangen. Er habe eine ganze Weile gebraucht, so sagte er, einen sicheren Platz zu finden, wo er alles verbrennen konnte, ohne Aufmerksamkeit zu erregen. Seinen Angaben nach hat es sich um über dreißig Kunstwerke gehandelt.«

»Sie meinen, daß er einfach alle verbrannte?«

»Das glaubten wir jedenfalls. Heutzutage kommt uns natürlich eine solche Handlungsweise übertrieben vor, aber damals mag es gar nicht etwas so Außergewöhnliches gewesen sein. Der Palast hatte eine Heidenangst davor, daß irgend etwas von der üblen Geschichte an die Öffentlichkeit dringen würde, und unter gewissen Gesichtspunkten könnte man Blunts Handlung als effizient und sogar patriotisch einschätzen. Wie wundervoll die Kunstwerke auch gewesen sein mochten, das Schicksal der Königsfamilie in den Nachkriegswirren war weitaus wichtiger.« Mordaunt setzte sich unbewußt noch aufrechter hin. »Daher schien es damals, als habe er seine Aufgabe erfolgreich zu Ende geführt. Allgemeine Entspannung kehrte im Palast ein. Im nachhinein jedoch, und besonders nach der Entdeckung, daß er sowjetischer Agent war, wurden Zweifel über seine Aktivitäten in Deutschland wach.

Hier im Palast nahm man nun an, daß er die von ihm in Deutschland eingesammelten Bilder und Dokumente nicht vernichtete, wie er ursprünglich behauptet hatte. Für ihn als aktiver Sowjetagent, der im Besitz brisanter britischer Dokumente war, wäre es ja eine Pflichtverletzung gewesen, hätte er nicht ein ganz anderes Vorgehen gewählt, ein Vorgehen, durch das er den Palast in Schwierigkeiten bringen konnte, wann immer er wollte. Weiter nahm man hier im Palast an, daß Blunt von Kronberg und Darmstadt in die Schweiz gereist sei. Das würde auch seine verzögerte Rückkehr erklären. Irgendwo in der Schweiz habe er dann wohl die Bilder in einer diskreten Bank eingelagert. Ich muß Ihnen gestehen, daß trotz Blunts Tod einige von uns hier im Buckingham Palace und auch ein oder zwei höhere Beamte im Sicherheitsdienst, die über all das Bescheid wissen, die Befürchtung hegten, die Königsfamilie könnte eines Tages plötzlich wieder durch Anthony Blunt bedroht werden. Die Gefahr, von einem Komplizen erpreßt zu werden, war immer vorhanden. Und nun scheint es ernst zu werden.«

»Aber warum sollten die Russen jetzt diese Karte ausspielen?« fragte Lockwood. »Ich nehme an, Sie meinen doch, daß die Russen dahinterstecken. Aber ich verstehe nicht ...«

»Nein! Wir glauben nicht, daß es die Russen sind, Sir.«

»Was! Wer dann?«

»Die Geschichte ist noch nicht zu Ende.« Mordaunt befeuchtete mit der Zungenspitze seine Lippen. Edward kam dabei der widersinnige Gedanke, daß der Oberstallmeister eine Nase wie Jack Teagarden hatte. Mordaunt sprach schon weiter. »Als Spion war Blunt übervorsichtig. Deshalb drang er auch so tief und so erfolgreich ins Establishment ein. In der ... nun ja, nennen wir es Zunft, die er gewählt hatte, war es wichtig, niemandem zu trauen, und schon gar nicht seinen sowjetischen Auftraggebern. In der Nachkriegszeit konnte alles plötzlich ganz anders sein. Es ist mehr als wahrscheinlich, daß er nach seiner Reise von Kronberg und Darmstadt in die Schweiz den Sowjets nicht verriet, wo er die Bilder versteckt hatte. Möglicherweise erzählte er ihnen, was er besaß, aber nicht, wo sich das Versteck befand. Vielleicht erinnern Sie sich noch, daß es lange Zeit Spekulationen über einen ›vierten‹ oder ›fünften‹ Mann in der Burgess-Philby-MacLean-Affäre gegeben hatte, bevor Blunt als Spion entlarvt wurde. Der Regierung waren die Hände gebunden, die Sicherheitskräfte bekämpften sich gegenseitig und spielten der Presse immer neue Informationen zu. Falls Blunt damals versucht hätte, mit Hilfe der Bilder eine Erpressung zu inszenieren, hätte es nie geklappt. Zugegeben, die Königsfamilie wäre in einen grauenvollen Skandal verwickelt worden, aber zu jenem Zeitpunkt hätte dies Blunt nichts genützt.«

Lockwood warf Edward einen raschen Blick zu. »Hoffentlich sind Sie kein Spion, Doktor Andover.«

Edward fand diese Bemerkung nur mäßig komisch, lächelte aber trotzdem.

Mordaunt ergriff wieder das Wort. »Von Blunt war also im Jahr 1979 nichts zu befürchten. Da er weiterhin eisernes Schweigen bewahrte, glaubten sogar manche, daß er auch schon 1945 die Wahrheit gesagt und tatsächlich die Gemälde zerstört habe. Die Pakete, die Doktor Andover nun erhalten hat, machen diese Hoffnung zunichte.«

»Aber wer hat die Bilder nun in Besitz?«

»Wie schon gesagt, wir glauben nicht, daß es die Russen sind, jedenfalls nicht die offizielle Sowjetunion. Wenn man bedenkt, daß wir Finanzhilfe leisten und daß die Queen im nächsten Jahr einen Staatsbesuch machen wird – zum ersten Mal seit der Ermordung des Zaren besucht ein Monarch die Sowjetunion –, dann ergibt das doch keinen Sinn. Möglicherweise ist es irgendein Russe, der früher mal im KGB arbeitete; aber wie soll der in Erfahrung gebracht haben, in welcher Bank die Bilder liegen?«

»Tja, wie soll überhaupt irgend jemand das herausfinden?«

Mordaunt benetzte erneut seine Lippen. »Gute Frage, aber bedenken Sie folgendes. Blunt war ein gräßlicher Snob, arrogant und launisch wie eine Diva. Er war wütend und verbittert über das, was ihm im Jahr 1979 widerfuhr: Er wurde verunglimpft und aus der Gesellschaft derer ausgestoßen, um deren Anerkennung er gebuhlt hatte, er wurde im Parlament und in der Presse angegriffen, und ihm wurde sogar sein Adelstitel aberkannt. Wenn Sie mit Leuten sprechen, die ihn kannten, dann werden Sie auch herausfinden, daß er zu den Typen gehörte, die niemals vergeben, die sehr, sehr lange Zeit einen Groll hegen können, eigentlich sogar für immer. Nehmen wir mal an, daß er genauso in den letzten Jahren seines Lebens empfand ...«

»Aber er war doch ein Spion!« protestierte Lockwood.

»Ja, natürlich! Aber sein Geheimnis war vom Establishment gewahrt worden, und zwar von 1964 bis immerhin 1979. Das heißt also, ganze fünfzehn Jahre lang hatte man ihn gedeckt. Deshalb erwartete Blunt zu Recht, daß sein Geheimnis bis zu seinem Tod ein Geheimnis bleiben würde.«

»Dazu hatte er keinerlei Recht!«

»Von unserem Standpunkt aus natürlich nicht. Aber Sie müssen sich in ihn hineindenken, wenn Sie verstehen wollen, was nun passiert oder passieren wird.«

Lockwood entgegnete nichts.

»Wenn wir also annehmen, daß er diesen unversöhnlichen Groll hegte, dann könnte er in den Jahren zwischen seiner Entlarvung und seinem Tod gewisse Arrangements getroffen haben.«

»Was für welche?«

»Er war homosexuell und hatte mehrere Liebhaber. Vielleicht hinterließ er einigen die Kontonummer und Adresse seiner Bank in der Schweiz und natürlich gewisse Informationen, um was es sich da handelte. Vielleicht wollte er, daß diese Freunde den Palast erpressen. Auf diese Weise vermochte er sein Land ein letztes Mal zu schädigen, noch aus dem Grab heraus und ohne daß wir es ihm vergelten können.«

Lockwood schaute Mordaunt fast starr an. Dann schluckte er schwer. »Aber jetzt haben wir doch schon 1996! Und Blunt starb vor dreizehn Jahren!«

»Wer jetzt dahintersteckt, mußte viel Vorarbeit leisten, mußte Blunts Geschichte mit anderen vergleichen und überprüfen. In den letzten Jahren ist immer mehr über die unrühmliche Rolle des Herzogs von Windsor ans Licht gekommen, wenn auch erst seit seiner offiziellen Biographie im Jahre 1990. Einige der Dokumente wurden fünfzig Jahre geheimgehalten – bis mindestens 1989. Manche Geheimunterlagen von 1945 wurden erst im vergangenen Jahr freigegeben.«

Lockwood biß sich auf die Unterlippe. »Und was steckt dahinter? Geld? Die ›Apollo-Brigade‹ klingt irgendwie politisch.«

Mordaunt streifte Edward mit einem raschen Seitenblick. »Am Wochenende schlug ich ›Apollo‹ im Lexikon nach. Er war ein Gott der Antike, der unter anderem eine homosexuelle Affäre mit einem anderen Gott hatte. Anstatt ›Apollo-Brigade‹ kann man also wohl auch ›Homosexuelle Brigade‹ sagen.«

Wieder befeuchtete seine Zungenspitze die Lippen. »Die Erpresser haben diese Bilder geschickt, um ihre Glaubwürdigkeit unter Beweis zu stellen. Sie schickten drei Bilder – sozusagen gebührenfrei –, um auch den letzten Zweifler zu überzeugen, daß sie auch den Rest der ›Kollektion‹ besitzen. Sie schickten sie Doktor Andover, wohl wissend, daß er zu jung und auch noch zu neu in diesem Job ist, um sich ihrer Bedeutung bewußt zu sein. Sie wußten aber auch, daß er über genügend Fachkenntnis verfügt, um herauszufinden, woher diese Bilder stammen, und daß er in der Lage ist, mich und Ihre Majestät davon zu überzeugen , daß es sich um Originale und nicht bloße Kopien handelt. Da dies nun zweifelsfrei die Originale sind, folgt daraus, daß diese ›Apollo-Brigade‹ auch sämtliche diskriminierenden Dokumente besitzt, die im Zusammenhang mit den Bildern stehen. Indem sie

Doktor Andover einschalteten, haben die Erpresser, die offensichtlich wußten, daß Hillier krank ist, einen weiteren Mitwisser gewonnen. Das setzt Ihre Majestät und mich unter zusätzlichen Druck.«

Wie wahr, wie wahr, dachte Edward. Das Geheimnis war also zu guter Letzt gelöst. Wilma würde wie eine Granate explodieren, wenn sie es erfuhr. Und Nancy würde ... nein, er würde es Nancy nicht erzählen dürfen.

»Nachdem die Erpresser einwandfrei bewiesen haben, daß sie im Besitz der Bilder sind«, fuhr Mordaunt fort, »sollen wir ihnen nun durch die Absage der königlichen Filmpremiere am Donnerstag signalisieren, daß wir zwischen den Zeilen lesen können und begreifen, was sie haben und von welcher Bedeutung es ist. Sobald wir das getan haben – falls wir es tun –, werden sie uns vermutlich ihre Forderungen mitteilen. Deshalb hielten wir – Ihre Majestät und ich – es für angemessen, Sie hinzuzuziehen.«

Der Premierminister nickte kaum merklich, sagte aber nichts.

Mordaunt räusperte sich. »Natürlich muß dies alles völlig geheim bleiben. Eine Indiskretion könnte einen Riesenskandal auslösen.«

Lockwood schaute auf die Armbanduhr, und Edward folgte seinem Beispiel. Es war 12.45 Uhr.

Der Premierminister schüttelte den Kopf. »Wie lang bin ich schon in der Politik? Im Parlament jedenfalls schon über zweiundvierzig Jahre. Ich habe schon alles mögliche gesehen ..., aber daß die Krone erpreßt wird ...« Er schüttelte wieder den Kopf. Dann schaute er den Oberstallmeister scharf an. »Ich nehme doch an, daß Sie sich nicht auf die Erpressung einlassen wollen, oder?«

Mordaunt schien sich unbehaglich zu fühlen. »Nun kommt der schwierige Teil, Sir. Unter normalen Umständen würde Ihre Majestät der Ansicht sein, daß mit Erpressern auf gar keinen Fall verhandelt wird. Sie ist sich natürlich auch bewußt, daß nach dem Gesetz alle Leute – alle Familien –

gleich behandelt werden sollten. Was wir vorschlagen, sieht nach einer Spezialbehandlung aus, das ist mir klar. Andererseits ist die Krone aber auch etwas Besonderes, ist anders. In gewissem Sinn bedroht diese Erpressung uns alle, das ganze Land. Falls etwas an die Öffentlichkeit dringt ...«

»Aber diese Ereignisse liegen fünfzig Jahre zurück ...«

»Meinen Sie, das spielt eine Rolle?« Mordaunts Augen funkelten hinter den Brillengläsern. »Bedenken Sie die hohe Wertschätzung, die unser Königshaus im ganzen Land genießt, Mr. Lockwood. Und nicht nur in diesem Land, sondern weltweit. Jeder beneidet England um seine Monarchie. Ich meine damit nicht nur Ihre Majestät, sondern die Institution als eine Verkörperung des Nationalgefühls, eine stabile Größe, ein emotionales Zentrum, an dem wir alle teilhaben können. Ist es wirklich wert, das aufs Spiel zu setzen?«

»Der Herzog von Windsor hatte damals schon abgedankt, war sozusagen Privatmann ...«

»Das spielt keine Rolle! Schließlich war er noch Mitglied der Königsfamilie. Der Vater Ihrer Majestät unternahm alle möglichen Anstrengungen, um zu verhindern, daß diese unangenehme Geschichte in den vierziger Jahren publik wurde. Er tat damals das einzig Richtige, und die Queen hat nicht die Absicht, diese neue Version der alten Geschichte heute noch Unruhe stiften zu lassen.« Mordaunt legte eine kleine Pause ein, bevor er weitersprach. »Ich finde, Sie sollten die Dokumente lesen, die in unserem Besitz sind, Sir. Der Herzog von Windsor war nämlich nicht der einzige, der bereit war, Hitlers Handlanger zu sein. Etwa ein Dutzend berühmter, angesehener Familien war willens, ihm darin nicht nachzustehen.«

Der Premierminister strich mit der Fingerspitze über eine Falte in seiner Wange. »Vielleicht wäre es sogar das beste, wenn das alles mal auf den Tisch käme.«

Der Oberstallmeister beugte sich zu Lockwood hinüber, und Edward fiel auf, daß seine Augen eiskalt wirkten. Mordaunt sagte: »Sie haben keine Ahnung, wie detailliert diese

Dokumente sind, Sir. Der Herzog sollte König werden, die Herzogin – Mrs. Simpson – seine Königin; Churchill wollte man nach Deutschland ins Exil schicken. Der echte König, George VI., sollte zur Abdankung gezwungen und unter Hausarrest gestellt werden, und zwar irgendwo außerhalb Berlins. Diese Dokumente enthüllen jede Einzelheit, Sir. Alle Leute sind namentlich aufgelistet, die gegen Hitler keinen Widerstand leisten wollten und bereit waren, sich auf die Seite des Windsors, des Nazi-Königs, zu schlagen und sogar Mitglieder in einem Kabinett aus Handlangern zu werden. Sie wären überrascht, wer alles mitgemacht hätte. Der Herzog glaubte, er wäre populärer als sein Bruder, und seine Rückkehr auf den Thron würde sogar begrüßt werden. Er war ein Dummkopf, hatte aber die Unterstützung einiger der bedeutendsten Familien im Lande. Selbst heute noch, fünfzig Jahre später, würde unser Land in seinen Grundfesten erzittern, wenn bekannt würde, in wie weiten und wie hohen Kreisen der Verrat schon beschlossene Sache war.«

Lockwood war nicht umsonst Premierminister, und Mordaunt konnte ihn nicht einschüchtern. »Na und! Warum sollen nicht diese feinen, diese angesehenen, diese edlen Familien dafür büßen? Was geht das mich an?«

»Weil ... Sir ...« Mordaunt schien einen Moment überlegen zu müssen, wie er seine nächste Mitteilung am besten formulierte. »Weil ... zwei dieser Familien auch in Ihrem Kabinett repräsentiert sind.«

Etwa eine halbe Minute herrschte absolutes Schweigen im Raum. Lang genug, um das Flügelschwingen einer Schar von Gänsen zu hören, die über den Palast flog.

Der Premierminister stützte unwillkürlich den Kopf in die Hand. Nach dem Gesetz mußte er in den nächsten Monaten allgemeine Wahlen ausschreiben, und zwar noch vor Februar. Er hatte im Parlament eine Mehrheit von 34 Stimmen, schien aber laut Meinungsumfragen eher auf Verlustkurs zu sein.

Verdrossen schaute der Premierminister wieder auf seine Uhr und sagte dann leise: »Sprechen Sie weiter.«

»Ich werde mich möglichst kurz fassen«, sagte Mordaunt nun in viel forscherem Ton, da er einen Treffer gelandet hatte. »Unsere und auch Ihre Interessen stimmen überein. Wir haben hier im Palast versucht, alles zu durchdenken, und unser Plan sieht folgendermaßen aus: Der kritische Punkt ist bei jedem Erpressungsversuch die Geldübergabe, da bei dieser Gelegenheit ja direkter Kontakt zu den Verbrechern aufgenommen wird. Die Regierung – genaugenommen Scotland Yard, die Sicherheitskräfte oder sonstige Institutionen – wird da einschlägige Erfahrungen haben. Und genau hier brauchen wir Ihre Hilfe.«

Der Premierminister stand auf, trat zu den Glastüren und schaute auf die Rosen hinaus. Er verschränkte die Hände hinter dem Rücken und blieb, so abgewandt, minutenlang schweigend stehen. Edwards Blick wanderte von Lockwood zu Mordaunt. Das Auftreten des Oberstallmeisters war zwar unsympathisch, aber in gewisser Weise auch beeindruckend. Kein Wunder, daß Mordaunt ihn übers Wochenende im ungewissen gelassen hatte. Diese ganze Geschichte war äußerst peinlich, wenn nicht noch schlimmer, für die Königsfamilie. Edward konnte sich vorstellen, wie schwer Lockwood die Entscheidung fiel. Es war sicher gegen seine Prinzipien, einen Schwächling zu schützen, der zum Landesverrat bereit gewesen war. Aber konnte er so kurz vor einer Wahl die Enthüllung riskieren, daß zwei Mitglieder seines Kabinetts Väter hatten, die ...?

Der Premierminister hatte sich wieder zu ihnen umgedreht, machte ein paar Schritte und stützte sich dann mit der Hand auf die Lehne eines Sessels. »Wenn diese Leute Geld wollen, warum verkaufen sie dann nicht die Bilder auf dem schwarzen Markt?«

»Weil diese Bilder zu bekannt sind. Kein Händler oder Sammler würde sie kaufen. Habe ich recht, Edward?«

Edward nickte und wandte sich dann an den Premierminister. »Es gibt ein Dossier, Sir, in dem die meisten von den Nazis geraubten Kunstschätze verzeichnet sind.«

Lockwood räusperte sich. Er hatte seine Entscheidung gefällt. »Ich werde mein Essen ausfallen lassen und lieber hierbleiben, um Ihre Dokumente zu lesen«, sagte er. »Wenn Sie recht haben, Sir Francis, dann könnte diese ganze Angelegenheit äußerst unangenehm werden. Mein Leibwächter hat das Scrambler-Telefon dabei; er soll es mir bringen. Und vielleicht könnten Sie dafür sorgen, daß ich ein paar Sandwiches und Wasser bekomme. Am besten Mineralwasser. So, wie Sie diese Dokumente beschreiben, brauche ich sicher etwas Verdauungshilfe.«

William Lockwood betrat den Sitzungsraum des Kabinetts in Downing Street Nr. 10 und setzte sich auf den nächstbesten Stuhl. Der Raum, der jetzt bereits im Halbdunkel lag, sah nie Sonnenschein, denn Sonnenschein und Sicherheit passen nun einmal nicht zusammen. Es handelte sich hier nicht um ein Treffen des gesamten Kabinetts, denn nach Lockwoods Ansicht war das Thema dafür viel zu delikat. Die übrigen Anwesenden waren nicht einmal allesamt Minister oder wenigstens Abgeordnete. Mordaunt hatte den Premierminister gebeten, nur seine privaten Berater einzuschalten, doch daran hielt sich Lockwood nicht. Da die Wahl so kurz bevorstand, mußte er auch an seine eigene politische Zukunft denken. Es ging zudem nicht nur um Parlamentswahlen, sondern in diesen Tagen wurde auch der Parteivorsitzende neu gewählt, falls es überhaupt einen Herausforderer gab. Diese Abstimmung fand jeden Oktober statt.

Lockwood gegenüber saß der Innenminister, Tom Lessor, ein großer, finsterer Mann mit einem blutroten Muttermal im Gesicht. Zu dessen Linken hatte Jocelyn Hatfield Platz genommen, der als »Chief Whip« der Partei für das Erscheinen aller Abgeordneten bei Abstimmungen verantwortlich war. Rechts neben dem Premierminister saß Eric Slocombe, sein politischer Berater, und daneben Bernard Midwinter, Pressechef von Downing Street. Zu Lockwoods Linken setzte sich als letzter Sir Evelyn Allen, der Kabinettsminister. Die leuchtendgelbe Krawatte, die er zu seinem grauen Flanellanzug trug, war der einzige Farbfleck im gesamten Raum.

Nachdem die schweren Doppeltüren geschlossen waren, waren die sechs Männer sich selbst überlassen. Lockwood hatte einen dicken blauen Aktenordner dabei, der jedoch vorläufig ungeöffnet blieb. »Ich muß dies wohl als ein offizielles Komitee bezeichnen«, sagte er, »möchte aber vorher betonen, daß es ein Geheimkomitee ist und auch ein solches bleiben muß.« Er wandte sich kurz zu Allen. »Das Protokoll muß dementsprechend sein.«

Allen nickte und schrieb schon fleißig.

Lockwood musterte die Gesichter ringsum. »Sie werden es kaum glauben, was ich Ihnen jetzt berichte.« Er schlug mit der flachen Hand leicht auf den blauen Aktenordner. »Aber diese Unterlagen aus dem Buckingham Palace bestätigen die wesentlichen Details.«

Bei der Erwähnung des Buckingham Palace schauten einige interessiert auf.

Der Premierminister erhob seine Stimme. »Wir müssen uns mit einem höchst ungewöhnlichen, ja einzigartigen Problem befassen. Wie schwerwiegend es in politischer Hinsicht ist ... Nun, es ist wohl noch zu früh, um das zu beurteilen. Aber es könnte ... katastrophal sein, könnte für uns sogar das Aus bedeuten. Daher werde ich jeden hilfreichen Kommentar der hier Anwesenden begrüßen, und zwar sowohl gleich, sobald Sie gehört haben, was ich Ihnen zu sagen habe, als auch noch morgen, wenn Sie eine Nacht darüber geschlafen haben.«

Lockwood stand auf und begann im Raum herumzuwandern, während er die ganze Geschichte von Anthony Blunts erster Reise nach Deutschland im Jahre 1945 bis zu den drei Bildern erzählte, die Edward mit der Post bekam. Er brauchte dafür eine halbe Stunde. Allen machte sich während der ganzen Zeit Notizen.

Als Lockwood fertig war, stand er mit dem Rücken zum

Fenster und kaute gedankenverloren auf dem Bügel seiner Brille. Die anderen schwiegen. »Vorläufig«, sagte der Premierminister schließlich und schaute zu Allen hinüber, der immer noch damit beschäftigt war, diese Geheimnisse zu Papier zu bringen, »wissen nur wir sechs Leute in diesem Raum, Ihre Majestät, der Oberstallmeister Ihrer Majestät und der Verwalter der Königlichen Gemäldesammlung über die Erpressung Bescheid. Abgesehen natürlich von dieser ›Apollo-Brigade‹, um wen auch immer es sich dabei handeln mag. Sicher muß ich nicht extra betonen, wie delikat die ganze Affäre ist. Unser Land hat häufig andere Regierungen kritisiert, die mit Erpressern oder Kidnappern verhandelten, und nun stehen wir kurz davor, genau das zu tun. Andererseits muß man bedenken, daß die Königsfamilie in England zweifellos als etwas ganz Besonderes angesehen wird und weitaus beliebter ist als jeder Politiker.« Lockwood verzog das Gesicht zu einem grimmigen Lächeln. »Ich eingeschlossen. Weiter brauche ich keinen daran zu erinnern, daß die Regierung kurz vor einer Wahl steht. Wir müssen alles vermeiden, was unsere Popularität aufs Spiel setzt. Heute nachmittag habe ich mich in die Unterlagen des Palastes vertieft und weiß nun, welche Regierungsmitglieder aus Familien stammen, die in die Windsor-Affäre verwickelt waren.«

»Wer denn, Bill?« erkundigte sich Hatfield.

Lockwood schüttelte den Kopf. »Es war eine höchst unerfreuliche Lektüre! Anders kann ich es gar nicht ausdrücken. Doch niemand hier im Raum außer mir braucht die Namen zu kennen. Ich versichere Ihnen aber, daß keiner aus dieser Tafelrunde beteiligt ist. Da jedoch die beiden Betroffenen sehr wichtige Posten haben, wäre es für unsere Partei ein schwerer Schlag, wenn dies bekannt würde. Mit einer Wahl vor der Tür und unseren derzeit sowieso nicht glänzenden Aussichten könnte dies sogar bedeuten ...« Seine Stimme erstarb. »Daher steht es außer Frage, daß man mit dieser ›Apollo-Brigade‹ leider verhandeln muß. Wir haben keine andere Möglichkeit.

Heute ist Dienstag; die Erpresser werden sich frühestens Donnerstag melden. Ich möchte Ihnen jetzt meine Überlegungen erläutern und bitte Sie, mir offen Ihre Meinung zu sagen. Dann können wir alle darüber schlafen und uns morgen wieder zusammensetzen, um zu einer Entscheidung zu kommen.« Er setzte seine Brille auf. »Ich bin der Meinung, daß wir alles in unserer Macht Stehende tun sollten, um die Königsfamilie zu schützen. Sir Francis Mordaunt hatte recht, als er sagte, daß schon ihre bloße Existenz, ihre verfassungsmäßige Position den Neid vieler Länder erweckt. Ein Skandal in der königlichen Familie, selbst wenn er so lange zurückliegt, muß unbedingt vermieden werden, und die Sache mit den von den Nazis geraubten Bildern ist ja auch wirklich äußerst unschön. Italiener, Holländer, Norweger, Franzosen, Österreicher, Polen, Tschechen und Griechen verloren Kunstwerke an die Nazis, die nie wieder aufgetaucht sind.«

»Auch die Amerikaner«, warf Lessor ein. Er war mit einer Amerikanerin verheiratet.

Lockwood nickte. »Auch die Amerikaner, stimmt. Wie ich inzwischen dem Bericht des Palastes entnahm, gaben die Amerikaner bei Kriegsende ein kleines Vermögen dafür aus, um einige dieser Meisterwerke wieder aufzuspüren. Keine dieser Nationen wird erfreut darauf reagieren, wenn bekannt wird, daß viele dieser Kunstwerke dazu dienten, den Herzog von Windsor zu bestechen. Übrigens sind in dieser Geschichte die Interessen des Landes und unserer Partei sozusagen identisch. Falls die Regierung ihre Hilfe verweigerte, falls die Story an die Öffentlichkeit käme und der Palast dann bekanntgäbe, daß wir ihn im Stich ließen ... Nun, ich glaube, dann könnten wir die Hoffnung für immer begraben, auch die nächste Regierung zu stellen. Andererseits weiß ich auch nicht, wie unsere Unterstützung der Königin uns helfen soll, wieder an die Macht zu kommen, da wir ja kein Wörtchen davon verraten dürfen. Aber ... so ist eben die Politik.

Ich bringe diese Angelegenheit nicht vors Kabinett, vorläufig jedenfalls nicht. Einundzwanzig Leute sitzen im Kabinett, und es hat Lecks wie ein Öltanker aus Panama, wenn Sie mir diesen Vergleich gestatten. Genau deshalb wurde ja dieses Komitee gebildet. Jetzt aber interessiert mich Ihre spontane Reaktion, meine Herren. Tom, fangen Sie bitte an.«

Tom Lessor stammte aus Shropshire und war überzeugter Monarchist. »Für mich gibt's da gar kein Problem, Premierminister. Aus rechtlicher oder moralischer Sicht, meine ich. Erpressung der Krone ist Hochverrat.«

Lockwood lächelte. »Wie lange ist es her, daß jemand wegen Hochverrats hingerichtet wurde?«

»Keine Ahnung, Bill, aber lachen Sie nicht. Das ganze Land wäre auf Ihrer Seite, falls dies je bekannt würde.«

»Joss?«

Hatfield war nach Lockwoods Ansicht ein vorzüglicher Pragmatiker, der keine echten eigenen Überzeugungen hatte. Er war eben gern auf der Seite der Gewinner. Der Chief Whip hatte die Angewohnheit, mit dem Kinn zu ruckeln, als ob ihn der Hemdkragen irritierte. So auch jetzt. »Der entscheidende Punkt ist, ob die Sache an die Öffentlichkeit dringt. Falls nicht, spielt es keine große Rolle, was wir tun, jedenfalls in politischer Hinsicht. Falls die Sache durchsikkert, dann muß natürlich klar sein, daß wir den Palast unterstützten. Wie Sie ganz richtig erwähnten, können wir nichts anderes riskieren, da die Wahl so kurz bevorsteht.«

»Und moralisch gesehen?«

»Da fragen Sie am besten den Erzbischof von Canterbury.«

Lockwood lächelte wieder und wandte sich an Midwinter. »Wird die Sache durchsickern?«

Midwinter war ein hitziger Rotschopf aus Cardiff, dessen Kinn an die Landkarte von South Wales erinnerte. Midwinters größter politischer Pluspunkt waren erstaunlicherweise seine Wutanfälle, wodurch er zwar wenige Freunde gewann, dafür aber um so mehr Respekt bei Journalisten. »Wenn ich es derb ausdrücken darf, Premierminister, dann hat der Palast Sie – uns – in der Tasche. Falls wir dem Palast nicht helfen und das Ganze sich zuspitzt, wie es fast zwangsläufig sein wird, sobald es an die Abrechnung geht, dann wird der Palast uns mit reinziehen. Und hätte damit natürlich recht – von seinem Standpunkt aus betrachtet.«

»Eric?«

Eric Slocombe trug einen bleistiftdünnen Schnurrbart, den Sally, die Frau des Premierministers, zutiefst verabscheute. Ihrer Meinung nach sah er dadurch wie ein erfolgloser Buchmacher aus. Zu allem Übel schmückte er sich auch noch mit einem Toupet, das nicht recht zu seinem echten Haar paßte. Aber Slocombes Verstand war so scharf wie sein Schnurrbart, und er ließ sich in der Politik auf kein Spiel ein, es sei denn, er rechnete sich gute Chancen aus. Lockwood hätte sich zwar einen Berater gewünscht, der äußerlich einnehmender war, schätzte aber Slocombes Fähigkeiten hoch ein.

»Tja«, begann Slocombe. Er gehörte zu jenen Menschen, die beim Sprechen vollkommen unbeweglich bleiben, bis auf ihre Lippen. »Bisher wurde das größte und unmittelbarste politische Problem übersehen. Dabei handelt es sich nicht um die Queen, um die Presse oder um die Öffentlichkeit – zumindest nicht direkt. Nein, es handelt sich um George Keld.« Er wandte sich direkt an den Premierminister. »Wenn Sie das hier verpfuschen, Bill, wird Keld Sie schneller im Tower haben, als Sie ›Canaletto‹ schreien können. Also müssen wir all dies vor Keld geheimhalten.«

Lockwood nickte mit grimmigem Gesicht. Keld war der Verteidigungsminister und größte politische Widersacher des Premierministers innerhalb der Partei. Von vielen wurde er als sein möglicher Nachfolger angesehen. Lockwood war 69, Keld zwölf Jahre jünger. Er war der einzige, der überhaupt eine Chance gegen Lockwood bei der alljährlichen Wahl des Parteivorsitzenden hatte – falls er gegen ihn antrat. Als Verteidigungsminister verfolgte er eine äußerst harte Linie.

Lockwood legte kurz seine Hand auf Slocombes Schulter. »Danke, Eric, so realistisch wie immer. Und ich danke auch allen anderen für ihren Rat. Morgen vormittag kommen wir hier wieder zusammen. Tom, von Ihnen möchte ich bis morgen früh die Namen der besten Beamten Scotland Yards haben, die auf Erpressung spezialisiert sind. Vielleicht verfügt Scotland Yard sogar über eine Liste verdächtiger Personen oder besonderer Merkmale, die Aufschluß darüber geben könnten, wer hinter der Sache steckt. Bei Erpressern, die schon hinter Gittern sitzen, könnte man sich erkundigen, ob sie etwas von dieser ›Apollo-Brigade‹ gehört haben. Aber verraten Sie keinem, warum. Ach übrigens, am besten schalten Sie auch O'Day vom MI 6 ein.«

Lessor nickte.

Der Premierminister wandte sich nun an Allen. »In einer gewissen Phase werden wir so etwas wie eine Kommandozentrale brauchen. Jetzt noch nicht ... erst wenn die Erpresser Kontakt aufnehmen und wir genau wissen, mit wem wir es zu tun haben. Aber machen Sie sich schon mal darüber Gedanken, ja? Und ich wiederhole, verraten Sie keinem, was los ist, nicht einmal den Leuten im Haus.« Er sprach nun etwas lauter. »Ich möchte nicht dramatisieren, aber es könnte sein, daß die Jobs von uns allen hier im Raum von diesem kleinen Problem abhängen. Wir müssen alles daransetzen, daß nichts schiefgeht. Wir treffen uns morgen früh um 9.15 Uhr wieder. Es versteht sich von selbst, daß Sie den Hintereingang benutzen, meine Herren.«

Er schaute auf seine Armbanduhr und sagte in verändertem Ton: »Ich muß jetzt meinen Enkel im Krankenhaus in der Great Ormond Street besuchen. Der kleine Kerl wird häufig ohnmächtig. Sehr beängstigend!« Nach einer kurzen Pause redete Lockwood wieder normal weiter. »Danach muß ich mich umziehen. Abendessen in der Dänischen Botschaft. Wenn wir doch auch nur so harmlose Hoheiten hätten wie die Dänen!«

»Hier entlang, Sir«, sagte der Logendiener und führte Edward in einen Raum, der mit zwei runden Tischen und vergoldeten Sesseln mit roten Samtkissen möbliert war. »Ich benachrichtige Sir Francis, daß Sie gekommen sind.«

Edward wollte sich nicht setzen. Die Stühle sahen aus, als seien sie für eine Zirkustruppe von Liliputanern geschreinert worden. Außerdem paßte ruheloses Hinundhertigern besser zu seiner miesen Stimmung. Nicht zum ersten Mal war er sehr verärgert über den Oberstallmeister. Er konnte zwar halbwegs verstehen, daß er unter den gegebenen Umständen nicht an der Konferenz in Paris teilnehmen durfte. Aber es verdroß ihn eben doch, da er sich mit seinem Vortrag große Mühe gegeben und sich außerdem auch auf die Spritztour nach Frankreich gefreut hatte. Ebensowenig gefiel ihm, daß er Wilma nichts erzählen durfte. Auch hier verstand er zwar die Argumente der anderen Seite, aber sein Leben wäre wesentlich leichter, wenn er Wilma in die Geschichte einweihen könnte. Sie war über sein Stillschweigen beleidigt, verbreitete schlechte Laune, knallte Sachen auf den Tisch und blies ihm Zigarettenrauch ins Gesicht.

Und zu guter Letzt noch die telefonischen Mitteilungen auf seinem Anrufbeantworter, als er abends heimgekommen war. Tagsüber im Büro hatte ihm bereits Geneviève Chombert am Telefon die Hölle heiß gemacht. Sie war verständlicherweise empört darüber, daß er sie in letzter Minute im Stich gelassen hatte. Der erste Anruf war von Nancy gewesen.

»Hallo! Kennst du mich noch? Hier ist deine Freundin, der ›Fast-food-Freak‹! Wo steckst du bloß, Woodie? Allein im Bett zu liegen ist schlimm genug, aber allein am Telefon ... das hasse ich! Bis bald.«

Das war schon frustrierend genug gewesen, doch was Edwards Blut erst so richtig in Wallung gebracht hatte, war der zweite Anruf: »Hier spricht Sir Francis Mordaunts Sekretärin im Buckingham Palace. Ich habe Ihnen eine dringende Mitteilung zu machen. Er möchte, daß Sie sich heute abend um 20.30 Uhr im Vorraum der Königsloge im Covent Garden Opera House einfinden. Das Personal am Eingang wird Sie erwarten und Ihnen den Weg weisen.« Kein »bitte« oder »danke«, keine Entschuldigung, seinen Abend zu stören! Er hatte zwar nichts vor, aber darum ging es ja nicht ...

Mordaunts gebieterisches Gehabe ging ihm wirklich auf die Nerven. Während Edward wartete oder man ihn warten ließ, wie er mißmutig dachte, lauschte er der Musik, die gedämpft zu ihm drang. Es war Offenbachs Oper »Hoffmanns Erzählungen«, und zwar gerade die Barcarole. Er liebte diese Arie und spürte, wie sein Ärger verflog, und das machte ihn schon fast wieder ärgerlich.

Endlich kam Sir Francis herein. Er wirkte reichlich gekkenhaft mit seiner schwarzsamtenen Frackschleife und den Samtpumps, auf die albernerweise seine Initialen mit Goldgarn gestickt waren. Mit einer flüchtigen Handbewegung forderte er Edward auf, sich zu setzen. Im Auditorium schwollen die Klänge der Barcarole an, bis sie das ganze Opernhaus zu erfüllen schienen.

»Lockwood hat ein Komitee gebildet, das sich mit dieser ›Apollo-Brigade‹ befaßt«, sagte er ohne jede Einleitung. »Der Innenminister, der Chief Whip, der Kabinettsminister und einige andere. Wir wollten eigentlich nur Kronräte hinzuziehen, aber Lockwood ist wegen möglicher politischer Auswirkungen besorgt und hat seine eigenen Leute in das Komitee geholt. Aufgrund dessen sind Ihre Majestät und ich der Meinung, daß der Palast in diesem Komitee ebenfalls repräsentiert sein müsse, und der Premierminister hat eingewilligt.« Mordaunt machte eine Pause und hob gedankenverloren ein Messer des Gedecks vor ihm auf. »Wir möchten, daß Sie dies übernehmen.« Einen winzigen Moment schaute er Edward voll an, bevor er mit der Messerspitze ein Muster in die Tischdecke zu zeichnen begann. »Es ist eine saubere Lösung und auch am besten, vom Sicherheitsstandpunkt her gesehen. Selbstverständlich wäre die Queen in einem solchen Komitee fehl am Platze ... Ich habe sehr viel zu tun, und außerdem ist mein Gesicht zu bekannt. Wenn ich häufig in Downing Street auftauche, dann wird früher oder später irgend jemand fragen, warum. Ich könnte den Lord Chamberlain schicken, aber warum sollen wir mehr Leute in die Sache verwickeln als notwendig? Ich hoffe, daß Sie einverstanden sind.«

Edwards Mißtrauen gegenüber den Stühlen erwies sich als richtig. Sie waren unbequem und gebrechlich, so daß er Angst hatte, gleich herunterzufallen. Aber das lag vielleicht auch daran, weil ihm leicht schwindlig war. Angenommen, er machte bei diesem illustren Komitee mit. Wie oft trafen sich die Mitglieder? Was wurde inzwischen aus der Royal Collection? Schließlich war Hillier immer noch krank. Andererseits war Edward klar, daß ihm eigentlich gar keine Wahl blieb. Man konnte eine Bitte vom Palast nicht ablehnen.

»Hillier liegt im Krankenhaus, wie Sie ja wissen. Meine Sekretärin kann die Stellung ein paar Tage halten, müßte aber eingeweiht werden.«

Mordaunt wollte widersprechen, doch Edward schnitt ihm das Wort ab. »Falls sie im unklaren bleibt, kann sie die Leute nicht abwimmeln, die alle möglichen Fragen stellen werden. Es wird merkwürdig aussehen, wenn ich nun auch noch weg bin, obwohl Hillier schon außer Gefecht ist.«

Mordaunt spielte wieder mit dem Messer und grub Furchen in die Tischdecke. Er warf Edward einen seiner berühmt-berüchtigten eisigen Blicke zu. »Na schön«, sagte er knapp.

Die letzten Klänge der Barcarole verebbten. Mordaunt stand auf. »Jetzt beginnt die Pause«, sagte er. »Sie sollten weg sein, bevor jemand hereinkommt. Das Komitee trifft sich morgen um 9.15 Uhr in Downing Street Nr. 10. Und zwar pünktlich. Danach reden wir weiter.«

Edward konnte hören, wie sich die Zuschauer von ihren Plätzen erhoben. Als er den Vorraum verließ, wurde gerade die Tür der Königsloge geöffnet. Edward wartete nicht ab, wer die anderen Gäste waren, sondern stieg rasch die Treppe zur Eingangshalle hinunter.

Es war eine warme Nacht. Edward ging die Floral Street hinunter und bog in die Covent Garden Piazza ein, wo gerade Akrobaten ihre Kunststücke darboten. Einer aus der Truppe war Meister darin, sich auf die Pflastersteine zu werfen, ohne sich dabei zu verletzen. Edward schaute ein Weilchen zu, dachte dabei aber an sein Erlebnis im Opernhaus. Wie viele Geschäfte waren wohl schon in jenem Vorraum der Königsloge abgeschlossen worden? Dieser Salon hatte sicher mehr berühmte Gesichter und politische Drahtzieher gesehen als viele bekanntere Tagungsorte. Er hatte sich immer schon gefragt, wo sich die Zentren der Macht befanden; nun hatte er einen flüchtigen Einblick bekommen.

Morgen würde es nicht bei einem flüchtigen Einblick bleiben. Morgen, Mittwoch. Also konnte er doch seinen Vater und Barbara treffen. Sein Vater stieg immer im Hotel »Stafford« ab, und dort würde er anrufen, sobald er nach Hause kam. Sein alter Herr würde dies als Beweis dafür nehmen, daß die angebliche Konferenz in Paris von Anfang an ein Schwindel gewesen war. Nun, das ließ sich leider nicht ändern.

In Gedanken beschäftigte Edward sich schon wieder mit Mordaunt, während er die King Street entlangging. Warum nahm Mordaunt nicht selbst an dem Komitee teil? Er hatte viel zu tun, zugegeben, aber diese Angelegenheit war doch so wichtig, daß sie Vorrang vor allem übrigen hatte.

Edward hatte bereits den Leicester Square erreicht, bevor er eine Antwort darauf fand oder, besser gesagt, erkannte, daß er in eine Falle gelockt worden war. Er mußte zugeben, daß Mordaunt mit großen diplomatischem Geschick vorgegangen war. Falls das Komitee des Premierministers erfolgreich war, dann würde jedem der daran Beteiligten, von Lockwood über Mordaunt bis zu Edward, auf die Schulter geklopft werden. Ging die Sache jedoch schief, dann wäre Mordaunt ›aus dem Schneider‹. Er könnte dann Lockwood und natürlich auch Edward alle Schuld in die Schuhe schieben. Edward fühlte sich plötzlich jenem Akrobaten auf der Piazza verwandt, der immer wieder zu Boden ging.

8. KAPITEL

Mittwoch

Der Polizist blieb stehen und klopfte leicht an die glänzenden Mahagonitüren, öffnete eine und beugte sich hinein. Edward hörte ihn sagen: »Es ist Doktor Andover«, bevor er in den Sitzungsraum des Kabinetts geleitet wurde. Während Lockwood Edward vorstellte, brachte der Butler ein Kaffeetablett herein, stellte es auf dem Tisch ab und zog sich wieder zurück. Evelyn Allen überzeugte sich davon, daß die Türen verschlossen waren, und setzte sich dann als letzter.

Edward war enttäuscht, daß er durch den Hintereingang von Downing Street Nr. 10 gebracht worden war, denn er hatte sich schon darauf gefreut, durch das berühmte Eingangsportal zu treten. Statt dessen war er jedoch zu einer kleinen unscheinbaren Tür gleich hinter der Horse Guards Parade gebracht und dann durch ein derartiges Gewirr von Korridoren geführt worden, daß St. James's Palace im Vergleich dazu wie eine klar und übersichtlich gebaute Kaserne wirkte. Er war zwei Minuten zu früh gekommen, doch die anderen warteten schon auf ihn. Der Premierminister verlor keine Zeit und kam gleich zur Sache.

Er wandte sich an den Innenminister. »Zuerst Tatsachen«, sagte er. »Dann befassen wir uns mit den Gedanken, die Sie sich vielleicht über Nacht gemacht haben. Tom?«

Lessor nahm einen Kugelschreiber aus der Tasche und spielte damit herum. »O'Day steht uns zur Verfügung, aber unser eigentlicher Kontakt im Yard ist Chefinspektor Robert

Leith. Er ist die Nummer drei in der Abteilung für Schwerverbrechen, einundfünfzig Jahre, sehr fähig – er hat in den letzten vier Jahren fünfzehn Erpresser hinter Gitter gebracht.« Lessor hielt ein Blatt Papier hoch. »Zur Zeit residieren einundvierzig Erpresser als Gäste Ihrer Majestät. Hier habe ich ihre Namen und – äh – Adressen. Was irgendwelche Spezialmethoden betrifft, die uns verraten könnten, mit wem wir es zu tun haben, da gibt es keine Liste, wie ich hörte, aber Leith wird uns natürlich eine Hilfe sein, falls er hinzugezogen wird. Sehr erschwerend ist für uns, daß Erpresser keine normalen Verbrecher sind. Die meisten von ihnen haben nie zuvor eine Straftat begangen und werden es wohl auch kaum je wieder tun. Sie versuchen es mit Erpressung, weil sie zufällig an irgendeine hochnotpeinliche Information geraten sind, wie es in unserem Fall auch zu sein scheint.« Er nickte zum Zeichen, daß er zu Ende war.

Lockwood lutschte am Bügel seiner Brille. »Noch jemand? Irgendwelche nächtlichen Gedanken?«

Hatfield steckte einen Finger in seinen Hemdkragen und reckte den Hals. »Mir ist da ein Gedanke gekommen«, sagte er. »Irgendwann werden sie vermutlich Geld verlangen. Da muß es doch die Möglichkeit des Feilschens geben, oder irre ich mich?« Er schaute zum Innenminister hinüber. »Scotland Yard wird das wohl wissen.« Lessor gab mit einem Nikken zu verstehen, daß er es überprüfen würde.

Lockwood drehte sich in seinem Stuhl herum und schaute nacheinander jeden der Anwesenden an. »Noch jemand? Ist sonst niemandem etwas eingefallen?«

Midwinter beugte sich nach vorne. »Sind Sie überzeugt von Mordaunts Argumenten, Bill? Ich meine, erwarten Sie tatsächlich, daß diese Brigade Geld will und nicht irgend etwas Politisches?«

»Ich weiß nicht, was ich glauben soll«, erwiderte Lockwood. Er wandte sich an Edward. »Ich nehme an, daß die Geschichte über Apollo, daß er homosexuell war wie Blunt, richtig ist, oder?«

»Ja, Sir«, erwiderte Edward.

Der Premierminister schaute wieder zu Midwinter hinüber. »Wir können nichts anderes tun als warten und versuchen, vorbereitet zu sein.«

»Dann habe ich noch eine andere Frage.« Midwinter erwiderte Lockwoods Blick. »Was ist mit dem Geld, Bill?«

»Nun, falls es je dazu kommt, dann wird die Queen zahlen ...«

»Ja, natürlich ... das nahm ich auch an. Aber ich nehme ebenfalls an, daß die Forderung sehr hoch sein wird. Zweifellos hat Ihre Majestät das Geld in irgendeiner Form, aber falls ... falls sie plötzlich irgendwelche Wertpapiere zu Bargeld machen müßte ... Ich frage mich, ob das rasch genug getan werden kann und ob es nicht ein Sicherheitsrisiko darstellt.«

Lockwood nickte. »Wer weiß, wieviel die Queen hat? Aber Sie haben ganz recht, Bernard. Die Brigade könnte eine Million Pfund verlangen, deren Beschaffung wohl doch einiges Kopfzerbrechen bereiten würde.« Er notierte etwas auf einem Blatt Papier. »Vielen Dank. Noch jemand?«

Der Kabinettsminister hüstelte. Da es der erste Laut war, den er seit dem Zustandekommen dieses Komitees von sich gab, wandten sich ihm alle Blicke zu. »Wie Sie uns ja baten, Premierminister, habe ich mir einige Gedanken über eventuelle Gegenmaßnahmen gemacht. Angenommen, Kontakt wird mit den Erpressern hergestellt, und angenommen, bei der Geldübergabe bietet sich uns am ehesten eine Möglichkeit, diese Leute zu schnappen, dann wäre doch die Spezialeinheit 15 vom SAS am besten geeignet, um das zu erledigen.«

Lockwood nickte. »Stimmt, aber das stellt für uns doch kein Problem dar, oder?«

Der Kabinettsminister zögerte, und Slocombe antwortete an seiner Stelle. »SAS untersteht dem Verteidigungsministerium. Also Kelds Domäne. Wir müßten ihm Bescheid geben, weil er garantiert irgendwie Wind davon bekommt.«

Schweigen. Irgendwo im Gebäude wurde eine Tür zugeknallt. »Das bedeutet also«, sagte Lockwood schließlich, »daß wir entweder Keld in die Sache hineinziehen oder auf die Spezialeinheit 15 verzichten müssen.«

»Was spricht denn gegen Kelds Teilnahme?« protestierte Lessor, der innerparteiliche Querelen haßte.

Slocombe lächelte freudlos. »Instinkt«, sagte er mit verhaltener Stimme. »Die harte Lektion aus hundert kleinen Siegen und ebenso vielen – fast ebenso vielen – Niederlagen.«

Lockwood steckte das Blatt Papier, auf dem er sich Notizen gemacht hatte, in die Tasche. »Ich bin derselben Meinung. Wir weihen George Keld nicht ein. Wenn wir deshalb auf Einheit 15 verzichten müssen, dann verzichten wir eben darauf. Scotland Yard hat die Special Patrol Group, die Botschaften und Diplomaten schützt. Und dann gibt's da noch die Truppe, die Heathrow bewacht. Tom, das fällt in Ihr Ressort.«

»Ich entscheide mich bis heute abend und sorge dafür, daß die Leute sich dann bereithalten.«

»Ausgezeichnet. Bevor wir auseinandergehen erinnere ich Sie noch einmal daran, daß dieses Komitee und seine Beratungen geheim sind, sogar sehr geheim. Also keine Notizen, keine dunklen Andeutungen gegenüber Ihren Ehefrauen oder Geliebten, keine verschlüsselten Aufzeichnungen in Ihren Tagebüchern. Ist das klar?« Sein kalter Blick streifte durch das Zimmer wie der Suchscheinwerfer eines Gefängniswachturms. Einer nach dem anderen aus der Tischrunde nickte zustimmend.

»Hm. Nun zu Ihnen, Doktor Andover. Ich habe da ein kleines Problem. Sie kamen gerade eben durch den Hintereingang, stimmt's?«

»Ja.«

»Tja ... Für mich müssen Sie auch einen Hintereingang finden, und zwar in den Palast. Falls ich ständig durch das Vorderportal ein und aus gehe, werden einige unserer überschlauen, neugierigen Freunde von der Presse glauben, daß ich zurücktreten will.«

Als Edward Barry Coxwolds kleines Geschäft nebst Werkstatt betrat, begrüßte ihn der Besitzer persönlich. Edward kannte ihn flüchtig von Auktionen. Es spielte keine Rolle, daß er sich einen Wagen von Barry nicht leisten konnte. Er war Autonarr und schneidiger Fahrer eines eigenen, viel billigeren, reichlich zusammengeflickten alten Wagens und gehörte somit zur Fan-Gemeinde.

»Edward!« rief Coxwold und schüttelte ihm die Hand. »Wem soll ich Sie erst vorstellen? Alter – oder Schönheit?«

Edward lachte und trat zu Barbara, um sie auf beide Wangen zu küssen. Sie trug einen marineblauen Blazer und teure, ausgebleichte Jeans. Barbara führte in Stanford eine Head-Hunter-Agentur und schien offensichtlich gut zu verdienen.

»Edward, so elegant wie immer.« Eine dunkle, interessante Stimme, rauchig von den besten Bloody Marys, die es für Geld gab. »Welch hübsches blondes Haar!«

»Du meinst den spärlichen Rest«, erwiderte Edward. »Aber du siehst hinreißend aus, Barbara.« Es stimmte. Man hätte sie höchstens auf 45 geschätzt und ganz gewiß nicht auf 54 – ihr wahres Alter, wie Edward wußte.

Er wandte sich seinem Vater zu, sie gaben sich die Hand und umarmten sich. Edwards Vater hatte sich in vieler Hinsicht dem kalifornischen Stil perfekt angepaßt. Edwards heißgeliebte Mutter, Elisabeth, war ruhig und häuslich gewesen. Zwar hatte Edwards Vater sehr um sie getrauert, sich andererseits aber auch wie befreit gefühlt. Schon ein Jahr nach ihrem Tod war er nach Amerika gezogen und hatte es nie bereut, weder persönlich noch beruflich. Etwas, eigentlich das einzige, was Edward seitdem an seinem Vater nicht ertragen konnte, waren die gefärbten Haare. Braun, ins Rötliche spielend, wenn das Licht ungünstig war. In Kalifornien mochte es ja normal sein, aber für seinen Sohn, der ihn eher mausgrau in Erinnerung hatte, sah es einfach absurd aus.

»Was hältst du davon?« erkundigte sich sein Vater. Er meinte damit den Wagen, nicht sein Haar.

Edward wanderte langsam um den Wagen, dessen Karosserie in jenem unvergleichlichen Ferrari-Rot glänzte und dessen Chromräder aussahen, als hätten sie noch nie eine richtige Straße berührt. »Ich meine, daß du sehr viel verdienen mußt, um dir so etwas leisten zu können.« Er grinste dabei Coxwold zu. »Sie auch.«

Coxwold schmunzelte. »Ich lasse Sie ein Weilchen allein mit dem Prachtstück.« Er zog sich in sein Büro zurück.

Barbara, Edward und sein Vater bewunderten schweigend den Wagen.

»Wieviel PS?« fragte Edward.

«300.«

»O du lieber Gott!« flüsterte Barbara.

Sein Vater wanderte um den Wagen herum und spähte durch die Scheibe aufs Armaturenbrett. Als er sich wieder aufrichtete, sagte er beiläufig: »Was ging mit Paris schief?«

»Probleme bei der Arbeit.« Er erwähnte den Palast nie, falls es sich vermeiden ließ.

»Wie oft siehst du eigentlich die Queen, Edward?« Barbara machte aus ihrer Neugier kein Hehl.

»Ich bin nun schon seit fünf Monaten im Amt, habe sie aber noch nicht getroffen.«

»Kein einziges Mal?«

»Kein einziges Mal.«

Barbara machte ein enttäuschtes Gesicht.

»Und diese Amerikanerin, Nora ... die Icecream-Erbin ... seid ihr noch befreundet?« Edwards Vater stieg in den Wagen, um das Feeling auszuprobieren.

»Nicht Nora – sie heißt Nancy. Ja, wir sind noch befreundet.«

»Wie lautet ihr Nachname?«

»Tucker.«

»Nie von Tucker's Icecream gehört, Barbara? Edwards Mädchen stammt aus San Francisco.«

Barbara schüttelte den Kopf. »Nie gehört. Aber ich mache mir auch nicht viel aus Eis. Brauchst du noch lang, Darling?

Ich bin hungrig, und Edward sicher auch. Du weißt, wie er Pasta liebt. Gehen wir doch zu ›Mimmo d'Ischia‹.«

»Essen, Essen, Essen! Wie du so viel essen kannst und trotzdem deine schlanke Figur behältst, ist mir ein Rätsel. Also, Edward, dieser Wagen kostet 2 250 000 Dollar. Soll ich ihn mir leisten oder lieber ein Gemälde kaufen? Barbara möchte ein Bild von Schnabel.«

»Keine Frage für mich, Dad«, erwiderte Edward wie aus der Pistole geschossen. »Ich bin Kunsthistoriker – leider – und liebe deshalb Bilder mehr als alles andere auf der Welt. Aber wenn du die Wahl hast, dann kauf das Auto.«

Insgeheim mußte er lächeln. Der Tee stammte aus Ceylon. Das trank man also im Buckingham Palace. Es war genau die Art von Insiderinformation, für die Boulevardblätter ein kleines Vermögen zahlen würden. Eine der Sekretärinnen Mordaunts schenkte ein. Außer ihr waren vier Personen im Büro des Oberstallmeisters: Mordaunt selbst, Lockwood, Sir Evelyn Allen und Edward.

Sobald die Sekretärin den Raum verlassen hatte, begann Lockwood: »Sir Francis, Evelyn hat schon begonnen, Pläne zu entwickeln, um mit diesem ... Problem fertig zu werden. Es ist nicht leicht. Selbst ein sicherer Versammlungsort oder eine Kommandozentrale sind schwer zu finden. Downing Street ist zu bekannt, Scotland Yard zu ›undicht‹ ... doch irgendwie werden wir's schon schaffen. Der Innenminister läßt gerade eine Liste von Männern zusammenstellen – Detektive, Sicherheitsbeamte –, die Spezialisten für Erpressung sind. Ich glaube, daß wir nicht mehr tun können, bevor diese Brigade sich wieder meldet. Allerdings möchte ich noch zwei etwas delikate Fragen stellen.«

»Ich danke Ihnen für Ihre bisherige Hilfe, Mister Lockwood. Sehr beruhigend. Wie lauten Ihre Fragen?«

»Es geht um Geld.« Lockwoods Lächeln wirkte etwas verlegen. »Vorläufig können wir nicht wissen, welcher Art die Forderungen der Brigade sein werden. Falls es sich jedoch um Geld handelt..., tja, es mag wie Hochverrat aussehen, wenn ich dies sage, aber da es sich um Ihre Majestät handelt, könnten die Erpresser versucht sein, eine gewaltige Summe zu fordern. Ist die Queen bereit, unbegrenzt viel zu zahlen, um diesen Skandal zu vermeiden? Und kann der Palast schnell eine hohe Summe bereitstellen?«

In der nun folgenden Pause beeilte Lockwood sich hinzuzufügen: »Normalerweise würde ich nicht im Traum ...«

»Nein, das ist schon in Ordnung, Mister Lockwood. Ich verstehe Sie sehr gut. Aber ich kann Ihre erste Frage nicht beantworten, da ich einfach nicht weiß, ob es eine Grenze gibt, über die Ihre Majestät nicht hinausgeht. Vielleicht weiß sie es selbst noch nicht. Nun zu Ihrer zweiten Frage. Mit welcher Summe rechnen Sie denn?«

Achselzuckend wandte sich Lockwood an den Kabinettsminister.

Allen sagte: »Soviel ich weiß, ist die Rekordsumme für eine Erpressung bisher siebeneinhalb Millionen Pfund.«

Mordaunt kritzelte mit einem eleganten, silbernen Drehbleistift die Zahl auf ein Papier.

»Ich kann mir nicht vorstellen, daß jemand noch mehr verlangen würde«, fügte Lockwood hinzu. »Angenommen, die Erpresser wollen das Geld in kleinen Scheinen, vielleicht 20-Pfund-Noten, natürlich gebrauchte, dann könnten sie nicht viel mehr wegschleppen. Siebeneinhalb Millionen in 20-Pfund-Noten füllen an die hundert Aktenmappen oder ungefähr fünfzehn Koffer.«

Mordaunt nickte. »Dazu kann ich folgendes sagen. Bis zu, sagen wir mal, 20 Millionen Pfund wird es keine Probleme geben. Darüber hinaus, falls Ihre Majestät beschließen sollte, trotzdem zu zahlen, bräuchten wir etwas Zeit.«

Lockwood nickte. »Nun, dann wäre ja soweit alles geklärt, bis auf das Problem mit der Kommandostelle. Ach, da wäre doch noch etwas. Vielleicht könnte sich Ihre Majestät heute nachmittag erkälten und für morgen alle Verpflichtungen absagen?«

»Das läßt sich einrichten«, erwiderte der Oberstallmeister. »Es wird allerdings Aufsehen erregen. Sie haben es vielleicht noch nicht gehört, aber Prinzessin Margaret, die gerade auf Mustique weilt, muß wegen irgendeiner mysteriösen Tropenkrankheit das Bett hüten. Wenn jetzt die Queen auch erkrankt ... tja, Sie verstehen wohl, was ich damit meine.«

»Ein höchst unglückliches Zusammentreffen, zugegeben. Aber so etwas passiert eben.« Lockwood blickte zu Allen hinüber. »Eine sichere Kommandostelle zu finden, ist ein viel größeres Problem ...«

»Darf ich etwas sagen?«

Der Premierminister wirkte irritiert, Mordaunt überrascht. Die Blicke aller ruhten auf Edward.

»Wie viele Leute braucht man in dieser sogenannten Kommandostelle?«

Der Kabinettsminister überlegte. »Anfangs zwei oder drei. Später dann mehr, je nachdem, was passiert.«

»Wir haben im St. James's Palace eine Werkstatt für Restauratoren«, erklärte Edward. »Sie ist groß und zentral gelegen. Von unseren beiden festangestellten Restauratoren ist einer gerade in Balmoral, der andere in Windsor, und dort werden sie solange bleiben, wie ich es verfüge. Manchmal arbeiten dort zwar externe Spezialisten an einem besonderen Restaurierungsproblem, aber sonst betritt eigentlich nie jemand die Werkstatt. Keinem würde etwas Ungewöhnliches auffallen, wenn Ihre Polizisten oder Sicherheitsbeamten dort auftauchten, vorausgesetzt, sie tragen weiße Arbeitskittel.«

Lockwood wandte sich an Allen: »Was halten Sie davon?«

»Ich stimme Doktor Andover zu. Die Werkstatt liegt zentral, und niemand würde uns stören. Außerdem ist es einfacher und auch sicherer, Polizei und Sicherheitsbeamte in den Palast kommen zu lassen, als daß sich Andover und die anderen irgendwo treffen müssen, wo dies auffällt.«

»Wir mußten übrigens Andovers Sekretärin einweihen.« Damit machte sich Mordaunt wieder bemerkbar. »Sie ist eine

Topkraft und stellt kein Sicherheitsrisiko dar. Neugierige Fragen wird sie routiniert abwimmeln.«

Lockwood fuhr mit der Fingerspitze seine tiefe Wangenfalte nach. »Vielen Dank, Doktor Andover. Ich überlasse es Ihnen und Evelyn, die Details auszuarbeiten.« Dann wandte er sich wieder an Mordaunt. »Welchen Grund werden Sie eigentlich Ihrem Pressebüro angeben, warum Ihre Majestät die morgigen Verpflichtungen absagt?«

»Keine Sorge, Mister Lockwood, unser Sicherheitssystem funktioniert gut. Ich werde den Arzt Ihrer Majestät kommen lassen und ihm erklären, sie habe diplomatische Grippe. Das hatte sie schon früher, mehr als einmal, und der Arzt wird nichts Näheres wissen wollen. Apropos Krankheit, Premierminister, darf ich mich erkundigen, wie es Ihrem Enkel geht?«

Lockwood runzelte die Stirn. »Wenn ich das doch nur wüßte, Sir Francis! Man sagte mir, daß eine Tomographie vom Gehirn gemacht werden solle, vielleicht schon morgen. Es ist erstaunlich ... und beunruhigend, wieviel diese Ärzte nicht wissen. Aber danke, daß Sie gefragt haben.«

Alle standen auf. »Ein gräßliches Paar, der Herzog von Windsor und Sir Anthony Blunt«, meinte der Premierminister, zum Oberstallmeister gewandt. »Ich frage mich, welcher von beiden dem Land größeren Schaden zufügte.«

»Hallo, Maschinchen. Was für ein guter Freund du doch bist. Immer da, immer bereit zuzuhören, keine Klagen. Es mangelt dir zwar an Erotik, aber sonst bist du perfekt. Ich würde dich glatt vermissen, wenn ich je das Pech haben sollte, mit deinem Meister persönlich sprechen zu müssen. Erzähl ihm, daß ich in Belton bin, also in Lincolnshire. Skulpturen von den Stantons, von John Bacon und anderen. Frag deinen Meister, ob er weiß, daß Bacon einen geheimnisvollen Werkstoff entwickelte, um Denkmäler mit besonders reichen Ornamenten schmücken zu können – selbst heute weiß noch keiner genau, woraus dieser Stoff eigentlich besteht. Zufällig entdeckte ich in der Nähe der Kirche ein Gebäude namens

Belton House. Dort gibt's eine schauerliche Ausstellung, dem Herzog von Windsor gewidmet, mit dem angeblich einzigen Porträt von ihm als Edward VIII. Dein Namensvetter, Woodie, aber da hört die Ähnlichkeit auch schon auf. Das hoffe ich zumindest. Was für eine traurige Gestalt! Offensichtlich bereute er die Abdankung sein Leben lang. Um das zu erkennen, braucht man sich nur spätere Fotos von ihm anzusehen. Hoffentlich bekommst du all meine Botschaften überhaupt, Woodie. Sie kosten mich ein kleines Vermögen. So, das wär's für heute.«

Edward schaltete den Anrufbeantworter ab und zerrte ungeduldig an seiner Frackschleife. Er kam von einem Dinner bei Christie's, dessen Anlaß die bevorstehende Versteigerung der sogenannten »wichtigen Impressionisten« war. Bei dem Dinner hatte sich die übliche Mixtur von superreichen Immobilienhaien, niedrigem Adel und dürren Witwen aus Palm Beach getummelt, letztere übersät mit Diamanten sowie Leberflecken und in Form gehalten durch Facelifting. Plus drei oder vier Akademiker, um dem abendlichen Ereignis mehr Ansehen und Autorität zu verleihen. Edward hatte sich nur deshalb dazu hergegeben, weil Nancy noch immer verreist war. Mit ihr wäre ihm ein Big Mac lieber gewesen.

Er schenkte sich den letzten Scotch dieses Tages ein, der zufällig auch der erste war. Merkwürdig, daß Nancy ausgerechnet den Herzog von Windsor erwähnt hatte ... Er nahm einen Schluck Dewar's. Ihre Information über John Bacon war nicht neu, jedenfalls nicht für ihn. Aber von der Ausstellung im Belton House hatte er keine Ahnung gehabt. Er wollte gerade das Glas an die Lippen führen, als ihm ein Gedanke durch den Kopf schoß. Nancy war nur ein, zwei Tage vor dem Eintreffen des ersten Pakets im St. James's Palace abgereist. War ihre Erwähnung des Herzogs von Windsor wirklich nur Zufall? Sie war doch nicht etwa in die Sache verwickelt? Oder war sie genau deshalb gerade jetzt unterwegs? Der nächste Gedanke beunruhigte ihn noch mehr. War das der Grund, warum ausgerechnet er als Vermittler gewählt worden war?

9. KAPITEL

Donnerstag

Auszug aus *The Times*, London, Gesellschaftsseite:

DIE QUEEN IST ERKÄLTET
Offizielle Verpflichtungen abgesagt
Auch Prinzessin Margaret unpäßlich

Die Queen hat eine leichte Erkältung, wie Buckingham Palace gestern bekanntgab. Es besteht kein Grund zur Besorgnis, sagte ein Sprecher. Professor Alastair Senior, der Leibarzt der Königin, hat Ihre Majestät untersucht und ihr geraten, 48 Stunden das Bett zu hüten.
Wegen der Unpäßlichkeit der Queen müssen heute drei offizielle Veranstaltungen verschoben werden:

11.15 Uhr: Die Eröffnung eines Altenheims in Enfield.
13.00 Uhr: Ein Mittagessen für die Bürgermeister von fünf nordenglischen Städten im Buckingham Palace.
20.15 Uhr: Die königliche Premiere von *Picasso*, Mr. Ken O'Farrells Film über den großen Maler, mit Karl-Heinz Tutov, im Odeon am Leicester Square.

Kensington Palace: Prinzessin Margaret, die ihre Ferien auf Mustique verbringt, liegt mit einer leichten Lebensmittelvergiftung zu Bett. Ihre ärztliche Versorgung ist durch das Royal Bridgetown Hospital, Barbados, sichergestellt.

Das rote Telefon schrillte. Edward griff hastig nach dem Hörer, zwang sich dann aber zu langsameren Bewegungen. Er schaute zu den zwei Männern hinüber, die außer ihm noch im Raum waren und jetzt ihre Kopfhörer aufsetzten. Nachdem er bis drei gezählt hatte, hielt er den Hörer ans Ohr.

»Edward?« Die Stimme des Generals.

»Ja?«

»Ich habe Pieter van Zuylen in der Leitung. Vom Rijksmuseum.«

»In Ordnung.« Edward entspannte sichtlich und nickte den anderen zu, die prompt ihre Kopfhörer abnahmen. Dies war es nicht, worauf sie warteten.

Während Edward mit dem Direktor von Hollands großartigem Nationalmuseum plauderte, wanderten seine Blicke durch den Raum. Sein Vorschlag, die Kommandozentrale im St. James's Palace einzurichten, war logisch und vernünftig gewesen, aber nur allzu rasch wurde ihm klar, daß er sich damit noch tiefer in die Sache hineinmanövriert hatte.

Edward war mit den beiden Männern bei einem einfachen – sogar sehr einfachen – Frühstück in Mordaunts Haus am Chester Square (der Oberstallmeister lebte nicht »am Arbeitsplatz«) bekanntgemacht worden. Aus Sicherheitsgründen hatte Sir Francis seine Haushälterin irgendwo hingeschickt und das Frühstück selbst bereitet, das aus Kaffee und aufgewärmten Croissants bestand.

Bob Leith war der Mann von Scotland Yard, ein kleiner Welshterrier mit dunklem, schon etwas schütterem Haar, durch das man seinen welligen Schädel schimmern sah. Er kam mit Billigung des Innenministers, da er als der Topmann für schwierige Einsätze der Abteilung »Schwerverbrechen« von Scotland Yard galt. »Angeblich hat er mehr Erpressungsfälle bearbeitet, als es falsche Utrillos gibt«, hatte Mordaunt kurz vor Leiths Ankunft gewitzelt.

Kennedy O'Day war ein ganz anderer Typ. Lang, schlaksig, sandfarbiges Haar, das fiel einem als erstes auf. Aus einiger Entfernung sah er gut, ja sogar attraktiv aus. Aus der Nähe jedoch entdeckte man geplatzte Äderchen auf seinen Wangen (Alkohol?) und ulkige Haarbüschel auf seinem Nasensattel. War es Eitelkeit oder Verschrobenheit, die ihn daran hinderten, sie abzurasieren? Durchdringende blaue Augen und kleine, auseinanderstehende Zähne gaben seinem Gesicht etwas Hartes. Woher O'Day kam, ob aus Whitehall (oder vom Mond), war Edward nicht mitgeteilt worden. Allerdings war es nicht schwer zu erraten, da er zum Frühstück mit einem Diagramm des St. James's Palace erschienen war, das Aufschluß über das Telefonnetz gab. Während des Frühstücks war er von jemandem angerufen worden, der anscheinend sein Assistent war und die ganze Nacht im Palast gearbeitet hatte. Damit war gesichert, so erklärte er, daß Edwards Anrufe zur Werkstatt, also der Kommandozentrale, durchgestellt werden konnten.

O'Day hatte auch Wilma Winnington-Brown noch einmal durchleuchtet. »Keine Geldprobleme, lebt nicht über ihre Verhältnisse, liebt ihre Kinder und hält das Andenken an ihren toten Mann, der offizieller britischer Beobachter in Vietnam war, in Ehren. Schätzt Gin und Sherry und pafft drauflos wie ein schottischer Infanterist.«

»Das hätte ich Ihnen auch alles verraten können«, hatte Edward leicht verdrossen bemerkt.

O'Days Lippen hatten sich zu einem unangenehmen Lächeln verzogen. Seine Zahnlücken erinnerten entfernt an Klaviertasten. »Hat sie Ihnen auch erzählt, daß sie mal einen Mann umbrachte, der sie zu vergewaltigen versuchte? Hat ihm den Kopf mit einer Alabasterlampe eingeschlagen, die gerade zur Hand war.« O'Days Grinsen wurde breiter, als er zufrieden die Wirkung dieser Information auf Edward registrierte.

Edwards Überraschung hielt nicht lange vor. Eigentlich stecken alle Frauen in meinem Leben voller Überraschungen, überlegte er halb grimmig, halb amüsiert. Er konnte sich Wilma gut vorstellen, wie sie einen Vergewaltiger fertigmachte. In gewisser Weise war sie ihm nun noch sympathischer geworden.

Nach dem Frühstück waren O'Day, Leith und Edward, einer nach dem anderen, zum St. James's Palace gefahren. In der Restauratorenwerkstatt hatte Edward dann ein großes Gemälde von Canaletto so aufgestellt, daß jedem, der zufällig hereinschaute, der Blick zunächst verwehrt sein würde. Sie hatten die Tür nicht abgeschlossen, weil dies ungewöhnlich gewesen wäre. Das Bild stand mit der Rückseite zur Tür, so daß nicht sofort auffallen würde, wie wenig hier wirklich restauriert wurde. Während der Nacht waren mehrere Telefone installiert worden, die jeweils mit Kopfhörern an langen Kabeln versehen waren. Wann immer ein Apparat läutete, konnten alle drei Männer das Gespräch mithören.

Schließlich hatte Edward das Telefonat mit van Zuylen beendet und flehte innerlich darum, daß etwas geschähe. Der Canaletto war anfangs ein dankbares Gesprächsthema gewesen, aber schon da hatte sich erwiesen, daß die drei wenig gemeinsam hatten. Als Edward Leith um Instruktionen für den »Ernstfall« gebeten hatte, hatte ihm der Chefinspektor geantwortet, daß er sich möglichst natürlich verhalten sollte.

»Soll ich nicht versuchen, das Gespräch in die Länge zu ziehen? Damit Sie den Anruf lokalisieren können?«

Leith hatte das Gesicht verzogen. »Leichter gesagt als getan. Wenn die Erpresser gut sind, lassen sie sich darauf nicht ein, sondern reden möglichst schnell und legen dann sofort auf. Natürlich werden wir uns bemühen, den Anrufer zu lokalisieren. Aber erwarten Sie keine Wunder. Vielleicht gibt mir das Telefonat irgendeinen Hinweis, aber ich höre hauptsächlich zu, um eine Vorstellung von den Typen zu kriegen, mit denen wir's zu tun haben. Bei Erpressungen ist unsere beste Chance immer die Geldübergabe.«

Nach Leiths Worten hatte wieder Stille geherrscht. Edward

hing weiter trüben Gedanken nach. Er war höchst beunruhigt über eine kurze Unterhaltung, die er mit Mordaunt geführt hatte, bevor die anderen zum Frühstück kamen. Ihm war nämlich schon am Abend zuvor durch den Kopf geschossen, daß selbst nach erfolgreichem Abschluß der Erpressung, wenn also die Queen die geforderte Summe bezahlt hätte, der Palast einen geraubten Raffael, Poussin, Canaletto und weiß Gott welche anderen Kunstwerke noch im Besitz hätte. Wie sollte das der Öffentlichkeit erklärt werden? Da Edward keine Antwort wußte, hatte er Mordaunt gefragt.

»Nun, wir können sie wohl kaum ihren rechtmäßigen Besitzern zurückgeben, oder?« hatte der Oberstallmeister fast pikiert erwidert. »Da würden zu viele peinliche Fragen gestellt werden ... wie wir in den Besitz der Bilder gelangt sind und so weiter. Die ganze üble Geschichte würde möglicherweise bekanntwerden. Nein, ich hielte es für das beste, die Bilder zu zerstören.«

Das Läuten des Telefons ließ Edward aus seinen Überlegungen hochschrecken.

Leith und O'Day griffen nach ihren Kopfhörern. Beim zweiten Klingeln waren beide bereit, und Edward nahm den Hörer ab.

»Ja bitte?«

»Edward? Ein Gespräch aus dem Ausland. Das glaube ich jedenfalls.« Wilma sprach mit fast verschwörerischer Stimme. »Er will mir nicht seinen Namen nennen, behauptet aber, Sie würden seinen Anruf erwarten. Er sagt, es geht um irgendwelche alten Meisterwerke.«

Das war's!

Edward schaute zu den beiden anderen hinüber, die gleichzeitig nickten. »Ja, das stimmt, Wilma. Auf genau diesen Anruf warten wir. Stellen Sie ihn bitte durch.«

Plötzlich erklang eine Stimme: »Edward Andover? Edward Andover?« Die Stimme hatte einen leichten Akzent, klang aber sehr selbstsicher ... und sehr nah.

»Ja ... ja. Ich bin Andover. Was kann ich für Sie tun?«

Die Stimme kicherte. »Sie können eine ganze Menge für mich tun, Doktor Andover, o ja. Und ich kann auch viel für Sie tun … jedenfalls für die Queen. Ich vermute, daß Sie über den Hintergrund dieses … Anrufs Bescheid wissen?«

Edward nickte. »Ja … ja, ich weiß Bescheid.« Leith hatte per Knopfdruck seinen Assistenten in Alarmbereitschaft versetzt, damit er versuchen sollte, den Anruf zu lokalisieren.

»Als erstes müssen wir über die Art unserer Kommunikation reden. Am Ende jeder Unterhaltung werde ich Ihnen Zeit und Ort für den nächsten Anruf mitteilen. Ich nehme an, daß Sie all dies auf Band aufnehmen, so daß ich nichts zu wiederholen brauche. Sind wir uns einig?«

»Ja … nein! Was meinen Sie mit Ort?«

»Wo sind Sie jetzt, Doktor Andover?« Edward zögerte verräterisch lange. »Natürlich in meinem Büro.«

»Oh, das bezweifle ich. Aber das spielt keine Rolle. Sind Sie im Londoner Zentrum?«

»Ja.«

»Hoffentlich stimmt es. Ich erkläre Ihnen, was ich meine. In einer Stunde rufe ich wieder an, aber nicht unter dieser Nummer.«

»Was …?«

»Hören Sie zu! Ich werde Sie, Andover, in genau 60 Minuten in einer der öffentlichen Telefonzellen gleich in der Eingangshalle des British Museum anrufen.«

»Was in aller Welt …?«

Aber die Leitung war unterbrochen.

Edward starrte den Telefonhörer in seiner Hand an, bevor er ihn schließlich auflegte. Dann schaute er fragend zu Leith hinüber.

Der Polizist zuckte die Achseln. »Ihr Gespräch dauerte 45 Sekunden. Wir brauchen ungefähr doppelt so lang. Auf diese Weise gewinnt unser Freund Zeit, und das bedeutet Sicherheit für ihn. Außerdem lähmt er Sie gewissermaßen, indem er Sie auf unbekanntes Gebiet lockt. Er hofft, daß Sie dadurch langsamer denken …«

»Was kann man dagegen tun?«

»Nichts. Wir spielen erst einmal mit. Der Anruf kommt vom Ausland, da wette ich zehn zu eins, und zwar von einer Telefonzelle. Heutzutage kann man überallhin telefonieren. Beim nächsten Mal verwendet er ein anderes Telefon, beim übernächsten Mal auch und so weiter. Wenn unser Freund von öffentlichen Telefonzellen anruft, ist er für uns natürlich auch um so schwerer zu orten.«

»Haben Sie irgendeine Idee von dem Mann hinter der Stimme? Mir kam diese Stimme selbstbewußt und sogar gebildet vor.«

Leith zuckte wieder die Achseln und stand auf. »Wir sollten aufbrechen. Dann haben wir genug Zeit, müssen kein Blaulicht einsetzen und vermeiden Aufsehen.«

Edward erhob sich ebenfalls, aber O'Day machte eine Handbewegung. »Sir Francis ist am Telefon. Er möchte etwas mit Ihnen besprechen.«

Edward nahm den Hörer auf. »Ja, Sir Francis?«

»Wie ist er? Was für eine Art von Mann ist er?«

»Er sprach kaum hundert Worte!«

»Aber Sie müssen doch irgendeinen Eindruck haben.«

Edward überlegte und schaute dabei unwillkürlich Leith an. »Na ja, vielleicht in den Dreißigern ... vielleicht Akademiker ... sehr selbstsicher.«

»Engländer?«

»Nnnein, und kein Afrikaner, kein Orientale. Spanier? Portugiese? ... Ich kann da nur raten.«

»Hm. O'Day sagt, daß er zum British Museum ein schnurloses Telefon mitnimmt. Falls Sie meinen Rat brauchen, melden Sie sich. Und halten Sie mich bitte auf dem laufenden.«

Erst als Edward in Leiths Zivilwagen stieg, kam ihm in den Sinn, daß der Oberstallmeister ins British Museum hätte mitkommen können, wenn er wirklich so erpicht war, immer bestens informiert zu sein. Edward grübelte noch darüber nach, als sie die Mall entlangfuhren und dann Trafalgar Square umrundeten. In der Charing Cross Road schlich sich ein beunruhigender Gedanke in seine Überlegungen. Er hatte niemandem von seinem Mißtrauen Nancy gegenüber berichtet, obwohl ihm eingefallen war, daß ja sie ihm die erste Verabredung vorgeschlagen hatte und überhaupt die treibende Kraft gewesen war. Nun schien ihm auch Mordaunts Verhalten verdächtig. Abgesehen von der Queen war Mordaunt der einzige, der die Blunt-Akte kannte, und auch der einzige, der wußte, wieviel Bargeld die Krone aufbringen konnte. Mußte deshalb Edward den Unterhändler spielen und nicht der Oberstallmeister selbst? Er wagte es kaum bis zu Ende zu denken – waren Mordaunt und Nancy etwa Komplizen?

Am Eingang zum British Museum drängten sich Menschenscharen. Zweierreihen von Japanern mischten sich mit Gruppen von Amerikanern, Deutschen und Holländern.

Auf der Hinfahrt hatte Leith erneut mit Mordaunt telefoniert und beratschlagt, ob die Sicherheitsbeamten des Museums eingeweiht werden sollten. Das hätte gewisse Vorteile, und Leith müßte ihnen ja nicht alles verraten. Andererseits würde die Anwesenheit von O'Day und Edward möglicherweise die eine oder andere unangenehme Frage provozieren. Deshalb hatten sie beschlossen, es auf eigene Faust zu versuchen, zumindest anfangs.

Edward folgte Leith quer durch die Vorhalle des Museums und schaute dabei auf seine Armbanduhr. Noch zwölf Minuten.

Neben dem Bücherstand gab es drei Telefonzellen, von denen zwei besetzt waren. Leith sagte: »Die Erpresser wissen natürlich, daß hier drei Zellen sind, und kennen alle Nummern. Es genügt, wenn wir eine Zelle in Beschlag nehmen, damit sie zu uns durchkommen können. Am besten wechseln wir drei uns in der Zelle ab, da wir dann keine unnötige Aufmerksamkeit erregen. Sobald das Telefon klingelt, gehen Sie sofort ran, Andover.«

»Sollten wir uns nicht lieber trennen? Vielleicht werden wir beobachtet.«

Leith blickte von O'Day zu Edward. »Unser Freund bestand nicht darauf, daß Sie allein kommen. Das ist ungewöhnlich, und ich weiß noch nicht, was es zu bedeuten hat. Aber ich bleibe lieber in Hörweite, für den Fall, daß ich irgendwie helfen soll.«

Sie warteten und bildeten selbst eine kleine Schlange. Von Zeit zu Zeit musterte Edward die Menge auf der Suche nach jemandem, der sie beobachtete. Doch niemand fiel ihm auf.

Wieder schaute er auf seine Uhr. Noch eine Minute. O'Day schlug auf die Knöpfe seines schnurlosen Telefons ein. »Mist!« sagte er wütend. »Dieses Mistding funktioniert hier drin nicht. Ich muß rausgehen.«

»Da wird's uns ja verdammt viel nutzen«, spottete Leith. »Wie wollen Sie ...?«

Das Telefon klingelte.

Edward fuhr zusammen. Er hatte gar nicht geahnt, wie nervös er war. Rasch jedoch faßte er sich wieder – oder versuchte es zumindest. Die anderen rückten näher, und beim zweiten Klingeln griff er nach dem Hörer.

»Andover.«

»Ausgezeichnet. Das Arrangement scheint zu klappen.«

Was sollte Edward sagen? Sollte er die Initiative ergreifen? Nein, das brachte nichts. Er gab sich unverbindlich. »Ich kann Sie sehr gut hören.«

»Wunderbar. Das Ganze ist für Sie nicht gerade angenehm, hm?«

Edward erwiderte nichts. Der Fremde schien nicht in Eile zu sein, aber vielleicht täuschte er dies auch nur vor. Auf jeden Fall benahm er sich so, als hätte er keine Angst, daß die Polizei ihn lokalisieren könnte. Er wirkte gelassen, während sich Edward, wie Leith schon prophezeit hatte, in der engen Telefonzelle, inmitten von Menschen, von denen ihn vielleicht doch jemand überwachte, höchst unbehaglich fühlte.

Es war, als ob der andere Gedanken lesen könnte, denn er sagte nun: »Ich sehe sie genau vor mir, die drei Zellen neben dem Bücherstand ... Ich habe in den letzten Monaten unzählige Male von dort aus telefoniert, während ich an dieser Sache arbeitete.«

Edward war fest entschlossen, den Mann nicht zu fragen, wieviel Geld er wollte, denn das käme ihm doch zu demütigend vor. Andererseits wünschte er, die Stimme würde endlich ihre Forderung nennen. Die Ungewißheit zerrte an seinen Nerven.

»Ich liebe die Kunstschätze des British Museum, Doktor Andover. Goyas Zeichnung des Herzogs von Wellington, der Stein von Rosetta, all diese Tafeln mit Keilschrift und die uralten Mumien.«

»Ich erwartete nicht, mit einem Erpresser über Archäologie zu diskutieren!« Edward wußte, daß sein Ton zu scharf war, aber vielleicht brachte er den anderen dadurch etwas aus der Fassung. Er mochte ja ein Verehrer des British Museum sein, aber vor allem war er ein Verbrecher.

»Überrascht, hm? Ihnen blühen noch andere Überraschungen, Doktor Andover, glauben Sie mir, und zwar schon in den nächsten paar Minuten. Aber Schluß damit, kommen wir zum Geschäftlichen. Wir waren nun lange genug höflich miteinander.« Es entstand eine kleine Pause, bevor er weitersprach. »Sie konnten in aller Ruhe überlegen, was ich habe und wieviel es wert ist. Was glauben Sie, wieviel es wert ist, Doktor Andover? Fünf Millionen Pfund? 15? 50?«

Edward kritzelte diese Beträge auf die Rückseite seines Scheckhefts und reichte es Leith. Er war unsicher, was er antworten sollte. Aber dann raffte er sich auf. »Sie selbst erwähnten es – ich bin kein Mitglied des Königshauses. Ich bin nur der Vermittler ...«

»Was ist die Queen wert? Was schätzen Sie? Eine Billion garantiert. Sogar vier Billionen, habe ich irgendwo gelesen. Und was ist die Royal Collection wert, Doktor Andover? Das müßten Sie eigentlich wissen.«

Edward war in Panik und erwiderte nichts.

»Sagen wir 100 Millionen Pfund für den Raffael und das

gleiche für den Michelangelo. 50 Millionen für jeden Holbein, fünf Millionen für jeden Canaletto. Nicht zu erwähnen die Bellinis, den Duccio, die Bilder von Rubens, die Zeichnungen Raffaels, die Dürers und all diese van Dycks ... Ich glaube, die Royal Collection allein ist ihre Billion Pfund wert, aber der genaue Betrag spielt keine Rolle. Verstehen Sie, was ich meine? Ihre Majestät kann sich 50 Millionen Pfund leisten. Sie hätte diese Summe zur Verfügung, wenn sie nur ein Gemälde verkauft.«

Edward konnte sich ausmalen, welchen Aufruhr es gäbe, wenn auch nur eine Zeichnung aus der Royal Collection verkauft würde.

»Meine Forderung ist zwar viel niedriger als 50 Millionen, aber gleichzeitig viel höher. Ich kündigte ja schon einige Überraschungen an, Doktor Andover. Hier ist die erste: Ich will kein Geld.«

Edward verzog ungläubig das Gesicht. Er hatte wohl nicht richtig gehört, oder? Leith und O'Day schauten ihn gespannt an. Er mußte etwas mißverstanden haben ...

»Ich begreife, daß Sie ... verwirrt sind, Doktor Andover. Noch nie hat man von einem Erpresser gehört, der kein Geld fordert, nicht wahr?«

Edward schwieg. Er hatte nichts zu sagen. Es lief nicht so, wie es laufen sollte, ganz und gar nicht. Die Stimme sprach schon weiter. »Kein Geld und nichts sind natürlich zwei sehr unterschiedliche Dinge, wie Sie sicher ohne weiteres zugeben werden.« Ein Lachen folgte, das hart und äußerst selbstzufrieden klang. »Hören Sie noch zu, Doktor Andover? Sie sollten jetzt gut aufpassen, denn wir kommen zum Höhepunkt. Die Queen, Sir Francis Mordaunt und andere hohe Tiere, die Sie eingeweiht haben, werden von Ihnen einen genauen Bericht verlangen. Wort für Wort.«

Edward starrte blicklos Leith an, während er lauschte. Noch immer blieb er stumm.

»Ich nenne Ihnen jetzt unsere Bedingungen, die Bedingungen der ›Apollo-Brigade‹. Wir wollen einen simplen

Tausch. Äußerst simpel, fürwahr. Sie werden sich wundern. Hoffentlich begreifen Sie die Einfachheit und Schönheit, die wahre politische Schönheit des Ganzen.«

»Was meinen Sie damit, die politische Schönheit ...?«

Bei diesem Begriff trat Leith noch näher zu Edward. Er schien auf einmal viel größer zu sein.

»Aha! Sie haben angebissen ... Gutgemacht, Doktor Andover ... Drei Säle von Ihrer Telefonzelle entfernt, kaum hundert Meter von dort, wo Sie jetzt stehen, befinden sich dreiundneunzig Marmorskulpturen, Hoch- und Flachreliefs, Friese vom Parthenon in Athen. ›Metopen‹ lautet der griechische Fachausdruck für einige von ihnen, aber sie sind weit besser bekannt als die ›Elgin Marbles‹* ...«

»Was ...?«

»Sie ... sie müssen nach Griechenland zurückkehren. Zurück nach Athen in den Parthenon. Wohin sie gehören. Wir geben Ihnen einen Monat Zeit.«

Edwards Gedanken waren in wildem Aufruhr, rasten im Zickzack hierhin und dorthin. Dieses Ansinnen ... das war nur ein schlechter Witz, oder? Das stand nicht im Drehbuch, kein Mensch hatte ihn vorgewarnt, daß es in diese Richtung gehen könnte. Die Stimme klang so voller ... Selbstvertrauen, so entspannt. Und hatte einen griechischen Akzent, wie ihm plötzlich klar wurde.

Er riß sich zusammen. »Das ist unmöglich! Die Queen würde niemals ...«

»Warum soll es unmöglich sein, Doktor Andover? Aber Sie müssen das ja nicht entscheiden. Sie übermitteln diese ... Vorschläge Ihrer Majestät und fügen das Folgende noch hinzu: In etwa einem Monat beginnen die Olympischen Spiele im amerikanischen Atlanta, Georgia – das hundertjährige

* Von Lord Elgin gesammelte und zwischen 1803 und 1812 nach Großbritannien gebrachte Marmorskulpturen, vor allem vom Parthenon-Tempel in Athen. 1816 wurden sie vom englischen Staat angekauft und sind seitdem im British Museum ausgestellt.

Jubiläum der Olympischen Spiele, das von Rechts wegen in Athen hätte stattfinden müssen. Wie Sie wissen, nimmt Griechenland aus Protest nicht an den Spielen in Atlanta teil. Wir halten unsere eigene Olympiade ab, und zwar nur die ursprünglichen sportlichen Disziplinen wie Boxen, Ringen, Laufen, Wagenrennen, Speer- und Diskuswerfen. Umrahmt wird das Ganze von einem Festival mit Theater- und Konzertaufführungen. Die meisten Leute haben es vergessen, aber der antike Tempel von Olympia, Doktor Andover, war auch mit Skulpturen geschmückt, die Herkules' und Apollos Triumphe verherrlichten. Welche Publicity für unser Festival, wenn die Elgin Marbles zurückkehren! Wie banal werden dagegen die Atlanta-Spiele wirken, und wie bitter werden die Welt und das Internationale Olympische Komitee es bereuen, Amerika, dem unkultivierten, geldgierigen Amerika, den Vorrang gegeben zu haben. Griechenland wird seinen Stolz ... und die Marbles wiederhaben. In hellen Scharen werden die Leute nach Griechenland strömen, und wir werden die Niederlage in einen triumphalen Sieg verwandelt haben.

Wir haben zwei Forderungen. Da es sich um viele Marmorskulpturen handelt, die noch dazu sehr schwer sind, kann man sie natürlich nicht einfach in einen Koffer packen und an Bord eines Flugzeuges bringen. Daher verlangen wir als erstes, daß die britische Regierung öffentlich ihre Absicht ankündigt, die Steine zurückzugeben. Wenn eine solche Ankündigung einmal auf höchster Ebene gemacht wurde, kann eine Regierung nicht mehr davon zurücktreten. Zweitens verlangen wir, daß die Rückkehr in drei Wochen zu beginnen hat. Eine weitere Woche wird das Beladen und Entladen dauern, so daß die Marbles genau am Vorabend der Olympischen Spiele eintreffen. Dadurch wird Atlanta und Amerika total die Schau gestohlen.«

Edward war wie vor den Kopf gestoßen, denn dieser Mann war ... Jedenfalls handelte es sich um keine normale Erpressung, falls es so etwas überhaupt gab. »Sie wissen, Sie können nicht ...«

»Doktor Andover! Sie sind ein netter Mensch, wie ich gehört habe. Ich mag Sie. Mir gefällt, was ich von Ihnen weiß, und ich mag den Klang Ihrer Stimme. Aber Sie sind nur der Unterhändler. Schildern Sie Ihren Vorgesetzten, also der Queen, Mordaunt oder Lockwood, wie unsere Forderungen aussehen. Ich rufe in zwei Tagen wieder an, spreche aber nur mit Ihnen. In zwei Tagen will ich eine klare Antwort haben. Die ›Apollo-Brigade‹ wird dann entsprechend handeln. Aber nun genug geredet.« Die Leitung war tot.

Wie benommen wartete Edward noch eine Weile, als ob die Stimme zurückkommen könnte. Die anderen starrten ihn an.

Schließlich legte er den Hörer auf und trat aus der Zelle. »Nun?« fragte O'Day.

Edward wiederholte das Gespräch, so gut er konnte.

Leith pfiff schrill durch die Zähne.

O'Day machte ein grimmiges Gesicht. »Der Herzog von Windsor, Sir Anthony Blunt ... und nun noch Lord Elgin! Nur in England verleiht man solchen Typen auch noch Adelstitel!«

Die Wohnung, die dem jeweiligen Premierminister im obersten Stockwerk von Downing Street Nr. 10 zur Verfügung steht, ist überraschend bescheiden. Sie besteht aus einem Wohnzimmer, in dem blauer Chintz vorherrscht, einem kleinen Arbeitszimmer mit einem Schreibtisch aus Walnußholz aus dem 18. Jahrhundert und Stichen von William Nicholson, einer Einbauküche und zwei Schlafzimmern, deren Wände mit gelber Moiré-Seide bespannt sind. Die Wohnung ist gut abgeschirmt gegen das geschäftige Treiben im Erdgeschoß und normalerweise sehr ruhig. Selbst die Telefone läuten nicht, sondern machen sich nur durch Lichtsignale bemerkbar.

An diesem Abend jedoch war es hier alles andere als ruhig. Trotz der späten Stunde war der Wohnraum überfüllt, und Lockwood mußte sich mit dröhnender Stimme Gehör verschaffen. Er stand in der Mitte des Raumes, in einer Hand eine Flasche Whisky, seine zerknitterte Frackschleife in der anderen. Der Premierminister hatte sie sich heruntergerissen, während er den übrigen Anwesenden einen Drink einschenkte. Es war schon Mitternacht. O'Day hatte es erst nach 17 Uhr geschafft, Lockwood zu sprechen, der förmlich explodiert war, als er die Neuigkeiten erfuhr. Er mußte gleich darauf an einem Treffen des Nordirland-Komitees teilnehmen und dann weiter zu einem Dinner für den Außenminister von Vietnam. Er hatte gerade noch genug Zeit gehabt, um O'Day zu instruieren, diese späte Konferenz in der Amtswohnung einzuberufen. Die anderen Teilnehmer des geheimen Komitees – Edward nahm auch daran teil – standen fast im Kreis um Lockwood. Seine Frau, Sally, war bei ihrer Tochter – vom Krankenhaus war noch nichts Neues zu erfahren –, so daß der Premierminister sich keinen Zwang antat und sehr laut wurde, was höchstens die Sicherheitsbeamten störte.

»Morgen früh treffe ich die Queen und diesen öligen Oberstallm...« Er brach mitten im Wort ab, als ihm Edward einfiel. »Also, ich treffe die Queen und Mordaunt, der behauptet, daß sich nichts geändert habe, aber das stimmt doch nicht! Geld ist Geld, aber diese verdammten Marbles! Damit wird's politisch.« Schwungvoll goß er Whisky in Slocombes Glas. »Ich hätte gute Lust, ihm und Ihrer Majestät – Gott segne sie – zu sagen, was sie mit ihrem kostbaren Geheimnis tun sollen. Soll doch alles ans Tageslicht kommen, damit jeder sieht, was für ein kleiner Scheißer der Herzog von Windsor wirklich war. Bah!« Er hatte sich ein paar Schritte von Slocombe entfernt, drehte sich nun aber wieder zu ihm um. »Was meinen Sie, Eric, lassen wir die Royals rösten?«

Sein politischer Berater spitzte die Lippen. »Da ist etwas, woran ich herumrätsele, Bill. Wie kam die Verbindung von Blunt zu dieser sogenannten ›Apollo-Brigade‹ zustande? Das kapiere ich nicht.«

Lockwood verlagerte sein Gewicht. »Mordaunt trug mir heute nachmittag am Telefon seine Theorie vor. Die Fürsten von Hessen sind mit unserem Königshaus, aber auch mit dem griechischen verwandt. Der Herzog von Edinburgh, vormals Prinz Philip von Athen, hat eine Schwester, die einen Hessen heiratete. Mordaunt räumt ein, daß Blunts Abenteuer von 1945 in allerhöchsten Kreisen bekannt war und wohl auch der griechischen Seite zu Ohren kam. Danach ... wer weiß? Blunt war ein Schwein. Vielleicht kam ihm selbst diese gloriose Idee, und er trat an die Griechen heran, oder aber umgekehrt. Er besaß einen Ruf als ausgezeichneter Poussin-Kenner, jenem französischen Maler aus dem 17. Jahrhundert, dessen Werke häufig das klassische Griechenland zum Thema haben. Folglich mußte Blunt wegen seiner Forschungen immer wieder nach Athen fahren. Wer weiß, wen er dort traf? Aber man weiß inzwischen, daß Blunt alle Arten von Liebhabern hatte.«

Der Premierminister holte tief Luft. »Diese Affäre ist so ... Mein Gott, Blunt war ein Stück Scheiße!« Er stöhnte. »Ich bin total erledigt, Eric. Haben Sie mich schon so fluchen hören? Also ... Verdienen Sie sich Ihr Geld ... Sollen wir unsere britannischen Majestäten die Suppe auslöffeln lassen?«

Slocombe nahm einen Schluck und verzog das Gesicht. Anscheinend mochte er keinen Whisky. »Das würde ich nicht raten, Bill.«

»Fallen Sie mir jetzt nicht in den Rücken.«

»Das tue ich nie! Das wissen Sie auch. Ach übrigens, könnte ich etwas Wasser bekommen? Pur ist er mir zu stark.«

Lockwood nickte Allen zu, der aufstand und in der Küche verschwand.

»Nun? Was raten Sie mir?« Der Premierminister sagte es kämpferisch und baute sich vor Slocombe auf.

»Lassen Sie sich Ihre Urteilskraft nicht durch Ihre Abneigung gegen den Herzog von Windsor trüben. In diesem Fall hat Mordaunt recht. Das Spiel hat sich geändert, nicht aber unsere Spielweise. Bedenken Sie, daß die Elgin Marbles nicht der Königsfamilie oder der Krone gehören, sondern der Nation, im Grunde also der derzeitigen Regierung.«

»Das weiß ich auch alles. Aber trotzdem könnten wir versuchen, uns herauszuhalten.«

»Moment bitte! Wenn ein bißchen durchsickert, wird früher oder später alles bekanntwerden. Die Sache sieht doch jetzt ganz anders aus, als wir ursprünglich erwartet hatten. Die Erpresser stellen keine finanziellen Forderungen, sondern wollen etwas ganz anderes. Das konnten wir vorher nicht wissen. Die Elgin Marbles sind nicht nur Kunstschätze, sondern heutzutage auch ein politisches Symbol. Schon aus diesem Grund wird die Regierung in die Sache hineingezogen, ob sie nun will oder nicht.«

»Ja, ja, Eric, aber ...«

»Aber ... Nachdem wir bisher unsere Mithilfe zusicherten, wird meines Erachtens folgendes passieren, falls wir uns jetzt zurückziehen.« Er machte eine Pause, da Allen gerade mit einer Wasserkaraffe zurückkam. Slocombe hielt ihm sein Whiskyglas entgegen und fuhr fort: »Der Palast wird seine Version der Geschichte verbreiten: daß wir uns weigerten, der Königsfamilie beizustehen, als sie politisch erpreßt wurde. Man wird uns als kalt und gefühllos hinstellen. In der Presse gibt's einen neuen Skandal über den Herzog von Windsor, über Nazi-Beute und all jene aristokratischen Familien, die so bereitwillig mitspielten. Aber wer weiß, ob nicht etwas anderes noch mehr Schlagzeilen macht? Nämlich eine dramatische Entzweiung – nun, gegen Ende des 20. Jahrhunderts, wenige Monate vor der Wahl – zwischen Ihrer Majestät und der Regierung Ihrer Majestät. Verstehen Sie, was ich sagen will, Bill?«

»Ungern, nur sehr ungern.«

»Natürlich wird die Königsfamilie sich durch diesen neuen Beweis für des Herzogs enge Beziehungen zu den Nazis nicht gerade beliebter machen. Aber wir sind in Gefahr, weit mehr zu verlieren. Wie begeistert wird die Opposition jeden Bruch zwischen uns und der Queen ausschlachten! Wie wird Keld jeden Ihrer Fehler gegen Sie ins Feld führen, wenn es um den Parteivorsitz geht! Die Abstimmung darüber findet im Oktober statt, also noch früher als die allgemeinen Wahlen. Diese vertrackte Angelegenheit könnte uns mehr schaden als alles sonst. Für viele Menschen in diesem Land – wahrscheinlich für die meisten – ist die Monarchie weit wichtiger als ein Haufen griechischer Altertümer.«

Er nahm einen Schluck Whisky, und sein Gesicht verzerrte sich, als hätte er Schmerzen. Aber das war offenbar seine Art, den Geschmack zu genießen. »Rein theoretisch sind die meisten Leute dagegen, mit Erpressern zu verhandeln, aber erkundigen Sie sich bei Scotland Yard, und Sie werden erfahren, daß fast jeder, der tatsächlich erpreßt wird, eine Bezahlung erwägt und die meisten auch wirklich zahlen. Im tiefsten Inneren haben viele schreckliches Mitgefühl mit den Opfern von Erpressung, da ja fast alle Menschen Geheimnisse und dunkle Punkte in ihrer Vergangenheit haben. Also halten Sie dies bloß nicht für ein übliches Verbrechen von Terroristen, wie etwa Geiselnahmen in Flugzeugen. Dies ist ein äußerst geschicktes politisches Manöver.«

»Sie schlagen also tatsächlich vor, daß wir nachgeben sollen?« Lockwood trank sein Glas aus und sank schwer in einen Sessel.

»Ich fürchte, daß uns wohl keine andere Wahl bleibt, Premierminister, aber ich plädiere nicht dafür, nichts zu tun.« Er legte eine kleine Pause ein, aber niemand meldete sich zu Wort. »Ich schätze diesen Fall als höchst gefährlich ein. Politisch gefährlich, meine ich. Die Gefahren, die uns drohen, falls wir den Palast nicht unterstützen, habe ich ja schon geschildert. Aber ich fürchte, daß die Gefahr genausogroß ist, falls wir die Elgin Marbles zurückgeben.«

Der Premierminister stöhnte entnervt auf.

Als Slocombe weitersprach, senkte er seine Stimme, so daß sich alle vorbeugen mußten, um ihn zu verstehen. »Falls die Marbles nach Griechenland zurückkehren, kann der Palast sein Geheimnis wahren. Die Krone wird dieselbe Wertschätzung genießen wie bisher. Die Regierung hingegen wird eine große Geste gemacht haben, die von einer Handvoll Intellektueller und Idealisten befürwortet wird, aber ich fürchte, daß wir bei den meisten Briten als die Regierung gelten werden, die britisches Erbe verschleuderte, die die Elgin Marbles ›verschenkte‹. Man wird uns als Feiglinge ansehen – mit weichen Knien und zitternden Händen. Dies stellt für die Partei keine so große Gefahr dar wie der andere Kurs, aber bei einer heißumkämpften Wahl könnte es entscheidend sein.«

Midwinter mischte sich ein. »Also wirklich, Eric. Sie zeigen uns nur Sackgassen, wie wir uns auch entscheiden.«

Slocombe nahm bedächtig einen Schluck Whisky und wischte sich mit dem Handrücken über den Mund. »Schon gut. Ich schlage zweierlei vor. Uns bleibt fast ein Monat bis zu dieser griechischen ›Olympiafeier‹. Wenn wir uns in dieser Zeit verhalten, als ob wir die Absicht hätten, auf die Erpressung einzugehen, könnte das vielleicht die Verbrecher in Sicherheit wiegen. Als Folge davon werden sie vielleicht unvorsichtiger, und das würde uns helfen, sie aufzuspüren. So könnten wir zum Beispiel durchsickern lassen, daß es Erwägungen gibt, die Marbles zurückzugeben. Offiziell würden wir als Regierung das natürlich abstreiten, aber derjenige, der die Information in die Welt setzt, ist auch glaubwürdig – ein tüchtiger Hinterbänkler, dem Sie nach der Wahl einen Posten versprechen –, und somit ließe sich das Gerücht nicht ganz aus der Welt schaffen. Die Erpresser würden es sicher glauben.

Einige Tage später könnten wir die Duveen Galleries, die Abteilung mit den Elgin Marbles, im British Museum schließen, weil sie angeblich renoviert werden müßten. Kurz darauf würden wir dann die Marbles aus dem Museum schaffen lassen. Wieder wäre die offizielle Erklärung, daß sie restauriert oder aber während der Umbauarbeiten im Museum woanders aufbewahrt werden müßten. Natürlich würde eine solche Aktion den Spekulationen über unsere Absichten neue Nahrung geben. Unser Ziel wäre in beiden Fällen, die Erpresser glauben zu lassen, daß wir auf ihre Forderungen eingehen. Dabei würden wir viel Zeit gewinnen.«

»Habe ich Sie richtig verstanden? Sie meinen, daß wir uns den Anschein einer Kooperation geben sollten ... dabei aber die ganze Zeit versuchen, die Erpresser ausfindig zu machen?«

»Ja, denn je mehr man darüber nachdenkt, desto klarer wird doch, daß wir uns nicht weigern können, dem Palast zu helfen, andererseits aber auch nicht klein beigeben dürfen. Wir müssen so vorgehen, wie die Polizei bei jeder Erpressung vorgeht – so tun, als ob man einwilligt, dabei aber ständig hinter den Mistkerlen hersein.«

»Aber ...«, Lockwood stellte sein Whiskyglas auf dem Kaminsims ab. »Falls wir etwas Derartiges ankündigen, auch wenn's nur ein Gerücht ist, oder wenn wir das British Museum schließen, zumindest Teile davon ... dann gibt's garantiert helle Aufregung im Land.«

»Gut möglich, Bill. Aber das müssen wir eben aushalten.«

»Und wie ..., wie sollen wir im einzelnen vorgehen?« Der Premierminister wandte sich an O'Day. »Commander? Was halten Sie von Erics Plan?«

»Es ist nicht meine Aufgabe, über die politischen Aspekte zu urteilen, Sir«, sagte O'Day wichtigtuerisch. »Rein praktisch gesehen sieht es leider nicht so aus, als kämen wir mit Hilfe der Telefone weiter. Es besteht kaum eine Chance, die Anrufe zu lokalisieren.«

»Eine weitere Schwierigkeit ist«, mischte sich nun Leith ins Gespräch, »daß es nun ja keine Geldübergabe mehr gibt. Die Erpresser brauchen sich nicht zu zeigen, bleiben immer in Deckung. Haben Sie das schon überlegt?«

Lockwood stöhnte und schnaubte zugleich. »Phantastisch! Eric rät mir, daß wir alles tun müssen, um Zeit zu gewinnen, und jetzt erzählt Mr. Leith mir, daß wir gar nichts haben, womit sich was gewinnen läßt. Super!«

»Mir fallen zwei Möglichkeiten ein, Sir.«

Es entstand ein Moment des Schweigens, als alle plötzlich Edward anschauten.

»Ah! Doktor Andover. Für diejenigen unter Ihnen, die es

noch nicht wissen, möchte ich hervorheben, daß der Verwalter der Gemäldesammlung die rettende Idee für eine Kommandozentrale hatte.« Der Premierminister lächelte Edward zu. »Was für einen Vorschlag haben Sie diesmal auf Lager?«

»Die Bilder, die mir geschickt wurden, hatten alle den London-N7-Poststempel, Sir. Ich habe im Telefonbuch nachgesehen, und dort sind drei griechisch-orthodoxe Kirchen im N7-Postbezirk verzeichnet – offenbar gibt es ein griechisches Viertel in London. Man könnte sich bei der dortigen Polizei erkundigen, ob es irgendwelche Gerüchte gibt oder ob Fremde kürzlich in die Gegend gezogen sind.«

Lockwood wandte sich an O'Day. »Nun, Commander?«

»Wir können's versuchen, Sir, aber ich verspreche mir nicht viel davon. Da die meisten Erpresser keine Gewohnheitsverbrecher sind, bezweifle ich, ob das Polizeirevier irgend etwas weiß. Aber ... einen Versuch ist es natürlich wert. Außerdem gibt's da noch in meiner Abteilung einen Computer, der vielleicht was Brauchbares ausspuckt.«

»Probieren Sie alles!« sagte Lockwood in scharfem Ton. Dann blickte er wieder zu Edward hinüber. »Und Ihre andere Idee, Doktor Andover?«

»Inspektor Leiths Argument, daß es keine Geldübergabe gibt, ist stichhaltig. Aber ich kann mir nicht vorstellen, daß die Brigade sich auf ein derart riskantes Spiel einläßt, ohne Hoffnung auf irgendeine Entschädigung zu haben. Das ist einfach gegen die menschliche Natur. Garantiert hat sie irgendeinen Plan, wie sie später aus ihrer Tat irgendeinen Profit oder wenigstens Anerkennung herausholen kann – es muß ja kein Geld sein. Meiner Einschätzung nach gehört sie zu einer der Gruppen in Griechenland, die schon lange für die Rückkehr der Marbles kämpfen. Deren Mitgliederlisten müßten überprüft werden. Wer weiß, vielleicht finden sich einige der Namen dann auch in London N7?« Edward nippte an seinem Whisky.

Der Premierminister musterte ihn nachdenklich. »Sie müssen ein guter Wissenschaftler sein, Doktor Andover, denn Sie denken wie ein Detektiv.« Er drehte sich zu O'Day um. »Haben Sie Leute in Athen, Commander?«

O'Day nickte.

»Doktor Andover hat uns zu einem Anfang verholfen, wie ich meine.«

»Ja, Sir.«

»Leith, Sie übernehmen die Nachforschungen im Londoner Norden.«

»Ja, Sir.«

»Vielen Dank für Ihre Hilfe, Doktor Andover. Um ehrlich zu sein, ich bin nicht gerade überzeugt, daß Ihre Hinweise uns weiterführen, aber wir werden sie trotzdem verfolgen. Wir müssen jeder Möglichkeit nachgehen. Hat jemand noch irgendwelche Ideen oder Vorschläge?«

Schweigen.

»Na schön. Wir werden also Erics Strategie verfolgen und mit Doktor Andovers Vorschlag beginnen. Aus Sicherheitsgründen soll dieses Komitee von nun an in dieser Wohnung täglich um Mitternacht zusammentreten. Kommen Sie einzeln, durch die Hintertür. Ich bitte darum, daß Sie alle jedesmal anwesend sind und sich ernsthaft Gedanken über dieses Problem machen. Wir haben etwas Zeit, bis sich die Erpresser wieder melden, und sollten das Beste daraus machen. Ich danke Ihnen allen und wünsche eine gute Nacht.«

Als Edward die Treppe hinunterstieg, lächelten ihm einige Politiker freundlich zu, und er hätte eigentlich zufriedener sein müssen, als er war. Statt dessen war er verwirrt und in Sorge. Sein Verdacht gegen Mordaunt hatte sich verflüchtigt, aber was war mit Nancy? Nancys Wohnung lag in London N7.

Edward kam gegen 1.30 Uhr nach Hause. Schon seit Tagen war er nicht in seiner Lieblingskneipe, dem »Albatros«, gewesen. Nun graulte er sich davor, was sein Anrufbeantworter für ihn aufgenommen hatte. Nicht nur Wilma Winnington-Brown und Barbara waren der Meinung, er sollte endlich einen Hausstand gründen. Halb glaubte er es ja selbst schon. Und halb glaubte er, daß Nancy die Richtige dafür wäre. Er schloß seine Wohnungstür auf und schaute gleich instinktiv hinüber zu der grün leuchtenden Skala auf seinem Anrufbeantworter. Nachdem er Licht gemacht hatte, liebäugelte er mit einem Whisky, um Nancys Botschaft besser verkraften zu können, verzichtete aber darauf, da es schon so spät war.

Er trat zu seinem Schreibtisch. Eine grüne Eins starrte ihm entgegen. Er drückte auf den Knopf.

»Liebstes Maschinchen. Hier ist His Master's Voice, und zwar aus Normanton, in der Nähe von Pontefract, dem Zuhause von Rysbracks herrlichem Denkmal. Verrate deinem Meister, daß ich mich nach unzähligen Marmor-Nackten, Granit-Nackten, Sandstein-Nackten und Bronze-Nackten unheimlich nach altmodischem Fffffleisch sehne! Bis bald.« Edward blieb gebeugt über dem Gerät stehen, das klickte und surrte und sich ganz von selbst wieder auf einen neuen Anruf einrichtete.

Nun schenkte er sich doch einen Scotch ein und goß Sodawasser nach. Dann ging er quer durchs Zimmer zum Bücherregal, griff sich Margaret Whinneys Buch »Sculpture in Britain 1530–1830« und sah im Inhaltsverzeichnis nach. Rasch fand er die Eintragung über Rysbrack und brauchte auch nicht lange, um das Gesuchte zu finden: das Denkmal des Bildhauers in Normanton. Er überflog den ganzen Artikel und las ihn dann ein zweites Mal, während er immer wieder einen Schluck Whisky trank. Der Text bestätigte etwas, das in seinem Kopf herumgegeistert war. Alles war genauso, wie Nancy es sagte – bis auf eine Kleinigkeit. Michael Rysbracks Denkmal stand nicht in Normanton in Yorkshire, sondern in Normanton – gleiche Schreibweise – in Leicestershire. War Nancy verwirrt? Nein, eine so intelligente Frau wie sie konnte nicht Yorkshire mit Leicestershire verwechseln, zumal wenn sie angeblich von dort anrief. Edward trank sein Glas in einem Zug leer. Nancy hatte gelogen.

10. KAPITEL

Freitag

Als Edward am nächsten Morgen ins Büro kam, folgte ihm Wilma in sein Zimmer und schloß hinter sich die Tür. »Sie sehen schrecklich aus, Edward! Sie schlafen zuwenig. Aber ich habe Tabletten, die ...«

»Nein!« Edward war so verstört wegen Nancy, daß er fast schrie. Freundlicher fügte er hinzu: »Nein danke. Ich hasse Tabletten, und ganz besonders Schlaftabletten.« Er legte seinen Walkman auf den Schreibtisch.

»Was haben Sie gefrühstückt, Edward?«

»Oh ... Kaffee ... Sonst eigentlich nichts.«

»Dann koche ich Ihnen jetzt eine Suppe. Ich weiß, wo ich eine herkriege.«

»Machen Sie keine Umstände, Wilma.« Edward lächelte sie an, doch sie verzog keine Miene. »Sagen Sie mir lieber, was gibt's Wichtiges?«

»Ich mache Ihnen Suppe, ob's Ihnen paßt oder nicht.« Wilma brachte dies noch schnell unter, bevor sie sagte: »O'Day war schon hier. Anscheinend ...«

»Das hat Zeit, Wilma! Wir müssen uns schließlich immer noch um die Bildersammlung kümmern. Also zuerst unser richtiger Job. Was für Neuigkeiten?«

»Ich hätte nie gedacht, daß Sie sich ausgerechnet damit beschäftigen wollen, obwohl Sie diesen ganzen anderen Kram am Hals haben.« Sie machte eine Handbewegung in Richtung Vorzimmer, wo ihr Schreibtisch stand. »Ich habe alle offiziell wirkenden Briefe geöffnet und gelesen. Über drei Dinge müssen Sie Bescheid wissen. Die kanadische Nationalgalerie in Ottawa plant fürs übernächste Jahr eine große Poussin-Ausstellung und möchte dafür unser ›Capriccio‹ ausleihen. Zweitens sind Sie von der saudiarabischen Königsfamilie nach Riad eingeladen worden. Man will dort eine königliche Gemäldesammlung zusammenstellen und möchte sich beraten lassen.«

Edward biß sich auf den Daumennagel. »Falls dieser andere Kram, wie Sie es nennen, doch noch in die Schlagzeilen kommt, dann wird man in Riad vielleicht nicht mehr glauben, daß wir ihnen viel beibringen können.« Er rieb sich über sein Kinn, wo er beim Rasieren einige Stoppeln vergessen hatte. »Und was war das Dritte?«

»Sir James Hilliers Sekretärin rief an. Er möchte Sie sprechen.«

»Verdammt, das fehlt mir gerade noch.« Dabei wußte Edward, daß er ungerecht war. Nun, da sich der Direktor von seiner Operation zu erholen begann, war es doch nur natürlich, daß er wieder die Zügel in die Hand nehmen wollte. Und dazu gehörte, sich informieren zu lassen. Aber so viel war inzwischen geschehen ...

»Also gut. Ich weiß zwar noch nicht, wann ich ihn besuchen kann, aber lassen Sie's mich nicht vergessen. Und denken Sie daran, Schloß Balmoral anzurufen, da wir ein Gutachten über das ›Capriccio‹ brauchen. Sagen Sie, daß Ottawa daran interessiert ist.« Die Bitte aus Ottawa kam ihm sehr gelegen, denn auf diese Weise konnte man die Restauratoren beschäftigen und für mindestens zwei Wochen von der Werkstatt fernhalten.

»War das alles? Wenn ja, können wir jetzt zu O'Day kommen. Was wollte er schon so früh?«

»Ich soll Ihnen ausrichten, daß Leith im Norden Londons eine Niete gezogen hat. Das dortige Polizeirevier weiß von nichts, und auch im MI6-Computer war nichts zu finden. Jetzt hofft er auf eine Nachricht seiner Leute in Athen.«

»Er kam extra her, nur um das zu sagen?«

»Nein, nein. Ich soll Ihnen noch dies hier geben.« Sie hielt einen Schlüssel hoch. »Die Werkstatt ist nämlich verschlossen. Er meinte, Sie würden schon merken, warum, wenn Sie erst mal dort sind.«

Edward nahm den Schlüssel. »Commander O'Day erinnert an einen Bulldozer. Ein Bulldozer im Porzellanladen. Welch Glück, daß Hillier nicht da ist. Der würde noch ganz andere Worte benutzen.« Feixend steckte er den Schlüssel in die Tasche.

»Edward ...« Wilma versuchte zu flüstern, aber so ganz schafften das ihre Stimmbänder nicht. »Edward, diese Marbles ... sind die wirklich so wichtig? Zwar müssen sie für diese Brigade wichtig sein, weil sie sonst nicht so was täte, aber ...«

»Ja, sie sind wirklich wichtig, Wilma, weil der Parthenon eines der ältesten und schönsten Gebäude der abendländischen Kulturgeschichte ist. Außerdem sind sie wichtig, weil England eine große Anzahl der Marbles in Besitz hat, nämlich 93. Falls wir sie zurückgäben, würde der Parthenon dadurch zweifellos zum sehenswertesten Bauwerk der klassischen Antike werden. Die Marbles sind wichtig, weil sie mit Erlaubnis der Türken exportiert wurden, als diese in Griechenland herrschten, und deshalb haben die Griechen die Rechtmäßigkeit dieser Ausfuhr immer bestritten. Aber es gibt noch einen Grund, warum die Marbles so wichtig sind. Falls sie nach Athen zurückkämen, falls wir den Griechen zugeständen, daß sie ein Anrecht darauf haben, wäre ein Präzedenzfall geschaffen. Alle möglichen Länder würden dann alle möglichen Kunstschätze zurückfordern. Wenn sich diese Neuigkeit erst mal herumspricht, dann gnade uns Gott! Dann fängt der Ärger erst richtig an!«

»Dann bringe ich Ihnen am besten wirklich erst mal etwas Suppe.«

Edward schüttelte den Kopf und war schon halb aus seinem Büro. Er stieg die Treppe hinunter, am Wachtposten, dem unbenutzten Kamin und dem Bild von Canaletto vorbei. Dann ging es eine schmale Stiege an der anderen Seite der Halle hinauf und eine Galerie entlang, von der man in einen kleinen Hof blicken konnte, in dessen Mitte eine zierliche Bronzestatue von Adriaen de Vries stand. Die Plastik ließ ihn an Nancy denken. Warum hatte sie gelogen? Warum? War sie mit einem anderen Mann zusammen? Er wünschte fast, daß es so wäre. Sonst nämlich ..., sonst nämlich war sie Mitglied dieser »Apollo-Brigade«.

Er kam zur Werkstatt, steckte den Schlüssel ins Schloß und sperrte auf. Im Inneren saß direkt neben der Tür ein untersetzter, stiernackiger Mann, ein militärischer Typ mit dicken Wurstfingern und Sommersprossen, so groß wie Schneeflokken. Der Mann, der über seinen Stuhl quoll und ein Taschenbuch las, stand auf und trat ihm in den Weg. »Ja?« knurrte er feindselig.

»Ich bin Andover. Sehen Sie denn nicht, daß ich einen Schlüssel habe?«

O'Day steckte den Kopf hinter dem großen Canaletto-Gemälde hervor, das die Sicht versperrte. »Frank, dies ist Doktor Andover. Doktor Andover, dies ist Frank aus unserer Sicherheitsabteilung. Wir brauchen die jetzt. Kommen Sie her, dann sehen Sie, warum.«

Frank brachte nicht gerade ein Lächeln zustande, aber er nickte Edward zu und setzte sich wieder.

Edward fiel auf, daß O'Day drei große Gemälde – den Canaletto, ein Familienporträt von van Dyck und einen überdimensionalen Stier von Paulus Potter – so aufgestellt hatte, daß sie mit einer Wand eine Art Zimmer im Zimmer bildeten. Im Inneren dieses »Leinwandraums« befanden sich der Schreibtisch mit den Telefonen, Stühle für O'Day, Leith, der ihm zunickte, und eine Frau, die Edward noch nie gesehen hatte. Sie saß mit dem Rücken zu ihm am Schreibtisch und arbeitete an einem Computer.

»Tawsy, machen Sie mal Pause mit dem Tastengeklimper, und begrüßen Sie Edward Andover.«

Sie nahm die Hände von der Tastatur und drehte sich schwungvoll auf ihrem Sitz um. Auch sie trug wie die anderen einen weißen Kittel.

»Darf ich vorstellen, Edward Andover, Victoria Tatton.«

Edward und Victoria gaben sich die Hand.

»Obwohl Tawsy leicht ›Miss Whitehall‹ oder ›Miss Horse Guards Parade‹ sein könnte, ist ihr Intelligenzquotient erstaunlich hoch. Noch höher als mein Golf-Handicap. Sie kommt aus einer Abteilung, die sich Hard Languages Unit, kurz HLU nennt. Sie spricht Serbokroatisch, Ungarisch, Bulgarisch, Griechisch natürlich und auch Türkisch ...«

»Und ich kann auch selbst reden. Hallo, Edward«, sagte sie lächelnd. Victoria war zierlich, hellhäutig, hatte dunkles, kurzgeschnittenes Haar und braune Augen, die immer auf der Hut zu sein schienen.

»Hallo. Welche anderen Sprachen haben Sie noch auf Lager?«

»Japanisch, Chinesisch und einige der Bantu-Dialekte.«

O'Day mischte sich wieder ein. »Die Lady hat auch noch andere Talente. Sie fliegt, spielt Billard, kann schießen und fechten und beherrscht auch die Computersprache. Deshalb ist sie heute hier. Lockwood weiß natürlich Bescheid und ist einverstanden. Sie hat freien Spielraum.«

Victoria lächelte Edward wieder an. »Ich wünschte, ich könnte malen. Sie nicht auch?« Beim Lächeln bildeten sich in ihren Wangen zwei kleine Grübchen, die ihr einen leicht spöttischen Ausdruck verliehen. Edward mußte spontan an die Frauen in Gemälden von Georges de la Tour denken.

»Ich habe das Malen aufgegeben, weil ich nicht gut genug war«, erwiderte er. »Deshalb wurde ich Kunsthistoriker.«

Victoria wollte antworten, doch O'Day war schneller. »Kommen Sie wieder zum Bildschirm, Tawsy. Mal sehen, was der Hauptcomputer in meiner Abteilung ausspuckt.«

Victoria wandte sich wieder der Tastatur zu, und Edward entdeckte nun auf dem Bildschirm mehrere Reihen mit Namen.

»Seit unserer mitternächtlichen Zusammenkunft habe ich nachgedacht und auch einiges getan«, begann O'Day. »Wie Ihre Sekretärin Ihnen vielleicht schon erzählt hat, zogen wir im Norden Londons eine Niete. Die Polizei sagt, daß die Griechen recht gesetzestreue Mitbürger sind, und in letzter Zeit kam nichts Besonderes vor. Das muß nicht viel heißen, aber es heißt immerhin, daß wir auf diesem Gebiet keine schnellen Erfolge erhoffen können. Auch aus Athen haben wir noch nichts gehört, aber jetzt möchte ich Ihnen erklären, was wir hier tun. Machen Sie mich bitte auf jeden schwachen Punkt in meinem Gedankengang aufmerksam.«

Er hockte sich auf die Schreibtischkante neben den Bildschirm, wobei Edward plötzlich auffiel, daß seine Manschetten ausgefranst waren. Lebte er allein? Schwer zu sagen. O'Day war geübt darin, sich nicht durchschauen zu lassen.

»Aufgrund der Tatsachen müssen wir annehmen, daß die Blunt-Bilder und -Dokumente in ihrem Versteck entdeckt wurden – irgendwann nach seinem Tod im Jahr 1983.« O'Day legte die Stirn in Falten. »Ich kenne Mordaunts Theorie, und es erscheint mir plausibel, daß Blunt das ganze Material jemandem hinterließ, von dem er wußte, daß er irgendwann einen Skandal entfesseln würde. Vielleicht hat Mordaunt auch recht mit seiner Vermutung, wie die Griechen in die Sache hineingezogen wurden. Wie auch immer, jemand verstaute eine ganze Menge Gemälde in einer Schweizer Bank. Ich vermute, daß sie noch immer dort sind, denn Schweizer Banken bürgen schließlich für diskrete Sicherheit, und es ist ja nicht gerade unauffällig, große Bilder herumzutransportieren. Falls ich recht habe, folgt daraus, daß irgendwann vor kurzem, also in den Monaten vor der ersten Kontaktaufnahme mit uns, viel zwischen Griechenland und der Schweiz hin- und hergereist wurde. Und an diesen Reisen müßten Griechen beteiligt gewesen sein, denen die Elgin Marbles sehr am Herzen liegen.«

O'Day wandte sich an Victoria Tatton. »An manche Daten kommen wir sehr leicht ran, so auch an Passagierlisten.« Er drehte sich wieder zu den anderen um. »Falls unsere Leute in Athen uns Namen nennen können von Politikern, Journalisten, Akademikern, die in irgendeiner Verbindung zu den Marbles stehen, dann wird es uns vielleicht möglich sein, den einen oder anderen dieser Namen auf einer Passagierliste der Swissair oder der Olympic Airways zu entdecken. Beide Gesellschaften bieten Flüge von Athen nach Zürich und von Athen nach Genf an. Es muß nichts dahinterstecken, sondern bedeutet vielleicht nur, daß die fragliche Person verrückt aufs Skilaufen ist oder Kuckucksuhren sammelt oder ein geheimes Bankkonto besitzt, von dem die Ehefrau keine Ahnung hat. Aber vielleicht ist es doch ein Ansatzpunkt.«

O'Day legte eine Pause ein und ließ sein Piano-Grinsen sehen. »Ich gebe zu, daß diese Vermutung erst einmal nur ein Schuß ins Blaue ist. Aber mir fällt nichts Besseres ein.« Er klopfte sich mit einem Fingernagel auf die Zähne. »Bei dieser Aufgabe können wir unsere verschiedenen Talente einsetzen. Tawsy kann mit dem Computer spielen und versuchen, Einblick in die Swissair- und Olympic-Passagierlisten der letzten ... na, sagen wir mal zwölf Monate zu kriegen. Leith soll unsere Kontaktleute in Athen auf Trab bringen. Und Sie, Doktor Andover, kümmern sich um Ihre akademischen Kollegen. Ich weiß, daß Archäologie nicht Ihr Spezialfach ist, aber Sie können sicher herausfinden, wer in Frage kommen könnte.«

Edward überlegte und nickte dann zögernd. »Stimmt ..., aber da gibt's zwei Probleme. Erstens: Im British Museum sitzen die größten Autoritäten auf diesem Gebiet, aber an die soll ich mich vermutlich nicht direkt wenden, oder?«

»Richtig. Nächste Frage.«

»Ich brauche einen plausiblen Vorwand, denn schließlich kann ich ja nicht die Leute anrufen und ihnen den wahren Grund verraten, warum ich Informationen haben möchte. Was soll ich sagen?«

O'Day saugte Luft durch die Zähne ein. Nie zuvor hatte Edward jemanden erlebt, der beim Einatmen pfeifen konnte.

»Hm. Der Palast und die Regierung sollen natürlich nicht hineingezogen werden. Haben Sie noch irgendwelche anderen Positionen neben Ihrem Amt als Leiter der Royal Collection? Arbeiten Sie in irgendeinem Komitee oder Beirat?«

»Ja, ich bin im Beirat des *Burlington Magazine*, einer Fachzeitschrift für Kunsthistoriker, und bin Treuhänder des Courtauld Institute, das zur Londoner Universität gehört ... Moment mal! Die Universität hat ihr eigenes Institut für Archäologie, am Nordende des Gordon Square, wo sich früher gleich gegenüber das Courtauld befand. Die dortige Bibliothek führt sämtliche archäologischen Zeitschriften der ganzen Welt. Warum soll ich mich nicht dort mal etwas umsehen? Sicher finde ich in irgendeinem griechischen Fachjournal einen Artikel über den Parthenon in Athen. Ja, das mache ich!« Edward war ganz aufgeregt. »Vielleicht entdecke ich, was wir brauchen, ohne mit irgendwem darüber reden zu müssen. Das wäre doch am sichersten.«

O'Day löste sich von der Schreibtischkante. »Wann schließt diese Bibliothek?«

»Schätzungsweise um 17 Uhr.«

»Dann werden Sie nicht später als 17.30 Uhr wieder hier sein. Nehmen Sie einen Dienstwagen, dann geht's schneller.« O'Day zupfte seine Krawatte in Form. »Okay ... unsere nächste Plauderei halten wir also um 18 Uhr ab. Ich muß ins Büro zurück, denn neben dieser Sache hier läuft ja auch noch anderes schief. Paßt euch allen 18 Uhr?« Er schaute die anderen fragend an. »Ich finde immer, daß ein fester Termin beim Konzentrieren hilft.«

Leith und Victoria Tatton nickten zustimmend. Edward winkte zum Abschied und eilte die Hintertreppe hinunter zu den wartenden Autos. Einen Augenblick später klopfte Wilma Winnington-Brown an die Tür der Werkstatt. Sie brachte seine Suppe.

Kurz nach 11.30 Uhr traf Edward am Gordon Square ein. Er ließ sich in einiger Entfernung vom Eingang zum Institut für

Archäologie absetzen, denn es sah garantiert merkwürdig aus, wenn ein Wissenschaftler in einer Limousine mit Chauffeur vorfuhr. Er bat den Fahrer, ihn an derselben Stelle kurz nach 17 Uhr abzuholen, überquerte dann den Platz und betrat das Institut durch die hohen Glastüren.

Die Bibliothek befand sich im ersten Stock, wie er wußte. Ein, zwei Mal war er schon hier gewesen, um Nachforschungen über den klassischen Hintergrund eines Renaissance-Kunstwerks aus der Royal Collection anzustellen. Er wartete nicht auf den Lift, sondern stieg die Treppe hinauf. Am Eingang nickte er dem Bibliothekar zu, einem zerzausten Typen in Jeans, und wandte sich nach links, wo die Kartei war, wie er sich erinnerte. Es hatte keinen Sinn, unter »Elgin« nachzusehen, hier nicht. Ob ein Archäologe nun für oder gegen die Rückgabe der Elgin Marbles an Griechenland war – viele wollten deren Rückkehr tatsächlich –, keiner von ihnen bezeichnete die Elgin Marbles als Elgin Marbles. Es waren Metopen, Skulpturen oder Reliefs vom Parthenon oder der Akropolis in Athen. Es gab entmutigend viele Karteikarten über »Griechenland – Athen – Parthenon«, so daß Edward das ganze Schubfach herauszog und sich an ein Lesepult setzte. Langsam arbeitete er alle Karteikarten durch. Da es sich hier um eine Fachbibliothek handelte, eine der besten der Welt auf ihrem Gebiet, war eine ganze Anzahl von Karten auf Altgriechisch beschriftet. Edward war damit vertraut genug, um sie zu entziffern, aber es war mühsam und kostete Zeit.

Während der Arbeit machte er sich Notizen. Nach ungefähr drei Stunden hatte er sieben Namen von Autoren herausgefiltert, die Griechen zu sein schienen und Artikel über die Skulpturen des Parthenon veröffentlicht hatten, und zwar in griechischen, deutschen, englischen oder amerikanischen Fachzeitschriften der letzten zehn Jahre. Weiter zurück wollte er nicht gehen. Zwar nahmen die Erpresser ihre Sache ernst, sogar sehr ernst, aber zehn Jahre waren ja auch eine lange Zeitspanne. Edward hatte schon ausfindig gemacht, daß drei Konferenzen über den Parthenon abgehalten worden waren. Nun mußte er nur noch die veröffentlichten Protokolle dieser Konferenzen suchen, denn jedes enthielt eine Reihe von Artikeln mit möglicherweise neuen Autorennamen. Nachdem er die Protokolle entdeckt hatte und zu seinem Platz zurückgekehrt war, benötigte er eine weitere Stunde, sie durchzusehen, wobei er auf vier Namen stieß. Zwei kannte er schon, so daß er also insgesamt neun Namen hatte.

Da es erst 15.30 Uhr war, blieben ihm noch eineinhalb Stunden, und er beschloß, einige der Artikel durchzulesen. Immerhin bestand ja die Chance, daß einer dieser Autoren zur »Apollo-Brigade« gehörte, und da wäre die Lektüre seines Artikels natürlich aufschlußreich. Edwards Aufgabe wurde dadurch vereinfacht, daß vier der Artikel in derselben Zeitschrift erschienen waren, dem *Journal of Classical Greek*. Er holte sich die entsprechenden Hefte. Sämtliche Artikel waren auf Englisch veröffentlicht, obwohl sie von der Universität von Thessaloniki herausgegeben waren. Ihr Inhalt war streng wissenschaftlich, es gab keine offene Polemik. Andererseits wurde aber auch völlig klar, daß zumindest für diese Archäologen die sogenannten Elgin Marbles fester Bestandteil des Parthenon in Athen waren. Kein Artikel ließ Zweifel daran, daß die Reliefs nach Athen gehörten. So gesehen verfolgten alle neun Autoren gewissermaßen die gleichen Ziele wie die »Apollo-Brigade«.

Edward las die Artikel sehr sorgfältig durch, immer auf der Suche nach verräterischen Hinweisen. Plötzlich signalisierte ein lauter Summton, daß es fünf Minuten vor 17 Uhr war, also Zeit, die Bücher zurückzugeben und aufzubrechen. Als Edward zum Rückgabeschalter kam, sah er zu seinem Erschrecken ein bekanntes Gesicht. Harry Irving, Professor für Bildhauerei am Royal College of Art. Nicht, daß Harry ein Sicherheitsrisiko darstellte, aber er war ungemein eitel, trat häufig im Fernsehen auf und war vor allem äußerst geschwätzig. Irving hielt ihn mit seinem Gerede sicher viel zu lange auf oder verließ sogar das Gebäude mit ihm und sah ihn in den Dienstwagen steigen. Wie konnte er das bloß vermeiden?

Da sich jedoch keine Möglichkeit zum Entkommen bot, bereitete Edward sich innerlich auf die Begegnung vor.

Schon hatte Irving ihn entdeckt. Sein Gesicht zeigte die verschiedensten Emotionen: Überraschung, ja sogar Besorgnis, als er sich auszumalen versuchte, was Edward wohl vorhatte, und dann das berühmte TV-Lächeln, das dazu diente, jeden charmant auf seinen Platz zu verweisen. »Wie gut, daß hier um 17 Uhr Schluß ist! Sonst würde ich die ganze Nacht durchmachen, und das wäre Lynne gar nicht recht.«

Lynne war Irvings Frau. »Wie geht es ihr?« erkundigte sich Edward und hoffte, damit das Thema Arbeit zu vermeiden.

»Sie will mich umbringen. Drei Kinder, so schwer zu verköstigen wie eine Kompanie, und Scherereien, die einen ständig in Hochspannung halten... Was bringt Sie her? Nicht ganz Ihr Wirkungsfeld, oder?«

»Da irren Sie sich!« Edward war auf diese Frage vorbereitet und lächelte fast ebenso strahlend wie Irving. »Nur weil ich Ihnen bisher nicht über den Weg lief, bin ich hier noch lange kein Fremder. In Windsor gibt's jede Menge Zeichnungen klassischer Skulpturen, und ich versuche, mir einen Reim darauf zu machen.« Sie hatten inzwischen die Halle im Erdgeschoß erreicht. »Sie kennen ja das Elend mit Katalogen. So was kostet einen Jahre.« Er versuchte, so langweilig wie möglich zu klingen, um Irving von weiteren Fragen abzuhalten. »Und Sie? Weshalb sind Sie hier?« Irving begrüßte hoffentlich die Gelegenheit, über sich selbst zu sprechen.

Der Professor hielt einen Aktenordner hoch. »Ich gehöre zu den Herausgebern des *Journal of Sculpture*. Unter anderem verschicke ich Bücher, die begutachtet werden sollen. Deshalb schaute ich mir gerade andere Fachzeitschriften nach guten Rezensenten durch.« Dann fügte er verdrießlich hinzu: »Reichlich ermüdend. Unbezahlte Arbeit.«

Edward lächelte wieder. Niemand bekam für die Herausgabe von Fachzeitschriften viel bezahlt – man machte es aus

Prestigegründen. »Ärgern Sie sich nicht, Harry. Das Fernsehen macht alles wieder wett. Wann ist Ihre nächste Sendung?«

Irving wurde ernst. »Ich bringe im Sommer eine Serie. Industriedenkmäler in England. Ein interessanter Aspekt in der Geschichte der Bildhauerei, wie ich zu zeigen hoffe. Aber leider hat das Fernsehen nicht mehr soviel Geld zur Verfügung wie früher. Ich erinnere mich an die erste ...«

Edward hörte kaum noch zu. Sie standen nun vor dem Institut, und er mußte Irving irgendwie loswerden.

»In welche Richtung gehen Sie?«

»Was? Oh, zur U-Bahn-Station Euston Square.«

»Dann gehen Sie ruhig schon los, Harry. Ich habe anscheinend meinen Füller oben vergessen und hole ihn rasch. Ein Geschenk von meiner Nichte. Danach will ich noch einige Bücher bei Dillon kaufen, muß mich also beeilen. Grüßen Sie bitte Lynne von mir.« Er kehrte ins Institut zurück. Leute wie Irving konnte man nicht anders behandeln, denn sie benahmen sich so pompös wie königliche Hoheiten.

Er wußte, daß sich die Toiletten hinter den Aufzügen befanden, und verschwand dort für einige Minuten. Danach war der Herausgeber des *Journal of Sculpture* zum Glück nicht mehr zu sehen, und Edward eilte quer über den Platz zum Dienstwagen, der schon auf ihn wartete. Wegen der Verzögerung durch Irving und wegen des starken Verkehrs in der Gower Street, ganz zu schweigen von einem Unfall auf dem Trafalgar Square, war es schon acht Minuten vor 18 Uhr, als der dunkelgrüne Wagen endlich in den Hof von St. James's einbog. Als Edward die Tür zur Werkstatt öffnete, waren die anderen bereits da. O'Day und Leith standen hinter Victoria Tatton, die immer noch am Computer arbeitete.

»Wir haben ohne Sie angefangen«, brummte O'Day. »Zumindest mit den technischen Dingen. Tawsy ist es gelungen, die Daten von Swissair und Olympic anzuzapfen. Ich wollte gerade den Inspektor fragen, was er für uns hat. Bob?«

»Vorläufig nicht viel, aber unsere Botschaft in Athen hat

uns für morgen mehr versprochen. Es gibt offenbar einige griechische Abgeordnete, die sich für die Marbles stark machen. Hier sind ihre Namen.«

Er reichte O'Day ein Blatt Papier. »Dann gibt's einen bekannten TV-Moderator, der eine Sendung über die Marbles und über Lord Elgin brachte. Hier steht sein Name. Was haben wir noch? Ach ja, zwei Buchautoren, von denen einer allerdings schon tot ist. Außerdem hat eine Gruppe griechischer Bildhauer en masse vor der britischen Botschaft protestiert, hier ist die Unterschriftenliste. Aber das wär's auch schon. Wie gesagt, morgen gibt's vielleicht mehr.«

O'Day wandte sich an Edward. »Wie steht's mit Ihnen?« Edward öffnete seine Aktenmappe und zog seine Liste mit den neun Namen hervor. »Wegen der knappen Zeit ist die Liste sicher noch nicht vollständig. Aber ich habe die wichtigsten Fachzeitschriften durchgesehen.«

O'Day überflog die Namen. »Hm«, meinte er dann nachdenklich. »Einer Ihrer Wissenschaftler, Andover, hat den gleichen Nachnamen wie einer der Politiker, aber unterschiedliche Initialen. Phanodikos. Brüder? Vater und Sohn? Vielleicht arbeiten sie zusammen?«

Edwards Puls beschleunigte sich. Waren sie auf etwas gestoßen? O'Day sprach schon weiter. »Okay, ihr zwei geht jetzt was essen. Tawsy und ich überprüfen inzwischen die Namen. Wir haben an die zwei Dutzend, aber dafür dürften wir eigentlich nicht mehr als höchstens eine Stunde brauchen. Wenn Sie zurück sind, entscheiden wir über unseren nächsten Schritt. Je nachdem, was wir finden ...«

Edward war heilfroh über die Pause und führte seinen Begleiter durch die St. James's Street zu seinem Club. Dort stiegen sie in den ersten Stock hinauf und setzten sich an einen Ecktisch. Edward bestellte Sandwiches, Bier für Leith und Whisky Soda für sich selbst.

Leith bot Edward eine Zigarette an. Edward schüttelte den Kopf und bat dann: »Erzählen Sie mir lieber was über O'Day.«

»Ich weiß nicht viel. MI6 ist eine ganz eigene Welt... O'Day kommt aus Belfast, wo er in dem ganzen Schlamassel gute Arbeit leistete und sich einen Namen machte. Er bekam den Spitzenjob, als sein Vorgänger, Martin Abbotsbury, Selbstmord beging, was natürlich vertuscht wurde. Sehr intelligent, unverheiratet, dabei aber nicht etwa schwul, sondern eben mit dem Job verheiratet. Ungewöhnlich ist, daß er seine Laufbahn nicht in Oxford oder Cambridge oder an einer sonstigen Universität begann. Im Umgang mit Leuten nicht gerade geschickt, aber allgemein als fair eingeschätzt, was in seiner Branche sehr viel zählt. Der Premierminister schätzt ihn. Das wär's in etwa. Ich kenne nicht seine Lieblingsfarbe und weiß auch nicht, wo er seine Anzüge machen läßt oder ob seine Manschettenknöpfe wirklich aus Gold sind. Ich weiß aber, daß er ganz verrückt auf Militärgeschichte ist und alles über das Nazi-Regime liest. Ach ja, und er mag Guinness. Genügt das? Kann ich jetzt mein Sandwich essen?«

»Haben Sie schon früher mit ihm gearbeitet?«

»Ja, aber fragen Sie nicht weiter. Ich darf nichts sagen.«

»Wie kommt es, daß Sie mit MI6 zusammenarbeiten?«

»Ich war früher in der Spezialtruppe, die Botschaften bewacht und ähnliches. Da gibt's viele Kontakte.«

»Haben Sie häufig mit Geheimdienstsachen zu tun?«

»Darauf kann ich auch nicht antworten.« Nach einer kleinen Pause überlegte er es sich aber anders und nickte.

Edward wechselte das Thema. »Wenn wir einen Namen oder mehrere Namen haben ..., was dann?«

Leith klopfte seine Zigarette im Aschenbecher ab. »Das hängt davon ab, wer er oder sie ist. Man macht diese Person ausfindig, beschattet sie, findet heraus, wer die Kontaktleute sind. Sobald wir dann sicher sein können, daß wir alle unter Beobachtung haben ...« Er biß in sein Sandwich.

Edward starrte den Waliser an. »Was meinen Sie?« Plötzlich fühlte er sich gar nicht mehr wohl. »Was bedeutete diese Geste?«

»Das ist doch wohl klar, oder?«

Edward brachte kein Wort heraus.

»Also wirklich, Andover! Sie treiben diesen Quatsch mit Ihrem akademischen Elfenbeinturm einfach zu weit. Sie haben doch Köpfchen – Lockwood scheint es jedenfalls anzunehmen. Benutzen Sie Ihren Verstand, denken Sie bis zum Ende. Nichts von alledem kommt je vor Gericht, wie sollte es auch? Die Queen wird wohl kaum als Zeugin vor Gericht geladen, oder? Warum hat man wohl mich eingeschaltet? Oder O'Day?«

Edward fand seine Stimme wieder. »Man sagte mir, daß Sie ein ... Polizist sind.«

»Ja. Na und?«

Edwards Gedanken rasten. Er war schockiert, weil er instinktiv wußte, daß Leith die Wahrheit sagte. Er – Edward – hatte wirklich nicht zu Ende gedacht, dies unbewußt vielleicht sogar vermieden. Die »Apollo-Brigade« meinte es ernst. Tödlich ernst. Was Leith sagte und was er durchblicken ließ, ergab Sinn. Nur daß »Sinn« kaum das richtige Wort dafür war.

Leith drückte seine Zigarette aus. »Ich merke, daß Sie's tatsächlich nicht durchdacht hatten.« Seine Stimme wurde sanfter. »Machen Sie sich darüber keine Gedanken. Sie haben nichts damit zu tun. Solche Dinge bleiben immer im dunkeln, niemand erfährt davon. Krone und Regierung müssen herausgehalten werden. Aber wir anderen – O'Day, ich, Mordaunt –, wir wissen, was erwartet wird.«

»Und Victoria Tatton?« Leith nickte nur und fügte hinzu: »Keine Sorge. Wie ich sagte, niemand erwartet von Ihnen, dabei- oder auch nur in der Nähe zu sein.«

Er trank einen Schluck Bier. »Dieser Teil der Aufgabe ist ganz einfach; viel schwieriger ist es, die Leute erst einmal ausfindig zu machen. Es hängt davon ab, wieviel Zeit wir haben und ob Lockwoods Ablenkungsmanöver gelingt.«

»Wie will er das eigentlich anstellen?« Edward war dankbar, daß Leith das Thema wechselte.

»Nach den Einzelheiten müssen Sie O'Day fragen. Soviel ich weiß, will man versuchen, Owen Cutler einzuspannen.«

»Den Abgeordneten?«

Leith nickte.

»Wie soll das laufen?«

»Das ist nicht unser Problem.«

Edward wunderte sich über den Polizisten. Wie konnte er an einem Fall wie diesem arbeiten, ohne sich Gedanken über alle Probleme zu machen, auch wenn sie ihn nicht unmittelbar betrafen? Moralische Skrupel schienen ihn auch nicht zu belasten in dieser ... anderen Sache.

»Was wissen Sie über Victoria Tatton?«

Nun grinste Leith. »Nicht übel, was? Sie ist wie Schnee auf den Bergen, hell strahlend, aber eben auch sehr kalt. Manche mögen solche Frauen.«

»Was wissen Sie über sie?«

»Nicht viel. Sie ist nicht verheiratet und lebt auf einem Hausboot auf der Themse, bei Chelsea. Das weiß ich auch nur deshalb, weil wir mal an einem anderen Projekt gemeinsam im Ausland gearbeitet hatten und zusammen von Heathrow zurückkamen. Aber ihr Privatleben ist tabu. Sie geht kaum aus, trinkt nicht, ißt Gottweißwo und wird auch nie mit einer Einkaufstüte gesehen. Entweder hat sie überhaupt keine Sünden, oder sie steckt so voll davon, daß sie gut daran tut, sie zu verbergen.«

»MI6 und Scotland Yard bevorzugen natürlich die zweite Möglichkeit, oder?«

Leith lächelte noch breiter. Doch gerade da drang plötzlich ein schriller, hoher Ton aus seiner Brusttasche. Andere Clubmitglieder schauten irritiert in seine Richtung. Ohne hinzusehen, griff Leith in die Tasche und schaltete das Gerät ab. »O'Day ruft uns.« Mit einem tiefen Schluck trank er sein Bier aus. »Kommen Sie.«

Auf dem Rückweg in die Werkstatt begegneten sie Wilma Winnington-Brown, die eben im Begriff war, nach Hause zu gehen. »Hilliers Sekretärin hat wieder angerufen. Übrigens ziemlich ungehalten. Können Sie ihn morgen besuchen? Es wäre eine diplomatische Geste.«

Edward nickte. »Ich werd's versuchen.«

»Irgendwelche Fortschritte?«

»Schwer zu sagen.« Dann flüsterte er: »Keine wirklichen.«

»Bleiben Sie noch lange?«

»Keine Ahnung. Warum?«

»Ich habe eine Thermosflasche gekauft und auf meinen Schreibtisch gestellt. Da ist die Suppe drin, damit Sie nicht verhungern.«

Edward schaute ihr nach. Vielleicht sollte er Wilma heiraten.

Er folgte eilends Leith in die Werkstatt.

»Nicht gut!« schrie O'Day gerade. »Sogar verdammt schlecht! Kein Name, kein einziger.«

Edward schloß die Tür.

»Es war doch nur ein Schuß ins Blaue«, sagte Leith beruhigend.

»Stimmt, aber man hofft eben trotzdem. Man hofft immer.« O'Day hämmerte mit einem Fingernagel gegen seine Zähne. »Lockwood wird gar nicht zufrieden sein. Ganz und gar nicht.«

»Vielleicht fuhren sie mit dem Auto oder dem Zug? Vielleicht war sogar London der Ausgangspunkt?« Edward lächelte bei seinen Worten Victoria Tatton zu, doch sie schien es gar nicht zu bemerken. Schnee auf den Bergen.

O'Day schüttelte den Kopf. »Natürlich müssen sie nicht direkt geflogen sein, aber wir können einfach nicht jeden Flug jeder einzelnen Fluggesellschaft in Europa überprüfen. Und warum sollten sie keinen Direktflug genommen haben? Schließlich hatten sie ja zu jenem Zeitpunkt noch nichts zu verbergen. Ich wette, sie fuhren nicht mit dem Auto oder dem Zug. Dafür hatten sie's viel zu eilig.«

Er griff nach einem Stuhl und setzte sich. »Wir müssen es also auf eine andere Weise versuchen. Ohne was in der Hand zu haben, können wir heute nacht nicht zum Premierminister gehen. Ich hab' schon genug geplatzte Äderchen.«

Leith machte ein bedenkliches Gesicht. »Ich fürchte, wir zäumen das Pferd vom falschen Ende auf, Sir. Wir haben's hier mit Erpressern zu tun. Es liegt in der Natur der Sache ...«

»Ich weiß das alles.«

Leith verstummte.

O'Day schaute Edward an.

Edward zuckte die Achseln.

Der MI6-Mann wandte sich fast hilfesuchend an Victoria Tatton. Sie rutschte mit ihrem Stuhl ein Stück vom Computer weg und strich sich übers Haar. »Falls die Gemälde in einer Bank aufbewahrt werden, ist vielleicht ein dort Beschäftigter in die Sache verwickelt. Können wir eine Liste von Bankangestellten kriegen und prüfen, ob es eine Überschneidung mit unserer Namensliste gibt?«

»Na, wenigstens einer benutzt seine graue Hirnmasse erfolgreich. Ich glaube zwar kaum, daß wir die Namen sämtlicher Bankangestellten der Schweiz ausfindig machen können, denn das wäre die gesamte Bevölkerung, bis auf die Skilehrer. Aber wenn wir's vielleicht auf die griechischen Angestellten beschränken ...« Er griff nach einem Telefon, das direkt mit seinem Büro verbunden war.

»Clemmy? Ich möchte ein Gespräch nach Bern. Stimmt, Tony Riley. So schnell wie möglich.« Er lehnte sich zurück. »Jetzt werden wir mal sehen, wie gut unser System funktioniert. Ich müßte eigentlich mit jedem vom Außendienst innerhalb von 30 Minuten Kontakt aufnehmen können. 15, wenn die Sache dringend ist.« Er erhob die Stimme. »Aber macht es euch nicht zu gemütlich. Überlegt weiter, während wir warten.«

Sie kamen gar nicht dazu, denn innerhalb von Sekunden blinkte das Telefon hektisch.

Allerdings war es nicht der Anruf, den O'Day erhoffte. Es war für Edward, und zwar Sir James Hillier.

»Es freut mich, Ihre Stimme zu hören, Sir. Und zu wissen,

daß Sie auf dem Weg der Besserung sind«, sagte Edward betreten.

»Sie verhalten sich aber nicht entsprechend, mein Junge. Dies ist schon das dritte Mal, daß ich Sie heute anrufe.«

»Tut mir wirklich sehr leid, Sir. Ich hatte vor, morgen bei Ihnen vorbeizuschauen.«

»Gut, ich rechne mit Ihnen. Man hat mich übrigens aus dem Krankenhaus verlegt. Ich bin jetzt in Windsor und noch durchaus am Leben.« Klick. Die Leitung war tot.

Was sollte er Hillier bloß sagen? Dem alten Herrn würde es gar nicht gefallen, wenn er das Gefühl hätte, daß er aus irgend etwas herausgehalten wurde, in dem sein Stellvertreter bis über beide Ohren steckte.

Das Telefon blinkte wieder auf. Es war Riley in Bern. O'Day erklärte, um was es ging:
die Namen sämtlicher griechischer Bankangestellter in der Schweiz. »Ich brauche die Information schon morgen am Spätnachmittag, und ich weiß, daß morgen Samstag ist. Ich verlasse mich auf Sie. Hier ist ständig jemand am Telefon.« Er legte den Hörer auf und rieb sich mit der Hand übers Gesicht.

»Gibt es noch etwas, was wir heute abend unbedingt tun müssen? Ich hätte nämlich einiges für meinen eigentlichen Job zu erledigen.« Edward schaute O'Day fragend an.

Der MI6-Mann stöhnte fast. »Was haben wir Lockwood zu bieten, wenn wir ihn heute um Mitternacht sehen? Nichts. Wir hatten 24 Stunden Zeit und sind keinen Schritt weiter. Wenn Sie mein Angestellter wären, Andover, könnte ich Ihnen befehlen, hier die ganze Nacht zu sitzen und sich über dieses Problem den Kopf zu zerbrechen, bis es bei einem von uns klickt. Aber Sie sind's nicht, und so kann ich's auch nicht.« Er rieb sich wieder mit der Hand übers Gesicht. »Na schön. Sie können gehen. Ich erwarte Sie alle um Mitternacht. Sie auch, Tawsy.«

Sie verließen gemeinsam die Werkstatt. Als Edward in Richtung seines Büros gehen wollte, fragte Victoria Tatton plötzlich: »Darf ich mitkommen?«

»Ich will nur in mein Büro, um …«

»Hier müssen doch einige Gemälde aus der Royal Collection hängen. Schließlich sind wir hier in einem Palast, nicht wahr. Ich würde sie sehr gerne sehen.«

Nach einem Moment des Zögerns nickte Edward. »Dann gehen wir besser hier entlang.« Er führte sie zur Galerie und zeigte ihr die de-Vries-Bronze im Hof. »Die steht schon seit Ewigkeiten hier, ist förmlich eingewachsen. Niemand hat ihr je besondere Aufmerksamkeit gezollt, aber vor ein paar Monaten bezahlte plötzlich jemand sieben Millionen Pfund für eine andere Bronze von de Vries bei Sotheby's. Und nun lassen wir sie restaurieren.« Auf dem Weg zu Edwards Büro schauten sie sich noch einen Gentile da Fabriano, einen Hogarth und den Canaletto über dem stillgelegten Kamin an. Während Edward seine Sachen auf dem Schreibtisch zusammensuchte, stand Victoria vor Veroneses Zeichnung. »Wenn ich so etwas sehe«, sagte sie leise, »dann weiß ich, daß ich recht damit tat, mich auf Computer und Sprachen zu konzentrieren. Ich wäre nie gut genug gewesen.«

Edward lächelte. »Nach dem, was Inspektor Leith mir erzählte, leben Sie wie eine Künstlerin. Auf einem Hausboot …«

»Sie haben über mich geredet?« Sie drehte sich zu ihm um.

»Nur in den höchsten Tönen.«

»Das bezweifle ich. Was hat er gesagt?«

»Daß Sie sehr eigen sind, was Ihre Privatsphäre betrifft. Hoffentlich habe ich mich nicht schon zu weit vorgewagt.«

Victoria gab keine Antwort. Erst als Edward seinen Schreibtisch abschloß, riß sie sich vom Anblick der Zeichnung los. Vor dem Gebäude blieb sie neben ihrem Dienstwagen stehen, während er seine Unterlagen in dem Korb am Lenker seines Fahrrads verstaute. Als er damit fertig war, reichte sie ihm einen Fetzen Papier, auf den sie gerade ihre Adresse gekritzelt hatte.

»Waren Sie schon mal auf einem Hausboot?«

»Nein, nie!«

»Ein Palast ist es nicht gerade ...«

»Zur Zeit der Tudors gab es palastartige Barken auf der Themse. Aber ich dachte, Sie wären eigen, was Ihr Privatleben betrifft.«

Als sie nun lächelte, erschienen wieder die Grübchen in ihren Wangen. »Ich bin nur eigen bei drei Dingen oder besser gesagt vier: Gemälde, Pasta, bibliophile Bücher ... und dabei, daß ich diese drei nicht mit verheirateten Männern wie Bob Leith teilen will.«

Die Wohnung des Premierministers »über dem Laden« war nicht nur der gemütlichste Teil von Downing Street, sondern auch der exklusivste. Zwar gelangten 999 von 1000 Engländern auch nie in die offiziellen Räume von Nr. 10, aber immerhin gingen dort viele führende Persönlichkeiten ein und aus. In die Privatwohnung kamen sie hingegen nicht.

Seit William Lockwood als Premierminister in Downing Street residierte, wandte er einen kleinen Trick an, wenn er etwas besonders Kompliziertes bewerkstelligen mußte oder den gesunden Menschenverstand eines anderen mit der Vergabe eines Gunstbeweises übertölpeln wollte. Er wußte, daß eine diskrete Einladung in seine privaten Gemächer geradezu Wunder wirkte. Deshalb hatte er Owen Cutler an diesem Abend hierhergebeten. Cutler war Abgeordneter im Unterhaus, Wahlkreis Shropshire, und im allgemeinen ein zuverlässiger Anhänger der Regierung. Lockwood hatte ihm bisher noch keinen Posten in seiner Verwaltung angeboten, weil er drei oder vier Hinterbänkler wie Cutler für gelegentliche Sonderaufgaben brauchte. Cutler und andere von seiner Art wurden sowohl von den Oppositionsparteien als auch von der Presse als unabhängig von der Regierung angesehen, und das hatte sich in der Vergangenheit schon mehrmals bezahlt gemacht. Nun wollte Lockwood Cutler für seine Zwecke einspannen.

Für Lockwood war dies die »trostlose Stunde«, die tote

Zeit vor dem Dinner. Sie waren nur zu dritt im Wohnraum: Cutler, Lockwood, Slocombe. Der Premierminister kümmerte sich selbst um seine Gäste, denn die Abwesenheit von Personal beeindruckte Leute wie Cutler. Dies unterstrich noch, wie vertraulich und damit auch wie wichtig eine solche Zusammenkunft war.

Nachdem Lockwood Whisky eingeschenkt hatte, begann er äußerst gekonnt, seinen Gesprächspartner einzuwickeln. »Hätten Sie gedacht, daß dieses Zimmer so klein ist?« Er stand vor Cutler, als er dies sagte. »Sie sollten die private Suite des Präsidenten im Weißen Haus sehen! Fünfmal so groß. Fünfmal! Selbst der australische Premierminister hat ein besseres Leben als ich. Kommen Sie doch einen Moment mit...«

Cutler stand auf und folgte ihm ins Arbeitszimmer.

»Haben Sie schon mal eines von diesen gesehen?« Lockwood hob ein Buch vom Schreibtisch hoch, das in dunkelrotes Leder gebunden war. »Der Terminkalender vom Premierminister!« Er hielt das Buch ein ganzes Stück weit von Cutler entfernt, öffnete es dann jedoch, und der Abgeordnete konnte sehen, wie viele Verabredungen eingetragen waren.

Jetzt war es Zeit für Lockwood, seinen geballten Charme einzusetzen. »Hoffentlich macht es Ihnen nichts aus, daß ich Sie zu einem solch ungünstigen Zeitpunkt hergebeten habe, Owen, denn Sie wollen sicher noch zum Empfang in die US-Botschaft. Ihre Frau nimmt's nicht übel, oder?« Lockwood lächelte liebenswürdig, so liebenswürdig, wie er nur konnte, als er dies sagte. Die meisten Politiker würden für eine Einladung in Downing Street ihre Ehefrau notfalls an einem Bohrturm hängen lassen. »Wie geht's übrigens Bridget, wenn wir schon von ihr reden?«

»Ich fürchte, daß sie die Kinder sehr vermißt. Das zweite ist jetzt im Internat, und sie weiß nicht so recht, was sie mit ihrer Zeit anfangen soll.«

»Ist Hugo denn schon so groß?« Lockwood hatte natürlich

keine Ahnung von den Namen von Cutlers Kindern gehabt, ehe Slocombe sie ihm eine halbe Stunde zuvor auf der Rückfahrt vom National Police College in Bramshell aus irgendwelchen Unterlagen vorgelesen hatte. Cutler war das im Grunde auch klar. Doch Lockwood merkte, daß der Abgeordnete trotzdem geschmeichelt war.

»Ja, Hugo ist 13 und schon fast 1,80 Meter groß. Größer als ich.«

»Ich habe drei Töchter, wie Sie ja wissen«, sagte der Premierminister und faßte Cutler leicht beim Ellenbogen. »Wie schön für Sie, einen Sohn zu haben …, aber lassen Sie uns ins Wohnzimmer zurückgehen, Owen. Hier drin sind wir zu weit vom Whisky weg. Eric und ich möchten etwas mit Ihnen besprechen. Ich schenke Ihnen nach, und dann kommen wir zum geschäftlichen Teil.« Sie betraten wieder den Salon und setzten sich in die blauen Chintzsessel. Slocombe hatte sich nicht vom Fleck gerührt.

Schweigend tranken sie alle einen Schluck Whisky. Dann legte Lockwood los. »Wie schätzen Sie unsere Chancen bei der Wahl ein, Owen?«

Cutler verzog das Gesicht. »Die Umfragen sind nicht gerade ermutigend, Premierminister. Jedenfalls wird's keinen klaren Wahlsieg geben.« Er schaute Lockwood gerade in die Augen. »Und Sie selbst schneiden in den Umfragen auch nicht gut ab. Hoffentlich haben Sie noch ein paar Trümpfe im Ärmel.«

Lockwood stellte sein Glas ab. »Ein, zwei Ideen, Owen. Eine betrifft ein völlig neues Ministerium. Sind Sie an den Medien interessiert? Eric meint, wir brauchten dafür ein eigenes Ministerium. Die BBC leiten, englische Filme fördern, die Beziehungen der Regierung zu allen Arten von Nachrichtensendungen und zur Presse kontrollieren. Natürlich auch Werbung für die Regierung …«

Cutler beugte sich eifrig nach vorne. »Wie wollen Sie das angehen, Premierminister?«

»Unter äußerster Geheimhaltung, Owen. Wir bewahren

Schweigen, bis die Kampagne anläuft. Dann kann uns die Opposition nicht die Schau stehlen.«

»Sie meinen, das könnte die Wahl gewinnen?« Cutler wirkte überrascht.

»Natürlich nicht das allein. Aber die Presse hat sich in den letzten paar Jahren so viele Ungeheuerlichkeiten geleistet, daß vermutlich die meisten Leute froh sein werden, wenn wir endlich etwas tun, um sie in Griff zu kriegen.« Er legte eine bedeutungsvolle Pause ein. »Derjenige, der die Leitung übernimmt, hätte eine äußerst anspruchsvolle Aufgabe. Viel Publicity, aber auch viele Risiken. Eric ist der Meinung, daß wir in der nächsten Regierung ein paar neue Gesichter brauchen, und ich stimme ihm zu.«

Lockwood lächelte gewinnend. »Aber jetzt komme ich zu einem anderen Thema.« Er war mit dem bisherigen Verlauf der Unterhaltung äußerst zufrieden. »Ich werde Sie jetzt ins Vertrauen ziehen, um Ihnen zu beweisen, wie hoch ich Ihren Rat und Ihre Hilfe einschätze, Owen. Es handelt sich um eine äußerst delikate Angelegenheit, wie Sie gleich merken werden.« Während der nächsten Viertelstunde schilderte er Cutler im Detail den Erpressungsversuch gegen die Queen. Er konnte dieses Risiko eingehen, weil Slocombes Nachforschungen ergeben hatten, daß Cutler dem Königshaus treu ergeben war. Als Lockwood seinen Bericht beendet hatte, stand er auf und füllte Cutlers Glas ein zweites Mal, der eine abwehrende Handbewegung machte. Aber es war nur eine Geste, und Lockwood schenkte äußerst großzügig nach. »Natürlich haben wir schon einen Plan, Owen. Aber wir benötigen Hilfe von außen. Jemanden wie Sie. Die Regierung wäre sehr dankbar, und das meine ich nicht nur theoretisch.«

Damit lagen die Karten auf dem Tisch. So unverdeckt, wie es in der Politik nur möglich war. Der Posten war nicht direkt angeboten worden, so daß Lockwood notfalls immer noch einen Rückzieher machen könnte. Aber davon abgesehen, war das Quidproquo so eindeutig wie ein Bankauszug.

Nachdem Cutler einen Schluck genommen hatte, fragte er: »Was soll ich für Sie tun, Premierminister?«

Lockwood ließ sich nichts anmerken, stieß aber innerlich erleichtert einen Stoßseufzer aus. »Wir müssen eine Geschichte durchsickern lassen, die darauf hinausläuft, daß die Regierung erwägt, die Marbles an Griechenland zurückzugeben. Wichtig ist, daß die Indiskretion aus berufenem Munde kommt, damit die Erpresser sie glauben können. Da es eine Art Bluff ist, darf natürlich nicht die Regierung dahinterstecken. Als Abgeordneter und zudem noch als Treuhänder der National Portrait Gallery eignen Sie sich geradezu perfekt für diese Rolle. Eric?«

Slocombe nickte. Da der Premierminister Cutler an der Angel hatte, konnte der politische Berater nun aus seiner Deckung kommen. »Ich bin der Meinung, bei der Geschichte muß die Betonung auf dem politischen Aspekt, nicht auf dem kulturellen liegen. Kennen Sie irgendwelche politischen Korrespondenten der Sonntagszeitungen?«

»Ich kenne sogar alle«, erwiderte Cutler. »Aber Frank Metcalfe kenne ich am besten. Er arbeitet bei der *Sunday Post.*«

»Gut. Mein Vorschlag sieht folgendermaßen aus. Rufen Sie ihn entweder noch heute nacht oder gleich morgen früh an, also am Samstag. Ihm bleibt dann nicht viel Zeit, um nachzuprüfen, was Sie ihm erzählen, so daß er's mehr oder weniger so schreiben muß, wie er's von Ihnen hört. Sagen Sie ihm, Sie hätten aus erster Quelle die Information, daß die Regierung daran denke, die Marbles zurückzugeben, daß vorläufig aber weder die Griechen noch die Treuhänder des British Museum davon irgend etwas wüßten. Sagen Sie, daß eine geheime Kabinettssitzung abgehalten und die Rückgabe befürwortet worden sei. Sagen Sie Metcalfe, dies sei alles noch geheim, und Sie könnten ihm auch nicht verraten, woher Sie's wissen. Aber betonen Sie Ihre guten Kontakte zur Regierung und Ihre Position als Treuhänder. Bestehen Sie darauf, daß Ihr Name nicht genannt wird, denn das läßt die ganze Sache noch echter wirken. Metcalfe wird in Downing

Street nachfragen, und wir werden erklären, daß wir diese angebliche Geheimsitzung weder bestätigen noch dementieren können. Das wird so gewunden klingen, daß er annimmt, wir würden es im Grunde bestätigen. Und folglich wird die *Sunday Post* die Story bringen – mit großen Schlagzeilen auf der ersten Seite, darauf möchte ich fast wetten.«

Cutler überlegte einen Moment. Seinen Drink rührte er nicht mehr an. »Was passiert danach? Ich meine, Metcalfe wird nicht vergessen, daß ich ihn in die Irre geführt habe.«

»Aber vielleicht führen Sie ihn gar nicht in die Irre«, widersprach Lockwood energisch. »Es ist ja durchaus denkbar, daß wir die verdammten Marbles tatsächlich zurückgeben müssen. Falls jedoch nicht, falls all dies ein Happy-End hat, werden wir uns eine andere Geschichte einfallen lassen, die Sie schützt. Schließlich«, fügte er ein wenig scheinheilig hinzu, »liegt Ihre Unbescholtenheit ja in meinem eigensten Interesse.« Wieder ein indirekter, aber deutlicher Hinweis auf Cutlers mögliche Rolle in der Regierungsmannschaft. »Ich habe Ihnen alles anvertraut, Owen. Sie sind jetzt ebenso ein Vertrauensmann der Regierung wie der National Portrait Gallery.«

Volltreffer! Cutler strahlte. »Ich rufe Metcalfe gleich nachher an. Sobald ich heimkomme.«

Lockwood stand auf und hielt ihm die Hand hin.

»Dann lasse ich Sie jetzt mit einem Regierungswagen nach Hause bringen, Owen. Um Ihnen einen kleinen Vorgeschmack zu geben.«

Als Edward seine Wohnung betrat, hatte der Anrufbeantworter drei Mitteilungen für ihn aufgezeichnet. Er seufzte. Nie hätte er es für möglich gehalten, daß er ein Gerät derartig verabscheuen könnte. Da er mit Leith bereits einen Whisky getrunken hatte und beim mitternächtlichen Komitee sicher auch nicht abstinent bleiben würde, preßte er sich jetzt lieber nur eine Grapefruit aus. Damit bewaffnet, setzte er sich an den Schreibtisch und drückte auf die Wiedergabetaste.

»Hier ist Sammy. Große Neuigkeiten übers Konzert: Dein Abbild in der Schule ist noch unversehrt. Als Gegenleistung mußt du mit uns hinterher ins Hard Rock Café zum Dinner. Stöhn nicht – dir wird's riesig gefallen, und außerdem können wir uns nichts anderes leisten.« Edward stöhnte nicht. Unter normalen Umständen wäre er lieber tot, als ins Hard Rock Café zu gehen, aber Sammy war eben Sammy.

»Hallo Edward, hier spricht Lynne Irving. Harry erzählte mir, daß er Sie heute in der Bibliothek traf. Wir haben uns doch Ewigkeiten nicht gesehen, Edward! Mason Inchcliffe aus Harvard kommt nächsten Mittwoch zu uns zum Essen . . ., hätten Sie vielleicht auch Zeit und Lust? Wir würden uns sehr freuen. Sie kennen ja unsere Telefonnummer . . ., also, bis dann. Wiedersehen!«

Pause. Ein Pfeifton. Ein Klicken. Edward trank einen Schluck. »Hier ist Nancy. So geht's nicht weiter, daß wir uns überhaupt nicht mehr erwischen. Beim letzten Ton ist es . . . 6.42 Uhr genau . . ., wir werden allmählich wie diese Pärchen in Schweizer Uhren, wo nur immer einer der beiden rauskommt. Nie zusammen. Falls du eine Landkarte an die Wand gepinnt hast und brav meine Bewegungen verfolgst, dann informiere ich dich jetzt, daß ich heute in Kirkleatham, Nähe Middlesborough, bin. Skulpturen von Henry Cheere . . . Ach Woodie, es hat wenig Sinn, ständig auf dein Band zu quatschen.« Sie legte auf.

Edward ließ sich in seinen Sessel zurücksinken. Wenn sie ihn wirklich so sehr vermißte, warum hinterließ sie keine Nummer, unter der er sie erreichen konnte? Warum rief sie nicht spätabends oder ganz früh am Morgen an? Und was sollte der merkwürdige Scherz über die Landkarte und das Verfolgen ihrer Bewegungen? War es reiner Zufall oder mehr? Er hoffte ja immer noch, daß sie nichts mit dieser »Apollo-Brigade« zu tun hatte. Aber warum benahm sie sich dann so verdächtig? Edward fühlte sich elend.

Ihm fiel der andere Anruf ein. Ein Essen mit Mason Inchcliffe war so ziemlich das letzte, was er sich gerade jetzt zumuten wollte. Inchcliffe war ein ausgezeichneter Wissenschaftler, aber ein schwieriger Mann. Er gab ein Fachjournal, *Das* 15. *Jahrhundert*, heraus, das Geschichte, Kunstgeschichte, Wirtschaftsgeschichte, Architekturgeschichte und alles mögliche sonst behandelte, was Inchcliffe für würdig erachtete. Er spielte sich gern als Vorkämpfer einer guten Sache auf, was seine Zeitschrift sehr lebendig, seine Gesellschaft dagegen reichlich ermüdend machte.

Edward wählte die Telefonnummer der Irvings. Er bekam Harry, nicht Lynne, an den Apparat.

»Edward! Hallo! Schön, Sie zu hören. Können Sie zum Essen kommen?«

»Nein, ich fürchte nicht, Harry. Ich bin im Moment sehr eingespannt, da Hillier im Krankenhaus liegt, wie Sie vielleicht wissen.«

»Ja, ich hörte davon. Zu schade! Inchcliffe ist hier auf einer seiner Kampagnen. Er hat vor, eine ganze Nummer seiner Zeitschrift auf ein einziges Thema zu konzentrieren.«

»Du liebe Güte!«

»Ihnen mißfällt die Idee? Er bat mich zu ...« Und Irving redete pausenlos über Irving. Es dauerte eine geraume Weile, bis Edward sich aus dem Gespräch lösen konnte, und das schaffte er auch nur mit dem Versprechen, vielleicht doch noch auf einen Drink nach dem Essen am kommenden Mittwoch vorbeizuschauen.

Er legte auf, doch da schoß ihm ein Gedanke durch den Kopf, und er nahm den Hörer sofort wieder hoch. Langsamer legte er dann ein zweites Mal auf, überlegte einen Moment, und begann schließlich, wieder zu wählen.

»Lynne? Hier ist schon wieder Edward. Nein, ich habe mir's nicht anders überlegt, aber könnte ich bitte ganz kurz mit Harry sprechen?« Er wartete und sagte dann: »Harry, tut mir leid, daß ich Sie noch einmal störe ... Sagen Sie, haben Sie zufällig eine Nummer des *Journal of Classical Greece* zu Hause? Durch unsere Unterhaltung kam ich auf den Gedanken, daß Sie vielleicht ... Nun, ich interessiere mich für den

Stil der Zeitschrift, wie die Artikel verfaßt sind ... Stimmt, ich habe etwas, das ich gerne unterbringen möchte ... Es geht nicht um Skulpturen, Harry, sonst würde ich's natürlich Ihnen geben. Nein, ich möchte lieber nicht darüber reden, bevor ich's schwarz auf weiß habe ... Ja, ich bleibe dran.« Er wartete, während Irving in seiner Bibliothek nachsah. Schließlich kam er wieder an den Apparat.

»Sie haben also tatsächlich ein Heft!« sagte Edward erleichtert. »Wunderbar. Darf ich's gleich bei Ihnen abholen? Wissen Sie, ich sehe Hillier morgen und möchte darüber mit ihm diskutieren. Sehr freundlich! Ich bin in einer halben Stunde bei Ihnen.«

Eine Stunde später balancierte Edward über eine Laufplanke am Chelsea-Kai. Diesmal war er nicht mit dem Fahrrad gekommen, sondern mit seinem sehr alten, liebevoll hergerichteten Aston Martin. Die Reihe von Hausbooten zu finden war unproblematisch gewesen, aber Victoria Tattons Nummer hatte er nur mit Hilfe der Scheinwerfer vorbeiflitzender Autos entdecken können. Er hämmerte an eine Tür, die hoffentlich die richtige war.

»Ja? Wer ist da? Es ist doch schon 22 Uhr!«

»Ich bin's, Edward, der Eindringling in Ihre Privatsphäre.«

Ein Riegel wurde zurückgeschoben. Dann stand sie vor ihm. Sie trug Hosen und hatte ein leuchtendrotes Halstuch umgeschlungen. Spektakulär und seriös zugleich ... In einer Hand hielt sie eine Schüssel. »Sie konnten den Cannelloni nicht widerstehen, stimmt's?«

»Falsch geraten. Die Cannelloni müssen wir vergessen. Es geht um etwas ganz anderes: neue Namen für den Computer.«

Edward stieg über die ausgestreckten Beine von Bernard Midwinter und Bob Leith. »Verzeihen Sie, daß wir zu spät kommen, Sir«, sagte er zum Premierminister, holte dann einen Stuhl, der neben der Tür zum Arbeitszimmer stand, und brachte ihn Victoria, die sich setzte. Er selbst hockte sich auf die Armlehne des Sofas.

O'Day musterte ihn mißbilligend, aber es war Lockwood, der ganz offen einen Tadel aussprach. »Wir sind hier nicht sehr formell, Doktor Andover, legen aber Wert auf Pünktlichkeit. Wir sind alle äußerst beschäftigte Leute, haben alle Jobs, die wir für wichtig halten. Ein Treffen um Mitternacht beginnt um Mitternacht, nicht zwanzig Minuten später. Ich hoffe, daß ich dies nie wieder erwähnen muß, aber ...«

»Wir haben einen Namen, Sir.«

Lockwood war sichtlich irritiert, unterbrochen zu werden.

»Was meinen Sie damit?«

»Was für eine Art von Namen?« blaffte O'Day.

Alle starrten nun Edward an.

Edward wandte sich direkt an den Premierminister. »Sir, wie Commander O'Day Ihnen vermutlich erzählte, versuchten wir – Inspektor Leith, Miß Tatton und ich –, heute einen Namen zu finden, einen griechischen Namen von jemandem, der in die Schweiz reiste und zu einer jener griechischen Gruppen gehört, denen die Rückkehr der Marbles ein Anliegen ist.«

»Ja«, stimmte Lockwood zu. »Er hat das alles erklärt. Wollen Sie nun andeuten, daß Sie neuere Ergebnisse ...«

»Ja, Sir. Genau das will ich.«

O'Day fragte in scharfem Ton: »Was? Wieso denn?«

Edward rutschte auf der unbequemen Sofalehne ein Stück weiter, da seine Beine einzuschlafen drohten. »Wie der Commander Ihnen vielleicht schon sagte, Sir, entdeckte ich neun griechische Namen in der Bibliothek des Instituts für Archäologie, neun Namen von Autoren, die in Artikeln Ansichten zum Ausdruck brachten, die man so interpretieren könnte, daß sie die Ziele dieser ›Apollo-Brigade‹ unterstützen.«

»Und Sie zogen eine Niete. Ja, das haben wir alles erfahren.« Lockwood hörte zu, wirkte aber immer noch verstimmt.

»Als ich heimkam, fand ich auf meinem Anrufbeantworter eine Mitteilung vor; eine Einladung zum Essen mit einem amerikanischen Wissenschaftler, der eine Fachzeitschrift herausgibt, die er als eine Art Kampfblatt einsetzt, wenn er mal wieder eine seiner Kampagnen startet.«

»Ich hoffe, Sie kommen bald zur Sache.« Lockwood stellte mit Nachdruck die Whiskyflasche auf dem Kaminsims ab.

Edward nickte. »Ich mußte die Einladung zum Essen ablehnen, kam dabei aber auf eine Idee. Von den neun Leuten, die ich heute namentlich entdeckte, hatten vier ihre Artikel in derselben Zeitschrift, dem *Journal of Classical Greece*, veröffentlicht. Heute nachmittag hatte ich nicht bedacht, daß es ja nicht unbedingt wissenschaftliche Autoren sein müssen, die ihren Überzeugungen gemäß handeln, sondern es könnte ja genausogut einer der Herausgeber sein. Wenn dieser amerikanische Wissenschaftler, den ich erwähnte, sein Journal für seine Kampagnen einsetzen kann, so gilt das doch genauso für die griechischen Herausgeber von Fachzeitschriften.«

Lockwoods Gesicht hatte sich entspannt.

»Gegen 21.30 Uhr hatte ich endlich ein Exemplar der Zeitschrift in Händen. Alle vier Herausgeber sind auf der Innenseite des Deckblatts namentlich aufgeführt. Gegen 22 Uhr holte ich Miß Tatton, und wir fuhren zum St. James's Palace, um dort im Computer noch einmal die Passagierlisten von Olympic Air und Swissair zu überprüfen. Deshalb kamen wir etwas zu spät hierher.«

»Und?«

Edward nickte Victoria aufmunternd zu. Sie sollte nun weitererzählen.

»Ein Herausgeber des *Journal of Classical Greece* reiste in den vergangenen 15 Monaten dreimal von Athen nach Zürich und zurück ...«

»Was! Wie heißt er?« Lockwood ballte unwillkürlich die Faust.

»Dimitri Kolettis.«

»Er scheint der Hauptherausgeber zu sein«, fügte Edward hinzu, »da sein Name als erster aufgeführt und die Reihenfolge nicht alphabetisch geordnet ist. Er lehrt an der Universität von Thessaloniki.«

»Vielleicht war er beim Skilaufen.« O'Days Stimme klang immer noch verdrossen.

»Unwahrscheinlich«, widersprach Victoria. »Zum ersten Mal flog er bereits im September, und nie blieb er länger als eine oder zwei Nächte. Wir entdeckten seinen Namen auch auf den Passagierlisten der Rückflüge.«

»Vielleicht hat er Geld auf einer Schweizer Bank.« O'Day wollte es einfach nicht wahrhaben.

»Klar, er könnte auch eine Kuckucksuhr oder Schweizer Schokolade gekauft haben. Lassen Sie's gut sein, Commander.« Lockwood lächelte Victoria und Edward an. »Gutgemacht. Natürlich kann es eine völlig harmlose Erklärung für die Reisen dieses Mannes in die Schweiz geben, aber mein Instinkt sagt mir, daß wir auf der richtigen Fährte sind.« Er wandte sich wieder an O'Day. »Sie werden morgen diesen Kolettis überprüfen. Ihre Athener Mitarbeiter sollen ihn ausfindig machen, und er wird uns mit etwas Glück zu den anderen führen. Ich bin in Chequers, wo Sie mich erreichen können, falls nötig.«

Zu Victoria und Edward sagte er: »Wie ich den anderen vor Ihrer Ankunft schon erklärte, habe ich eine Falschmeldung lanciert, die an diesem Wochenende in der *Sunday Post* erscheint. Deshalb lade ich Sie alle zum Mittagessen am Sonntag ein, damit wir über eventuelle Fortschritte diskutieren können. Doktor Andover wird in der Zwischenzeit wieder mit den Erpressern geredet haben, und Commander O'Day hat hoffentlich neue Informationen aus Griechenland ... Danke für Ihr Kommen. Morgen gibt's kein mitternächtliches Treffen. Dafür sehen wir uns am Tag darauf mittags in Chequers.«

11. KAPITEL

Samstag

Edward tauchte sein Messer in den Senf am Tellerrand und strich ihn über den Schinken, den er schon mit der Gabel aufgespießt hatte. Wenn er in England war, begann er jeden Tag mit zwei Scheiben Schinken, zwei Tomaten – natürlich gebraten – und einer Scheibe Toast. Einige Freundinnen hatten dezent angedeutet, solch ein Frühstück sei ungesund, zwei sogar behauptet, es führe zu seinem baldigen Tod, doch Nancy hatte angeboten, es für ihn zuzubereiten. Ihr machte das Kochen Spaß.

Die Morgenzeitungen lagen ungelesen zu seinen Füßen, denn er konnte sich nicht darauf konzentrieren. Was sollte er wegen Nancy unternehmen? Im Grunde wollte er immer noch nicht glauben, daß sie in diese Affäre verwickelt war. Ihr seltsames Verhalten – und es ließ sich nicht leugnen, daß es seltsam war – mußte auf etwas anderes zurückzuführen sein. Ein anderer Mann? Falls ja, warum blieb sie dann in Kontakt mit ihm? Es kam ihm fast so vor, als wolle sie mit ihren Anrufen eine Verbindung aufrechterhalten, als eine Art Rückversicherung für den Fall, daß ... Für welchen Fall? Er biß in seinen Toast. Das ergab doch alles keinen Sinn. Falls sie nun tatsächlich in die Sache verwickelt war? Warum rief sie ihn dann überhaupt noch an? Um so zu tun, als sei alles normal? Weil sie zwar eine Begegnung scheute, aber in Kontakt bleiben wollte, um ihn nicht mißtrauisch zu machen? Ganz in Gedanken strich er zuviel Senf auf den Rest seines Schinkens. Er mußte sich eingestehen, daß Nancys merkwürdiges Benehmen besser zur zweiten Möglichkeit paßte als zur ersten.

Falls es stimmte, war es ein Tiefschlag für ihn. Es bedeutete, daß er nur als Mittel zum Zweck benutzt worden war. Es bedeutete, daß Nancy keine echte Zuneigung für ihn empfand. Vermutlich bedeutete es auch, daß sie ihn über alles mögliche belogen hatte, nicht nur über ihre Gefühle für ihn oder über die Rysbrack-Skulptur in der Kirche von Pontefract. Es bedeutete, daß Nancy ihn schon vor langer Zeit als Zielobjekt gewählt hatte. Edward schaute gedankenverloren den schäbigen Rest einer Tomate auf seinem Teller an. Er und Victoria Tatton waren in der vergangenen Nacht sehr aufgeregt gewesen, als sie Dimitri Kolettis' Namen auf der Passagierliste entdeckt hatten. Deshalb hatte Edward auch nicht besonders auf die Daten der Flüge nach Zürich geachtet. Doch nun sah er ihre besondere Bedeutung. Die erste Reise des Griechen hatte mehrere Wochen vor dem Tag stattgefunden, als Nancy Edward nach seinem Vortrag im Courtauld Institute angesprochen hatte. Sie war mit dem festen Vorsatz nach London gekommen – oder war geschickt worden –, ihn kennenzulernen. Ihn zu verführen.

Plötzlich begriff Edward, warum Nancy den Kontakt aufrechterhielt. Er hatte ihr anfangs alles erzählt, was mit der Erpressungsaffäre zusammenhing! Also war er wieder nur als Hilfsmittel benutzt worden. Aber er wollte es einfach nicht glauben. Wenn sie mit ihm geschlafen hatte, war es nicht nur leidenschaftlich gewesen, sondern auch liebevoll, da konnte er sich nicht irren. Sie mochte ihn, wie auch er sie ... mochte.

Edward kaute auf dem letzten Bissen Toast herum. Er würde mit Nancy reden müssen, sie mit seinem Verdacht konfrontieren. Ihre Reaktion würde sie verraten. Kaum hatte er dies gedacht, als ihm auch schon klar wurde, daß es unmöglich war. Falls er es tat und sie tatsächlich in die Affäre verwickelt war, dann würde das Ganze wie eine Bombe hochgehen. Die Queen würde gedemütigt werden, und irgendwann käme heraus, daß Edward, der tagelang einen gewissen Verdacht gegen Nancy gehegt und niemandem davon erzählt hatte, verantwortlich für das Mißlingen von ... allem war.

Edward merkte, daß er unbewußt den Atem angehalten hatte. Mit geschlossenen Augen holte er tief Luft. Er saß in der Falle.

Als Edward am nächsten Morgen zur Werkstatt der Restauratoren kam, wurde die samstägliche Stille des Palasts durch einen merkwürdigen Summton gestört. Er schloß die Tür mit seinem Schlüssel auf und trat ein. Frank erhob sich von seinem Stuhl neben der Tür, erkannte dann jedoch Edward, nickte ihm zu und setzte sich wieder. Er las immer noch dasselbe Taschenbuch.

Edward ging hinter die Wand aus Gemälden und sah, daß Victoria über einen Computerdrucker gebeugt war, der gerade Text ausspuckte. O'Day hielt einen langen Papierstreifen in den Händen und überflog die Zeilen.

»Wir fingen schon früh an«, erklärte er. »Heute nacht bekam ich aus Athen eine Liste mit zehn Namen. Gut ist daran, daß sich sechs dieser Namen auch auf unserer gestrigen Liste befinden. Schlecht ist, daß keiner der anderen vier – übrigens allesamt griechische Abgeordnete – in den Passagierlisten auftaucht.«

»Warum dann die Ausdrucke?«

»Ah! Da hatte ich eine gute Idee. Sie und Tawsy haben gestern nämlich nicht überprüft, ob jemand Kolettis begleitete.«

»Wie sollten wir auch? Wir kannten ja keine anderen Namen.«

»Aber wir brauchen doch keine!« O'Day tippte sich grinsend an die Schläfe, um anzudeuten, daß Edward und Victoria nicht ihr Köpfchen benutzt hatten. Nach seiner Verärgerung vom Vorabend, als er eindeutig etwas neidisch auf den Durchbruch gewesen war, den Victoria und Edward in seiner Abwesenheit erzielt hatten, fühlte er sich jetzt offensichtlich wieder als Herr der Lage. »Wir überprüfen die Namen der anderen Passagiere auf den Flügen, die Kolettis buchte. Falls wir denselben Namen auf mehr als einem Flug finden ... verstehen Sie, was ich meine?«

Edward verstand, und es stimmte auch, daß Victoria und er zu begeistert gewesen waren, auf Kolettis' Namen zu stoßen, um weiterzudenken. Er setzte sich auf einen Stuhl und bat: »Geben Sie mir einen Ausdruck.«

Victorias Finger vollführten einen komplizierten Tanz auf den Tasten. Heute trug sie ein leuchtendrotes Kostüm, ein willkommener Farbfleck in diesem Raum. Der kleine runde Ausschnitt ließ ihren Nacken noch zarter und länger wirken. Edward war verblüfft, daß jemand einen solch langen Hals haben und doch so zierlich sein konnte. Auch Nancy hatte einen langen schlanken Hals ...

Der Drucker begann wieder zu vibrieren, und Papier kam zum Vorschein. Edward konnte am linken Rand Reihen von Namen erkennen. Victoria wartete einen Moment, bevor sie aufstand, das Papier vom Drucker abriß und dann die einzelnen Seiten trennte. Zwei davon hielt sie Edward hin. »Hier sind die Passagierlisten von Kolettis' zweitem Flug nach Zürich, September letzten Jahres, und von seinem Rückflug zwei Tage später. Nun aber zu Ihnen, Edward. Sie schulden mir ein italienisches Abendessen. Wenn Sie wüßten, wie die Cannelloni aussahen, als ich gestern nacht heimkam.«

Edward nahm lächelnd die Listen entgegen. Jede von ihnen umfaßte ungefähr zwei- bis dreihundert Namen, so daß es gar nicht einfach war, sie alle zu vergleichen. Er versuchte, sich ganz darauf zu konzentrieren, aber seine Gedanken schweiften immer wieder zu Nancy ab. Einmal ertappte er sich sogar dabei, den Namen »Tucker« zwischen den anderen Passagieren zu suchen.

Da klopfte plötzlich jemand an die Werkstattür. O'Day fuhr zusammen. Frank sprang auf und schaute fragend zu ihm hinüber. Edward ging an dem großen Gemälde von Canaletto vorbei, da ihn der Commander mit einer Handbewegung dazu aufgefordert hatte, und war gerade dabei zu öffnen, als eine Stimme im Korridor sagte: »Ich bin's, Wilma! Ich habe Ihnen Kaffee gemacht. Möchten Sie ihn, oder soll ich ihn selbst trinken?«

Mit erleichtertem Grinsen schloß Edward auf. Als er das Tablett entgegennahm, blinzelte er Wilma zu, obwohl er ihr am liebsten einen Kuß gegeben hätte. »Ich wußte nicht, daß Sie heute kommen. Kaffee ist genau das richtige. Danke, Wilma.«

»Der Sohn ist beim Bergsteigen, die Tochter mit Freunden beim Segeln; das behauptet sie zumindest. Außerdem ist eine Krise eine Krise. Falls Sie etwas brauchen, geben Sie Laut.«

»Danke, Wilma, das werden wir.«

Sie tranken in einmütigem Schweigen Kaffee und kehrten dann unverzüglich an die Arbeit zurück.

Auf einmal sagte Leith: »Ich glaube, ich habe einen.«

Die anderen schauten ihn gespannt an.

»Ein A. Leondaris flog am 11. Februar mit der Swissair von Athen nach Zürich und am 12. mit Olympic Airways von Zürich nach Athen zurück. Kolettis war ebenfalls auf beiden Flügen. Hat sonst noch jemand Leondaris auf seiner Liste?«

Eines der Telefone läutete. Es war der Apparat, von dem aus Edward das erste Gespräch mit den Erpressern geführt hatte. Er warf einen Blick zu O'Day und Leith hinüber, die sich gerade ihre Kopfhörer schnappten.

Edward nahm den Hörer ab. »Ja bitte?«

Wilmas Stimme ertönte: »Ein Herr, der sagt, daß er schon mal anrief. Wegen der Bilder aus dem zweiten Weltkrieg.«

»Danke, Wilma. Stellen Sie ihn bitte durch.«

Eine Pause. »Guten Morgen, Doktor Andover.«

»Ja?«

»Ja, was?«

»Wie bitte?«

»Sie kennen die Regeln. Das Victoria and Albert Museum

in South Kensington. Dort gibt's eine Reihe Telefonzellen in der Nähe des Restaurants am Eingang Exhibition Road. In genau einer halben Stunde.«

Die Verbindung war unterbrochen.

O'Day wandte sich an Victoria. »Es hat wenig Sinn, daß Sie mitkommen, Tawsy. Bleiben Sie hier, und machen Sie mit den Listen weiter. Wir sind so bald wie möglich zurück.«

Als sie am Museum ankamen, ging Edward voran, da er mit den Räumlichkeiten vertraut war. Gleich hinter dem Eingangsportal wandte er sich nach links und stieg eine Treppe hinunter, an einigen historischen Kostümen vom Anfang des 20. Jahrhunderts vorbei. Vor ihnen befand sich das Restaurant, das erst vor kurzem mit viel Holz neu hergerichtet worden war. Links davon standen die Telefonzellen. Es blieben ihm noch ungefähr sechs Minuten, und er rief rasch Mordaunt in Windsor an, um ihn auf dem laufenden zu halten.

Pünktlich gab das Telefon, neben dem Leith stand, ein schepperndes Klingeln von sich. Der Inspektor trat zurück, Edward zwängte sich in die Kabine und nahm den Hörer ab.

»Andover?«

»Ja.«

»Sehen Sie, die Arrangements klappen doch bestens. Nun ... haben Sie eine Antwort für mich?«

»Ja, das habe ich. Morgen wird eine Ankündigung gemacht ...«

»Was heißt das? Was für eine Ankündigung?«

»Eine gezielte Indiskretion ... in den Zeitungen, daß die Regierung erwägt, die Marbles zurückzugeben ...«

»Ich verstehe nicht ... Was meinen Sie damit, daß die Regierung erwägt, die Marbles zurückzugeben? Warum kündigt sie nicht einfach die Rückgabe an? Das ist schließlich unsere Forderung!«

»Keine Panik! Seien Sie nicht so naiv zu glauben ...«

»Werden Sie nicht unverschämt, Andover. Sie sind nur der Vermittler.«

»Aber ich bin auch Brite. Und Großbritannien ist eine Demokratie. Da gibt es gewisse Dinge, die eine Regierung nicht tun kann. Dazu gehört auch, die Marbles einfach so zurückzugeben, nur weil Sie es fordern.«

»Andover!«

»Würde der Premierminister die Rückgabe als vollendete Tatsache hinstellen, wäre der Teufel los. Es gäbe haufenweise Proteste. Die Griechische Botschaft würde vielleicht ... Wer weiß? Sie möchten die Skulpturen zurückhaben. Dafür muß zuerst der Weg geebnet werden. Morgen wird der erste Schritt getan. Die *Sunday Post* wird berichten, daß ein geheimes Regierungskomitee zu dem Schluß kam, es wäre aus diplomatischen Gründen angebracht, die Marbles an Griechenland zurückzugeben ...«

»Ja, aber wann?«

»Bald ...«

»Bald! Das ist nicht bald genug.«

»Nun, dann eben gleich. Ich bin nur der Vermittler, wie wir ja beide wissen.«

Die Stimme des anderen wurde schärfer. »Heute ist Samstag. Sie sagen, daß dieser Artikel morgen erscheint. Wir werden ihn sehr genau lesen, und mein nächster Anruf kommt am Montag. Und dann wollen wir eine ausführlichere Erklärung Ihrer Absichten, der Absichten der britischen Regierung. Detailliert! Andernfalls ... Vergessen Sie nicht, daß wir jederzeit an die Öffentlichkeit gehen können. Ist das klar?«

»Ja, ja, ich hab's begriffen!« Edward fürchtete, der andere würde einhängen, und er versuchte verzweifelt, eine versöhnlichere Note in das Gespräch zu bringen. »Ich werde mich nach Kräften bemühen, aber ich denke nicht, daß ...«

»Es ist nicht Ihre Aufgabe zu denken, Andover. Übermitteln Sie Lockwood folgendes: Die Briten lieben ihre Monarchie und denken, die Krone kann nichts Falsches tun. Warum gibt der Premierminister dann nicht einfach eine Erklärung ab, daß die Queen die Rückkehr der Marbles wünscht? Das würde doch alle Probleme lösen.« Lachend legte er auf.

Edward trat aus dem Lift und wandte sich gleich nach links. Da er Windsor Castle gut kannte, wußte er, wo die nicht ausgestellten Gemälde aufbewahrt wurden. Dort war auch die größte Bibliothek des Hauses, darüber hatte Sir James Hillier eine elegante »Dienstwohnung«.

Edward folgte den Windungen des Korridors, dessen Wände mit Stichen geschmückt waren: Rembrandt, Edward Lear, Hercules Brabazon. Schließlich stand er vor der Tür zu Hilliers Wohnung. Normalerweise trafen sie sich in dem Büro des Direktors, zwei Stockwerke tiefer, neben der Bibliothek. Doch heute war das unmöglich, da Hillier erst einen Tag zuvor aus dem Krankenhaus entlassen worden war.

Edward klopfte und trat in den kleinen Salon, der eine wunderbare Aussicht auf die Themse bot.

»Hier herein!« rief eine Stimme.

Edward kam der Aufforderung nach. Im angrenzenden Zimmer lag Hillier flach auf dem Rücken, hob nun aber den Kopf und erkannte Edward. »Ach, da sind Sie ja endlich.«

»Guten Tag, James. Wie geht es Ihnen?«

»Tja, die Schmerzen sind erträglich, aber ich kann mich nicht aufrichten und folglich auch schlecht lesen. Setzen Sie sich bitte dort drüben ans Fenster. Dann habe ich Sie besser im Blick.«

»Ich habe Ihnen dies hier mitgebracht«, sagte Edward verlegen. »Es ist Champagner, mit dem Sie hoffentlich schon bald Ihre vollständige Genesung feiern werden.«

»Sehr aufmerksam von Ihnen, Edward. Stellen Sie ihn bitte dort neben die Bücher.«

»Wann werden Sie wieder aufstehen können?« Edward setzte sich auf den ihm zugewiesenen Platz.

»Noch zwei oder drei Wochen im Bett, und in einem Monat werde ich wohl wieder meine Arbeit aufnehmen können. Glauben Sie, daß Sie's bis dahin allein schaffen?«

»Nun, ich muß schon zugeben, daß wir Sie vermissen. Es gibt so viel Papierkram, nicht wahr? Aber Wilma entfaltet in einer solchen Zeit ungeahnte Kräfte.«

»Nun zu den Neuigkeiten ... Gibt's irgendwelche Probleme?«

Edward erzählte ausführlichst vom undichten Dach in Sandringham, kam dann zu der Bitte aus Ottawa, den Poussin auszuleihen, und fügte hinzu, daß er einen der palasteigenen Restauratoren in Balmoral beauftragt hatte, ein Gutachten über den Zustand des Gemäldes anzufertigen.

»Wer ist dort?«

»Randall.«

»Gut, er soll den Bericht machen, und sobald er fertig ist, möchte ich ihn sehen. Aber im Grunde halte ich Randall nicht für gut genug, diese Arbeit zu tun. Wir sollten einen Spezialisten hinzuziehen. Am besten lassen Sie die Werkstatt vorbereiten ... Ist der Canaletto so weit fertig, daß er zurück kann?«

Edward errötete innerlich, und er fragte sich, ob man es ihm wohl ansah. Die Werkstatt wurde nicht so benutzt, wie Hillier sich das vorstellte. »Nein, leider noch nicht. Es gab Probleme, da etwas Farbe abging, als wir eine der Figuren reinigten. Ich habe in Amsterdam schon diese speziellen Farbpigmente bestellt, die dort original wie im 18. Jahrhundert angefertigt werden. Aber das kostet natürlich Zeit.«

Hillier nickte. »Was noch? Was ist sonst passiert? Irgendwelche neuen Entdeckungen? Sind mir neue Bücher entgangen? Was gibt's an Klatsch?«

Edward überlegte. »Mason Inchcliffe ist gerade in London. Ach ja ... und Foster Hale hat den Job im Victoria and Albert Museum so gut wie in der Tasche.«

»Ach tatsächlich? Dabei fällt mir Ihr Vortrag im Louvre ein ... Klappte alles?«

Wieder hatte Edward das Gefühl zu erröten. »Ich ... ich bin dann doch nicht gefahren.«

»Wie bitte? Warum denn nicht?«

»Geneviève verschob den Termin um einen Tag, und das in allerletzter Minute. Ich hatte zuviel anderes zu erledigen.«

»Das ist jammerschade, Edward. Ich finde es gut, wenn wir

von der Royal Collection ab und zu eine Schau abziehen. Dann merken die anderen, daß wir nicht tot sind.«

Hillier war sichtlich verschnupft, aber was sollte Edward noch sagen? Er konnte ihm nicht die Wahrheit verraten, wollte aber auch nicht mehr lügen als unbedingt nötig. Also wechselte er das Thema. »Corning sagt, daß er mit der Reinigung des de Vries schon bald anfangen kann. Aber er fürchtet, daß die Arbeit ein halbes Jahr in Anspruch nehmen wird.«

»Ein halbes Jahr! Wieso braucht er so viel Zeit? Überlassen Sie das mir. Margaret kommt Montag, und dann diktiere ich ihr einen Brief.« Margaret war Hilliers Sekretärin.

»Wie geht's übrigens Ihrer Freundin? Der Amerikanerin. Nancy?«

Nancy und Hillier waren sich zweimal begegnet. Bei einem Essen hier in Hilliers Wohnung und einmal zufällig bei einer privaten Schau in der National Gallery.

»Es geht ihr gut, vielen Dank. Allerdings habe ich sie eine ganze Weile nicht gesehen.«

»Noch keine Pläne zu heiraten?«

Edward brachte diese Frage in Verlegenheit. »Nein.«

»Das wundert mich. Sie ist eine energische Frau, und ich hatte den Eindruck, daß sie sich sehr viel aus Ihnen macht.«

»Aber Sie haben sie doch nur zweimal gesehen.«

»Nein, dreimal. Wir liefen uns in der London Library über den Weg.«

»Ich wußte gar nicht, daß sie dort Mitglied ist. Aber was hat das mit Heiraten zu tun? Die Bibliothek ist zwar erstklassig, aber alles andere als romantisch.«

»Das stimmt. Es geht auch nicht um Romantik, sondern darum, daß Nancy großes Interesse für Sie, Ihren Job und das ganze Umfeld zu haben scheint. Wir trafen uns am Ausgabeschalter.« Hillier hob mühsam den Kopf etwas höher. »Sie hatte sich einige Bücher über meinen Vorgänger ausgeliehen. Diesen alten Gauner ... Anthony Blunt.«

»Hallo Dad, hier ist Edward. Wie geht's euch beiden? War der Rückflug okay? ... Wie schön ... Dad, diesmal möchte ich ausnahmsweise nicht mit dir reden, sondern mit Barbara ... Ist sie da? ... Gut, ich bleibe dran.« Beim Warten fiel Edward auf, daß die Schachtel mit Heftklammern auf seinem Schreibtisch mit der Oberseite nach unten lag. Es war gar nicht seine Art zu ...

»Barbara! ... Mir geht's gut, danke, und dir? ... Na, das ist ja erfreulich. Hör mal, ich möchte dich um einen etwas merkwürdigen Gefallen bitten. Es geht um gewisse Nachforschungen, aber ich möchte nicht erklären, warum ... Jedenfalls vorläufig nicht. Es ist eine sehr heikle Sache. Okay?«

Edward registrierte dankbar, daß Barbara nicht neugierig zu sein schien und ihm auch nicht böse war, daß er seinem Vater geraten hatte, lieber den Ferrari als ein Gemälde von Schnabel zu kaufen. »Ich brauche einige Informationen über das Mädchen, mit dem ich befreundet bin – Nancy Tucker ... Ja, der Name klingt englisch, aber anscheinend stammt die Familie ursprünglich aus Italien und hieß Trucco, bevor sie diesen Namen anglisierte. Angeblich stellen diese Tuckers oder Truccos im Großraum von San Francisco Speiseeis her. Ich wüßte gern alles, was du innerhalb weniger Tage herausfinden kannst – wer die Familie ist, ob Nancy Brüder und Schwestern hat, um welche Art von Firma es sich handelt und so weiter. Da du ein erfolgreiches Head-Hunter-Büro leitest, dachte ich mir, du müßtest eigentlich Übung darin haben, Informationen über Leute zu sammeln.«

»Wieviel Zeit habe ich?«

»Zwei Tage oder auch drei. Ist das zuviel verlangt?«

»Nein. Jedenfalls dann nicht, wenn du bereit bist, mir auch mal einen Gefallen zu tun.«

»Wie könnte ich mich da weigern?«

»Na wunderbar. In drei Tagen bekommst du eine Antwort.«

12. KAPITEL

Sonntag

»Guten Tag. Es ist 13 Uhr. Sie hören im BBC die Sendung ›Die Welt am Wochenende‹. Und nun die Nachrichten, gelesen von Douglas Davenport.« Die Glockenschläge von Big Ben verhallten, und die Stimme des Nachrichtensprechers erfüllte den Raum. »Ein Sprecher in Downing Street hat abgelehnt, zu einem Artikel in der heutigen Ausgabe der *Sunday Post* Stellung zu nehmen, worin behauptet wird, daß die britische Regierung erwägt, die sogenannten Elgin Marbles an Griechenland zurückzugeben. Der Artikel behauptet, daß ein spezielles Regierungskomitee sich in einer Geheimsitzung mit diesem Thema befaßte, ohne die Treuhänder des British Museum, wo die Marbles ausgestellt sind, zu konsultieren, und zu dem Schluß kam, daß die Marbles ›in nächster Zukunft‹ zurückgegeben werden sollten. Mehr darüber im weiteren Programm.

In Südafrika hat der schwarze Rebellenführer, Mister ...«

Lockwood beugte sich nach vorne und schaltete das Radio ab. Es verblüffte Edward, daß gegen Ende des 20. Jahrhunderts, in einer Zeit also, in der das Fernsehen sich in alles hineindrängte und vor keinem Tabu zurückschreckte, ein schlichtes Radioprogramm so wichtig genommen wurde. Aber »Die Welt am Wochenende« war immer noch ein Spitzenreiter, was ihre Beliebtheit anging.

Edward war nie zuvor in Chequers gewesen. Er hatte keine Ahnung gehabt, daß der Landsitz des Premierministers so nah bei London lag, und war überrascht gewesen, als der Dienstwagen ihn unerwartet schnell vor dem Tor eines Backsteinhauses absetzte, das hinter Bäumen und Büschen gut verborgen war. Das Bauwerk, das eher in einen Vorort als aufs Land zu passen schien, beeindruckte ihn von außen wenig. Innen war es komfortabel, ja sogar gemütlich, und wirkte gar nicht wie eine offizielle Residenz, zumindest nicht in jenen Räumen, die er zu sehen bekam. Die Möbel waren der größte Pluspunkt, waren liebevoll und sorgsam ausgesucht. Es gab bequeme Sofas und Walnußsessel aus dem 18. Jahrhundert, soweit er das beurteilen konnte. Die Zimmerdecken waren kunstvoll ausgeschmückt, aber vielfach restauriert und zum Teil sogar neu. Die Gemälde waren Porträts aus dem 19. Jahrhundert. Überall standen große Vasen mit üppigen Blumensträußen.

Sie waren zu zwölft beim Mittagessen. Neben Lockwood waren von Regierungsseite Slocombe, Hatfield und Lessor anwesend, und auch Midwinter, Evelyn Allen, O'Day und Leith waren gekommen. Selbst Sir Francis Mordaunt verlieh der Gesellschaft mit seiner eleganten Erscheinung zusätzlichen Glanz. Mrs. Lockwood und Victoria waren die einzigen Frauen.

Nachdem Lockwood das Radio ausgeschaltet hatte, machte er ein zweites Mal die Runde und versorgte seine Gäste mit Sherry. Anschließend brachte er die gedämpfte Unterhaltung im Raum zum Schweigen, indem er mit seinem eigenen Glas kurz an die Karaffe stieß.

»Da ich nicht gern mit vollem Mund rede, lasse ich das Essen erst um 13.45 Uhr servieren. Das läßt uns genug Zeit zur Unterhaltung ... Also setzen Sie sich bitte, damit wir anfangen können.«

Seine Gäste hatten bisher in Grüppchen beisammengestanden und suchten sich nun Plätze. Edward stellte einen Eichenstuhl neben das Sofa, auf dem Victoria schon saß.

»Ich beginne mit dem üblichen Appell zu äußerster Diskretion«, sagte der Premierminister. »Eigentlich wissen schon zu viele Leute Bescheid, aber ich will auf keinen Fall, daß es noch mehr werden als absolut erforderlich.« Er hängte den linken Daumen in seine kleine Westentasche. »Immerhin haben wir die erste Hürde genommen – das hoffe ich zumindest. Wie Sie inzwischen alle wissen müßten, wurde die Story in der heutigen Ausgabe der *Sunday Post* von uns lanciert.« Er schaute erst zu Midwinter und dann zu Edward hinüber. »Der Artikel wird die Erpresser zufriedenstellen, und der Regierung sind auf diese Weise nicht die Hände gebunden. Ich hoffe, daß wir damit Zeit gewinnen können.

Es wird Sie nicht überraschen, daß mich heute morgen Sir Martin Ogilvy, der Direktor des British Museum, anrief. Auch ich war nicht überrascht und sagte ihm gleich, daß ich ihn morgen vormittag treffen würde. Er muß selbstverständlich eingeweiht werden. Morgen kommt auch der nächste Anruf der Erpresser. Sie haben von Doktor Andover detaillierte Aufklärung über unsere Absichten verlangt. Dementsprechend wird Doktor Andover ihnen morgen erklären, daß wir die Duveen Galleries noch in dieser Woche schließen werden. Es wird einige Tage dauern, bis die Marbles verladen sind, und dann schicken wir sie mit einem langsamen Schiff der Royal Navy los. All diese Verzögerungen dienen nur dem Zweck, Zeit zu gewinnen. Jede dieser Episoden kommt in die Schlagzeilen, und es wird gewiß zu massivem Widerstand unter der Bevölkerung kommen. Die Regierung wird mit Protesten überschwemmt werden. Trotzdem wird die Regierung in ungefähr einer Woche – also rechtzeitig für das verdammte Olympia-Festival – durch Doktor Andover den Erpressern übermitteln, daß wir der Welt ankündigen, die britische Regierung werde die Marbles, und zwar alle, an Athen zurückgeben.«

Lockwood nahm einen Schluck Sherry. »Das zumindest erzählen wir den Erpressern. Es mag sein, daß wir letzten Endes tatsächlich diesen Kurs einschlagen müssen, aber erst mal haben wir zwei Wochen zu unserer Verfügung. In diesen zwei Wochen müssen wir möglichst viel Gewinn aus dem schlagen, was wir haben. Aber was haben wir denn? Nun … dank Commander O'Day, Doktor Andover und dem Rest des Teams, das im St. James's Palace arbeitet, haben wir nun zwei Namen von den Mitgliedern dieser Brigade, nämlich Dimitri Kolettis und A. Leondaris. Bei Leondaris wissen wir nicht, ob sich ein Mann oder eine Frau hinter diesem Namen versteckt. Diese beiden reisten mehrmals in die Schweiz. Das läßt darauf schließen, daß die Gemälde und Dokumente tatsächlich in einer Schweizer Bank lagern und auch dort bleiben, solange das hübsche kleine Erpressungsprojekt läuft. Nun aber sollten Sie hinzufügen, was Sie wissen, Commander.«

»In Ordnung, Sir.« O'Day warf Edward einen verstohlenen Seitenblick zu. Offensichtlich hatte er etwas für sich behalten. Edwards und Victorias Durchbruch in der Nacht vom Freitag kränkte ihn immer noch. »Ich denke, daß Kolettis und Leondaris zum ersten Mal in die Schweiz reisten, um sich die Bilder und Dokumente anzusehen und auf ihre Echtheit zu überprüfen.

Die Tatsache, daß sie über mehrere Monate hinweg immer wieder dorthin flogen, deutet darauf hin, daß sie beschlossen, ihren ›Schatz‹ dort zu lassen, wo er ist. Es ist auch ganz logisch, denn ein Schließfach in einer Schweizer Bank ist so ungefähr der sicherste Platz auf der Welt, um irgend etwas zu verstecken. Außerdem wird dadurch vermieden, Dokumente und großformatige Bilder über die Grenze schaffen zu müssen und zu riskieren, dabei geschnappt zu werden. Weiterhin bin ich davon überzeugt, daß man den ganzen Kram von der Bank, wo er entdeckt wurde, in eine andere verlagerte, die nur den Erpressern bekannt ist.

Drittens bin ich überzeugt, daß die ›Apollo-Brigade‹, wie sie sich nennt, mindestens eines ihrer Mitglieder in der Schweiz selbst postiert hat. Schließlich müssen sie schnell an die Gemälde herankommen können für den Fall, daß sie ihre Drohung wahrmachen wollen. Außerdem wissen wir aus Erfahrung, daß Verbrecher, wie skrupellos sie auch sein mögen, trotzdem nervös sind. Und unsere Erpresser müssen eigentlich besonders nervös sein. Sie versuchen ja nicht nur, irgendein Individuum zu erpressen, nicht nur eine Queen, sondern eine Regierung, einen ganzen Staat samt seinen Institutionen. Ich wette, daß einer von ihnen, mindestens einer, täglich zu diesen Gemälden pilgert, nur um sich davon zu überzeugen, daß sie noch immer da sind – in Sicherheit. Diese Person ist deshalb für uns sehr wichtig, sogar am wichtigsten von allen. Wenn wir diese üble Geschichte zur Zufriedenheit aller bereinigen wollen, müssen wir die Bilder und Dokumente in unsere Gewalt bringen. Das Mitglied der Brigade in der Schweiz ist die Person, die uns dorthin führen kann.«

Lockwood wollte etwas sagen, doch O'Day kam ihm zuvor. »Sir, ich habe gestern mehrfach mit Tony Riley von der Botschaft in Bern telefoniert. Kolettis und Leondaris flogen immer nach Zürich, wo sie ebenfalls immer nur eine Nacht blieben. Riley überprüfte alle Hotels. Nichts. Also probierten wir einen Trick, mit dem ich in der Vergangenheit schon öfter Erfolg hatte. Wenn man jemanden aufzuspüren versucht, muß man immer Unmassen von Hotels, Luftfahrtgesellschaften und Hunderte von Taxis in jeder Stadt überprüfen. Hingegen gibt es immer nur eine Handvoll Leihwagenfirmen. Mit Hilfe einer kleinen Bestechung entdeckte Riley, daß Kolettis dreimal einen Wagen bei derselben Firma mietete, bei Alpine. Durch sie fanden wir zwei Dinge heraus: Kolettis' Privatadresse oder zumindest diejenige, die in seinem Führerschein steht, was uns etwas Zeit spart, obwohl unsere eigenen Leute in Griechenland das sicher auch schnell herausgefunden hätten. Wichtiger jedoch ist die Information, daß Kolettis jedesmal ungefähr 170 Kilometer zurücklegte. Damit wissen wir, daß er nicht in Zürich blieb und vermutlich jedesmal dasselbe Ziel hatte. Folglich können wir ausrechnen, wo dieses Ziel liegt.«

Lockwood und auch alle anderen lauschten gespannt.

O'Day lächelte. Er war zufrieden mit der Wirkung seiner Worte. »Wenn Kolettis 170 Kilometer zurücklegte, dann bedeutet dies, daß er im Umkreis von 85 Kilometern um Zürich blieb. Wenn Sie einen Kreis mit diesem Radius um Zürich ziehen, dann gibt es da natürlich eine ganze Menge von Kleinstädten und Dörfern. Es finden sich jedoch nur drei größere Städte – Vaduz, Luzern und Basel. Wenn man weiter annimmt, daß die Griechen geschäftlich und nicht zu ihrem Vergnügen in der Schweiz waren – also auch wegen Sehenswürdigkeiten keine Umwege machten –, dann fällt Luzern als Ziel eigentlich aus, da es nur ungefähr 50 Kilometer von Zürich entfernt ist. Damit bleiben Vaduz und Basel übrig. Riley macht sich zuerst in Basel an die Arbeit, da Vaduz genaugenommen nicht in der Schweiz, sondern in Liechtenstein liegt. Ich telefonierte noch einmal mit Riley, bevor ich herkam, aber vorläufig hat er nichts Neues zu berichten.«

Er lehnte sich zurück, und in dem nun einsetzenden Schweigen war draußen das Dröhnen eines Traktors oder Rasenmähers zu hören.

»Nehmen wir an, Sie finden das Hotel, in dem Kolettis abstieg ... Was dann? Das führt uns zu keiner Person, die wir beschatten können.« Slocombe hatte seinen Sherry nicht angerührt.

»Nein, nicht direkt. Aber es engt das Gebiet ein, das wir durchsuchen müssen. Und dann gibt's noch andere Tricks, die wir ausprobieren können, sobald wir sicher wissen, mit welcher Stadt wir es zu tun haben.«

»Es muß Basel sein.«

Alle Köpfe wandten sich Edward zu.

»Wieso sind Sie da so sicher?« O'Days Blick war fast starr.

»Blunt war in Kronberg und Darmstadt, erinnern Sie sich? Wenn Sie die Akte genau durchlesen, wie ich es inzwischen tat, dann entdecken Sie, daß er für zwei Tage spurlos verschwand. In den Nachkriegswirren waren die Verkehrsverbindungen eine einzige Katastrophe. Er hätte die Gemälde nur in einem Jeep oder Laster transportieren können, und das erforderte Absprachen, Arrangements. Schon rein entfernungsmäßig hätte er es nie bis Vaduz geschafft.«

Lockwood nippte an seinem Sherry und musterte Edward über den Rand seines Glases. »Irgendwelche anderen Einfälle, Doktor Andover?«

Edward zuckte die Achseln. »Im Moment nicht, Sir.«

Lockwood drehte sich zu Slocombe um. »Ich glaube, wir kommen jetzt zu dem Punkt, wo wir London verlassen und den Feind direkt angreifen müssen.« Er wandte sich wieder O'Day zu. »Wen haben Sie in Athen?«

»Haydon ist dort unser Mann. Alex Haydon. Er arbeitet unter Brooke, dem Militärattaché.«

»Fähig?«

»Haydon ist sehr fähig, Sir. Ende Dreißig, Falkland-Veteran, war in unserer Botschaft in Kolumbien während des Drogenkriegs.«

»Würde er gut mit Miß Tatton zusammenarbeiten?«

Nun schauten alle Victoria an.

»Aber ja, warum denn nicht.«

»Gut. Damit haben wir also unser Team in Athen. Sie, Commander, machen am besten mit Riley in der Schweiz gemeinsame Sache.«

O'Day runzelte die Stirn. »Soll ich nicht lieber hierbleiben, Sir? Jemand muß doch die täglichen ...«

»Wen haben wir denn sonst noch? Ich sagte Ihnen ja, daß ich mir wegen der Geheimhaltung Sorgen mache und möglichst niemanden mehr hinzuziehen will. Doktor Andover muß hiersein, um mit den Erpressern zu verhandeln, und wir brauchen Leith zu seiner Beratung. Außerdem hat sich Doktor Andover als einfallsreich und geschickt erwiesen, so daß ich ihm durchaus zutraue, die Sache hier zu deichseln.«

Einen Augenblick lang wirkte O'Day ausgesprochen verärgert. Aber er sagte lediglich: »In Ordnung, Sir.«

Lockwood schaute auf die Armbanduhr. »Zeit zum Essen. Lassen Sie sich's schmecken. Da die Marbles das Hauptthema der Wochenendnachrichten waren, habe ich so das Gefühl, als ob dies für geraume Zeit das letzte ungestörte Essen für uns alle sein könnte.«

Die Lichter verlöschten. Als Dunkelheit den Raum einhüllte, entstand erwartungsvolle Stille, bevor die Saxophone der »Sulphur City Saturday Nighters« gemeinsam loslegten. Das Licht ging wieder an, das Schlagzeug stimmte ein, und das Blech übertrumpfte alles; ein schauerlich schönes Klagen, das sich aufs Trommelfell stürzte und unter den Fußsohlen vibrierte. Mitternacht – endlich war die Hauptband des Abends im »Albatros« auf der Bühne.

Edward ließ sich von Klang und Vibration überfluten. Am liebsten hätte er's noch lauter gehabt, aber er war auch so schon zufrieden. Er schaute sich im Club um. Das Publikum reagierte auf die Wildheit, den Schwung und die schiere Energie der Musik enttäuschend nüchtern. Schon bei seinen früheren Besuchen war Edward aufgefallen, wie ordentlich und gesittet der durchschnittliche Jazzfan wirkte. Das »Albatros« entsprach so gar nicht dem, was man sich gemeinhin unter einem Jazzclub vorstellte. Sammy wäre garantiert enttäuscht ...

Er führte sein Whiskyglas an die Lippen. Das »Albatros« war für ihn vertraute Umgebung, er war hier Stammgast. Plötzlich kam ihm in den Sinn, daß die meisten Stammgäste des »Albatros« ebenso verblüfft über seine Beziehungen zum Königshaus wären wie Mordaunt oder der General, wüßten sie von seiner Vorliebe für Jazz. Auch Edward führte in gewisser Weise ein Doppelleben – wie Blunt. Sein Doppelleben war zwar nicht so riskant und gefährlich, aber ... die Beziehung zu Nancy war kompromittierend. Er hatte am Wochenende dreimal vergeblich versucht, sie zu Hause anzurufen. Keine Antwort und auch kein Anrufbeantworter. War das für eine Amerikanerin nicht höchst ungewöhnlich? Oder war er übertrieben mißtrauisch? Auch mit dem Hotel hatte er telefoniert, in dem sie ein gemeinsames Wochenende geplant hatten, aber Nancy hatte keine neue Adresse hinterlassen. Gerade als er auflegen wollte, war ihm plötzlich eine Idee gekommen.

»Eine Frage noch«, hatte er zu der Empfangsdame gesagt,

bei der er sich gerade nach Nancy erkundigt hatte. »Ich wollte eigentlich das vergangene Wochenende bei Ihnen verbringen, mußte aber in letzter Minute absagen. Ein Doppelzimmer war auf den Namen Andover oder Tucker gebucht. Ist noch irgend etwas zu bezahlen? Ich meine, wegen der späten Absage.«

»Einen Moment, bitte. Ich sehe gleich nach.« Es dauerte nicht lange. »Nein, Sir. Sie müssen nichts bezahlen. Wir haben keine Buchung unter diesen Namen.«

Also hatte Nancy nicht, wie verabredet, das Zimmer vorbestellt. Vielleicht, weil sie gewußt hatte, daß Edward nicht kommen würde? Weil sie gewußt hatte, daß ein zweites Bild eintreffen und die ganze Angelegenheit sich zuspitzen würde, sobald Mordaunt eingeweiht war?

Hier im »Albatros« sah Edward nun die Dinge sehr klar und mußte sich einiges eingestehen. Er war als Mittel zum Zweck benutzt worden, daran bestand kein Zweifel. Er spielte sogar eine wichtige Rolle in dem Plan, da die Erpresser zuerst durch ihn erfahren hatten, wie die Reaktion auf ihre Forderungen war. Zorn stieg in ihm hoch, hüllte ihn ein wie die Saxophonklänge der »Saturday Nighters«. Er hatte Nancy Tucker mehr als jede andere Frau in seinem Leben gemocht. Doch nun kam er sich wie ein ... Idiot vor. Wieder schlug eine Welle des Zorns über ihm zusammen, und er nahm hastig einen tiefen Schluck Whisky.

Seine hastige Bewegung fiel Victoria auf, die neben ihm saß und zum ersten Mal im »Albatros« war. Nach dem Essen hatte der Premierminister einige seiner Gäste im Garten herumgeführt, und dann waren Edward und Victoria gemeinsam nach London zurückgefahren. Sie hatte ihn zum Tee in ihr Hausboot geladen, und er war gern mitgekommen. Das Hausboot paßte zu ihrer Persönlichkeit, soweit er das schon beurteilen konnte. Es war klein und fast klinisch sauber. Kleine Blumenvasen, kleine Bilder, ein winziger, wunderbar gearbeiteter und polierter Schreibtisch. Kleine versilberte oder silberne Gegenstände in perfekter Anordnung. Es lag und stand viel mehr herum als in Edwards Wohnung, doch nichts wirkte unordentlich. Er hatte sich revanchiert und Victoria zum Abendessen eingeladen. Eigentlich war er erstaunt gewesen, daß sie mitmachte, da sie sich doch erst so kurz kannten und Victoria am nächsten Vormittag um 10 Uhr nach Griechenland abfliegen mußte. Doch sie hatte eine weitere Überraschung für ihn gehabt. Als er sich nach dem Essen von ihr verabschieden wollte und beiläufig erwähnt hatte, daß er noch ins »Albatros« ginge, da hatte Victoria spontan gesagt: »Oh, davon habe ich schon so viel gehört, war aber noch nie dort. Darf ich mit?«

Als sie nun lächelnd zu ihm hinüberschaute, machte sie auf ihn einen entspannten, zufriedenen Eindruck. Soweit Edward wußte, war Victoria kein Jazzfan, aber sie hörte eine knappe Stunde den »Sulphur City Saturday Nighters« zu, bevor sie bat: »Bringen Sie mich jetzt bitte nach Hause.«

Im Taxi fragte er: »Wie kommt es, daß Sie schon eine Menge vom ›Albatros‹ hörten?«

»Einer meiner Nachbarn ist Musiker und spielte dort.«

»Ach tatsächlich? Wie heißt er?«

»Fraser Franklin ...«

»Der Saxophonist?«

»Genau der.«

»Und warum waren Sie noch nie dort?

»Fraser behandelt seine Frau reichlich schlecht. Er hat in London Abenteuer, und er hat außerhalb von London Abenteuer. Ich mag Fraser, aber jede Einladung von ihm ins ›Albatros‹ sähe so aus, als würde seine Frau mal wieder betrogen.«

»Das klingt so, als hätten Sie viele Schwierigkeiten mit verheirateten Männern.«

»Ich glaube nicht, daß ich mehr belästigt werde als andere.«

Das Taxi fuhr nun am Flußufer entlang, das zu dieser späten Stunde ausgesprochen romantisch aussah: bernsteinfarbene Lichter, die sich im Wasser spiegelten, die filigrane

Albert Bridge und das Lichtergefunkel flußaufwärts am Chelsea Harbour.

»Warum ein Hausboot?« erkundigte sich Edward, als es in Sicht kam. Victoria lächelte. »Meine kommunistische Tante hat's mir vererbt. Ehrlich gesagt, war sie mehr ein Original als eine Kommunistin. Sie war in ihrem Leben an allen möglichen Orten, die man früher für exotisch hielt, wie Havanna, Shanghai, Bukarest. Sie witzelte gerne, daß sie zwar in Hanoi, aber nicht in Hackney gewesen sei. Sie war ein Snob, aber auch eine überzeugte Feministin. Keine eigenen Kinder, nur vier Neffen und eine Nichte, nämlich mich. Als sie starb, erbte ich alles. Ich mochte sie, und ich mag ihr Hausboot. Es lebt sich hier sehr angenehm, und es gibt die wunderschönsten Sonnenuntergänge über dem Fluß ... Das Wasser scheint dann zu brennen. Vielleicht, wenn dies alles vorbei ist ...«

Edward nickte. Das Taxi hatte angehalten. »Viel Glück in Griechenland!«

»Danke für den Jazz. Lassen Sie sich von Lockwood, Mordaunt und O'Day nicht fertigmachen.« Sie lehnte sich zu ihm und küßte ihn ganz leicht auf die Wange.

DRITTE WOCHE
DER RUBENS DER WINDSORS

13. KAPITEL

Montag

Die Wolken über dem Hyde Park hingen so tief, daß die Dächer der höchsten Gebäude im Dunst verschwammen. Regentage klingen irgendwie anders, und das liegt nicht nur am Getrommel auf den Fensterscheiben, sondern auch am viel gedämpfteren, verlangsamten Verkehr. Edward spießte mit der Gabel eine Schinkenscheibe auf und konzentrierte sich auf die Zeitung, die vor ihm lag. Auf den ersten Blick sah es so aus, als ob der Rest der Presse nicht so recht gewußt hätte, wie er dem Exklusivbericht der *Sunday Post* folgen sollte. Owen Cutler hatte mit niemandem sonst gesprochen, Downing Street hielt sich bedeckt, und sonst wußte ja sowieso niemand etwas. Folglich hatten sich die meisten Zeitungen darauf konzentriert, über Reaktionen zu berichten, und die waren ja nicht schwer herauszufinden. Der designierte Kultusminister der Opposition hatte die ganze Idee verdammt, aber das war natürlich nicht anders zu erwarten. Interessanter waren die Ansichten von zwei Aufsehern des British Museum. Sie erklärten, daß die Treuhänder die wahren Hüter des Museums seien, und kündigten an, es werde »energischen Widerstand« von allen Beschäftigten des Museums geben, falls die Regierung versuchen würde, ohne vorherige Rücksprache ihren Willen durchzusetzen. Der Direktor des Museums, Sir Martin Ogilvy, und der Vorsitzende der Treuhänder, Lord Renfrew, gaben keinerlei Kommentar ab. So, wie die Zeitungen es darstellten, erweckten sie den

Anschein, als ob beide Männer Bescheid wüßten und bei einer geheimen Kampagne mitmachten. Dabei wußte Edward, daß genau das Gegenteil stimmte.

Eine der Sonntagszeitungen war auf die schlaue Idee gekommen, den derzeitigen Lord Elgin auf seinem Besitz in Schottland anzurufen. Er hatte den Gedanken, die Marbles zurückzugeben, mißbilligt und der Befürchtung Ausdruck gegeben, dadurch könnte der gute Name seines edlen Vorfahren verunglimpft werden.

Die Reaktion der Griechen war verständlicherweise überschwenglich. Der griechische Kultusminister lobte die britische Regierung in den höchsten Tönen und nannte den Plan eine »Großtat der Zivilisation«, die dazu beitragen würde, das Prestige von Griechenlands Olympia-Festival zu heben. Er deutete an, daß die griechische Nation den englischen Premierminister für seinen »staatsmännischen Weitblick« auszeichnen würde, falls die Marbles tatsächlich, wie versprochen, zurückkehrten.

Schinken und Toast waren aufgegessen. Edward schaute zum Fenster hinaus. Es regnete immer noch so stark, daß er heute den Aston nehmen mußte. Fast schon automatisch zupfte er sich einige Haarsträhnen über die Stirn. Sein Friseur behauptete zwar, der Haarausfall sei gestoppt, aber Edward glaubte ihm nicht. Doch heute machte er sich deshalb keine Sorgen, heute war er ausgesprochen gut gelaunt. In der Ferne war ein Flugzeug zu hören. Für Victorias Flug nach Athen war es noch zu früh – erst kurz vor 9 Uhr. Vermutlich checkte sie gerade in Heathrow ein. Dieser Kuß von ihr … Kaum zu spüren, aber er hatte ihn gemocht. Und er mochte Victoria. Andererseits gab's da immer noch Nancy. Er versuchte, sich über seine Gefühle klarzuwerden. Eine Minute lang sehnte er sich nach Nancy, in der nächsten fühlte er sich schlecht. Seine gute Laune war zum Teufel. Wo steckte Nancy bloß? Seit drei Tagen hatte er nichts von ihr gehört, nicht einmal per Anrufbeantworter. War sie denn nichts als ein leichtlebiges Geschöpf von der Westküste, das Beziehungen aufnahm und wieder ablegte wie Kleider oder Bücher, Bücher, die man nicht mehr brauchte, sobald sie ausgelesen waren? Nancys jähes Verschwinden paßte gut zu ihrem Charakter, aber vielleicht hatte sie diesen »Charakter« ja auch nur künstlich aufgebaut, damit er völlig arglos blieb, bis sie endgültig verschwand und es zu spät war?

Nach Nancy, nach den Zweifeln, die sie in ihm geweckt hatte, empfand er Victorias Art als sehr angenehm. Sie schien aufrichtig, offen und vor allem auch zufrieden mit sich selbst zu sein. Als Edward die beiden Frauen nun unwillkürlich miteinander verglich, ging ihm auf, daß Nancy nie offen gewesen war. Als das Telefon plötzlich läutete, fuhr er zusammen. War es endlich Nancy? Wahrscheinlicher war allerdings, daß es nur der »General« oder gar Mordaunt war, wovor ihn Gott bewahre. Er nahm den Hörer auf.

»Ich bin's, im Terminal zwei.«

»Victoria! Ist alles in Ordnung? Geht die Maschine pünktlich?«

»Alles in Ordnung. Haben Sie die Zeitung gelesen?«

»Sogar alle.«

»Lockwood wird das schon regeln, denke ich mir.«

»Ich bin da kein Experte. Was ist mit dieser Demo vor dem Museum?«

»Nicht weiter schlimm. Ich rief eigentlich nur an, um mich noch mal zu bedanken.«

»Sie brauchen sich doch nicht zu bedanken. Wenn all dies vorüber ist, gibt's dann vielleicht ... Cannelloni?«

»Cannelloni Ponte Alberto, die Hausspezialität. Ach, da wird gerade mein Flug aufgerufen. Und dabei wollte ich noch ...«

»Macht doch nichts«, sagte Edward. »Genießen Sie den Flug, und tun Sie nichts Riskantes in Griechenland. Wir haben noch viel vor, wenn Sie zurückkommen.«

»Nein! Ich wollte gerade sagen ... Jetzt weiß ich nicht mehr, was ich sagen wollte. Verdammt! Plötzlich empfinde ich Englisch als eine sehr schwierige Sprache.«

»Wohin nun?« fragte O'Day. Er und Riley standen in der Halle des Hotels »Schlüssel« in Basel.

»Zum ›Uster‹«, erwiderte Riley. »Wir können zu Fuß gehen. Die Eisengasse entlang und dann nach rechts in die Holbeinstraße.«

Während sie nebeneinander hergingen, überlegte O'Day, daß Riley hier in der Schweiz anscheinend ein äußerst bequemes Leben führte, was man ihm auch ansah. Das Auffälligste an ihm war sein Bauch, der über den Gürtel hing wie eine Schneewächte von einem Almhüttendach. Dieses Monstrum herumzuschleppen hatte ihn kurzatmig gemacht. Doch sein rundes Gesicht mit dem vollen Mund und den blauen Augen wirkte freundlich. Seine Hauptaufgabe in der Schweiz bestand darin, üble finanzielle Machenschaften aufzudecken und internationale Organisationen wie die UNESCO, das Rote Kreuz und die WHO, die Weltgesundheitsorganisation, zu überwachen, damit sie nicht infiltriert wurden. Auch viel Geld aus Drogengeschäften war in Zürich im Umlauf. O'Day merkte sich vor, daß Riley mehr zu tun bekommen müßte, sobald diese Geschichte vorüber war. Nicht zuletzt wäre es auch gut für seine Gesundheit.

Sie bogen in die Holbeinstraße ein. O'Day war am Vortag nach dem Mittagessen beim Premierminister in die Schweiz geflogen.

Sie kamen zum »Uster« – das achte Hotel auf ihrer Liste – und gingen zur Rezeption. Obwohl O'Day den Schweizer noch treffen mußte, der nicht besser Englisch sprach als er selbst, hatte er es für klüger erachtet, ihre Erkundigungen auf Deutsch anzustellen. Sie waren auf bereitwillige Mitarbeit angewiesen, was vielleicht besser klappte, wenn sie die Leute in ihrer Muttersprache befragten. Außerdem paßte es zu dem Plan, den sie ausgetüftelt hatten. O'Day blieb in der Nähe des Hoteleingangs stehen, während Riley, der fließend Deutsch sprach, zum Empfang gehen sollte.

Diesmal jedoch wartete Riley erst ein wenig. In diesem großen Hotel arbeiteten drei Angestellte an der Rezeption, aber nur einer von ihnen war für die Geschichte geeignet, die Riley ihm erzählen wollte.

Endlich war sein Zielobjekt – ein grauhaariger, müde wirkender Mann von Anfang 50 – frei, und Riley trat zu ihm.

Er streckte ihm seinen Botschaftsausweis hin. »Anthony Riley von der Britischen Botschaft in Bern. Hoffentlich können Sie uns weiterhelfen.«

Der Angestellte wirkte etwas interessierter, brachte aber immer noch kein überzeugendes Lächeln zustande.

Riley beugte sich über die Theke, so daß er leise sprechen konnte. »Es handelt sich hier um eine äußerst vertrauliche Angelegenheit. Die hiesige Polizei haben wir nicht eingeschaltet, da wir den Schweizer Steuerzahlern Geld sparen wollen.«

Nun war der grauhaarige Angestellte wirklich interessiert, doch sein halbherziges Lächeln war einem Stirnrunzeln gewichen.

Riley machte eine Kopfbewegung in Richtung O'Day, der immer noch in der Nähe des Eingangs auf und ab schritt. »Dieser Mann dort drüben ist britischer Staatsbürger. Er ist hier, weil seine Tochter entführt wurde.« Riley hoffte inständig, daß er sich das richtige Gegenüber ausgesucht hatte. Seine Wahl war auf diesen Angestellten gefallen, weil er ungefähr so alt wie O'Day war und folglich, zumindest theoretisch, Kinder im gleichen Alter wie das »Opfer«, eine Erfindung Rileys, haben konnte.

»Wir haben Anlaß zu vermuten, daß das Mädchen in die Schweiz entführt wurde, und versuchen nun, die Reiseroute nachzuvollziehen und die Namen des Mannes oder der Männer herauszufinden, in deren Begleitung sie war. Ich gebe Ihnen ihren Namen, die entsprechenden Daten ... und dies.« Riley schob einen 100-Franken-Schein über den Tresen.

Der Grauhaarige musterte ihn, ohne eine Miene zu verziehen.

Riley ließ den Geldschein liegen. »Die britische Regierung wäre Ihnen sehr dankbar für Ihre Hilfe, Sir.«

Er war erleichtert, als sein Gegenüber den Schein nahm und einsteckte. Vielleicht hatte er tatsächlich eine attraktive Tochter. »Kommen Sie bitte mit.« Riley wurde ins Hinterzimmer geführt, wo ein Computer stand. »Geben Sie mir bitte die Daten und den Namen des Mädchens.«

Riley nannte ihm die drei Termine. »Sie heißt Leondaris, A. Leondaris.« Riley und O'Day hatten sich den Kopf zerbrochen, was sie mit diesem A. machen sollten. Schließlich kennt ja jeder Vater den Vornamen seiner Tochter. »Ihr richtiger Name ist Alexandra, aber sie hat mehrere Kosenamen – Alex, Lex, Sandra.«

Der Empfangschef nickte und setzte sich an den Computer. Der Bildschirm leuchtete grün auf, verblaßte, wurde wieder grün. Nach einer kleinen Pause war der Bildschirm wieder leer, bedeckte sich jedoch fast unmittelbar darauf mit Zahlenreihen und Namen.

»Da hab' ich was«, sagte er. »Ach, aber ich weiß nicht so recht. Schauen Sie mal ... Aristoteles Leondaris ist zum ersten Termin, den Sie mir nannten, bei uns abgestiegen. Aber das kann doch kein Mädchen sein, oder? Aristoteles? Bestimmt nicht.«

Riley versuchte, seinen pfeifenden Atem unter Kontrolle zu bekommen, der immer besonders schlimm war, wenn er sich aufregte. »Vielleicht hat sie ihren Namen gewechselt, um die Täuschung perfekt zu machen ... Vielleicht hat derjenige, der sie aus England entführte, sie im Hotel angemeldet und ihren Namen verändert, um nach Möglichkeit alle Spuren zu verwischen. Sie muß es sein! Da bin ich ganz sicher. Daten und Name stimmen zu genau überein. Mit wem ist sie angekommen? Geht das aus Ihren Unterlagen hervor?«

»Einen Moment bitte.« Wieder wurde die Tastatur bearbeitet. »Was haben wir denn hier? Ihre Rechnung wurde von einem gewissen Dimitri Kolettis bezahlt. Eine Sekunde noch ...« Er schüttelte leicht den Kopf. »Komisch, sie hatten getrennte Zimmer.«

»Na klar«, schnaufte Riley. »Um keine Aufmerksamkeit

auf sich zu ziehen. Wer hat eigentlich die Zimmer bestellt? War sonst noch jemand beteiligt?«

Der Angestellte kehrte leicht seufzend zum Computer zurück. Nach einem Moment deutete er auf den Bildschirm. »Dieser Code bedeutet, daß die Reservierung telefonisch erfolgte, aus der Stadt. Keinerlei Namen, nur Mister Kolettis' Kreditkartennummer. Ist damit Ihre Frage beantwortet?«

Im Grunde nicht, dachte Riley, nickte jedoch. Es war also jemand von der Brigade in Basel postiert, aber das hatten sie ja sowieso schon gewußt. Was sie brauchten, war ein Name. »Haben Sie eine Liste, wen die beiden anriefen?«

Der andere schüttelte den Kopf. »Nein, leider nicht. So modern ist unser Hotel nicht.«

Riley lächelte zwischen zwei Schnaufern, bedankte sich im Namen der britischen Regierung und kehrte zu O'Day zurück. Sobald er mit seinem Bericht fertig war, trat O'Day selbst zu dem Empfangschef.

»Pardon, Sir. Sprechen Sie Englisch?«

»Aber natürlich.«

»Ihre Informationen waren sehr nützlich, aber nun habe ich noch eine Bitte.« O'Day steckte ihm einen zweiten 100-Franken-Schein zu.

Diesmal nahm ihn der Empfangschef ohne Zögern entgegen.

»Der Geliebte meiner Tochter ist Grieche, aber möglicherweise wurde sie unter Mithilfe anderer Leute nach Basel entführt – entweder Schweizer oder Griechen. Es ist für uns sehr wichtig, diese Baseler ausfindig zu machen. Da fällt mir etwas ein: Meine Tochter ist leidenschaftliche Köchin und wollte bestimmt die hiesigen Restaurants ausprobieren. Vielleicht erfolgte die Reservierung auf einen Schweizer Namen. Haben Sie eine Liste der guten Restaurants dieser Stadt?«

Der andere nickte und übergab ihm eine Broschüre. »Hier sind die besten Restaurants aus Basel und Umgebung verzeichnet. Name, Spezialitäten, Adresse und Telefonnummer. Ich kann Ihnen eine Fotokopie anfertigen.«

O'Day nickte. Der Empfangschef verschwand in einem Nebenraum, kehrte nach einigen Minuten zurück und brachte die Fotokopie. »Viel Glück«, sagte er. »Töchter sind schlimmer als Söhne, nicht wahr?«

Gemäß seiner Rolle lächelte O'Day wehmütig, bevor er sich wieder Riley zugesellte. »Wir sind nicht viel weitergekommen«, sagte er. »Aber ich versetze mich jetzt mal in Kolettis. Wenn ich hierhergeflogen wäre, um mir Blunts Nazi-Bilder anzusehen, die sich dann tatsächlich als wahre Goldgrube für Erpresser erwiesen, dann wäre mir garantiert nach feiern zumute gewesen. Aber weder er noch dieser Leondaris kannten sich in der hiesigen Restaurantszene aus. Folglich liegt es nahe, daß der Baseler Kontaktmann einen Tisch reserviert hat. Da wir nun sicher sind, daß Kolettis und Leondaris nach Basel kamen, sollten wir uns auf Restaurants konzentrieren und dort unsere Daten vorlegen. Wer weiß, vielleicht gab es an den fraglichen Abenden irgendwo eine Tischreservierung für Griechen.«

Seit zehn Minuten ging gar nichts mehr in der Great Russell Street. Im Westen stauten sich die Fahrzeuge zwischen der Gower Street und der Tottenham Court Road. Im Osten war die Southampton Row die Grenze. All diese wichtigen Nord-Süd-Durchgangsstraßen waren verstopft. Und zwar total. Ursache waren ungefähr 50 Demonstranten mit Transparenten vor dem Haupteingang des British Museum. Organisatorin der Demonstration war Madeleine Rolfe, Frau des Parteiführers der Liberalen und Vorsitzende der Freunde des British Museum. Sie hatte den Sonntag und den Montagvormittag damit verbracht, Mitglieder ihres Komitees zusammenzutrommeln, die wiederum andere in der Organisation informiert hatten. Madeleines »Ruf zu den Waffen« war erfolgreicher, als sie in ihren kühnsten Träumen gehofft hätte. Die Träger der Transparente (»Lockwood! Gib die Marbles nicht her!« »British Museum = Britische Marbles«) waren umgeben von ungefähr zweihundert Gefolgsleuten, die

Sprechchöre anstimmten (»SOS – Save Our Stones – SOS – Save Our Stones!«). Die Menge drängte vom Trottoir vor dem Museum auf die Straße, aber die Polizei hätte die Lage vielleicht unter Kontrolle bekommen, wäre nicht eine Reihe von Gästen eines nahegelegenen griechischen Restaurants in der Museum Street durch den Lärm und die Spruchbänder angelockt worden.

Zu Anfang standen diese Gäste – meistens Griechen – auf der gegenüberliegenden Straßenseite und schauten nur zu. Doch dann begannen einige Griechen, gegen die Sprechchöre anzuschreien, und daraus formte sich schon bald ein weiterer Chor. Diese beiden rivalisierenden Gruppen zogen natürlich Zuschauer an, und innerhalb einer Stunde waren es schon mehr als tausend Leute geworden. Ein Verkehrschaos bahnte sich an.

Zwei Streifenwagen mit eingeschaltetem Blaulicht trafen ein, und vier Polizisten versuchten, die Menge aufzulösen. Einer von ihnen, ein bulliger Typ, begann durch ein Megaphon zu brüllen: »Machen Sie die Straße frei! Diese Demonstration ist illegal! Die Polizei wurde nicht rechtzeitig informiert. Machen Sie die Straße frei! Der Verkehr ist zwischen dem Russell Square und Euston Station blockiert. Krankenwagen kommen nicht zum Great Ormond Street Hospital durch, die Feuerwehr bei King's Cross ist nicht einsatzfähig. Bitte gehen Sie auseinander – und zwar sofort!«

Es geschah nichts. Zumindest anfangs nicht. Dann brüllte der Polizist wieder durch sein Megaphon. Zwei Polizistinnen zu Pferd versuchten ihr Glück, wurden jedoch schnell von der Menge getrennt. Eine der beiden versuchte, sich gewaltsam einen Weg durch die Menschenmasse zu bahnen, die direkt vor dem Museum am dichtesten war. Hinter ihr schob sich ein schwarzes Londoner Taxi im Schneckentempo vorwärts. Zwei der Griechen aus dem Restaurant wollten vor ihm vorbeischlüpfen, doch der Fahrer beschleunigte etwas, um sie daran zu hindern. Er tat jedoch des Guten zuviel, so daß er mit der Stoßstange gegen den Hinterlauf des Polizeipferdes stieß. Das sowieso schon verängstigte Tier scheute und stieg. Da die Polizistin davon völlig überrascht wurde, verlor sie das Gleichgewicht und rutschte halb aus dem Sattel. Mehrere Leute in der Menge schrien gleichzeitig auf. Noch mehr in Panik geraten, stieg das Pferd wieder, und die Polizistin wurde zu Boden geworfen. Das Pferd versuchte, seitlich auszubrechen, und trat dabei auf eine Zuschauerin, die hysterisch kreischte und sich gegen das Tier stemmte. Vor Schreck machten die Leute in ihrer Nähe alle die gleiche Bewegung vorwärts, und diese Welle warf mehrere der Demonstranten um, die Transparente trugen. Als andere Demonstranten einen ganzen Wald von Transparenten verschwinden sahen, vermuteten sie eine Attacke der Griechen aus dem Restaurant. Eines der restlichen Schilder wurde wie ein Speer quer über die Straße gegen die Griechen geschleudert, und einen Augenblick später folgten vier andere. Eines davon streifte das Polizeipferd, das wieder in Panik geriet und ein zweites Mal ausbrechen wollte. Seine Hufe trafen mehrere Zuschauer. Im Nu gab es lautes Geschrei und Kampfgetümmel, und das Taxi geriet in heftige Schwankungen.

Die Griechen aus dem Restaurant waren in der Minderheit und fühlten sich geradezu eingekesselt. Niemand achtete auf das Polizeimegaphon. Die vier Polizisten waren hoffnungslos überfordert angesichts der Hunderte von Demonstranten und Zuschauern. Verärgerte Autofahrer verließen ihre Fahrzeuge und machten bei dem Getümmel mit. Aus der Ferne konnte man die Sirenen der Streifenwagen hören, die zur Verstärkung gerufen worden waren. Doch sie kamen in dem Verkehrsgewühl kaum vorwärts.

Sir Martin Ogilvy, der Direktor des Museums, war durch den Lärm aufmerksam geworden und beobachtete nun von seinem Fenster aus über den Vorhof hinweg das Menschengewimmel. Ogilvy hatte so etwas noch nie erlebt, sympathisierte aber in gewisser Weise mit den Demonstranten. Er selbst hatte immer noch nicht die Neuigkeiten verkraftet, die ihm der Premierminister am heutigen Tag aufgetischt hatte.

Bei ihrem Treffen hatte Ogilvy als Direktor des British Museum die offizielle Geheimhaltungsakte unterzeichnen müssen. Der Premierminister hatte ihm eingeschärft, nicht einmal seiner Frau oder seiner Sekretärin etwas zu verraten, und das fiel ihm verdammt schwer. Von seiner Ausbildung her war er Archäologe, eine Autorität auf dem Gebiet römischer Kultur in England. Er war auf den Museumsposten von einer früheren Regierung berufen worden und deshalb nicht gerade ein besonderer Anhänger des derzeitigen Premierministers. Trotzdem sah er ein, daß Lockwood sich in einem Dilemma befand. Er durfte die Krone nicht im Stich lassen, mußte aber wegen der Elgin Marbles etwas unternehmen. Auf jeden Fall war die ganze Angelegenheit für das Museum nicht gut, sinnierte Ogilvy.

Erneut brandete lautes Getöse von der Great Russell Street über den Vorhof gegen die Museumsmauern. Ogilvy spähte zur Menge hinunter, um herauszufinden, was geschah. Falls er sich nicht irrte, näherte sich da mit Sirenengeheul ein Krankenwagen und nicht etwa die Polizei.

Edward und Leith standen vor mehreren Telefonzellen im South Bank Zentrum – bei der Hayward Gallery, um ganz genau zu sein. Es war Nachmittag, und aus irgendeinem Grund war der Verkehr auf der Waterloo Bridge blockiert, wie die beiden sehen konnten.

Den Anruf der »Apollo-Brigade« hatten sie ungefähr 25 Minuten zuvor in der Werkstatt entgegengenommen, worauf Edward mit Leith hierhergekommen war, wie befohlen. Es war bisher ein unergiebiger Tag für Edward gewesen. Weder von Victoria noch von O'Day in Basel hatte er etwas erfahren, und natürlich auch nicht von Nancy. Er hatte sich die Nachrichten um 13 Uhr angehört, die sich hauptsächlich mit der griechischen Reaktion auf den Bericht in der *Sunday Post* beschäftigt hatten. Der griechische Kultusminister hatte am Morgen eine Pressekonferenz einberufen, auf der er angekündigt hatte, er wolle einen Sonderbeauftragten nach London schicken, um sicherzustellen, daß die Rückgabe der Marbles auch wirklich stattfand. Außerdem hatte er bekanntgegeben, daß Sonderausstellungen in Athen und London geplant seien, die im Modell den Parthenon nach der Rückgabe der Marbles zeigen sollten. Jubelnde Demonstranten waren zur Britischen Botschaft in Athen gezogen und hatten Schilder geschwenkt, auf denen Lockwood in einer griechischen Toga und mit einem Lorbeerkranz dargestellt war. In Paris hatte der Generalsekretär der UNESCO den Entschluß der Briten begrüßt, als sei die endgültige Entscheidung bereits gefallen. Und in London hatte der Erzbischof der Hagia Sophia, der griechisch-orthodoxen Kathedrale in Bayswater, eine Messe zum Dank dafür gehalten, daß die britische Regierung ihre Einstellung zu den Marbles geändert hatte.

Der Vorplatz der Hayward Gallery war voller Leute, da hier seit einer Woche eine Ausstellung mit Gemälden von Georgia O'Keefe lief, die äußerst populär war. »Meinen Sie, daß Lockwoods gezielte Indiskretion ... klug war?« erkundigte sich Edward, der immer noch unter dem Eindruck der Reaktionen stand, die in den 13-Uhr-Nachrichten berichtet worden waren.

»Ich bin kein Politiker«, erwiderte Leith. »Ideal war's sicher nicht, aber hatte er eine andere Wahl? Die ›Apollo-Brigade‹ will Taten sehen. Also müssen wir etwas tun oder uns zumindest diesen Anschein geben. Außerdem ist Lockwood unter starkem seelischem Druck wegen seines Enkels. Ein Blutgerinnsel im Gehirn, wie ich hörte. Er muß operiert werden.«

»Ja. Es sieht Lockwood nicht ähnlich, Dinge falsch zu beurteilen, aber ...«

Leith ging nicht darauf ein, sondern wechselte abrupt das Thema. »Diese O'Keefe malt immer nur Blumenbilder mit dunklen Löchern im Zentrum. Sollen die bedeuten, was ich glaube, daß sie bedeuten?« Leith grinste schief.

Edward wollte gerade etwas antworten, als das Telefon klingelte.

Die Telefonzelle stank, der Hörer mußte dringend gesäubert werden, Graffiti und Zigarettenasche bildeten bizarre Muster an der Rückwand. Er nahm den Hörer von der Gabel. »Andover.«

»Wir haben die Zeitungen gelesen. Was hat das zu bedeuten?«

Edwards Pulsschlag beschleunigte sich. »Die Regierung hat Ihre ... Bedingungen akzeptiert. Aber Sie müssen auch uns verstehen. Allein die vielen Vorbereitungen ... Von nun an werden wir unser möglichstes tun, uns an Ihren Zeitplan zu halten.«

»Ihr möglichstes?«

»Die Marbles sind eine Gefühlsangelegenheit, für Sie wie für uns. Es gibt garantiert starke Gegenwehr, aber keine Angst, Sie kriegen Ihre Steine.«

»Weiß Ogilvy Bescheid?«

»Der Premierminister sprach heute vormittag mit ihm. Die Duveen Galleries, wo die Marbles ausgestellt sind, schließen am Donnerstag oder Freitag.«

»Erst? Sie müssen in 48 Stunden schließen. Mit anderen Worten, am Mittwoch.«

»Das ist unfair ...«

»Andover! Es ist nicht Ihre Aufgabe zu ...«

»Aber das ist Irrsinn!« Edward war plötzlich sehr wütend. Ob er wütend war auf diese ... Stimme, auf sich selbst oder auf Nancy, wußte er nicht. Aber dieses ganze doppeldeutige Gerede ging über seine Kräfte. Er sprach unwillkürlich lauter. »Sie können doch nicht an einem Tag eine Forderung erheben, uns herumhetzen, und dann beim nächsten Mal etwas ganz anderes fordern. Was erwarten Sie eigentlich ...«

Edward brach ab, als ihm klar wurde, daß der andere aufgelegt hatte. »Verdammt!« murmelte er halblaut und wandte sich zu Leith um. »Ich habe Mist gebaut. Er hat einfach aufgelegt.«

»Ja«, stimmte Leith zu. »Sie haben Ihre Kompetenzen überschritten.« Sein Gesicht verhärtete sich, die dünnen Lippen waren kaum noch zu sehen. »Sie müssen gefügig, verständnisvoll, ja sogar untertänig sein, falls erforderlich. Sie müssen akzeptieren, was die Brigade sagt, wie selbstherrlich oder unverschämt es auch erscheinen mag. Wir müssen nach ihren Spielregeln spielen, nicht nach der Genfer Konvention oder den Vorstellungen der Marquise of Queensberry von Fairplay.«

»Es war so ...«

»Sie haben die Beherrschung verloren. Die glauben jetzt sicherlich, daß es gespielt war; ein Trick, um sie zu provozieren. Sie dürfen nie ...«

»Schon gut, schon gut. Tut mir leid. Ich entschuldige mich. Es wird nicht wieder geschehen.«

»Vielleicht gibt's gar keine Gelegenheit mehr dazu«, meinte Leith seufzend. »Kommen Sie, es hat keinen Sinn, hier weiter rumzustehen. Ein schöner Schlamassel. Lockwood wird toben. Das schlimmste daran ist, daß wir nicht nur nicht wissen, ob sie wieder anrufen, wir haben auch keine Ahnung, wann sie wieder anrufen, wenn überhaupt.«

Edward geriet in Zorn. »Ich machte einen kleinen Fehler. Sie müssen nicht alles so schwarzsehen.«

Leith und Edward gingen zum Fluß hinüber, wo sie nicht belauscht werden konnten. Der Verkehrsstau auf der Waterloo Bridge hatte sich noch nicht aufgelöst. »Sie scheinen zu vergessen, Andover, daß sie – damit meine ich die Krone – das größte Risiko trägt. Wenn die Sache schiefgeht, wird die Regierung vielleicht gestürzt, mag sein. Dann wählt man eben eine andere ... Aber was passiert mit unserer kostbaren Monarchie, hm? Am besten kehren Sie jetzt in den Palast zurück, setzen sich neben das Telefon und beten, daß unsere griechischen Freunde wieder anrufen. Ansonsten werden Sie ganz allein den Sturz der Monarchie erreicht haben, wofür Oliver Cromwell eine ganze Armee brauchte.«

Victoria kurbelte das Autofenster herunter und ließ die warme Abendluft Athens herein. Alle Autos, die sie je besessen hatte, waren vor dem Zeitalter der Klimaanlagen gebaut worden. Haydon fuhr einen brandneuen Toyota. Ein Allerweltsmodell – aber mit Klimaanlage.

»Das ist die Wohnung«, sagte Haydon, nachdem er sich wieder ins Auto gesetzt und eine Zigarette angezündet hatte. »Die im zweiten Stock mit dem Balkon. ›Leondaris‹ steht auf einem der Briefkästen.«

Victoria hatte spontan Abneigung gegen Alex Haydon empfunden. Er war ein gutaussehender Mann, aber eitel und irgendwie durchtrieben. Da in der griechischen Presse ein großer Rummel wegen der Geschichte in der *Sunday Post* veranstaltet wurde, da der griechische Kultusminister am Vormittag eine Pressekonferenz abgehalten hatte und da es vor der Botschaft Demonstrationen gab, war Victoria in einem Hotel am Stadtrand untergebracht worden – außerhalb des Scheinwerferlichts. Denn wenn sie auf einem Fernsehschirm erschien, zum Beispiel wie sie sich in der Nähe der Britischen Botschaft aufhielt, könnte das eine Warnung für die Erpresser sein. Man wußte ja nicht, wieviel sie schon wußten.

Haydon hatte Victoria vom Flughafen abgeholt und direkt ins Hotel gefahren. Nach dem Auspacken hatte er die ganze Geschichte von ihr hören wollen. So kam es, daß es schon nach 16 Uhr war, bevor sie mit der richtigen Arbeit anfangen konnten.

Als erstes hatten sie in der Universität von Thessaloniki angerufen, aber erfahren, daß Professor Kolettis mit Ausgrabungen beschäftigt war und niemand wußte, wann er zurückkommen würde. »Wer sind Sie?« hatte sich die Sekretärin dann erkundigt.

»Amerikanisches Kabelfernsehen«, hatte Victoria geschwindelt. »Wir planen einen Dokumentarfilm über die Welt der Antike. Bitte richten Sie dem Professor aus, wie leid es uns tut, daß wir ihn nicht antrafen.«

Damit schien die Neugier der Sekretärin befriedigt gewesen zu sein.

A. Leondaris stand im Telefonbuch, war jedoch nicht zu Hause, als sie versucht hatten, ihn anzurufen. Es gab auch keinen Anrufbeantworter. Er wohnte im Universitätsbezirk von Athen, wie Haydon erklärte, einem angenehmen, »grünen« Viertel nördlich von Syntagma, dem größten Platz der Stadt. Dort gab es viele Boutiquen, Restaurants, Kunstgalerien und Cafés. Victoria und Haydon hatten beschlossen, sich die Umgebung der Wohnung anzusehen, und Haydon hatte den Toyota auf der anderen Straßenseite ungefähr 50 Meter hügelabwärts geparkt.

Er schaute auf seine Armbanduhr. »Schon nach 17 Uhr. Die Frage ist, ob er oder sie ebenfalls bei Ausgrabungen ist oder aber noch nicht zurück von der Arbeit?« Er lächelte Victoria an. Er lächelte überhaupt sehr viel, da er perfekt schöne Zähne hatte und das auch genau wußte.

»Dann warten wir eben noch«, erwiderte Victoria.

Sie warteten. Um 21 Uhr einigten sie sich darauf, daß A. Leondaris vermutlich direkt vom Büro in ein Restaurant gefahren war. Haydon ging los, um etwas zum Essen aufzutreiben, und brachte Hamburger, Weintrauben und Wein. Wieder warteten sie. Es wurde 22 Uhr. Um 23 Uhr wurde Victoria unruhig, da sie mit London unbedingt Kontakt aufnehmen mußte. »Falls Leondaris mit einer Geliebten zusammen ist, bleibt er vielleicht die ganze Nacht weg. Wie lange wollen wir noch warten?« fragte sie zweifelnd.

Statt einer Antwort holte Haydon Füller, Brieftasche, einige Umschläge, Scheckheft und Terminkalender aus seinen Taschen. Dann öffnete er das Handschuhfach und legte all diese Dinge hinein, entnahm dem Fach dafür ein anderes Scheckheft, einen anderen Terminkalender und eine andere Brieftasche.

»Was um alles in der Welt tun Sie da?«

»Handbuch für den Außendienst, Kapitel zwei. Haben Sie den Kurs nicht mitgemacht? Ihr Leute von der Sprachenabteilung müßt doch manchmal auch an die Front, oder? Das hier ist Vorschrift. Immer, wenn wir etwas unternehmen, das auch nur im entferntesten riskant oder illegal ist, müssen wir unsere Identität wechseln, inklusive unserer Nationalität.« Er hielt die Brieftasche hoch. »Jetzt bin ich Gilles Broudin aus Montpellier. Und die Adresse stimmt sogar, falls jemand nachschnüffelt. Ich habe dort sogar eine Ehefrau.«

Victoria schwieg. Als Gilles war er genauso mies wie als Alex.

»Warten Sie hier«, redete Haydon weiter, stieg aus und ging quer über die Straße. Nach einigen Minuten kam ein Taxi und hielt direkt hinter dem Toyota. War dies etwa Leondaris, der heimkam? Nein, ein Pärchen stieg aus und verschwand in einem anderen Haus.

Haydon schien schon eine Ewigkeit fort zu sein. Victoria schaute auf die Uhr, da sie langsam nervös wurde. Gerade da tauchte Haydon jedoch aus dem Dunkel auf. Er wollte nicht verraten, was er getan oder gefunden hatte, bevor sie in Victorias Zimmer im »Holiday Inn« waren, wo sie niemand hören und sehen konnte. Er nahm zwei Whiskys aus der Minibar, griff dann in seine Tasche und warf ein halbes Dutzend Briefe auf das Bett. »Im Gegensatz zur Tür ins eigentliche Treppenhaus war die Außentür zur Eingangshalle nicht verschlossen, wo sich zum Glück alle Briefkästen befinden. Diese Briefe lagen im Kasten unseres Freundes. Ich kriegte das Schloß auf – Handbuch, Kapitel acht.« Er grinste selbstzufrieden.

»Er heißt also Aristoteles Leondaris«, meinte Victoria, riß den ersten Umschlag auf und überflog den Inhalt. »Von der griechischen Anwaltskammer, deren Mitglied er ist.«

Haydon hatte einen anderen geöffnet. »Hier haben wir seine Elektrizitätsrechnung.«

Victoria warf einen dritten achtlos beiseite. »Telefonrechnung. Ein Jammer, daß Griechenland so rückständig ist. Keine detaillierte Aufstellung, sonst wüßten wir nun, welche Anrufe er nach London oder in die Schweiz machte.«

»Schauen Sie sich das Datum auf den Umschlägen an. Er scheint schon seit ungefähr einer Woche verreist zu sein.«

»Es klingt, als wär's unser Mann.«

Einen Moment später pfiff Victoria unwillkürlich. »Dieses Schreiben hat einen Briefkopf vom griechischen Parlament. Ein gewisser Stamatis Leondaris ...«

»Vater? Bruder?«

»Es handelt sich um eine Art Rundschreiben, mit dem er eine Tagung über Griechenland und den Balkan seit Glasnost für die nächste Woche ankündigt ...« Nach einer Pause fügte Victoria hinzu: »Was haben wir denn noch? Aha, eine Rechnung für einige Pflanzen, die er kaufte, und als letztes noch eine Einladung zu einer Vernissage.«

»Eigentlich nichts Belastendes ...«

»Aber das war ja auch nicht zu erwarten. Er ist trotzdem der Richtige.«

»Ich bin geneigt, Ihnen zuzustimmen«, sagte Haydon, als ob seine Zustimmung das Wichtigste von der Welt wäre. »Aber ich weiß nicht, wie wir diesen Burschen auftreiben sollen, wenn er noch länger wegbleibt.«

»Mir fallen da nur zwei Möglichkeiten ein«, erwiderte Victoria. »Entweder überwachen wir weiterhin die Wohnung und hoffen darauf, daß er möglichst bald zurückkommt. Der Nachteil dabei ist, daß er möglicherweise nicht auftaucht, bevor alles vorüber ist. Deshalb sollten wir uns lieber auf Kolettis konzentrieren, über den wir auch eher etwas in Erfahrung bringen können. Schließlich ist er Archäologe, und ich glaube nicht, daß er untergetaucht ist. Ich vermute vielmehr, daß sich die Mitglieder der ›Apollo-Brigade‹ noch in Sicherheit wiegen und keine Ahnung haben, wie rasch wir auf ihre Spur gestoßen sind ... Sonst würden sie doch nicht mehr mit London telefonieren. Je mehr wir über Kolettis' Karriere herausfinden, desto besser können wir ihn einschätzen. Und das hilft uns vielleicht bei der Suche.«

Haydon brummte zustimmend, als er einen zweiten Whisky hinunterschüttete. »Hoffentlich klappt die zweite Möglichkeit«, meinte er. Auf Ari können wir nämlich nicht mehr zählen.«

»Warum nicht?«

»Leider habe ich beim gewaltsamen Öffnen des Briefkastens das Schloß ziemlich demoliert. Wenn Ari zurückkommt, wird er sehen, daß der Kasten aufgebrochen wurde, und daraus folgern, daß wir ihm auf den Fersen sind. Damit verlieren wir jede Chance, die Bande zu schnappen.«

»Guten Abend und willkommen bei unserer Sendung ›The Eleventh Hour‹. Wie Sie vielleicht in den Nachrichten gehört haben, starb heute ein sieben Wochen altes Baby im Rettungswagen auf dem Weg zum Krankenhaus, da der Wagen wegen der Demonstration vor dem British Museum im Verkehrschaos steckenblieb. Über zwei Stunden kam der Londoner Verkehr zum Erliegen, und zwar im Süden bis zur Waterloo Station, im Norden bis Camden Town. Die Zufahrt zum Great Ormond Street Hospital war total blockiert. Es gab mehrere Verletzte bei der Demonstration, zu der aufgerufen worden war, um gegen den Plan der Regierung zu protestieren, die Elgin Marbles an Griechenland zurückzugeben.«

Trevor Tennant drehte sich etwas in seinem Sessel, als im Fernsehstudio von einer Kamera zur anderen umgeschaltet wurde. »Zu den Verletzungen vor dem Museum scheint es gekommen zu sein, als ein Polizeipferd in Panik geriet. Allerdings gab es auch einige Schlägereien auf der Straße, und mehrere Leute wurden verhaftet. Um über die Problematik der Elgin Marbles zu diskutieren, sind heute abend mit mir im Studio Madeleine Rolfe, Vorsitzende der Freunde des British Museum und Organisatorin der Demonstration, Chief Superintendent Colin Budgen von New Scotland Yard, Doktor George Imittos, Herausgeber der *Greek Times*, einer hier in London erscheinenden Wochenzeitung, und schließlich noch David Eady, Kultusminister des Schattenkabinetts. Bevor wir beginnen, möchte ich noch erwähnen, daß wir das Pressebüro von Downing Street und den Direktor des British Museum ebenfalls zu unserer Gesprächsrunde einluden, von beiden aber eine Absage bekamen. Chief Superintendent

Budgen, ich möchte mit Ihnen beginnen. Machen Sie die Demonstranten – Leute wie Mrs. Rolfe hier – für den Tod des armen Babys verantwortlich?«

Da der Polizeibeamte in Uniform war, fühlte er sich in dem heißen Scheinwerferlicht ausgesprochen unwohl, was man ihm auch anmerkte. »Nein. Da wir nicht vorgewarnt waren, konnten wir nicht genügend Leute einsetzen, und die Demonstration geriet außer Kontrolle. Aber zugunsten der Demonstranten muß ich sagen, daß niemand vorhersehen konnte, welch katastrophale Wirkung das Ganze auf den Verkehr haben würde. Seit Jahren haben sich die Verkehrsverhältnisse in London ständig verschlechtert. Wenn etwas Unvorhergesehenes passiert, kann leicht ein Chaos entstehen. Übrigens habe ich mit Ärzten des Krankenhauses gesprochen, und es ist durchaus nicht sicher, daß das Baby die Fahrt überlebt hätte, selbst wenn die Straßen freigewesen wären.«

Tennant wandte sich an Madeleine Rolfe. »Nicht jeder wird so verständnisvoll reagieren wie der Superintendent, Mrs. Rolfe. Ich hörte gerüchteweise, daß die Mutter erwägt, vor Gericht zu gehen. Lassen wir das aber vorerst beiseite. Ihre Demonstration fand ohne vorherige Benachrichtigung der Polizei statt, verursachte Chaos, Verletzungen und Verhaftungen. Was sagen Sie dazu?«

»Daß ich es morgen notfalls wieder tun würde.« Madeleine Rolfe hatte lange dunkle Haare, trug eine runde Brille und sehr viel Make-up. Unter ihrem Kinn prangte eine Riesenschleife. »Wir hatten keine Zeit, die Polizei zu informieren. Obwohl wir in einer Demokratie leben, will die Regierung äußerst autoritär vorgehen, gegen den Willen des Volkes und über seine Köpfe hinweg. Wenn man's genau betrachtet, ist nicht etwa die Regierung der Besitzer der Elgin Marbles, sondern die Treuhänder des Museums sind es, obwohl natürlich die Regierung diese Treuhänder ernennt. Jemand muß die Regierung daran hindern, ihren Plan auszuführen, und wenn niemand sonst es tut, dann bin's eben ich. Und die Tatsache, daß viel mehr Leute mitmachten als erwartet, beweist, daß ich zu Recht zur Demonstration aufrief. Es ist ein heißes Thema für die Engländer.«

»Doktor Imittos, jetzt komme ich zu Ihnen. England ist eine Demokratie; das Volk hat ein Recht zu demonstrieren. Wie stehen Sie dazu, nachdem heute einige Ihrer Landsleute verletzt und verhaftet wurden?«

»Demokratie ist ein griechisches Wort – und eine griechische Idee. So griechisch wie die Marbles der Akropolis. Zufällig wurde ich heute Augenzeuge des Tumults vor dem British Museum. Ich aß gerade mit einigen Freunden in einem griechischen Restaurant zu Mittag, als wir Lärm hörten. Wir gingen hin, um zu sehen, was los war ...«

»Hatten Sie Alkohol getrunken?« unterbrach ihn Tennant, der sich keine Gelegenheit zum Sticheln entgehen ließ.

»Nun ja ... zum Essen natürlich Wein oder Bier«, erwiderte er gereizt.

»Und was geschah dann?« bohrte Tennant weiter.

»Einige von uns standen gegenüber dem Haupteingang vom Museum und schauten zu. Nichts weiter.«

»Keine Zurufe? Keine Einmischung?«

»Nein, jedenfalls zu Anfang nicht. Und glauben Sie bloß nicht, daß Alkohol etwas damit zu tun hat ...«

»Madeleine Rolfe, sahen Sie Doktor Imittos auf der anderen Straßenseite?«

»Ich sah einige Leute, die ich für Griechen hielt ...«

»Und wer fing mit dem Geschrei an?«

»Das ist nicht das Entscheidende!« protestierte Imittos. »Entscheidend ist, daß die Marbles griechisch sind und zurückgegeben werden müssen.«

»Nein!« schrie Madeleine Rolfe.

»Aber es ist der entscheidende Punkt«, widersprach Tennant, hoch zufrieden darüber, daß er die Debatte angeheizt hatte. »Für die Briten zumindest sieht es doch so aus, daß sich die Marbles hier in London befinden und der Nation gehören. Verhält sich die Regierung korrekt, wenn sie auch nur erwägt, sie wegzugeben? David Eady?«

»Die Regierung verhält sich ausgesprochen unkorrekt. Man bedenke nur, auf welch eigenartige Weise diese Angelegenheit bekannt wurde – durch eine anonyme Indiskretion. Die Regierung will selbst jetzt noch nicht darüber diskutieren. Deshalb nimmt auch kein Regierungsvertreter an diesem Gespräch teil. Wir können Madeleine Rolfe einen milden Rüffel dafür erteilen, daß sie die Polizei nicht über ihre Demonstration informierte, aber ihr Vergehen ist unbedeutend im Vergleich zu dem der Regierung. Spricht die Weigerung, heute abend in dieser Gesprächsrunde mitzumachen, für Unschuld? Ist das ehrenhaft? Nein, das ist schändlich. Demokratie mag ja ein griechisches Wort sein, aber die Art, wie sich die Regierung verhält, kann nur als barbarisch bezeichnet werden.«

»Aber ich verstehe eines nicht«, meinte Tennant kopfschüttelnd. »Was ist dabei zu gewinnen? Die Marbles sind hier, wie Sie richtig bemerkten. Warum sollte die Regierung sie hergeben, ohne etwas dafür zu fordern?«

»Da müssen Sie die Regierung fragen.«

»Aber Sie sind ein hochrangiger Politiker, David Eady, Kultusminister des Schattenkabinetts. Wollen Sie nicht als Profi eine Vermutung äußern?«

»Ich gebe Ihnen recht, daß Regierungen nicht grundlos so handeln. Wenn die britische Regierung der griechischen Regierung ohne Anlaß ein Geschenk macht, muß sie etwas dafür bekommen. Falls nicht, ist die Sache oberfaul.«

»Und was könnte dieses ›etwas‹ sein?«

»Ich weiß da nicht mehr als Sie. Aber lassen Sie mich mal vermuten. Die Ölvorkommen in der Nordsee sind in vier Jahren erschöpft. Letztes Jahr wurde in der Ägäis in der Nähe von Thrakos Öl entdeckt. Vielleicht hat unsere Regierung die Elgin Marbles der griechischen Regierung als Köder angeboten, damit britische Ölgesellschaften dort bohren dürfen.«

»Das wäre doch gar nicht so schlimm, oder?« Die Kamera schwenkte wieder zu Tennant. »Öl ist schließlich wichtiger als Antiquitäten.«

»Banause!« rief Madeleine Rolfe dazwischen. »Öl gibt's überall, aber die Marbles gibt's nur einmal. Außerdem wurden diese Marbles von Lord Elgin für die britische Nation erworben. Sie können nicht von irgendeinem vorübergehenden Bewohner von Downing Street hergeschenkt werden.«

Tennant mochte es nicht, wenn jemand ungefragt in der Sendung »The Eleventh Hour« sprach – das war sein Vorrecht. Folglich ignorierte er Madeleine Rolfe und wandte sich wieder dem Abgeordneten zu.

»Angenommen, Sie haben recht mit dem Öl. Aber es könnte doch nicht einmal ein Premierminister einen solchen Kuhhandel beschließen, ohne vom Kabinett abgesegnet zu sein?«

»Theoretisch stimmt das. Aber fragen Sie sich selbst, warum der ganze Plan verraten wurde. Vielleicht fand jemand, vielleicht ein Beamter im Auswärtigen Amt, daß das der Handel nicht wert ist, und folglich ließ er einige Details bekanntwerden, um den Plan zu vereiteln.«

»Sie haben aber keinerlei Beweise?«

»Nein. Sie forderten mich zum Spekulieren auf, und genau das habe ich getan. Aber ich habe keinen blassen Schimmer, was wirklich los ist. Genau dies ist mein Hauptvorwurf – daß man das Unterhaus so sehr im dunkeln läßt.«

»Morgen ist Dienstag, also Fragestunde im Unterhaus. Werden Sie den Premierminister in die Zange nehmen?«

»Ich könnte mir denken, daß morgen das gesamte Unterhaus Mister Lockwood zusetzen wird.«

Tennant wandte sich von Eady ab und sagte: »Unsere Sendezeit läuft gleich ab, doch ich möchte noch gerne Doktor Imittos fragen, was er von David Eadys Spekulationen hält.«

Der Grieche schüttelte den Kopf. »Fehlspekulationen!«

»Was ist denn Ihrer Meinung nach die Ursache für Mister Lockwoods plötzlichen Kurswechsel bei den Marbles?«

»Gerechtigkeit! So etwas gibt es, wissen Sie. Es gibt auch anständige Menschen auf der Welt. Allerdings nur wenige, wie wir alle wissen, und vielleicht erklärt dies, warum er die ganze Angelegenheit so geheimhielt. Nur wenige in diesem Land sind so anständig wie er.«

»Harte Worte, Doktor Imittos. Ausgesprochen antibritisch, könnte man sagen.«

»Überlegen Sie doch, was heute geschah«, rief Imittos erregt. »Madeleine Rolfe trommelt eine Demonstration zusammen, ohne die Polizei zu informieren. In deren Verlauf werden mehr Griechen als Engländer verletzt und auch verhaftet. Als ich vorhin die griechische Seite vertreten wollte, deuteten Sie an, daß wir betrunken gewesen seien. Und da behaupten Sie, ich sei antibritisch. Dabei sind Sie eindeutig antigriechisch!«

Die Atmosphäre im Studio war äußerst gespannt. Tennant wollte sich einschalten, die Sendung zum Ende bringen. »Nun, das ist alles ...«

Imittos gab jedoch nicht nach. »Mrs. Rolfe hatte heute ihre Demonstration und ist deshalb auch hier in dieser Fernsehrunde. Nun, wir Griechen gaben euch die Demokratie ... also wißt ihr, daß beim nächsten Mal wir dran sind.«

»Sie haben mich enttäuscht, Andover«, sagte der Premierminister, der sich vor dem Kamin aufgebaut hatte. »Ich ließ O'Day in die Schweiz fahren, weil Sie sich in den letzten Tagen als fähig und einfallsreich erwiesen. Ich glaubte, die Sache sei bei Ihnen in guten Händen. Doch kaum ist O'Day fort, da geraten Sie in Panik.«

»Panik ist wohl nicht das richtige Wort, Sir.« Die Nachricht von Edwards Ungeschicklichkeit beim letzten Telefonat mit den Erpressern war Lockwood und den anderen Mitgliedern des mitternächtlichen Komitees sehr rasch zu Ohren gekommen. Dafür hatte Leith schon gesorgt.

»Wir wollen uns doch nicht über Worte streiten, Doktor Andover. Das Ergebnis bleibt dasselbe. Diese ganze Sache kann Ihretwegen bereits geplatzt sein. Zwei der Familien, die in den belastenden Dokumenten erwähnt werden, stellen Regierungsmitglieder. Falls das herauskommt, könnte das unser politisches Ende bedeuten. Also erwarten Sie keine Sympathie von den hier Anwesenden, wenn jetzt alles im Eimer ist. Von mir am allerwenigsten. Falls dies schiefläuft, wird Keld der Nutznießer sein. Es braucht sicher nicht viel, ihn zu überreden, gegen mich Partei zu ergreifen, und das würde schon genügen. Ziemlich sicher verlieren Sie übrigens auch Ihren Job im Palast, was man der Queen nicht einmal verübeln könnte. Haben Sie darüber schon mal nachgedacht?« Lockwood fuhr sich mit der Hand durchs Haar. »Aber wahrscheinlich bleibt uns gar nichts anderes übrig, als weiterzumachen, als ob nichts passiert wäre, als ob wir diese Verbrecher immer noch schnappen könnten.« Er wandte sich wieder zu Edward. »Was gibt es aus Athen Neues? Was hatte Victoria Tatton Ihnen zu berichten, und was sagten Sie ihr?«

Edward war wütend über Lockwoods Benehmen. Natürlich war der Tadel nicht ganz ungerechtfertigt, aber Edward wurde den Verdacht nicht los, als ob Lockwood es an ihm ausließe, daß er, Lockwood, die Reaktion auf seine gezielte Indiskretion in der *Sunday Post* falsch eingeschätzt hatte. Außerdem argwöhnte Edward, daß die Sorge um seinen Enkel Lockwood ganz besonders gereizt machte. All das konnte er jedoch nicht zur Sprache bringen, und so sagte er nur: »Tatton und Haydon erfuhren, daß Kolettis sich bei Ausgrabungsarbeiten aufhält; wo, ist vorläufig noch unbekannt. Sie fanden die Wohnung von Leondaris und überwachten sie einige Stunden, doch sie scheint zur Zeit leerzustehen. Außerdem brachen sie den Briefkasten auf und wissen nun aufgrund der Briefe, daß Leondaris im griechischen Parlament einen Verwandten mit demselben Nachnamen hat.«

»Und was haben Sie erzählt?«

»Nichts, Sir.«

»Wieso?«

»Sie rief erst kurz nach 23 Uhr an, und zwar Londoner Zeit, Sir. Wir besprachen, was sie und Haydon morgen zu tun beabsichtigten, und dann mußte ich mich beeilen, um recht zeitig hiersein zu können.«

»Aha. Und was gibt's in Basel?«

Edward schilderte sein Telefonat mit O'Day. Er hatte ihm von seinem Gespräch mit den Erpressern berichtet, als der Commander gegen 22 Uhr anrief. O'Day und Riley hatten gerade erfolglos das fünfte Restaurant überprüft, und O'Day war dementsprechend sauer gewesen. Edward erwähnte dem Premierminister gegenüber nicht den fast feindseligen Ton des Gesprächs. O'Day hatte nämlich kein Hehl daraus gemacht, daß er den Auftrag in Basel für unter seiner Würde erachtete und der Meinung war, er müßte an Edwards Stelle sein und gemütlich mit dem Premierminister plaudern. Richtig beleidigend war er geworden, als Edward ihm gestanden hatte, daß er die Geduld mit dem Erpresser verloren hatte.

»O'Day weiß also Bescheid?« meinte der Premierminister nachdenklich. »Das ist gar nicht schlecht, weil ihm vielleicht ein rettender Gedanke kommt.« Mit geistesabwesendem Gesicht blieb er einen Moment vor dem Kamin stehen, bevor er dann fragte: »Gibt's sonst noch etwas?«

Midwinter hüstelte und lieferte dann eine Kurzfassung der Sendung »The Eleventh Hour«.

»Eady ist ein Dummkopf«, meinte Lockwood kopfschüttelnd. »Was für ein Quatsch über Öl.«

»Aber was ist mit der Fragestunde?« Slocombe beugte sich gespannt nach vorne.

»Was soll schon sein? Warum haben wir wohl die Geschichte durchsickern lassen? Damit wir sie abstreiten können. Ich werde lediglich eingestehen, daß ein Komitee zusammentrat und sich auf einen Vorschlag einigte. Nicht mehr, nicht weniger.« Lockwood wandte sich wieder an Midwinter. »Wie steht's mit den morgigen Zeitungen?«

»Die Demo vor dem Museum macht Schlagzeilen und auch der Tod des Babys, obwohl das nach der heutigen Sendung im Fernsehen nicht mehr so brisant ist. Ein oder zwei Leitartikel fordern Sie auf, Klarheit zu schaffen. Auch die griechische Pressekonferenz kommt natürlich auf die Titelseiten. Nichts aufregend Neues, aber unterschwellig schadet uns das alles sehr. Die Auslandspresse – Die *New York Times, Le Figaro, Die Welt* – läßt sich einen solchen Leckerbissen natürlich nicht entgehen, wie man an den vielen Reportern sehen konnte, die hier heute rumwuselten.«

Lockwood wirkte gleichzeitig müde und geladen. »Mit wieviel Punkten führte die andere Seite bei der letzten Umfrage?«

»Mit drei Punkten«, antwortete Midwinter.

»Dann sind's inzwischen fünf.« Lockwood blickte Edward starr an. »Vielleicht haben Sie mir einen Gefallen getan, Andover. Die ganze Geschichte ist ein schmutziges Geschäft und kann noch schmutziger werden. Falls diese Brigade an die Öffentlichkeit geht, vereinfacht sich wenigstens alles. Die Mißbilligung der Öffentlichkeit wird sich gegen den Palast richten, nicht gegen Downing Street, und wir sind aus dem Schneider. Und für den Fehler ist ein Angestellter des Palasts verantwortlich.« Der Premierminister nickte Edward freudlos zu. »Falls die Sache jetzt platzt, und zwar durch Ihre Schuld, dann wird Francis Mordaunt sich wilder als ein Bär im Bienenkorb aufführen. Und Sie sind garantiert Ihren Posten los.«

Der grünliche Schein von Edwards Anrufbeantworter schien den ganzen Raum zu durchdringen. Er färbte das blasse Holz der Staffelei neben dem Schreibtisch und wurde von den Gläsern auf dem Tablett reflektiert, das Edward seine Bar nannte. Edward ging zu dem Gerät, ohne Licht zu machen. Er fühlte sich verletzt und verärgert. Diese Affäre war in sein Leben eingedrungen und gefährdete nun sogar seinen Job, seine Karriere, seine Selbstachtung. Voller Abscheu starrte er die Zahl 5 auf seinem Anrufbeantworter an. Vermutlich war auch etwas von Nancy dabei, aber das waren sicher nur weitere Lügen. Ihr Schweigen, sosehr er es auch haßte, war wenigstens ehrlich. Er drückte auf einen Knopf, und das Gerät erwachte zum Leben.

»Edward, hier ist Hillier. Bitte rufen Sie mich morgen nach 9 Uhr an. Ich habe nachgedacht.«

Edward schaute zum Fenster hinaus und sah eine große schwarze Limousine auf der Zufahrt. Kamen die Königlichen Hoheiten gerade von einem prächtigen Empfang zurück? Nach dem heutigen Tag war er sich über seine Gefühle gegenüber der Königsfamilie gar nicht mehr klar.

»Edward, Wilma hier. Nur eine wichtige Nachricht neben unwichtigem Kram. Geneviève Chombert rief aus Paris an. Man möchte dort Ihren Vortrag nebst anderen Konferenzbeiträgen veröffentlichen, als ob Sie ihn gehalten hätten. Soll ich ihr eine Kopie schicken? Geben Sie Laut, ob ja oder nein.« Würde Geneviève Chombert den Vortrag auch dann noch wollen, wenn er nicht mehr zum königlichen Haushalt gehörte? O Gott! Falls das passierte, würde sich sein Leben drastisch ändern.

»Hier ist Mordaunt. Ich habe den ganzen Tag mit der Queen in Windsor verbracht. Wir sollten uns möglichst rasch in Verbindung setzen. Rufen Sie mich gleich morgen früh an.« Kühler, knapper Tonfall – damit distanzierte sich der Oberstallmeister bereits von drohendem Unheil.

»Woodie, hier ist dein Bostoner Korrespondent. Und zwar buchstäblich, da ich nämlich in Boston Spa bin, Lincolnshire. Wie findest du das?« Nancy klang total normal. »Ich habe übrigens meine Meinung über dein blödes Gerät geändert, ich hasse es allmählich. Da ich hier zwei Nächte bleibe, könntest du mich anrufen, falls du mich auch nur ein ganz kleines bißchen vermißt.« Sie gab ihm die Nummer durch und legte auf.

Er kritzelte die Zahl auf ein Papier. Irgendwie war er froh und gleichzeitig wütend. Dann kam ihm plötzlich in den Sinn, daß sie womöglich angerufen hatte, weil die Verhandlungen mit den Erpressern stockten. Wollte sie durch ihn herausfinden, wie Palast und Regierung reagierten? Nun war er nur noch wütend und gar nicht mehr froh.

14. KAPITEL

Dienstag

»Guten Tag, meine Herren. Ein Tisch für zwei? Auf welchen Namen hatten Sie reserviert?«

O'Day erwiderte nichts, da Riley diesmal an der Reihe war. Dies war das siebente Restaurant, in dem sie es versuchten, und bei weitem das schönste. Es hieß »Der Greifen« und hatte eine verglaste Terrasse mit herrlichem Blick auf den Fluß. Aus der Bar drangen Klavierklänge herüber.

Es war eine sehr attraktive Frau, die sich nach ihrer Reservierung erkundigte. Glatt zurückgekämmtes Haar, hohe Wangenknochen und eine blendende Figur, die selbst das streng geschnittene blaue Kostüm nicht ganz verbergen konnte. Riley trat einen Schritt nach vorne. »Wir wollen nicht hier essen, Miß«, sagte er mit gedämpfter, vertraulicher Stimme. »Ich bin Engländer, lebe aber in Bern, da ich Angestellter der Botschaft bin.« Er zeigte ihr seinen Diplomatenausweis und wandte sich dann halb zu O'Day um. »Dieser Gentleman ist ein britischer Staatsbürger, dessen Tochter entführt wurde. Wir haben immerhin schon herausgefunden, daß sie im Hotel »Uster« wohnte, und wir vermuten, daß sie sich in einem der Baseler Restaurants mit einem Mann traf. Wir kennen seinen Namen nicht, halten es aber für möglich, daß er die Reservierung vornahm, und würden nun gerne unter einem bestimmten Datum nachsehen. Wäre das möglich?« Aus Erfahrung spürte er, daß in dem teuren, eleganten Restaurant ein diskret zugesteckter 50- oder 100-

Franken-Schein fehl am Platze wäre. Man würde ihnen helfen, wenn man wollte. Doch mit Bestechung kam man hier nicht weiter.

Die Angestellte schaute an ihnen vorbei. Vier Gäste hatten gerade das Lokal betreten. Sie fand in ihrem Buch die Reservierung, strich einen Namen durch und sagte: »Hier entlang, bitte.« Während sie das Grüppchen zu einem Tisch führte, rief sie Riley noch zu: »Warten Sie in der Bar auf mich.«

Die Pianistin in der Bar war eindeutig die Zwillingsschwester der Empfangsdame. Sie trug allerdings kein Kostüm, sondern ein tiefdekolletiertes Kleid. Die ausgeprägten Wangenknochen und das zurückgekämmte Haar waren jedoch zum Verwechseln ähnlich. Sie spielte Chopin.

Riley beschloß, Drinks zu bestellen, die sie sich auch verdient hatten. Bevor die Gläser kamen, tauchte jedoch die Frau vom Empfang wieder auf, trat zu Riley und fragte: »An welchem Datum sind Sie interessiert?«

Riley drehte sich zu O'Day um – das hatten sie so einstudiert – und schaute ihn fragend an.

O'Day gab den letzten Zeitpunkt an, zu dem Kolettis und Leondaris im Hotel »Uster« abgestiegen waren.

»Nun, das heißt, daß ich im alten Buch nachsehen muß. Es befindet sich im Büro einen Stock tiefer, und ich kann unmöglich das Restaurant verlassen. Aber keine Sorge, Inge wird es Ihnen holen, wenn sie in einigen Minuten hier aufhört.« Der Ober brachte die Drinks. »Ah, sehr schön. Trinken Sie in aller Ruhe, und ich gebe meiner Schwester Bescheid.«

Die Drinks machten sie hungrig, doch sie mußten sich mit Oliven und Perlzwiebeln begnügen.

Als Inge mit dem letzten Walzer von Chopin fertig war, stand sie auf, lächelte ihnen flüchtig zu und ging in den Vorraum, wo sie sich mit ihrer Zwillingsschwester unterhielt. Beide schauten kurz zu Riley und O'Day hinüber. Riley zwinkerte O'Day zu. »Tolle Zwillinge, was?«

O'Day runzelte mißbilligend die Stirn. So benahm sich wohl kaum jemand, der nach einer Entführten suchte.

Gerade als sie erwogen, eine zweite Runde zu bestellen, bemerkte O'Day die Pianistin, die ihrer Schwester ein großes Buch brachte. Die Empfangsdame reichte es kurz darauf an Riley weiter und erklärte dabei: »Es ist sehr einfach. Jeder Tag hat seine eigene Seite. Das Datum steht ganz oben, die linken Eintragungen betreffen das Mittagessen, die rechten das Abendessen. Ich überlasse das Buch Ihnen, aber bringen Sie's mir nachher bitte zurück. Ich brauche es für die Steuerinspektoren.« Lächelnd kehrte sie zu ihren Pflichten zurück.

Riley stellte die leeren Gläser auf den Nachbartisch und öffnete das Buch. »Was war der letzte Zeitpunkt ... Februar?«

O'Day nickte. »17. Februar.«

Riley fand mühelos den betreffenden Tag. Die Handschrift war so verschnörkelt, daß es Schwierigkeiten machte, die A und die O von den E zu unterscheiden. Unter der Rubrik Mittagessen waren an die 15 Namen verzeichnet, unter Abendessen über 20. Er begann, sie alle abzuschreiben, wie schon in den vorherigen Restaurants. Er und O'Day waren sich nicht ganz einig, ob sie nur nach griechischen Namen suchen sollten. Falls sie nämlich einen anderen Namen auf zwei oder noch mehr Listen entdeckten, der mit den Daten übereinstimmte, als Kolettis und Leondaris in Basel waren, dann wäre das durchaus verdächtig. Trotzdem hielt O'Day es eher für Zeitverschwendung.

»Schauen wir doch erst mal unter den anderen Daten nach«, schlug er deshalb vor. »Griechische Namen fallen uns sofort auf ... Das geht viel rascher.«

Riley war nicht ganz überzeugt, gab aber nach. »Na schön. Am 17. Februar gibt's keine interessante Eintragung. Was kommt nun?«

»Der 19. November.«

Riley blätterte zurück und fand auf Anhieb das gewünschte Datum.

Kurz nachdem sie sich ans Entziffern der handschriftlichen Eintragungen gemacht hatten, sagte Riley aufgeregt: »Heißt das hier nicht ›Evrotas‹ oder ›Evrotes‹?«

»›Evrotas‹«, stimmte O'Day zu. »Vier zum Mittagessen.«

»Vier! Noch ein Grieche? Oder jemand aus der Schweiz?«

»Vielleicht weder – noch. Ah, wen haben wir denn da zum Abendessen ... ›Zakros‹ oder ›Zekres‹ – ein Tisch für drei.« Er notierte es. »Das ist bisher unser bester Fang. Schade, daß sie hier nicht wie in den Nobelrestaurants Englands oder Frankreichs die Telefonnummer aufschreiben für den Fall, daß der Gast irgend etwas vergißt. So, jetzt überprüfen wir noch das erste Datum.«

»Scheiße!« schimpfte Riley, als sie zur entsprechenden Seite kamen. »Sämtliche Griechen der Schweiz scheinen hier zu essen.«

»Übertreib doch nicht so! Hier ist nur ein Name. ›Stavroupolis‹ oder ›Stevroupolis‹. Wieder ein Tisch für vier.« Er fing den Blick der Empfangsdame auf, nickte fast unmerklich, und sie kam sofort herüber.

»Entschuldigen Sie, heißt dies ›Zakros‹ oder ›Zekros‹?«

Sie beugte sich über das Buch. »›Zakros‹, aber das kann unmöglich der Mann sein, nach dem Sie Ausschau halten.«

»Wieso denn nicht?«

»Er kommt häufig hierher und ist ein besonders netter Mann. Ruhig, gepflegt, höflich. Überhaupt nicht der Typ von Mann, den Sie suchen. Er ist kein Aufreißer ... Nein wirklich, ich kann mir nicht vorstellen, daß er etwas Derartiges täte. Dafür ist er viel zu solide. Ich glaube, er ist Kunsthändler.«

Sir Martin Ogilvy lehnte sich zufrieden zurück. Er mochte das »Garrick«. Er mochte die Porträts im Speisesaal, mochte die Angewohnheit, Alkohol in kleinen Karaffen zu servieren statt in mickrigen Gläsern, und mochte die Mitglieder, jedenfalls jene, die er kannte. Er mochte sogar seinen Gastgeber, Marcus Proctor, der ihm gegenübersaß. Dies war das vierte gemeinsame Mittagessen mit Proctor, seit dieser vor über drei Jahren Kultusminister geworden war.

Die regelmäßigen Zusammenkünfte Proctors mit den

Größen der Kunstwelt waren schon fast eine ständige Einrichtung geworden – Direktoren von Museen, der Oper, dem Ballett oder Theater und auch Dirigenten. Ein Gespräch unter vier Augen, ohne Assistenten, ohne Aufzeichnungen. Plauderei, etwas Klatsch, Andeutungen, Übereinstimmungen. Proctor genoß dies, und es war außerdem nützlich. Schon erstaunlich, was zwei Männer – zwei Leute, verbesserte er sich selbst – erreichen konnten, wenn sie nur wollten. Die Treffen wurden lange vorher vereinbart und liefen normalerweise ruhig und diskret ab. Doch heute sah es etwas anders aus. Als er dieses Treffen zum Mittagessen vor über einem Monat vereinbart hatte, war im British Museum alles beim alten gewesen. Doch seit dem vergangenen Wochenende stand das Museum plötzlich voll im Scheinwerferlicht. Proctor musterte nachdenklich Ogilvy, der gerade die Speisekarte studierte.

»Ich hätte gerne Fisch und dann den Grillteller«, sagte dieser schließlich. »Und heute lieber Bier statt Wein.«

Proctor schrieb die Bestellung auf einen kleinen Block, auf dem er schon die Gerichte seiner Wahl notiert hatte und den er dem Kellner reichte. »Hat Madeleine Rolfe erneut Unruhe gestiftet?« erkundigte sich Proctor, da er nicht die Absicht hatte, das brisante Thema zu vermeiden.

»Haben Sie gestern die Sendung gesehen?« Ogilvy brach sich ein Stück Weißbrot ab. »Madeleine war wohl doch ein bißchen verängstigt, möchte ich meinen. Jedenfalls unterschwellig. Die Treuhänder kommen noch in dieser Woche zusammen.«

»Was können sie tun?«

»Das ist ja das Interessante, Marcus. Es stimmt einerseits, daß alle Ausstellungsstücke im Museum, die keine Leihgaben sind, der Nation gehören und damit gewissermaßen auch der Regierung. Aber laut Gesetz wurden diese Objekte an die Treuhänder abgetreten, und die jeweilige Regierung hat theoretisch nicht das Recht, sie ohne Parlamentsbeschluß gegen den Wunsch der Treuhänder zu veräußern. Natürlich kann der Premierminister die Treuhänder ihres Amts entheben und durch Schoßhündchen ersetzen ... Andererseits, solange es nur ein Bluff ist, wird das wohl nicht passieren.«

Der Ober brachte das Fischgericht und für Proctor eine Suppe. Während der Minister seine Consommé löffelte, überlegte er, ob er richtig gehört hatte. Bluff? Was für ein Bluff? Davon wußte er gar nichts. Anscheinend war Ogilvy etwas bekannt, wovon er selbst keine Ahnung hatte. Noch ärgerlicher aber war Ogilvys Annahme, daß Proctor sehr wohl Bescheid wußte – vermutlich, weil er Minister war. Proctor zerbrach sich den Kopf, wie er reagieren sollte.

»Aber Sie verstehen, warum es geheimgehalten werden muß?« Der Minister machte ein wissendes Gesicht.

Ogilvy warf ihm einen scharfen Blick zu.

Proctor nahm einen Löffel Suppe, ließ dabei aber sein Gegenüber nicht aus den Augen.

Ogilvy vergewisserte sich, daß niemand sie belauschen konnte, bevor er sagte: »Lockwood verriet mir nicht, auf welche Art und Weise die Queen bedroht wird, sondern nur, wie die Forderungen lauten und daß wir die Elgin Marbles vielleicht doch hergeben werden müssen.« Er spießte mit der Gabel ein Stück Fisch auf. »Womit hat man der Queen gedroht, Marcus?«

In diesem Moment platzte Proctor fast vor Wut auf den Premierminister. Etwas war im Gange, etwas, das der größte Kunstskandal seit langem zu sein schien, und Ogilvy war darüber einigermaßen informiert, während er – Marcus Proctor, Kultusminister – keinen blassen Schimmer hatte.

Proctor hatte diesen Posten nicht angestrebt, sondern wäre lieber ins Finanzministerium gegangen, wo die wirkliche Macht lag. Aber Lockwood hatte darauf bestanden. Zwar hatte Proctor die letzten drei Jahre in diesem Amt als sehr angenehm empfunden, doch das Kultusministerium war nicht zu vergleichen mit den wirklich wichtigen Ministerien – dem Schatzamt, dem Auswärtigen Amt oder auch dem Verteidigungsministerium, wo der Bruder seiner Frau arbeitete.

Falls es sich hier jedoch um einen gewaltigen Kunstskandal handelte, dann bot sich ihm nun eine Chance, in den Mittelpunkt des Interesses zu gelangen. Ogilvy behauptete, die ominöse Drohung gegen die Queen stehe in irgendeinem Zusammenhang mit den Elgin Marbles. Das klang nun wahrhaft nach einer heißen Geschichte. Er wischte sich mit der Serviette den Mund ab.

»Martin, ich darf Ihnen nicht mehr sagen. Sie müßten sich geschmeichelt fühlen, schon so viel zu wissen. Lockwood hat nur wenige eingeweiht.«

»Wissen Sie, aus wie vielen Teilen die Elgin Marbles bestehen, Marcus? Aus 93. Es ist eine Knochenarbeit, sie abzunehmen, zu verpacken und nach Griechenland zu verschiffen. Ich hoffe, ihr in der Regierung wißt, was ihr tut, Marcus. Es muß sich schon um einen verdammt üblen Skandal im Königshaus handeln, wenn dies das Ergebnis ist.«

Proctor lächelte scheinheilig. »So ist es auch, Martin. Sehr übel. Genau deshalb muß ich ja schweigen.« Mit seinen Gedanken war er längst woanders. Das war genau nach seinem Geschmack – ein richtig altmodischer, politischer Skandal. Er hegte keinerlei Gefühle für die Königsfamilie, weder positive noch negative. Aber gegen den Premierminister hegte er Groll, tiefen Groll. Man hatte ihn aus dieser Affäre ausgeschlossen, aber nun wußte er genug, um seine Kontakte zum Sicherheitsdienst, zum Innenministerium, zur Polizei spielen zu lassen. Es würde für ihn nicht schwierig sein, sich über die Einzelheiten zu informieren. Die wichtigste Frage war jedoch, sollte er sein Wissen gegen Lockwood verwenden? Würde er einen besseren Posten vom Nachfolger Lockwoods bekommen, falls dieser als Premierminister und Parteivorsitzender abgesetzt würde? In der Politik war natürlich alles ungewiß. Falls er, Proctor, jedoch in der Lage wäre, sozusagen auf einem Silbertablett die Mittel anzubieten, um Lockwood zu entthronen, dann würde man ihm doch sicher zum Dank ein großes Ministerium geben. Insbesondere, wenn der Nachfolger Lockwoods Proctors eigener Schwager war.

»Archimedes Iridakis, Abgesandter der griechischen Regierung, der mit England über die Rückgabe der Elgin Marbles verhandeln soll, traf am heutigen Morgen in Heathrow ein.« Auf dem Fernsehschirm war nun statt des Nachrichtensprechers der Grieche Iridakis zu sehen, der auf dem Flugplatz von Reportern mit Fragen bestürmt wurde. Er war ein hochgewachsener, braungebrannter Mann mit dichtem grauem Haar. Seine schweren Augenlider waren noch dunkelhäutiger als sein übriges Gesicht.

Edward konnte sich nicht erinnern, je zuvor mitten am Tag ferngesehen zu haben, aber im Moment waren all seine alten Angewohnheiten umgestoßen.

»Mister Iridakis«, begann einer der TV-Reporter, »was erhoffen Sie sich von Ihrem Besuch? Die britische Regierung hat zu dieser Angelegenheit noch keine offizielle Erklärung abgegeben, und die bisher veröffentlichten Berichte deuten nur an, daß sich ein Komitee mit der Frage beschäftigt hat. Halten Sie Ihren Besuch nicht für etwas verfrüht?«

»Aber nein!« erwiderte Iridakis strahlend. »Ich bin hier, um alles zu tun, was die Rückkehr dieser einmaligen Kunstwerke nach Griechenland erleichtert. Meine Regierung mißt dieser Angelegenheit große Bedeutung bei. Keine Kosten sollen gescheut werden, nichts soll unversucht bleiben, um den innigsten Wunsch eines jeden Griechen zu verwirklichen – die Marbles wieder auf der Akropolis zu sehen, wohin sie gehören. Und zwar rechtzeitig für unser olympisches Festival.«

»Hat jemand von der britischen Regierung zugesagt, Sie zu treffen?«

»Nein, aber vorläufig habe ich auch noch keinen darum gebeten. Ich werde zunächst mit unserem Botschafter hier in London sprechen und später auch mit dem Kulturattaché. Wir werden gemeinsam über unser weiteres Vorgehen entscheiden.«

»Wie lange wollen Sie hierbleiben?«

»So lange, wie nötig.«

Das Bild wechselte, und der Nachrichtensprecher war wieder zu sehen. »Downing Street gibt in dieser Sache immer noch keinen Kommentar ab, doch der Premierminister wird bei der heutigen Fragestunde im Unterhaus sicher sehr unter Druck gesetzt werden. Nun zum Ausland...«

Edward schaltete den Fernseher aus und biß in ein Hühnchensandwich, das ihm Wilma gebracht hatte. Er war mit Leith und Frank, dem Sicherheitsbeamten, allein in der Werkstatt. Mit Nancy hatte er noch nicht gesprochen, da sie am Morgen, als er in ihrem Hotel angerufen hatte, bereits ausgegangen war. Immerhin hatte sie ihm ausrichten lassen, daß sie seinen Anruf am Abend um 18.30 Uhr erwartete.

Die Erpresser waren noch nicht an die Öffentlichkeit getreten, hatten sich allerdings auch nicht bei Edward gemeldet. O'Day hatte aus der Schweiz mitgeteilt, daß sie nun einen dritten Namen wüßten und auch eine Adresse – beides mit Hilfe des Fernmeldeamts gefunden... Er und Riley waren auf dem Weg dorthin, um sie zu überprüfen.

Das Telefon vor Edward blinkte auf, und er griff nach dem Hörer. Es war Mordaunt.

»Ich rief heute morgen schon an«, sagte Edward zurückhaltend.

»Ich war mit Lockwood und Ihrer Majestät zusammen. Die Audienz am Dienstag.«

Und diesmal war ich nicht dazu geladen, dachte Edward unwillkürlich.

»Ich muß Ihnen mitteilen, Edward, daß Ihre Majestät über die Wendung der Ereignisse gar nicht begeistert ist.«

»Ich...«

»Es wäre unpassend, jemanden in Ihrer Stellung zu entlassen, aber falls es zu dieser... Katastrophe kommen sollte... müßten Sie natürlich Ihre Kündigung einreichen. Das sehen Sie doch ein.«

So, nun war es also ausgesprochen. Der letzte Satz war nicht als Frage formuliert worden. Mordaunt verlor wahrlich keine Zeit.

»Es war ein Versehen, ein Ausrutscher. Ich wollte diese Vermittlerrolle nicht.«

»Es könnte ein katastrophaler Ausrutscher gewesen sein, Edward. Ein historischer Ausrutscher. Traurig für Sie – aber so ist es nun mal.« Er legte auf.

Edward blieb wie erstarrt sitzen.

Leith machte eine Kopfbewegung zu ihm hin. »Sie wissen doch, was passiert, wenn alles schiefläuft, oder?«

Edward antwortete nicht, da er keine Ahnung hatte, worauf der Kommissar anspielte.

»Ich seh's schon kommen«, redete Leith weiter. »Man wird Sie zum Sündenbock machen.«

Victoria fühlte Haydons Blicke. Es gibt Männer, die können eine Frau bewundernd anschauen, ohne lüstern zu wirken. Nicht so Alexander Haydon. Da er sehr attraktiv war, hatte er es sicher leicht gehabt im Leben und es nie für nötig gehalten, auch noch Charme zu entwickeln. Victoria schauderte innerlich. Er würde es nicht leicht mit ihr haben, nein, er würde sie sogar unmöglich finden. Sie griff wieder nach einer Zeitschrift, der letzten von einem Stapel.

Die Englische Schule in Athen, wo sie sich seit 10 Uhr früh aufhielten, lag nicht weit von Leondaris' Wohnung entfernt. Die Bibliothek mit Schwerpunkt Archäologie befand sich im Erdgeschoß. Haydon, um ihm auch einmal Ehre widerfahren zu lassen, hatte sie geschickt eingeschleust. Er hatte seinen Botschaftsausweis vorgezeigt und erklärt, daß sie vom Rechnungsprüfungsamt kämen, einer Regierungsstelle, deren Aufgabe es war zu überprüfen, ob die Steuerzahler für ihr Geld auch entsprechende Leistung von den verschiedenen staatlichen Institutionen bekamen. Das war ein cleverer Einfall gewesen, weil es in der Natur der Sache liegt, daß Angestellte des Rechnungsprüfungsamts unverhofft auftauchen. Außerdem hatten sie dadurch freien Zugang zu allen Unterlagen bekommen und waren allein gelassen worden. Gemeinsam hatten sie ganze Stapel von Fachzeitschriften auf der Suche nach irgendwelchen Hinweisen auf Kolettis durchforstet. Inzwischen war es schon kurz vor 16 Uhr. Die Bibliothek schloß um 17 Uhr, was nicht weiter schlimm war, da sie mit der systematischen Suche sowieso am Ende waren. Leider ohne Erfolg. Kolettis schien in den vergangenen zwei Jahren nichts veröffentlicht zu haben. Victoria legte die letzte Zeitschrift beiseite und lehnte sich zurück. Was nun? Sie wollte einen Archäologen aufspüren, war aber angeblich vom Rechnungsprüfungsamt. In was konnte und durfte sie noch Einblick nehmen?

Sie stand auf und ging zu der Bibliothekarin. »Sie haben doch Leute bei den Ausgrabungen, oder? Geben Sie darüber Berichte heraus? Aha... Könnte ich sie bitte sehen? Veröffentlichen Sie ein Mitteilungsblatt? Wenn ja, möchte ich auch die Subskriptionsliste sehen. Was haben Sie sonst noch an Unterlagen?«

»Da wir von Zeit zu Zeit Konferenzen abhalten, gibt es Listen der Vortragenden und der Teilnehmer. Außerdem haben wir auch Presseausschnitte.«

»Gut, das schaue ich mir alles mal an«, erwiderte Victoria.

Sie vertiefte sich in die Broschüren der Konferenzen und gab Haydon die Presseausschnitte. Da es davon jedoch weitaus mehr gab, war Victoria lange vor ihm fertig. Also half sie ihm bei der Arbeit. Leider waren die Ausschnitte nicht nach Themen oder Daten geordnet. Aber sie bezogen sich alle auf die Antike, ob sie nun aus griechischen oder englischen Zeitungen stammten. Es gab Ausgrabungsberichte, Konferenzberichte und Berichte von Auktionen, die auf klassische Antike spezialisiert waren. Es fanden sich aber auch Buchkritiken, Werbebroschüren über »Kulturreisen« nach Griechenland und sogar Besprechungen von Konzerten, die in griechischen Amphitheatern aufgeführt worden waren. Im ersten Moment begriff Victoria gar nicht, daß Professor X. D. Kolettis ja der Name war, nach dem sie suchte, und wollte schon den nächsten Zeitungsausschnitt überprüfen. Doch dann durchzuckte es sie förmlich, und sie begann fieberhaft zu lesen. Es handelte sich um einen Leitartikel mit der Überschrift »Trostlose Zukunft für eine gloriose Vergangenheit« aus einer griechischen Zeitung. Victoria überflog den Inhalt. Es war im wesentlichen eine Attacke gegen die griechische Regierung, die nach Meinung des Autors die Archäologie viel zuwenig förderte. Der Artikel war nicht von sachlichem Interesse für Victoria, aber die polemische Sprache und der subjektive Standpunkt ließen darauf schließen, daß Kolettis bereit war, heftig für eine Sache zu kämpfen.

Sie schob den Zeitungsausschnitt zu den übrigen, die sie schon gelesen hatte. Dabei fielen ihr plötzlich zwei Zeilen unter dem Artikel auf, die kursiv gedruckt waren: Der Autor arbeitet zur Zeit an einer neuen Praxiteles-Biographie. Victoria machte Haydon darauf aufmerksam.

Er las die Unterschrift und sagte dann: »Na und? Praxiteles war ein berühmter Bildhauer. Übrigens gibt's im Kallithea-Viertel ein Restaurant, das nach ihm benannt ist. Dorthin könnten wir eigentlich heute abend zum Essen gehen.« Er lächelte einladend.

Victoria schüttelte den Kopf. »Achten Sie auf das Datum. Der Zeitungsausschnitt ist erst sechs Monate alt. Falls Kolettis bei Ausgrabungen ist, muß es etwas mit diesem Bildhauer zu tun haben. Ich habe keine Ahnung von Praxiteles, kenne aber jemanden, der Bescheid weiß.«

»David Eady!«

Der Kultusminister des Schattenkabinetts blieb stehen, während sich die sechs oder sieben anderen Abgeordneten, die versucht hatten, die Aufmerksamkeit des Präsidenten des Unterhauses auf sich zu lenken, setzten. Mit einem Kopfnikken dankte er für die Zurufe der Hinterbänkler seiner eigenen Partei. Sie wußten, was kam, und freuten sich darüber, daß die Regierung in Schwierigkeiten geraten würde. Das Stimmengewirr verstummte fast ganz, und Eady ergriff das Wort. »Herr Präsident, der Premierminister möge bitte einen

Bericht in den Sonntagszeitungen bestätigen oder widerlegen, wonach diese Regierung erwägt, die Elgin Marbles aus dem British Museum, wo sie ausgestellt sind, an Griechenland zurückzugeben.«

Als er Platz nahm, brach das Stimmengewirr wieder los. Abgeordnete, die gerade erst eingetroffen waren, drängten sich hinter dem Sessel des Präsidenten, um Lockwoods Erwiderung besser zu hören.

Lockwood stand auf und trat nach vorne. 15.20 Uhr! In zehn Minuten würde sein Enkel operiert werden. Eine Operation, die über sein Leben entschied. Lockwoods Hände umklammerten eine Mappe mit Unterlagen. Sein Gesicht glänzte feucht, als käme er gerade aus der Dusche, so schwitzte er. »Herr Präsident, ich kann bestätigen, daß die Regierung in Erwägung zieht, die Marbles an Griechenland zurückzugeben ... aber bisher ist noch keine Entscheidung ...«

Der Rest seiner Worte ging in dem Tumult unter, den die Abgeordneten der Opposition veranstalteten. Starkes Grollen allgemeinen Unmuts, durchsetzt mit altmodischen Rufen wie »Schande!« füllte den Raum.

»Ruhe! Ruhe bitte!« rief der Präsident. »Ruhe bitte!« Der Lärm ließ nicht nach. Der Premierminister konnte sich nicht mehr verständlich machen und setzte sich wieder.

Da erhob sich der Präsident. Laut Protokoll des Unterhauses mußte nun jedes andere Parlamentsmitglied Platz nehmen. »Ruhe, Ruhe!« rief er wieder und fand diesmal auch Gehör. »Der Premierminister!« kündigte er lautstark an und setzte sich wieder.

»Vielen Dank, Herr Präsident«, sagte Lockwood und redete sofort weiter, bevor ihn jemand unterbrechen konnte. »In dieser schwierigen Angelegenheit ist bisher keine Entscheidung gefallen. Es gibt Argumente dafür und ...«

David Eady sprang auf. Lockwood gab nach und setzte sich auf seine Bank. »Wenn die Entscheidung noch nicht gefallen ist, warum hielt es dann die Vorsitzende der ›Freunde des British Museum‹ für nötig, gestern eine Demonstration zu organisieren, eine Demonstration, bei der es Verletzte gab und zu Verhaftungen kam? Warum wurden die Treuhänder nicht über die Absichten der Regierung informiert? Dürfen die Treuhänder überhaupt auf eine solche Weise behandelt werden?«

Wieder brach Tumult aus, als die Abgeordneten der Opposition ihre Zustimmung für Eady zum Ausdruck brachten. Der Premierminister stand auf und wartete, bis es wieder etwas ruhiger wurde. »Es handelt sich um eine brisante Angelegenheit...«

Protest von der Opposition. »Nur, wenn Sie etwas Übles planen«, schrie jemand.

»Ruhe!«

»Es ist eine brisante Angelegenheit, Herr Präsident. Das Abgeordnetenhaus wird hoffentlich akzeptieren, daß es in diesem Zusammenhang diplomatische und politische Einzelheiten gibt, über die ich vorerst nicht sprechen kann, die jedoch einen wichtigen Einfluß auf unser Vorgehen haben. Das ist alles, was ich im Moment dazu sagen will.«

Eady stand schon wieder. »Der Premierminister spricht reichlich verschlüsselt, es klingt für mich wie Griechisch. Könnte er bitte so gütig sein, für die Abgeordneten dieses unverständliche Geschwafel zu übersetzen.«

»Das war kein Griechisch«, meinte der Präsident schmunzelnd. Jeder wußte, daß er Professor für Altphilologie gewesen war, bevor er in die Politik ging. Während er dies sagte, schaute er fragend zu Lockwood hinüber.

Der Premierminister legte eine Hand auf seine Mappe und erklärte kurz: »Mehr habe ich im Moment nicht hinzuzufügen, Herr Präsident.«

»Ist der Premierminister...«

»Roger Dempsey!«

Ein Hinterbänkler der Regierungspartei stand auf. »Ist der Premierminister nicht auch der Meinung, daß die Subventionen für die Landwirtschaft...«

Er konnte nicht weitersprechen, da laute Unmutsäußerungen aus den Reihen der Opposition kamen. Sie hatten sich auf weitere Schelte des Premierministers gefreut, doch nun war ein anderes Thema angeschnitten und der Spaß vorbei.

Lockwood lehnte sich in der vordersten Bank zur Seite, so daß er Hatfield ins Ohr flüstern konnte: »Für ein paar Stunden aus dem Schneider.« Er seufzte erleichtert. »Ist Dempsey einer Ihrer zahmen Löwen?«

Hatfield gab keine Antwort, kniff aber ein Auge zusammen.

»Tut mir leid, aber ich erkannte nicht gleich deine Stimme.«

»Du bist wie eine Zigeunerin, jeden Tag in einer anderen Stadt oder Kirche oder bei einem anderen Denkmal.«

»Aber eine Zigeunerin ohne Kristallkugel, ohne Planwagen und Geige, wenn du's genau wissen willst.«

»Auf jeden Fall ziehst du ständig herum. Ruhelos oder nervös.«

Es entstand eine Pause. War Edward zu weit gegangen?

»Ich bin nicht nervös, Woodie. Warum sollte ich denn nervös sein? Eine komische Bemerkung. Ruhelos, das schon. Ich vermisse dich.«

»Nun ... Jetzt hast du mich ja.«

»Also fangen wir noch mal an. Hallo, Woodie. Wie schön, dich endlich zu hören. Was gibt's in London an neuestem Klatsch?«

Vorsicht, dachte Edward. Er gab sich keine Blöße. »Oh, Hillier geht's täglich besser, so daß ich mich bald wieder meinem wissenschaftlichen Kram widmen kann. Man hat mich nach Südamerika eingeladen, wo ich einen Vortrag über die Royal Collection halten soll. Ein Belgier glaubt, daß eines unserer Gemälde von Rubens eine Fälschung ist. Paxton & Whitfield haben zur Zeit keinen Parmesan; das ist die schlimmste Nachricht.«

Nancy kicherte. »Was war mit der Demo vor dem British Museum? Was meinst du, kommt da noch mehr?«

»Schwer zu sagen«, meinte Edward und versuchte, so beiläufig wie möglich zu klingen. Nancys Frage klang harmlos, konnte aber auch vorsichtiges Sondieren sein.

»Seid ihr Briten derart kunstbegeistert, Woodie? Ist euch wirklich wichtig, ob die Elgin Marbles bleiben oder verschwinden?«

»Verrate du's mir, Nancy. Schließlich bist du schon eine ganze Weile hier. Was meinst du?«

»Ich bin voreingenommen, Woodie.«

Was hatte das nun wieder zu bedeuten? »Ach ja?«

»Bildhauerei ist mein Fachgebiet, und deshalb finde ich natürlich, daß die Marbles auf die Akropolis gehören.«

Sie bestimmte den Lauf der Unterhaltung, wie Edward sich eingestehen mußte. Und sie versucht ihn auszuhorchen. Andererseits hatte sie ihm vielleicht gerade eben das Motiv verraten, weshalb sie bei dieser Bande von ...

Aber er sagte nur: »Ich bin froh, daß ich nicht Lockwood bin.«

»Ich bin auch froh, daß du nicht Lockwood bist. Er ist schließlich klein, und ich mag große Blonde. Wie sieht's mit dem Wochenende aus, Woodie?«

»Wo wirst du sein?«

»Ich weiß es noch nicht genau. Vielleicht noch in Yorkshire oder aber weiter im Norden. Durham, Northumberland.«

»Reserviere vorsichtshalber mal ein Zimmer. Ein Doppelzimmer.«

Bemerkte er bei ihr ein Zögern? Hatte sie bei ihm den Unterton herausgehört? Vielleicht hatte er einen Fehler gemacht. Wie er dieses Taktieren haßte!

»Okay«, stimmte schließlich Nancy zu. »Ich sag's dir, wenn's geklappt hat. Vermutlich wird's wieder ein nettes Zwiegespräch mit deinem verdammten Gerät.«

»Gut. Also ... bis morgen.«

»Auf Wiedersehen, Woodie.«

Edward legte den Hörer auf. Etwas, das Nancy gesagt hatte, hatte ihn unwillkürlich irritiert. Aber was war es? Irgendeine ... ungewöhnliche Formulierung. Plötzlich fiel es ihm ein: Am Ende eines Telefonats hatte sie bisher immer »Bis bald« gesagt. Diesmal jedoch war es »Auf Wiedersehen« gewesen.

O'Day versuchte, es sich auf dem Beifahrersitz des Toyota bequem zu machen. Bei seiner Körpergröße und Rileys kleinem Wagen war das allerdings nicht möglich. »Wenn das noch länger so geht«, stöhnte er, »brauchen wir ein größeres Fahrzeug.«

Sie warteten nun schon über sechs Stunden. Als sie den Namen des Griechen im Reservierungsbuch des Restaurants »Der Greifen« entdeckt hatten, wollten sie zuerst sämtliche Hotels abklappern, um herauszufinden, wo er abgestiegen war. Riley kam jedoch auf die Idee, zuerst beim Fernmeldeamt anzurufen, da es ja sein konnte, daß er ein Haus mit Telefonanschluß gemietet hatte. Bingo!

»Warum wohl ein Haus?« hatte O'Day laut sinniert.

»Ich kann mir zwei Gründe vorstellen«, erwiderte Riley. »Erstens ist es billiger, sogar viel billiger, wenn man längere Zeit bleibt. Zweitens ist es auch sicherer. Als die Erpresser diese Bilder in ihren Besitz bekamen, haben sie möglicherweise deren Zustand untersuchen müssen, um sich zu vergewissern, daß sie nicht beschädigt sind und es sich auch wirklich um die Originale handelt. Es wäre zu riskant gewesen, sie in ein Hotel rein- und auch wieder rauszuschleppen.«

O'Day nickte zustimmend.

Vor dem Haus stand kein Auto; niemand war gekommen oder gegangen, seit sie auf ihrem Posten waren, so daß sie ungeduldig auf den Anbruch der Dunkelheit warteten, so gegen 21 Uhr, um zu sehen, ob irgendwelche Lichter angingen. Dann wüßten sie, ob jemand zu Hause war oder nicht.

»Nicht ganz deine Linie, stimmt's?« erkundigte sich Riley mit einem Seitenblick auf O'Day.

»Außendienst, meinst du? Beinarbeit? Nein, eigentlich nicht mehr. Aber bei diesem Fall geht eben die Sicherheit über alles.« O'Day spähte durchs Wagenfenster. »Falls dieser Zakros nicht daheim ist…, dann könnten wir uns später ja irgend etwas Gutes gönnen.«

»Na also, wir haben weitere 24 Stunden überlebt.« Lockwood lehnte einmal wieder am Kamin und blickte von dort auf die kleine Versammlung. »Joss ist es zu danken, daß die Fragestunde lange nicht so peinlich war, wie sie hätte sein können. Was steht morgen in der Zeitung, Bernie?«

»Daß man Sie vom Angelhaken ließ, daß die Opposition nicht dazu kam, Sie festzunageln, daß der Chief Whip Dempsey gerade rechtzeitig aufrief. Der griechische Abgesandte war übrigens auch im Unterhaus und meinte, das Ganze sei eine Komödie gewesen. Natürlich bemüht er sich immer noch um einen Termin mit Ihnen.«

»Soll er sich bemühen! Die Erpresser haben sich zurückgehalten. Zwar haben sie keinen neuen Kontakt aufgenommen, aber wir alle sind vorläufig noch in unseren Jobs, inklusive Andover. Doktor Andover war heute sogar ein vielbeschäftigter Mann. Er rief mich kurz vor dem Lunch an, um mir mitzuteilen, daß O'Day und Riley in Basel einen Namen – Nikos Zakros – als Schweizer Kontakt des Teams entdeckt haben. Also sind wir einen halben Schritt vorangekommen.« Lockwood blickte zu Edward hinüber. »Und was haben Sie uns jetzt zu bieten?«

Edward fühlte, wie er rot wurde. »Auch aus Athen habe ich Neuigkeiten. Victoria Tatton fand in der Bibliothek der Englischen Schule einen Zeitungsartikel, der erst vor einem halben Jahr veröffentlicht wurde, wonach Kolettis eine neue Biographie über Praxiteles schreiben will.«

Lockwoods Blick wurde ungeduldig. »Verzeihen Sie, Doktor Andover, aber was nützt das uns? Falls ich mich nicht sehr irre, ist Praxiteles seit… ungefähr 2000 Jahren tot.«

»Stimmt, Sir. Aber… Sie vergessen, daß man Victoria in der Thessaloniki Universität mitteilte, Kolettis sei bei Ausgrabungsarbeiten. Natürlich kann das Schwindel gewesen sein, aber nehmen wir mal an, daß es stimmt. Kolettis mag ja ein Erpresser sein, aber er ist auch Wissenschaftler. Es gibt jede Menge Biographien über Praxiteles ... Falls also Kolettis eine weitere verfaßt, dann bestimmt nur deshalb, weil er etwas ganz Neues entdeckt hat.«

Lockwood schien nicht recht zu verstehen. »Und das ist bedeutsam, weil ...?«

»Weil Praxiteles nur an wenigen Orten arbeitete. Ich kam noch nicht dazu, sie alle zu überprüfen, aber sobald morgen die Bibliotheken öffnen, wird es mich wohl kaum mehr als eine Stunde kosten, die Zahl der Ausgrabungsstätten einzugrenzen, wo Kolettis sein könnte.«

Lockwood starrte Edward immer noch an, und sein Gesichtsausdruck war unergründlich. Schließlich schüttelte er den Kopf. »Das ist so ungefähr die verrückteste Beweisführung, die ich seit langem hörte.«

Haydon stand im Dunkeln und beobachtete den Polizisten bei seinem Kontrollgang. Die griechische Polizei unterschied sich gar nicht sehr von ihren britischen Kollegen. Heutzutage bekam selbst ein Hinterbänkler des Parlaments Sonderbehandlung, und wenn sie auch nur darin bestand, daß die Polizeistreife das Haus des Politikers etwas mehr im Auge behielt als das eines unpolitischen normal Sterblichen.

Haydons Augen hatten sich gut an das Dunkel gewöhnt, doch seine Armbanduhr konnte er nicht entziffern. Er schätzte, daß es schon nach 2 Uhr war. In diesem Viertel von Athen, wo Stamatis Leondaris lebte, waren die Häuser ziemlich groß. Zur Straße hin hatten sie kleine Vorgärten, die von einer mannshohen Mauer eingefaßt waren.

Haydon griff nach den Nachschlüsseln in seiner Hosentasche und huschte von einem Schatten zum nächsten. Bis auf das leise Rattern eines weit entfernten Zuges war alles still. Er kam zu dem niedrigen schmiedeeisernen Gartentor, schob den Riegel zurück und öffnete es. Die Tür quietschte in den Angeln, und Haydon trat instinktiv ins Dunkel zurück.

Er wartete eine Viertelstunde. Das quietschende Geräusch schien niemanden alarmiert zu haben. Im Haus war alles ruhig. Haydon hatte Victoria nicht in seinen Plan eingeweiht, denn er wollte sie gern am nächsten Morgen überraschen – falls er etwas herausfand.

Vorsichtig setzte er sich in Bewegung. Er folgte einem Gartenweg bis zur Seite des Hauses, wo sich die Eingangstür befand. Haydon untersuchte die Tür. Sie bestand fast nur aus Glas. Er hantierte so geschickt mit seinem Nachschlüssel, daß er das Schloß schließlich aufbekam.

Als er die Klinke hinunterdrückte, ließ sich die Tür jedoch nicht öffnen. Haydon ärgerte sich nicht lange, sondern tastete sich gleich weiter zur Rückseite des Hauses. Die Eingangstür war nicht nur zugesperrt, sondern offenbar auch noch von innen verriegelt. Falls es bei den anderen Türen auch so war, hatte er keine Chance.

Zur Hintertür gelangte er über eine Art Veranda. Ohne zu zögern, steckte er den Nachschlüssel ins Schloß und probierte so lange herum, bis er eine Bewegung spürte. Doch auch diesmal ließ sich die Tür nicht öffnen, als er die Klinke drückte. Er wollte sich gerade enttäuscht abwenden, als ihm ein Gedanke kam. Er versuchte es ein zweites Mal mit dem Nachschlüssel, bis sich im Schloß etwas rührte, und drückte dann gegen die Tür. Sie schwang auf. Von Anfang an war sie unverschlossen gewesen.

Mit einer geschmeidigen Bewegung schlüpfte er hindurch und kam in ein Eßzimmer, an das sich eine offene Küche anschloß. Haydon sah sich kaum um, sondern schlich gleich weiter in einen Korridor, von dem aus er Haupteingang und Treppe sehen konnte. Gegenüber stand eine Tür offen, und Haydon merkte sofort, daß er am Ziel seiner Wünsche war – dem Arbeitszimmer.

Er trat ein. Ein ausladender Schreibtisch mit Papierstapeln, hohe Regale voller Bücher, Broschüren, großformatiger Kunstbände. Er wußte inzwischen, daß Leondaris' Frau Goldschmiedin war, und entdeckte nun mehrere Bücher über Edelsteine. Ihr Atelier befand sich im hinteren Teil des Gartens, wie er gesehen hatte, aber offensichtlich bewahrte sie einen Teil ihrer Bücher in diesem Raum auf.

Auf dem Schreibtisch lagen geöffnete Briefe, ein Flugtikket und ein Paß. Neben dem Paß fand er einen teuren Füllfederhalter und eine Uhr, beides steckte er vorsichtshalber ein. Er war kein Dieb, würde aber genau diese Rolle spielen, falls er überrascht wurde, um die Aufmerksamkeit von dem abzulenken, woran er wirklich interessiert war.

Während er die Sachen verstaute, fiel ihm in der Wand zwischen zwei Regalen ein kleiner Safe auf. Jetzt wurde es spannend. Haydon lächelte. Es war ein englischer Safe, mit dem er sich gut auskannte. Er preßte sein Ohr an das Zahlenschloß und lauschte intensiv, total konzentriert. Es würde nur eine winzige Abweichung vom normalen Klang geben, falls er den Schalter in die richtige Position brachte, und seine Fingerspitzen würden nur einen Hauch spüren.

Er brauchte über 15 Minuten, um die erste Zahl ausfindig zu machen. Das war immer der schwierigste Teil. Nun hatte er eine Art Gefühl für das Safeschloß. Um wie viele Zahlen ging es wohl? Fünf? Sechs? Acht? Zum Glück handelte es sich hier nicht um ein neues Modell. Also tippte er auf sechs.

Nach einer halben Stunde hatte er drei geschafft: Zwei, Drei, Null. Da fiel ihm etwas ein; er ging zum Schreibtisch und öffnete Leondaris' Paß. Leondaris war am 23.05.50 geboren. Na also. Lächerlich einfach!

Er kehrte zum Safe zurück, stellte ihn auf Fünf ein, dann noch mal auf Fünf und schließlich auf Null. Er zog an der Tür, und sie schwang auf.

Haydon grinste voller Zufriedenheit über seine eigene Findigkeit und griff hinein. Zuerst stieß er auf kleine Samtsäckchen. Als er das erste öffnete, glitt eine große Gemme in seine Hand. Offenbar eine Arbeit von Frau Leondaris. Die Gemme verschwand in seiner Tasche; er leerte ein weiteres Samtsäckchen. Diesmal handelte es sich um drei kleine

Edelsteine, die aber selbst in dem dunklen Arbeitszimmer einen Lichtstrahl auffingen und funkelten – Diamanten. Auch sie wanderten in seine Jackettasche.

Er wandte sich wieder dem Safe zu. Als seine Finger den rückwärtigen Teil untersuchten, berührten sie glatte Aktendeckel! War es das, wonach er suchte? Er schob noch mehr Samtsäckchen beiseite und griff nach den Aktenordnern.

In diesem Moment schien ein roter Blitz in seinem Kopf zu explodieren, und heißer Schmerz jagte durch seinen Schädel. Er wollte aufschreien, kam aber nicht mehr dazu, da ihm der Atem genommen wurde. Die dunkelrote Welt wurde schwarz.

Edward nickte dem Polizisten am Tor von Kensington Palace zu, der Nachtdienst hatte. Lockwoods Geheimkomitees endeten meist so spät, daß er keine Lust mehr auf das »Albatros« hatte. Heute fühlte er sich allerdings nicht müde, da er viel zu wütend über den Ton war, den der Premierminister ihm gegenüber angeschlagen hatte.

Edward ging an der Seite des Palastes entlang, parallel zu einer Mauer mit einigen Rosenbeeten davor. Er schloß eine Tür auf, die zu seinem Treppenhaus führte, stieg hinauf und betrat seine Wohnung, die unordentlicher denn je war. Neben seinem Schreibtisch türmten sich Wörterbücher und Nachschlagewerke.

Diesmal hatte sein Anrufbeantworter nur ein Gespräch für ihn aufgezeichnet. Doch nicht etwa wieder Nancy? Er drückte auf die Taste.

»Edward, ich bin's, Barbara. Ruf mich an ... Ich habe eine Überraschung für dich.«

Er schaute auf seine Armbanduhr. 1.30 Uhr nachts in London bedeutete, daß es 17.30 Uhr in Kalifornien war. Barbara hielt sich vermutlich noch in ihrem Büro auf.

So war es auch. »Hör mal«, sagte sie nach der Begrüßung, »ich habe alle meine Kontakte spielen lassen, bis hin zu einem hiesigen CIA-Beamten. Folglich kannst du mir glauben, wenn ich dir erkläre: Es gibt keine Tucker Icecream Company, keine Trucco Icecream Company oder etwas ähnlich Lautendes irgendwo in Kalifornien zwischen Stanford im Süden und Mendocino im Norden. Natürlich gibt's mehrere Tuckers im Telefonbuch, auch mehrere Firmen, aber ich kann keine Nancy Tucker entdecken, beim besten Willen nicht.«

Edward schloß gequält die Augen. »Und Trucco? Was ist mit Trucco?«

»Nur einer, und das ist ein Mann. Aldo Trucco, ein Arzt.«

Edward strich sich mit dem Handrücken über die Stirn. »Vielen Dank«, sagte er leise. »Und ich vergesse bestimmt nicht, daß ich dir eine Gefälligkeit schulde.«

»Nun, dazu hast du rasch Gelegenheit. Wir sind mit dem Ferrari reingefallen. Ein Italiener bot 100 000 Dollar mehr als dein Vater, der sich schrecklich aufregt, aber nicht mitziehen will. Das heißt«, fügte sie mit leisem Triumph in der Stimme hinzu, »daß Gemälde nun wieder mit im Rennen sind. Ich möchte gern, daß du und ich gemeinsam ein Bild aussuchen. Vielleicht kommst du auf etwas, das mir gefällt und das ich deinem Vater auch schmackhaft machen kann.«

»Ich werde mich bemühen, Barbara. Gibst du mir ein paar Wochen Zeit?«

»Aber klar! Jetzt hören wir aber auf, denn es muß schon sehr spät in London sein. Schlaf gut.« Sie legte auf.

An Schlaf war gar nicht zu denken. Nancy war in die Sache verwickelt, das stand für ihn nach Barbaras Auskunft endgültig fest. Aber wem konnte er dies nun mitteilen? Sein langes Zögern, einen Verdacht gegen Nancy zu äußern, würde ihn selbst zum Verdächtigen machen.

Während er am Fenster stand und zu dem Polizisten hinunterschaute, den er wenige Minuten zuvor begrüßt hatte, kam er zu folgendem Schluß: Nancy hatte alle getäuscht und ihn von Anfang an raffiniert reingelegt. Falls er dies Lockwood oder Leith mitteilte, würden sie ihn garantiert zum Sündenbock machen, falls etwas schiefging. Und dann würden sie sich Nancy vorknöpfen. Das wollte er nicht. Nein, das wollte er lieber selbst tun.

»Ob's da wohl 'ne Alarmanlage gibt?« O'Day schaute auf seine Armbanduhr. Es war kurz vor 3 Uhr morgens.

»Wir sind in der Schweiz«, flüsterte Riley. »Hier haben sie sogar an den Brieftaschen Alarmanlagen.«

Beide Männer trugen ihre dunkelsten Sachen. Am Nachmittag hatten sie sich auch noch schwarze Mützen, Lederhandschuhe und lange Seidenschals, mit denen sie sich das Gesicht bis auf die Augen vermummen wollten, gekauft. Von 14 Uhr an bis zur Dämmerung hatten sie Zakros' Haus beobachtet. Da nirgends Licht brannte, war er eindeutig nicht da. Bis jetzt hatten sie gewartet, um sicher zu sein, daß er nicht doch noch kam, und um allen Bewohnern dieser Straße die Möglichkeit zu geben, in tiefen Schlaf zu sinken.

»Essen wir die Suppe auf, und dann nichts wie los«, brummte O'Day. »Es kann ein Weilchen dauern, bis wir die Alarmanlage außer Gefecht gesetzt haben.«

Riley reichte ihm die Thermoskanne mit dem Rest der Suppe. Er selbst nahm einen Schluck Whisky aus einem Flachmann und hielt ihn O'Day hin.

Der schüttelte nur den Kopf und meinte: »Lieber hinterher.«

Er schraubte die Thermoskanne zu, legte sie auf den Rücksitz und zog sich die Handschuhe an. Als nächstes wand er sich den Schal ums Gesicht, stülpte die Mütze über und zog sie tief in die Stirn. Riley folgte seinem Beispiel. Sie stiegen aus, drückten die Wagentüren fast geräuschlos zu, verschlossen sie aber nicht. Rasch waren sie im Dunkel der Bäume verschwunden, die das Haus umstanden. O'Day ging nach rechts, Riley nach links, wie sie vorher abgesprochen hatten. Wenige Minuten später trafen sie sich an der Rückseite des Gebäudes wieder.

»Auf meiner Seite fand ich ein Fenster im Erdgeschoß zu

einem kleinen Klo, Stufen zum Keller und diese Glastüren gleich neben uns, die ins Eßzimmer führen.«

O'Day dachte einen Augenblick nach. »Dann habe ich vielleicht etwas Besseres.« Er ging in die Richtung, aus der er gekommen war, gefolgt von Riley. Schon bald blieb er vor einem großen Schiebefenster stehen, das in kleine quadratische Felder unterteilt war. »Ich glaube, dies ist das Arbeitszimmer. Hier gibt's Vorhänge und einen Querbehang, der die oberste Reihe der kleinen Scheiben verdeckt.«

Riley begriff sofort und nickte. O'Day zog Plastikfolie, die sie auf der Herfahrt gekauft hatten, und ein Messer heraus. Die Folie legte er unter das Fenster.

O'Day kletterte auf das Fensterbrett, hielt sich mit einer Hand fest und begann, den Kitt um eine der kleinen Scheiben in der obersten Reihe wegzuschneiden. Es war eine mühselige Arbeit, zumal er nur eine Hand dazu benutzen konnte. Trockene Kittbröckchen fielen auf sein Haar und in seine Augen, die zu jucken begannen. Er arbeitete emsig, aber ohne Hast, und redete sich ein, daß er notfalls stundenlang Zeit hätte. Riley stand unter ihm, schlich aber immer wieder einmal zwischen die Bäume vor dem Haus, um sich zu vergewissern, daß die Luft noch rein war.

Nach ungefähr 40 Minuten reichte O'Day das Messer nach unten und sagte: »Klebeband.« Riley hielt eine Rolle mit besonders starkem Kreppband hoch, das sie sich ebenfalls am Nachmittag besorgt hatten. O'Day zerrte einen längeren Streifen los und biß ihn mit den Zähnen durch. Er drückte den Streifen gegen die Fensterscheibe, ließ aber ein Ende von ungefähr 15 Zentimetern in der Mitte der Scheibe frei hängen, das er dann zusammenzwirbelte. Dies wiederholte er fünf- oder sechsmal, bis die Kreppbänder wie eine Rosette auf der Fensterscheibe hafteten. In der Mitte dieser Rosette hingen die losen, zusammengedrehten Enden herunter. Als der Kreis fertig war, gab er Riley die Kreppbandrolle zurück.

»Fertig«, flüsterte er, ergriff dann alle losen Enden und hielt sich mit der anderen Hand am Fenster fest, um nicht die

Balance zu verlieren. Behutsam begann er zu ziehen. Die kleine Scheibe wölbte sich, und er dachte, er hätte es schon geschafft. Aber nein, sie hielt noch.

Nachdem er einen Rest Kitt entfernt hatte, probierte er es ein zweites Mal. Er zog mit aller Kraft, und auf einmal gab die Scheibe nach. Zwei Kreppstreifen lösten sich vom Glas, aber die anderen hielten zum Glück, so daß die Scheibe nicht klirrend hinunterfiel. Vorsichtig reichte er sie nach unten, bis Riley sie ihm abnahm, rutschte vom Fenstersims, zog die Schuhe aus und kletterte sofort wieder hoch. Geschickt hielt er sich dort fest, wo die Scheibe fehlte, stellte sich dann auf eine der unteren Querverstrebungen des Fensters und richtete sich auf. So konnte er durch die Öffnung nach innen greifen und den Hebel öffnen, der die obere Hälfte des Schiebefensters mit der unteren verband. Dies getan, kletterte er wieder hinunter und zog sich die Schuhe an. »Nun die Alarmanlage«, wisperte er. »Das ist dein Gebiet.«

»Vermutlich ein Infrarot-Alarm«, erwiderte Riley leise. »Einer, der Bewegungen oder plötzliche Temperaturschwankungen aufspürt. Am besten lassen wir das Fenster eine halbe Stunde lang etwas offen. Die Luft, die dadurch eindringt, läßt die Raumtemperatur sinken, aber so langsam, daß kein Alarm ausgelöst wird.«

»Heißt das, wir müssen eine halbe Stunde ...«

»Ja.« Also warteten sie wieder. Inzwischen waren sie ja daran gewöhnt.

Um 3.30 Uhr erhob sich Riley aus seiner kauernden Stellung an der Hauswand. »Hier ist mein Plan: Von 100 Leuten haben 99 eine Alarmanlage, die nur Haupträume und Treppe schützt. Eigentlich auch ganz logisch, da Einbrecher ja die Treppe benützen müssen. Folglich befindet sich bei 999 von 1000 Leuten der Kontrollschalter ihrer Alarmanlage irgendwo in der Diele, wo man ihn innerhalb von 30 oder 40 Sekunden erreichen kann. Nach dem Grundriß dieses Hauses zu schließen, befindet sich der Kontrollschalter entweder in diesem Zimmer hier oder im Eingangsbereich davor.«

»Und wenn nicht?«

»Dann sitzen wir in der Tinte.«

Riley schob das Schiebefenster ein wenig weiter hoch und wartete. Kein Alarmgeheul. Behutsam zwängte er sich durch den Spalt und landete fast lautlos im Inneren. Er blieb eine Weile, wo er war, ließ seine Augen sich an die noch tiefere Dunkelheit gewöhnen und sah sich um. Es war tatsächlich ein Arbeitszimmer. Schreibtisch, Sessel, Computer, Bücherregale und ein Aktenschrank. Er tastete sich vorwärts und überprüfte die Wände, obwohl er bereits wußte, daß hier kein Bewegungsmelder sein konnte, denn der hätte ihn sonst schon wahrgenommen, als er sich durch das Fenster rollte. Aber vielleicht war der Kontrollschalter in einer Schreibtischschublade oder im Aktenschrank untergebracht. Er überzeugte sich davon, daß er weder im einen noch im anderen versteckt war. Im Arbeitszimmer konnte er sonst nirgendwo sein.

Riley schnaufte. Nun wurde es vertrackt. Der Kontrollschalter mußte in der Diele sein, wo sich mit großer Sicherheit auch ein Bewegungsmelder befand. Zum Glück stand die Tür zur Diele offen. Er begann, auf allen vieren vorwärtszukrabbeln, was zwar nicht hundertprozentig sicher war, aber das Risiko, vom Bewegungsmelder entdeckt zu werden, doch minderte. Auf der Türschwelle angelangt, entdeckte er vor sich die geräumige Diele mit einer Treppe und einem Tisch, auf dem eine Blumenvase stand. Durch die teilweise verglaste Haustür drang Lichtschein von der Straße. Unter der geschwungenen Treppe stand ein weiterer, total unaufgeräumter Schreibtisch mit einem Telefon, das unter dem ganzen Papierkram fast verschwand. An der Wand dahinter Bücherborde und daneben eine kleine Tür, die offenbar ein Einbauschränkchen verbarg – geradezu ideal für einen Kontrollschalter. Er schob sich Zentimeter um Zentimeter weiter. Da! Er zuckte zurück.

Ein winziges rotes Auge glühte über dem Rahmen einer Tür, die zum Wintergarten führte. Der Bewegungsmelder!

Er war genau da, wo Riley ihn auch montiert hätte. Obwohl er sekundenlang aus der Fassung geraten war, fühlte er sich nun fast beruhigt, als er aufstand und ins Arbeitszimmer zurückging. Der Hausbesitzer hatte eine Firma für Alarmanlagen beauftragt, die anscheinend äußerst konventionell arbeitete. Das konnte heißen – er betete darum, daß es so war –, daß sie auch den Kontrollschalter konventionell angebracht hatte. Wie zum Beispiel in jenem Wandschrank neben dem Regal.

Also nahm Riley aus seiner Tasche ein Röhrchen, das nur knapp acht Zentimeter lang war. Darin befand sich ein Metallstab, der noch dünner als die Mine eines Kugelschreibers war. Er schob ein Ende des Stabes vor und zurück, um sich zu vergewissern, daß das Gerät auch funktionierte. Am anderen Ende entfaltete sich so etwas wie ein winziger Schirm. Er wiederholte diese Prozedur mehrmals, bevor er den Stift auf den Schreibtisch im Arbeitszimmer legte. Aus einer anderen Tasche holte er einen kleinen Metallbehälter, der Form nach einer Coca-Cola-Flasche nicht unähnlich, nur daß er zusätzlich eine schmale Tülle und so etwas wie einen Abzugshebel hatte. Er drückte diesen Hebel kurz, und zischend schoß Druckluft aus der Düse. Zufrieden damit, daß seine Instrumente perfekt arbeiteten, ging er zum Fenster hinüber.

»O'Day!« flüsterte er.

O'Day löste sich aus dem Schatten, wo er sich versteckt gehalten hatte. »Hier bin ich.«

»In Kürze wird diese Alarmanlage zu pulsieren beginnen, bevor die Sirene losgeht, falls sie nicht überhaupt nur mit der nächsten Polizeistation verbunden ist. Ich möchte, daß du dich ins Auto setzt und den Motor startest. Falls ich nicht in 30 Sekunden – mehr habe ich nämlich nicht – angerast komme, schaltest du den Motor wieder aus und kehrst hierher zurück. Dann habe ich's geschafft, die Alarmanlage unschädlich zu machen. Verstanden?«

»Ja.«

»Ich warte ab, bis ich das Motorengeräusch höre.«

O'Day schlich sich durch den Garten zur Straße, stieg ins Auto und drehte den Zündschlüssel.

Riley wartete neben der Tür zur Diele, gerade noch außer Reichweite des roten Auges, und befingerte seine Instrumente, um sich mit ihnen vertraut zu machen. Sobald er in die Diele trat, würde ein pulsierendes Klopfen das ganze Haus durchlaufen. Innerhalb von 30, höchstens 40 Sekunden würde dieses Pulsieren zu einem kreischenden Heulton werden und höchstwahrscheinlich auch Alarm in der nächsten Polizeistation auslösen. Alle Alarmanlagen ließen ihren Besitzern aber eine kleine Gnadenfrist, um sie notfalls mit einem Schlüssel wieder abschalten zu können. Doch selbst wenn er recht hatte und der Kontrollschalter mit dem alles entscheidenden Schlüsselloch in dem Wandschränkchen neben dem Schreibtisch angebracht war, hatte er sicher keine Zeit, um dieses Schloß fachgerecht mit einem Nachschlüssel auszuschalten. Deshalb mußten »Schirm« und Metallbehälter zur Anwendung kommen. Er umklammerte sie fester, zählte bis drei und stürmte in die Diele.

Nach vier Schritten begann das pulsierende Klopfgeräusch, das so klang, als hämmere jemand beharrlich auf die falsche Taste eines Computers. Vier weitere Schritte, und er war am Wandschränkchen. Er riß die Tür auf und entdeckte auch gleich den Kontrollschalter. Den Metallbehälter stellte er auf dem Teppich ab, als er sich hinkniete. Der erste Versuch, die Metallmine in das Schlüsselloch einzuführen, mißlang! Rhythmisches Klopfen erfüllte immer noch die Diele – sicher waren schon zehn Sekunden verstrichen. Seine Finger ertasteten erneut das Schlüsselloch, und hastig schob er den Metallstift hinein. Falls er gleich steckenblieb, hatte das Schloß eine hintere Abdeckung, und er brauchte den Stift gar nicht. Aber nein, er glitt hindurch, bis er an der anderen Seite wieder hervortrat, wie Riley aus Erfahrung wußte. Er öffnete den winzigen »Schirm« und zog den Metallstift wieder zu sich heran, bis er sich nicht mehr bewegen ließ. Der

»Schirm« bedeckte nun den anderen Ausgang des Schlosses, wodurch eine Art Sackgasse entstanden war. 15 Sekunden. Riley hielt den Metallstift mit der linken Hand und zog mit aller Kraft daran, während er mit der rechten den Metallbehälter aufnahm und die Düse genau auf das Schlüsselloch richtete. 17 Sekunden. Ein scharfer Zischlaut erfüllte den Raum, als die Druckluft ins Schlüsselloch drang. In der Theorie war das Verfahren höchst einfach: Der Druck der Luft im Inneren des Schlosses würde dazu führen, daß die beweglichen Teile nachgaben. In der Praxis hing jedoch alles davon ab, ob der »Schirm« die hintere Öffnung wirklich luftdicht abdeckte und ob das Schloß selbst perfekt genug zusammengesetzt war, so daß keine Luft entweichen konnte und damit der Innendruck konstant blieb. Riley ließ den Daumen auf dem Hebel und zählte bis vier.

Das Pulsieren ging weiter. 21 Sekunden.

Er schloß das Druckluftventil, lockerte seinen Griff um den Metallstift und drehte den »Schirm« ein wenig. Dann zog er wieder fest an. 23 Sekunden. Er stieß die Düse ein zweites Mal gegen die Öffnung des Schlosses. Dabei drückte sein Daumen den Hebel nieder und blieb dort. Das Zischen übertönte fast das klopfende Geräusch, wenn auch nicht ganz. Aber dann! Das Pulsieren hörte auf, und plötzlich war nur noch das Zischen, das scharfe Zischen zu hören. Die Teile des Schlosses hatten sich bewegt. Riley nahm den Daumen vom Hebel.

Abgesehen von Rileys Atem störte kein Laut die nächtliche Stille im Haus. Bedächtig verstaute er seine Instrumente. Mit dem Taschentuch polierte er die Vorderseite des Schlosses, um mögliche winzige Kratzer auf der Metallfläche zu verwischen. Er machte die Schranktür zu und kehrte ins Arbeitszimmer zurück.

O'Day wartete schon vor dem Fenster und ließ sich nun hindurchgleiten. »Hervorragend!« sagte er nur.

Riley verbeugte sich leicht, schaute dann auf seine Uhr. »3.45 Uhr. Arbeiten wir zusammen, dann können wir uns leichter verständigen, falls uns jemand stört. Wir fangen oben an.«

Im ersten Stock gab es vier Zimmer und ebenso viele Bäder. Zwei Zimmer waren leer, bis auf Teppiche und Vorhänge. Zakros lebte offenbar allein. Das einzige Gästezimmer unterschied sich kaum von den anderen Räumen, aber es gab dort immerhin ein Bett. Nun kam das Schlafzimmer des Hausherrn an die Reihe. O'Day nahm sich die Schränke vor. Haufenweise Anzüge und Schuhe, an die 20 Krawatten. Hemden, Unterwäsche, Socken, und zwar in einer Schublade schwarze, in der nächsten rote und in der dritten gelbe. »Ein geschniegelter Louis, unser Zak.«

Riley war ins Bad gegangen. »Genug Eau de Cologne, um einen Elefanten zu parfümieren«, meinte er. Ins Schlafzimmer zurückgekehrt, schaute er unters Bett und stöberte dann in den Nachtkästchen Zeitschriften, ein Softpornofilm, Tonbänder und Videos, eine dunkle Porsche-Sonnenbrille auf. Ein Paar Skihandschuhe und ein Taschenrechner. Spielzeug für Erwachsene. »Okay, jetzt unten. Da trennen wir uns. Ich überprüfe Küche und Eßzimmer, du den Wohnraum. Wir treffen uns im Arbeitszimmer und verschwinden auch von dort.«

»Nein, nehmen wir uns lieber gleich das Arbeitszimmer vor. Zakros verbringt sicher die meiste Zeit dort. Na los, du weißt, daß ich recht habe.«

O'Day ging voran. Als sie den Raum betraten, sagte er: »Schau du dir die Bücher an, ich kümmere mich um den Schreibtisch.«

20 Minuten arbeiteten sie in völligem Schweigen. O'Day durchsuchte jede Schublade, nahm sämtliche Schriftstücke und Dokumente heraus und legte sie dann genauso zurück, wie er sie vorgefunden hatte. Nach einer halben Stunde war er fertig. »Hier ist nichts.«

»Mir geht's genauso.«

»4.45 Uhr. Es wird bald hell. Am besten hauen wir jetzt ab. Kannst du die Alarmanlage wieder einschalten?«

»Na klar!« Riley hielt seinen Bund Nachschlüssel hoch. »Jetzt habe ich genug Zeit, um damit herumzuspielen.«

»Gut, dann also los. Vermutlich hätten wir wissen müssen, daß er zu gerissen ist, um irgend etwas Belastendes herumliegen zu lassen. Ich schließe nur noch diese Schubladen und räume auf der Schreibtischplatte ein bißchen auf.«

Bei all dem Herumhantieren war die Löschblattunterlage verschoben worden, und eine Lampe stand nicht an ihrem richtigen Platz. O'Day rückte beides zurecht. »Fertig?«

Keine Antwort.

»Riley! Was ist los?«

»Ein Buch über Blunt.«

»Ein merkwürdiger Zufall, zugegeben. Aber doch wohl kaum belastend...«

»Da steckt was drin...«

O'Day erwiderte nichts. Riley kam herüber und hielt ihm etwas hin. »Es ist ein Briefumschlag, an ihn adressiert... Schau mal.«

»Gut. Aber ich weiß nicht, was...«

»Der Poststempel! Er stammt von einem dieser Frankiergeräte. Achte darauf, von wo der Brief abgeschickt wurde.«

O'Day schaute Riley verblüfft an. »Zakros hat also einen Brieffreund im British Museum...«

15. KAPITEL

Mittwoch

»Haydon ist verschwunden!«

Edwards Hand umklammerte den Telefonhörer fester. »Sind Sie sicher? Was ist geschehen?«

Victorias Stimme zitterte. »Ich weiß nicht, was geschehen ist. Wir waren gestern abend in einem Restaurant, und dann setzte er mich am Hotel ab. Wir waren für heute morgen zum Frühstück verabredet und wollten nach meinem Telefonat mit Ihnen zu diesen Praxiteles-Ausgrabungsstätten fahren. Als er nicht kam und auch in seiner Wohnung nicht telefonisch zu erreichen war, rief ich in der Botschaft an. Aber auch dort ist er heute nicht aufgetaucht.«

»Das heißt noch lange nicht, daß er verschwunden ist.«

»Edward! Ich fuhr natürlich zu seiner Wohnung. Sein Bett war unberührt, sein Wagen fehlt. Er fuhr also gestern nacht irgendwohin und kam nicht zurück.«

»Vielleicht ist er mit einer Frau zusammen.«

»Und vielleicht bin ich eine Posaune! Haydon ist ein Profi, Edward. Selbst wenn er gestern nacht bei einer Frau war, wäre er heute morgen zur Stelle gewesen.«

Als Edward nichts zu erwidern wußte, redete Victoria weiter. »Falls unsere Freunde dahinterstecken, woher wußten sie dann über Haydon Bescheid? Am Ende bin auch ich ihnen bekannt. Das macht mir, ehrlich gesagt, angst.«

»Ach, da gibt's sicher eine andere Erklärung«, versuchte Edward sie zu beruhigen, obwohl er sich inzwischen auch

Sorgen machte. »Am besten setze ich mich gleich mit Lockwood in Verbindung. Sie bleiben im Hotel, denn da sind Sie sicher. Ich rufe Sie dort an. Bis bald!«

Er legte auf und bat Wilma, Downing Street Nr. 10 anzurufen. Während sie dies tat – so selbstverständlich, als hätte sie's ihr Leben lang getan –, starrte er aus dem Fenster über die Schieferdächer des Palastes. Falls Haydon etwas zugestoßen war ... Er dachte plötzlich an Nancy. Wußte sie es? Welche Rolle spielte sie in alledem ... Wie weit machte sie mit?

Edwards Telefon leuchtete auf, und er griff hastig danach. Wilma sagte: »Es ist Midwinter.«

Edward hatte dem Pressechef heute bereits O'Days beunruhigende Nachricht übermitteln müssen, daß vermutlich ein weiteres Mitglied der »Apollo-Brigade« im British Museum sein Unwesen trieb. Nun hatte er schon wieder eine Hiobsbotschaft.

Midwinter ergriff jedoch zuerst das Wort. »Sie sind an die Öffentlichkeit gegangen.«

Edward zuckte unwillkürlich zusammen. »O nein!« stöhnte er.

»Leider ja ... Aber auf merkwürdige Weise. In der Redaktion der *Wiener Zeitung* wurde ein Schlüssel samt Brief abgegeben, in dem es hieß, daß dieser Schlüssel zu einem Schließfach in der Gepäckaufbewahrung des Hauptbahnhofs passe und daß in dem Schließfach etwas zu finden sei, das garantiert Schlagzeilen mache.«

»Und ...?«

»Es steht alles in der heutigen *Wiener Zeitung*. Unsere dortige Botschaft faxte es uns vor kurzem. Das Schließfach enthielt zweierlei. Erstens ein Gemälde von Rubens, und zwar die ›Verkündigung‹. Das Bild wurde offenbar von den Nazis im Krieg aus dem Kunsthistorischen Museum in Wien geraubt. Sie können sich vorstellen, was für einen Wirbel die in Österreich machen. Sie feiern das Bild wie die Rückkehr des verlorenen Sohnes.«

»Und was war noch drin?«

»Tja, bei dem Rubensgemälde lag eine Fotografie, die den Herzog von Windsor mit Hitler zeigt.«

»Herr im Himmel! Was macht die *Wiener Zeitung* daraus?«

»Nichts. Vorläufig jedenfalls nichts. Die können sich keinen Reim darauf machen, sind total verwirrt. Aber sie haben immerhin auf der ersten Seite darüber berichtet, was bedeutet, daß alle möglichen Leute es lesen.«

»Das soll eine Art Warnung sein, nicht wahr? Es signalisiert, daß die Erpresser nicht alles veröffentlichen wollen, daß es nur ein kleiner Denkzettel sein soll. Ich glaube, daß wir's im Grunde positiv bewerten können.«

Als keine Erwiderung kam, redete Edward weiter. »Leider habe ich aber eine schlechte Nachricht aus Athen, die Lockwood gleich erfahren muß. Es geht um Haydon ...«

Midwinter hörte ihm zu, ohne zu unterbrechen. »Woher wußten sie's?« rief er schließlich entnervt. »Wie ist das nur möglich?«

»Wir können noch nicht ganz sicher sein, daß sie's wußten. Ich gebe allerdings zu, daß viel dafür spricht. Es wäre sonst ein gar zu großer Zufall.«

Midwinter stöhnte wieder. »Lockwood wird toben. Was sollen wir bloß tun? Meines Erachtens ist jetzt alles verloren.« Er legte auf.

Victoria öffnete ihre Zimmertür und lugte vorsichtig am Türpfosten vorbei in den Korridor. Er war leer. Sie schloß hinter sich die Tür, hastete zum Lift und drückte auf den Knopf. Während sie wartete, warf sie immer wieder nervöse Blicke nach allen Seiten. Sie hatte immer noch nichts von Haydon gehört, und dabei war es jetzt schon fast 19 Uhr. Auch in der Botschaft wußte man nicht mehr als sie. In Haydons Wohnung ging niemand ans Telefon. Edwards Annahme, daß sie im Hotel sicher aufgehoben war, stimmte nur, falls die andere Seite nicht wußte, daß Haydon und sie zusammenarbeiteten.

Tagsüber hatte sie sich in ihrem Zimmer nicht bedroht gefühlt, aber nun hatte sie beschlossen, sich lieber unten in die Halle zu setzen, wo viele Menschen waren. An der Rezeption wußte man Bescheid, wo sie zu erreichen war, falls London anriefe.

Endlich kam der Lift, und die Türen glitten zurück.

Victoria erblickte zu ihrem Mißvergnügen zwei Frauen im Liftinneren. Sie sahen wie Touristinnen aus, aber ... Es blieb ihr nichts anderes übrig, als einzusteigen. Eine der Frauen lächelte, und Victoria begann sich zu entspannen. Doch dann spürte sie, wie der Lift aufwärts fuhr! Sie verspannte sich sofort wieder. Waren sie etwa ...? Zwei Stockwerke höher hielt der Aufzug, und die Frauen stiegen aus. Victoria drückte auf den Knopf zum Erdgeschoß, und die Türen schlossen sich. Als es abwärts ging, atmete Victoria auf, doch in der Etage, wo sich ihr Zimmer befand, hielt der Lift schon wieder. Draußen warteten zwei Männer, offensichtlich Griechen. Victoria hätte am liebsten losgeschrien. Die Männer stiegen schweigend ein und stellten sich rechts und links neben sie. Sie hielt den Atem an. Sollte sie im letzten Moment noch aus dem Lift hinauslaufen? Doch schon schlossen sich die Türen, und es war zu spät.

Sie passierten ein Stockwerk nach dem anderen. Die Männer verharrten stumm und bewegungslos. Warteten sie ab, bis sie in der Halle waren, um sie dann mit Gewalt nach draußen zu »eskortieren«? Woher wußten sie überhaupt, wie sie aussah?

Sie kamen ins Erdgeschoß, und die Türen gingen auf. Die Männer setzten sich nicht in Bewegung. Worauf waren sie aus? Dann sagte einer auf griechisch zu ihr: »Nach Ihnen.«

Mit zittrigen Knien ging sie hinaus und wandte sich nach rechts zum Zeitschriftenstand. Folgten ihr die Männer? Sie schaute über die Schulter zurück. Nein, Gott sei Dank! Sie gehörten offensichtlich zu zwei Frauen, die auf sie gewartet hatten, und verließen nun gemeinsam mit ihnen das Hotel.

Victoria hatte ein Buch mitgenommen und suchte einen

Sessel, wo sie sowohl von Leuten umgeben war als auch von der Rezeption aus gut gesehen werden konnte. Als sie am Zeitungsstand vorbeikam, sah sie einen Stapel Abendzeitungen. Sie nahm sich ein Exemplar, das einmal gefaltet war, und klappte es auf. Plötzlich schlug die Furcht wieder über ihr zusammen. Ein Gesicht starrte sie von der Titelseite an, ein Gesicht, das sie kannte, obwohl es verstümmelt war. Die Schlagzeile lautete: »Leiche eines Franzosen im Meer gefunden.«

Edward betrachtete die weiße Marmorbüste auf der anderen Seite des Korridors, die Pitt den Jüngeren darstellte. Das Parlament besaß einige Kunstwerke, nichts Herausragendes, aber doch immerhin recht gute Skulpturen. Doch nichts davon war so bemerkenswert wie das Gebäude selbst. Er schaute den Korridor entlang auf den Eingang zum Unterhaus. Da es noch früh am Abend war, gab es ein emsiges Kommen und Gehen von Abgeordneten.

Edward saß mit Leith, Mordaunt und Midwinter zusammen. Er hatte den Tag mit sinnloser Warterei auf den Premierminister vertrödelt. Doch schlimmer war, daß vor einer Stunde Victoria angerufen und ihm Haydons Tod mitgeteilt hatte. Lockwood mußte den ganzen Abend im Unterhaus bleiben, da dort eine wichtige Debatte über die Kredite an die Sowjetunion ausgefochten wurde. Lockwoods Büro im Parlament, vor dem sie nun versammelt waren, lag an einer Ecke des Gebäudes, so daß Edward zwei Korridore überblicken konnte, die im rechten Winkel zueinander verliefen.

Schließlich öffnete Hatfield die Tür von Lockwoods Büro und winkte sie herein. Der fast quadratische Raum hatte eine niedrige, stuckverzierte Decke. Zwei bleiverglaste Fenster boten einen weiten Blick über den Fluß und die bernsteinfarben schimmernde Lichterkette über der Westminster Bridge. Welcher Stimmung mochte der Premierminister wohl sein, überlegte Edward. Sein Enkel lag auf der Intensivstation, wie er gehört hatte, und war noch nicht außer Gefahr.

Lockwood forderte sie mit einer Handbewegung auf, sich zu setzen, und wandte sich dann an Slocombe. »Eric?«

»Ich weiß nicht, was ich davon halten soll, Bill. Die Nachricht aus Wien heute morgen war gewissermaßen ermutigend. Diese Reaktion der Erpresser auf Andovers Fehler schien zu bedeuten, daß sie ihrer Drohung zwar Nachdruck verleihen, aber doch nicht alles bekanntmachen wollen. Mit anderen Worten, wir waren immer noch im Spiel. Wäre das mit Haydon nicht passiert, hätten wir morgen einen weiteren Anruf erwarten können. Die Haydon-Geschichte ist mir ein Rätsel.«

»Was geschah eigentlich wirklich?«

Slocombe nickte Edward auffordernd zu.

»Laut Victoria Tatton steht in der Athener Zeitung, daß Haydons Leiche im Hafen von Piräus trieb, Hände und Füße gefesselt. Er hatte eine schwere Kopfverletzung, wurde vermutlich bewußtlos ins Wasser geworfen, wo er ertrank.« Edward machte in der Aufzählung der schrecklichen Einzelheiten eine kleine Pause. »Victoria Tatton erzählte mir, daß Haydon routinemäßig seine Ausweise austauschte, wann immer er etwas Illegales oder Riskantes plante. Deshalb identifizierten ihn die griechische Zeitung und vermutlich auch die Polizei als den Franzosen Gilles Broudin. Victoria Tatton weiß nicht, was er sich für letzte Nacht vorgenommen hatte. Folglich haben wir auch keine Ahnung, wer ihn tötete oder warum und welche Verbindung das Ganze möglicherweise zu der Elgin-Angelegenheit hat.«

»Deshalb spreche ich ja von Rätsel, Bill«, mischte sich Slocombe wieder ein. »Versetzen wir uns mal in die Lage der anderen Seite, spekulieren wir mal, denn mehr können wir im Moment sowieso nicht tun... Sie sind nervös, angespannt, mitten in einem schwierigen und gefährlichen Komplott. Jemand bricht ein, in ihr Haus oder Büro oder in das eines ihrer Mitstreiter. Falls es sich bei diesem Eindringling um einen Engländer handelte, könnten sie ziemlich sicher sein, daß ihre Sache aufgeflogen ist. Aber in unserem Fall ist der Eindringling oder Dieb Franzose. Sie glauben das jedenfalls. Wurde aus einem anderen Grund eingebrochen? Oder arbeitete der Franzose für die Briten? War er vielleicht gar kein Franzose? Oder ...? Letzte Möglichkeit: Hat Haydons Tod vielleicht gar nichts mit den Elgin Marbles zu tun? Hat er sich in Kolumbien Feinde gemacht, die ihn schließlich aufspürten? Oder hatte er heimliche Neigungen, die ihn früher oder später in Schwierigkeiten bringen mußten?« Slocombe lehnte sich zurück und tätschelte sein Toupet.

Niemand sagte etwas.

»Meine Überlegungen sind natürlich Gedankenspielerei«, fügte er schließlich hinzu. »Wir können nichts tun als warten. Entweder bekommen wir einen Anruf, oder wir bekommen ihn nicht. Die Sache platzt, oder sie platzt nicht.«

Lockwood biß sich auf die Unterlippe. »Eric, es stimmt zwar, daß wir auf ihren Anruf warten müssen, aber in der Zwischenzeit können wir doch etwas tun. Ich habe da einige Ideen ... Wir sollten nicht zu schwarzsehen.« Er machte eine Kopfbewegung zu Midwinter. »Die morgigen Zeitungen?«

»Gehen weiter als die heutigen Abendnachrichten im Fernsehen. Alle wichtigen Zeitungen bringen die Wiener Rubens-Story, der *Telegraph* und *The Times* sogar auf der ersten Seite. Die Schlagzeile im *Telegraph* lautet: Geheime Verbindung zwischen Duke und Nazi-Beute? *The Times* geht nicht so weit, bringt aber immerhin einen Artikel über Windsors Einstellung zum Krieg, der zu dem Schluß kommt, daß nichts über eine Verbindung zwischen dem Herzog und irgendwelchen gestohlenen Meisterwerken bekannt ist.«

Lockwood spielte mit einem Füller auf dem Schreibtisch. »Verdammt nah dran. Zu nah! Aber nun«, fuhr er fort und wandte sich jetzt an alle, »beschäftigen wir uns mal mit diesem Mitglied der Brigade, das im British Museum sein soll. Haben wir da irgendwelche Anhaltspunkte?«

Als Midwinter Lockwoods Blick spürte, schüttelte er den Kopf. »700 Leute sind im British Museum angestellt, und jeder von ihnen könnte ...«

»Verdammt noch mal, das stimmt nicht. Es muß jemand sein, der im ganzen Haus Zugang hat und die Frankiermaschine des Museums benutzen darf. Soviel wir wissen, gehören alle anderen Mitglieder dieser Brigade zur bürgerlichen Mittelschicht und sind politisch aktiv. Ich vermute, daß ihr Kontaktmann im British Museum dieselben Kriterien erfüllt. Vielleicht ist er sogar Grieche.«

»Sir!« Edward setzte sich aufrechter hin.

»Ja?« fragte Lockwood zerstreut.

»O'Day hat uns bereits eine Kopie des Umschlags gefaxt, den er aus Zakros' Arbeitszimmer entwendete, und schickt uns das Original per Kurier. Damit kennen wir immerhin die Handschrift des Brigademitglieds aus dem British Museum. Wir können diese handschriftliche Probe verwenden, um all jene zu überprüfen, die uns verdächtig vorkommen...«

Lockwood nickte. »Aber wie wollen Sie das schaffen, ohne den Verdächtigen zu warnen?«

»Ich kenne mich ein wenig im British Museum aus, da ich vor einigen Monaten mithalf, eine Ausstellung zu organisieren«, sagte Edward. »Es gibt im Trakt des Museumsdirektors ein Zentralarchiv. Ein Graphologe könnte sich die Personalakte jedes Angestellten vornehmen und die Schriften vergleichen. Da täglich Unmassen von Besuchern kommen, würde das Eintreffen dieses Experten überhaupt nicht auffallen. Der Direktor könnte uns einen Tip geben, wo sich der Graphologe verstecken soll, wenn das Museum schließt. Er braucht dann natürlich einen eigenen Schlüssel fürs Archiv. Falls er dort die Nacht über bleibt und erst am nächsten Tag weggeht, wenn das Museum wieder von Menschen wimmelt, dann weiß keiner, daß er dagewesen ist – bis auf den Direktor.«

Lockwood spielte wieder mit seinem Füllfederhalter. »Leith, Sie kennen doch sicher einen Graphologen, oder?«

Leith nickte.

Der Premierminister seufzte. »Hier in London und in Basel scheint ja alles ziemlich unter Kontrolle zu sein. Aber was machen wir mit Athen? Victoria Tatton schafft das nicht allein.« Er warf Edward einen forschenden Blick zu. »Meinen Sie wirklich, daß Kolettis bei Ausgrabungen ist, bei Nachforschungen über diesen ... Bildhauer?«

»Praxiteles«, kam ihm Edward zu Hilfe. »Mir kommt das eigentlich ganz logisch vor.«

»Sollen wir Andover hinschicken?« erkundigte sich Slocombe bei Lockwood.

»O'Day wäre am besten, aber der sitzt in Basel fest. Leith brauchen wir hier bei den Verhandlungen mit den Erpressern ...«

»Falls es weitere gibt«, warf Midwinter leise ein.

»Falls es weitere gibt«, wiederholte Lockwood. »Geheimhaltung hat absolute Priorität. Es wäre unausdenkbar, falls Keld von dieser Sache Wind bekäme. Das darf nicht geschehen! Wir könnten jemanden aus O'Days Abteilung schicken, aber ... falls Andover recht hat und Kolettis tatsächlich bei Ausgrabungen ist, wären Fachkenntnisse natürlich sehr nützlich ...«

»Aber was ist mit der Brigade? Wie erklären wir Andovers Abwesenheit, und wer übernimmt seine Rolle?« Wieder war es Midwinter.

Lockwood schaute von Edward zu Mordaunt. »Wir sagen ihnen, was ja durchaus plausibel klingt, daß Andover seinen Job los ist. Wir sagen, daß wir es nicht wagen, ihn weiter zu beschäftigen, nachdem er neulich die Beherrschung verlor. Das zeigt ihnen außerdem, wie ernst wir ihren Wiener Schachzug nehmen. Wir brauchen für Andovers Abwesenheit von London natürlich ein offizielles Alibi.« Er wandte sich an Mordaunt. »Haben Sie einen Vorschlag?«

Mordaunt hüstelte. »Die Queen wird noch in diesem Jahr einen Staatsbesuch in Berlin machen. Aus diesem Anlaß wurde schon ein Austausch von Gemälden geplant. Wir könnten behaupten, Andover sei nach Deutschland gereist, um dort eine Auswahl zu treffen. Ich informiere Hillier darüber.«

Lockwood nickte. »Meines Erachtens ist es übrigens an

der Zeit, daß der Palast eine größere Rolle in dieser Affäre spielt. Sir Francis, ich finde, Sie sollten Andovers Platz einnehmen.«

Mordaunts Hand wischte mit einer gezierten Bewegung über sein Haar. »Da muß ich natürlich zuerst Ihre Majestät...«

»Nein! Diese Sache kostet die Regierung schon viel zuviel Zeit. Ich brauche Sie im Team, Mordaunt. Und zwar mit vollem Einsatz. Wir sitzen im selben Boot, und Sie nehmen jetzt Andovers Platz ein. Ich bin sicher, daß Ihre Majestät einverstanden sein wird. Wenn Andover nach Griechenland fliegt, dann fliegt er morgen früh, und Sie werden alle Ihre Termine absagen, damit Sie da sind, falls die Brigade anruft. Ich hoffe, ich habe mich klar genug ausgedrückt.«

Mordaunt hielt Lockwoods Blick einen Moment stand, und eisiges Schweigen hing im Raum. Aber Mordaunt wußte, wann er geschlagen war. Er setzte sich etwas lässiger hin und lächelte verbindlich. »Aber natürlich, Premierminister... Mit größtem Vergnügen bin ich Ihnen behilflich.«

Lockwood stieß einen Brummlaut aus. »Sehr schön, dann warten wir jetzt mal ab, was Haydons Tod mit sich bringt. Noch etwas, bevor wir auseinandergehen?«

»Ja, da wäre noch etwas.« Alle Blicke wandten sich Hatfield zu. »Owen Cutler nahm mich heute im Unterhaus beiseite. Er ist Treuhänder der National Portrait Gallery und hat daher Kontakte zur Kunst-Mafia. Offenbar findet morgen eine außerordentliche Sitzung der Treuhänder des British Museum statt. Und es besteht die große Wahrscheinlichkeit, daß einige von ihnen – vielleicht sogar mehr als die Hälfte – zurücktreten werden.«

»Ich könnte mich mit dieser Straße glatt anfreunden.«

»Mach keine Witze. Aber immerhin schmeckt die Suppe heute besser.« Riley reichte O'Day einen Becher hinüber. Schon früher am Abend waren sie einmal an Zakros' Haus vorbeigefahren, das immer noch unbewohnt wirkte. Sie hatten dann in einem Restaurant gegessen und waren gegen 23 Uhr zu ihrem Beobachtungsposten zurückgekehrt. Etwas weiter vom Haus entfernt geparkt, warteten sie nun schon wieder über eine Stunde.

»Denkst du, daß er überhaupt noch kommt?« redete Riley weiter. »Warum soll er mitten in der Nacht heimkommen? Sicher macht er sich's doch da gemütlich, wo er ist, und taucht erst am Morgen auf.«

»Du hast wahrscheinlich recht«, stimmte O'Day zu. »Andererseits spielt der Zeitfaktor immer noch die größte Rolle. Irgendwann muß er ja kommen, und wir dürfen ihn auf keinen Fall verpassen. Also bleiben wir. Noch etwas Suppe?«

Riley schüttelte den Kopf. »Diese Überwachung geht mir allmählich auf die Nerven. Ich wünschte, ich wäre in – vielleicht im ›Riesbachlie‹ in Zürich. Hummerfrikassee, pochiert in Champagner ...«

»Halt's Maul!«

Riley lachte in sich hinein. »Meine längste Überwachung dauerte acht volle Tage ... Unser Informant hatte den richtigen Wochentag herausgefunden, aber die falsche Woche. Das war in Southampton, wo wir Drogenhändler beschatteten. Southampton ist mir seither verhaßt.« Er zündete sich eine Zigarette an. »Und in der Zeit des kalten Krieges war ich in Wien. Wartete dort mal vier Tage lang auf Leute, die ...«

»Auto!«

Noch während O'Day dies warnend rief, drang grelles Scheinwerferlicht ins Wageninnere, und sie versteckten sich. O'Day warf sich flach auf den Rücksitz. Es kam ihnen so vor, als ob ein Suchscheinwerfer direkt auf sie gerichtet wäre, doch der Schatten veränderte sich, wurde länger, glitt über sie hinweg. Als der Wagen an ihnen vorbeifuhr, verlangsamte er sein Tempo. Nun wurden sie in etwas schwächeren, rötlichen Schimmer getaucht, in rhythmischem Wechsel – an und aus, an und aus. O'Day hob etwas den Kopf, so daß er über den unteren Rand des Autofensters lugen konnte. Er lächelte, brach sogar in unterdrücktes Gelächter aus. Obwohl es fast 1 Uhr morgens war, obwohl sich keine einzige Menschenseele auf der Straße befand, war dies immer noch die ordentliche Schweiz, und folglich signalisierte der Autofahrer durch Blinken, daß er abbog. O'Day versetzte Riley von hinten einen Stoß gegen die Schulter. »Er ist da!«

Wie zwei Katzen in einem Abfalleimer hoben sie vorsichtig ihre Köpfe und schauten wachsam hinaus. Das rötliche Blinken hatte aufgehört. Nun wurden auch die Scheinwerfer des Wagens ausgeschaltet. Die Fahrertür flog auf, und eine Gestalt stieg aus. Hochgewachsen und schlank, aber das war auch schon alles, was sie erkennen konnten. Der Mann holte ein Gepäckstück aus dem Kofferraum und näherte sich der Haustür.

»Halten wir die Daumen, daß er das zerbrochene Fenster nicht bemerkt.«

»Wieso sollte er?«

O'Day zuckte im Dunkeln die Achseln. »Jedenfalls wird er sicher abhauen, falls er auch nur den geringsten Verdacht schöpft.«

»Macht doch nichts. Dann folgen wir ihm.«

»Ja, dann folgen wir ihm. Aber zuerst schaue ich mir mal seinen Wagen an. Vielleicht hilft uns das weiter.«

In der Diele des Hauses wurde es hell. Kurz darauf auch im Arbeitszimmer. So blieb es mehrere Minuten lang.

»Vermutlich liest er seine Post oder telefoniert. Auf jeden Fall scheint er das Fenster nicht bemerkt zu haben.«

Riley murmelte irgend etwas Zustimmendes.

Kurz darauf wurde es dunkel. Dann geschah nichts.

»Er ist in der Küche und schenkt sich irgendwas zum Trinken ein. Von hier aus können wir das Küchenfenster nicht sehen.«

Wenige Minuten später wurde es im ersten Stock hell und unmittelbar darauf im Erdgeschoß dunkel. »Er geht ins Bett«, sagte Riley.

»Da es schon so spät ist und er jetzt erst von einer Reise

zurückkehrt, ist er sicher erledigt und schläft sofort ein. Ich glaube, ich esse noch ein bißchen Suppe.«

Ihre Augen waren auf das helle Schlafzimmerfenster gerichtet, während O'Day die heiße Flüssigkeit schlürfte und Riley eine Zigarette rauchte. Nach sieben, acht Minuten wurde das Licht gelöscht. Riley schaute auf die Uhr und holte dann die Nachschlüssel aus der Tasche, die ihm in der vorherigen Nacht so gute Dienste geleistet hatten. »Kennst du dich damit aus?« Er schaute O'Day fragend an.

»Früher mal, aber das ist lange her. Ich überlasse es großzügig dir.«

»Zum Glück mußte ich noch nie in ein Hotelzimmer mit diesen neumodischen elektronischen Schlössern einbrechen. Das muß verdammt schwierig sein.« Riley hielt seine Instrumente hoch. »Die hier sind Spitze! Lassen einen nie im Stich.« Er wischte sie mit seinem Taschentuch ab.

»Vermutlich ist es am schlauesten, wenn du vor der Haustür wartest. Falls er was hört, kommt er die Treppe runter, und dann kannst du mich warnen. Einverstanden?«

O'Day nickte.

Behutsam und leise stiegen sie aus. Es war kühler als in der Nacht zuvor. O'Day ging in Richtung Haus, während Riley rasch zu Zakros' Peugeot trat. Er brauchte kaum mehr als eine Minute, um den Wagenschlag zu öffnen. Auf den Ledersitzen lag nichts, in den Taschen hinter den Rücklehnen und unter den Sitzen war ebenfalls nichts. Er drückte auf den Knopf des Handschuhfachs. Versperrt. Nun wurde es interessant. Es kam so gut wie nie vor, daß jemand sich die Mühe machte, ein Handschuhfach zuzuschließen, wie Riley aus Erfahrung wußte. Er griff wieder nach seinen Nachschlüsseln.

Es war ein einfacheres Schloß als das der Wagentür, und er öffnete es problemlos. Eine Dose mit Bonbons, ein Reiseführer, die Versicherungspolice und ein Bogen Papier. Er entfaltete ihn. Es handelte sich um eine Liste mit Zahlen. In jeder Zeile standen sechs Ziffern, paarweise angeordnet, so daß es ganz danach aussah, als handelte es sich um Telefonnummern. Einige der Nummern begannen mit derselben Ziffernfolge, als gehörten sie zur selben Gegend. Aber was bedeuteten diese Nummern? Bedeuteten sie überhaupt etwas? Sollte Zakros sie anrufen? Riley überlegte fieberhaft. Er konnte die Liste nicht mitnehmen, weil Zakros dies sicher bemerken würde. Sollte er also alles kopieren? Er beschloß, sich erst einmal den Kofferraum vorzunehmen, denn vielleicht fand sich dort ein noch besserer Hinweis. Das Schloß ließ sich ebenso rasch öffnen wie die anderen. Er war immer noch so geschickt wie früher, wie er selbstzufrieden feststellte. Innen befanden sich das Reserverad, eine Decke, etliche Landkarten, lose verstreut auf dem Boden, und überraschenderweise ein durchlöcherter Fußball. Aber das war auch schon alles. Sacht drückte er den Kofferraumdeckel zu und signalisierte dann O'Day zu bleiben, wo er war. Er rannte zu ihrem eigenen Auto und holte das Taschenbuch heraus, mit dem er sich die Warterei verkürzt hatte. Kurz entschlossen setzte er sich in den Wagen des Griechen und schrieb sämtliche Zahlen auf einige leere Seiten am Schluß des Buches. Es waren sicher 20 oder sogar 30 Kombinationen. Warum bloß so viele? Als er fertig war, legte er die Liste ins Handschuhfach zurück und schloß den Deckel. Geschickt verschloß er die Tür des Peugeots wieder, nickte O'Day zu, und sie hasteten zu ihrem eigenen Auto zurück. Vorsichtig fuhren sie los, ohne die Türen ganz zuzuschlagen, was sie erst in sicherer Entfernung vom Haus des Griechen taten.

Zurück im Hotel, jeder ein Whiskyglas in der Hand, studierten sie die Liste. »Es sind eindeutig Baseler Telefonnummern«, meinte Riley. »Ich erkenne einige der Kombinationen.«

»Aber vielleicht haben sie nichts mit dieser ganzen Geschichte zu tun. Machen wir die Probe aufs Exempel.« O'Day nahm den Telefonhörer ab. »Ich versuche gleich mal die erste Nummer.«

»Ist das nicht zu riskant?«

»Wir haben nicht viel Zeit.« O'Day drückte die Zahlentasten und hielt sich dann den Hörer ans Ohr. »Es läutet«, sagte er nach einigen Sekunden. »Keine Antwort ... Ich versuche die nächste ... Auch da keine Antwort. Vielleicht haben wir mit der letzten Nummer mehr Glück ... Nein«, sagte er nach einer weiteren Pause. »Kein Mensch ist zu Hause.«

»Wir verschwenden nur unsere Zeit. Am besten schlafen wir jetzt eine Runde.«

»Vor 7 Uhr steht Zakros sicher nicht auf.« O'Day schaute auf seine Armbanduhr. »Jetzt ist es 2.15 Uhr ... Also können wir uns vier Stunden aufs Ohr legen.« Als Riley aufstand und sich gähnend streckte, fügte O'Day hinzu: »Ich bin übrigens nicht deiner Meinung, was diese Zahlen betrifft. Zwischen ihnen muß irgendein Zusammenhang bestehen. Man hebt doch nicht grundlos eine solche Liste auf. Noch dazu in einem Leihwagen.«

»Aber es sind doch 20 oder 30. Glaubst du etwa, daß es 20 oder 30 Mitglieder in dieser ›Apollo-Brigade‹ gibt?«

»Nnnein. Nein, das glaube ich nicht, aber vielleicht benutzen sie ein ausgefeiltes Kommunikationssystem, und es handelt sich hier um die Nummern, die er zu einer vorher festgelegten Zeit anrufen soll.« O'Day zuckte die Achseln. »Gehen wir schlafen, Riley! Wir dürfen ihn morgen früh nicht verpassen. Unsere Vorgesetzten in London wären stinksauer, wenn er uns durch die Lappen ginge.«

16. KAPITEL

Donnerstag

»Eigentlich müßte die Ausgrabungsstätte irgendwo hier rechts sein.« Victoria hatte eine Landkarte auf den Knien liegen, während Edward chauffierte. Es war früher Nachmittag, und die Sonne goß gleißendes Licht über die Landschaft bei Eleusis. Die weißgebleichten Felsen blendeten die Augen, süßer Duft nach Feigen erfüllte die Luft.

Victoria war am Morgen von Edward angerufen und informiert worden, daß er mit der ersten Maschine aus London käme. Sie hatte immer noch unter Schock gestanden, als sie Edward am Flughafen getroffen hatte. Mit einem Leihwagen hatten sie Athen in Richtung Korinth verlassen, waren aber schon vor der Kreuzung abgebogen, die nach Theben führte.

Während der Fahrt hatte Edward Victoria in alle Neuigkeiten eingeweiht und auch erklärt, wieso Eleusis ihr Ziel war. »Ich ließ mir gestern eine Liste der derzeitigen Ausgrabungsstätten in Griechenland geben. Da bei den meisten dieser Arbeiten freiwillige Hilfskräfte gebraucht werden, erteilte man einem ›Amateur‹ – als solcher gab ich mich aus – bereitwillig am Telefon Auskunft.«

»Und?«

»Es gibt zur Zeit nur drei Stätten in Griechenland, die man mit Praxiteles in Verbindung bringen kann: Eleusis, Olympia und Knidos. Da Eleusis von Athen aus am schnellsten zu erreichen ist, fangen wir dort an.«

Eleusis lag zwar nicht weit entfernt, doch vom Flughafen aus hatten sie zuerst einmal Athen durchqueren müssen. Das war so heiß und anstrengend gewesen, daß sie in Eleusis Rast gemacht und einen Kaffee getrunken hatten, was Victoria die Möglichkeit geboten hatte, sich nach dem Weg zur Ausgrabungsstätte zu erkundigen. Sie waren dann in nördlicher Richtung weitergefahren, und Edward hatte sich besser als seit Tagen gefühlt. Die »Apollo-Brigade« hatte die Bombe noch nicht platzen lassen, und Griechenland wirkte auf ihn ausgesprochen entspannend.

Berghänge säumten die Straße, weiße Felsen leuchteten im Sonnenlicht. Plötzlich beugte sich Victoria nach vorne. »Schauen Sie mal ... dort drüben.« Ein Weg bog rechts ab, wie eine Kreidespur, die sich irgendwo in der Landschaft verlor. »Ach, da ist ja auch ein Schild.« Reichlich windschief war ein Brett an einen Pfosten genagelt worden. Griechische Buchstaben. »Es heißt ›Tempel‹«, übersetzte Victoria.

»Das muß es sein.«

»Ich komme mir wie auf dem Präsentierteller vor«, meinte Victoria, als Edward von der Hauptstraße abbog. »Man wird uns sehen, lange bevor wir jemanden sehen.«

»Wir tun so, als wären wir Touristen. Also bitte kein fließendes Griechisch sprechen«, sagte Edward lächelnd.

Der Karrenweg führte steil hinauf, und schon bald war die Straße außer Sicht. Vor ihnen zogen sich niedrige Anhöhen in weiter Folge hin, jede heller als die vorherige, bis alles im Dunst zu verschwinden schien. Es gab kaum Bäume, meist nur niedriges Buschwerk. Nach ungefähr fünf Minuten kamen sie zu einem flachen Areal, das etwa so groß wie ein Fußballplatz und am hinteren Ende in den Hügel eingegraben war. Die Gegend machte einen völlig verlassenen Eindruck.

»Kein Mensch könnte in dieser Hitze graben. Die müssen verrückt gewesen sein, überhaupt hier zu bauen.« Victoria schaute sich um, um sicher zu sein, daß niemand sie beobachtete.

»Verrückt oder in dem felsenfesten Glauben, daß die Götter diesen Landstrich bewohnten. Auf jeden Fall sind wir hier falsch. Die Information stimmte nicht, denn die Ausgrabungsarbeiten sind schon seit längerem beendet. Man hat sogar schon den Boden wieder geglättet.«

Es wurde unerträglich heiß im Wagen. »Wohin nun?« erkundigte sich Victoria und stellte die Klimaanlage kälter.

»Olympia.« Edward legte den Gang ein. »Ich bete zu Gott, daß wir dort richtig sind.«

»Warum? Was stört Sie denn an Knidos?«

»Mich stört daran, daß diese Ausgrabungsstätte auf einer Landzunge in der Türkei liegt. Total isoliert. Falls Kolettis sich dort aufhält, wird ihm unsere Ankunft kaum entgehen.«

Sir Francis Mordaunt registrierte mit Entsetzen die vielen Leute, die in der Cafeteria der Tate Gallery Schlange standen. In seinem Leben hatte er selten mit der Masse Mensch zu tun gehabt und hätte liebend gern auch jetzt auf diese Erfahrung verzichtet. Er warf einen Blick auf den schmächtigen Polizisten aus Wales, der in seiner Nähe stand. Leith glich den Leuten, die da so brav warteten. Er war wie sie gekleidet, lebte vermutlich in ähnlichen Wohnverhältnissen und hielt Messer und Gabel auf die gleiche Weise. Mordaunt war ein Snob, und zwar aus Überzeugung. Insgeheim empfand er es als unter seiner Würde, hiersein zu müssen, aber es blieb ihm keine andere Wahl. Nach der Zusammenkunft mit dem Premierminister hatte er seinen ganzen Tagesplan umgeworfen und auf den Anruf gewartet, der auch tatsächlich vor kurzem gekommen war.

Er fixierte finster einen griechisch aussehenden Jugendlichen in der Schlange vor ihm. Die Morgennachrichten hatten ihm einen kleinen Schock versetzt. Während der Nacht war eine ganze Anzahl von Gebäuden in England mit Graffiti beschmiert worden. Alle diese Gebäude – die National Gallery am Trafalgar Square, Downing College in Cambridge, das Rathaus von Birmingham, die Royal Scottish Society in

Edinburgh – hatten etwas gemeinsam: Sie waren dem Parthenon nachempfunden oder zumindest von der griechischen Baukunst beeinflußt. Die Graffiti waren jeweils auf die Säulen der Gebäudefassade gesprüht worden, ein Buchstabe pro Säule, und zwar meterhoch. KLEPTOS – das griechische Wort für Dieb.

Das war schon beunruhigend genug gewesen, aber am Vormittag war außerdem die BBC von einer Organisation angerufen worden, die behauptete, für die Schmierereien verantwortlich zu sein. Diese Organisation nannte sich »Die Feinde von Elgin« und hatte die unverzügliche Rückgabe der Elgin Marbles gefordert. Sonst, so hatte der Sprecher angedroht, würden sich ihre Aktionen ausweiten. Außerdem hielten gerade jetzt die Treuhänder des British Museum ihre Sitzung ab, und die konnten auch ganz schön Schwierigkeiten machen.

Die »Apollo-Brigade« hatte so gegen 11.30 Uhr angerufen und die übliche halbe Stunde eingeräumt, um diesmal in die Tate Gallery zu gelangen. Leith vertrieb sich die Zeit damit, Pfefferminzbonbons zu lutschen. Mordaunt fiel es schwer, so stillzustehen. Er bekam einen starren Blick, als ein dünner, verwahrloster Mann aus der Karibik die lange Reihe der Telefone abklapperte und bei jedem Apparat mit dem Finger nach liegengebliebenen Münzen fischte. Es könnte ja sein, daß jemand sie vergessen hätte. Was für eine Art ...

Eines der Telefone läutete.

Mordaunt war einen Moment verwirrt, trat dann aber in die Zelle. Der Westinder trollte sich.

»Andover?«

»Nein ... Mein Name ist Mordaunt.«

»Wo ist Andover? Was ist los? Ich dachte mir doch eben schon, daß die Stimme anders klingt.«

»Andover verlor beim letzten Telefonat die Geduld. Er war zu ... leicht erregbar. Daher beschloß der Premierminister, ihn auszutauschen. Ich bin sein Vorgesetzter im Buckingham Palace. Ich ... habe engeren Kontakt zu Ihrer Majestät.«

»Und ...« Die Stimme zögerte. »Und wo ist Andover? Wo hält er sich auf?«

»In Schottland.« Auf diese Ausrede hatte er sich erst kurz zuvor mit Midwinter geeinigt. »Er bekam Urlaub. Um aus dem Weg zu sein. Keine Sorge ... Sonst hat sich nichts geändert. Sie können mit mir genauso sprechen wie mit Andover.«

»Ich mache mir keine Sorgen.« Doch die Stimme zögerte wieder, als ob der Sprecher sich überlegte, ob er weiterreden sollte. Schließlich sagte er: »Sie kennen die Geschichte mit dem Rubens in Wien?«

»Ja.«

»Das war eine Warnung. Eine weitere wird es nicht geben.«

»Ja, das dachte ich mir. Es wird auch nicht nötig sein, da wir auf Ihre Wünsche eingehen. Man hat mich, Andovers Vorgesetzten, mit der Sache betraut, um zu beweisen, wie ernst wir Ihre ... Warnung nehmen. Heute ist Donnerstag. Die Duveen Galleries werden am Wochenende schließen, so daß mit dem Rücktransport der Marbles eine Woche später begonnen werden kann.«

»Gut, aber nicht gut genug.«

»Was!« rief Mordaunt, senkte dann aber die Stimme. »Sprechen Sie weiter.«

»Sie müssen bezahlen für das, was Sie getan haben. Was Andover tat. Wir kürzen die Frist. Die Marbles müssen schon früher auf dem Meer sein, auf ihrem Weg nach Griechenland. Heute in einer Woche ...«

Mordaunt stöhnte unwillkürlich.

»Ich wiederhole es noch einmal: Auch Sie sind lediglich Vermittler. Mich interessieren Ihre Ansichten und Reaktionen nicht. Sie sollen nur die Anordnungen befolgen. Es ist uns egal, wann Sie Ihre kostbaren Duveen Galleries schließen oder ob Sie sie offenlassen. Wichtig ist nur, daß die Marbles innerhalb der nächsten Woche unterwegs sind.«

»Ja.«

»Das klingt schon besser. Hören Sie jetzt gut zu. Am Samstag rufe ich wieder an, aber dann genügen nicht einmal Sie mir, Sir Francis, Sie mit Ihrer besonderen Beziehung zu Ihrer Majestät.«

Mordaunt hielt unwillkürlich den Atem an. Was kam jetzt? »Reden Sie weiter.«

»Das nächste Telefonat wird das wichtigste von allen sein. Wir benötigen dann gewisse Zusicherungen. Und deshalb, Sir Francis, möchte ich – möchten wir, die ›Apollo-Brigade‹ – diese Zusicherung von höchster Stelle. Das nächste Mal rufe ich im Buckingham Palace an, und ich lege Wert darauf, mit der Queen persönlich zu sprechen.«

»Er geht zu seinem Wagen zurück. Wir müssen ihn jetzt getrennt beschatten.« Riley trank hastig den letzten Schluck Kaffee und legte etwas Geld auf den Tisch. Beide standen auf und verließen fast im Laufschritt den Bahnhof. »Okay, ich bleibe ihm auf den Fersen«, sagte Riley. »Du überprüfst die Telefonzellen und nimmst dir dann ein Taxi zum Haus des Griechen. Irgendwann muß er ja dorthin zurückkehren.«

Nach nur vierstündigem Schlaf im Hotel hatten O'Day und Riley die Beschattung von Zakros wiederaufgenommen. Zakros hatte dafür um so länger geschlafen. Als er schließlich am Vormittag aufgetaucht war, war er zu einem Café in Basel gefahren, wo er ein spätes Frühstück zu sich genommen und dabei Zeitung gelesen hatte. Hinterher war er am Fluß entlangspaziert, scheinbar ziellos, hatte dann aber an der nächsten Dampferanlegestelle eine Telefonzelle betreten. Ein relativ kurzer Anruf. Riley und O'Day hatten beschlossen, die Nummer des Telefons erst später zu überprüfen und zunächst lieber Zakros zu folgen. Sein nächstes Ziel war der Hauptbahnhof gewesen, wo sie Zeit gehabt hatten, einen Kaffee zu trinken, denn Zakros hatte sich vor eine Reihe Telefonzellen gestellt und offenbar auf etwas gewartet, da er ab und zu auf seine Armbanduhr sah. Inzwischen war es fast 13 Uhr geworden.

Plötzlich hatte O'Day leise durch die Zähne gepfiffen. »Natürlich! Riley, wir sind wirklich total vernagelt.« Er hatte aufgeregt gewirkt, mit glänzenden Augen. »Der Anruf vorhin von der Anlegestelle ... Das könnte das erste Gespräch mit dem Palast, mit Mordaunt gewesen sein. Zakros gab ihm den Ort an, wohin er gehen sollte, und wird ihn jetzt gleich von hier aus ein zweites Mal anrufen. Zakros ist unser Mann. Er hat die Gemälde in Obhut und führt die Verhandlungen.« O'Day war immer aufgeregter geworden und plötzlich auch heilfroh, daß man ihn nach Basel geschickt hatte. »Du behältst ihn im Auge. Ich versuche inzwischen, Lockwood an die Strippe zu kriegen.«

Und so hatte Riley beide gleichzeitig, O'Day und Zakros, beobachten können, nur drei Telefonzellen voneinander entfernt. Auch O'Day hatte gelegentlich zu Zakros hinübergeschielt, um ihn nicht zu verpassen, falls er plötzlich verschwand. Doch O'Day war zuerst fertig gewesen und hatte sich wieder zu Riley gesellt. »Scheint zu stimmen. Lockwood war nicht erreichbar, aber ich sprach mit Midwinter. Er bestätigte, daß Mordaunt gerade eben mit dem Griechen telefonierte und auf dessen Anweisung hin unterwegs zur Tate Gallery war.«

Gerade da hatte Zakros sein Telefonat beendet. Riley heftete sich an seine Fersen.

O'Day überzeugte sich davon, daß beide Autos abgefahren waren, bevor er zu den Telefonzellen zurückkehrte. Es war durchaus möglich, daß der Grieche von einem Kollegen beschattet wurde, während er diese entscheidend wichtigen Telefonate führte. An einem Zeitungsstand in der Nähe blätterte O'Day einige Zeitschriften durch, bis die Zelle frei war, in der Zakros telefoniert hatte. Er trat hinein, nahm den Hörer ab und wählte auf gut Glück irgendeine Nummer. Da nicht ausgeschlossen war, daß auch er beobachtet wurde, redete er irgend etwas vor sich hin, obwohl er sich dabei reichlich töricht vorkam. Währenddessen prägte er sich die Nummer des Apparates in der Zelle, die neben der

Wählscheibe stand, ein. Dann legte er den Hörer auf. Die Nummer vor sich hin murmelnd, durchquerte er die Vorhalle des Bahnhofs, fand schließlich die Toiletten und riegelte hinter sich zu. Er zog die Liste mit Nummern aus der Tasche, schrieb die Nummer auf, die er sich gemerkt hatte, und verglich sie mit den anderen. Fehlanzeige.

»Oh, mein Gott, wie viele Busse! Hier treiben sich ja mindestens 2000 Leute rum.« Victoria schaute durch ihr Fernglas zur Ausgrabungsstätte hinüber. »Das totale Gegenteil von Eleusis. Hier wimmelt's von Menschen.«

Die Ruinen des antiken Olympia erstreckten sich vor ihnen, weißes Gestein in einer flachen Mulde, gesäumt von Zypressen, Olivenbäumen und einigen Eichen. Victoria und Edward hatten in Korinth übernachtet und in Olympia zu Mittag gegessen, nachdem sie sich Hotelzimmer besorgt hatten. Inzwischen war es schon nach 14 Uhr.

»Wo fangen wir mit unserer Suche an? Und wie?« Edward hielt sich die Hand über die Augen, da die Sonne ihn sehr blendete.

»Wir sind einfach Touristen, wie alle anderen.«

Zum Glück führte eine baumbestandene Allee zu den Ruinen, die in dieser Gluthitze angenehmen Schatten bot. Als sie den Eingang passiert hatten, traten sie in der Nähe des Heratempels an eine große Übersichtskarte.

Victoria deutete auf eine Stelle. »Da ist ein Areal rot umrandet, also der Zutritt verboten. Sind dort die Ausgrabungsarbeiten im Gange, was meinen Sie?«

Edward spähte über Victorias Schulter und konnte dabei den zarten Duft ihres Haars riechen. »Schauen wir selber nach«, schlug er vor.

Sie versuchten, sich möglichst im Schatten zu halten, während sie weiterspazierten. Die weißen Marmorblöcke und Säulen des Heratempels waren aufgebahrt wie die gebleichten Knochen eines seltsamen, gewaltigen toten Tieres. Schließlich gelangten sie zu einer Stelle, die abgesperrt war.

Auf einem roten Metallschild stand in weißen Buchstaben »Privat«. Hinter der dicken Kette führte ein kurzer Pfad zu zwei Holzhütten mit einem tiefer gelegenen Areal, wo vermutlich ausgegraben wurde. Von ihrem Standpunkt aus war jedoch nichts zu erkennen.

»Wir dürfen nicht so auffällig hinstarren«, sagte Victoria warnend. Sie sah sich kurz um und bedeutete dann Edward, ihr zu folgen. Gemeinsam stiegen sie einen kleinen Abhang hinauf, wo einige weiße Säulen höher zum Himmel aufragten als die meisten anderen. Sie stellten sich in den Schatten der Säulen. »Von hier aus können wir Ausschau halten.«

»Ausschau halten nach wem?« erkundigte sich Edward zweifelnd. »Wir wissen ja nicht, wie Kolettis aussieht.«

»Wir halten Ausschau nach dem ersten besten, der kommt oder geht, der hier arbeitet. Dann folgen wir ihm, begegnen ihm rein zufällig... Und dann fragen wir nach Professor Kolettis.«

»Einfach so? Es muß doch plausibel klingen...«

»Darüber machen wir uns heute abend beim Essen Gedanken. Es hat keinen Zweck, noch weiter hierzubleiben. Die graben heute nachmittag bestimmt nicht weiter, nicht in dieser Hitze. Wir müssen morgen ganz früh wieder herkommen.« Victoria ging Edward voran den Abhang hinunter.

In die Stadt zurückgekehrt, machte Victoria einen Spaziergang, während sich Edward ins Hotel flüchtete, um kalt zu duschen. Er hatte sich nur ein Handtuch umgewickelt, als sie auf den Balkon trat, den beide Zimmer gemeinsam hatten. Als sie ihn sah, hielt sie eine griechische Zeitung hoch.

»Steht was Neues drin? Irgendwas Interessantes?« fragte Edward.

»Das kann man wohl sagen. Die Regierung hat angekündigt, daß die Duveen Galleries am Wochenende schließen.«

»Stell dir mal 'ne Zeitungsanzeige für diesen Job vor«, sagte Riley schlecht gelaunt. »Keine Mahlzeiten, keinen Schlaf, fast keinen Lohn. Wären wir doch im ›Cocotte‹ in Kopenhagen ... Rührei mit Wachteln und Kaviar, Ente mit ...«

»Verwöhnter Kerl«, brummte O'Day. »Außerdem würdest du gar nicht tauschen. Gib ruhig zu, daß dir's gefällt.« O'Day war Riley mit einem Taxi nachgefahren, und nun überwachten sie wieder gemeinsam Zakros' Haus.

»Gefallen würde mir das Steinbuttfilet, wie sie's im ›Buerehiesel‹ in Straßburg zubereiten, oder Kürbisgemüse mit Trüffeln, wie man's im ›Chantecler‹ in Nizza kriegt, oder ...«

»Da ist er!«

O'Day setzte sich auf. Da es schon seit einiger Zeit dunkel war, hatten sich ihre Augen daran gewöhnt. Das Licht in der Diele von Zakros' Haus war eingeschaltet und fast unmittelbar darauf wieder ausgeschaltet worden.

Die Haustür ging auf, und sie sahen Zakros in seinen Wagen steigen.

»21.30 Uhr«, flüsterte Riley nach einem Blick auf seine Armbanduhr. »Etwas spät für ein Abendessen hier in der Schweiz.«

»Laß ihm viel Vorsprung«, riet O'Day. »Er darf uns ja nicht bemerken.«

Riley ließ Zakros außer Sichtweite fahren, bevor er den Wagen anließ. Sie waren nur zwei Häuserblocks von einer sehr belebten Hauptstraße entfernt, wo sie ihn einholen konnten, ohne seine Aufmerksamkeit zu erregen. Zakros ließ das Stadtzentrum hinter sich, und einen Moment glaubte O'Day, daß sein Ziel die Telefonzelle am Flußufer wäre. Er hatte sie überprüft wie die Zelle im Hauptbahnhof, aber beide Nummern waren nicht auf der Liste verzeichnet. Inzwischen war Zakros in einen Außenbezirk Basels gelangt und hielt an einem Platz, an dem als erstes ein großes Kinocenter auffiel.

»Sag bloß, der Kerl geht ins Kino«, meinte O'Day. »Das wäre ein echter Witz.«

Sie parkten ihr Auto an der gegenüberliegenden Seite des Platzes und beobachteten, wie Zakros die Straßenbahngeleise überquerte und in Richtung Kino ging. Er kaufte jedoch keine Karte, sondern blieb in der Nähe der hell erleuchteten Schaukästen stehen.

»Vielleicht wartet er auf jemanden, der sich gerade den Film anschaut?« spekulierte Riley und versuchte, den Griechen im Rückspiegel weiter im Auge zu behalten.

»Das gefällt mir nicht«, erwiderte O'Day. »Eine weitere Kontaktperson in Basel kann doch eigentlich nur bedeuten, daß die Brigade uns entdeckt hat.«

»Nein! Wenn das stimmt, würden sie sich nicht treffen. Sie würden uns abhängen oder London Bescheid geben, und dann würde die ganze Sache platzen. Und ... Er hat sich wieder in Bewegung gesetzt!« Riley hatte den Griechen nicht mehr im Blickfeld des Rückspiegels.

»Aber nicht weit«, flüsterte O'Day. »Verdammt! Das hätte uns auffallen müssen. Er bekommt einen Anruf.«

Riley drehte sich um. Im Zentrum des Platzes befand sich eine Reihe von drei oder vier Telefonzellen. Zakros redete bereits, was darauf hindeutete, daß er angerufen worden war. »So halten sie vermutlich Kontakt untereinander. Anrufe unter seiner Privatnummer wären zu riskant.« Sie beobachteten, wie Zakros abwechselnd lebhaft sprach und dann wieder lauschte. Während er noch in der Telefonzelle stand, war die Vorstellung zu Ende, und die ersten Zuschauer verließen das Kino.

»Vielleicht trifft er doch noch jemanden«, spekulierte Riley. »Gib Obacht.«

Kaum hatte Riley dies gesagt, als Zakros einhängte und zu seinem Auto zurückhastete, ohne sich um die Leute zu kümmern. »Dieselbe Prozedur wie zuvor«, meinte Riley. »Ich fahre ihm nach, vermutlich nach Hause. Du schaust dir das Telefon an und nimmst dann ein Taxi.«

»In Ordnung. Aber setz mich lieber ein paar Häuser von hier entfernt ab, und ich laufe zurück, denn die Telefonzelle könnte ja überwacht sein.«

Riley nickte, fuhr los und folgte dem anderen Wagen in

einiger Entfernung. Er mußte warten, während eine Straßenbahn kreuzte, holte dann aber wieder auf und ließ zwei Straßen weiter O'Day aussteigen.

O'Day schlenderte zum Platz zurück, blieb aber immer wieder einmal stehen, um sich Schaufenster anzusehen, da er nicht so rasch in der Nähe der Kinos auftauchen wollte. Dort angekommen, studierte er noch einen Moment die Kinoplakate, fischte dann einen beschriebenen Zettel aus der Tasche und tat so, als suche er eine Telefonnummer, während er zu der Zelle hinüberging, die Zakros kurz zuvor benutzt hatte. Dabei schoß ihm durch den Kopf, daß Zakros möglicherweise jeden Tag einen Anruf bekam, jeweils in einer anderen Telefonzelle, aber vermutlich immer zur gleichen Zeit, um 22 Uhr. Sehr clever. Aber nun verhalf eben dies ihnen zu einem taktischen Vorteil. Er steckte Münzen in den Schlitz und wählte irgendeine Nummer. Während er dem Klingelzeichen lauschte, prägte er sich die Nummer des Telefons ein. Wenig später saß er in einem Taxi und schrieb die Nummer in das Taschenbuch, wo schon die anderen Nummern standen, die Riley in Zakros' Auto entdeckt hatte. Fast auf den ersten Blick sah er, daß die Telefonzelle am Kinocenter tatsächlich verzeichnet war.

»Ich gehe davon aus, daß Ihre Majestät keine Einwände gegen ein Telefonat mit dem ... Griechen hat?« Das mitternächtliche Komitee tagte, und Lockwood stand an seinem gewohnten Platz vor dem Kamin in seiner Privatwohnung. »Nun, da die Verhandlungen wieder laufen, dürfen wir sie kein zweites Mal aufs Spiel setzen.«

»Sie ist alles andere als begeistert.« Mordaunt fühlte sich in diesem Kreis nicht wohl, kam sich sogar fehl am Platze vor. Er wirkte sehr müde. »Aber natürlich wird sie ihre Rolle spielen.«

Der Premierminister nickte. »Die Ausdrucksweise des Griechen läßt doch darauf schließen, daß die Brigade eine neue Forderung stellen will, oder irre ich mich?«

»Sie haben recht«, stimmte Mordaunt zu. »Er sagte, daß die nächste Unterredung – ich zitiere – ›die wichtigste von allen ist‹.«

»Hat irgend jemand eine Ahnung, was das bedeuten könnte?«

Schweigen. Nur die alte Standuhr tickte.

Lockwood fixierte weiterhin den Oberstallmeister. »Also können wir nichts tun als abwarten. Übrigens ... falls jemand es noch nicht weiß, die Treuhänder des British Museum sind heute vormittag aus Protest geschlossen zurückgetreten.«

Mordaunt zuckte leicht die Achseln, als sei dies eine überflüssige Bemerkung.

Lockwood redete schon weiter. »In gewisser Weise gibt mir dieser Rücktritt der Treuhänder freie Hand. Die haben damit einen taktischen Fehler gemacht, aber na ja, die meisten von ihnen sind ja auch keine Politiker.« Er wandte sich an Leith. »Was gibt's sonst noch? Irgend etwas Erfreuliches?«

»Nichts Neues aus Griechenland, Sir. Victoria Tatton und Andover waren in Olympia, können aber noch nichts berichten. O'Day und Riley beobachteten, daß Zakros in einer öffentlichen Telefonzelle in Basel einen Anruf erhielt. Die Nummer des Telefons steht auf der Liste, die sie im Auto des Griechen fanden, so daß er also möglicherweise über verschiedene Telefone kontaktiert wird. Falls wir herausfinden könnten, wo sich diese Telefonzellen befinden, wäre es ein leichtes, eine Wanze einzubauen und die Gespräche mitzuhören. Doch vorläufig tappen wir leider noch im dunkeln. Vom Auswärtigen Amt erfuhr ich, daß sich immer noch Demonstranten vor unserer Athener Botschaft aufhalten. Der Abgesandte der griechischen Regierung hat anscheinend aufgegeben, bei Ihnen einen Termin zu bekommen.«

»Es wundert mich, daß die Griechen sich nicht noch mehr bemüht haben.« Midwinter hielt Lockwood sein Glas zum Nachfüllen hin.

»Warum sollten sie?« meinte Slocombe achselzuckend. »Wir stecken schon genug in Schwierigkeiten.«

»Vielleicht stecken wir in größeren Schwierigkeiten, als wir ahnen«, mischte sich nun Hatfield ins Gespräch. »Vermutlich erwartet uns morgen eine höchst unangenehme Kabinettssitzung.« Hatfield machte eine kleine Pause, als wolle er die Spannung steigern. »George Keld will die ganze Marbles-Misere zur Sprache bringen.«

Lockwood schnaubte. »Woher wissen Sie das?«

»Einer der stellvertretenden Chief Whips sah ihn in der Halle des Unterhauses mit Henry Misco, einem der Treuhänder des British Museum, die heute ihren Rücktritt erklärten.«

»Deshalb muß er die Frage der Marbles noch lange nicht im Kabinett vorbringen.« Kabinettssitzungen wurden traditionsgemäß am Donnerstag abgehalten. Diesmal war sie um einen Tag verschoben worden, da Lockwood am heutigen Morgen sofort ins Krankenhaus gefahren war, als er erfahren hatte, daß sein Enkel aus der Bewußtlosigkeit erwacht war.

»Zugegeben. Aber er kündigte Evelyn Allen an, daß er eine ›heikle Angelegenheit‹ zur Diskussion bringen wollte. Was könnte das sonst sein?«

»Ja, Sie haben recht. Verdammt! Wieviel er wohl weiß? Und wie zum Teufel kam er drauf?« Der Premierminister drehte sich zu Slocombe um. »Haben Sie's gehört, Eric? Man muß ihn daran hindern.«

»Haben wir was gegen Keld in der Hand?« Slocombe schaute von Lockwood zu Hatfield und dann zu Midwinter. »Etwas, das sich zum Feilschen eignet?«

Lockwood schwieg, Midwinter schüttelte den Kopf, Hatfield wirkte leicht betreten. »Da gibt's etwas ... Aber ich weiß nicht, wieviel sich damit anfangen läßt.«

Alle schauten ihn erwartungsvoll an.

»Er hat eine uneheliche Tochter.«

»Na, so was!« sagte Midwinter.

»Fabelhaft«, meinte Slocombe kaum hörbar.

Lockwood schwieg immer noch.

»Es passierte vor langer Zeit«, berichtete Hatfield. »Keld

ist jetzt 57, und seine Tochter ist schon 20 Jahre alt. Er zahlte der Mutter in all diesen Jahren genug für Unterhalt, Ausbildung und vermutlich auch noch etwas mehr – jedenfalls genug, um sie ruhigzustellen. Aber das wichtigste ist von unserem Gesichtspunkt aus, daß er bereits verheiratet war, als das Kind zur Welt kam.«

»Woher wissen Sie das?« erkundigte sich Lockwood, der im Grunde haßte, was er da hörte, aber lange genug in der Politik war, um eine solche Chance nicht ungenutzt zu lassen, wie widerwärtig auch die Begleitumstände sein mochten.

»Der Sohn meines Wahlkampfleiters war mal der Freund von Kelds unehelicher Tochter. Die Tochter erzählte es ihrem Liebhaber, der Liebhaber seinem Vater und der Vater schließlich mir. Bis vor wenigen Minuten hatte ich das Ganze vergessen, denn es spielte ja keine Rolle ... bis jetzt.«

»Und nun spielt es plötzlich eine große Rolle«, murmelte Slocombe.

»Aber Unehelichkeit ist heute nicht mehr so eine Schande wie früher«, warf Midwinter ein. »Nach allem, was ich lese, ist die halbe Bevölkerung unehelich.«

»Die halbe Bevölkerung versucht aber nicht, Premierminister zu werden«, murrte Slocombe. »Keld kann nicht riskieren, daß dies bekannt wird. Er wird die andere Sache fallenlassen.«

»Hoffentlich haben Sie recht.« Lockwood wirkte noch nicht überzeugt.

»Darauf würde ich viel wetten. Und zwar mein eigenes Geld«, meinte Slocombe grinsend. »Na, kommen Sie, Bill, Kopf hoch. Machen Sie kein so angewidertes Gesicht. Wir steckten schon tiefer im Schlamassel. Verlieren Sie etwa den Spaß an der Sache?«

Lockwood zuckte die Achseln. »Vielleicht. Wenn er bei der Wahl um den Parteivorsitz gegen mich antritt..., dann zeigt allein das schon die Stärke der innerparteilichen Opposition, auch wenn er nicht gewinnt. Das könnte verhängnisvoll für unsere Partei sein.« Er wanderte quer durch den Raum und stellte die Whiskyflasche in den Schrank zurück. Mit dem Rücken zu den anderen fügte er hinzu: »Vielleicht haben Sie recht, Eric, und Keld wird den Rückzug antreten, wenn er erfährt, daß wir von seiner unehelichen Tochter wissen. Möglich ist aber auch, daß er explodiert und es darauf ankommen läßt.«

Giles Wittington richtete seine fast bleistiftdünne Taschenlampe auf den Aktenschrank. Das Schild auf dem Karteikasten lautete: »Jaffe – Newman«. Er öffnete die Kartei fast geräuschlos. Von Natur aus schon ein sorgfältiger, ordentlicher, ruhiger Mann, hatte sein Job diese Eigenschaften noch verstärkt.

Sir Martin Ogilvy hatte alles bestens arrangiert. Wittington war wie einer der vielen anderen Touristen gegen 16.30 Uhr ins Museum gekommen. Ogilvy hatte ihm erklärt, wo die Personalakten aufbewahrt wurden und wo, wie der Direktor ihm versichert hatte, nach 17 Uhr kein Mensch mehr sein würde. Vom Aktenarchiv konnte man durch zwei Fenster in einen kleinen Innenhof des Museums schauen. In einer angrenzenden, fensterlosen Kammer wurde stapelweise Briefpapier aufbewahrt. Dort hatte sich Wittington versteckt, bis es dunkelte, weil ihn der Direktor gewarnt hatte, daß die Sicherheitsbeamten zwar nicht routinemäßig nachts das Aktenarchiv überprüften, es aber sicher täten, falls sie dort einen verdächtigen Lichtschein bemerkten.

Bob Leith hatte ihm an die 30 Namen von Leuten gegeben, die im Museum arbeiteten und gewissermaßen ins Bild zu passen schienen: Wie fast alle politischen Terroristen waren sie zwischen 25 und 40 Jahre alt und waren erst in den letzten fünf Jahren eingestellt worden. Hinzu kamen noch all jene aus der Abteilung für griechische und römische Studien.

Wittington holte sich aus dem Archiv immer drei oder vier Personalakten auf einmal und nahm sie in die Kammer mit, wo er sie bei geschlossener Tür und bei elektrischem Licht in aller Ruhe studieren konnte. Mit dem ersten und zweiten

Schub hatte er kein Glück gehabt. Inzwischen war es fast 1 Uhr früh, und er überflog gerade die Personalakte einer gewissen Helen Maynard, einer Mitarbeiterin in der Keramikabteilung des Museums. Wittington sah auf den ersten Blick, daß ihre Handschrift nicht mit jener auf dem Briefumschlag übereinstimmte, den Riley in Basel entdeckt hatte und der per Kurier am heutigen Tag nach Downing Street gebracht worden war. Auf der nächsten Mappe stand »Errol Merton«, ein Fachmann für Metallkonservierung. Seine Schrift war eines Kalligraphen würdig, doch nicht die gesuchte. Auch die nächsten beiden waren unverfänglich, womit bereits zwölf Namen ausgeschieden waren. Er stapelte die Ordner aufeinander, löschte das Licht und kehrte ins äußere Büro zurück. Rötlicher Schein sickerte vom Hof herein, ließ aber vieles im Dunkeln, so daß sich Wittington sicher vor Beobachtung fühlte. Er ordnete die Akten wieder ein und nahm sich dann den nächsten Karteikasten vor: »Opie – Sonnabend«. Er sah diesmal im Halbdunkel genug, so daß er nicht seine Taschenlampe benutzen mußte. Als er die Liste von Leith zu Rate zog, stellte sich heraus, daß er diesem Kasten nur drei Personalakten entnehmen mußte: Vivian Russell-Roberts, Bernard Sackler und Eugenie Shelby. Moment mal, war Eugenie nicht ein griechischer Name?

Zurück in der fensterlosen Kammer, widmete er sich zuerst dieser Akte. Die Unterschrift auf Frau Dr. Shelbys Bewerbungsschreiben starrte ihm förmlich entgegen. Handschriften zu identifizieren war manchmal schwieriger als Nichtexperten ahnten, besonders, wenn nur wenige gemeinsame Buchstaben in zwei handschriftlichen Proben vorkamen oder wenn unterschiedliche Füller oder Kugelschreiber benutzt worden waren. Er legte beide Schriftproben dicht nebeneinander:

Mr. Nikos Zakros
Gstaadstraße 57
Basel/SCHWEIZ

Eugenie Shelby

Es gab erstaunlich wenig Überschneidungen. Lediglich die Buchstaben »e«, »i«, »S« und »l«. Die »e« sahen fast gleich aus, waren allerdings in zwei Fällen schlampig geschrieben. Die »l« hatten noch mehr Ähnlichkeit, aber bei den »i« hatte Wittington so seine Zweifel. Die Großbuchstaben »S« waren wenig hilfreich, da das eine mit dem »h« von Shelby verschlungen war, das andere, in SCHWEIZ, ein Druckbuchstabe. Wittington kam zu dem Schluß, daß es sich möglicherweise um dieselbe Handschrift handelte, aber er konnte nicht absolut sicher sein. Ob das wohl reichte? Bob Leith hatte betont, wie wichtig die Angelegenheit war und daß der Premierminister besonders daran interessiert sei. Vielleicht nahm er sich lieber auch noch die restlichen Namen vor, um kein Risiko einzugehen. Er wollte gerade die Shelby-Akte schließen und sich Vivian Russell-Roberts zuwenden, als ihm etwas auffiel. Eine getippte Eintragung ganz oben auf der Seite, weit weg von Eugenie Shelbys Unterschrift. Sie lautete: »Mädchenname«. Ein altmodischer Begriff, überlegte Wittington, heutzutage kaum noch gebräuchlich. Die Formulare waren eben veraltet. Aber das spielte ja keine Rolle. Was eine Rolle spielte, war, daß unter dieser Überschrift stand: »Chrysostomos«. Von Geburt war Eugenie Shelby also Griechin.

17. KAPITEL

Freitag

»Ich dachte, am Morgen wäre die Ausgrabungsstätte leer.« Victoria schaute auf ihre Armbanduhr. Es war gerade 9.30 Uhr.

»Deutsche und Holländer stehen eben früh auf. Außerdem ist es zu dieser Tageszeit angenehm kühl. Und für uns ist es sowieso gut. Wären nicht so viele Leute unterwegs, würden wir eher auffallen.«

Öffnungszeit war um 9 Uhr gewesen. Edward hatte es für klüger gehalten, nicht ganz vorne in der Schlange zu stehen, aber sie hatten trotzdem zu den ersten gehört. Nun beobachteten sie das abgesperrte Areal, wo ausgegraben wurde. Mehrere Helfer oder Angestellte waren inzwischen eingetroffen, aber bisher war noch niemand wieder herausgekommen.

Es versprach wieder ein glühendheißer Tag zu werden. Am Abend zuvor hatten Victoria und Edward in einem Restaurant am Hauptplatz Olympias gegessen und waren relativ früh ins Hotel zurückgekehrt. Dort hatten sie noch eine Weile geredet, hauptsächlich über Haydon. Victoria war durch Edwards Ankunft und durch die gemeinsame Autofahrt zwar etwas abgelenkt worden, doch ganz hatte sie nicht verdrängen können, welch entsetzliches Ende Haydon gefunden hatte. Sie hatte zwar keine panische Angst mehr wie im Hotel in Athen gehabt, aber dennoch am Abend unter jähen Anfällen von Depression gelitten. Sie hatten angrenzende Zimmer und einen gemeinsamen Balkon, wo Edward es sich mit einem Buch gemütlich gemacht hatte, bis Victoria endlich eingeschlummert war. Er hatte bemerkt, daß sie einige kleine Silbergegenstände von zu Hause mitgenommen und auf ihrem Nachttisch fein säuberlich aufgereiht hatte. Am heutigen Morgen schien sie sich wohler zu fühlen.

»Wie viele Leute sind wohl bei solchen Ausgrabungsarbeiten beschäftigt?«

Edward beschattete seine Augen mit der Hand. »Schwer zu sagen. 15, 20 ..., vielleicht auch mehr. In England gibt es immer viele freiwillige Helfer. Auf Ausgrabungen sind sie alle scharf, an Arbeitskräften herrscht nie Mangel. In Süditalien, in Teilen von Griechenland und der Türkei gibt es leider auch jede Menge illegaler Ausgrabungen. Heutzutage kriegt man für echte Altertümer einen Haufen Geld.« Er kniff die Augen zusammen. »Ich glaube, daß da gerade jemand rauskommt.«

Victoria folgte seinem Blick. Sie hatte gerade an einem Mückenstich herumgekratzt. »Stimmt. Sollen wir ihm beide folgen?«

»Was spricht dagegen?«

»Einer von uns könnte hierbleiben und sich dann einen anderen schnappen. Unsere Chancen verdoppeln.«

»Das leuchtet mir nicht ein. Falls Kolettis hier ist, werden es alle wissen, die hier arbeiten, auch wenn es nicht nur 20, sondern 40 sind. Außerdem wirkt es harmloser, wenn wir als Pärchen auftreten. Wir können so tun, als seien wir verheiratet. Na los, bevor wir ihn aus den Augen verlieren.«

Victoria und Edward folgten in einiger Entfernung dem hochgewachsenen, schlanken, dunkelhaarigen Mann, der langsam in Richtung Olympia ging. »Wir können ihn nicht einfach auf der Straße anquatschen«, meinte sie. »Warten wir, bis er in einen Laden oder in ein Café geht. Dann denken wir uns irgend etwas aus.« Aber der Mann ging nicht in einen Laden oder in ein Café, sondern zur Post. Sie beobachteten, wie er fast eine Viertelstunde anstehen mußte und dann mit einem Bündel von Briefen wieder herauskam. »Er scheint

Briefe für mehrere Leute abgeholt zu haben«, sagte Victoria. »Vielleicht lassen sich die Archäologen, die nicht von hier sind, ihre Post nachschicken.«

»Was hat er jetzt vor? In der Post wäre eigentlich eine gute Gelegenheit zum Ansprechen gewesen.«

Aber nun setzte sich der Mann tatsächlich in ein Café und bestellte Kaffee und Wasser, bevor er einen Brief öffnete. »Damit wissen wir, daß er nicht von hier ist«, sagte Edward. »Dann kennt er sicher auch Kolettis.«

Sie nahmen ganz in seiner Nähe Platz und bestellten ebenfalls Kaffee. »Den werde ich mir mal vornehmen«, schlug Victoria vor. »Hoffen wir, daß er Frauen mag.« Sie stand auf und trat an den Tisch des Mannes. Einen Moment bemerkte er sie nicht, schaute dann jedoch auf. »Ach, Verzeihung«, sprudelte sie hervor. »Sprechen Sie Englisch?«

Er nickte.

»Vielleicht irre ich mich, aber mein Mann und ich ...« – sie machte eine vage Handbewegung in Edwards Richtung – »... glauben, Sie heute an der Ausgrabungsstätte gesehen zu haben. Stimmt das?«

Wieder nickte der Mann.

»Wunderbar! Dann können Sie uns vielleicht helfen. Wir sind alte Freunde von Dimitri Kolettis und hörten, er sei hier irgendwo bei einer Ausgrabung. Man sagte uns, er arbeite an einem neuen Buch über ...« Sie brach ab und schaute hilfesuchend zu Edward hinüber.

»Über Praxiteles«, kam ihr der dunkelhaarige Mann zu Hilfe.

»Oh, dann ist er also hier!« Victorias Augen leuchteten auf.

»Nein, man hat Ihnen leider etwas Falsches berichtet. Soweit ich weiß, war er nie hier, und ich halte mich schon seit vier Monaten in Olympia auf.«

»Dann vielleicht irgendwo in der Nähe?«

Edward registrierte amüsiert, wie naiv und übersprudelnd Victoria sein konnte, wenn nötig.

»Nein, in der Nähe gibt es keine anderen Ausgrabungen. Tut mir leid, aber Kolettis ist nicht hier, und ich habe auch keine Ahnung, wo er sein mag.«

10.45 Uhr in Olympia bedeutete, daß es 8.45 Uhr in Downing Street war. Lockwood saß George Keld am Frühstückstisch gegenüber. Kalter Sommerregen prasselte gegen die Fensterscheiben. Keld war nicht viel größer als Lockwood. Sein eisgraues Haar schien das fahle Tageslicht einzufangen und umrahmte sein Haupt wie ein silberner Glorienschein. Auch in seinen Augen spiegelte sich das Licht und ließ sie feucht glänzen. Lockwood bot Keld Tee und Toast an. »Geht es Susan gut?« erkundigte er sich dabei.

»Ja, vielen Dank. Den beiden Jungens auch, denen die Schule viel Spaß macht. Und Sally?«

Lockwood wiegte bedächtig den Kopf. »Haßt immer noch diese Wohnung und ist sehr nervös wegen unseres Enkels im Krankenhaus ... Aber ansonsten ist bei uns alles in Ordnung.« Er machte eine kleine Pause. Die Einladung an Keld war überraschend ergangen, und beide waren keine Meister im Small talk. »Hatfield sagt, daß Sie im Kabinett eine bestimmte Angelegenheit zur Sprache bringen wollen.«

Kelds Teetasse blieb auf halbem Weg zu seinen Lippen plötzlich in der Schwebe.

Gut, dachte Lockwood. Die erste Runde an mich. Keld wußte also nicht, was wir wissen. »Ich habe keine Ahnung, wie Sie an diese Information kamen, aber ich würde es begrüßen, wenn Sie im Kabinett nicht davon anfingen, George. Ich kann es mir nicht leisten, daß dies bekannt wird.«

Keld war rot geworden, gewann aber rasch seine Fassung zurück. »Ich bin der Meinung, daß Sie einen Fehler machen, Premierminister. Einen großen Fehler. Nach meiner Einschätzung bringen Sie unsere Regierung in eine höchst gefährliche Lage, und all das wegen einer Sache, die vor 50 Jahren geschah.«

»Die Popularität – oder das Gegenteil – der Königsfamilie

ist kein überholtes, unwichtiges Thema, George. Nicht zu vergessen die zwei Kabinettsmitglieder, die in die Sache verwickelt sind. Sind Sie der Meinung, ich hätte es Ihrer Majestät überlassen sollen, ganz allein mit diesen Leuten ... mit dieser Brigade fertig zu werden?«

»Offen gesagt, ja, genau das wäre mein Ratschlag gewesen, wenn Sie mich gefragt hätten.«

»Und im Falle einer Indiskretion hätten Sie in aller Ruhe dagesessen und zugeschaut, wie man öffentlich über die Queen und ihre Familie herfiele?«

»Es ist nicht unser Kampf, Bill. Warum soll unsere Regierung für die Schwächen eines Mannes büßen, der seit Jahren tot ist?«

»Es ist sehr wohl unser Kampf! Wie gesagt, zwei Kabinettsmitglieder sind involviert – zumindest ihre Familien, und das sollte besser nicht bekanntwerden.«

»Aber bedenken Sie den Schlamassel, in den Sie immer tiefer geraten ... Demonstrationen, der Rücktritt der Treuhänder vom British Museum, Farbschmierereien an den Gebäuden. Es könnte Ihr Untergang sein, Bill.«

»Nicht, falls Sie darauf verzichten, die Sache im Kabinett zur Sprache zu bringen, George. Wir haben ein Team, das daran arbeitet und gute Fortschritte macht. Schon bald können wir gegen die Brigade losschlagen.«

»Bald könnte zu spät sein.«

»Nur falls Sie auf Ihrem Vorhaben beharren, George. Falls Sie das Kabinett einweihen, dann ist jede Geheimhaltung zum Teufel und gleichzeitig auch jede Chance, die ›Apollo-Brigade‹ zu fassen und unauffällig zu vernichten. Die Königsfamilie würde in aller Öffentlichkeit bloßgestellt ... Wenn sich das vermeiden läßt, dann werde ich's tun. Noch etwas: Die Wähler würden merken, daß die Regierungsmannschaft uneins ist und einzelne Mitglieder bei einer Verschleierungskampagne mitmachten. Wie sich das auf unsere Chancen bei der nächsten Wahl auswirkt, darüber kann man nur spekulieren.«

»Tut mir leid, Bill, aber ich sehe es nicht wie Sie. Ich finde, Sie haben die ganze Sache falsch angepackt. Nicht nur, weil Sie sich entschieden, dem Palast zu helfen, sondern auch deshalb, weil Sie Ihre Kollegen von der Regierungsbank nicht einweihten. Falls es je etwas gab, das förmlich nach einer Kabinettsentscheidung schrie, dann dies hier.«

Keld war halsstarrig. Lockwood erkannte, daß ihm keine Wahl blieb, als Hatfields intime Information zu benutzen, so zuwider ihm das auch war. »Aber Verschwiegenheit kann doch sehr nützlich sein, finden Sie nicht, George? Selbst Sie ziehen es gelegentlich vor, verschwiegen zu sein.«

»Was meinen Sie damit?« erkundigte sich Keld stirnrunzelnd.

»Ich denke da an eine Episode ... vor langer Zeit ... vor sehr langer Zeit. Als Sie viel jünger und, nun ... vielleicht nicht gerade leichtsinnig waren, aber eben Pech hatten.«

Keld sagte nichts. Hart im Nehmen, dachte Lockwood anerkennend. Keld wußte sicher, worauf der Premierminister anspielte, wollte ihn aber dazu zwingen, es auszusprechen. »Wie man mir erzählte, George, waren Sie verheiratet zur Zeit dieses ... Mißgeschicks. Ein Kind, eine Tochter. Ich glaube, sie heißt Linda, nicht wahr? Inzwischen so an die 20 Jahre, würde ich schätzen. Eine ganz verborgene Seite von Ihnen, George. Nicht, daß ich es verurteile, aber ...«

»Sir!« Keld schaute Lockwood wutentbrannt an. »Ich möchte Sie nicht falsch verstehen. Schlagen Sie mir einen Handel vor? Wenn ich diese peinliche Affäre im Kabinett auf die Tagesordnung setze, posaunen Sie aus, daß ich eine uneheliche Tochter habe ... Das ist Erpressung.«

»Mir gefällt Ihre erste Wortwahl besser. Ein Handel.«

»Und wenn ich nicht einverstanden bin?«

»Wenn Sie nicht einverstanden sind, werden Sie uns vermutlich beide stürzen.«

»Gesetzt den Fall, wir einigen uns diesmal, woher weiß ich dann, daß Sie Lindas Existenz nicht irgendwann in der Zukunft wieder gegen mich ausspielen werden?«

»Wissen können Sie's nicht, George. Sie müssen's mir schon auf mein Wort hin glauben. Genau deshalb ist mir der Begriff ›Handel‹ lieber. Eine Gefälligkeit gegen eine andere Gefälligkeit. Nicht wiederholbar. Sie hoffen, eines Tages mein Nachfolger zu werden, und zwar je eher, desto besser. So schätze ich Sie zumindest ein. Sie hofften sogar, schon in diesem Oktober gegen mich antreten zu können ... um den Parteivorsitz. Daher rührt teilweise – sogar größtenteils – Ihr Wunsch, über diese Erpressungsgeschichte heute im Kabinett zu diskutieren. Sie möchten, daß ich als Parteivorsitzender möglichst noch vor der nächsten Wahl abgesetzt werde. Ich will damit sagen, daß Ihre Chance schon noch kommt. Wenn ich von der Politik genug habe, werde ich Ihnen nicht im Wege stehen und werde Linda auch nicht gegen Sie benutzen. Aber ich gebe diese Adresse hier nicht auf, sosehr auch Sally die Wohnung haßt, weil meine eigene Partei einen Putsch inszeniert. Ich habe fast alle gegenwärtigen Kabinettsmitglieder gefördert, Sie eingeschlossen, George, also glauben Sie bloß nicht, Sie könnten mich ausschalten. Wenn Sie's versuchen, trete ich Ihnen in die Eier!« Lockwood schaute auf seine Armbanduhr. »So, jetzt haben wir genug geredet ... Sie müssen arbeiten, und ich auch. Sind wir handelseinig – oder nicht?« Der Premierminister lehnte sich zurück, ließ Keld aber nicht aus den Augen.

Keld war kein Feigling, das mußte Lockwood ihm zugestehen. Der Verteidigungsminister schaute den Premierminister eine ganze Minute ruhig an, ohne mit der Wimper zu zucken. Zweifellos erwog er das Ganze ein letztes Mal. Endlich sagte er ohne jede Gefühlsregung: »Wir sind handelseinig.«

Auf der Titelseite des *Evening Standard* stand in fetten Lettern:

BRANDSTIFTER LEGEN FEUER IN GRIECHISCHER KIRCHE
HAGHIA SOPHIA AUS RACHE ANGEZÜNDET
WERTVOLLE IKONENWAND ZERSTÖRT

Es folgte der ausführliche Bericht: Gestern nacht drangen Brandstifter gewaltsam in die griechisch-orthodoxe Kirche in der Moscow Road, Bayswater, ein und legten Feuer. Eine Ikonenwand, auf der mehrere Heilige dargestellt sind und die Millionen Pfund wert ist, wurde ein Opfer der Flammen, die auch viele Kirchenbänke, den Altar und den Chorraum in Asche legten. Polizei und Feuerwehr vermuten aufgrund von Graffiti im Inneren der Kirche, daß der Anschlag eine Vergeltungsmaßnahme für die kürzlich erfolgten Angriffe sein soll, die sich gegen Gebäude im »griechischen Stil« richteten, wie die National Gallery am Trafalgar Square oder Downing College in Cambridge. Ronald Old von der Notting Hill Feuerwehr sagte, eines der Graffiti lautete: »Adieu Kebab-Kirche!« Und ein anderes: »Haut ab, Griechen – aber die Marbles bleiben!« Ein Sprecher des Büros von Erzbischof Gregor Lysiptos, dem religiösen Oberhaupt der griechischen Gemeinde in Großbritannien, beklagte die Brandstiftung: »Die griechische Gemeinde lebte bisher in völliger Harmonie mit ihrer Umgebung, doch dieser Angriff auf das wichtigste Heiligtum unserer Religion auf britischem Boden ist schockierend und ein Frevel. Falls dieser Vandalismus eine Vergeltung für die Schmierereien an pseudogriechischen Gebäuden in England sein sollte, so kann der Erzbischof nur beide Aktionen zutiefst bedauern und die britische Regierung auffordern, möglichst rasch eine Lösung für dieses Problem zu finden.«

Der Sprecher fügte hinzu, daß die Ikonenwand, die in griechisch-orthodoxen Kirchen das Kirchenschiff vom Altarraum trennt, aus mehreren Heiligenbildern bestand, die von griechisch-orthodoxen Gläubigen ganz besonders verehrt werden. »Sie wurden von unbekannten Meistern aus dem 15. und 16. Jahrhundert in Griechenland und Zypern gemalt und um 1920 nach London gebracht. Auf dem Kunstmarkt wären sie heute mehrere Millionen Pfund wert, doch abgesehen davon ist ihr Verlust ein schwerer Schlag für viele Griechen, die in London leben und hier zur Kirche gehen.«

Ein Sprecher der Griechischen Gesellschaft in England, Kostos Kyriakos, behauptet, daß die Regierung verantwortlich für das Verbrechen sei. »Die britische Regierung sollte ihrem eigenen Volk und dem griechischen Volk genau erklären, was mit den Parthenon-Marbles geschehen wird. Kehren sie nach Griechenland zurück oder nicht? Nach der Ankündigung, daß sie eine Rückgabe ›erwäge‹, hüllt sich dieselbe Regierung nun in Schweigen. Als Folge davon droht die Situation außer Kontrolle zu geraten. Niemand will derartige Vorfälle, wie sie nun an der Tagesordnung zu sein scheinen. Mister Lockwood sollte handeln, und zwar jetzt.«

Ein Sprecher von New Scotland Yard sagte, die Polizei verfolge im Zusammenhang mit dem Brand in der griechischen Kirche mehrere Spuren. Eine genauere Stellungnahme werde in Kürze erfolgen.

Giles Wittington hatte nie zuvor so viele bekannte Gesichter aus solcher Nähe gesehen. Tom Lessor erkannte er als ersten, da dieser erst in der vorherigen Woche im Fernsehen aufgetreten war. Nun kam er mit dem Umweltminister, James Hammond, aus dem Sitzungsraum in die Halle von Nr. 10. Ihm folgte der Finanzminister, Frank Massie, der sich mit Ian Dunlop, Minister für Schottland, und John Waymouth, Erziehungsminister, unterhielt.

Wittington wartete mit Mordaunt, Leith und Eric Slocombe. Der Premierminister wollte sie gleich nach der Kabinettssitzung sehen.

Als die Minister das Haus verließen, sickerte durch die offene Tür fahles Sonnenlicht in den Korridor. Nun tauchten Jocelyn Hatfield, Chief Whip und Mary Fraser, Sozialministerin, auf der Schwelle zum Sitzungsraum auf. Gleich hinter ihnen mit finsterem Gesicht George Keld, der Verteidigungsminister, und schließlich noch Robert Standish, der Minister für Industrie und Handel.

Wittington fühlte einen leichten Schlag auf der Schulter und drehte sich um. Leith wedelte mit einem Blatt Papier in seine Richtung. »Hier habe ich Eugenie Shelbys Adresse. Anscheinend lebt sie von ihrem Mann getrennt, und wir versuchen gerade, ihren Ex-Ehemann ausfindig zu machen.« Wittington schaute auf die Uhr – 12.45 Uhr. Er war ziemlich erschöpft, da er nachts nicht geschlafen hatte. Bis zum Morgengrauen war er im Archiv geblieben und hatte sich dann in einer der Toiletten fürs Personal eingesperrt, wie Ogilvy ihm geraten hatte. Einige Minuten nach 10 Uhr hatte er die Toilette verlassen, war in die Rolle eines frühen Besuchers des Museums geschlüpft und etwa eine halbe Stunde durch die Säle geschlendert, bevor er das Gebäude verlassen hatte. Dann war er direkt zu Leith gefahren, der ihn kurz ausgefragt, dann zum Frühstücken geschickt und schließlich hierher gebracht hatte. Ein verdammt anstrengender Auftrag...

»Ich glaube, wir können jetzt reingehen«, meinte Slocombe und führte sie in den Sitzungsraum, wo Evelyn Allen sich halblaut mit dem Premierminister unterhielt. Slocombe stellte sich mit seinem Grüppchen auf die andere Seite des Tisches, und sie warteten darauf, daß der Premierminister und der Kabinettsminister ihr Gespräch beendeten. Schließlich nickte Allen Slocombe zu und verließ gleich darauf den Raum. Slocombe setzte sich an den Tisch, und die anderen folgten seinem Beispiel.

»Wie lief es heute im Kabinett?« erkundigte sich Slocombe.

»Unser Geheimnis blieb gewahrt... jedenfalls vorläufig«, erwiderte Lockwood und schaute dann Leith an. »Diese Brandstiftung in der Kirche ist ein böser Rückschlag.«

Leith nickte. »Aber an anderen Fronten gab es Fortschritte, Sir. Dies ist übrigens Wittington.«

Lockwood und der Graphologe nickten sich zu.

Leith redete weiter: »Die gesuchte Person im British Museum heißt Eugenie Shelby. Wittington ist ziemlich sicher, daß die Handschriften übereinstimmen, aber fast ebenso wichtig ist, daß Shelby der Name ihres Mannes ist. Von Geburt ist sie Griechin. Die Shelbys leben inzwischen getrennt, und wir versuchen, den Ehemann aufzutreiben, da er uns womöglich helfen kann. Eugenie arbeitet als Konservatorin im Museum. Heute vormittag sprach ich mit Ogilvy, der sie sogar persönlich kennt... Sie ist auf die Erhaltung von Skulpturen spezialisiert.«

Lockwood nickte und sprach dann Wittington an. »Sind Sie sicher, daß diese Eugenie Shelby die gesuchte Person ist?«

»Sir, da ich die ganze Nacht im Museum verbringen mußte, schaute ich mir die Akten aller Personen auf der Liste an, die mir Inspektor Leith gab. Wenn man nur Unterschriften zum Vergleichen hat, kann man natürlich nicht hundertprozentig sicher sein. Aber Eugenie Shelbys Schrift ist von all denen, die ich überprüfte, die ähnlichste. Hat man Ihnen gesagt, daß im Museum 700 Leute angestellt sind? Überprüft habe ich jedoch nur etwa zwei Dutzend Personalakten.«

Lockwood nickte wieder. »Noch etwas?«

»Nicht viel«, erwiderte Leith bedauernd. »In Basel beschattet Riley zur Zeit Zakros, während O'Day versucht, sich einen Überblick über sämtliche öffentlichen Telefonzellen zu verschaffen. Vielleicht haben wir Glück.«

»Und in Griechenland?«

Leith verzog das Gesicht. »Fehlanzeige. Tatton und Andover waren heute bei der zweiten Ausgrabungsstätte. Keine Spur von unseren Freunden. Jetzt sind sie auf dem Weg zur dritten Stätte, bei Knidos...«

»Wo genau liegt das?« unterbrach ihn Lockwood.

»Knidos liegt ungefähr 30 Kilometer westlich von Datça in der Türkei – auf einer schmalen Landzunge.«

»Türkei? Wird einem Griechen erlaubt, in der Türkei Ausgrabungen zu machen? Schließlich sind die beiden Länder nicht gerade befreundet.«

»Wissenschaftler sind ein merkwürdiges Völkchen, Bill. Falls Kolettis tatsächlich der große Experte für Praxiteles ist, wie Andover behauptet, dann ist er dort bestimmt willkommen. Übrigens wäre es für die Brigade eine gute Tarnung, denn niemand vermutet, daß Griechen ausgerechnet von der

Türkei aus irgendwelche Aktionen starten – aus eben dem Grund, den Sie gerade nannten.«

»Spricht Tatton wenigstens Türkisch?«

Leith nickte.

»Und wie gelangen sie zu diesem ... Datça?«

»Sie könnten nach Izmir fliegen, aber das würde vermutlich zu lange dauern. Daher nehme ich an, daß sie nach Rhodos fliegen und von dort die Fähre nach Marmaris nehmen. Dann schließlich auf der Straße weiter. Die beiden werden heute nicht vor Anbruch der Dunkelheit in Datça eintreffen, falls Sie das wissen möchten.«

Lockwood wandte sich nun Slocombe zu. »Geben Sie die Suche nach Shelbys Ehemann auf. Falls wir ihn ausfragen, informiert er sie möglicherweise. Schließlich waren sie mal verheiratet.« Der Premierminister kaute auf seiner Unterlippe herum. »Was für eine psychologische Wirkung hätte es, wenn wir jetzt einfach zuschlagen und die beiden verhaften – Shelby und Zakros?«

Slocombe legte die Hände wie zum Gebet zusammen. »Es wäre natürlich ein Schock, aber der Rest der Gruppe würde untertauchen. Außerdem bleibt die Tatsache bestehen, daß sie die Nazi-Gemälde haben und folglich immer noch die Oberhand. Wir können Zakros nicht vor Gericht stellen, selbst wenn wir seine Ausweisung erreichen könnten, und das wäre schon schwierig genug, wie wir wiederholt feststellen mußten. Und ich bezweifle, ob wir gegen diese Eugenie Shelby genug in der Hand haben. Was ist es denn schon? Ein Umschlag, vermutlich von ihr beschriftet, der im Haus des Griechen entdeckt und, wohlgemerkt, widerrechtlich entwendet wurde, folglich also vor Gericht nicht als Beweismittel zulässig wäre. Selbst wenn wir uns entschließen würden, sie anzuklagen, kämen wir damit nicht weiter. Der größte Nutzen von Eugenie Shelby besteht für uns darin, daß wir wissen, wer sie ist, sie aber nichts davon ahnt. Es lohnt sich vielleicht, sie zu beschatten und ihr Telefon anzuzapfen, obwohl sie vermutlich wie ihr Baseler Kollege zu vorsichtig ist, um von ihrer Wohnung aus verfängliche Telefonate zu führen.« Slocombe fuhr sich mit allen zehn Fingern durch die Haare. »Ich fürchte, alles hängt von Tatton und Andover ab. Falls sie Kolettis aufspüren können, haben wir eine kleine Gewinnchance. Vielleicht sind sogar Aristoteles und Stamatis Leondaris bei ihm, aber das wäre fast zu gut, um wahr zu sein ... Jedenfalls scheint festzustehen, daß Zakros und Kolettis die Drahtzieher sind, falls es in dieser Brigade nicht noch jemanden gibt, der für uns bisher eine unbekannte Größe ist. Am besten wäre also, alle zur selben Zeit zu verhaften und ihre Freilassung im Austausch gegen die Gemälde auszuhandeln.«

»Was ist über den zweiten Leondaris bekannt, den Abgeordneten?«

»Ich erkundigte mich bei der Botschaft. Stamatis steht ziemlich rechts, macht sich in der Richtung ziemlich wichtig. Interessanterweise kandidiert er für einen Wahlkreis in Thessaloniki, wo Kolettis Professor ist. Er ist übrigens der Bruder von Aristoteles. In Aris Athener Wohnung geht immer noch niemand ans Telefon, und nach Auskunft der Botschaft fehlte Stamatis neulich bei einer Kundgebung in Thessaloniki, und zwar ohne Entschuldigung.«

»Also machen wir wie bisher weiter?« Lockwood saugte geistesabwesend an der Kappe seines Füllers.

»Vorläufig schon, Bill. Aber ich bin gar nicht so unzufrieden, denn es gibt schließlich Fortschritte.«

Lockwood nickte halbherzig. »Mag sein. Aber ich weiß nicht, wie lange wir die Sache noch hinauszögern können. Diese Brandstiftung in der Kirche ist eine schlimme Geschichte. Was mag wohl noch kommen?«

O'Day begann, Basel zu verabscheuen. Dabei hatte es ihm anfangs ganz gut gefallen. Der Fluß, der die Stadt teilte, gab ihr etwas Großzügiges. Aber sein Job wäre viel einfacher, wenn dies eine amerikanische Stadt mit einem Straßennetz vom Reißbrett wäre. Dann hätte er alles systematisch abgrasen können. Hier jedoch war er gezwungen, auf einem Stadtplan alle Straßen zu markieren, die er schon abgeklappert hatte, weil er sich sonst nie daran erinnern und dieselbe Strecke mehrfach absuchen würde. Er hatte an der Mittleren Brücke begonnen, sich südlich zur Synagoge und dem Museumsbezirk vorgearbeitet und war schließlich in einem Bogen zurück zum Fluß, zur Wettsteinbrücke, gekommen. Er hatte ganze fünf Stunden gebraucht, um alles genau zu überprüfen, vorläufig jedoch nur eine Telefonnummer von seiner Liste entdeckt, und zwar in einer Zelle am Rand eines kleinen Parks gegenüber dem Historischen Museum. Das war erfreulich, aber weiß Gott nicht sensationell. Da die Nummer auf der Liste weiter oben stand als jene, unter der man Zakros am Vorabend angerufen hatte, war sie ziemlich sicher auch schon »benutzt« worden. O'Day beschloß, den Fluß zu überqueren und es ganz woanders zu versuchen. Er ging über die Wettsteinbrücke und dann nach links, wieder in Richtung Stadtzentrum. Ohne Erfolg. Daraufhin entfernte er sich vom Fluß und gelangte in ein Industrieviertel.

Da er hungrig war, betrat er ein Lokal, das zum Bersten voll war. Über allem hing dicker Zigarettenqualm. Er aß hastig eine Bratwurst mit Zwiebeln und Rotkohl, bevor er wieder den Stadtplan entfaltete. War Basel nach irgendeinem System angelegt, oder hatte es irgendwelche Eigenheiten, die einen Hinweis lieferten, welche Telefonzellen der Grieche ausgesucht hatte? Je genauer O'Day hinschaute, desto ungeordneter, ungeplanter kam ihm Basel vor. Während er sein Bier austrank, dachte er an die beiden Telefonzellen, die er schon lokalisiert hatte. Eine befand sich an einem belebten Platz mit einem Kino, die andere am Rand eines kleinen Parks, gegenüber vom Historischen Museum. Nein ... Solche Überlegungen waren töricht. Schließlich konnte der Grieche die Telefonzellen aufs Geratewohl gewählt haben, denn das wäre das sicherste System von allen.

Draußen hatte es zu nieseln begonnen, und O'Day bestellte sich noch einen Kaffee. Wieder betrachtete er den Stadtplan und versuchte, sich in den Erpresser hineinzuversetzen. Etwas war ihm an der Liste mit den Telefonnummern gleich zu Anfang aufgefallen. Die Liste war sehr lang, aber es fehlten Ortsangaben. Das konnte eigentlich nur bedeuten, daß es eben doch ein System gab, nach dem die Telefonzellen in Basel ausgesucht worden waren, irgend etwas, das sich der Grieche auswendig merken konnte. Da war bestimmt ein System – wenn er es doch nur entdecken könnte! Er starrte in den Nieselregen hinaus. Eine gelbe Straßenbahn fuhr vorbei. Sein Kaffee wurde gebracht. Er schaute wieder auf den Stadtplan. Die Hauptstraßen waren rot eingezeichnet, die Nebenstraßen schwarz. Die Parks waren getüpfelt, die wichtigsten öffentlichen Gebäude – Museen, der Brunnen am Fischmarkt und die großen Kirchen – waren schwarz gekennzeichnet. Straßenbahnlinien liefen als gerade schwarze Striche neben den zugehörigen Straßen her, die Haltestellen waren runde Kleckse.

Straßenbahnen. Der Platz mit dem Kinocenter lag an einer Straßenbahnstrecke. O'Day suchte die andere Telefonzelle, die in der Nähe des Historischen Museums stand. Anscheinend befand sie sich an derselben Strecke. O'Day zog den Stadtplan näher zu sich heran und bemühte sich, etwas Aufschlußreiches zu entdecken. Nein, vergebens. Er bedeutete der Kellnerin, daß er zahlen wollte, faltete den Plan zusammen und trank seinen Kaffee aus.

Es regnete immer noch, als er auf die Straße trat. Als er sich umschaute, entdeckte er in einiger Entfernung eine Haltestelle, und wie gerufen kam gerade eine Straßenbahn, die ins Stadtzentrum fuhr. O'Day rannte los und kam fast gleichzeitig mit der Straßenbahn an. Er stieg ein, bezahlte einen Fahrschein in die Innenstadt, suchte sich aber keinen Sitzplatz. Er hielt vielmehr Ausschau nach etwas, das es in den meisten öffentlichen Verkehrsmitteln gab – eine Streckenkarte. Schließlich entdeckte er sie am hinteren Ende des Waggons und fand auch gleich die gesuchte Route. Wie von ihm gehofft, handelte es sich um eine vereinfachte und stilisierte Darstellung, aber jede Haltestelle war markiert. Zweierlei fiel ihm auf. Erstens erinnerte er sich, daß sich zwei weitere Zahlenfolgen zwischen den beiden Nummern auf der Liste befanden, die er schon ausfindig gemacht hatte, und laut Plan gab es auch zwei Haltestellen zwischen diesen Standorten. Zweitens: Die erste von ihm lokalisierte Nummer stand an siebter Stelle auf der Liste, und die Telefonzelle war in der Nähe der siebten Haltestelle, wenn man am Spalentor zu zählen begann. Folglich mußte man kein Spitzenmathematiker sein, um den Schluß zu ziehen, daß die Telefonnummern des Griechen entlang dieser Straßenbahnroute angeordnet waren! Der nächste Anruf kam immer in einer Telefonzelle an, die an der nächsten Haltestelle stadtauswärts lag. Deshalb konnte sich wahrscheinlich Zakros merken, wo sich die Telefonzellen befanden, ohne sich die Adressen aufschreiben zu müssen.

O'Day wurde immer aufgeregter, mußte alles aber erst einmal genau überprüfen. Dem Streckenplan entnahm er, daß die Bahn, in der er nun saß, dicht an der Steinenbergstraße vorbeikam, für die er sich interessierte. Noch fünf Haltestellen. Er fand einen Sitzplatz und wartete. Die Bahn ratterte zurück über die Wettsteinbrücke und dann am Kunstmuseum vorbei. O'Day stieg an der Ecke Steinenbergstraße aus. Es war schon fast 15.30 Uhr. Sicher machte sich Riley Gedanken, was wohl aus ihm geworden war, aber das ließ sich nun nicht ändern. In einer weiteren halben Stunde hatte er vielleicht eine Antwort... Aufgrund der Streckenkarte wußte er, daß die meisten Straßenbahnlinien entweder am Spalentor oder an dem Platz starteten, wo die Falkenstraße auf den Kohlenberg trifft. Er erreichte den Leonhardsgraben, dem er bis zum Spalentor folgte. Dort stand eine Straßenbahn und wartete darauf, ihre Fahrt zu beginnen. Er stieg ein.

Als sie wenige Minuten später losfuhr, begann er die Haltestellen zu zählen. Die erste ihm bereits bekannte Telefonzelle mußte nach sieben Haltestellen in Sicht kommen, die zweite nach zehn, und falls es bis dahin nach Plan ging, würde er bei der nächsten, der elften, aussteigen.

Die Bahn bog in die Gerbergasse ein, rollte am Marktplatz vorbei und dicht am Fluß nun bis zum Blumenrain. Die siebte Haltestelle kam kurz vor der Johanniterbrücke, die O'Day schon gut kannte, da sich hier ganz in der Nähe das Telefon befand, das er am Vormittag entdeckt hatte. Der zehnte Halt erfolgte am St.-Johannes-Ring, in der Nähe des Kinocenters. Nun äußerst zufrieden mit sich selbst, wartete O'Day auf die nächste Haltestelle an der Ecke, wo die Elsässer Straße und die Mülhauserstraße sich kreuzten. O'Day sank etwas der Mut, als diese Kreuzung näher kam. Es war eine der größten und verkehrsreichsten der ganzen Stadt. Telefonzellen gab es in jeder Richtung. Trotzdem war eine Überprüfung hier viel eher machbar, als ganz Basel abzuklappern, und er begann mit der systematischen Untersuchung aller Zellen. Eine Dreiergruppe vor einem Kaufhaus. Nichts. Zwei auf der anderen Straßenseite neben einem Zeitungskiosk. Nichts. Leicht schwitzend schaute er sich suchend um. Weiter hinten an einer Ecke gab es ein Kino, und neben dem Eingang erspähte er drei weitere Telefonzellen. Er wartete auf grünes Licht, um die Straße zu überqueren. Dabei fiel ihm jedoch ein kleiner Durchgang zwischen einem Laden für Anglerbedarf und einer Post auf. Dort standen sogar sechs Zellen. Er beschloß, es dort zuerst zu probieren. Die gesuchte Nummer wußte er inzwischen auswendig: 477811. Die erste Zelle war leer, aber die Nummer leider falsch. Die zweite Zelle war besetzt ... Die mußte er sich später vornehmen. Bei der dritten war es ebenso. Aber die vierte Zelle war frei. Er nahm den Hörer ab, um die Nummer lesen zu können, und seufzte gleich darauf vor Erleichterung. Die Nummer lautete 477811.

Edward zog die Flasche aus dem Eiskübel und hielt sie über Victorias Glas. »Noch etwas Wein?«

Sie schüttelte den Kopf. »Ich bin nicht durstig, ich bin nicht hungrig, und ich bin vor allem nicht glücklich.«

Edward nickte mitfühlend, schenkte sich aber trotzdem Wein ein. Sie waren gegen 19 Uhr in Datça eingetroffen, hatten sich ein Hotel gesucht und waren dann mit einem Taxi zum etwa 30 Kilometer entfernten Knidos gefahren. Doch zu so später Stunde war die Ausgrabungsstätte geschlossen, so daß sie unverrichteter Dinge ins Hotel zurückgekehrt waren. Wenigstens hatten sie sich auf ein ausgiebiges Abendessen gefreut. Aber dann hatte Victoria mit London telefoniert und erfahren, daß O'Day und Riley große Fortschritte machten und Wittington ein Mitglied der »Apollo-Brigade« im British Museum entlarvt hatte. »Mit anderen Worten«, hatte sie nach dem Telefonat enttäuscht zu Edward gesagt, »wir sind die einzigen ohne Erfolgsmeldung. Ich wette, daß Lockwood langsam ungemütlich wird.« Sie hatte Edward auch von der Brandstiftung in der Haghia Sophia berichtet, was sie beide noch mißmutiger gestimmt und ihnen den Appetit verdorben hatte.

»Reden wir doch über morgen«, schlug Edward schließlich vor. »Die gleiche Prozedur wie beim letzten Mal?«

Sie schien ihn nicht zu hören. »Ich mache mir Sorgen, daß wir dem Mann zu leicht geglaubt haben... dem Mann im Café in Olympia. Wenn ich Kolettis wäre, würde ich doch Vorsichtsmaßnahmen treffen, eine Art Sicherheitsnetz spannen. Zumindest würde ich meinen Mitarbeitern einschärfen zu behaupten, daß ich nicht da bin, falls jemand nach mir fragt.«

»Wozu denn? Er arbeitet hier als Archäologe und ist nicht etwa untergetaucht, wie es normalerweise Terroristen oder Erpresser tun. An ihm ist doch nichts Verdächtiges.«

»Vielleicht... Aber Sicherheitsvorkehrungen sollen einen ja gerade vor Unerwartetem schützen. Vielleicht erwartet er nicht, daß wir ihm so rasch auf die Spur kommen, aber wenn er ein Profi ist, dann wird er kein unnötiges Risiko eingehen.«

»Was läßt Sie glauben, daß Kolettis in Olympia war?«

»Nichts. Jedenfalls nichts Konkretes.« Sie schüttelte leicht den Kopf. »Aber mir gehen zwei Sachen nicht mehr aus dem

Sinn, über die ich während unserer Fahrt nachgrübelte... Übrigens hätte ich jetzt gerne doch etwas Wein.« Während er ihr einschenkte, redete sie weiter. »Mir scheint, daß für seine Zwecke Griechenland weitaus besser wäre. Diese schmale türkische Landzunge ist viel zu weit vom Schuß, unpraktisch, wenn man auf Erpressung aus ist, meinen Sie nicht auch? Leith erwähnte am Telefon, daß es ein kluger Schachzug sein könnte, einen griechischen Terroranschlag aus der Türkei zu steuern, aber das kommt mir etwas abwegig vor. Und noch etwas. Bislang scheint diese ›Apollo-Brigade‹ aus einem Unterhändler in Basel, einer Restauratorin im British Museum, einem griechischen Archäologen, einem griechischen Anwalt und, wie Leith meint, seinem Bruder, einem Politiker, zu bestehen. Wir wissen nicht, wie viele Mitglieder noch dabei sind, aber ich bin überzeugt, daß mindestens noch ein Politiker mit Einfluß dabei ist. Mit mehr Einfluß als Stamatis, meine ich damit. Hinter dieser Erpressung stecken politische Motive, denn wenn die Marbles zurückkehren, kann das politisch ausgeschlachtet werden. Kolettis scheint der intellektuelle Drahtzieher zu sein, aber Stamatis Leondaris – wir wissen ja noch nicht mal sicher, ob er sich überhaupt daran beteiligt – ist nichts als ein Hinterbänkler im Parlament. Da muß noch jemand anders sein. Wenn das stimmt, dann müssen sich dieser einflußreiche Mann und Kolettis ab und zu treffen. Ein griechischer Politiker von einiger Bedeutung würde in einer türkischen Stadt auffallen, aber Kolettis könnte bei Bedarf leicht nach Athen reisen, falls er in Griechenland bei Ausgrabungen ist. In Athen wäre es für sie unproblematisch, heimlich oder ganz offen zusammenzukommen.«

Sie trank einen Schluck Wein. Ein lastendes Schweigen schien sie beide einzuhüllen.

Schließlich gab sich Edward einen Ruck. »Vielleicht machen Sie sich so viele Sorgen, weil wir gerade erfuhren, wie erfolgreich die anderen sind. Man könnte Ihre Argumentation auch genau umdrehen: Ein abgelegener Ort wie dieser ist doch ein fabelhaftes Versteck und die Ausgrabung ein fabelhafter Vorwand für Kolettis, hier zu sein.«

»Was ist mit dem politischen Aspekt?«

»Ich bin nicht so sicher, ob Kolettis und der ominöse Politiker, falls es ihn überhaupt gibt, soviel zu sagen haben, seit die eigentliche Erpressung anlief. Eine Erpressung ist gewissermaßen eine ›Unternehmung‹. Nur ihre Wirkung ist politisch...«

Wieder breitete sich Schweigen aus. Keiner war völlig überzeugt von den Argumenten des anderen, aber auch nicht von seinen eigenen.

Nachdem Edward festgestellt hatte, daß die Weinflasche leer war, fragte er: »Kaffee?«

»Warum trinken wir ihn nicht woanders? Ich glaube, am Hafen gab's ein oder zwei Lokale.«

Er willigte ein, und sie schlenderten zum Hafen hinüber. Hier mengte sich der würzige Geruch nach Tang und Salzwasser mit Küchendüften – Kebabs, heißes Olivenöl, Kaffee. Überall liefen Kinder und Hunde herum, aber sie begegneten auch alten schwarzgekleideten Frauen und Mannschaften einiger großer Yachten in makellosen weißen Uniformen.

»Laufen wir erst noch ein bißchen an den Yachten entlang und sehen, wie die Reichen leben. Hinterher nehme ich zu meinem Kaffee einen Cognac, denn ich brauche ein bißchen Aufmunterung.«

Es war eine sehr warme Nacht, und so begegneten sie bei ihrem Spaziergang durch den Hafen immer wieder Kindern in Badeanzügen. Einige Fischer mit wettergegerbten Gesichtern saßen rauchend an der Mole, junge Mädchen auf Motorrollern tauchten von irgendwo auf und verschwanden wieder irgendwohin. Datça war nicht zu vergleichen mit den eleganten französischen oder italienischen Mittelmeerhäfen Portofino oder Saint-Tropez, doch auch hier ankerten eine ganze Menge Luxusyachten. Ein Schiff, das nicht wie ein Sportboot aussah, sondern eher einem Hotel en miniature glich, überragte alle anderen. Es war weiß, fast taghell beleuchtet, und hatte ein breites, komfortables Deck, auf dem mehrere Männer in offenes Hemden und Frauen in Sommerkleidern in bequemen Korbsesseln saßen und Karten spielten. Stewards waren damit beschäftigt, Geschirr abzuräumen oder Tabletts mit Gläsern herumzureichen, die im Lichtschein funkelten. Victoria und Edward schlenderten bis zum Ende der Hafenmauer und setzten sich einen Moment, um auf die ruhige nächtliche See hinauszublicken. Am tintenfarbigen Himmel blinkten die Sterne. Schließlich lenkten sie ihre Schritte zu einem Lokal und tranken Kaffee mit Cognac.

»Ist das nicht traurig«, sagte Victoria nachdenklich, »dies ist sicher eines der schönsten Fleckchen auf der Welt, und doch kann ich es nicht genießen.«

»Mir ginge es auch besser, wenn wir irgend etwas tun könnten. Nicht nur essen und trinken.«

»Vielleicht ist das aber Ihr großes Talent.«

»Vielen Dank für das Kompliment.«

Sie saßen da und betrachteten das nächtliche Treiben am Hafen. Beide machten sich Sorgen. Schließlich trank Victoria den letzten Schluck Cognac und sagte: »Mir ist, als hätte ich jetzt großes Talent fürs Schlafen. Gehen wir ins Hotel zurück?«

»Einverstanden, aber entschuldigen Sie mich einen Augenblick. Wein und Kaffee machen sich bei mir bemerkbar.«

Als er zurückkam, setzte er sich und griff über den Tisch hinweg nach Victorias Hand. Sie schaute ihn überrascht an, zog aber ihre Hand nicht zurück.

Er sagte: »Da waren zwei Männer in der Toilette. Sie unterhielten sich auf Englisch über Ausgrabungen.«

Victorias Augen leuchteten auf. »Wurde Kolettis erwähnt?«

»Nein. Es waren auch keine Archäologen. An ihrer weißen Uniform erkannte ich, daß es Mitglieder der Besatzung von diesem schwimmenden Hotelpalast waren.«

18. KAPITEL

Samstag

»Entschuldigen Sie, Sir ... ! Könnten Sie bitte einen Moment herkommen? ... Ja, ich meine Sie, Sir. Sie sind Inder, nicht wahr?«

Der Mann schaute direkt in die Kamera. »Stimmt.«

»Darf ich Sie dann fragen, warum Sie heute an dieser Demonstration teilnehmen?« Der Reporter, ein rothaariger Neunundzwanzigjähriger mit starkem Yorkshire-Akzent, hielt seinem Gesprächspartner das Mikrofon fast unter die Nase. »Wenn ich mich nicht irre, wurde zu diesem Marsch von der griechischen Union aufgerufen, um gegen die Brandstiftung in der griechisch-orthodoxen Kirche in der Moscow Road zu protestieren und um den Premierminister unter Druck zu setzen, die Rückgabe der Elgin Marbles nach Athen zu beschleunigen. Doch nun scheint die Hälfte der Demonstrationsteilnehmer aus Indern, Pakistanis und sogar einigen Iren zu bestehen.«

»Ja, das stimmt ...«

»Aber wieso denn?«

»Ich werde es Ihnen gerne erklären, wenn Sie mich ausreden lassen. Zuerst einmal geht es um Sympathie. Ich bin Vorsitzender der Gewerkschaft indischer Arbeiter, und natürlich ist auch uns nur zu gut bekannt, wie feindlich einige Briten – keineswegs alle, aber doch einige – gegenüber anderen Religionen eingestellt sind. Schon mehrfach wurden im Norden dieses Landes unsere Tempel entweiht. Folglich ist unsere

Anwesenheit hier eine Geste der Solidarität mit den Griechen. Was in der Moscow Road passierte, ist eine Tragödie und eine Schande. Aber da ist ja noch das Problem der Elgin Marbles. Diese Reliefs sind nicht die einzigen Kunstobjekte, die illegal in dieses Land gebracht worden sind ...«

»Sie meinen, daß es auch indische und pakistanische Kunstwerke gibt, die Sie zurückhaben wollen?«

»Genau das meine ich. Im Victoria and Albert Museum gibt es einen wunderschönen Hindu-Thron, der von großer geschichtlicher Bedeutung ist. Er wurde Ende des 18. Jahrhunderts aus Indien geholt und müßte unbedingt zurückgegeben werden. Die nigerianische Regierung möchte eine Anzahl von Benin-Bronzen wiederhaben, die jetzt im Besitz des British Museum sind, und im Museum of Mankind, einem Ableger des British Museum, befinden sich ein Kanu und kostbare Masken, die von den Indianern Kanadas angefertigt wurden ...«

Der Reporter unterbrach ihn. »Noch eine Frage bitte, Sir, und dann können Sie sich wieder der Demonstration anschließen ... Was erhoffen Sie sich von diesem Marsch?«

»In erster Linie öffentliche Aufmerksamkeit. Interviews wie dieses hier, so daß weitere Teile der Bevölkerung von unseren Ansichten erfahren und uns vielleicht beistehen. Heute marschieren wir von dem Museum hier in Bloomsbury zur Downing Street, wo wir dem Premierminister eine Bittschrift überreichen wollen, daß er die Marbles ohne weitere Verzögerung zurückgibt und sich dann um andere Fälle kümmert, wo Unrecht begangen wurde.«

Die Kamera folgte dem Mann, als er einige Schritte lief, um seinen Platz in der Menschenschlange wiedereinzunehmen, schwenkte dann aber wieder zum Reporter. »Und somit findet heute ein neuer Akt im Drama Elgin Marbles statt. Es wird Sie interessieren, daß im British Museum heute noch eine weitere Protestkundgebung stattfindet. An die hundert Kustoden haben in den großen Ausstellungsräumen ein Sit-in mit Spruchbändern und Ansprachen organisiert. Sie bezwecken damit das genaue Gegenteil von den Griechen, Pakistanis und Indern, die Sie vorhin auf dem Bildschirm sahen. Die Kustoden wollen verhindern, daß die Elgin Marbles nach Griechenland zurückkehren, und haben Verstärkung bekommen durch Lord Renfrew und einige der anderen Treuhänder, die wegen der Handlungsweise der Regierung zurücktraten. Wir schalten ins Studio zurück, aber ich hoffe, später direkt aus dem Museum berichten zu können. Brian Welch für das BBC-Fernsehen.«

»Wenn noch einer kommt und mir über die Schulter schaut, geniere ich mich zu Tode.«

»Seien Sie nicht so empfindlich. So schlecht ist es doch gar nicht.«

»Verglichen mit Ihnen, bin ich unsäglich schlecht. Und dabei sind Sie auch nicht gerade Mary Cassatt.«

Victoria drehte sich um und piekste Edwards Schulter mit ihrem Bleistift. »Na, so was, Sie kriegen Sommersprossen auf der Stirn.«

»Und ich habe ja eine Mordsstirn, meinen Sie das?«

»Seien Sie nicht so empfindlich!« wiederholte Victoria. »Eine hohe Stirn kann sehr distinguiert aussehen.«

Sie saßen mit Skizzenblöcken an der Kaimauer von Datça und gaben vor, Künstler zu sein. Vor ihnen lag das Hafenbekken, und sie hatten alle Boote, insbesondere den schwimmenden Hotelpalast, gut im Blick. Am Vormittag hatten sie bei der Ausgrabungsstätte das Kommen und Gehen vieler Leute verfolgt, aber nicht die gleiche Taktik wie in Olympia angewandt. Falls Datça wirklich das Hauptquartier der »Apollo-Brigade« war, so hatte Victoria beim Frühstück argumentiert, dann wäre es zu gefährlich, sich offen nach Kolettis zu erkundigen. Sie mußten vorsichtiger vorgehen. Da ihnen aber bisher noch kein rettender Einfall gekommen war, beobachteten sie erst mal die Yacht mit dem Namen »Strabo« und hofften, daß ihnen vielleicht irgend etwas Ungewöhnliches auffallen würde. Die Skizzenblöcke, die sie mittags im Dorf erstanden hatten, waren ein guter Vorwand, um lange Zeit an einer Stelle sitzen zu bleiben, ohne aufzufallen. Da es inzwischen Nachmittag geworden war, tat sich nicht viel. Nur einige Touristen waren so töricht, der gleißenden Sonne zu trotzen, und sie waren es auch, die von der Kaimauer herunter Edwards stümperhafte Skizzen beäugten.

»Oh, ›Strabo‹ bekommt Konkurrenz«, sagte Victoria plötzlich.

Edward folgte ihrem Blick. Ein zweites Ungetüm von Yacht schob sich in den Hafen. Auch sie war schneeweiß und fast stromlinienförmig. Sämtliche Fenster waren so dunkel getönt, daß sie fast schwarz wirkten. Edward und Victoria sahen zu, wie das Schiff die Fahrt verlangsamte und dann rückwärts zwischen zwei andere Boote glitt und anlegte.

»Die Yacht kommt aus England«, sagte Victoria. »Schauen Sie, da auf dem Heck steht ›Gin Fizz‹, Brighton.«

»Wie viele Kajüten hat so eine Yacht? Was meinen Sie?«

»Keine Ahnung. Am besten zählen Sie die Bullaugen.«

Als die »Gin Fizz« vertäut war, ging ein Mann in weißem, kurzärmeligem Hemd und weißen Shorts an Land. Da er eine Aktenmappe trug, war er vermutlich der Kapitän, der zum Hafenmeister wollte, um die Gebühren zu bezahlen und seine Passagiere anzumelden. Ansonsten gab es an Bord kaum ein Lebenszeichen. Wahrscheinlich hielten alle Siesta.

»Was können Sie leichter zeichnen?« erkundigte sich Victoria unvermittelt. »Menschen, Dinge oder Landschaften?«

»Mir fällt alles gleich schwer. Ich bin hoffnungslos unbegabt. Hat es überhaupt noch Sinn hierzubleiben? Ich bin verdammt durstig.«

»Sie sind zu ungeduldig. Wir sind doch erst seit einer Stunde hier.«

»Wissen Sie was, wir trinken jetzt etwas und kommen in einer Stunde zurück, wenn die Zeit der Mittagsruhe vorbei ist und der Hafen wieder zum Leben erwacht.«

»Na schön, einverstanden. Damit Sie nicht verdursten.«

In der nächstgelegenen Bar war es zu dieser Tageszeit fast leer, und sie suchten sich einen Tisch im Inneren, wo es etwas kühler war. Edward bestellte beim Ober Bier, während Victoria sich auf die Suche nach einer Zeitung machte. Als sie zurückkam, hatte er sein Glas schon halb ausgetrunken. »Glück gehabt?« erkundigte er sich.

»Keine britischen Zeitungen, nur die Tageszeitung von Rhodos von gestern. Die Treuhänder des British Museum sind zurückgetreten; unsere Britische Botschaft in Athen wird von Demonstranten belagert, die vorläufig noch friedlich sind. Das könnte sich allerdings nach der üblen Sache mit der Haghia Sophia ändern.«

Während sie noch redeten, betrat der Kapitän der »Gin Fizz« die Bar. Anscheinend hatte er seine Angelegenheiten schon geregelt und wollte nun etwas entspannen. Sie hörten, wie er Kaffee und ein Glas Wasser bestellte.

»Er sieht wie ein Zwölfjähriger aus«, flüsterte Victoria.

»Ihr Typ? Immerhin leben Sie auf einem Hausboot . . .«

»Er ist attraktiv, aber seine Haut ist zu glatt. Er ist sicher schwul.«

»Gehört der auch zur Yacht?«

Ein weiterer Mann war in die Bar gekommen und redete nun den Kapitän auf englisch an. »Sie haben die Passagierliste vergessen.« Er hielt ihm ein Blatt Papier hin.

»Ich weiß. Deshalb wollte ich gleich nachher noch einmal zum Hafenmeister gehen. Danke fürs Bringen. Das spart mir einen Gang. Kaffee?«

»Ich trinke lieber ein Bier. Meine Einkäufe kann ich sowieso noch nicht machen, da alle Läden zu sind.« Sein Bier wurde eingeschenkt, und die beiden unterhielten sich über alles mögliche. Während Victoria einige Zeitungsartikel überflog, hörte Edward mit halbem Ohr dem Gespräch zu und erfuhr dadurch, daß der zweite Mann der Schiffskoch war. Nach ungefähr zehn Minuten verließen die beiden die Bar.

Edward sah dem Kapitän nach. Wie konnte Victoria bloß so sicher sein, daß er schwul war?

Gerade da schaute sie von der Zeitung auf. »Hören Sie mal. Dieser Kapitän muß doch eine Passagierliste beim Hafenmeister abgeben, nicht wahr?«

»Ja.«

»Andere Kapitäne auch ...«

Edward setzte sich aufrechter hin. »Einschließlich des Kapitäns der ›Strabo‹.«

»Ganz genau.«

»Aber ... Wie kommen wir an die Liste? Wir müßten ins Büro des Hafenmeisters einbrechen.«

»Ganz genau.«

Edward versuchte, sich mit dieser Idee anzufreunden.

Nach einer Weile fügte Victoria hinzu: »Wir müssen es heute nacht versuchen. Hoffentlich sind Sie beim Einbrechen begabter als beim Zeichnen.«

»Mordaunt! Ich dachte, wir hätten vereinbart ...« Zakros' Stimme klang verärgert.

»Legen Sie nicht auf!« Der Oberstallmeister schrie fast ins Telefon. »Legen Sie nicht auf. Ihre Majestät ist hier. Ich möchte nur noch erwähnen, daß die Duveen Galleries bereits geschlossen sind und ... Es wurde noch nicht bekanntgegeben, aber der Premierminister hat eine Fregatte der Royal Navy – ›HMS Anglesey‹ – von einer Kontrollfahrt in norwegischen Gewässern zurückbeordert. Die Marbles werden übers Wochenende in Kisten verpackt, und die ›Anglesey‹ wird sie am Montag oder Dienstag an Bord nehmen und nach Piräus aufbrechen. Die Fahrt wird wohl vier oder fünf Tage dauern ...«

»Gut«, war alles, was Zakros erwiderte. Dann sagte er: »Jetzt möchte ich mit Ihrer Majestät sprechen.«

Die Queen nahm den Telefonhörer. »Ja?« Kopfhörer waren an den Apparat angeschlossen, so daß Leith und Mordaunt mithören konnten.

»Es gibt noch etwas, das wir von Ihnen fordern, Eure Majestät.«

Die Queen war irritiert. »Finden Sie das ... fair?«

»Keine Sorge, wir ändern nicht die Regeln wie gewöhnliche Erpresser. Ich bin übrigens sicher, daß Mister Lockwood dies erwartet hat, oder jedenfalls etwas Ähnliches.«

»Worum geht es?«

»Erstens müssen Sie eine ganz bestimmte Schreibmaschine kaufen.«

»Wofür denn ...?«

»Sie werden schon sehen. Also ... Sie lassen von jemandem eine Olivetti 509E kaufen. Die gibt es eigentlich überall, und ganz bestimmt bei Harrods. Es muß eine Olivetti sein, und zwar das Modell 509E. Ist das klar, Madam?«

»Ja, ich habe es schon notiert.«

»Gut. Nun werde ich Ihnen einen Brief diktieren. Sie müssen ihn dann mit der Olivetti auf Ihrem persönlichen Buckingham-Palace-Briefpapier tippen lassen und eigenhändig unterschreiben. Aber – und dies ist eine wichtige Anordnung, die unbedingt zu befolgen ist – wenn das Papier in die Schreibmaschine gespannt wird, muß zuerst die Umschalttaste achtmal betätigt werden. Verstehen Sie?«

»Ja, achtmal. Aber warum?«

»Das kommt später. Nun zu dem Brief. Ich werde langsam diktieren ... Sind Sie bereit? ›Ich schreibe Ihnen, um meinem Dank Ausdruck zu geben, Dank für Ihre tätige Mithilfe bei der Rückgabe der sogenannten Elgin Marbles an Griechenland. Als wir uns vor Monaten in London trafen, waren es Ihre Inspiration und diskrete Unterstützung, die mich dazu veranlaßten, die britische Regierung darin zu bestätigen, daß ihre Entscheidung, die Marbles zurückzugeben, richtig ist. Ich danke Ihnen auch dafür, daß Sie dazu beitrugen, Probleme zu lösen, Schwierigkeiten zu überwinden und das ganze Projekt mit großem Engagement über die Bühne zu bringen. Griechenland kann stolz auf einen solchen Sohn sein, und ich hoffe, daß Ihre Rolle in alledem nicht unbelohnt bleibt. In Freundschaft, Ihre ... Elizabeth R.‹«

Die Queen gab einen halberstickten Laut von sich. »Das

kann ich nicht schreiben. Etwas Derartiges kann eine Monarchin nicht schreiben.«

»Doch, Sie können, Madam. Sie müssen!«

»Aber ... Dadurch wird die Krone in eine politische Angelegenheit verwickelt ...«

»Aber bei weitem nicht so peinlich wie jene andere Angelegenheit, nicht wahr? Nehmen Sie's von der positiven Seite, als eine Art Rückversicherung. Ist Ihnen noch nie der Gedanke gekommen, daß wir – die ›Apollo-Brigade‹ – unsere Story ja immer noch den Zeitungen geben könnten, sobald die Marbles in Athen sind? Dieser Brief beweist Ihnen, daß wir nichts Derartiges vorhaben. Wir gehen nur an die Öffentlichkeit, falls Sie sich nicht an die Spielregeln halten. Ansonsten wird nur der soeben diktierte Brief veröffentlicht werden. Wir haben eine Olivetti 509E und werden einfach den Namen des Adressaten oben im Brief einfügen. Lob und Anerkennung der englischen Queen für die Rolle, die jene Person in dieser Affäre gespielt hat, wird eine Superpropaganda sein.« Zakros lachte verhalten. »Irgendein Profit muß für die ›Apollo-Brigade‹ schließlich auch rausspringen. Vielleicht haben Sie sich darüber schon mal Gedanken gemacht ... Bei Mister Lockwood bin ich mir da sogar ganz sicher. Nun wissen Sie Bescheid.«

Die Queen wollte etwas sagen, unterließ es aber.

Zakros wurde geschäftsmäßiger. »An einem Samstag dürfte es nicht mehr als ein oder zwei Stunden in Anspruch nehmen, eine Olivetti 509E aufzutreiben. Und der Brief ist ja im Nu getippt. Ich werde zur gleichen Zeit am Montag wieder anrufen. Dann sage ich Ihnen, wohin Sie den Brief schicken sollen.«

Neun, acht, sieben, sechs ... Brian Welch zählte unhörbar bis fünf und sah das Licht über der Kamera rot aufleuchten. »Ich befinde mich nun in der King's Library im British Museum, umgeben von unschätzbaren Ausstellungsstücken, wobei es sich hier in der Bibliothek hauptsächlich um Bücher handelt.

Aber das British Museum ist ja weltweit berühmt für seine Kunstschätze aller Art – Keilschrifttafeln, etruskische Vasen, der Stein von Rosetta, die Portland-Vase, ägyptische Mumien ... und natürlich auch die Elgin Marbles.«

In diesem Augenblick schwenkte die Kamera von dem walisischen Reporter zu einer Gruppe von Kustoden und Kuratoren des Museums, die mit Spruchbändern auf dem Boden der Bibliothek saßen. Dann kehrte die Kamera langsam zu dem Waliser zurück, neben dem inzwischen ein Mann und eine Frau standen.

»Bei mir sind Brenda Peachey, Kuratorin in der Abteilung für griechische und römische Altertümer, und der Architekt Sir Henry Misco, der bis zu seinem kürzlich erfolgten Rücktritt ein Treuhänder des Museums war. Zuerst zu Ihnen, Brenda ... Es ist nun sechs Tage her, seit diese Geschichte bekannt wurde. Warum demonstrieren Sie erst heute? Und, was hoffen Sie zu erreichen?«

»Ich dachte eigentlich, es sei sonnenklar, warum wir heute demonstrieren. Bis heute glaubten wir keinen Moment daran, daß die Regierung in die Tat umsetzen würde, was dieses geheime Kabinettskomitee empfohlen hat. Erst seit die Duveen Galleries geschlossen wurden, ist klar, daß der Premierminister tatsächlich Ernst machen will. Es blieb uns also gar nichts anderes übrig, als unsere Ansichten kundzutun. Dieses Museum ist in Gefahr.«

»Mehrere hundert Griechen, Inder und andere Sympathisanten marschierten heute bereits zur Downing Street, um dem Premierminister eine Bittschrift zu überreichen. Warum haben Sie das nicht auch getan?«

»William Lockwood scheint Vernunftgründen nicht mehr zugänglich zu sein. Daher wollen wir die Öffentlichkeit um Unterstützung bitten. Meine Kollegen halten heute in allen möglichen Räumen des Museums Vorträge, erklären die Hintergründe und fordern die Leute auf, ihre Abgeordneten dazu zu bringen, eine Dringlichkeitsdebatte im Parlament einzuberufen.«

»Ist das Aufsichtspersonal auch auf Ihrer Seite?«

»Ja, zumindest einige Wächter. Anscheinend haben sich gestern sogar zwei der Schließung der Duveen Galleries widersetzt. Aber das hat nichts genützt, und wir können sogar schon die Packer hören.«

»Der Direktor des Museums, Sir Martin Ogilvy, ist zu keinem Gespräch mit uns bereit. Haben Sie ihn gesehen?«

»Er überwacht das Verpacken der Marbles, will aber mit niemandem reden.«

»Was geschieht weiterhin?«

»Zwei Aktionen stehen schon fest. Am Montag wird aus Protest der Lesesaal für das Publikum geschlossen. Das gleiche gilt für den Kopierraum. Außerdem versuchen wir, alle Wächter aufzustacheln, gleichfalls zu protestieren. Falls sie's tun, müßte das ganze Museum geschlossen werden.«

Welch wandte sich nun an Misco. »Sir Henry, der geschlossene Rücktritt aller Treuhänder war sehr beeindruckend. Aber haben Sie jetzt nicht Ihr Pulver verschossen? Wäre es nicht geschickter gewesen, wenn die Treuhänder im Amt geblieben wären und dem Premierminister Widerstand geleistet hätten?«

Misco warf den Kopf zurück, und seine Silbermähne flog auf eine Weise, die ihn viel jünger als seine 73 Jahre wirken ließ. Er tat dies bestimmt nicht zum ersten Mal. »Der Premierminister verwendet brutale Taktiken, also müssen wir das auch tun. Glauben Sie bloß nicht, daß unsere Gegenwehr mit dem Rücktritt erschöpft wäre. Brenda und ihre Kollegen versuchen, eine Debatte im Unterhaus zu erzwingen. Und wir werden das garantiert im Oberhaus schaffen. Lord Renfrew, unser Vorsitzender oder vielmehr Exvorsitzender, wird das Thema in der nächsten Woche zur Sprache bringen. Überdies fordern wir andere britische Museen auf, sich unserem Protest anzuschließen.«

Welch zog das Mikrofon zu sich herüber. »Weiß einer von Ihnen, wann die Marbles abtransportiert werden sollen?« Peachey und Misco schüttelten den Kopf.

Nun sprach Welch direkt in die Kamera. »Den Londoner Museen steht also eine chaotische Woche bevor. Proteste, Schließungen, Parlamentsdebatten ... Der Premierminister scheint in dieser Sache eindeutig nur eine Minderheit hinter sich zu haben, aber er hat die Macht. Wird er diese Macht einsetzen, um die umstrittene Rückgabe durchzuboxen? Hier im British Museum ist die Stimmung düster, aber noch nicht gewalttätig. Wird sich das in der kommenden Woche ändern? Brian Welch für das BBC-Fernsehen.«

Riley hatte einen neuen Wagen gemietet, einen grünen Mazda. Da sie nun wußten, wo Zakros um 22 Uhr sein würde, brauchten sie ihn nicht mehr ständig zu überwachen. Statt dessen hatten sie das Telefon angezapft, das er benutzen würde. Diesmal hatte O'Day die Aufgabe übernommen, während Riley »Schmiere stand«. Er hatte einen winzigen Sender eingebaut, so daß sie aus einigen Metern Entfernung die Unterhaltung abhören konnten. Für Zakros gab es keinerlei Grund, wegen des Autos Verdacht zu schöpfen, denn er hatte den Mazda nie zuvor gesehen. Seit zwei Stunden saßen O'Day und Riley nun schon im Mazda und warteten.

»21.50 Uhr«, sagte Riley.

»Ich kann die Uhrzeit auch ablesen«, erwiderte O'Day verdrießlich.

»Ich wollte mich nur nützlich machen.«

»Mach dich nützlich, indem du mir den Flachmann mit Whisky gibst.«

»Bei ›Brueghel‹ in Brügge köcheln sie winzige Sumpfschnecken in Whisky. Anscheinend müssen es männliche sein, weil ...«

»Halt's ... Maul!«

O'Day nahm einen Schluck Alkohol. Schon früher am Abend hatten sie festgestellt, daß es unmöglich war, von der Telefonzelle aus ins Wageninnere zu schauen. Zakros würde sie nicht entdecken. Quälend langsam vergingen die nächsten Minuten.

»Da drüben! Beim Reisebüro. Im Regenmantel.«

»Ich sehe ihn. Schick, was? Ein kleiner Playboy, unser Zakros.«

»Genau das könnte unsere Rettung sein. Wenn er irgendein Provinzler wäre, würde er nur Griechisch sprechen. Doch er kann sicher Deutsch oder Französisch, wenn man ihn hierher nach Basel geschickt hat. Und Englisch spricht er auch, wenn er mit dem Palast telefoniert.«

Zakros schaute sich ein Schaufenster nach dem anderen an und näherte sich allmählich der Telefonzelle. Zweimal sah er auf seine Armbanduhr, und um Punkt 22 Uhr stand er schließlich vor der Zelle. Er zündete sich eine Zigarette an.

»O Gott! Was ist das?« Riley zuckte zusammen, als ein scheußliches Scheppern ertönte.

»Blödmann! Das Telefon klingelt.«

Fast unmittelbar darauf verstummte der Lärm. Zakros hatte den Hörer abgenommen.

»Ja?« Zakros sprach Englisch.

»Was geschah heute?« Die Stimme einer Frau. Auch sie sprach Englisch.

»Ich redete mit Queen Elizabeth. Ich konnte es kaum glauben. Erstaunlich! Sie tun alles, was wir wollen ...«

»Na klar. Wir haben die besseren Karten.« Sie kicherte. »Die königlichen Trümpfe.«

»Ich diktierte den Brief. Ich ... Ich diktierte der Queen. Buchstäblich.«

»Was passierte noch?«

»Ach ja, Mordaunt war erst am Telefon. Angeblich hat Lockwood arrangiert, daß ein Schiff der britischen Marine – eine Fregatte – die Marbles ...«

»Wann?«

»Mordaunt sagte, das Schiff käme von Norwegen, würde in zwei Tagen die Marbles an Bord nehmen und dann von London nach Piräus fahren, was weitere vier Tage dauern wird.«

»Traust du ihm?«

»Ich glaube schon.«
»Du bist dir nicht sicher?«
»Doch ... Ich bin mir ganz sicher.«
»Gut. Wann telefonierst du wieder mit dem Palast?«
»Übermorgen.«
»Dann müssen die Marbles aber schon unterwegs sein. Oder ... Du mußt da hart bleiben.«
»Keine Sorge, jetzt kann nichts mehr schiefgehen.«
»Du machst deine Sache sehr gut. Der große Meister ist mehr als beeindruckt. Wenn der Plan klappt, kriegen wir alle Superjobs. Schon verrückt, daß eine kleine Gruppe wie wir, nur sieben Leute, etwas erreichen kann, das Generationen vor uns nicht geschafft haben.«
»Wie ich höre, gibt es viele Demonstrationen.«
»Ja, das stimmt. Hier in London und auch in Athen. Das kommt uns alles zugute ... Wir wußten ja immer, daß es viele Befürworter dieses Plans gibt. Du wirst der größte Held von allen sein. Du hast es auch verdient.«
»Ich werde gleich rot. Nie hätte ich mir vorgestellt, als Blunt damals nach Athen kam, daß ... daß es einmal so enden würde. Er war so unfreundlich, ein solcher Snob.«
»Das haben wir doch alles schon durchgesprochen, Nikos. Er war wütend, weil ihm sein Adelstitel aberkannt worden war, der Dummkopf. Du weißt doch, wie die Engländer einen Titel lieben!«
»Danach war er jedenfalls wesentlich freundlicher, zugegeben. Unser Glück.«
»Nicht Glück, Nikos. Du warst sehr geschickt. Blunt war ganz begeistert von der Idee, mit einem Mitglied der Königsfamilie die anderen zu erpressen. Du warst brillant. Dies ist nun der Lohn.«
»Ich werde schon wieder rot.«
»Nimm einen Drink ... auf den Erfolg. Du fehlst mir.«
»Und du fehlst mir. Grüße an den großen Meister.«
»Bis morgen, wie üblich.«
»Ja.«

Die Verbindung brach ab. O'Day und Riley sahen, wie der Grieche die Zelle verließ. Seine Zigarette war während des Gesprächs wohl ausgegangen, denn er zündete sie jetzt wieder an und schlenderte dann langsam davon. Sie schauten ihm nach, bis er verschwunden war. Später würden sie das Abhörgerät wieder ausbauen.

»Wer ist wohl der ›große Meister‹? Und was war das für ein Gerede über Blunt?« fragte Riley.

»Wenn ich das wüßte. Aber immerhin haben wir ein wichtiges Detail erfahren, abgesehen von dem ominösen ›großen Meister‹.«

»Was denn?«

»Herr im Himmel! Hast du denn nicht zugehört? Diese Frau erwähnte eine Gruppe von sieben. Jetzt steht fest, daß es sieben Leute sind. Zählen wir mal zusammen: Da gibt es also den ›großen Meister‹, Aristoteles und Stamatis Leondaris und Kolettis. Das macht vier. Dann ist da noch Zakros in Basel und Eugenie Shelby in London – das macht sechs. Die Frau am Telefon war in London ...«

»Shelby?«

»Nein, denn Shelby ist geborene Griechin. Die Stimme dieser Frau gerade eben klang aber amerikanisch.«

»Das gibt's doch nicht«, flüsterte Victoria und zerrte aufgeregt an Edwards Ärmel.

»Was gibt's nicht?«

»Welch ein Zufall ... Schau, da steht ein Fenster offen.«

Für 2.30 Uhr in der Frühe war es dank des klaren Sternenhimmels erstaunlich hell. Victoria und Edward duckten sich hinter dem Büro des Hafenmeisters. Um möglichst unauffällig zu sein, hatten sie ein Liebespärchen gemimt, als sie Arm in Arm an den Yachten entlangspaziert waren. Am Ende des Uferkais hatten sie sich umarmt und geküßt, falls irgend jemand sie beobachtete. »Meine Tante wäre damit gar nicht einverstanden«, wisperte Victoria. Doch nach einem Weilchen war aus ihren Küssen Ernst geworden.

Wie sie am Nachmittag festgestellt hatten, bestand das bescheidene Reich des Hafenmeisters aus zwei Büros in einem L-förmigen Flachbau mit einem dazwischenliegenden Warteraum sowie kleiner Küche und Waschraum mit Toilette. Es war alles andere als eine Festung, und Victoria war zuversichtlich gewesen, problemlos ins Innere gelangen zu können. Als sie sich nun hinter dem Haus umsahen, ob da nicht etwa irgendwelche Hippies, Landstreicher oder Betrunkene übernachteten, hatte sie das offene Fenster entdeckt.

»Die warten ja nur darauf, daß man einbricht«, sagte Edward halblaut.

»Vermutlich gibt's hier kaum was, das sich zu stehlen lohnt«, erwiderte sie. »Nur Papierkram ... Die Hafengebühren, die bar bezahlt werden, nehmen sie sicher mit nach Hause und zahlen sie am nächsten Morgen in der Bank ein. Vielleicht lassen sie nachts das Fenster offen, damit die Räume etwas durchlüften. Jedenfalls gut für uns.« Sie ging zum Fenster. »Du bist größer als ich«, wisperte sie. »Kannst du mich hochheben?«

Edward hob Victoria hoch, so daß sie das Kippfenster weiter öffnen konnte. Dann stemmte er sie noch ein Stückchen höher, bis sie mit dem Oberkörper über das Fensterbrett hing. Ein Ruck, und sie ließ sich nach innen gleiten. Nun sprang Edward, so hoch er konnte, und bekam den Fensterrahmen zu fassen. Zum Glück hatte er Schuhe mit Profilsohlen an, so daß er sich mit den Füßen an der Mauer abstützen konnte, bis er mit beiden Ellenbogen auf dem Fensterbrett lag. Im Inneren kam Victoria gerade wieder mühsam auf die Füße und rieb sich mit dem Handrücken über die Stirn.

»Ich landete mit dem Kopf auf dem Waschbecken. Am besten setzt du dich aufs Fensterbrett und steigst dann aufs Becken.«

Leichter gesagt als getan, denn Edward war größer und weniger gelenkig als sie, aber endlich schaffte auch er es. Victoria tastete sich durch die Küche – Eisschrank, Spüle und Elektroherd – zu den eigentlichen Räumen.

»Versuch's mit dem«, sagte sie und deutete nach links.

Die Tür war nicht verschlossen. Ein Schreibtisch und drei Aktenschränke. Keiner war beschriftet, so daß Edward einen von ihnen aufs Geratewohl öffnete. Die Dokumente waren in türkischer Schrift, ergänzt durch einige Zeichnungen – möglicherweise Pläne für eine neue Hafenmole. In einer anderen Schublade weitere Pläne, diesmal für kleine Läden am Hafenbecken. Er versuchte es mit dem zweiten Schrank. In zwei Aktenordnern waren Drucksachen abgeheftet, anscheinend offizielle Bestimmungen aus Istanbul. Dann fand er Landkarten der Halbinsel, auf denen Buchten und Klippen genau verzeichnet waren. Nun nahm er sich noch den letzten Schrank vor. Als er ihn öffnete, mußte er fast lachen, denn er war bis auf einige Flossen, Sonnenbrillen und Schnorchel leer. Auf dem Schreibtisch lag nichts, und in den Schubladen fand er nur Notizpapier, Briefumschläge, eine Frankiermaschine, ein altes Telefon, Telefonbücher und eine Uniformmütze, die vermutlich dem Hafenmeister gehörte. Auf Zehenspitzen ging er in das andere Zimmer.

»Eine totale Niete …«

»Was war das?«

»Was war was?«

»Hör doch!« Beide standen mucksmäuschenstill, wagten kaum zu atmen.

»Das klingt wie ein Boot«, flüsterte Edward.

»… und nähert sich«, gab Victoria zurück. »Mist!«

»Der Hafenmeister kommt zu so später Stunde sicher nicht mehr. Den Papierkram erledigt er morgen früh.«

»Willst du das Risiko eingehen?«

»Hast du schon etwas erreicht?«

»Ja und nein. Ich habe die Unterlagen über ein- und auslaufende Schiffe gefunden, nur leider noch nicht die, die erst vor kurzem ankamen.« Sie spähte durchs Fenster, dann zur Bar und zum Café. »Ich sehe niemanden, aber lassen wir's nicht darauf ankommen. Wenn man uns jetzt erwischt, ist die ganze Sache gelaufen.«

Sie ging rasch durch die Küche voran in die Toilette. Ohne einen Blick zurück stieg sie auf den Klodeckel, dann aufs Waschbecken, drehte sich um und setzte sich aufs Fensterbrett. Mit angezogenen Beinen ließ sie sich nach draußen gleiten. Edward folgte ihr. Als er auf den Füßen landete, wurde der Motorenlärm lauter, da das Schiff gerade auf gleicher Höhe mit dem felsigen Vorgebirge war, das die natürliche Abschirmung des modernen Hafens bildete.

»Sogar größer als die ›Gin Fizz‹«, sagte Victoria. »Schließ bitte das Fenster. Wollen wir hoffen, daß sonst keiner dieses kleine Paradies für Einbrecher entdeckt.«

Sie beschlossen, noch eine Weile zu bleiben, wo sie waren. Es konnte ja doch sein, daß der Hafenmeister zu seinem Büro kam, und dann würden sie ihm garantiert begegnen. Das allein wäre schon etwas verdächtig, aber falls ihm dann noch eine gewisse Unordnung in seinem Büro auffiele, dann würde er sich vielleicht an ihre Gesichter erinnern.

Das Motorengeräusch wurde leiser, da das Tempo gedrosselt wurde. Als der Steuermann den Rückwärtsgang einschaltete, entstand ein gewaltiger Wasserwirbel. Ein oder zwei Stimmen waren zu hören, die Befehle erteilten. Langsam schob sich das große Heck immer näher an die Mole – wenige Ankerplätze entfernt von der »Gin Fizz«. Nun verdeckte leider die »Strabo« die Sicht, so daß nicht zu sehen war, ob jemand von Bord ging. Es blieb ihnen nichts anderes übrig, als weiter zu warten.

Eine halbe Stunde verging, eine Stunde, eineinhalb Stunden.

»4.30 Uhr«, sagte Edward schließlich gähnend. »Es wird bald hell. Niemand scheint zu kommen, Victoria. Machen wir weiter.«

»Okay. Nehmen wir uns beide den Raum vor, in dem ich vorhin war.«

Sie kletterten zurück ins Hafenmeisterbüro, wo Victoria sich durch die Aktenschränke arbeitete, während Edward den Schreibtisch durchsuchte. »Die Unterlagen der ›Gin Fizz sind noch hier«, meinte er nach kurzem Suchen und begann, die Dokumente sorgfältiger zu prüfen. Nach ungefähr zehnminütigem Schweigen sagte Victoria plötzlich: »Da! Schau mal her.« Sie hielt ihm einen Bogen Papier hin. Oben standen einige Worte auf türkisch, aber gleich darunter war auf englisch gedruckt »Passagierliste« und dann mit Tinte geschrieben: »Strabo«, Piräus.

»Gratuliere!«

Etwa nach zwei Dritteln der Namensliste stand die Eintragung: Dimitri Kolettis.

19. KAPITEL

Sonntag

Gregor Lysiptos trat vor das Gerüst. Die Haghia Sophia war bis auf den letzten Platz besetzt. Der Erzbischof war darüber nicht nur gerührt, sondern auch zornig: Der Ansturm der Leute bewies seiner Meinung nach, daß die Sensationslust größer war als die Macht Gottes.

»Freunde«, begann er schließlich. Seine Stimme war so kräftig und dunkel wie sein Bart. »Freunde, ich habe in diesem Gotteshaus noch nie so viele Menschen gesehen. So viele neue Gesichter. So viele TV-Kameras, Mikrofone, Reporter. Es wirft ein bezeichnendes Licht auf unsere Zeit, daß Gott die Haghia Sophia nie so füllen konnte wie nun der Teufel. Ihr Einverständnis vorausgesetzt, werde ich nun einige Worte auf englisch sprechen. Griechisch, das Griechisch von Sophokles und Aristoteles, von Herodot und Homer ist sonst die Sprache unseres Gottesdienstes. Aber heute werde ich englisch sprechen. Ich möchte, daß unsere Neuankömmlinge verstehen, was ich zu sagen habe.« Seine weißgoldenen Gewänder glänzten im Licht der TV-Scheinwerfer. »Hinter mir sehen Sie ein Gerüst. Es stützt, was von unserer wundervollen Ikonenwand übriggeblieben ist, einen heiligen Schrein, der einige der am meisten verehrten Heiligen der griechisch-orthodoxen Kirche darstellte. Das reich mit Blattgold geschmückte Werk, das in Jahrhunderten entstand, ist nicht mehr. Viele von Ihnen sitzen auf Klappstühlen, die uns das Rote Kreuz geliehen hat. Dabei sollten Sie natürlich auf den Kirchenbänken sitzen, die Mitglieder dieser Gemeinde stifteten. Kirchenbänke, die dem Andenken unserer Vorfahren geweiht waren, Griechen, die im Lauf vieler Jahre nach London kamen und auf die eine oder andere Weise die Stadt bereicherten. Nun sind viele dieser Kirchenbänke mit der Ikonenwand in Flammen aufgegangen, und unsere Erinnerungen sind mit ihnen verloren.« Seine dunklen Augen schienen jeden im Raum einzeln zu durchbohren.

»Wie Sie wissen, ist dies der erste Gottesdienst seit jener schwarzen Nacht in der letzten Woche. Wenn ich mich so umschaue, sehe ich Polizisten, die sich zweifellos bemühen, die Schuldigen dieses schrecklichen Verbrechens zu finden. Ich sehe Politiker, herausragende Persönlichkeiten unserer Gemeinde, Schauspieler, Professoren, Rechtsanwälte und Bankiers. Dieser erste Gottesdienst ist für uns alle, die wir mit dieser Kirche vertraut sind und sie lieben, zutiefst anrührend. Die Brandstifter nahmen uns nicht nur die Ikonenwand und unsere Kirchenbänke, nicht nur das Andenken an unsere Ahnen ... Sie nahmen uns auch unseren Glauben an unsere Mitmenschen.«

Welche Fortschritte hat die Menschheit in 2000 Jahren gemacht!« rief Lysiptos. »Vor 2000 Jahren arbeiteten Menschen ein Leben lang daran, aus Marmor wundervolle Skulpturen zu meißeln. Sie schufen damit etwas, das zu den schönsten Kunstwerken der Welt zählt.« Er machte eine kleine dramatische Pause. »Ich meine damit natürlich den Parthenon in Athen. Und nun, nach über 2000 Jahren des Fortschritts und der Erziehung, wo sind wir nun? Ich werde Ihnen sagen, wo wir sind: Wir sind in einer Welt, wo ein Streit zwischen Regierungen um schöne, kostbare Kulturgüter Intoleranz, Haß und sogar Zerstörung hervorrufen kann. Das ist die Welt, in der wir heute leben, Freunde.

Die ganze Menschheitsgeschichte ist eine zwiespältige Angelegenheit. Häufig folgt einem Sprung nach vorne gleichzeitig ein Schritt zurück.« Der Erzbischof ließ seine Stimme wieder erdröhnen. »Was hier in jener schwarzen

Nacht geschah, war böse, ruchlos, barbarisch. Die Eindringlinge waren Heiden, unwissende Kriminelle. Aber schlimmer noch ist es, daß diese Untat abwendbar gewesen wäre. Ich meine nicht durch die Polizei. Ich meine, daß diese Vandalen, wer immer sie sein mögen, aufgestachelt wurden. Mein Vorwurf richtet sich gegen den Premierminister! William Lockwood! Der Premierminister hat durch sein Zögern, seine Unentschlossenheit, sein Verwirrspiel und seine Inkompetenz ein Klima geschaffen, in dem solche Auswüchse gedeihen. Ich will damit nicht die Leute entschuldigen, die in diese Kirche einbrachen, Benzin über Ikonen und Kirchenbänke schütteten und Obszönitäten an die Wände schmierten. Ich baue darauf, daß sie gefaßt und nach geltendem Recht verurteilt werden. Nein! Ich erhebe an diesem traurigen Ort meine Stimme gegen den Mann, der die Verwüstungen, die Sie hier sehen, im Grunde verursacht hat.

Ich beschwöre hiermit den Premierminister, ich bitte ihn, diese Angelegenheit zu einem raschen Ende zu bringen. Nicht nur diese Kirche wurde entweiht, sondern auch mehrere prächtige Gebäude in diesem schönen Land wurden verunstaltet, Demonstranten sogar verletzt. Der Premierminister hat zwar einerseits staatsmännischen Weitblick bewiesen, was die Parthenon-Friese betrifft, andererseits aber auch unterschwellige Gefühle entfesselt. Dadurch, daß er die Rückkehr der Marbles hinauszögert, entfesselt er reaktionäre Kräfte. Freunde, ich glaube, daß es nur einen Weg gibt, einen Weg, um diese Situation zu einem glücklichen Ende zu bringen. Ich sage dies als Mann Gottes, aber auch als ein griechischer Mann Gottes. Ich sage zum Premierminister, ich flehe ihn an: Geben Sie die Marbles jetzt gleich zurück! Machen Sie dieses Unrecht, das vor fast zwei Jahrhunderten begangen wurde, wieder gut. Wenn der Premierminister sich jetzt dazu entschließt, dann wird er damit in gewisser Weise auch das Unrecht wiedergutmachen, das dieser Kathedrale vor einigen Nächten widerfuhr. Ich fordere den Premierminister auf zu handeln, und zwar jetzt!«

In der ersten Reihe saß der Bürgermeister neben dem Polizeikommissar und dem Abgeordneten von Bayswater. Der Bürgermeister lehnte sich zur Seite und flüsterte dem Abgeordneten zu: »Werden Sie daraus im Unterhaus was machen, Arthur? Ganz schön explosiv die Sache.«

»Ja«, erwiderte Arthur Page, der Oppositionsführer. »Ja, es wird Zeit, daß ich's tue.«

»Zum ersten Mal seit Tagen habe ich richtig Hunger«, meinte Victoria lächelnd.

Edward nickte zustimmend und schenkte ihr Rotwein nach. Sie saßen vor einem Hafenrestaurant beim Abendessen. »Erzähl mir, was du siehst«, bat er und streichelte ihren Handrücken.

Nachdem sie den Namen Kolettis auf der Passagierliste der »Strabo« entdeckt hatten, hatten sie auch noch A. und S. Leondaris gefunden. Also war die Yacht »Strabo« tatsächlich das Versteck der »Apollo-Brigade«. Mit an Bord war auch noch ein gewisser G. Kofas.

Durch ihren Erfolg in gute Laune versetzt, waren sie ins Hotel zurückgekehrt, wo Victoria Edward in ihr Zimmer mitgenommen hatte, da es um 5 Uhr früh angeblich zu kalt war, um allein zu schlafen. Er hatte nicht abgelehnt.

»Ich sehe drei Männer. Der Ältere, du weißt schon, der Dicke, der fast kahl ist, redet wie ein Wasserfall. Die beiden anderen hören zu. Übrigens ähneln sie sich. Vielleicht sind es die Brüder Leondaris. Einer von ihnen schaut immer wieder über seine Schulter, als erwarte er jemanden. Am Tisch ist auch noch ein Platz frei.«

Victoria und Edward hatten auch an diesem Tag die »Strabo« aus sicherer Entfernung beobachtet. Da sie nun wußten, daß Kolettis und die anderen an Bord waren, mußten sie nur noch herauskriegen, wie sie aussahen. Victoria hatte Leith in London angerufen, der daraufhin versprochen hatte, daß die Britische Botschaft in Athen über die »Strabo« Erkundigungen anstellen würde. Später hatte er sie informiert, daß die

Athener Polizei Haydons Auto endlich gefunden hatte. »Und nun kommt ein interessantes Detail«, hatte Leith gesagt. »Der Wagen stand nur fünf Straßen entfernt von Stamatis Leondaris' Haus.«

Edward und Victoria hatten überlegt, was das bedeutete. »Haydon muß bei Leondaris eingebrochen sein und ... wurde geschnappt. Die ›Apollo-Leute‹ konnten nicht wissen, daß er zur Britischen Botschaft gehörte, aber sie wollten kein Risiko eingehen«, hatte Victoria vermutet. »Ein Einbruch bei Leondaris war ihnen so kurz vor ihrem großen Coup ganz und gar nicht geheuer.«

»Dann müssen sie aber sehr mißtrauisch sein«, Edward war nicht überzeugt. »Es hätte doch reiner Zufall sein können.«

Victoria hatte zustimmend genickt. »Sie dachten eben, daß ein bißchen Brutalität nicht schaden könnte, falls Haydon oder Broudin, wie sein Paß lautete, doch zu unserer Seite gehörte. Das würde beweisen, wie ernst sie es mit ihrer Drohung meinen. Leondaris' Frau ist Goldschmiedin. Vielleicht hielten sie Haydon für einen Juwelendieb.«

Edward hatte nichts erwidert.

Im Verlauf des Tages hatten er und Victoria die »Strabo« aus den verschiedensten Blickwinkeln beobachtet, wieder als Künstler getarnt. Edward hatte sich halb zu Tode geniert, aber es war ihm nichts anderes übriggeblieben. Gegen 19.30 Uhr waren drei Mann von Bord gegangen und hatten sich ins Restaurant gesetzt. Edward und Victoria hatten eine Viertelstunde verstreichen lassen und dann einen Tisch im selben Lokal gewählt, wo sie beobachten und manchmal sogar mithören konnten, was von dem »Strabo«-Trio gesprochen wurde.

»Beschreib mir auch die anderen«, sagte Edward neugierig.

»Einer hat silbergraues Haar, einen dünnen Hals und fast weibliche Hände. Dunkelhäutig. Der andere ist dicker und weißhäutiger. Er kriegt auch eine Glatze.«

»Wie ich.«

»Ach was! Sei nicht so eitel. Mir gefällt eine hohe Stirn, das habe ich dir doch gesagt.« Victoria lächelte ihn an und machte dann eine leichte Kopfbewegung zum anderen Tisch hin. »Sie sehen aus, als würden sie schon feiern, bevor ihr Sieg feststeht.«

Der Ober brachte die Vorspeisen. Während er die Teller hinstellte, trat ein vierter Mann zu ihren Tischnachbarn.

»Was hielt dich auf?« Der Dicke sprach so schnell Griechisch, daß Victoria es nur mühsam verstand.

Der vierte Mann blieb stehen. Er war ein untersetzter, kämpferisch wirkender Typ mit schwarzem, kurzgeschorenem Haar. »Ich habe gelesen«, antwortete er. »Gearbeitet.«

»Entspann dich!« schlug der Dicke vor. »Setz dich, und trink ein Glas Wein.«

Victoria hörte kaum noch zu. Der Neuankömmling trug ein Buch, nein, eine Fachzeitschrift unter dem Arm. Von ihrem Sitz aus konnte Victoria sogar den Titel erkennen – *Journal of Classical Greece.*

»Sehr gut, Zak, wie aufs Stichwort. Die Telefonzelle ist links von dir. Geh weiter.«

O'Day und Riley waren bester Laune. Nachdem sie den Griechen tagelang mühsam beschatten mußten, war nun fast alles unter Kontrolle, wie sie glaubten. Einige Stunden zuvor hatten sie das nächste Telefon in der Nähe der nächsten Straßenbahnhaltestelle ohne Mühe gefunden und dasselbe Abhörgerät wie am Vortag eingebaut. Und nun war Zakros, oder Zak, wie sie ihn schon fast freundschaftlich nannten, zur richtigen Zeit am richtigen Ort aufgetaucht. Ihre Welt war wieder etwas vorhersehbarer geworden.

»Bin gespannt, ob heute was Besonderes los ist.«

»Muß nicht sein«, erwiderte O'Day. »Vermutlich rufen sie sich nur deshalb so regelmäßig an, um in Kontakt zu bleiben, für den Fall, daß irgendwas schiefläuft oder etwas Unerwartetes passiert.«

Riley vollführte mit den Fingerspitzen einen Trommelwirbel auf dem Lenkrad. »Wenn Zak nicht selbst zu der Bank geht, wo die Bilder im Safe liegen, werden wir sie nie finden.«

»Da hast du recht … Deshalb müssen wir ihn irgendwann beunruhigen, in Panik versetzen, so daß er glaubt, Gemälde und Dokumente seien in Gefahr. Dann wird er überprüfen wollen, ob alles in Ordnung ist, und uns direkt zum Ziel führen.«

Im Wagen – diesmal ein roter Ford – wurde es laut, als das Telefon in der Zelle auf der anderen Straßenseite zu läuten begann. Sie beobachteten, wie der Grieche rasch hinüberging und den Hörer abnahm.

»Ja?«

»Nur zweierlei zu berichten.« Es war dieselbe Frauenstimme.

»Schieß los.«

»Die anglikanische Kirche in Athen wurde verwüstet. Als Vergeltungsmaßnahme für die Haghia Sophia.«

»Wurde viel zerstört?«

»Zerbrochene Fenster, Graffiti, der Altar umgeworfen.«

»Das dient sogar unseren Zwecken.«

»Ja.«

»Und das andere?«

»Ist komplizierter. Ich versuchte, mit Andover zu sprechen, weil ich hoffte, daß er vielleicht etwas ausplaudern würde, das uns hilft. Ich weiß, daß er tagsüber nicht zu Hause ist, aber er hört abends regelmäßig seinen Anrufbeantworter ab. Ich hinterließ ihm eine Mitteilung und bat, mich zurückzurufen. Das tut er immer oder hat's bisher jedenfalls getan. Angeblich ist er auf Urlaubsreise in Schottland …«

»Stimmt, das hat mir Mordaunt bestätigt.«

»Ich weiß … Aber mir kommt das merkwürdig vor. Ich frage mich … ob er mißtrauisch geworden ist und mir deshalb aus dem Weg geht. Vielleicht ist die andere Seite besser informiert, als wir ahnen.«

VIERTE WOCHE
DIE STEINE DES VERRATS

20. KAPITEL

Montag

Aufgrund der bisherigen Geschehnisse lag es nahe anzunehmen, daß die Menschenmenge vor dem British Museum wieder einmal demonstrierte. Aber ganz so war es nicht, denn darunter befanden sich auch eine Anzahl bekannter Wissenschaftler und Kunsthistoriker aus aller Welt, die eigentlich den Lesesaal des British Museum aufsuchen wollten. Dieser war jedoch nicht zur gewohnten Zeit geöffnet worden.

Nicht jeder hatte am Samstag vor dem Fernseher gesessen, als Brenda Peachey eine Ausweitung des Protests im Museum vorausgesagt hatte. Wie sich jetzt erwies, hatte sie sogar noch untertrieben. Auf dem Weg zur Arbeit hatten die Angestellten des British Museum sieben dunkelblaue Lastwagen am Russell Square gesehen und weitere drei, die bereits vor dem Lieferanteneingang vorgefahren waren. Jeder wußte, was das zu bedeuten hatte. Deshalb bildeten sich dort immer mehr Gruppen von Mitarbeitern, die über die Vorfälle diskutierten. Es gab kein Geschrei und auch keine offene Aggression, denn es handelte sich dabei in erster Linie um Bibliothekare, Archäologen oder Restauratoren. Ein oder zwei Zeitungsreporter und auch einige Demonstranten mischten sich darunter, aber die Stimmung war eher gedrückt als aggressiv. Doch die große Ansammlung auf dem Gehsteig führte dazu, daß immer mehr Leute auf die Fahrbahn ausweichen mußten, so daß es trotz der Bemühungen einiger Polizisten zu Verkehrsstörungen in der Malet Street und am Russell Square kam.

Am Montagmorgen herrschte in diesem Teil Londons sowieso starker Verkehr, doch nun brach er fast zusammen.

In einem der Wagen, die im Stau steckten, saß Sir Martin Ogilvy, der von einem Treffen des Prüfungsausschusses über den Export von Kunstwerken kam. Er sah seine Angestellten, bevor sie ihn sahen. Während er im Schrittempo die letzten 50 oder 60 Meter zu den Museumstoren fuhr, wurde Ogilvys Wagen von seinen Mitarbeitern umringt. Niemand pöbelte oder protestierte lautstark. Im Gegenteil. Alle verstummten, während Ogilvy diesen Spießrutenlauf oder vielmehr -kriechgang hinter sich brachte. Das Schweigen machte ihm schwer zu schaffen, doch noch schlimmer waren die Blicke, die ihn trafen. Er hatte sich bisher abgeschirmt und erlebte nun zum ersten Mal die Reaktion seiner Mitarbeiter. Als er ins Tor einbog, sah er im Rückspiegel, wie seine Kollegen ihm haßerfüllt nachstarrten. Ogilvy hatte auf Wunsch des Premierministers brav seine Rolle gespielt und das Geheimnis gewahrt. Natürlich war ihm klargewesen, daß seine Handlungsweise unpopulär sein würde, aber er hatte es als seine Pflicht angesehen, der Regierung zu helfen. Außerdem hatte er geglaubt, das Problem werde schnell gelöst, noch bevor es tatsächlich zu einem Abtransport der Marbles käme. Als er nun jedoch die blauen Lastwagen im Ladehof und die verbitterten Gesichter seiner Mitarbeiter sah, ging ihm plötzlich auf, daß es sich um eine ganz neue Situation handelte.

Die Elgin Marbles standen kurz vor dem Abtransport. Vielleicht kehrten sie nie zurück, und er würde in die Geschichte eingehen als der Direktor des British Museum, der sich nicht dagegen zur Wehr gesetzt hatte. Noch Jahre später würde er geschmäht und verachtet werden. Ja, der dumpfe Haß, den er in den Augen seiner Kollegen entdeckt hatte, würde sich mit der Zeit in Verachtung wandeln.

Er parkte seinen Wagen auf dem für ihn reservierten Platz und betrat das Gebäude durch den Seiteneingang, gegenüber dem Holzbau, wo die Keilschrifttafeln aufbewahrt wurden. Er nickte dem Wächter zu. Nur einer, wie ihm auffiel, denn die anderen standen draußen bei den Lieferwagen. Selbst sie mißbilligten, was geschah. In den Gängen des Museums herrschte eine merkwürdige Stille und Dunkelheit. Nur wenige Lichter brannten, und die Hälfte aller Türen war geschlossen. Er beschloß, einmal nachzusehen, was in der Haupthalle los war. Schon in der King's Library hörte er Stimmengewirr, und als er um die Ecke bog, blieb er wie angewurzelt stehen. Die Halle war voller Leute, aber es handelte sich dabei nicht um Touristen oder Besucher. Es waren Wissenschaftler – noch mehr Kollegen –, die den Lesesaal benutzen wollten, der an diesem Vormittag geschlossen blieb.

Gerade als er dies bemerkte, wurde er von David Seebag erspäht, einem Historiker, den er aus Manchester kannte, eine Kapazität für italienische Keramik des Mittelalters. Seebag zupfte einen anderen Mann am Ärmel, der sich gerade mit einem australischen Linguisten unterhielt. Sie schauten alle in seine Richtung und setzten sich dann in Bewegung. Seebag wollte schon zu sprechen anfangen, als Ogilvy, umzingelt und gleichzeitig allein in seinem eigenen Museum, sich umdrehte und weglief.

»Worum ging's denn?« Victoria strich mit der Fingerspitze über eines ihrer kleinen Silberobjekte – einen Pferdekopf.

Edward lag auf dem Bett und hatte gerade ein Telefonat beendet. Er wirkte müde. »Da gibt's etwas, von dem du noch nichts weißt.«

Sie warf ihm einen forschenden Blick zu.

»Ich hab's niemandem erzählt. Aber jetzt weiß es Leith ... Alle wissen es.« Er berichtete von Nancy und der Unterhaltung, die Riley und O'Day abgehört hatten.

Als er fertig war, stand Victoria vom Bett auf, stellte ihre Kaffeetasse ab und verschwand im Bad. Gleich darauf kam sie wieder, nun im Bademantel. Sie holte sich wieder ihre Tasse und setzte sich nicht aufs Bett, sondern auf einen Stuhl am Frisiertisch. »Ich finde, du müßtest mir mehr erzählen als die paar mageren Einzelheiten, die du Leith gegeben hast.«

Edward nickte. »Ich war in Nancy verliebt, das glaubte ich jedenfalls. Sie übte starke Anziehungskraft auf mich aus, mehr als jede andere Frau zuvor. Aber ich ahnte nicht, daß sie mich nur als Mittel zum Zweck benutzte, bis ... diese ganze Geschichte schon weit gediehen war. Da hatte ich inzwischen das Telefonat mit dem Erpresser ... verpatzt, und ich fürchtete, man würde mich rausschmeißen oder sogar einsperren, falls ich Lockwood reinen Wein einschenkte.«

»Aber du bist ein verdammt hohes Risiko eingegangen.«

»Sieh es mit meinen Augen, und du wirst erkennen, daß mir keine andere Wahl blieb. Außerdem dachte ich, daß Nancys Rolle darin bestände, durch mich zu erfahren, wie die Verhandlungen wirklich liefen.«

»Aber bedenke doch, man hätte sie beschatten können ... Vielleicht hätten wir durch sie sogar einen der Hauptakteure entdeckt.«

»Ja ..., mag sein. Aber ich wußte ja nicht, ich konnte einfach nicht sicher wissen, ob sie bei der Sache mitmachte. Es gab lediglich Verdachtsmomente ...«

»Edward!«

Er holte tief Luft. »Ich hatte keine Beweise in der Hand und, nun ja, ich ... Wir waren uns mal sehr nah. Das glaubte ich wenigstens.«

»Ach, du lieber Gott!«

»Na schön! Was ich machte, war falsch. Töricht.« Er holte wieder tief Luft. »Nein! Ich war vielleicht töricht, mag sein. Aber man wendet sich nicht gleich gegen eine Freundin, nicht auf den ersten vagen Verdacht hin. Auch nicht auf den zweiten. Einen Freund oder eine Freundin hält man im Zweifelsfall für unschuldig.«

»Was hat Lockwood gesagt?«

Edward zuckte die Achseln. »Leith war kühl, aber nicht gemein. Vielleicht versteht er mich. Vielleicht versteht mich auch der Premierminister ... Besser, als du es anscheinend kannst.«

Victoria nippte schweigend an ihrem Kaffee. Als sie wieder

sprach, klang ihre Stimme anders. »Wenn du sie geliebt hast, was ... was war das dann in der letzten und vorletzten Nacht? Mit mir, meine ich.«

Edward zog die Bettdecke bis zum Kinn hinauf. »Nancy benutzte mich, belog mich, heuchelte mir Gefühle vor. Wenn ich daran denke, überfluten mich Wut und Scham wie heiße Wellen. Ich sehe sie vor mir, wie sie lachte, den Kopf schieflegte, wenn sie sarkastisch war – hundert kleine Vertrautheiten, die ich für Vertrautheiten hielt. Und ich fühle mich verraten. Ich fühle, daß ich einen Wettlauf verloren habe, einen Wettlauf, von dem ich nichts ahnte. Und natürlich habe ich verloren.« Edward drehte sich auf die Seite und schaute Victoria voll an. »Was meinst du, was aus meinem Gefühl wurde? Denkst du, Liebe könnte so etwas überleben?«

»Gefühle sind unberechenbar.«

»Meine nicht! Wut ist eine Sache. Vermutlich kann man wütend auf jemanden sein, den man liebt. Aber du kannst nicht jemanden verraten und lächerlich machen und erwarten, daß er dich trotzdem liebt. Verrat und Liebe, Lächerlichkeit und Liebe sind unverträglich.«

»Aber du sprichst ja von Nancy und dir. Nicht von uns.«

»Du hast mich gefragt, Victoria«, sagte er behutsam. »Weder du noch ich konnten den Zeitpunkt bestimmen, an dem wir uns trafen. Wann immer du jemanden triffst, hast du eine Vergangenheit, eine Vergangenheit, in der meistens auch ein Partner existierte. Und genauso ist es bei dem anderen. Das ist nun mal so, völlig normal. Nichts, was ich dir gesagt oder was ich mit dir getan habe, Victoria, war unaufrichtig. Ja, ich denke viel über Nancy nach. Aber wenn ich's tue, dann geschieht es voller Wut und Scham, nicht voller Zärtlichkeit. Vor einer Woche noch war ich in sie verliebt. Nun könnte ich sie töten, und das meine ich ernst. Sie hat etwas in mir zerstört.« Er nickte Victoria zu. »Jedenfalls scheinst du das beste Gegengift für Nancy zu sein. Du bist so wunderbar frisch, und zwar intellektuell, emotional und auch sexuell. Wenn ich mit dir zusammen bin, denke ich kaum an Nancy.«

»Kaum! Herrgott, meine Tante hatte recht. Männer sind eine Qual.«

Eine Weile sagte keiner von ihnen mehr etwas. Dann bat Edward: »Komm und setz dich zu mir aufs Bett. Bitte! Ich muß dir noch eine Menge technischen Kram erzählen, den ich von Leith erfuhr.«

Victoria starrte ihn nur an, ohne sich zu bewegen.

»Bitte ..., komm her. Es tut mir leid, wenn ich dich verärgert habe.«

Er warf die Decke beiseite und stand auf, ging dann zu Victoria hinüber und führte sie dorthin zurück, wo sie zuvor gelegen hatte.

Sie schwieg immer noch, ließ sich aber von Edward ins Bett ziehen. Er legte seinen Arm um sie.

»Leith meint, ich sollte Nancy anrufen ...«

Victoria versuchte, sich ihm zu entwinden, aber er hielt sie fest. »Paß auf! Nach allem, was Riley und O'Day abhörten, scheint sie daran zu zweifeln, daß ich wirklich von Lockwood gefeuert wurde. Und deshalb meint Leith, ich solle sie heute anrufen.«

»Wirkt das nicht verdächtig? Einen Tag sagt sie, sie habe nichts von dir gehört, und am nächsten rufst du sie schon an?«

»Nicht unbedingt. Schließlich ahnt sie ja nicht, daß ihr Telefonat abgehört wurde.«

Wieder Schweigen. Edward hielt Victoria immer noch im Arm, aber sie saß steif, steil aufgerichtet, unnachgiebig da.

Schließlich meinte sie: »Du könntest beim Segeln sein.«

Er machte ein verständnisloses Gesicht.

»Das würde erklären, warum du sie nicht angerufen hast. Ich bin früher ziemlich viel gesegelt.« Sie warf ihm einen fast koketten Blick zu. »Teil meiner Vergangenheit, von der du nichts weißt. Du könntest also um die Hebriden gesegelt sein, und euer Schiff lief nach mehreren Tagen auf hoher See in einen Hafen ein. Von dort rufst du sie dann gleich an.«

Edward schmunzelte, beugte sich zu ihr hinüber und küßte sie auf die Wange. »Brillant! Da ist nur ein Problem: Wenn ich ihren Anrufbeantworter erwische, ist alles okay, aber wenn sie zu Hause ist und wir uns unterhalten, wird sie sich irgendwas ausdenken, um mich zurückzurufen, nur um zu überprüfen, ob ich wirklich in Schottland bin.«

Victoria überlegte. Edward war sich nicht ganz sicher, aber ihr Körper schien nicht mehr ganz so verkrampft zu sein.

»Ich habe eine Idee«, sagte er plötzlich. »Nehmen wir lieber die Orkney-Inseln, nicht die Hebriden. Das würde auch besser erklären, warum ich so weit entfernt klinge. Ich behaupte, daß ich gerade in Overbister angekommen bin, das liegt auf Sanday. Ich behaupte weiter, daß ich mit schottischen Freunden segeln war, die Leute auf der Insel kennen, bei denen wir eine Nacht bleiben. Ich hinterlasse eine Nummer ...«

»Wieso? Kennst du dort jemanden?«

»Ich weiß, daß es auf Sanday einen RAF-Stützpunkt gibt, ungefähr 30 Kilometer von Overbister entfernt. Mein Vater war vor kurzem in der Gegend. Sicher schafft Leith oder jemand von Downing Street es, daß die vom Stützpunkt uns helfen. Sicher haben die dort eine Leitung, die man für kurze Zeit als Scheinanlage benutzen kann: Wer dort ans Telefon geht, tut so, als sei er einer meiner Freunde.«

Victoria nickte eifrig. »Wenn Nancy dann anruft, behauptet derjenige, du seist nicht da, sondern im Pub, im Restaurant oder beim Einkaufen. Dann ruft er rasch hier an, und du telefonierst gleich danach mit Nancy. Das sieht dann so aus, als hätte sie dich in Schottland nur um Minuten verpaßt.«

Edward drückte Victoria leicht an sich. »Fabelhaft! Damit müßten wir Nancy eigentlich überlisten.« Wieder küßte er sie auf die Wange, suchte diesmal aber auch ihre Lippen. Sie wandte den Kopf ab, aber er ließ sich nicht abschrecken. Mit der anderen Hand lockerte er den Gürtel ihres Bademantels, schlüpfte hinein und streichelte über die Innenseite ihres Schenkels. Dabei schaute er ihr in die Augen.

Einen Moment lang erwiderte sie seinen Blick. Dann schloß sie die Augen und öffnete ihre Lippen.

Captain Kenneth Lynn stand auf der Brücke der Fregatte »HMS Anglesey«. Ihm gefiel gar nicht, was er vor sich sah. Die Fahrt von Norwegen mit kleinen Zwischenstopps entlang der Küste hatte er genossen. Aber verglichen mit den Fjorden war der Hafen von London trotz der kürzlich erfolgten Baumaßnahmen ein trostloser Anblick.

Dabei war es jetzt gar nicht der Hafen selbst, den er mißbilligte. Ungefähr eine Stunde zuvor hatte er am Kai festgemacht und erfahren, daß er einen Teil der Ladung – 93 Kisten mit den berühmt-berüchtigten Elgin Marbles – noch am Vormittag an Bord nehmen konnte. Die Marbles waren noch nicht eingetroffen, dafür aber jede Menge Demonstranten. Der Captain hatte keine Ahnung, wie sie den richtigen Kai ausfindig gemacht hatten. Allerdings war es ja auch unmöglich, eine Fregatte zu verstecken. Vom Kai wurden die Demonstranten ferngehalten, aber Lynn sah, daß sie mit ihren Spruchbändern die Straße säumten, die zum Eingangstor des Hafens führte. Anscheinend gab es zwei Gruppen von Demonstranten – auf einer Seite Griechen, die für die Rückkehr der Marbles waren, und auf der anderen Seite all jene, die dagegen waren. Die Polizei stand dazwischen und wurde von beiden Gruppen beschimpft.

Lynn mißbilligte es, daß die Royal Navy für ein derartiges Unternehmen mißbraucht wurde. Doch Befehle waren Befehle, und »HMS Anglesey« war nun bereit, ihre Fracht aufzunehmen. Hoffentlich kamen die Kisten bald! Es würde schließlich fast zwei Tage in Anspruch nehmen, alle zu verladen. Er hatte Order, so rasch wie möglich aufzubrechen, was ihm nur recht war. Solange das Schiff mit der Ladung im Hafen lag, forderte es Demonstrationen geradezu heraus. Je früher er in See stach, desto besser. Plötzlich hörte er Schreie, und da kam auch schon der erste der blauen Lastwagen mit den Marbles in Sicht. Zwei weiße Rover der Polizei fuhren voraus. Hinter ihnen folgten fünf Lastwagen und dann zwei weitere Rover. Das waren noch längst nicht alle Marbles, sondern nur der erste Schub. Lynn sah, wie mit Schildern gegen die Laster geschlagen wurde, als sie die Demonstranten passierten. Eine Dreierreihe von Polizisten hielt die Menge davon ab, dem Hafentor zu nahe zu kommen.

Wie alle seine Kollegen von der Marine hielt sich Kenneth Lynn für einen strikten Anhänger von Gesetz und Ordnung. Instinktiv war er immer auf seiten der Polizei, doch in diesem einen Fall mußte er sich fast zwingen, nicht zuviel über das Für und Wider nachzudenken, und er hatte auch alle Diskussionen darüber an Bord verboten. So etwas konnte leicht zu Unfrieden in seiner Mannschaft führen. Schließlich hatte er selbst in dieser Sache noch keinen festen Standpunkt ... Nun sah er, wie die Hafentore geschlossen wurden, nachdem der fünfte Laster hindurchgefahren war. Immer noch gab es Geschrei von den Demonstranten, aber vielleicht würden sie sich jetzt zerstreuen, da es nichts mehr zu sehen gab. Die Laster verschwanden in der Zollhalle, und Lynn mußte plötzlich an jene Zeit zurückdenken, als die Marbles vor fast 200 Jahren Griechenland verlassen hatten. Waren sie von der Royal Navy nach England gebracht worden, und hatten alle auf einem Schiff Platz gefunden? Wie verpackte man damals die Marbles, und wie lange dauerte die Seereise? Er ging hinein und rief übers Bordtelefon seinen Bootsmann.

»Yessir!« meldete sich der Bootsmann.

»Alles vorbereiten für Aufnahme der Ladung«, sagte Lynn. »Die Marbles sind eingetroffen.«

Die Titelgeschichte der Mittagsausgabe des Londoner *Evening Standard* war groß aufgemacht:

MORD IM MET!

REUTERS/AP NEW YORK: Ein Wächter kam heute ums Leben, als drei Männer in das Metropolitan Museum in Manhattan einbrachen und acht kostbare religiöse Kunstwerke der Hindus entwendeten. Der Wächter, Spiridon Panottis, überraschte die drei Einbrecher und erhielt einen Schlag auf den Kopf, vermutlich mit einem Revolver. Mr. Panottis starb an einer Hirnblutung, noch bevor er im Lennox Hill Hospital behandelt werden konnte.

Ein zweiter Wächter, Chessy Mlodzanski, wurde ebenfalls verwundet. Nachdem er mit einem Schädelbruch ins Lennox Hill Hospital eingeliefert worden war, kam er wieder zu Bewußtsein und konnte der Polizei angeben, daß seine drei Angreifer Inder gewesen waren. Sie waren bewaffnet, sagte er, und zwangen ihn mit vorgehaltener Waffe, seine Schlüssel zu den Schaukästen im zweiten Stock des Museums herzugeben.

Ein Schreiben, das die Gewalttäter in den leeren Schaukästen zurückließen, stellt eine Verbindung zu dem Fall der Elgin Marbles in England her. Die Polizei gab den Text für die Veröffentlichung frei: »Die von uns heute befreiten religiösen Kunstwerke gehören Indien. Sie wurden unserem Land gestohlen, wie die Parthenon-Friese von Lord Elgin gestohlen wurden. Nun kehren die Marbles zurück, wo sie hingehören – und das gleiche gilt für unsere schönen indischen Skulpturen.« Unterzeichnet war mit »Hindu-Erbe«.

Ein Sprecher des Bürgermeisteramts in New York bezeichnete die Tat als ein besonders schweres Verbrechen: »Wir haben es hier mit einem ungewöhnlichen Motiv zu tun. Ich hoffe, daß daraus nicht etwa ein neuer Trend wird. Die Tat zeigt, daß das Schicksal der sogenannten Elgin Marbles von großer Wichtigkeit für die ganze Welt ist.«

Mordaunt starrte in den Garten von Buckingham Palace hinaus, nahm aber kaum wahr, wie der prasselnde Sommerregen auf dem Teich kleine Fontänen hochspritzen ließ. Er nahm im Moment nicht einmal Leith wahr, der seit Samstag sein Büro mit ihm teilte. Da O'Day, Victoria Tatton und Edward Andover im Ausland waren, hatte man das Hauptquartier in die Räume des Oberstallmeisters verlegt.

Mordaunt war in tiefer Sorge. Die Demonstrationen vor dem British Museum und am Hafen und die Zeitungsberichte über Erzbischof Lysiptos' feurige Predigt waren schon schlimm genug gewesen, aber nun auch noch die schreckliche Nachricht von dem Mord in New York! Die Situation verschlimmerte sich zusehends. Geriet außer Kontrolle. Nun, da jemand getötet worden war ... Und das Schreiben mit dem Hinweis auf die Marbles ... Falls je bekannt wurde, welche Rolle das Königshaus dabei spielte ... Mordaunt spürte, wie ihm trotz des kühlen Wetters der Schweiß ausbrach.

Seine Loyalität gehörte nicht dem Premierminister, sondern selbstverständlich Ihrer Majestät. Bisher hatten die Queen und Mordaunt dem Premierminister völlig freie Hand gelassen. Da Lockwoods Plan jedoch katastrophal schiefgelaufen war, begann Mordaunt darüber nachzudenken, ob der Premierminister nicht ... Nun, nicht gerade ausgeschaltet werden sollte, aber vielleicht sollte er, Mordaunt, eine aktivere Rolle spielen. Er mußte unbedingt Ihre Majestät schützen! Noch hatte er keine Ahnung, was er tun konnte. Aber ihm war immerhin klargeworden, daß er selbst etwas tun mußte, statt sich nur auf Lockwood zu verlassen.

»Telefon!« zischte Leith ihm zu.

Doch der Oberstallmeister hatte schon nach dem Hörer gegriffen. Mit fester Stimme sagte er: »Mordaunt.«

»Schreiben Sie.«

»Was? ... Kein ...«

»Schreiben Sie!«

Mordaunt war verblüfft. Heute gab es also nicht das gewohnte Ritual mit den Telefonzellen. »Gut, ich bin bereit«, stimmte er zu.

»Gilbert Tignet, Thierry et Tignet SA, 56 Rue Grenoble, Lausanne. Dorthin schicken Sie heute den Brief der Queen. Lassen Sie ihn nicht durch Boten überbringen, sondern schicken Sie ihn mit der Post. Falls Sie versuchen, ihm nachzuspüren oder irgendeinen Minispion anzubringen, hören Sie nie mehr von mir.« Es klickte, und die Leitung war tot.

Mordaunt schaute zu Leith hinüber, der die Adresse ebenfalls notierte. »Nun?«

Leith schrieb erst zu Ende, bevor er antwortete. »Natürlich

überprüfen wir die Adresse. Aber Monsieur Tignet ist garantiert eine Art Treuhänder. Vielleicht sind Sie über diese Geschöpfe noch nicht informiert, Sir Francis? Nun, ein Treuhänder ist eine besondere Schweizer Institution: ein Anwalt, der die Anonymität seiner Mandanten garantiert …«

»Aber unter diesen Umständen wird er doch bestimmt helfen …«

»So gut wie sicher weiß er nicht, von wem oder woher seine Anweisungen kommen. Er wird für seine Dienste bar bezahlt worden sein, die lediglich darin bestehen, den Brief entgegenzunehmen. Irgendwann wird er angerufen und gefragt, ob der Brief eintraf. Etwas später wird man ihn dann auffordern, den Brief weiterzuschicken. Ich habe mit solchen Treuhändern schon öfter zu tun gehabt, und sie nehmen ihre Sache verdammt ernst. Keinerlei Überredungskunst oder Zwang von unserer Seite wird irgend etwas bewirken.«

Mordaunt war wenig beeindruckt. »Es kommt mir ein wenig …«

»Telefon!«

Diesmal war dem Oberstallmeister das Aufblinken entgangen. Er meldete sich kurz angebunden: »Ja bitte?«

»Hier ist Ogilvy. British Museum. Ich suche Andover.«

»Andover ist verreist. Kann ich behilflich sein? Ist etwas passiert?«

»Hm, ja, gewissermaßen. Ich muß Lockwood sprechen und hoffte auf Andovers Vermittlung.«

Mordaunt runzelte die Stirn. »Ich weiß nicht, ob ich das arrangieren kann. Sie wissen ja, wie vielbeschäftigt der Premierminister ist. Kann ich vielleicht etwas für Sie tun?«

»Wissen Sie, die Sache gerät immer mehr außer Kontrolle. Ich wollte gern mit Andover sprechen, da er außer mir der einzige Wissenschaftler ist, der damit zu tun hat. Ich hoffte auf sein Verständnis. Ungleich ihm muß ich eine öffentliche Rolle spielen, aber ich will nicht allein alle Prügel einstecken. Vor meinem Büro stehen Demonstranten mit Spruchbändern wie ›Lockwoods Handlanger‹, ›Was geben Sie als nächstes her?‹ und ›Kostenloses Angebot: 93 Marbles‹.«

»Und ... was? Soll die Polizei sie vertreiben? Inspektor Leith ist gerade hier ...«

»Nein. Nein! Darum geht's mir gar nicht. Ich habe einfach genug, Mordaunt. Ich möchte den Premierminister sprechen und um meine Entlassung bitten.«

»Hallo Nancy, Edward hier. Tut mir leid, daß ich so lange nicht anrief, aber ... Na ja, alles wurde reichlich kompliziert in dieser Angelegenheit ... dieser Angelegenheit, über die ich nicht reden soll. Der langen Rede kurzer Sinn, ich bin jetzt in Schottland. Teils Ferien, teils Bestrafung. Ich bin beim Segeln und hoffe immer noch, daß der Wind all das Scheußliche wegbläst. Neil und Ian Cashel haben mich mitgenommen, und wir sind gerade in Overbister auf Sanday angekommen. Schade, daß ich dich nicht erreiche, aber du kannst mich ja hier anrufen ...« Edward gab die Nummer durch.

Leith hatte begeistert auf Victorias Vorschlag reagiert und innerhalb von zwei Stunden alles arrangiert.

Edward beendete seinen Anruf. »Wir sind natürlich viel unterwegs, kaufen Vorräte, beladen das Boot, aber versuch's bitte ... Ich würde liebend gern mit dir reden. Wir brechen morgen zu den Hebriden auf, was zwei bis vier Tage auf See bedeutet, je nach Wind und Wetter. Also, jetzt oder nie ... Bye-bye!«

Er legte auf. Ihr Plan war, daß Victoria die »Strabo« im Auge behalten sollte, während er für alle Fälle am Telefon blieb.

Victoria war schon im Begriff zu gehen, die Malutensilien in einem Korb über ihrer Schulter.

»Sei vorsichtig«, bat Edward. »In gewisser Weise ist eine einzelne Frau auffälliger als ein Pärchen.«

»Du auch«, gab Victoria zurück. »Nancy hat dich schon einmal besiegt, Edward. Ein zweites Mal können wir uns nicht leisten.«

Brian Welch wartete, bis das rote Licht an der Kamera zu blinken begann, und hielt sich dann das Mikrofon nah an den Mund. »Hier in Downing Street ist heute vor Nr. 10 auf der Straße viel mehr los als sonst. Der Grund dafür ist, daß die Polizei 200 Demonstranten durch das Tor von Whitehall gelassen hat. Viel mehr mußten allerdings draußen bleiben.« Während Welch dies sagte, schwenkte die Kamera zu Indern mit Transparenten, die sich auf dem Gehsteig gegenüber der Residenz des Premierministers drängten. Dann kam wieder Welch ins Bild.

»Bei mir steht Ayod Janata, Leiter der heutigen Demonstration und gleichzeitig Beauftragter der indischen Nationalisten im Ausland.« Welch wandte sich an den Inder, und die Kamera hatte nun beide Männer im Bild. »Mister Janata, heute morgen wurde im Metropolitan Museum in New York ein Wächter ermordet, als drei Inder dort einbrachen und acht Kunstwerke stahlen. Dennoch findet Ihre Demonstration statt. Wieso tun Sie das? Man könnte es als geschmacklos bezeichnen, unter den gegebenen Umständen hier eine Versammlung abzuhalten.« Er hielt Janata das Mikrofon hin.

»Sie sagen, es war Mord in New York. Ich bedaure sehr, was passierte ... Aber es war in Wahrheit ein Unfall ...«

»Aber bei einem Einbruch«, unterbrach ihn Welch.

»Die Leute, die diese Tat begingen, nahmen nur Kunstwerke, die vor vielen Jahren in Indien gestohlen wurden. Sie fragen mich, warum wir hier demonstrieren, und dabei hätte ich gedacht, daß es doch ganz offensichtlich ist, warum. Wie das Metropolitan Museum, wie viele Museen in Europa und den USA stellen auch britische Museen Kunstwerke aus, die in Indien gestohlen wurden. Zum Beispiel steht im Victoria and Albert Museum ein wertvoller und kulturhistorisch wichtiger Thron, der im 18. Jahrhundert aus Indien entwendet wurde. Anscheinend hat sich die britische Regierung besonnen und will die Elgin Marbles an Griechenland zurückgeben. Wir Inder fühlen wie die Griechen ... Wir wollen auch unsere Kunstschätze zurückhaben. Deshalb ist für uns jetzt der richtige Zeitpunkt, diese Demonstration abzuhalten. Natürlich tut es uns sehr leid, daß ein Wächter, noch dazu ein griechischer Wächter, im Metropolitan Museum ums Leben kam. Die indische Gemeinde hier im Land führt sogar eine Geldsammlung durch, um seine Witwe finanziell zu unterstützen. Aber ich möchte doch klarstellen, daß wir das gleiche Ziel haben wie unsere Landsleute in New York: Wir wollen durchsetzen, daß viele Kunst- und Kultobjekte Indien zurückgegeben werden. Der Westen hat ...«

Welch zog ihm das Mikrofon weg und sprach nun selbst: »Können Sie sich vorstellen, daß Sie über Demonstrationen hinausgehen? Würden Sie auch erwägen, in ein Museum einzubrechen und Gegenstände zu entwenden, wie es heute vormittag in New York geschah – mit solch tragischen Konsequenzen?«

Einen Moment zögerte Janata.

Dies nutzte Welch aus und nahm ihm sofort das Mikrofon weg. Mit Blick in die Kamera und hochgezogenen Augenbrauen sagte er nur: »Aus Downing Street, Brian Welch für das BBC-Fernsehen.«

»Nancy? Kannst du mich verstehen? Welch lausige Verbindung. Ich bin's, Edward.«

»Woodie! Endlich! Du klingst, als seist du auf dem Mond.«

»Nicht weit gefehlt, aber ich weile noch unter den Irdischen. Mir kommt's vor, als schwankt alles nach diesen Tagen auf See.«

»Aber warum die See, Woodie? Was ist passiert?«

»Das darf ich dir nicht sagen. Die Sache ist nämlich noch nicht ausgestanden.«

»Hat das etwas mit diesen Bildern zu tun, von denen du mir erzähltest?«

»Hab' ich das? Das hätte ich nicht gedurft. Aber ... Ja.«

»Und warum wurdest du ...?«

»Nancy. Darüber kann ich nicht reden.« Edward hatte mit Leith beratschlagt, ob er Nancy auf eine falsche Spur locken sollte, um die andere Seite in falscher Sicherheit zu wiegen. Sie hatten sich dann jedoch darauf geeinigt, daß Edward nichts sagen sollte. Auf diese Weise nahm man Nancy die Lust, wieder mit ihm zu telefonieren. Abrupt ging Edward deshalb zu einem anderen Thema über. »Wie weit bist du mit deinen Forschungen?«

»Fertig. Deshalb bin ich wieder in London. Nun muß ich alles niederschreiben. Bist du ein begeisterter Segler? Komisch, das hast du nie erwähnt.«

»Als Junge war ich viel mit dem Boot unterwegs. Dieser Törn mit den Cashels kam mir gerade recht. Eine gute Methode, um von allem wegzukommen.«

»Du willst doch nicht von mir weg, oder?«

Edward schnürte es die Kehle zu. Schemenhaft tauchte Nancy vor ihm auf, nackt, ihr Körper im Halbschatten ... Er war wütend und beschämt zugleich. »Nancy, es ist nicht einfach für mich. Das Telefon ist hier ... öffentlich. Jeder kann mithören. Aber ... Ich machte in London einen Fehler, einen großen Fehler ... Vergiß nicht, daß meine Wohnung, mein Zuhause dem Palast gehört, nicht nur mein Büro. Ich mußte weg. Aber nicht von dir.«

»Wann werde ich dich wiedersehen?«

Das Miststück! dachte Edward. »Ich weiß nicht. Vermutlich bleibe ich weg, bis daheim alles wieder ... in Ordnung ist. Segeln ist ganz schön anstrengend. Man muß sich konzentrieren, und das ist gut für mich, nach allem, was geschah.«

»Was hältst du von New York?«

»Was meinst du damit?«

»Hast du nichts davon gehört? Vielleicht liegt Schottland wirklich auf dem Mond.« Plötzlich klang ihre Stimme mißtrauisch.

»Ich habe tatsächlich nichts gehört. Auf hoher See kriegst du keine Zeitungen, und in diesen Breitengraden ist unser Radio immer auf Wettervorhersage eingestellt.«

Hörbar besänftigt, erzählte sie ihm vom Mord im Metropolitan Museum.

»O nein!«

»Du magst ja einen Fehler gemacht haben, Woodie, aber Lockwood ist auch nicht gerade ein leuchtendes Vorbild.«

Edward schloß die Augen. Nancy beherrschte sehr geschickt die Unterhaltung, lenkte sie nach ihrem Willen. »Ich muß jetzt aufhören, Nancy. Da stehen schon Leute, die auch telefonieren wollen.«

»Okay, okay. Ruf mich von den Hebriden an, ja?«

»Das mache ich. Fest versprochen.«

»Wer weiß? Vielleicht fliege ich kurz hin, um dich zu treffen.«

»Sie können haben, was Sie wollen, wenn's nur Dewar's ist«, sagte Lockwood lächelnd zu Sir Francis Mordaunt. Er spielte wieder einmal in seiner Wohnung den Gastgeber. Es war Mitternacht.

»Dann nehme ich gerne einen Dewar's, bitte.«

Lockwood stand vor dem Oberstallmeister und goß ihm ein. Außer Slocombe, Midwinter und Leith war auch Tom Lessor eingeladen worden, und Hatfield, der Chief Whip, wurde noch erwartet. Lockwood versorgte alle mit Drinks und stellte sich dann wie üblich mit dem Rücken gegen den Kamin. »Morgen wird der allerschlimmste Tag. Das kann ich mit Sicherheit behaupten, weil heute der schlimmste Tag war und morgen alles in den Zeitungen stehen wird. Keiner von Ihnen wird schon alles wissen, und so will ich ...« Er informierte sie in Kürze über alles, was in den vergangenen 24 Stunden geschehen war, vom Einbruch und Mord im Metropolitan Museum bis zum Eintreffen der Fregatte »Anglesey«, der Demonstration vor Downing Street und Mordaunts Telefonat mit dem Erpresser.

»Wie verändert sich dadurch die Lage, Premierminister?« erkundigte sich Mordaunt, sobald Lockwood fertig war.

»Gute Frage. Diese üble Geschichte mit den Indern in New

York ist natürlich ein Schock, aber die Forderung an die Queen, diesen Brief zu schreiben, sehe ich schon fast als positiv an. Immerhin kennen wir nun die Motive dieser ›Apollo-Brigade‹, die ziemlich vernünftig zu sein scheinen, auch wenn wir natürlich nicht mit ihnen übereinstimmen. Wir wissen, wo sich jedes Mitglied der Brigade befindet, bis auf Nancy Tucker, und die haben wir im Visier, sobald sie in ihre Wohnung zurückkehrt. Also können wir gegen sie vorgehen, wann wir wollen. Immer noch nicht wissen wir, wo die Blunt-Gemälde verwahrt werden. O'Day und Riley hörten Zakros' Telefongespräch heute abend wieder ab, erfuhren aber nichts wesentlich Neues. Ich bin der Meinung, daß wir durch die Abhöraktionen in Basel nicht viel mehr herausfinden können. Uns bleiben ungefähr fünf Tage, bis die ›Anglesey‹ Piräus erreicht. In dieser Zeitspanne müssen wir den Griechen in Basel dazu bringen, uns zu den Bildern und Dokumenten zu führen.«

»Wieso glauben Sie, daß die Dokumente in Basel sind?« Mordaunt trank einen großen Schluck Scotch. Unwillkürlich fiel ihm dabei ein, welch starker Trinker Blunt gewesen war.

Lockwood überlegte kurz und sagte dann: »Dieser Zakros ist immer noch dort, und dafür muß es einen Grund geben. Die Brigade geht offensichtlich davon aus, daß sie zu irgendeinem Zeitpunkt eventuell ihre Drohung wahrmachen muß. Aber gehen wir noch weiter zurück: Nachdem die Brigade in den Besitz der Bilder gelangte, war es doch am einfachsten, sie nur von einer Schweizer Bank in eine andere zu schaffen. Auf diese Weise waren keine Grenzen zu überqueren, und die Schweiz gehört bekanntlich zu den verschwiegensten Ländern der Welt. Deshalb hat sich Blunt ja auch eine Schweizer Bank ausgesucht. Sie sehen, alles deutet auf die Schweiz und auf Basel hin.« Nach einem Blick in die Runde wandte sich Lockwood wieder an Mordaunt. »Sir Francis, vielleicht könnten Sie die Verbindung zwischen Blunt und Zakros erklären. Man hat Sie über das Gespräch informiert, das Riley und O'Day in Basel abhörten, oder?«

Mordaunt nickte und stellte sein Whiskyglas auf dem Tisch ab. »Ja, und ich schaute mir daraufhin noch mal die Blunt-Akte im Palast an. Wie Sie vielleicht wissen, wurde Blunt im Jahre 1971 pensioniert, brachte dann sein Buch über Poussin auf den neuesten Stand und veröffentlichte auch einiges über die Royal Collection. Mir fiel in seiner Akte auf, daß er insgesamt dreimal Leihgaben der Royal Collection an Griechenland arrangierte – zuerst 1968, dann 1973 und schließlich noch 1978. Vermutlich nahmen wir seine Hilfe in Anspruch, weil er durch seine frühere Arbeit und seine Kontakte ein ausgezeichneter Kenner Griechenlands war. Bei diesen Gelegenheiten kann er jede Menge Griechen kennengelernt und zu Freunden gewonnen haben. Er begleitete den Bildertransport immer, denn das ist bei uns aus Sicherheitsgründen so üblich.«

»Falls nun«, unterbrach ihn der Premierminister, »wie Sie vor einigen Tagen durchblicken ließen, die griechische Verwandtschaft der Königsfamilie über Blunts Mission im letzten Weltkrieg Bescheid wußte, könnte sie ihn kontaktiert haben, oder?«

»Das wäre schon möglich, aber ...« Mordaunt straffte die Schultern. »Blunt war ein gräßlicher Snob. Er konnte abgrundtief hassen und war auch noch nachtragend. Über die Aberkennung seines Adelstitels war er total verbittert. Folglich würde es mich keineswegs überraschen, wenn er der eigentliche Drahtzieher wäre. Zwischen seiner öffentlichen Bloßstellung und seinem Tod blieben ihm drei Jahre, um alles einzufädeln. Ich kann es natürlich nicht beweisen, aber ich bin zutiefst davon überzeugt, daß er diesen Plan ausheckte und den Griechen den Erpressungsvorschlag machte. Er erzählte ihnen, wo die Bilder versteckt waren und welche Bedeutung sie hatten. Vielleicht riet er ihnen sogar, die Elgin Marbles zurückzufordern. Blunt hat dem britischen Establishment niemals die Demütigung verziehen. Und so ersann er diesen Plan, um sich noch nach seinem Tod zu rächen.«

Eine Weile sagte niemand etwas. Dann meinte der Premierminister fast resigniert: »Wir werden es nie wissen, aber es klingt sehr plausibel, Sir Francis. Leider nur allzu plausibel. Und Blunt ist noch nicht geschlagen.« Lockwood machte eine jähe Schulterbewegung, als wollte er etwas abschütteln. »Noch etwas?«

»Ja, da ist noch etwas.« Mordaunt trank einen Schluck Dewar's. »Ogilvy möchte zurücktreten.«

»Was?« rief nicht nur Lockwood.

»Ich komme gerade aus Soho, wo ich mit ihm in einem verschwiegenen Restaurant zu Abend speiste. Ogilvy sagt, er hätte nicht mit solchem Widerstand gerechnet und vor allem nie gedacht, daß die Marbles tatsächlich London verlassen würden. Er fühlt sich offensichtlich sehr bloßgestellt und sehr isoliert. Da der wahre Sachverhalt nie bekanntwerden darf, fürchtet er, daß er auch nie wieder rehabilitiert werden wird. Folglich sieht er keinen anderen Weg, als seinen Posten aufzugeben.«

»Hat er schon seinen Rücktritt erklärt? Damit müßte er eigentlich zu mir kommen.« Lockwood ballte seine Hände zu Fäusten. »Das fehlt uns gerade noch.«

»Beim Essen sagte er mir, daß er Ihnen möglichst bald sein Rücktrittsgesuch überreichen wolle.«

»Und? Ist er nun zurückgetreten oder nicht?«

»Nein ... Es gelang mir, ihn etwas hinzuhalten.«

»Wie haben Sie das geschafft, wenn ich fragen darf?« Lockwood warf dem Oberstallmeister einen scharfen Blick zu.

»Ogilvy hatte ursprünglich Andover sprechen wollen. Wissenschaftler unter sich – aber das war ja unmöglich. Vor der Verabredung mit ihm rief ich jedoch Andover in der Türkei an und schilderte ihm unser Dilemma. Er kam auf gute Ideen, das muß ich zugeben.« Mordaunts Gesicht wirkte plötzlich fast verschlagen. »Tja ... Als Ogilvy mich das erste Mal tagsüber anrief, bat ich ihn, zumindest bis zum Abendessen mit seiner Entscheidung zu warten. Ich versprach ihm, ich würde versuchen, Sie in der Zwischenzeit zu sprechen. Da ich jedoch wußte, wie beschäftigt Sie mit der Kommission aus Brüssel waren, versuchte ich gar nicht erst, Sie zu sehen, sondern telefonierte statt dessen mit Andover.«

Mordaunts Bericht nahm sie alle gefangen, insbesondere Lockwood.

»Beim Abendessen behauptete ich Ogilvy gegenüber, ich hätte mit Ihnen gesprochen. Sie seien strikt dagegen, daß er zurücktritt, und wären sehr enttäuscht und verärgert, falls er es täte. Andererseits ... Falls er auf seinem Posten bliebe, könnte er mit einem Sitz im Oberhaus rechnen. Dann fügte ich hinzu, daß wir uns natürlich schon umgehört hätten und daß angesichts der angespannten Lage im Museum ein neuer Direktor sofort ernannt werden müßte. Ich sagte weiter, daß Ihr Lieblingskandidat, Premierminister, Richard Salford sei. Das war Andovers Vorschlag.«

»Ich begreife gar nichts mehr, Sir Francis. Wer zum Teufel ist dieser Richard Salford?«

»Laut Andover ist er Martin Ogilvys schärfster Konkurrent, Sir. Wie Ogilvy ist er Archäologe, aber da hören die Gemeinsamkeiten auch schon auf. Die beiden stimmen in keiner Sachfrage überein und reden nicht mal miteinander. Ogilvy ließ Messer und Gabel fallen, als ich's ihm erzählte, und aß hinterher nicht weiter. Der Wink mit dem Oberhaus und die Drohung mit Salford scheinen die Sache entschieden zu haben. Er willigte ein, auf seinem Posten zu bleiben.«

Lockwood warf Slocombe einen fragenden Blick zu. »Was meinen Sie dazu, Eric?«

»Ich fürchte, daß ich vielleicht bald meinen Job los bin. Andover ist wirklich brillant. Ogilvy tritt nicht mehr zurück, darauf möchte ich wetten. Gut gemacht, Andover.«

Lockwood seufzte erleichtert. »Gerade noch geschafft«, sagte er, »aber die politische Bühne ist eben dramatisch. Nun zum letzten Punkt.« Er ließ seine Blicke über die Anwesenden schweifen. »Ich brauche von Ihnen Vorschläge, wie wir diesen Zakros dazu bringen können, uns dorthin zu führen, wo die Blunt-Bilder versteckt sind.«

Ungefähr eine Minute lang sagte niemand etwas. Hoch über ihnen dröhnte ein Flugzeug vorbei. »Ich habe da so eine Idee, Bill ... Aber könnte ich erst noch einen Drink haben?« Slocombe hielt sein leeres Glas hoch.

Lockwood griff nach der Flasche, füllte Slocombes Glas und auch einige Gläser der anderen, die schon ausgetrunken hatten. Dann nahm er seinen Platz am Kamin ein und wartete.

»Es gibt nur eine Möglichkeit, daß er schnurstracks zum Tresor eilt: Er muß glauben, daß wir einen Rückzieher machen. Denken Sie daran, wie er reagierte, als Andover mit ihm am Telefon zu argumentieren wagte. Er ließ ein paar Tage nichts von sich hören, und dann tauchte plötzlich jenes Bild in Wien auf. Wenn wir nun, da wir ihm auf den Fersen sind, das gleiche noch mal täten, würde er uns zum Versteck führen.«

»Reichlich riskant, oder?« meinte Lockwood stirnrunzelnd.

»Die ganze Sache ist riskant.«

»Gesetzt den Fall, wir befolgen Ihren Vorschlag, Eric ... Woher wissen wir, daß der Grieche nicht an die Öffentlichkeit geht, wenn wir ihn provozieren?«

»Das wissen wir natürlich nicht. Aber ... morgen oder am Mittwoch bricht die ›Anglesey‹ nach Piräus auf, und die ›Apollo‹-Typen wähnen sich dem Erfolg viel näher. Wenn wir ihnen gerade zu diesem Zeitpunkt einen Knüppel zwischen die Beine werfen, werden sie deshalb nicht gleich auf alles verzichten, denn das wäre gegen die menschliche Natur. Vermutlich werden sie ihre Drohung noch verschärfen, ja, das wird wohl geschehen. Aber sie geben so nah vor dem Ziel garantiert nicht auf.«

Wieder herrschte längere Zeit Schweigen im Raum, bevor der Premierminister sagte: »Danke, Eric. Eine klare Stellungnahme, die mir die Entscheidung zuschiebt. Jedesmal, wenn Sie was vorschlagen, wächst mir ein graues Haar.« Er lächelte grimmig. Gerade als er weiterreden wollte, öffnete ein Sicherheitsbeamter die Tür, und der Chief Whip stürmte herein.

»Jocelyn, mit Ihnen rechnete ich schon gar nicht mehr. Wir sind fast fertig ...«

»Nein, das sind Sie nicht, Premierminister.« Hatfield machte einen fahrigen Eindruck. Slocombe stand auf und schenkte ihm Whisky ein.

Hatfield nahm das Glas entgegen und trank fast gierig. »Ich komme gerade von einer langen Unterhaltung mit Ted Adams, dem Chief Whip der Opposition. Wie er mir sagte, will Arthur Page im Unterhaus eine Debatte über die Marbles-Affäre. Der Präsident ist einverstanden, und dagegen kann ich nichts tun. Bill, mir gefällt das ganz und gar nicht. Es könnte zu einem Mißtrauensvotum gegen Sie kommen.«

21. KAPITEL

Dienstag

Auszug aus *The Times*:

US-Botschafter warnt indische Regierung

UNO Plaza, New York: Mr. Mason Farmer, der amerikanische Botschafter bei den Vereinten Nationen, übermittelte gestern abend der indischen Regierung eine scharfe Protestnote wegen des tragischen Vorfalls im Metropolitan Museum, als eine Gruppe von Einbrechern, die sich selbst »Hindu-Erbe« nennt, einen Wächter tötete, der sie beim Diebstahl religiöser Kunstwerke überrascht hatte.

Mr. Farmer, ein enger Vertrauter des Präsidenten und des Außenministers Mr. Dixon Thayer, brachte zum Ausdruck, die amerikanische Regierung erwarte von der indischen Regierung, »daß sie alles in ihrer Macht Stehende tut, um diese Mörder und Diebe festzunehmen«. Vom Rednerpult des großen Sitzungssaals der UNO fügte er hinzu: »Wir erwarten von der indischen Regierung, daß sie uns die Kunstwerke zurückgibt und die Verbrecher ausliefert, damit sie in diesem Land vor Gericht gestellt werden können. Sollte die indische Regierung dies nicht tun, behält sich die US-Regierung das Recht vor, Schritte zu unternehmen, die sie für notwendig erachtet, um ihre Interessen zu schützen und um eine Wiederholung dieses gefährlichen Präzedenzfalls zu verhindern.«

»Guten Morgen allerseits, Sie sehen die Frühnachrichten der BBC. Es ist 8.20 Uhr. Laut Meinungsumfrage im heutigen *Daily Telegraph* sind 73 Prozent der Befragten dagegen, daß die Elgin Marbles nach Griechenland zurückkehren. Über 65 Prozent sind der Meinung, daß sich die Regierung in dieser Angelegenheit unklug verhalten habe, und ebenso viele sind dafür, daß die Marbles, die gerade jetzt aufs Schiff verladen werden, ins British Museum zurückgebracht werden sollen. Die Popularität des Premierministers ist auch gesunken. Nur 32 Prozent der Befragten finden, daß er richtig handle, während 66 Prozent das Verhalten von Arthur Page begrüßen. Das populärste Mitglied der Regierung ist George Keld, Verteidigungsminister, für den sich 65 Prozent aussprachen. Das mag damit zusammenhängen, daß Mister Keld in die Elgin-Marbles-Affäre nicht verwickelt ist. Inzwischen wurde auch bekannt, daß der Oppositionsführer, Arthur Page, sich dazu entschloß, eine Dringlichkeitssitzung im Unterhaus einzuberufen, um über dieses Thema zu diskutieren. Mister Page ist hier bei mir im Studio.«

Nun waren beide im Bild – der Redakteur und der Politiker. »Mister Page, die nächste Wahl ist nicht mehr allzu fern. Versuchen Sie nicht nur, politisches Kapital aus dieser Sache zu schlagen?«

»Das ist eine verdammt blöde Frage, wenn Sie gestatten. Ich bin Oppositionsführer und mag nicht, was hier vor sich geht. Deshalb will ich diese Debatte. Die Meinungsumfrage, die Sie vorhin zitierten, gibt mir recht…, daß das Vorgehen der Regierung unpopulär ist. Aber es ist nicht nur unpopulär, es ist falsch.«

»Sie sagen, es sei falsch, aber viele Experten behaupten, daß die Marbles illegal aus Griechenland ausgeführt wurden. Der derzeitige Lord Elgin sagte…«

»Der derzeitige Lord Elgin spielt hier keine Rolle. Aber die Gefühle der Briten! Und die Mehrheit von ihnen, die große Mehrheit, will nicht, daß diese Kunstwerke zurückgegeben werden.«

»Mister Page, ich komme noch mal auf die Frage der Legalität der ursprünglichen Ausfuhr der Marbles zurück. Zählt das denn gar nicht?«

»Schauen Sie sich in der Welt um – in Lyon hängen Bilder, die Napoleon aus Mailand entwendete, in New York Bilder, die die Schweden in Prag raubten, und im Vatikan befindet sich eine ganze Bibliothek, die in Deutschland gestohlen wurde.«

»All dieses Unrecht ist noch lange keine Rechtfertigung.«

»In diesem Fall glaube ich das schon. Die eben erwähnten Kunstwerke wurden schon vor Jahrhunderten fortgeschafft, als man von Gesetz und Ordnung eine ganz andere Auffassung als heute hatte. Damals hielt man Dinge für richtig, die man heute nicht dulden würde.«

»Welche Punkte wollen Sie in der Debatte zur Sprache bringen?«

»Nun, wir protestieren gegen Form und Inhalt von Mister Lockwoods Politik. Es geht nicht nur um die simple Tatsache, daß er sich sozusagen im Alleingang dazu entschlossen hat, die Marbles zurückzugeben, sondern er hat auch die ganze Affäre vom ersten Moment an bis hin zum tragischen Tod des Museumswächters in New York ungeschickt gehandhabt. Überall in der Welt wird unser Land entweder geschmäht oder ausgelacht. Es ist eine Schande. Wie wir den Morgenzeitungen entnehmen konnten, treten die Amerikaner viel entschlossener auf, wenn es um ihre Interessen geht.«

»Nicht, daß ich Sie versehentlich mißverstehe, Mister Page: Wollen Sie damit sagen, daß der Premierminister schuld am Tod von Spiridon Panottis ist, dem griechischen Wächter im Metropolitan Museum?«

»Natürlich nicht direkt. Die Inder, die dem Mann eine Waffe über den Kopf schlugen, sind seine eigentlichen Mörder. Aber woher hatten sie die Idee, die Hindu-Kunstwerke zurückzuholen? Wer sorgte dafür, daß aus der Rückgabe von Kulturgütern politischer Zündstoff wurde? Unser eigener Premierminister!«

»Das sind aber schwere Beschuldigungen, Mister Page. Sie sagen praktisch, daß Mister Lockwood Blut an den Händen hat.«

Page zuckte mit keiner Wimper. »Genau das sage ich, und deshalb wollen wir auch diese Debatte einberufen.«

»Siehst du, was ich sehe?« Edward machte eine Kopfbewegung in Richtung »Strabo«. Er und Victoria saßen an diesem Tag auf der anderen Seite des Hafens, an einem kleinen Platz, von wo aus sie die Yacht immer noch im Auge behalten konnten. Wie üblich hatten sie ihre Malutensilien dabei.

»Ich sehe jemanden, der Kolettis sein könnte und einen Krug herbeiträgt. Meinst du das?«

»Nein, ganz und gar nicht. Schau dir den Schornstein der Jacht an ...«

»Was ...? Ich hab's! Rauch. Du lieber Gott!«

Edward packte bereits zusammen. »Sie laufen aus! Daran hätten wir denken müssen. Warum eine Yacht, wenn man sich nicht bewegt?«

»Was hast du vor? Wohin gehst du?«

»Ich gehe zum Hafen, um ein Boot zu mieten. Du rennst inzwischen zum Büro des Hafenmeisters. Der Kapitän der ›Strabo‹ muß dort hinterlassen haben, wohin die Reise geht. Setz all deinen Charme ein, um das rauszukriegen.«

»Was ist mit unserem Hotel?«

»Ach, wir haben Zeit genug, um uns abzumelden und zum Hafen zu kommen, bevor die ›Strabo‹ außer Sicht ist. Aber wir müssen uns beeilen.« Er lief mit raschen Schritten zum Kai hinüber und sah sich dort die verschiedenen Boote an, die zu mieten waren. Sengende Hitze lag über allem, da die Sonne schon fast im Zenit stand. Am Hafen tat sich so gut wie gar nichts, doch zum Glück war die Tür zum Büro des Hafenmeisters noch offen. Victoria überlegte, daß es vielleicht am besten wäre, die unwissende Touristin zu spielen. Allerdings sprach eine Touristin wohl kaum so gut Türkisch wie sie. Aber sie mußte es einfach wagen.

Sie klopfte an und trat ins Büro.

»Ja bitte?« sagte eine Stimme auf türkisch. »Womit kann ich Ihnen helfen?«

»Hallo«, erwiderte sie strahlend. »Ich hoffe sogar sehr, daß Sie mir helfen können. Mein Mann und ich haben hier unsere Ferien verbracht und möchten nun gerne nach Griechenland. Dürfen wir das überhaupt? Ich meine, können wir direkt von hier dorthin fahren?«

Lächelnd bot er ihr einen Platz an. »Haben Sie ein Boot?«

»Nein, wir müssen eines mieten.«

»Sie könnten von hier nach Rhodos oder Kos fahren. Von Marmaris geht eine Fähre nach Rhodos.«

Victoria nickte lächelnd. »Wir waren schon auf Rhodos und möchten gern woandershin. Was würden Sie mir vorschlagen?«

Er überlegte einen Moment. »Falls Sie später zum Festland wollen, ist Rhodos am besten. Rhodos oder Samos, denn von dort gibt's Fähren oder Direktflüge nach Athen.«

Sie sah sich im Büro des Hafenmeisters um. »Muß eigentlich jeder Kapitän Ihnen mitteilen, was sein Reiseziel ist?«

Er nickte. »Wir müssen den Schiffsverkehr unter Kontrolle haben, weil sonst Schmuggel und andere Straftaten überhandnehmen würden.«

»Sehnen Sie sich nie danach, auf einer der großen Yachten zu sein, die hierherkommen und zu aufregenden Orten segeln?«

»Gelegentlich schon.« Er zuckte die Achseln. »Ich bin hier geboren, war aber schon in Amerika, Paris, Rom, in Australien und auch in Afrika. Mir gefällt's hier.«

»Aber es ist doch so romantisch, hier abends in See zu stechen und am nächsten Tag schon in ... Alexandria oder Haifa zu sein.« Nach einem Blick zum Hafen hinüber deutete sie auf die »Strabo«. »Mit dieser großen Yacht da würde ich furchtbar gerne reisen. Sie hat schon Anker gelichtet ... Ich sah vorhin Rauch aus dem Schornstein kommen. Steuert die ›Strabo‹ einen spektakulären Ort an?«

Er verzog das Gesicht. »Kommt drauf an, ob man Kithira für spektakulär hält. Ich war noch nie dort.»

»Ich auch noch nicht.« Victoria wußte nun, was sie wissen wollte, mußte aber noch ein bißchen weiterspielen.»Nein, ich glaube, es wird wohl Samos werden. Das hört sich gut an, und von dort können wir ja direkt nach Athen, nicht wahr?«

»Ja, das ist kein Problem.«

Sie bedankte sich für die Auskünfte und eilte zum Hafen zurück, wo Edward sich gerade mit einem hochgewachsenen, jungen Mann unterhielt, der auf einem umgedrehten Hummerkorb hockte.

»Ich weiß nicht, ob ich's genau verstanden habe«, sagte Edward, »anscheinend hat er ein Boot zu vermieten, das aber noch nicht zurück ist...«

»Vergiß es«, unterbrach ihn Victoria und winkte ihn beiseite.

Victoria und Edward schauten einen Moment zur »Strabo« hinüber, die sich sachte vom Kai löste und langsam auf die Hafeneinfahrt zusteuerte. »Was hast du in Erfahrung gebracht?« erkundigte er sich. »Wohin will die ›Strabo‹?«

»Kithira.«

»Das ist ja furchtbar weit weg.«

»Ungefähr 400 Kilometer, wenn du's genau wissen willst. Ich schaute es mir auf der Karte vor dem Büro des Hafenmeisters an. Wir kriegen nie ein Boot, das uns so weit bringt und schnell genug ist, um die ›Strabo‹ nicht zu verlieren.«

»Lockwood wird begeistert sein, wenn nun die Verbindung abreißt.«

Victoria gab nicht gleich eine Antwort, sondern überlegte. »Eine solche Yacht macht ungefähr zwölf bis fünfzehn Knoten, sagen wir also über 20 Kilometer in der Stunde. Das bedeutet an die 20 Stunden bis Kithira«, meinte sie schließlich und schaute auf ihre Armbanduhr. »Es ist fast Mittag, so daß die Yacht morgen früh gegen 8 Uhr ankommen müßte. Die Frage ist nun: Schaffen wir's bis dahin von hier nach Kithira? Vorausgesetzt, wir kriegen heute ein Boot nach Rhodos, dann müßten wir eigentlich nach Athen oder Kreta weiterfliegen können. Ob wir von dort und noch dazu rechtzeitig nach Kithira gelangen – das weiß der Himmel. Gibt es einen Flughafen auf Kithira?« Sie zerrte Edward am Arm. »Wir müssen's versuchen. Du gehst zum Hotel zurück, rufst London an und berichtest, was wir vorhaben, und ich setze meinen geballten Charme bei deinem Bootsmann ein, damit er uns nach Rhodos bringt.«

Es klappte jedoch nicht, und so beschlossen sie, ein Taxi nach Marmaris zu nehmen und von dort die reguläre Fähre nach Rhodos, die um 18.15 Uhr losfuhr. Während der viereinhalbstündigen Fahrt ließen sie sich Brot, Wein, Salami und zum Nachtisch Weintrauben schmecken, die sie kurz vor der Abfahrt gekauft hatten. Erst als die Türkei hinter ihnen zurückblieb und nur noch Lichtpünktchen herüberwinkten, gab Edward einer Befürchtung Ausdruck. Er schenkte Victoria etwas Wein nach und sagte: »Hoffentlich hat der Kapitän der ›Strabo‹ die Wahrheit gesagt, und die Yacht fährt tatsächlich nach Kithira. Vielleicht hat man ihn aber auch bestochen, den Hafenmeister anzulügen. Falls ja, dann haben wir sie verloren.«

»Nicht gerade schüchtern, unser Freund, hm? Hast du gesehen, wie er diese Frau anschaute?«

Riley zuckte die Achseln. Sie saßen in einem blauen Opel am St.-Alban-Rheinweg, mit Blick auf den Fluß. Seit Zakros um 9.30 Uhr früh sein Haus verlassen hatte, waren sie ihm auf den Fersen. Erste Station ein Zigarrenladen, wo er sich 20 Minuten aufhielt, dann Kaffee im Hotel »Drei Könige«, wo er eine Zeitung kaufte und telefonierte. Gegen Mittag nun spazierte er am Fluß entlang. Es war so windig, daß der Rhein von kleinen Wellen überzogen war.

»Er schaut auf die Uhr«, sagte Riley. Sie beobachteten, wie Zakros vom Rheinweg zur St.-Alban-Vorstadt hinaufstieg. »Du gehst ihm nach«, schlug Riley vor. »Ich versuche, mit dem Wagen in der Nähe zu bleiben. Aber mach dir um mich keine Gedanken. Halt dich an Zakros, und ruf London an, sobald etwas passiert. Ich informiere Leith, wo ich bin, so daß du mich dann durch ihn finden kannst. Meinst du, daß wir Verstärkung brauchen?«

O'Day überlegte mit gerunzelter Stirn. »Lockwood ist immer noch wild auf Geheimhaltung. Also müssen wir's allein schaffen. Das ist auch kein Problem, solange unser griechischer Freund uns nicht entdeckt.«

O'Day stieg aus und ging Zakros nach. Erst links in den St.-Alban-Graben, dann rechts zum Steinenberg und von dort wieder rechts in die Gerbergasse. Es war inzwischen fast 12.30 Uhr. Nachdem Zakros ungefähr 100 Meter die Straße entlanggegangen war, blieb er vor einem Schaufenster stehen. O'Day glaubte erkennen zu können, daß es ein Geschäft mit Modelleisenbahnen war. Obwohl ein solches Verhalten bei dem Griechen nicht ungewöhnlich war, wußte O'Day plötzlich instinktiv, daß Zakros auf etwas oder jemanden wartete. Gleich darauf überquerte er die Straße und kam an einer Haustür genau zur selben Zeit an wie eine Frau. Plötzlich begriff O'Day, warum Zakros den ganzen Vormittag die Zeit totgeschlagen hatte. Auch das Telefonat im Hotel fand nun eine Erklärung. Er hatte am Flughafen angerufen! Die Frau, die er in der Gerbergasse traf, war kurz zuvor gelandet! Von wo kommend? Aus Griechenland? War es Eugenie Shelby oder die Amerikanerin, die Andover übertölpelt hatte?

O'Day sah zu, wie sich Zakros und die Frau umarmten und küßten. Dann verschwanden sie im Haus. Er ließ ihnen einige Minuten Vorsprung, bevor er die Straße überquerte und die Gerbergasse entlangschlenderte. An dem betreffenden Eingangsportal entdeckte er ein kleines Messingschild mit der Aufschrift: Drachen & Stoller. Es sah ganz nach einer Bank aus. Endlich!

Was sollte er jetzt tun? Aus der nächsten Telefonzelle Leith anrufen? Riley suchen? Hier in der Gerbergasse bleiben? Nach kurzem Überlegen entschied er sich für das letzte. Der Wind hatte nachgelassen, und es begann zu regnen. Zwischen Gerbergasse und Falknerstraße befand sich ein Durchgang, wo er sich versteckte, obwohl er hier nicht gegen die Nässe geschützt war. Zehn Minuten vergingen. Er fragte sich, wo Riley sein mochte, und hielt Ausschau nach dem blauen Opel. Aus einem nahe gelegenen Restaurant drangen Düfte herüber und ließen ihm das Wasser im Mund zusammenlaufen.

13 Uhr vorbei. Es regnete noch heftiger, und so mancher Passant im Regenmantel musterte ihn befremdet. Sein Haar war klatschnaß, und die Regentropfen bahnten sich ihren Weg unter seinen Hemdkragen und den Rücken hinunter. Um 13.15 Uhr fuhr ein blauer Opel die Gerbergasse entlang, doch am Steuer saß eine blonde Frau. Wann schlossen die Banken in Basel? Wie lange mußte er noch warten? Würde die Frau gleich wieder abfliegen? Ein Gedanke schoß ihm durch den Kopf und versetzte ihn in Panik. Wenn die beiden nun mit den Blunt-Bildern und den Dokumenten herauskamen und sich dann trennten, wem sollte er folgen? Eigentlich hätte er mehr als genug Zeit gehabt, um Leith anzurufen, seit die beiden in der Bank waren. Sollte er es jetzt noch wagen? Kaum hatte er sich diese Frage gestellt, als das Pärchen aus der Bank trat.

Die Frau öffnete ihren Schirm und ging mit ihrem Begleiter in Richtung Marktplatz davon. O'Day starrte ihnen angestrengt nach. Nein, sie trugen nichts bei sich. Steckten die Dokumente etwa in der Handtasche der Frau? Oder hatten sie ein ganz kleines, zusammengerolltes Bild der Nazis bei sich?

Ihr Ziel war das Hotel »Drei Könige«. O'Day betrat hinter ihnen die Halle und sah noch, daß sie ins Restaurant gingen. Das war seine Chance! Nachdem er sich in der Herrentoilette Haare und Gesicht mit einem Handtuch getrocknet hatte, suchte er sich eine Telefonzelle in der Halle aus, wo ihm nichts entgehen würde, falls Zakros und die Frau das Hotel verließen.

Zum Glück erreichte er Leith sofort und konnte seine

Neuigkeiten loswerden. Riley hatte sich bereits gemeldet und wartete an einem Telefon auf Leiths Anruf mit der Angabe, wo sich O'Day befand. Da Nancy Tucker unter ständiger Beobachtung stand, konnte Leith bestätigen, daß sie es war, die zum Flughafen gefahren war. Eugenie Shelby hielt sich dagegen wie immer im British Museum auf. Dann fragte Leith Edward noch: »Haben die beiden wirklich nichts bei sich? Sind Sie ganz sicher?«

»Jedenfalls nichts Großes. Das hätte ich bemerkt. Es gibt natürlich die Möglichkeit, daß sie nach dem Mittagessen zurückgehen und die Sachen holen.«

»Folglich steht noch nicht ganz fest, daß Drachen & Stoller die gesuchte Bank ist, oder?«

»Ich bin davon überzeugt. Warum sollte die Frau sonst den weiten Weg herkommen? Sie trafen sich direkt vor dem Eingang.«

»Also gut. Ich rufe jetzt Riley an. Er soll im Wagen vor dem Hotel warten.«

Leith legte auf, und O'Day schlenderte in die Nähe der Aussichtsterrasse, von wo er ins Restaurant schauen konnte. Ja, sie waren immer noch da. Er kaufte sich eine Zeitung und setzte sich in einen Sessel. Schon nach wenigen Minuten tauchte Riley auf, holte sich ebenfalls eine Zeitung und ging wieder zum Wagen zurück. O'Day las normalerweise kaum mehr als die tagespolitischen Artikel, doch nun las er die Sport- und Wirtschaftsseiten, die Horoskope und sogar die Frauenbeilage. Er las Berichte aus Sarawak, Timor und der Antarktis.

Nach eineinviertel Stunden kamen Zakros und Nancy Tucker aus dem Restaurant und unterhielten sich noch einen Moment in der Halle. O'Day mußte innerlich zugeben, daß Andover Geschmack hatte. Er verstand, warum der Verwalter der Königlichen Gemäldesammlung sich in die Amerikanerin verliebt hatte. Sie war nicht nur schön, sondern hatte etwas Strahlendes an sich. O'Day merkte plötzlich, daß er einen Artikel über Helsinki schon viermal gelesen hatte.

Endlich setzten sich die beiden in Bewegung, und er ließ sie auf die Straße vorausgehen. Als er dann hinterherkam, stieß er jedoch fast mit ihnen zusammen, denn sie standen immer noch vor dem Eingang, und Nancy Tucker war gerade im Begriff, in ein Taxi zu steigen. O'Day konnte unmöglich anhalten, ohne aufzufallen, und so schlenderte er eben weiter. Er konnte aber gerade noch hören, wie Zakros rief: »Guten Flug, Darling.«

Flog sie nun nach London zurück oder nach Griechenland weiter? Riley würde das vermutlich schon herausfinden.

O'Day kreuzte die Straße, um durch das spiegelnde Glas eines Schaufensters Zakros beobachten zu können. Gerade da fuhr Rileys blauer Opel los, im Schlepptau des Taxis.

Zum Glück hatte der Regen etwas nachgelassen. Im Schaufenster sah O'Day, daß Zakros mit gerunzelter Stirn dem Taxi nachschaute – oder etwa dem Opel? War Riley bei seiner Verfolgung zu auffällig gewesen? Trotz Regen und Wind begann O'Day zu schwitzen, als der Grieche sich abrupt abwandte und wieder im Hotel verschwand. O'Day lief hinterher und betrat die Halle. Keine Spur von Zakros!

Doch, da war er ... in einer Telefonzelle. O'Day sank das Herz. Hatte Riley alles verpfuscht?

Regen trommelte an die Fenster von Francis Mordaunts Büro. Er schaute zu den grünweißen Zelten auf dem Rasen hinunter, in denen sich Hunderte von Menschen drängten. Sie taten ihm leid, diese Ärmsten, die nie zuvor auf einem Gartenfest im Buckingham Palace gewesen waren und heute nur das Innere eines Festzelts zu sehen bekamen. Auch er tat sich etwas leid. Die Meinungsumfrage in der heutigen Zeitung war ein Schock für Mordaunt gewesen – wie auch für alle anderen. Niemand hatte geahnt, wie unpopulär Lockwoods Vorgehen war. Nun wußten sie es. Falls je bekannt würde, daß die Marbles Griechenland zurückgegeben wurden, um der Königsfamilie einen Skandal zu ersparen ... Die Debatte im Unterhaus war ein neuer Schlag. Sollte die

Geschichte je bekanntwerden, könnte die Krone leicht zu einem politischen Zankapfel zwischen den beiden großen Parteien werden. Mordaunt schauderte unwillkürlich. Inzwischen goß es in Strömen. Er sah zu, wie ein Polizist im schwarzen Umhang den Paß einer Frau überprüfte, die einen großen, schon halb aufgeweichten Strohhut trug. Mit solch schauderhaftem Wetter hatte sie nicht gerechnet. Mordaunts Gedanken kehrten zu Arthur Page und seiner verdammten Debatte zurück.

Wieder gestand er sich ein, daß er als Oberstallmeister nur der Queen gegenüber loyal sein mußte, nicht der Regierung. Zwar hatte sich Lockwood in dieser Angelegenheit auch sehr loyal verhalten, das Ganze aber andererseits so sehr verpfuscht, daß nun diese gefährliche Debatte stattfinden sollte. Dadurch konnte die Königsfamilie am Ende mehr verlieren als durch die Veröffentlichung der Windsor/Blunt-Affäre. Gab es nicht vielleicht doch noch eine Möglichkeit, die Debatte zu verhindern? Der Augenblick mußte gut gewählt sein... Aber im Prinzip konnte ihn nichts daran hindern, Page in das Geheimnis einzuweihen – oder?

Der Dirigent war gerade an sein Pult getreten und der Begrüßungsapplaus verebbt, als Mordaunt und Leith in das private Eßzimmer der Königsloge in Covent Garden geführt wurden. An diesem Abend war der Tisch für zehn gedeckt. Slocombe, Midwinter und Allen warteten schon. Ein Ober bot Leith ein Glas Champagner an. Die ersten Takte der Oper »Turandot« von Puccini waren zu hören und wurden jäh lauter, als die Tür aufgestoßen wurde. Mordaunt wandte sich um und sah Lockwood und Hatfield, beide im Frack, eintreten. Der Chief Whip warf dem Ober einen vernichtenden Blick zu und sagte nur: »Raus!«

Der Ober stellte die Flasche auf den Tisch und verließ den Raum. Hatfield schloß hinter ihm die Tür. Alle setzten sich.

Lockwood kam gleich zur Sache. »Wir können uns heute nacht nicht treffen, da sich an die Oper ein Bankett für den deutschen Kanzler anschließt, das vermutlich ewig dauert. Würde ich meine gesellschaftlichen Verpflichtungen vernachlässigen, gäbe es erneut Kritik. Nun, da es im Zuschauerraum dunkel ist, kann niemand sehen, daß ich nicht auf meinem Platz bin. Kanzler Schenker ist ein verständnisvoller Mann und nimmt mir meine Abwesenheit nicht übel ... Die erste Pause ist in 35 Minuten, so daß wir uns also beeilen müssen. Viel ist heute geschehen. Wer fängt an?«

Evelyn Allen hüstelte auf die ihm eigene Weise. »Leider läßt sich unmöglich verhindern, Premierminister, daß die griechische Angelegenheit am Donnerstag im Kabinett zur Sprache kommt. Fast alle Minister haben mir ihre entsprechende Absicht angekündigt.«

»Und mich haben die Hinterbänkler belagert, Bill. Sie machen sich alle Sorgen – vor allem wegen Pages Debatte.«

Lockwood sah zum Chief Whip hinüber. »Steht da schon ein Termin fest?«

»Noch nichts Endgültiges, aber es wird vermutlich der Montag sein. Page nützt die Fragestunde der Opposition aus, so daß ich mich nicht einmischen kann.«

Lockwood nickte. An diesem Abend sah er sehr müde aus. Seinem Enkel ging es immer noch nicht besser, und das machte ihm zu allem übrigen schwer zu schaffen. Er wandte sich an den Kabinettsminister. »Evelyn, machen Sie die griechische Angelegenheit zum Hauptpunkt in der Kabinettssitzung. Verteilen Sie gleich morgen früh eine neue Tagesordnung. Halten Sie mir möglichst alle Abgeordneten vom Leibe, denn je mehr Leute ich spreche, desto mehr muß ich belügen, und das werden sie mir verübeln, wenn einmal alles vorüber ist. Wir kommen jetzt ins kritische Stadium und müssen uns auf die wichtigen Dinge konzentrieren. Nun zu Ihnen, Eric. Sicher haben Sie wieder eine Ihrer tollen Theorien, oder?«

»Es ist mehr als nur eine Theorie, Bill.«

»Na schön, schießen Sie los.«

Slocombe setzte sich aufrechter hin. »Ich habe aus allem, was wir wissen, einige Schlüsse gezogen. Nach unseren bisherigen Beobachtungen sieht es so aus, als seien Kolettis und dieser Kofas die wichtigsten Figuren. Zufällig ist Kofas unserer Botschaft in Athen recht gut bekannt. Im Gegensatz zu den anderen ist er ziemlich prominent. Er besitzt Fährschiffe, Hotels, Tankstellen, Reisegesellschaften und einen Verlag, der unter anderem auch das *Journal of Classical Greece* herausgibt. Monarchist und knallharter Geschäftsmann. Vermutlich aus Sicherheitsgründen wird Zakros nur indirekt kontaktiert, mit Hilfe dieser Nancy Tucker in London. Sie scheint übrigens ein ziemliches Früchtchen zu sein. Sie führte Andover monatelang an der Nase herum, und dabei ist der Grieche in Basel, Zakros, ihr wirklicher Liebhaber, falls O'Days Beobachtungen stimmen. Nun zu Kofas ... Ich setzte unsere Botschaft in Athen auf ihn an. Unser griechischer Industrieller ist ungefähr sechzig, ist zu alt und zu autoritär, um sich um einen Sitz im Parlament zu bewerben, hat aber durchaus politischen Ehrgeiz. Am interessantesten ist für uns, daß er überzeugter Monarchist ist.

Nun habe ich mir folgendes überlegt ... Als der Grieche in Basel der Queen den Brief diktierte, den sie unterzeichnen mußte, nahmen wir an, daß der Adressat jemand wie Kofas sein müßte. Aber wie wär's denn damit, daß der Adressat nicht Kofas, sondern König Konstantin ist, der in unserem Land im Exil lebt! Es gibt genug Griechen, die am liebsten die Monarchie zurückhätten, aber wie will man dafür den Weg ebnen? Was wäre besser geeignet, als wenn der Ex-König eine entscheidende Rolle bei der Rückgabe der Marbles spielte? Und dann noch ein Brief von unserer Queen, mit dem sie dem Ex-König gratuliert! Wer weiß, ob es dann nicht eine starke Bewegung gäbe, die seine Rückkehr auf den griechischen Thron fordert? Die Marbles haben die Gefühle der Griechen aufgewühlt; alle würden die Rückkehr bejubeln und jeden unterstützen, der daran mitwirkte.«

Lockwood schwieg einen Augenblick und versuchte zu verdauen, was Slocombe erläutert hatte. »Glauben Sie, daß der Ex-König etwas davon weiß?«

Slocombe strich sich mit einem Finger über den Schnurrbart. »Nein. Er weiß, daß er in Griechenland viel Rückhalt hat, und er würde unter günstigen Bedingungen auch gern zurückkehren ... Aber ich bezweifle sehr, daß er den Ruf der britischen Königsfamilie, die ihm ein Exil bot, für einen solchen Plan opfern würde. Die ›Apollo-Brigade‹ kann lediglich den Brief veröffentlichen, und zwar im allgemeinen Überschwang der Freude, die nach der Rückkehr der Marbles ausbrechen wird, und darauf hoffen, daß sich alles übrige wie von selbst ergibt.«

»Ich stimme Mister Slocombe zu, Premierminister.«

»Ach ja?« Lockwood drehte sich zum Oberstallmeister um.

Mordaunt hatte noch keinen Champagner getrunken, befingerte nun aber nervös sein Glas. »Wie Sie wissen, konnten wir nicht damit rechnen, von Zakros zu hören, bevor er den Brief der Queen erhielt, also vermutlich nicht vor Donnerstag oder Freitag. Doch heute tauchte Nancy Tucker in Basel auf und ging mit Zakros zu einer Bank. Nachmittags rief er mich dann überraschend an.«

»Um was zu sagen?« Lockwood ballte unwillkürlich die Faust.

»Er sagte wortwörtlich: ›Falls die ›Anglesey‹ nicht in den nächsten 24 Stunden abfährt, gehen wir mit Tizians ›Ariosto‹ an die Öffentlichkeit.‹«

»Und?«

»Ich habe mich informiert, und Tizians Porträt von Ludovico Ariosto wurde aus der Oriani-Sammlung geraubt.«

»Und«, nahm Leith den Faden der Geschichte auf, »wenn die Erpresser dieses Bild mit dem Herzog von Windsor in Verbindung bringen, wird es unangenehme Fragen geben. Noch dazu so kurz nach dem Auftauchen des Rubens-Gemäldes in Wien.«

»Was ist mit dieser Bank in Basel?« erkundigte sich Lockwood bei Leith.

»Das Bankhaus heißt Drachen & Stoller. Zakros ließ diese

Nancy Tucker nach Basel kommen, weil sie ihm helfen sollte, ein besonders berühmtes Bild auszusuchen, das uns zu Tode erschreckt und zu raschem Handeln zwingt. Laut Andover ist sie Kunsthistorikerin, was auch ihre Beteiligung erklärt. Gut an der Sache ist natürlich, daß wir nun das Versteck kennen. Wie wir in das Bankhaus reinkommen, ist eine andere Sache. Aber immerhin haben wir jetzt die Adresse.«

»Trotzdem können wir noch nicht losschlagen, oder?« Lockwood hatte sofort das Problem erkannt. »Wenn wir losschlagen, dann gegen alle gleichzeitig. Das geht aber erst morgen, wenn diese Yacht eintrifft. Wie gut sind die Chancen, daß ihr Ziel wirklich dieses ... Kiritha ist?«

»Kithira, Sir. Ziemlich gut, würde ich sagen.«

»Warum denn?«

»Die Insel Kithira liegt zwischen dem Festland und Kreta, damit auch direkt an der Route, die unsere Fregatte ›Anglesey‹ nach Piräus nimmt. Die ›Apollo-Brigade‹ geht keinerlei Risiko ein, Sir. Sobald die ›Anglesey‹ Kap Maleas umrundet, wird die Yacht ›Strabo‹, die schon auf sie wartet, ihr folgen. Falls die ›Anglesey‹ auf Ihren Befehl hin vom direkten Kurs nach Piräus abwiche, würden Kofas, Kolettis und die anderen es sofort erfahren.«

22. KAPITEL

Mittwoch

Tief unter ihnen lockte das glitzernd grüne Wasser des Mittelmeers, doch in dem kleinen Flugzeug war es eng und stikkig heiß. Victoria und Edward fühlten sich total erschöpft, was nach den vergangenen 18 Stunden kein Wunder war. Die Überfahrt nach Rhodos war nicht übel gewesen, aber wegen des starken Seegangs hatten sie Verspätung gehabt und waren erst kurz vor Mitternacht gelandet. Nur mit Mühe hatten sie ein Hotel gefunden. Viel zu müde, um noch miteinander zu schlafen, hatte Victoria pflichtschuldigst London angerufen, wo ihr der diensthabende Beamte mitgeteilt hatte, daß für sie zwei Plätze in der Maschine von Rhodos nach Kreta gebucht worden seien, die am nächsten Vormittag um 10.30 Uhr startete. In Heraklion auf Kreta würde dann ein kleines Privatflugzeug für sie bereitstehen. Die Maschine aus Rhodos war mit einer halben Stunde Verspätung auf Kreta angekommen, und so war es nun schon fast 13.30 Uhr, als der Pilot seinen Landeanflug auf Kithira begann.

Als erstes erblickten sie den Berg, der die Insel beherrschte. »Wo ist der Flughafen?« schrie Edward gegen den Motorenlärm der kleinen Cessna an.

»Der liegt im Westen der Ortschaft Kithira«, erwiderte der Pilot in ausgezeichnetem Englisch. »Wir fliegen die Insel vom Westen an. Die vorherrschende Windrichtung ist heute Nordost.«

»Liegt der Hafen direkt am Ort?«

»Nein, Kithira liegt am Berghang. Dort, direkt vor uns können Sie die weißen Häuser erkennen.«

»Gibt es hier denn überhaupt einen Hafen?« erkundigte sich Edward besorgt.

»Ja, aber der liegt bei Potamos, in der nordöstlichen Ecke der Insel, mit Blick auf Neapolis und Kap Maleas.«

»Wie groß ist Kithira?«

Der Pilot zuckte die Achseln. »Na, so an die 30 Kilometer, von Norden nach Süden.«

»Könnten Sie uns zuliebe den Hafen überfliegen?« fragte Victoria.

»Ich habe dem Fluglotsen schon gefunkt, daß ich im Anflug bin. Es sähe sehr merkwürdig aus, wenn ich jetzt die Richtung änderte.« Er schaute auf seine Armbanduhr. »Außerdem muß ich so rasch wie möglich nach Heraklion zurück. Tut mir leid.«

In einer langen Linkskurve ging er auf 600 Meter herunter. Ungefähr eineinhalb Minuten sanken sie immer tiefer. Dann steuerte er nach Nordwesten und verlor an Höhe, bis er auf 450 Meter war. Rechts unten konnten sie nun einen schmalen weißbraunen Landestreifen erkennen, der ins Meer hineinragte.

Die Landung verlief problemlos, und sie rollten zu der kleinen pastellblauen Hütte, die neben einem aufgeblähten rot eingefaßten Windsack stand. Sie mußten keine Landegebühren bezahlen, denn das war alles bereits nachts von London und der Botschaft in Athen erledigt worden. Aber nun brauchten sie ein Taxi. Der Mann in der Hütte, der als Fluglotse, Zollbeamter und Träger fungierte, erbot sich, telefonisch ein Taxi herbeizurufen. Müde und kaputt setzten sie sich auf den Boden im Schatten der Hütte und sahen zu, wie ihr Pilot abhob und in Richtung Heraklion flog. Inzwischen war es schon 13.40 Uhr.

Der Wagen kam nach ungefähr 20 Minuten. Es war ein offener Kleinlaster, so daß Edward Victoria den Beifahrersitz überließ und sich selbst mit dem Gepäck auf die Ladefläche setzte. Die Straße wand sich in Serpentinen über den Berg, doch zum Glück herrschte kaum Verkehr, so daß der Fahrer ein zügiges Tempo durchhalten konnte. Ringsum war das Meer zu sehen, und das griechische Festland tauchte im Norden schemenhaft auf. Alle Umrisse schienen im Dunst der Hitze zu verschwimmen. Nach ungefähr 25 Minuten hatten sie die Paßhöhe hinter sich und fuhren wieder bergab. Edward drehte sich um, um nach vorne schauen zu können. Potamos kam in Sicht – die übliche griechische Mischung aus weißen und blaßblauen Wänden und Flachdächern. Um 14.45 Uhr erreichten sie die ersten Häuser, gelangten dann zu einem Platz mit einigen alten Olivenbäumen, die wohltuenden Schatten boten, und einer Kirche. Hier bremste der Fahrer, und Victoria stieg aus. »Mit dem Auto geht's nicht weiter. Wir müssen diese Treppe hinuntersteigen«, sagte sie erklärend.

Edward reichte ihr die Reisetaschen und rollte sich über den Rand der Ladefläche. Eine Gruppe kleiner Jungen umringte sie mit ausgestreckten Händen, als Victoria Geld für das Taxi aus ihrem Portemonnaie nahm. Edward ging schon mit dem Gepäck voraus.

Victoria holte ihn ein und nahm ihm ihre Tasche ab.

»Nervös?«

»Eigentlich müßte ich dazu zu müde sein. Aber ich bin's trotzdem. Erst wenn wir zum Wasser kommen, werden wir wissen, ob unsere Tour eine unnütze Zeitverschwendung war oder nicht.«

Sie eilten weiter und fühlten sich bei jeder Stufe beklommener. Was sollten sie tun, falls die »Strabo« nicht da war? Am Fuß der Treppe empfing sie der übliche Geruch aller Häfen nach Fisch und Dieselöl. Auf dem ölverschmierten Wasser trieben Pappkartons, leere Flaschen und Zigarettenkippen. Edward schaute nach rechts – mehrere Cafés, ein Laden mit Schiffszubehör, eine Tankstelle für Boote und das Polizeirevier. Links sah er einen Leuchtturm, einen kleinen Ladebaum, ein uraltes Fischerboot, das unter dem Gewirr orangeroter Netze fast verschwand, und noch weiter hinten ... die »Strabo«.

»Mit halber Kraft voraus.« Kenneth Lynn brauchte diesen Befehl nicht zu brüllen, wie es Kapitäne früherer Jahrhunderte hätten tun müssen.

»Halbe Kraft voraus«, wiederholte der Bootsmann.

Die »Anglesey« hatte gerade die Mitte des Flusses erreicht. Das Verladen der Marbles war völlig glattgegangen. Einziger Nachteil war, daß die Mannschaft nun nicht mehr genug Platz hatte, um Volleyball spielen zu können. Nichts hatte die Abfahrt gestört, obwohl es im Radio hieß, daß es in der Hafengegend nur so von Demonstranten wimmelte. An einer Stelle hatte die Polizei die rivalisierenden Gruppen nicht auseinanderhalten können, und es war zu Prügeleien gekommen. Aber all das war außerhalb des Hafens geschehen.

Lynn setzte sich. Die Route auf der Themse, dann durch den Ärmelkanal und bis nach Gibraltar verlief ziemlich direkt. Er hatte sich die Seekarten des östlichen Mittelmeers bringen lassen, breitete nun die Karte mit dem größten Maßstab vor sich aus und sah, daß sein Erster Offizier mit Bleistift eingetragen hatte, was er für die beste Route hielt. Lynn würde sich später noch genauer damit befassen, sah aber auf den ersten Blick, daß die schnellste Route zwischen der Westspitze Kretas und einer Insel namens Kithira verlief und dann ...

»Sir ... Sehen Sie nur!«

Lynn hob den Kopf. »Was ist los?«

»Boote, Sir. Eine ganze Kette ... die unseren Weg blokkiert.«

Lynn sah, was der Erste Offizier meinte. »O Gott, ich dachte mir ja gleich, daß es bisher zu glattging. Er hob sein Fernglas an die Augen. Vor ihnen, gegenüber dem Greenwich Pier und dem Royal Naval College, schwammen fünf Boote, jeweils mit sechs oder sieben Leuten bemannt und durch Taue miteinander verbunden. Sie befanden sich in der Mitte des Flusses, in der Hauptfahrrinne, und jedes Boot hatte ein großes Brett an sein Schandeck genagelt, auf dem jeweils nur ein einziger Großbuchstabe stand. Das Ganze las sich: E-L-G-I-N.

Die Boote waren noch ungefähr 400 Meter entfernt. Also Zeit genug, die »Anglesey« zu stoppen. Leider war der Fluß nicht tief genug, um seitlich an den Booten vorbeizufahren. Was sollte Lynn tun? Er schaute wieder durchs Fernglas, doch diesmal galt sein Interesse den beiden Ufern. Ferry Street und Victory Place an Backbord lagen verlassen da, aber das Ufer an Steuerbord – Thames Street, der Pier selbst – war voll von Leuten, und natürlich – das war ja vorauszusehen – ließ sich auch das Fernsehen diese Story nicht entgehen. Was auch immer Lynn tat, es würde heute abend über den Bildschirm flimmern.

Eine Möglichkeit war, per Funk die Admiralität um Rat zu bitten. Diesen Gedanken verwarf er jedoch gleich wieder. Er war der Kapitän und mußte seine Entscheidungen eigenständig treffen. Falls er stoppte, würde das Bild von fünf kleinen Booten, die imstande waren, die mächtige Royal Navy aufzuhalten, ebenso sicher in aller Welt bekannt werden wie das Foto jenes Chinesen, der sich den Panzern auf dem Tiananmen-Platz in den Weg gestellt hatte. Lynn wandte sich an den Bootsmann. »Lassen Sie das Beiboot runter.« Dann telefonierte er mit dem Maschinenraum. »Randall! Halten Sie sich mit den S3-Kanistern bereit.« Einen Moment Stille. Dann kam: »Aye, aye, Sir.«

Während das Beiboot zu Wasser gelassen wurde, gab Lynn dem Bootsmann Anweisungen.

Ungefähr 200 Meter vor der Kette aus Booten drosselte er die Geschwindigkeit auf »langsam voraus«. Wieder spähte er durchs Fernglas. Das mit sieben Leuten bemannte Beiboot schoß davon. Im Bug saßen der Bootsmann und sein Maat. Das Beiboot steuerte direkt zwischen die Boote mit den Buchstaben »L« und »G«. Als sie dort angekommen waren, zerrte der Bootsmann mit einem Haken das Tau aus dem Wasser an Bord. Sein Maat hob eine Axt und durchtrennte mit einem einzigen Hieb das Tau. Das »L« und das »G« trieben auseinander. Auf der Brücke der »Anglesey« konnte Lynn all dies durch sein Fernglas beobachten. »Halbe Kraft voraus«, befahl er rasch.

Die »Anglesey« nahm wieder Fahrt auf. Nun waren es nur noch etwa 100 Meter bis zu den Booten. Durch die Strömung gerieten die »E«- und -»L«-Boote nach links in Ufernähe, während die »G«-, »I«- und »N«-Boote fast noch ihre alte Position beibehielten. Das Beiboot lag etwa in der Mitte.

Die »Anglesey« kam näher... Fünfzig Meter, zwanzig, zehn. Lynn hob den Arm. Der Bootsmann drehte voll auf, und das Beiboot raste stromabwärts. Im selben Moment rief Lynn über Bordfunk: »Volle Kraft voraus. S3 bereithalten... Feuer!«

Die Fregatte schob sich durch die Lücke zwischen den Booten. Gleichzeitig begannen Rauchwolken aus dem Heck der »Anglesey« zu quellen, und innerhalb von Sekunden war die Kette von Booten und der ganze Fluß samt seinen Ufern, wo sich die TV-Crews aufhielten, in dichtem, grauschwarzem Nebel verschwunden.

Jenseits der Rauchschwaden, unsichtbar für die TV-Kameras, gelang der »Anglesey« die Flucht.

Riley schüttete etwas Suppe in den Becher und reichte ihn O'Day. »In Wien kenne ich ein Lokal, das ›Winkler‹, da gibt's eine Suppe aus Bier und...«

»Halt's Maul. Ich habe genug von Suppe bis an mein Lebensende. Und genug von ›Kompaktwagen‹.« Heute saßen sie in einem grünen Ford. Es war 9.50 Uhr, und sie beobachteten Zakros, der bereits eingetroffen war und sich auf eine Bank nahe bei der Telefonzelle gesetzt hatte. Inzwischen waren sie am Stadtrand von Basel angelangt, aber immer noch an derselben Straßenbahnstrecke.

9.55 Uhr. Zakros stand auf, holte etwas aus seiner Hosentasche, fummelte daran herum und steckte es sich in den Mund. »Schokolade«, seufzte Riley zwischen zwei Schlucken

Suppe. »Wenn ich an ein Café in Montreux denke ...« Er verstummte. Der Grieche betrat die Telefonzelle und schloß hinter sich die Tür.

Um Punkt 10 Uhr läutete das Telefon. Sie beobachteten, wie er den Hörer aufnahm. »Ja?«

»Nikos ...«

»Sei still!«

»Nikos!«

»Erinnerst du dich an den Franzosen, den Stamatis loswerden mußte? Und an das überraschende Verschwinden von Andover?«

»Ja, und?«

»Ich ... ich glaube, bei mir wurde eingebrochen.«

»Was? Wie kommst du auf die Idee?«

»Nun, das wird dir vielleicht komisch vorkommen, aber in der Halle liegt an verschiedenen Stellen Staub. Ich weiß nicht, was für eine Art von Staub das ist, und ich weiß auch nicht, wie er dort hinkam. Aber er ist da, und das ist nicht normal. Es sieht so aus, als wäre er dorthin geblasen worden, als sich vielleicht eine Tür öffnete.«

»Vermißt du etwas?«

»Nein ... Nicht, daß ich wüßte.«

»Na ja, dann ...«

»Nancy, vielleicht hören sie uns ab, beschatten uns ...«

»Hast du eine Wanze entdeckt?«

»Nein.«

»Wir telefonieren nur aus öffentlichen Zellen. Wie sollen sie uns da abhören? Jeden Tag ist es eine andere.« Sie legte eine kurze Pause ein. »Andererseits ... ich frage mich ... Paß auf! Du gehst jetzt zur nächsten Telefonzelle. Ich rede inzwischen mit Dimi und rufe dich dann wieder an. Keine Panik! Häng jetzt ein, und paß genau auf, ob du beschattet wirst.«

»Scheiße!« zischte Riley. »Es bleibt uns keine Zeit, das nächste Telefon anzuzapfen, und folgen können wir ihm auch nicht. Das gefällt mir ganz und gar nicht.«

Lockwood starrte auf die Mattscheibe. Der Fernseher wurde fast nie in der Downing-Street-Wohnung eingeschaltet, aber diesmal saßen schweigend und mit finsteren Gesichtern der Premierminister, Hatfield, Slocombe, Midwinter und Leith vor dem Gerät und sahen sich den Bericht an.

»... Bei den beiden Schiffen, die heute wegen der starken Rauchentwicklung der ›HMS Anglesey‹ auf der Themse kollidierten, handelt es sich um das venezolanische Kühlschiff ›La Gran Sabana‹ und den griechischen Öltanker ›Astakidhon‹. Der griechische Tanker wurde mittschiffs gerammt, wie diese Bilder zeigen, und drei Mitglieder der Mannschaft wurden verletzt, darunter auch der Kapitän, Samos Elasson. Die ineinander verhakten Schiffe blockierten die Themse fast drei Stunden lang. Aus dem London Hospital hören wir, daß der Zustand der zwei Matrosen zufriedenstellend ist, Kapitän Elasson jedoch immer noch auf der Intensivstation liegt, da sein Rückgrat gebrochen ist. Ein Sprecher der Griechischen Botschaft in London sagte ...«

»Genug!« rief Lockwood entnervt und nahm einen tiefen Schluck Whisky, während Midwinter den Apparat mit der Fernbedienung ausschaltete.

»Verdammt, verdammt!« schimpfte der Premierminister. »Kaum macht man einen Schritt vorwärts, wird man um Längen zurückgeworfen. Was ist bloß in diesen Fregattenkapitän gefahren?«

»Er hielt es sicher für die rettende Idee, Bill.« Slocombe reagierte auf diese neueste Katastrophe gelassener als alle anderen.

»Wir hatten genug Pech«, beschwerte sich Lockwood. »Auch in Basel ein Rückschlag! Wenn Riley und O'Day die Telefone nicht mehr anzapfen können, wissen wir nicht mehr, was die andere Seite denkt und plant.«

»Irgendwann muß Zakros aber zum Tresor der Bank, falls die Brigade je ihre Drohung wahrmachen will«, gab Slocombe zu bedenken.

»Das mag schon sein, Eric, aber wie wollen wir ihn zwingen, zur Bank zu gehen?« Lockwood wandte sich an Leith. »Stimmt es, daß die ›Anglesey‹ – vorausgesetzt, es gibt keine weiteren Zwischenfälle – irgendwann am Sonntag an Kithira vorbeikommt?«

»Ja, das stimmt«, erwiderte der Inspektor. »Der Kapitän will eines der Beiboote zur Westseite der Insel schicken, wo es nicht von der ›Strabo‹ gesehen werden kann. Bei Dunkelheit nimmt es dann Tatton und Andover an Bord.«

»Wie um alles in der Welt will man sie finden?«

»Anscheinend ragt die Landepiste des dortigen Flughafens ins Meer hinaus. Dort werden Tatton und Andover warten. Nicht zu verfehlen, wie man mir sagte. An Bord der ›Anglesey‹ müßten sie dann eigentlich schon am frühen Sonntagmorgen sein. Danach dampft die Fregatte ziemlich dicht an der Ostseite Kithiras vorbei, so daß die ›Strabo‹ sie auf jeden Fall bemerken muß. Wenn die ›Strabo‹ dann hinterherfährt, wird sie vermutlich auf Zickzack-Kurs gehen, weil die Crew der ›Anglesey‹ von der Verfolgung ja nichts merken soll.«

»Gut daran ist«, meinte Lockwood nachdenklich, »daß wir vier von der Brigade auf einem Boot zusammenhaben. Also müssen wir uns nur noch um die drei anderen kümmern.« Er schaute zu Slocombe hinüber. »Eugenie Shelby stellt wohl kein Problem dar, und diese Tucker auch nicht. Aber was ist mit dem Griechen in Basel?«

»Nichts leichter, als ihn festzunehmen, Bill, aber was machen wir mit dem verdammten Banksafe? Sie wissen ja, wie die Schweizer sind. Wenn wir Zakros hochnehmen, heißt das noch lange nicht, daß die Bank Bilder und Dokumente rausrückt. Im Idealfall würden wir ihn dazu kriegen, alles selbst rauszuholen, und ihn dann, sobald er die Gerbergasse betritt, schnappen. Bingo! Aber wie sollen wir das schaffen?«

»Irgendwelche Vorschläge?«

Hatfield schüttelte den Kopf, aber Slocombe sagte rasch: »Wie wär's denn damit... Wenn die ›Strabo‹ der ›Anglesey‹

folgt, dann geben Sie, Bill, dem Kapitän der Fregatte den Befehl, nicht mehr Kurs auf Piräus zu nehmen. Noch besser wäre vielleicht sogar, die ›Anglesey‹ kehrt einfach um und steuert auf die ›Strabo‹ zu. Dann würde die Brigade kapieren, daß wir sie an der Nase herumführten und nur auf den richtigen Augenblick warteten ... Wenn mich nicht alles täuscht, werden die Typen dann in Panik geraten und Zakros informieren, mit dem belastenden Kram an die Öffentlichkeit zu gehen, wie angedroht.«

»Werden sie das wirklich?« sagte Hatfield zweifelnd. »Werden sie nicht vermuten, daß wir auch ihren Komplizen in Basel im Visier haben, wenn wir über sie Bescheid wissen? Wenn ja, dann wird ihnen auch klarsein, daß er am besten von der Bildfläche verschwindet. Und ja nicht in der Bank auftaucht!«

»Ich finde, wir sind zu pessimistisch«, meinte Midwinter. »Warum soll die Schweizer Regierung nicht mitspielen, sobald sie weiß, was sich im Tresor der Bank befindet?«

»Dann kennen Sie die Schweizer Banken nicht, Bernard.« Lockwood lächelte grimmig. »Fragen Sie mal den Finanzminister, was er dazu meint.« Er schüttelte den Kopf. »Wir brauchen einen besseren Plan.«

Schweigen.

»Wie wär's mit diesem Vorschlag?« Leith rutschte auf dem Sofa etwas mehr nach vorne. »Ogilvy läßt im British Museum Eugenie Shelby zu sich kommen und sagt ihr, daß die ›Anglesey‹ die Marbles nun doch nicht nach Griechenland bringt, daß alles ein Schwindel war und daß die Regierung nie die Absicht hatte, die Marbles herzugeben, sondern nur auf Zeit spielte. Er sagt weiter, daß die Regierung in irgendein übles politisches Spiel mit den Griechen verwickelt sei, wovon er keine Ahnung habe, daß es nun aber bald zu Ende sei und das Museum sich auf die Rückkehr der Marbles vorbereiten müsse. Da sie Konservatorin sei, solle sie den Zustand der Marbles nach der Seereise überprüfen. Ich könnte mir vorstellen, daß Eugenie Shelby sofort Nancy Tucker alarmiert, die ihrerseits wieder die ›Strabo‹ informiert. Die Brigade wird vielleicht skeptisch reagieren, die schlechte Nachricht aber in dem Moment glauben, wenn die ›Anglesey‹ auf anderen Kurs geht. Dann wird der Komplize in Basel alarmiert, der Hals über Kopf zur Bank rennt.« Leith trank sein Glas aus. »Nun kommt das Schwierigste: Damit alles klappt, müssen wir Zakros festnehmen, kurz nachdem die ›Anglesey‹ Kurs auf die ›Strabo‹ genommen hat. Gleichzeitig verhaften wir natürlich auch Eugenie Shelby.«

Das folgende Schweigen wurde nur durch das Geräusch der Schritte des Premierministers unterbrochen, der zu Leith hinüberging und sein Glas füllte, bevor er sich an Slocombe wandte. »Klingt für mich plausibel, Eric. Haben Sie irgendwelche Einwände?«

»Nur einen: Die Brigade ist bereits mißtrauisch wegen der Staubspuren von Rileys Druckluftgerät. Wird sie trotzdem auf diesen neuen Trick reinfallen?«

Leith zuckte die Achseln. »Im Augenblick beschatten Riley und O'Day den Griechen nicht. Heute ist Mittwoch, also noch vier Tage bis Sonntag. Genug Zeit vielleicht, daß die Brigade ihr Mißtrauen verliert. Außerdem schweben die Typen doch auf allen Wolken, sobald die ›Anglesey‹ in griechische Gewässer kommt.«

Lockwood nickte. »Es ist einen Versuch wert, meine ich. Nun noch zum Zeitplan. Wann wird die ›Strabo‹ die ›Anglesey‹ sichten?«

»Laut Admiralität, die auf unseren Wunsch hin mit dem Schiff in Verbindung steht, wird die Fregatte bei ihrem jetzigen Tempo gegen 6.30 Uhr griechischer Zeit am Sonntagmorgen Potamos erreichen. Ich halte das für etwas zu früh. Natürlich könnte sie ihre Fahrt verlangsamen, ohne daß es auffällt – besonders im Schutz der Nacht.«

»Kithira liegt ungefähr 220 Kilometer von Piräus entfernt, habe ich recht?«

Leith nickte. »So in etwa. Bei zwölf bis fünfzehn Knoten bedeutet das eine zehnstündige Fahrt.«

»Das heißt ... Wenn sie ihr derzeitiges Tempo beibehält, trifft sie in Piräus um ... 15.30 Uhr am Montagnachmittag ein, natürlich griechischer Zeit.«

»Richtig«, stimmte Leith zu. »13.30 Uhr in London.«

»Kehren wir zu Eugenie Shelby zurück. Damit es natürlich wirkt, darf Ogilvy sie nicht zu rasch zu sich rufen. »Schließlich dauert es mehrere Tage, bis die Marbles nach England zurückkehren. Am besten verabredet er sich mit ihr für den Sonntag, nach dem Mittagessen. Das wäre dann 16 Uhr oder 17 Uhr in Griechenland. Ungefähr eine Stunde wird sie brauchen, um die ›Strabo‹ telefonisch zu erreichen.« Lockwood lächelte Leith zu. »Je mehr ich über Ihre Idee nachdenke, Bob, desto besser gefällt sie mir. Aber da ist noch ein Punkt. Die ›Anglesey‹ muß ihren Kurs wechseln, während die Banken in Basel offen sind, und es muß auch genug Spielraum bleiben, damit Kolettis und Kofas und Nancy Tucker Zakros in Basel anrufen können. Und dann braucht er natürlich noch genug Zeit, um zur Bank in der Gerbergasse zu gehen.« Er schenkte sich selbst Whisky nach. »Das heißt, daß die ›Anglesey‹ nicht vor Montagmorgen auf anderen Kurs gehen darf ...«

»In dem Fall möchte ich folgendes vorschlagen, Premierminister«, sagte Hatfield. »Irgendwann am Sonntagvormittag passiert die ›Anglesey‹ die ›Strabo‹, die ihr dann in einiger Entfernung folgt. Die ›Anglesey‹ könnte fünf Stunden lang mit, sagen wir mal, zehn Knoten fahren, also recht schnell, und dann beidrehen. Das ergäbe auch Sinn, weil sie bei diesem Tempo gegen Mitternacht in Piräus eintreffen würde, also wohl kaum ein geeigneter Zeitpunkt angesichts ihrer besonderen Mission. Der Kapitän könnte einen Teil seiner Männer ausruhen lassen – Wasserskifahren, Schwimmen, Federball an Deck etcetera –, während andere das Schiff für die Ankunft mit Wimpeln und Lichtergirlanden schmücken. Das ist bei der Marine so üblich, wie ich aus eigener Erfahrung weiß. All das geschähe ungefähr zu dem Zeitpunkt, wenn die Leute auf der ›Strabo‹ die Nachricht von Eugenie Shelby bekommen ...«

»Ausgezeichnet, Joss«, sagte Lockwood und fuhr selbst fort: »Eine Zeitlang würden die Erpresser widersprüchliche Signale empfangen, die sie verwirren. Deshalb werden sie entweder Zakros in Basel anweisen, gleich am nächsten Morgen Bilder und Dokumente aus der Bank zu holen ...«

»Oder aber«, warf Slocombe ein, »sie werden noch abwarten, bis sich herausstellt, ob die schlechte Nachricht von Eugenie Shelby der Wahrheit entspricht. Schließlich erweckt ja die festlich geschmückte ›Anglesey‹ den Eindruck, als würde sich das Schiff auf seine Ankunft in Piräus vorbereiten.«

»Ganz genau. Erst beim Anbruch des nächsten Tages wird die Shelby-Story bestätigt, wenn nämlich die Fregatte plötzlich ihren Kurs wechselt. Dann wird die Brigade Basel anrufen, und Zakros hat den ganzen Tag Zeit, die Bank aufzusuchen. Sobald er dort herauskommt, werden die Marbles, die Queen, ganz zu schweigen von unserer Regierung, gerettet sein.« Lockwood schaute einen nach dem anderen eindringlich an. »Sehen Sie da irgendwelche Probleme? Jetzt ist noch Zeit, darüber nachzudenken ...«

Aber keiner hatte dem etwas hinzuzufügen, was Hatfield, Leith und der Premierminister ausgeheckt hatten. Eine gewisse Erregung hatte sich aller bemächtigt. Endlich sah es so aus, als ob sich das Blatt wendete und sie die Situation wieder unter Kontrolle bekämen.

»Ich danke Ihnen allen, daß Sie gekommen sind«, sagte Lockwood, stellte die Whiskyflasche auf den Servierwagen und beendete damit das Treffen. »Bitte gehen Sie die Hintertreppe hinunter, denn Geheimhaltung ist nun wichtiger denn je.«

23. KAPITEL

Donnerstag

Auszug aus dem *Daily Telegraph*:

GESTOHLENE STATUEN IN INDIEN AUSGESTELLT

Von unserem Korrespondenten

Die acht Statuen, die am letzten Wochenende aus dem Metropolitan Museum in New York entwendet wurden, sind nun im heiligen Hindu-Schrein in Hindupur ausgestellt. Der Schrein wird von fanatischen Hindus bewacht, und nur einige ausgewählte Pressevertreter wurden zugelassen.

»Hindu-Erbe«, die Organisation, die nach eigenem Bekunden verantwortlich für den Diebstahl ist, gab gestern eine Erklärung ab: »Die von Amerika zurückgeforderten acht religiösen Kunstwerke sind nun wieder da, wo sie hingehören, im heiligen Zentrum der Religion, der sie ihre Entstehung verdanken. Diese Aktion war uneigennützig, wie sich schon daran erkennen läßt, daß ›Hindu-Erbe‹ diese kostbaren Objekte den Verwaltern des Schreins übergeben hat.

›Hindu-Erbe‹ bittet noch einmal um Entschuldigung für den Zwischenfall im Metropolitan Museum, bei dem ein Wächter ums Leben kam. Wir suchen nach Möglichkeiten, die Witwe des Wächters zu entschädigen. Wir suchen aber auch nach Möglichkeiten, weitere Kunstwerke zurückzuholen, die unserem Land entwendet wurden.«

Ein Sprecher der indischen Regierung verweigerte jeden

Kommentar zu dieser neuesten Entwicklung. Aber er sagte, daß indische Regierungsbeamte sich mit der Erklärung beschäftigen, die Mr. Mason Farmer, der US-Botschafter bei der UNO, nach dem Diebstahl abgab. Eine Erwiderung darauf werde in Kürze erfolgen.

Ergänzend dazu berichtet unser New Yorker Korrespondent: Gestern fand die Beerdigung von Mr. Spiridon Panottis, dem ermordeten Wächter des Metropolitan Museum, in Astoria statt, einem überwiegend von Griechen bewohnten Vorort. Die über tausend Anwesenden hörten Mr. Sophokles Panottis zu, dem Bruder des Verstorbenen, der nicht nur den Indern, sondern auch Mr. William Lockwood, dem britischen Premierminister, die Schuld am Tod seines Bruders gab.

Mr. Panottis sagte: »In gewisser Weise trägt die britische Regierung die Verantwortung für den Tod meines Bruders ... Die britische Regierung sollte diese Mitschuld anerkennen und sie zu sühnen versuchen, indem sie Griechenland nicht nur die Marbles zurückgibt, sondern auch für deren langjährigen Verlust entschädigt. Die britische Regierung sollte die Kosten für die Wiederanbringung der Friese im Parthenon übernehmen! Als einen Tribut an das Olympia-Festival, aber auch, wie ich meine, als ein Andenken an meinen Bruder.«

»Eine von der Gruppe nimmt ein Sonnenbad – oben ohne. Hübsche Figur, ein bißchen wie deine.« Edward hielt das Fernglas vor seine Augen. Er glich einem Entenjäger im Versteck. Überall auf und vor dem Balkon ihres Hotelzimmers hatte er Handtücher aufgehängt, teils auf einer Wäscheleine, teils am Ast eines Baumes, der dicht am Haus stand. So konnten sie die »Strabo« unauffällig beobachten. Im Hotel war nur noch dieses eine Zimmer frei gewesen, und das Bett war alles andere als breit. Victoria hatte Edwards Beziehung zu Nancy noch immer nicht ganz verwunden, verhielt sich aber nicht mehr so abweisend.

»Zu schade, daß ich nicht von den Lippen ablesen kann. Ich sehe nämlich genau, daß sich die beiden unterhalten.«

»Die beiden? Mit wem spricht sie denn?«
»Kolettis. Er brachte ihr gerade einen Drink.«
»Welch hartes Leben, wenn man Erpresser ist.«
»Jetzt kniet er vor ihr, legt seinen Kopf auf ihren Bauch. Und jetzt…«
»Erfindest du das alles?«
»Sieh selbst!«
Victoria nahm das Fernglas und kauerte sich im »Versteck« zusammen. »Na, so was! Er hat Sommersprossen wie du, Edward, aber überall… O Mann! Du versäumst das Beste.«

Sir Evelyn Allens Silbermähne nickte, worauf der Sicherheitsbeamte sacht die glänzenden Mahagonitüren zum Sitzungsraum schloß. Außer Sir Evelyn waren 21 Minister anwesend. Es war 11.03 Uhr. Man hörte das übliche Geplauder, Gefrotzel, Geklatsche, aber es gab auch verstohlene Blikke auf Lockwood und Keld. Allmählich ließ das Stimmengewirr nach, alle warteten nur darauf, daß der Premierminister die Sitzung eröffnete.

Er schaute nach links, wo der Minister für Schottland sich immer noch im Stehen unterhielt. »Douglas, bitte! Wir sind sowieso schon spät dran.« Douglas Rothes errötete und hastete zu seinem Platz.

»Wir folgen der Tagesordnung, wie sie Ihnen vorliegt. Vom Chief Whip erfuhr ich, daß einige von Ihnen Einwände gegen meine Handhabung der Elgin-Marbles-Affäre haben. Ich bin bereit, meine Kollegen anzuhören. Wer will anfangen?« Lockwoods forscher Ton brachte einige Mitglieder des Kabinetts aus dem Konzept, und so herrschte erst einmal Schweigen. Lockwood hatte kurz zuvor erfahren, daß es seinem Enkel endlich etwas besserging, und so war ihm wenigstens ein Stein vom Herzen gefallen. Er wollte gerade wieder das Wort ergreifen, als ihm George Keld zuvorkam.

»Premierminister, ich werde den Anfang machen. Aber zuerst möchte ich betonen, daß ich meines Erachtens für die meisten vom Kabinett – jedenfalls über die Hälfte – spreche ... Wir begreifen diese ganze Geschichte mit den Elgin Marbles nicht. Wir begreifen nicht, wie es überhaupt dazu kam, wieso dieses Komitee überhaupt darüber beraten mußte, noch dazu im geheimen. Wir wissen nicht, wer an diesem Komitee teilnahm. Seit die Sache bekannt wurde, begreifen wir nicht, wieso Sie es so eilig hatten, diese Kunstwerke herzugeben, so eilig, daß es weder korrekte Beratungen noch eine korrekte Abstimmung gab. Dies hat nach Ansicht vieler hier – und nicht nur hier, möchte ich hinzufügen – Unruhestifter geradezu zu Aktionen herausgefordert, in der Hoffnung, daß sie auch andere Kunstwerke freibekämen. Wir haben alle gesehen, wohin das führt...« Er machte eine bedeutungsvolle Pause. »Wir alle haben die heutigen Zeitungen gelesen, und ich muß leider sagen, Premierminister, daß einiges wahr ist, was jenseits des Atlantiks gesagt wird. Die Art, wie die Affäre hier gehandhabt wurde, hat auf unvorhersehbare Weise ausgelöst, was in New York geschah. Die Art, wie die amerikanische Regierung die Angelegenheit behandelt, steht in krassem Gegensatz zum Vorgehen der britischen Regierung. Der amerikanische UNO-Botschafter fand eindeutige Worte, und zwar mit voller Billigung seines Präsidenten. Hier in unserem Land jedoch handelten Sie auf eigene Faust. Die meisten in diesem Raum tappen ebenso im dunkeln wie die Weltöffentlichkeit. Die Kollision der beiden Schiffe auf der Themse, als Folge des Tricks mit der Rauchentwicklung auf der ›Anglesey‹, ist die übelste und beschämendste Episode von allen. Die Tatsache, daß eines der beschädigten Schiffe griechisch ist und die britischen Steuerzahler nun womöglich Millionen Pfund an Schadenersatz zahlen müssen, ist doch empörend!

Am schlimmsten aber ist, daß all dies kurz vor einer Wahl passiert, einer Wahl, deren Ausgang sehr ungewiß ist. Viele von uns sind sogar der Meinung, daß die Art und Weise, wie die Marbles-Angelegenheit behandelt wurde, uns vermutlich Stimmen gekostet hat. Das ist peinlich und unfair.

Besonders unfair gegenüber der Ministerrunde an diesem Tisch, die keine Ahnung hat, was los ist, und dennoch unter dem Zwang gemeinsamer Verantwortung die Schuld für alles auf sich nehmen muß, was schiefgeht – bis hin zu einer möglichen Wahlniederlage. Wir finden daher, daß Sie dem Kabinett eine Erklärung schulden, eine umfassende Erklärung nicht nur für die bisherige Handhabung der Angelegenheit, sondern auch dafür, warum dieses Problem – ein zunehmend größeres Problem – überhaupt entstehen konnte.«

Keld lehnte sich zurück und trank einen Schluck Wasser. Minister rufen im Kabinett nicht »Hört, hört!«, aber es wurde in der Runde so viel genickt, zustimmend gebrummt und sogar auf den Tisch geschlagen, daß kein Zweifel bestehen konnte, welch starke Rückendeckung Keld hatte.

»Ich danke Ihnen, George.« Lockwood wußte, daß er rasch handeln mußte. Jede Verzögerung würde nun wie Unaufrichtigkeit oder gar Unsicherheit wirken, was noch schlimmer war. Keld war sehr geschickt. Er hatte keineswegs unloyal gehandelt, hatte dem Kabinett nicht einmal angedeutet, daß er wußte, was sich hinter Lockwoods Ausweichmanövern verbarg. Damit hatte er sich genau an die Vereinbarung mit dem Premierminister gehalten. Gleichzeitig hatte er sich aber an die Spitze von Lockwoods Kritikern gestellt. Lockwood überlegte. Die Unterstützung, die Keld bekam, beruhte vermutlich auf dem Unmut über die scheinbar anmaßende Weise, in der er als Premierminister diese Angelegenheit durchgeführt hatte. Unterstützung, die sich rasch verflüchtigen würde, falls er eine dramatische Enthüllung zu bieten hätte, aber das – zumindest für die nächsten paar Tage – hatte er eben nicht.

»Es ist absolut verständlich, daß sich angesichts der bevorstehenden Debatte der Opposition am nächsten Montag einige von uns Sorgen machen. Ich räume ein, daß die Meinungsumfragen nicht gerade ermutigend sind, und ich bedaure den Rücktritt der Treuhänder des British Museum. Aber das ist auch schon alles, was ich bedaure. Die meisten von Ihnen kennen mich seit Jahren. Sie kennen meine Frau und meine Kinder, und ich kenne Ihre. Daher wissen Sie oder sollten zumindest wissen, daß ich nicht anmaßend bin, daß ich meine Kollegen nicht unnötig im unklaren lasse …«

»Premierminister!« unterbrach ihn Geoffrey Scylde, der Arbeitsminister. »Ist das ein Eingeständnis, daß Sie vor uns etwas verheimlichen?«

Lockwood schaute ihn grimmig an. »Geoffrey, in diesem Raum sind 22 Leute, und von denen können manche ein Geheimnis besser wahren als andere.« Er ließ seine Blicke über die Versammelten gleiten. »Jedes Ministerium hat seine eigenen Geheimnisse. Die wenigsten von Ihnen wissen, was George Keld im Verteidigungsministerium weiß. Die wenigsten von Ihnen wissen, was Tom Lessor im Innenministerium weiß. Es gibt Finanzgeheimnisse, die eben nur der Finanzminister kennt. Niemand stellt dies in Frage, denn es ist notwendiger Bestandteil eines modernen Staates. Aber …«

»Aber, Premierminister, nur wenige dieser Geheimnisse betreffen das ganze Kabinett, nur wenige haben Auswirkungen auf Meinungsumfragen, und nur wenige, falls überhaupt, sind Thema einer Debatte im Unterhaus.« Dieser Angriff kam von Alan Pritchett, dem Minister für Wales.

»Daraus folgt«, redete Lockwood unbeirrt weiter, »daß es der Premierminister ist, der sich mit einem solchen Problem, wie wir es haben, herumschlagen muß. Ich kann und will über diese Angelegenheit in dieser Runde nicht mehr sagen. Mir ist klar, daß diese Antwort für viele von Ihnen unbefriedigend ist, aber das läßt sich nicht ändern. Ich erwarte von Ihnen nicht, daß Ihnen meine Entscheidung gefällt, aber ich erwarte von Ihnen, mir zu vertrauen und zu akzeptieren, daß ich gute Gründe für mein Tun habe. Außerdem erwarte ich, daß Sie alle der Aufforderung, vollzählig zur Unterhausdebatte zu erscheinen, Folge leisten werden. Nun schlage ich vor, daß wir zum nächsten Punkt der Tagesordnung kommen, dem Antrag, einen zweiten Tunnel unter dem Ärmelkanal zu bauen …«

»Nein, Bill.« Es war Keld. Er saß fast starr da und schaute Lockwood gerade in die Augen. »Nein. Wir wissen Ihre Worte zu würdigen und stimmen mit dem meisten überein. Leider ist es ausgerechnet der wichtigste Teil, mit dem wir nicht übereinstimmen. Die Debatte am Montag ist von entscheidender Wichtigkeit. Ich habe mich noch nicht umgehört und weiß folglich auch nicht, wie knapp die Abstimmung sein wird. Ich glaube kaum, daß jemand von unserer Seite tatsächlich mit der Opposition stimmt, aber wer weiß, wer sich womöglich der Stimme enthält? Der Punkt ist doch: Wir sollten eine derart schädigende Debatte so kurz vor der Wahl überhaupt nicht führen müssen; die Parteiführung dürfte uns nicht in ein derartiges Dilemma stürzen. Es mag ja sein, daß dieses ... dieses Geheimnis, das Sie so ängstlich bewahren, für unser Land lebenswichtig ist. Aber um so weniger können wir verstehen, warum Sie es uns nicht anvertrauen. Wenn Sie Ihrem eigenen Kabinett nicht vertrauen, tja, dann haben Sie auch kein Recht, von uns Vertrauen zu erwarten. Jeder in diesem Kabinett bewundert Sie und bewundert, was Sie für unser Land getan haben. Für unsere Partei. Ehrlich gesagt, Bill, das macht es uns noch schwerer, zu begreifen und Verständnis für ... Ihr Geheimnis zu haben.«

Keld knöpfte sein Jackett auf und legte beide Hände flach auf den Tisch. »Sie verstehen nicht oder scheinen nicht zu verstehen, Bill, wie unheilvoll diese ganze Angelegenheit für uns war und noch ist. Vielleicht verlieren wir die Unterhausdebatte am kommenden Montag, und Sie sind es, der uns das Ganze eingebrockt hat.« Keld streckte sein Kinn etwas weiter vor. »Doch selbst jetzt noch könnte das Drama am Montag vermieden werden, wenn Sie uns alle helfen ließen. Aber das wollen Sie nicht, stimmt's? Ihre Haltung ist endgültig, nicht wahr?«

Keld starrte Lockwood an.

Lockwood starrte zurück. Und nickte.

Mehrere Sekunden lang herrschte beklommene Stille.

Keld stand auf. Das scharrende Geräusch seines Stuhls auf

dem gefliesten Boden klang überlaut. »Ich danke Ihnen, daß Sie mir die Möglichkeit gaben, dem Staat als Verteidigungsminister zu dienen, Bill. Ich habe jede Minute als eine Bereicherung empfunden und hoffe sehr, daß ich von einigem Nutzen war. Aber ich kann nicht tatenlos dasitzen und zusehen, wie die Handlungsweise eines Mannes, und sei es auch unser eigener Vorsitzender, das künftige Geschick dieser Partei gefährdet. Was Sie tun, ist falsch, total falsch! Ich werde mir die Freiheit nehmen, das auch in der Debatte vorzubringen, da ich nämlich von meinem Posten in Ihrer Regierung zurücktrete.« Keld nahm seine Unterlagen und seinen Füller, warf Lockwood einen letzten Blick zu und marschierte hinaus.

O'Day hatte sich gewundert, als Riley eine elektrische Bohrmaschine kaufte. Seine Verwunderung hatte noch zugenommen, als Riley, statt wie bisher nur einen anderen Wagen auszusuchen, bei einer anderen Firma einen Lastwagen gemietet hatte. Als Riley dann jedoch zwei kleine Löcher – eines in die Rückwand des Lasters und das andere in die Seite – bohrte, begann O'Day zu begreifen.

»So können wir in der Gerbergasse parken und unbemerkt alles beobachten«, sagte Riley.

Es war schon fast 15 Uhr, und die Bank würde bald schließen. Vom Griechen keine Spur. Kurz darauf wurden die schweren Portale des Bankhauses Drachen & Stoller zugeschlagen. Riley und O'Day sprangen von der Ladefläche herunter und setzten sich ins Führerhaus. Gerade als Riley losfahren wollte, kam mit schrillem Klingeln eine Straßenbahn, und er mußte scharf bremsen.

»Heute abend können wir uns endlich mal ein richtiges Essen leisten«, meinte Riley genüßlich grinsend, als er mit dem Laster auf den Marktplatz einbog. »Und acht Stunden Schlaf.«

O'Day wischte sich mit der Hand übers müde Gesicht. »Und wenn nun Zakros es schafft, außerhalb der normalen

Öffnungszeit in die Bank zu kommen, was dann? Dann werden wir wie zwei Zürcher Zwerge aussehen.«

Slocombe, Midwinter, Hatfield und Leith stiegen gemeinsam die Treppe von Nr. 10 hinauf. Oben hielt der Premierminister schon die Tür auf. »Nun?« erkundigte er sich gleich bei Hatfield.

»Schlimmer könnte es nicht sein«, erwiderte der Chief Whip. »Kelds Rücktritt hat Page noch ermutigt, und nun kommt es am Montag bestimmt zu einem Mißtrauensantrag wegen Ihrer Vorgehensweise in der Elgin-Marbles-Affäre.«

Lockwood schloß die Tür und folgte den anderen in sein Wohnzimmer. Während er zur Bar ging, ließen sich seine Gäste in die tiefen Sessel fallen, denn sie hatten einen anstrengenden Tag hinter sich. Lockwood schenkte Whisky ein. »Wie sieht Ihre Rechnung aus, Joss?«

Hatfield nahm das Glas entgegen, schüttete Wasser hinzu und trank einen herzhaften Schluck. »Die Opposition plus Liberale Demokraten plus schottische Nationalisten werden gegen uns stimmen. Keiner von unserer Seite wird seine Stimme gegen Sie abgeben, Bill, aber die Frage ist, wie viele werden sich der Stimme enthalten? Bei einigen unserer Hinterbänkler halte ich das für durchaus möglich. Vielleicht denken sie, daß sie bei Keld schneller hochkommen und daß vor allem unsere Wahlchancen besser wären, wenn die Elgin-Affäre vergessen ist. Das wiederum wäre ohne Sie leichter möglich. Die Umfrage im *Telegraph* war auch nicht gerade förderlich.«

»Und? Ich will eine klare Rechnung.«

»Kelds eiserner Kern, wenn ich's mal so ausdrücken darf, besteht aus zwölf Leuten, die alle der Abstimmung fernbleiben werden. Das gleiche gilt für seinen Schwager. Dann gibt es Abgeordnete, die theoretisch auf unserer Seite sind, die Sie sich aber als Premierminister zu Feinden gemacht haben. Sieben Minister, die von Ihnen abgesetzt wurden; drei äußerst ehrgeizige Hinterbänkler, die es nicht verwinden können, nicht zur Regierungsmannschaft zu gehören; weiter jene drei walisischen Abgeordneten, die es Ihnen immer noch verübeln, daß Sie die Genehmigung zum Bau eines Atomkraftwerks in der Nähe von Haverfordwest erteilten; dann noch zwei andere, die der Meinung sind, daß der zweite Kanaltunnel eine falsche Entscheidung ist. Das macht 29 ... Aber bei einer bloßen Stimmenmehrheit von vierunddreißig ... Nun, das muß ich Ihnen sicher nicht erst ausrechnen.«

»Wenn es so knapp ist«, meinte nun Midwinter, »wäre es dann nicht an der Zeit, diese diskriminierende Geschichte über Keld zu veröffentlichen? Das uneheliche Kind und alles übrige ...«

In dieser Nacht stand Lockwood nicht vor dem Kamin, sondern saß ebenfalls in einem Sessel. »Dafür ist's zu spät, Bernard. Wenn wir's jetzt kurz vor der Debatte veröffentlichen, wäre es ein zu durchsichtiger Schachzug. Noch schlimmer aber, es wäre dann ein Kampf ohne Glacéhandschuhe, und Keld würde in der Debatte alles zur Sprache bringen, was er weiß. Veröffentlichen wir's erst nach der Debatte, verpufft es wirkungslos.«

»Aber können wir ihm nicht damit drohen? Er weiß doch, daß es seine Chance ruinieren würde, je Premierminister zu werden.«

»Wieder falsch, Bernard. Wenn wir ihm drohen, schlägt er vielleicht in der Debatte zu, was wir nicht wollen. In jedem Fall hat er sich einen sehr guten Zeitpunkt ausgesucht. Nehmen wir mal an, wir verlieren die Abstimmung am Montag. Dann werde ich ankündigen müssen, daß ich gedenke, als Parteivorsitzender zurückzutreten und mich einer Neuwahl zu stellen. Falls wir danach die Sache über Keld verbreiten, wird dadurch nur erreicht, daß unsere Partei noch unpopulärer wird. Und das kurz vor der Wahl. Unsere eigenen Parteifreunde werden mir daran die Schuld geben, und ganz zu Recht. Damit können wir dann jede Hoffnung begraben, daß ich je wieder Parteivorsitzender werde. Stimmt doch, Eric, oder?«

»Ich könnte es selbst nicht besser darstellen. Die Geschichte mit dem unehelichen Kind ist sozusagen ein toter Hund. Wir können nicht viel anderes tun als beten, daß bis Montag nichts Neues schiefgeht, daß zum Beispiel jemand ins Victoria and Albert Museum einbricht und etwas klaut. Aber vielleicht sollten wir etwas mehr Energie darauf verwenden, einige von diesen wankelmütigen Hinterbänklern auf unsere Seite zu ziehen.«

»Irgendwelche Vorschläge?« Lockwood nahm einen Schluck Whisky.

»Wir können ihnen schlecht versprechen, daß wir sie bei der nächsten Regierung berücksichtigen werden, da in unserer jetzigen Position nicht garantiert ist, ob unsere Seite an der Macht bleibt. Vielleicht gelingt mir etwas bei den Gegnern des Tunnelprojekts, aber vergessen Sie nicht, daß Keld einen schottischen Wahlkreis hat... Die walisischen Abgeordneten wären dieser keltischen Verbindung vermutlich nicht abgeneigt, weil sie denken, daß sie bei Keld mehr Gehör fänden.«

Schweigen legte sich über den Raum, wie üblich nur durch das Ticken der Standuhr unterbrochen.

»Wie läuft die andere Sache?« erkundigte sich Hatfield schließlich.

Lockwood rieb sich mit der Hand über die Stirn. »Wir müssen warten, bis die ›Anglesey‹ griechische Gewässer erreicht, und das wird am Sonntag sein. Halten Sie die Daumen, daß bis dahin der Louvre nicht etwa von Algeriern oder die Uffizien von Banditen aus Siena gestürmt werden oder womöglich britische Touristen auf Mykonos durchdrehen.«

»Wenn nun aber diese ganze Geschichte vor der Debatte erfolgreich beendet wäre?« meinte Hatfield nachdenklich.

»Dann könnten wir diese Information leider nicht benützen, Joss.«

»Wir können nicht die ganze Wahrheit sagen, einverstanden. Aber selbst wenn wir den wahren Grund nicht nennen dürfen, warum die Marbles das Land verließen und dann zurückkehrten, müßte es uns doch möglich sein, eine Geschichte zu erfinden, die mit einigen der Tatsachen übereinstimmt. Wenn Sie zu Beginn der Debatte verkünden, daß die Marbles nach London zurückkommen und nur deshalb auf die Reise geschickt worden waren, weil ... Ach, ich weiß auch nicht ... Weil ein gewisses Problem, das mit Terrorismus oder Kidnapping oder sonstiger Erpressung zusammenhängt, erfolgreich gelöst wurde. Ich wette, daß der Debatte die Luft ausginge.« Hatfields Augen leuchteten auf. »Was halten Sie davon, Bill? Ich habe doch recht, oder?«

Lockwood war aufgestanden und füllte nun Hatfields Glas. »Was meinen Sie, Eric?« fragte er über die Schulter, während er einschenkte. »Da ist doch was dran.«

»Theoretisch stimme ich zu. Theoretisch ist es großartig. Aber kann mir mal jemand verraten, was für eine Geschichte wir aushecken sollen? Es müßte die überzeugendste Lüge der Weltgeschichte sein.«

24. KAPITEL

Freitag

Victorias Gesicht hellte sich auf, als sie den malerischen Platz in Potamos erblickte. »Schau mal, Edward. Ein Markt! Feigen, Schuhe, Oliven, Hüte, Weintrauben, Socken ...«

»Und Käufer, Darling.« Er machte eine Handbewegung. »Sogar der Koch der ›Strabo‹ ist da.«

Es stimmte. Ein schlanker, blonder Mann im weißen T-Shirt, auf dessen Rücken in blauen Buchstaben »Strabo« stand, kaufte gerade Tomaten ein.

»Setzen wir uns hier rein«, schlug Edward vor, als sie an einem kleinen Café vorbeikamen.

Sie betraten den angenehm kühlen Raum und bestellten zwei Coca-Cola. Der »Strabo«-Koch trug einen großen Korb am Arm, den er nun mit Weintrauben füllte. Als er einen Schritt beiseite trat, entdeckte Victoria hinter ihm Kolettis. Instinktiv erstarrte sie. Dann stieß sie Edward mit dem Ellbogen an, doch er hatte ihn auch schon entdeckt. Wie auf Verabredung suchten sie sich einen anderen Tisch aus, wo sie vom Markt aus nicht gesehen werden konnten. Im Hintergrund des Cafés spielte ein Radio, und an der Bar standen mehrere Männer. Sie musterten Victoria und Edward neugierig, nahmen dann aber wieder ihr Gespräch auf. Edward verließ seinen Platz und stellte sich unter einen Torbogen am Eingang des Cafés, doch der Koch und Kolettis waren schon verschwunden – vermutlich zurück an Bord der »Strabo«. Edward ging wieder hinein. Victoria saß weit zurückgelehnt auf ihrem Stuhl, den Kopf zur Seite geneigt, die Blicke starr auf das Deckengewölbe geheftet.

»Soll das etwa sexy aussehen?«

Sie hielt die Hand hoch. »Pst!«

Da begriff er, daß sie dem Radio hinter der Bar zuhörte. Auch die Männer schwiegen nun und lauschten. Gerade als Edward sich setzte, ging die Unterhaltung wieder los, und Victoria sagte: »Das waren die Nachrichten aus Athen.«

»Was ist passiert?«

»Die dortige englische Schule wurde gestern nacht überfallen. Als Vergeltungsschlag für den griechischen Tanker, der auf der Themse gerammt wurde. Das Schulgebäude brannte nieder.«

Riley balancierte eine Bierdose auf seinem kleinen Schmerbauch. »Terrine Toyota«, sagte er schwärmerisch und reichte O'Day etwas Paté, die er rasch gekauft hatte, während der Ire allein das Haus von Zakros überwachte. »Der Verkäufer sagte, sie machen es nach dem gleichen Rezept wie im ›Stucki‹, einem der besten Restaurants von Basel.«

Sie kauten schweigend. Zwischen zwei Schlucken Bier redete Riley dann weiter: »Nehmen wir mal an, Zakros verhält sich nicht wie erwartet. Sind wir darauf vorbereitet?«

O'Day nickte. »Ich dachte gerade dasselbe. Mit Leith habe ich auch schon darüber gesprochen, aber ... Wenn nun am Montag diese Debatte im Unterhaus stattfindet, ist äußerste Geheimhaltung wichtiger denn je.« Er nahm einen tiefen Schluck Bier. »Also keine Verstärkung.«

»Dann laß es uns mal durchspielen ...«

»Wieso denn? Entweder er geht zur Bank oder er geht nicht. Was immer er tut, wir folgen ihm. Falls ein anderer aus der Brigade sich mit ihm hier trifft, wird uns entweder Athen oder London benachrichtigen.«

»Sind wir sicher, daß nicht jemand von der Brigade auftauchen kann, von dem wir null Ahnung haben? Jemand, der bisher noch nicht eingesetzt wurde?«

»Nein, sicher können wir da nicht sein. Aber ich schätze, daß es nicht noch mehr sind. Bei den Telefonaten wurde sonst niemand erwähnt, und sie brauchen ja auch keinen mehr. Vergiß nicht, Geheimhaltung ist auch für die Erpresser wichtig.« Er trank seine Bierdose aus. »Wir dürfen aber kein Risiko eingehen. Also brauchen wir ein zweites Fahrzeug für den Fall, daß doch jemand zu Zakros stößt. Bei einer Verfolgungsjagd könnten sie sich trennen, und dann stünden wir blöd da. Also gleich morgen früh noch ein Auto mieten.«

Riley nickte. »Je mehr ich darüber nachdenke, desto mehr glaube ich, daß Zak Unterstützung bekommt. Gemälde sind sperrige Objekte, und er könnte allein nicht viele tragen.« Er machte eine kleine Pause. »Angenommen, Zak will sich aus dem Staub machen. Wohin wohl, was meinst du?«

»Bin ich eine Wahrsagerin?« O'Day hielt seine Bierdose hoch. »Das ist keine Kristallkugel.«

»Ich versuche ja nur, auf alles vorbereitet zu sein«, erwiderte Riley und rieb sich dann mit der Hand übers Kinn. »Höchste Zeit für eine Rasur.«

»Denkst du, du siehst ohne Stoppeln besser aus?«

Riley betrachtete sich im Rückspiegel und schüttelte dann den Kopf. »Nein. Aber würdest du jemandem, der so aussieht wie ich, auch nur einen Toyota vermieten?«

William Lockwood schaute auf seinen Enkel Tommy hinunter, der in dem Krankenhausbett geradezu winzig wirkte. »Darf ich ihn küssen?«

»Das nächste Mal«, flüsterte die Schwester. »Er schläft erst seit einer knappen Stunde, und wir dürfen ihn auf keinen Fall wecken.«

Lockwood nickte und umarmte seine Tochter. »Solltest du jetzt nicht auch etwas schlafen?« erkundigte er sich. »Du siehst todmüde aus.«

»Ja, ich werd's versuchen. Danke, daß du gekommen bist, Daddy. Du bist auch in Gefahr, wie Tommy.«

Lockwood sah wieder auf den Jungen hinunter. »Nicht wie

Tommy«, widersprach er. »Nein, ganz und gar nicht. Wir tun so, als ginge es in der Politik um Leben und Tod, aber so ist es fast nie. Wenn man so ein kleines Wesen vor sich sieht ... und begreift, wie knapp es war ... und was es für dich bedeutet hätte, wenn ... dann ist Politik doch nur ... Mumpitz.«

Seine Tochter legte ihm den Arm um die Schultern. »Ich erzähle Tommy, daß du hier warst, und gebe ihm natürlich auch das Schachspiel.« Lockwood hatte für seinen Enkel ein Geschenk mitgebracht. »Er wird begeistert sein.«

Der Premierminister küßte seine Tochter auf die Wange. Noch während er dies tat, ging die Tür auf, und er sah im Korridor Bernard Midwinter stehen. »Sieht so aus, als würde ich gebraucht«, flüsterte er. »Kein Friede für die Gottlosen.«

Seine Tochter drückte ihn noch einmal an sich. Dann ließ sie ihn gehen.

Midwinter führte ihn den Gang entlang in eine Ecke, wo sie ungestört reden konnten. »Wie geht's dem Jungen, Bill?«

»Zum Glück besser. Allerdings noch nicht völlig außer Gefahr. Danke für Ihre Anteilnahme. Aber sicher sind Sie nicht nur deshalb hier.«

»Nein, um ehrlich zu sein, komme ich gerade aus einem anderen Krankenhaus. Aus dem London Hospital. Der griechische Tankerkapitän starb vor einer Stunde.«

25. KAPITEL

Samstag

»Ich liebe griechischen Wein, ich liebe griechische Weintrauben, und ich liebe auch griechischen Sonnenschein. Aber was würde ich nicht für ein gutes englisches Frühstück geben!«

Edward mußte lachen. Sie hatten sich angewöhnt, auf ihrem Balkon zu frühstücken. Es war sonnig, aber noch nicht heiß, und von dort aus konnten sie die »Strabo« im Auge behalten. »Von Schinken, Eiern und Würsten hast du aber nicht deine tolle Figur«, meinte er schmunzelnd.

»Falsch geraten. Ich fresse morgens wie ein Pferd und abends wie ein Spatz.«

»Gestern abend hast du zwei Kebabs verdrückt! Sogar einen mehr als ich.«

»Ja, stimmt ... All diese Anspannung und dann auch noch deine Aufmerksamkeiten machen mir eben mehr Appetit als sonst.«

»Marmelade?« Er schob sie ihr hinüber. »Was passiert eigentlich, nachdem wir morgen abgeholt worden sind?«

»Leith hat nur gesagt, daß der Kapitän der ›Anglesey‹ uns in alle Pläne einweiht. Natürlich hängt viel davon ab, wie die ›Strabo‹ auf den Kurswechsel der Fregatte reagiert.«

Edward stellte sich mit seiner Kaffeetasse zwischen die Handtücher ans Balkongeländer und spähte zur »Strabo« hinüber.

Victoria fuhr fort: »Offenbar wird Eugenie Shelby, die Konservatorin, erst morgen zu Ogilvy bestellt. Unsere Seite möchte nicht, daß den anderen viel Zeit zum Nachdenken bleibt. Auf jeden Fall wird die ›Anglesey‹, nachdem wir an Bord gekommen sind, ihren Kurs ändern. Das soll die ›Strabo‹-Leute dazu provozieren, Basel den Befehl zu geben, die Blunt-Bilder und -Dokumente aus der Bank zu holen. Irgendwann für Montag ist das geplant ...«

»Also rechtzeitig, um den Mißtrauensantrag abzublokken.«

»Das kannst du Lockwood nicht verübeln. Nach allem, was er für die Queen riskiert hat.«

»Ich verüble es ihm keineswegs. Aber hoffentlich zählt er nicht zu sehr darauf, daß die Griechen genau das tun, was er sich wünscht.«

»Warum sagst du das?«

Edward trank seinen Kaffee aus. »Weil, wenn mich nicht alles täuscht, aus dem Schornstein der ›Strabo‹ Rauch steigt, und das kann nur eines bedeuten – sie haut wieder ab.«

»Jetzt haben wir einen Ersatzwagen, einen purpurroten Ford – ob du's glaubst oder nicht. Verdammt auffällig, ich weiß, aber was anderes hatten sie nicht. Er steht gleich hinter der Ecke da drüben. Oh, und das hab' ich gekauft.« Riley reichte O'Day eine Pappschachtel.

Als er sie öffnete, kam ein Kuchen zum Vorschein. O'Day bedankte sich und fragte zwischen zwei Bissen: »Hast du London angerufen?«

»Ja, habe ich.«

»Und?«

»Der Kapitän des griechischen Tankers, der auf der Themse wegen der ›Anglesey‹ kollidierte, ist gestorben. Die Griechen sind empört. Gestern nacht wurden einige britische Touristen in Athen zusammengeschlagen. Drei von ihnen liegen im Krankenhaus.«

Sir Francis Mordaunt legte seinen Drehbleistift beiseite und rieb sich über die müden Augen. Es war spät, und er hatte den ganzen Tag gearbeitet. Sir Francis wirkte wie der klassische Engländer, obwohl seine Vorfahren, Generationen zurück, Hugenotten gewesen waren. Wenn auch seine Verwandtschaft zahlreich war, Neffen, Nichten, Patenkinder, lebte er im Grunde sehr einsam. Die einzigen beiden Menschen, die er regelmäßig sah, waren die Queen und sein Diener. Vor langer Zeit war Mordaunt sogar einmal verheiratet gewesen. Sein Posten war ihm jedoch wichtiger gewesen als seine Ehe. Als dann seine Frau Angela eines Tages aus Italien angerufen hatte, um ihm mitzuteilen, daß sie auf unbegrenzte Zeit dort bliebe, war ihnen beiden klar gewesen, daß dies das Ende war. Mordaunt hatte es nicht viel ausgemacht. Jahre waren vergangen, bis sie sich scheiden ließen, und da war er schon gut Freund mit Angelas neuem Partner. Mordaunt wußte, daß manche Leute ihn für homosexuell hielten. Seine zurückgezogene Lebensweise, die Sorgfalt, die er auf seine Kleidung verwandte ... Dabei stimmte es nicht. Nicht direkt jedenfalls. Mordaunts Job war nach wie vor sein Leben, seine Geliebte, seine Leidenschaft. Sex, jede Form von Sex, spielte in seinem Leben keine Rolle. Er schämte sich dessen nicht, war aber auch nicht besonders stolz darauf. Er war nur erleichtert. Das Leben war dadurch viel einfacher.

Aus dem Eisschrank holte er sich eine Flasche Chablis und kaltes Huhn, trug beides auf einem Tablett zum Sofa, ließ sich in die Polster fallen und lehnte sich zurück. Doch schon einen Moment später beugte er sich wieder vor und schaltete den Fernseher ein.

»... Hier die Kurzmeldungen. Ein weiteres Erdbeben in China soll 750 Todesopfer gefordert haben ... Der italienische Ministerpräsident ist wegen eines Bestechungsskandals zurückgetreten ... 20 Leute mußten von einer Bohrinsel in der Nordsee evakuiert werden ... Der US-Außenminister hat alle Wirtschaftshilfe für Indien eingestellt; eine prompte Reaktion auf den Mord im Metropolitan Museum und die Zurschaustellung der gestohlenen Statuen in Hindupur. Bei einer Veranstaltung im Kristallpalast protestierten zwei

Leichtathleten aus Nigeria und forderten die Rückgabe der Bronzen aus Benin, die im British Museum stehen ...«

Als die Nachrichten vorbei waren und Musik einsetzte, grübelte Mordaunt über die letzte Mitteilung nach. Sollten die Nigerianer etwa dem Beispiel der Griechen und Inder folgen? Er stöhnte unwillkürlich. Eine weitere Hürde für Lockwood. Und was war mit der anderen Nachricht, der amerikanischen Reaktion auf den Diebstahl der Kunstobjekte im Metropolitan Museum? Er nahm einen Bissen Hühnerfleisch. Verdammte Schwierigkeiten!

Eine andere Sendung begann, die »No Strings« hieß und mit Marionetten arbeitete, die so geschnitzt oder modelliert waren, daß sie bekannten Persönlichkeiten ähnelten. Das Ganze war unglaublich kindisch, vulgär und dennoch unglaublich komisch. Mordaunt liebte die Sendung. Er kaute an einem Hühnerbein herum und lehnte sich bequemer zurück.

Als erstes sah er gleich ein Gesicht, das er kannte, und er hörte auf zu kauen. Es waren Lockwoods Züge. Die Furchen in seinen Wangen waren sehr tief, er wirkte winzig im Vergleich zu allen anderen Figuren, und sein silbergraues Haar schien aus Draht gebastelt zu sein. Der Premierminister war nicht in seinen üblichen dunkelblauen Anzug gekleidet, sondern in eine weiße Toga. Auf dem Kopf trug er einen Lorbeerkranz. Mordaunt erkannte nun auch, daß der Puppen-Premierminister vor einem Modell des Parthenon stand. Hinter ihm war Hatfield zu erkennen, ebenfalls in einer Toga, und in den Händen hielt er eine Leier und einen Weinkrug. Neben Hatfield stand Arthur Page. Auch er trug eine Toga und außerdem noch Amors Pfeil und Bogen.

»Also wirklich, Bacchus«, sagte die Page-Puppe zur Hatfield-Puppe, »Zeus ist zur Zeit reichlich autoritär, selbst für seine Verhältnisse!«

Bacchus hatte den Schluckauf. »Er ist bekanntlich der Gott der Götter und kann also tun, wie ihm beliebt. Die Griechen mögen uns die Demokratie gebracht haben, aber das war bloß für die Sterblichen – Aristoteles, Sophokles und ähnliche Typen. Wir Götter machen einfach so weiter wie schon immer. Noch etwas Wein, Amor?«

Der Liebesgott trank aus dem Weinkrug, wischte sich über den Mund und sagte verdrießlich: »Aber warum will er, daß der Parthenon restauriert wird?«

Bacchus schüttelte den Kopf. »Das kapiere ich auch nicht, alter Junge. Die Griechen sind jetzt Christen, was immer das bedeuten mag.« Er hatte wieder Schluckauf. »In ihren neuartigen Gottesdiensten stecken sie die Kirchen in Brand. Sehr merkwürdig.«

Bei diesen Worten wandte sich Zeus um und deutete auf Bacchus. Ein Blitz war zu sehen, und der Gott des Weines ging in Rauch und Flammen auf. Sodann deutete Zeus auf Amor – mit dem gleichen Ergebnis. Großaufnahme von Zeus' Gesicht. »Es gibt nichts, was nicht mit einem Donnerkeil zu lösen wäre«, sagte Zeus alias Lockwood, legte seinen Finger an die Lippen und seufzte. »Hoffentlich habe ich noch einen übrig für die Debatte am Montag.«

Nun kam eine andere Parodie, aber Mordaunt achtete nicht mehr darauf. Lockwood wurde zur Zielscheibe des Spotts gemacht. Diese ganze Angelegenheit drohte zu entarten und mußte beendet werden. Es war nun wirklich an der Zeit, Arthur Page einzuschalten.

26. KAPITEL

Sonntag

Die Kommandobrücke der »Anglesey« befand sich, wie Edward schätzte, an die zehn Meter über der Wasserlinie, und hier oben war es reichlich windig. Genau deshalb hatte Kenneth Lynn den Platz für ihre Unterhaltung gewählt. Niemand konnte sich ihnen unbemerkt nähern oder sie belauschen. Victoria und Edward waren gegen 2.30 Uhr in der Nacht an Bord gekommen. Sie hatten spätabends ein Taxi zur Ortschaft Kithira genommen und waren dann nach Anbruch der Dunkelheit die paar Kilometer zur Küste gelaufen, wo die Landebahn ins Meer hinausragte. Während dieser Wanderung war Edward plötzlich Samantha eingefallen. Im Trubel der Ereignisse hatte er völlig vergessen, daß ja heute die Nacht des Konzerts und des Abendessens im Hard Rock Café war. Er hatte Sammy versetzt – und sein Abbild in der Schule würde inzwischen bestimmt schon verstümmelt sein! Es war das erste Mal, daß er sie so enttäuschte, und es tat ihm sehr leid.

An Bord der »Anglesey« waren er und Victoria sofort ins Bett gegangen und auf der Stelle eingeschlafen. Gegen 10 Uhr hatte man sie geweckt, ihnen ein gutes, altmodisches englisches Frühstück serviert und sie dann zur Kommandobrücke gebracht. Es war inzwischen 11.15 Uhr – 9.15 Uhr in London. »Hier sind Kopien der Botschaften, die ich via Admiralität von Inspektor Leith erhielt«, sagte Lynn und reichte ihnen die Papierstreifen. »Ich möchte betonen, daß, abgesehen von mir und dem Funker, Sie beide die einzigen an Bord sind, die auch nur einen blassen Schimmer haben, was passiert. Selbst ich weiß nicht über alles Bescheid, weiß nicht, warum wir die Fahrt verlangsamen sollen. Es ist mein Schiff, aber man hat mir befohlen zu tun, was Sie sagen.«

Victoria und Edward lasen konzentriert die Botschaften. Ihr Schreck darüber, daß am Morgen zuvor die »Strabo« plötzlich Anker gelichtet hatte, war zum Glück unnötig gewesen. Die Yacht hatte sich nur ungefähr einen Kilometer vom Hafen entfernt und dann wieder Anker geworfen. Edward hatte als erster dieses Manöver begriffen. »Ihr Radar funktionierte nicht im Hafen, denn da lagen sie im Windschatten der Insel. Nun können sie die ›Anglesey‹ viel früher orten.« Er hatte recht gehabt. Die »Strabo« hatte den ganzen Tag an derselben Stelle gelegen.

»Wo sind wir jetzt eigentlich?« fragte Victoria und gab Lynn die Papierstreifen zurück.

»Während der Nacht änderten wir leicht den Kurs und verlangsamten das Tempo, aber mit zehn Knoten werden wir Kithira heute nachmittag so gegen 17 Uhr erreichen. Angenommen, alles geht nach Plan und die ›Strabo‹ folgt uns, dann werden wir weiter in nördlicher Richtung fahren und ... Na ja, den Rest kennen Sie ja. Wir ankern gegen 17.30 Uhr, entspannen, schmücken das Schiff und so weiter. Was ich aber nicht verstehe, ist folgendes: Was geschieht, nachdem wir erneut den Kurs gewechselt haben und nach Hause zurückkehren? Können Sie mir da weiterhelfen?«

Victoria nickte. »Erstens fahren Sie nicht nach London zurück, jedenfalls nicht gleich.« Sie stand ganz dicht neben Lynn, da man bei dem starken Wind kaum sein eigenes Wort verstand. »Das Folgende ist reichlich kompliziert, so daß ich gut verstehe, warum Leith gar nicht erst versuchte, es Ihnen per Telefon oder per Telex zu erklären. Sie brauchen erst einige Hintergrundinformationen.«

Als sie ihm in groben Zügen die ganze Erpressergeschichte schilderte, schaute Lynn sie wie gebannt an. Gelegentlich schien er zu schwanken, ob nun wegen des Seegangs oder wegen ihrer beeindruckenden Schilderung, war schwer zu sagen. Sobald er auf dem laufenden war, fügte sie hinzu: »Als erstes ändern Sie also den Kurs, und zwar auf eine Weise, die unweigerlich die Aufmerksamkeit der ›Strabo‹ erregt – also in weitem Bogen und sehr langsam. Wir wollen die ›Strabo‹ ja nicht verlieren. Morgen früh werden die Leute auf der Yacht natürlich erwarten, daß Sie wieder den Kurs wechseln, werden es aber erst selbst sehen wollen, bevor sie irgend etwas unternehmen. Der Kurswechsel soll ungefähr um 8 Uhr stattfinden. Sie brauchen nicht zu wissen, warum, aber der Zeitpunkt ist wichtig. Ich sage ›ungefähr‹, weil es uns sehr hilft, wenn Sie's tun können, solange kein anderes Schiff in der Nähe ist. Aus Gründen der Sicherheit ... Der Kurswechsel wird eine Kette von Ereignissen auslösen, die sich über zwei bis dreieinhalb Stunden hinziehen. Während dieser Zeitspanne soll die ›Anglesey‹ ihren veränderten Kurs beibehalten und gleichzeitig in Kontakt mit der ›Strabo‹ bleiben. Man könnte dies als die zweite Phase unseres Gesamtplans bezeichnen.« Sie schaute ihn fragend an, und er nickte zustimmend.

»Irgendwann werden wir dann erfahren, daß die Kette der Ereignisse, die Sie ausgelöst haben, erfolgreich oder nicht erfolgreich ablief. Falls nicht erfolgreich, setze ich mich mit London in Verbindung, und vermutlich werden Sie dann wieder Ihren alten Kurs auf Piräus nehmen müssen. Falls wir jedoch Erfolg haben, muß die ›Anglesey‹ erneut Kurs wechseln, Tempo zulegen und die ›Strabo‹ einholen, um die Besatzung gefangenzunehmen.«

»In griechischen Gewässern und bei hellem Tageslicht?«

»Ja.«

»Ich bin mir nicht sicher, ob das nicht ein kriegerischer Akt ist.«

Auszug aus dem *Observer:*

Verbitterung über Stopp der amerikanischen Wirtschaftshilfe

Von unserem Korrespondenten in Neu-Delhi

Prominente indische Politiker machen kein Hehl aus ihrer Enttäuschung über die Ankündigung des amerikanischen Außenministers, Mr. Dixon Thayer, am Freitagabend, daß die USA jegliche Wirtschaftshilfe für den Subkontinent wegen des Einbruchs im Metropolitan Museum letzter Woche einstellen.

Mr. Dixon Thayer, der seine Ansprache beim traditionellen Jahresessen des Auslandspresseclubs in Washington hielt, sagte, der Präsident und er seien sehr empört darüber, daß die gestohlenen Kunstschätze in einem Hindu-Schrein in Hindupur ausgestellt würden. Er sagte weiter, daß die US-Auslandshilfe für Indien, die derzeit 486 Millionen Dollar im Jahr beträgt, zurückgestellt würde. Eine Lieferung von Lastwagen aus Baltimore wurde bereits annulliert.

Mr. Vishwanna Chota, der Regierungssprecher des indischen Außenministeriums, bezeichnete diese Handlungsweise als eine »krasse Überreaktion«. »Wir geben zu, daß ein Toter ein Toter zuviel ist«, sagte er. »Aber es ist eben doch nur ein Toter. Amerikas Hilfe für Indien rettet Hunderte – vielleicht Tausende – von Leben. Sie sind nun in Gefahr.«

Mr. Seba Herma Chandra, der stellvertretende Vorsitzende der oppositionellen Koalition, ging sogar noch weiter. »Dies ist eine Katastrophe für Indien«, sagte er. »Aber es demonstriert auch, wie starr und grob vereinfachend die amerikanische Außenpolitik ist. Nicht alle Inder sind Hindus. Warum also soll ein Teil der Bevölkerung unter den Verbrechen anderer leiden? Wo bleibt da die Demokratie? Amerika versucht derzeit, Indien zu überreden, seine Nuklearmacht nicht weiter auszubauen. Warum sollen wir darauf eingehen?«

»Wenn ich mich recht erinnere, verputzte ich in Galway vor vielen Jahren mal 36 Austern«, schwärmte Riley. »Und die Riesenscampi – nach Sushi-Art – auf den Seychellen, die werde ich auch nie vergessen. Na, und dann noch alkoholfreies Lagerbier und Schokolade. Warmes Lagerbier!«

»Sag mal, Riley«, begann O'Day und rutschte auf seinem Sitz in eine bequemere Stellung. »Diese phantastischen Fressereien ... Gab's die wirklich? Oder erfindest du das alles?«

»Na klar gab's die! Schau dir das an.« Er schlug sich auf seinen Bauch. »Der ist verdammt echt.«

O'Day warf ihm einen finsteren Blick zu. »Und ich nehme an, das ging alles auf Spesen, stimmt's?«

»Vor zwei Wochen berichteten wir zum ersten Mal in diesem Programm über die Pläne der Regierung, die sogenannten Elgin Marbles an Griechenland zurückzugeben. Niemand ahnte zu dem Zeitpunkt, daß diese Angelegenheit für William Lockwood zu einer Zerreißprobe werden würde. Doch nun muß er sich morgen im Unterhaus einem Mißtrauensantrag stellen. In wenigen Minuten werden wir zwei Politiker befragen, wie die Debatte ihrer Meinung nach verlaufen wird. Zuerst schalten wir jedoch um zu unserem Korrespondenten Ellis Kirby ... Ellis, wie ist die Stimmung in Athen an diesem Wochenende?«

»Mir ist klar, Douglas, daß ihr zu Hause alle gespannt auf den Ausgang der Unterhausdebatte seid, doch wir hier in Griechenland sind gespannt auf die Ankunft der Fregatte ›HMS Anglesey‹ mit den Marbles an Bord. An die 100 Boote haben sich im Hafen von Piräus versammelt, werden der ›Anglesey‹ entgegenfahren, sobald sie gesichtet wird, und sie zum Hafen zurück eskortieren. Auf der Akropolis wird heute eine Nachtwache abgehalten. Mit Kerzen oder Fackeln bewaffnet, strömen bereits Tausende den Burghügel hinauf. Die ganze Akropolis wird heute nacht hell erleuchtet sein, und man hofft hier darauf, daß dieses Lichtermeer das erste ist, was die Besatzung der ›Anglesey‹ zu sehen bekommt.«

»Niemand weiß, wann die Fregatte eintrifft, nicht wahr?«

»Nein. Von der Botschaft hier hörten wir, daß diese Geheimhaltung aus Sicherheitsgründen geschieht. Das Botschaftsgebäude selbst ist von der Polizei abgeriegelt, obwohl dort im Moment gar nicht so viele Demonstranten sind.«

»Vielen Dank, Ellis Kirby. Hier bei mir im Studio habe ich Frank Whiteman, stellvertretender Oppositionsführer, und Jocelyn Hatfield, Chief Whip der Regierungspartei. Joss Hatfield, ich möchte zuerst Ihnen eine Frage stellen ... Die heutigen Sonntagszeitungen bringen auf der Titelseite ein Foto der beiden nigerianischen Sportler, die gestern im Kristallpalast demonstrierten, sowie Berichte über die verwundeten britischen Touristen in Griechenland. Gewissermaßen im Gegensatz dazu könnte man die scharfen Maßnahmen des US-Außenministers ansehen, die allgemein auf Zustimmung stießen. Wird nicht all das die Position des Premierministers noch weiter verschlechtern?«

»Ich glaube nicht, daß der Protest der Nigerianer irgend etwas ändert. Wenn Sie's genau betrachten, liegt der nigerianischen Aktion ein Trugschluß zugrunde. Zwar bestehen gewisse Zweifel an der Legalität des Exports der Marbles aus Griechenland zu Beginn des 19. Jahrhunderts, aber es besteht keinerlei Zweifel daran, daß die Benin-Bronzen legal aus Nigeria ausgeführt wurden. Folglich ist da jeder Vergleich unsinnig. Natürlich bedaure ich es sehr, daß unsere Landsleute in der Nacht zum Freitag von griechischen Rowdies überfallen wurden, und ich hoffe, daß die Schuldigen gefaßt und bestraft werden.«

»Und die morgige Debatte? Wie verläuft die Abstimmung?«

»Die Regierung verfügt über eine Mehrheit von 34 Stimmen. Möglicherweise werden sich einige unserer Abgeordneten der Stimme enthalten, aber ich sehe für uns keine Probleme, es zu schaffen.«

»Noch mal zu Ihrer voraussichtlichen Stimmenmehrheit. Können Sie da eine genaue Zahl nennen?«

»Ich könnte, aber ich werde es nicht tun. Dafür bin ich schon zu lang im Geschäft ...«

»Frank Whiteman, Mister Hatfield will keine Zahlen nennen. Wie steht's mit Ihnen?«

»Ich glaube, daß die Regierungspartei verliert. Bei unserer letzten Zählung – am Freitag vor dieser Geschichte im Kristallpalast und bevor die Urlauber angegriffen wurden – errechneten wir, daß sich genau 30 Abgeordnete der Regierungspartei der Stimme enthalten werden. Darüber hinaus gibt es einige Abgeordnete, die über den Einsatz der Royal Navy beim Transport der Marbles verstimmt sind. Hinzu kommt vielleicht noch Glen MacTaggert, Abgeordneter des Wahlkreises Fifeshire und verheiratet mit einer Nachfahrin von Lord Elgin, dem es schwerfallen könnte, für die Regierung zu stimmen.«

»Was für ein Sammelsurium an Gründen, sich der Stimme zu enthalten! Das klingt gar nicht so, als ob Ihre Seite eine gute Sache verficht und durch Eloquenz und Leidenschaft überzeugt, oder?«

»So ist nun mal die moderne Politik. In der morgigen Debatte kämpft die Regierung um ihr Leben. Auch sie hat ein Sammelsurium von Argumenten. Sie überzeugt nicht durch Vernunft, sondern durch ihre Macht. Sie werden morgen Beredsamkeit und Leidenschaft erleben, dennoch gibt es immer noch andere Gründe – persönliche Gründe –, warum manche Leute so oder so abstimmen. Das ist in einer Demokratie auch völlig in Ordnung.«

»In einer der Morgenzeitungen wurde heute der Vorschlag gemacht, daß die Queen intervenieren sollte, um die Landung der Marbles in Griechenland zu verhindern. Wie würden Sie sich fühlen, Frank Whiteman, hätten Sie die Königsfamilie auf Ihrer Seite?«

»Ich würde jegliche Unterstützung begrüßen«, erwiderte Whiteman. »Aber hier handelt es sich inzwischen um eine parteipolitische Angelegenheit, und da sollte natürlich die Königsfamilie nicht hineingezogen werden.«

»Und Sie, Jocelyn Hatfield? Was hielten Sie davon, wenn die Königsfamilie in diese Geschichte verwickelt würde?«

»Das ist eine geradezu unsinnige Frage. Ich kann mir beim besten Willen nicht vorstellen, daß Ihre Majestät in irgendeiner Weise in diese Sache verwickelt sein möchte.«

»Doktor Shelby, Sir.« Ein Wächter hielt die Tür auf, und Eugenie Shelby betrat Ogilvys Büro. Er trug ein Sportjackett und keine Krawatte, was für ihn sehr ungewöhnlich war.

»Tut mir leid, daß ich Sie an einem Sonntag herbitten muß, aber es geht nicht anders, wie Sie hören werden.«

Eugenie Shelby setzte sich auf den lederbezogenen Stuhl vor dem Schreibtisch des Direktors und zupfte ihren Rock zurecht. Sie war dunkelhaarig, nicht sehr groß und hatte ein attraktives, wenn auch etwas strenges Gesicht mit wunderbarer Haut. »Worum geht es denn?«

Ogilvy ließ sich Zeit. Da er kein guter Lügner war, fühlte er sich reichlich nervös. Was ihn betraf, war Frau Dr. Eugenie Shelby das, was sie immer gewesen war: eine ausgezeichnete Konservatorin. Er hatte sie am Vortag angerufen und gebeten, am Sonntag ins Museum zu kommen. »Wie macht sich die neue Werkstatt?« erkundigte er sich. Im Tiefparterre war eine neue Werkstatt für die Konservatoren eingerichtet worden.

»Sehr gut. Mir fehlt da unten ein bißchen das Tageslicht, aber die neuen Geräte sind eine große Hilfe.«

Ogilvy nickte wohlwollend. »Würde es Sie sehr stören, wenn ich Sie dort für eine Weile wegnähme?«

Eugenie Shelby setzte sich auf. »Was? Warum denn?«

Der Direktor biß sich auf die Unterlippe. »Beantworten Sie zuerst meine Frage. Würde es Sie sehr stören?«

»Ja, es wäre sehr störend, und nicht nur für mich. Wir stehen kurz davor, den Stein von Rosetta zu reinigen, wie Sie ja wissen. Eine Arbeit, auf die ich mich freue. Welche Aufgabe soll ich denn für Sie erledigen?«

»Etwas anderes, viel Wichtigeres ist plötzlich aufgetaucht.«

Ogilvy schaute aus dem Fenster, wo in der Great Russell Street immer noch Demonstranten mit Spruchbändern herumstanden.

Eugenie Shelby wartete schweigend.

»Wo stehen Sie in der Marbles-Angelegenheit?«

»Was meinen Sie damit ... ›Wo stehe ich?‹«

»Ich meine ... Sind Sie einverstanden mit dem, was der Premierminister getan hat? Finden Sie es richtig, daß die Marbles zurückgegeben werden?«

»Spielt es eine Rolle, was ich denke?«

»Für den Job, den ich im Sinn habe, spielt es sogar eine große Rolle.«

Eugenie Shelby zögerte.

Ogilvy ahnte dunkel, daß sie abzuschätzen versuchte, welche Antwort er gern hören wollte.

»Lockwood ist ein Dummkopf. Die Marbles sind seit fast 200 Jahren hier und sollten auch hier bleiben.«

Ogilvy lächelte. Mit etwas Glück würde Eugenie Shelby glauben, daß er über ihre Antwort entzückt war. Dabei war er nur erleichtert, daß sie ihn belog. Das erleichterte es ihm, sie zu belügen. »Bevor ich Sie nun einweihe, Doktor Shelby, muß ich Sie daran erinnern, daß Sie bei Beginn Ihrer Tätigkeit im Museum ein Formular unterschrieben, das Sie zur absoluten Geheimhaltung verpflichtet.« Er zog aus einer Schublade mehrere Blätter Papier hervor. »Möchten Sie das Ganze noch einmal durchlesen? Was ich Ihnen sagen werde, fällt unter diese Verfügung. Sie werden an etwas arbeiten, das man nur als äußerst geheim bezeichnen kann, und ich möchte vorher Ihr Versprechen, daß es auch äußerst geheim bleiben wird.«

»Betrifft es die Parthenon-Friese?«

Interessant, dachte Ogilvy, für sie sind es also nicht die Elgin Marbles. »Ja ... Ja, so ist es.«

Eugenie Shelby zuckte die Achseln. »Was soll ich darauf sagen? Ich habe bisher noch nie an etwas wirklich Geheimem gearbeitet. Ich weiß nicht, wie ich Sie von meiner Vertrauenswürdigkeit überzeugen soll.«

Ogilvy lächelte wieder. »Und ich habe dies noch nie zuvor von einem Mitarbeiter des Museums fordern müssen … Ich bin darin also ebenso unbewandert wie Sie.« Er schlug leicht auf die Formulare. »Ihr Versprechen wird genügen. Ein Versprechen, für sich zu behalten, was ich Ihnen nun mitteilen werde.«

Er verstaute die Papiere wieder in der Schublade. Spielte er sich zu sehr auf? Übertrieb er?

»Also gut, ich verspreche es.«

Ogilvy nickte. »Ich danke Ihnen. Gestern hatte ich ein Gespräch mit dem Premierminister in Chequers. Er bat mich ausdrücklich zu sich.« Ogilvy kippte seinen Stuhl auf die Hinterbeine. »Er erzählte mir vieles über diese Elgin-Affäre, was ich nicht wußte, und hier geht's schon mit der Geheimhaltung los. Ich bin nicht befugt, Ihnen alles zu sagen, weiß übrigens selbst noch nicht alles, aber immerhin kann ich Ihnen sagen, daß hinter alledem … hinter dem scheinbaren Wunsch der Regierung, die Marbles zurückzugeben, Erpressung steckt. Anscheinend wird die Regierung erpreßt … Lockwood wollte mir nicht verraten, um was es genau geht, aber es sei äußerst unangenehm, so sagte er.«

»Welche Art von Erpressung?«

»Ich weiß es nicht, und selbst wenn ich's wüßte, dürfte ich Sie nicht einweihen. Aber das wichtigste ist, daß die Verladung der Marbles an Bord der ›Anglesey‹ ein Bluff war …«

Ogilvy bemerkte ein schwaches Zucken an Eugenie Shelbys Kehle, aber insgesamt behielt sie völlig die Ruhe. Auch er bemühte sich, möglichst natürlich weiterzureden.

»… ein Bluff insofern, als die Seefahrt nur dazu diente, Zeit zu gewinnen, damit die Sicherheitsdienste der Regierung Untersuchungen durchführen und vielleicht sogar die Erpresser fassen können.«

»Und konnten sie? Konnten sie die Erpresser fassen, meine ich.«

Ganz schön abgebrüht, diese Mrs. Shelby! »Nein, keine Spur, soweit ich weiß. Aber das braucht nicht unsere Sorge zu sein. Bei unserem Gespräch jetzt geht es darum, daß irgendwann morgen – ich habe keine Ahnung, wann genau – die ›Anglesey‹ zurückbeordert wird. Sie wird ihren Kurs ändern und in Richtung Heimat fahren. Die peinliche Geschichte der Erpresser wird wohl veröffentlicht werden, aber die Griechen kriegen jedenfalls nicht ihre Marbles. Und hier kommt Ihr Auftritt, Doktor Shelby. Wenn die Marbles wieder in London eintreffen, haben sie über eine Woche auf hoher See hinter sich. Sie sind zwar gut verpackt, aber es gab bei Malta ziemlich hohen Seegang, und wer weiß, welchen Schaden sie vielleicht genommen haben? Ich möchte, daß Sie sich bereithalten, die Marbles zu untersuchen, wenn sie in vier oder fünf Tagen wieder im Museum sind. Für Ihre Arbeit holen Sie sich so viele Hilfskräfte, wie Sie brauchen. Wichtig ist, daß die Marbles möglichst bald, also innerhalb von einer Woche oder zehn Tagen, wieder in den Duveen Galleries ausgestellt werden können. Machen Sie sich keine Sorgen, was die Kosten betrifft ... Überlassen Sie das mir.« Ogilvy fuhr sich mit der Hand durch die Haare. »Ganz schön aufregend, das alles ... Meinen Sie, daß Sie der Aufgabe gewachsen sind? Ich, ganz zu schweigen vom Premierminister, werde Ihnen sehr dankbar sein.«

Eugenie Shelby saß völlig ruhig da, aber ihre Augen glänzten vor innerer Erregung. Dagegen konnte sie nichts tun.

»Nun wissen Sie soviel wie ich, Doktor Shelby. Sie und ich sind in diesem Gebäude die einzigen Eingeweihten. In den nächsten 24 oder 48 oder sogar 72 Stunden muß es auch so bleiben, bis Downing Street uns davon erlöst.« Er schaute sie fast starr an.

Plötzlich lächelte sie. »Ich bin froh, daß Sie mich um meine Hilfe gebeten haben.«

Die Lichter auf der Kommandobrücke der »Anglesey« waren gerade eingeschaltet worden. In 30 Minuten würde es ganz dunkel sein. Während der vergangenen Stunde hatten Victoria und Edward zugesehen, wie sich die Mannschaft vergnügte – mit Wasserskifahren und einer Art Wasserpolo in der Nähe des Schiffs. Bunte Lichterketten waren aufgehängt und zehn Minuten zuvor ausprobiert worden. Das war das Signal für alle Matrosen, wieder an Bord zu kommen.

Früher am Tag, genau nach Zeitplan, hatten sie Kithira passiert. Potamos war als Gewirr weißer Mauern an Backbord aufgetaucht. Das Radar hatte ein größeres Schiff geortet, das seinen Ankerplatz vor der Küste Kithiras im Kielwasser der »Anglesey« ungefähr eine halbe Stunde später verlassen hatte. Es hatte einen weiter östlichen Kurs als die »Anglesey« eingeschlagen, war dann aber nach ungefähr acht Seemeilen nach Norden abgedreht. Natürlich handelte es sich um die »Strabo«. Als die »Anglesey« Anker geworfen hatte, war die »Strabo« noch eine Weile weitergefahren, bis sie sich ungefähr 15 Seemeilen nordöstlich befand. Von dort hatte sie sich gen Westen gewandt, in Richtung Idra, wo sie, nach dem Radarschirm zu urteilen, eine Seemeile von der Küste entfernt Anker warf. Dort hielt sie wohl Radar-Wache.

Auf der Kommandobrücke ließ Lynn den Radarschirm nicht aus dem Auge, während Victoria und Edward auf den Anruf aus London warteten. »Darf ich fragen, wann es Abendessen gibt?« erkundigte sich Edward etwas verschämt. »Ich bin halb verhungert.«

Lynn lächelte mitfühlend. »19.30 Uhr für die Mannschaft, eine Stunde später für die Offiziere. Noch zwei Stunden Wartezeit, tut mir leid. Vielleicht einen Drink?«

»Ja, das könnte helfen.«

Lynn griff nach dem Bordtelefon, aber genau in dem Moment begann es zu läuten. Alle drei starrten es an. Lynn nahm den Hörer auf. »Kommandobrücke.« Nach einer kleinen Pause hielt er den Hörer Victoria hin. »Für Sie.«

Mit konzentriertem Gesichtsausdruck hörte Victoria mehrere Minuten lang zu, legte dann auf und sagte: »Das Gespräch zwischen Eugenie Shelby und dem Direktor des British Museum fand ungefähr um 15 Uhr Londoner Zeit statt, also um 17 Uhr hiesiger Zeit. Als sie das Museum verließ, wurde sie beschattet. Sie ging direkt zu einer Telefonzelle in King's Cross Station. Ihr Telefonat wurde nicht abgehört, aber sie kann eigentlich nur entweder die »Strabo« oder ...« Victoria warf Edward einen Seitenblick zu, »... oder Nancy Tucker angerufen haben. Jedenfalls wird heute abend um 22 Uhr Schweizer Zeit irgend jemand von der ›Strabo‹ in Basel anrufen, wie üblich. Dann ist es hier 23 Uhr. Angenommen, es geht alles nach Plan und die ›Strabo‹-Leute weisen Zakros an, sich bereitzuhalten, bis unser Kurs endgültig feststeht, dann müssen wir ihn so früh wie möglich zur Bank kriegen. Die Bank öffnet um 9.30 Uhr, 10.30 Uhr hiesiger Zeit. Also sollten wir schon vor 7 Uhr früh in Richtung Norden losfahren. Wenn wir diese Richtung ungefähr eine Stunde beibehalten, müßten wir doch eigentlich feststellen können, ob die ›Strabo‹ uns wieder folgt, nicht wahr?«

Lynn nickte.

»Um 8 Uhr erneuter Kurswechsel, und diesmal eindeutig weg von Piräus. Dann wird's kompliziert. Die ›Strabo‹ kann uns folgen oder aber ein anderes Ziel ansteuern. In beiden Fällen werden wir auf unserem neuen Kurs bleiben, aber mit solchem Tempo, daß wir die ›Strabo‹ auf unserem Radar behalten. Die Erpresser brauchen etwa eine halbe Stunde, um mit Basel Kontakt aufzunehmen, das wäre dann gegen 9 Uhr unserer Zeit, gegen 8 Uhr in Basel. Um in der Bank um 9.30 Uhr einzutreffen, hat Zakros sein Haus gegen 9 Uhr zu verlassen. Die Verhaftung, falls alles nach Plan geht, sollte so gegen 10.30 Uhr Baseler Zeit erfolgen, also um 11.30 Uhr bei uns. Das heißt, wenn wir um 8 Uhr auf anderen Kurs gehen, müssen wir dreieinhalb Stunden lang mit der ›Strabo‹ in Radarkontakt bleiben. Ist das möglich, Kapitän Lynn?«

Er zog bedenklich die Augenbrauen hoch. »Das kann ich nicht beantworten. Es hängt von der ›Strabo‹ ab.«

»Das reicht nicht, Kapitän. Wir dürfen sie nicht verlieren! Sonst ist die ganze Sache beim Teufel.«

Lynn biß auf seinem Daumennagel herum. »Hm. Vielleicht gibt's eine Möglichkeit… Lassen Sie mich in Ruhe darüber nachdenken.«

Riley stellte den Lastwagen in der Gerbergasse an einer Parkuhr ab, damit sie am nächsten Morgen nicht erst einen Platz suchen mußten. Er stieg aus, sperrte die Fahrertür zu und trat zwei Schritte zurück. Dann schaute er die Straße hinauf und hinunter. »Gute Sicht auf die Bank, Raum genug zum Wenden, falls wir schnell losfahren müssen, sicherer Abstand von den Straßenbahngleisen und ein voller Tank mit bleifreiem Benzin. Unseren roten Ford parken wir morgen früh in der Nähe. Ich glaube, wir sind einsatzbereit, oder?«

»Nicht ganz«, sagte O'Day leise, holte etwas aus der Tasche seines Regenmantels und reichte es hinüber. In der Dunkelheit konnte Riley nicht erkennen. Erst als er den Gegenstand in der Hand hatte, verriet ihm sein Gewicht, was es war. Dabei hätte er es gleich wissen müssen. Es war eine Pistole.

Lockwoods schwarzer Jaguar fegte in östlicher Richtung die A40 entlang, am Flughafen Northolt vorbei. Obwohl er schon so lange Premierminister war, begeisterte ihn dieses Privileg immer noch. Nicht der Wagen selbst, obwohl der schon sehr schön war, sondern die Polizeieskorte, diese vier Motorradfahrer, deren sekundenschnelle Reaktionen, ständige Überholmanöver und Gespräche über Polizeifunk bewirkten, daß der Premierminister nie Probleme mit roten Ampeln hatte. Offiziell wurden natürlich Sicherheitsgründe vorgeschoben, um diesen Aufwand zu rechtfertigen – die IRA und gewisse Araber (wenn auch nicht mehr der KGB) stellten eine ständige Bedrohung dar. Auf jeden Fall versetzte allein die Geschwindigkeit dieser Fahrten Lockwood immer wieder in Erregung. In seinem tiefsten Inneren wußte er, daß diese Fahrten zu den Dingen gehörten, die er am meisten vermissen würde, falls er morgen die Abstimmung verlor. Vorne saßen sein Fahrer, Patrick, und sein Leibwächter, während Lockwood auf dem Rücksitz allein war. Seine Frau, Sally, verbrachte die Nacht wieder in der Great Ormond Street bei ihrer Tochter, die durch die langen Krankenwachen völlig erschöpft war. Sally würde morgen zur Abstimmung in die Downing Street kommen. Ihr würde es nicht viel ausmachen, wenn er bei der Abstimmung unterlag, denn dann bekäme sie ihn wieder öfter zu sehen.

»Es ist gerade Mitternacht, Patrick. Schalten Sie bitte die Nachrichten ein.« Die Atmosphäre im Wagen war gedrückt, und das Geplapper des Radios würde vielleicht helfen.

»... Tausende von Athenern haben sich heute nacht auf den Abhängen der Akropolis gedrängt, und Augenzeugen beschreiben dieses Schauspiel als geradezu herzbewegend. All jene, die an der sogenannten Nachtwache teilnahmen, trugen Kerzen oder Fackeln, so daß der gesamte Hügel in hellem Lichterglanz erstrahlte und weithin, bis zum Kap Sounion, das an die 40 Kilometer weiter im Süden liegt, gesehen werden konnte. Die Nachtwache wurde zur Feier der morgigen Ankunft der Elgin Marbles veranstaltet, die vor fast 200 Jahren Griechenland verließen. Nun zu England: Die neuesten Spekulationen über die morgige Abstimmung besagen, daß ...«

»Genug, Paddy. Schalten Sie ab.«

Der Wagen verließ den Westway und raste die Addison Road entlang. Die Polizisten auf den Motorrädern hielten den Weg frei, als sie in die Kensington High Street einbogen, am Commonwealth Institute, Kensington Palace und der Albert Hall vorbei. Sie erreichten Hyde Park Corner, fuhren dann Grosvenor Place hinunter und schließlich in die Mall. Wie oft werde ich das wohl noch tun? dachte Lockwood. Wenn ich beim nächsten Mal in die Mall einbiege, dann vielleicht nur, um die Queen aufzusuchen ... Horse Guards Parade, Birdcage Walk, Whitehall. Die Eskorte war bereits am Tor von Downing Street Nr. 10 angekommen, jenem kunstvoll geschmiedeten Gitter, das zur Amtszeit von Margaret Thatcher errichtet und nie mehr entfernt worden war. Das Tor wurde geöffnet, der Wagen fuhr hindurch. Im selben

Augenblick machte sich eine kleine Gruppe von Leuten durch Zurufe bemerkbar, die auf dem Gehsteig gegenüber von Nr. 10 gewartet hatten. Gleichzeitig flutete grelles Scheinwerferlicht über die Szene. Einige Fernsehreporter, die noch dringend Material brauchten, filmten die späte Heimkehr des Premierministers und das Häufchen Demonstranten. Als der schwarze Jaguar anhielt, begannen sogar Sprechchöre: »Keine Geschenke an Griechen!« und »Sperrt Lockwood ein! Er hat nicht mehr alle Marbles im Schrank.«

Der Leibwächter öffnete den Wagenschlag, und Lockwood stieg zögernd aus. Ein TV-Reporter schrie durch ein Megaphon quer über die Straße: »Premierminister, erwarten Sie, morgen zur gleichen Zeit noch Premierminister zu sein?« Lockwood wollte gerade winken und lächeln – die einzige Reaktion, die im Moment passend schien –, als ihm auffiel, daß Patrick vor ihm stand.

»Paddy, was ist los? Was haben Sie da?«

»Das ist für Sie, Sir. All diese Kerzen in Athen, die bedeuten gar nichts, Sir. Ich bin Katholik. Wir zünden Kerzen für gute Menschen an. Also ist diese hier für Sie.« Damit reichte er Lockwood eine kleine brennende Wachskerze. »Ich werde morgen für Sie eine Nachtwache abhalten, Sir.«

Lockwood nahm die Kerze entgegen und trat ohne ein weiteres Wort und auch ohne einen Blick zurück durch die Haustür. Er sagte nichts, weil er nicht konnte. Seine Kehle war wie zugeschnürt.

FÜNFTE WOCHE
ABSTIMMUNG IM UNTERHAUS

27. KAPITEL

Montag

Victoria kam stolpernd zur Kommandobrücke hoch. Es war noch dunkel, und sie rieb sich schlaftrunken die Augen. Edward war bereits da – unrasiert.

»Ist was schiefgegangen? Wie spät ist es?«

»Kurz vor 3 Uhr«, erwiderte Lynn. »Nein, nichts ist schiefgegangen, aber ich habe eine Idee, oder besser gesagt, einen Vorschlag. Kommen Sie mit.« Er ging zum Radarschirm hinüber. »Schauen Sie sich diese Echozeichen an. Es sind zwei große Schiffe, ungefähr acht Seemeilen weiter südlich, die in unsere Richtung fahren.«

»Und?«

»Ich schätze, daß es zwei Tanker sind, die nach Piräus wollen. In ungefähr 40 Minuten werden sie auf gleicher Höhe mit uns sein und, was für uns wichtiger ist, sich zwischen uns und die ›Strabo‹ schieben. Was mir bisher bei unserem morgigen Plan Sorgen machte, ist die Tatsache, daß wir die ›Strabo‹ leicht verlieren können, sobald wir auf anderen Kurs gehen. Sie muß uns nicht folgen, und nach Ihrem Plan, Miß Tatton, sind es immerhin ungefähr dreieinhalb Stunden – vielleicht noch länger –, in denen ich die ›Strabo‹ nicht verfolgen darf, um sie nicht verfrüht zu alarmieren. In dieser Zeitspanne könnte die ›Strabo‹ vom Radarschirm verschwinden und wäre damit für uns verloren.«

Die anderen starrten ihn nur an.

»Nun kommt meine Idee. Ebenso wie die ›Strabo‹ auf meinem Radarschirm erscheint, so auch unser Schiff auf ihrem. Jede direkte Annäherung von unserer Seite kommt daher nicht in Frage. Falls wir jedoch eines unserer Beiboote zu Wasser ließen, wenn gerade die Tanker zwischen uns und der ›Strabo‹ sind, dann wären wir im Radarschatten und die ›Strabo‹ hätte keine Ahnung, was hier passiert. Wenn das Boot im Schutz der Tanker nach Norden fährt, bleibt es unentdeckt. Die Tanker brauchen ungefähr drei Stunden, um die Radarzone der ›Strabo‹ hinter sich zu lassen. Das wäre dann so gegen 6.30 Uhr oder 6.45 Uhr. Sobald das Beiboot im Geleitschutz der Tanker vom Radarschirm der ›Strabo‹ verschwunden ist, kann es sich von ihnen lösen und von Nordosten in Richtung ›Strabo‹ zurückfahren. Das Echozeichen, das die ›Strabo‹ dann ortet, wird sie nie im Leben mit der ›Anglesey‹ in Verbindung bringen. Unser Boot schafft über zwanzig Knoten, es käme folglich innerhalb einer Stunde wieder in die Nähe der ›Strabo‹. Falls die ›Strabo‹ dann ihre Position verläßt, werden wir das über Funk vom Beiboot erfahren.«

Er holte tief Luft und fragte dann eifrig: »Was halten Sie davon? Ich dachte mir, daß einer von Ihnen oder sogar Sie beide ins Beiboot umsteigen möchten. Ansonsten müßte ich wenigstens einen von der Mannschaft über die Gründe für diesen recht merkwürdigen Rundkurs aufklären.«

Victoria lächelte ihn strahlend an. »Raffiniert! Verdammt gut. Ich fahre mit.«

»Ich auch«, sagte Edward sofort.

»Wirklich? Sollte nicht einer von uns bleiben?«

»Ich komme mit.«

43 Minuten später signalisierte Lynn dem Beiboot, das an Steuerbord wartete, daß sich die »Strabo« nun im Radarschatten der vorbeifahrenden Tanker befand.

Das Boot zischte los, und Lynn versuchte noch einen letzten Blick auf Victoria und Edward zu erhaschen, bevor die Dunkelheit sie verschluckte. Hoffentlich hatten die Griechen kein Marineschiff ausgesandt, um die »Anglesey« willkommen zu heißen. Falls nämlich solch ein Schiff dem Beiboot begegnete, das in den frühen Morgenstunden allein unterwegs war, dann hätte es das Recht, die gesamte Besatzung zu verhaften.

»Riley, ich finde, wir sollten heiraten, wenn diese Geschichte vorüber ist. Tagelang allein zusammen – und kein einziger Streit.«

»Ich habe eine bessere Idee. Wir sollten uns als Einbrecher selbständig machen. Ein viel besser bezahlter Job als unserer. Erst 6.30 Uhr, um Himmels willen, und wir sind schon wieder eine halbe Stunde unterwegs. Ein anständiger Einbrecher liegt jetzt gemütlich im Bett – in den Armen einer Frau. Gib mir mal die Thermosflasche mit Kaffee.«

Sie verfielen wieder in Schweigen. Beide waren daran gewöhnt. Nieselregen netzte das Dach des Lieferwagens. Die Bank öffnete erst in drei Stunden, aber sie gingen lieber kein Risiko ein.

»Wir sind ungefähr fünf Seemeilen von der ›Strabo‹ entfernt«, schrie Victoria in das Funktelefon. Während der Nacht war die Yacht der Griechen langsam nach Südwesten gefahren und befand sich nun viel näher am Festland.

Das kleine Boot schwankte weitaus mehr als die Fregatte, so daß Victoria leicht übel war. »Die ›Strabo‹ hat ihr Beiboot zu Wasser gelassen. Vielleicht will jemand weg. Wann ändern Sie Ihren Kurs?« Die Frage galt dem Kapitän auf der »Anglesey«.

»Genau um 8 Uhr, also in sieben Minuten.« Lynns Stimme war klar, wenn auch nicht sehr laut zu hören. Victoria und Edward fühlten sich am Ende ihrer Kräfte. Sie waren nicht nur zu nachtschlafender Zeit geweckt worden, sondern hatten die letzten viereinhalb Stunden in einem offenen Boot verbracht, das im Zickzack übers Mittelmeer schipperte. Nach einer Stunde auf See hatte es Kaffee gegeben, um 7 Uhr dann noch mal Kaffee und Zwieback. Der Zwieback hatte wenigstens den ärgsten Hunger gestillt, aber das stundenlange Geschaukel war schwer zu ertragen. Die Sitzgelegenheiten waren unbequem, und nun schmerzten auch noch die Augen vom grellen Sonnenlicht. Edward ertappte sich bei dem Wunsch, doch lieber auf der Fregatte geblieben zu sein.

»Hier ist die ›Anglesey‹. Bitte kommen. Hier ist die ›Anglesey‹. Bitte kommen.«

»Ja. Wir empfangen. Sprechen Sie.«

»Ich gehe jetzt auf anderen Kurs. Wiederhole, ich gehe auf anderen Kurs. Mein neuer Kurs ist 187 Grad, wiederhole, 187 Grad, bei einem Tempo von neun Knoten, wiederhole, neun Knoten.«

»Verstanden.« Victoria richtete ihr Fernglas auf die »Strabo«.

Edward schaute schon durch ein Fernglas, das ihm vom Bootsmann geliehen worden war. »Wie rasch läßt sich ein Kurswechsel vom Radarschirm ablesen?«

»In einer bis eineinhalb Minuten«, erwiderte der Bootsmann. »Natürlich ist es noch klarer, wenn man eine rechtwinklige Wendung macht. Wenn man umkehrt und auf seinem eigenen Kurs zurückfährt, entdeckt man auf dem Radarschirm nur eine allmählich größer werdende Lücke zwischen der Schiffsposition und dem Echozeichen. Es kann drei bis vier Minuten dauern, bis der Kurswechsel zu erkennen ist.«

»Mit dem kleinen Unterschied, daß die Leute auf der ›Strabo‹ einen Kurswechsel erwarten«, meinte Victoria. »Ah ... schon passiert!«

Auch Edward hatte es bemerkt. »Sie dreht!«

»Sie geht auf einen neuen Kurs!« schrie Victoria in das Funktelefon. »Haben Sie gehört? Die ›Strabo‹ wendet. Halten Sie die Daumen. Anscheinend haben sie den Köder geschluckt.«

»Guten Morgen. Es ist 7 Uhr, und hier ist Robert Onslow mit den BBC-Morgennachrichten und Kommentaren. Im heutigen Programm konzentrieren wir uns auf die Debatte im Unterhaus am Nachmittag, die zu einem Mißtrauensvotum führen kann. Aber zuerst die Nachrichten. Sprecherin ist Harriet Ottery.«

»Die Debatte, die heute im Unterhaus stattfindet, wird über die Zukunft von William Lockwood, dem Premierminister, entscheiden. Der Mißtrauensantrag der Opposition gegen Mr. Lockwood wegen seines Vorgehens in der Elgin-Marbles-Affäre wird von Frank Whiteman gestellt werden, dem stellvertretenden Parteivorsitzenden der Opposition. Mr. Arthur Page, der Oppositionsführer, wird die Debatte gegen 22 Uhr abschließen. Danach findet dann die Abstimmung statt. Der Premierminister wird vermutlich gegen 21 Uhr sprechen. Die Bekanntgabe der Tatsache, daß einer der britischen Touristen, die in der Nacht zum Freitag in Athen angegriffen wurden, an Herzversagen starb, verbessert nicht gerade die Position des Premierministers. Heute morgen gab eine Presseagentur eine Erklärung von Mr. Michael Sidey, dem Abgeordneten von Bridport in Dorset, heraus, in dessen Wahlbezirk der Tourist wohnte. Mr. Sidey sagte darin unter anderem, daß Mr. Lockwoods Regierung ›zunehmend unfallgefährdet zu sein scheine‹. Man nahm bisher von Mr. Sidey an, daß er in seinem Entschluß schwankte, die Regierung zu unterstützen, aber diese Erklärung läßt vermuten, daß er nun gegen Mr. Lockwood stimmen wird ...

In Athen kamen gestern nacht über 20 000 Menschen auf der Akropolis zusammen, und jeder von ihnen trug eine Kerze oder eine Fackel. Diese friedliche Demonstration wurde von allen Augenzeugen als bewegendes Schauspiel beschrieben ...

Der Fischereikrieg wird in den Gewässern vor Neuseeland fortgeführt: Während der Nacht feuerte ein neuseeländisches Kanonenboot auf einen japanischen Fischkutter, der daraufhin seine Schleppnetze im Stich ließ und flüchtete ... Nun zurück zu Robert Onslow.«

»Von seinen 69 Lebensjahren war William Lockwood 42

Jahre Abgeordneter. Der heutige Tag wird wohl für ihn der schwierigste in dieser langen und außergewöhnlichen Karriere sein. Daß es so weit kam, liegt an einem der merkwürdigsten Vorfälle während seiner Amtszeit als Premierminister. Vor kurzem noch waren die kommenden Wahlen im ganzen Land das beherrschende Thema. Mit einer Mehrheit von 34 Stimmen war die Position der Regierung zwar nicht unangreifbar, aber keineswegs so gefährdet wie nun. Nach dem plötzlichen Entschluß, die sogenannten Elgin Marbles an Griechenland zurückzugeben – eine Aktion, die zufälligerweise gerade heute ihren Höhepunkt finden mag, während der Mißtrauensantrag gegen den Premierminister gestellt wird –, hat Mr. Lockwood die Situation nicht mehr in den Griff bekommen, so daß ihm Todesfälle in New York, in London und Athen angelastet werden. Im ganzen Land wurden Gebäude beschädigt, die Treuhänder des British Museum sind zurückgetreten, Demonstrationen haben in der Hauptstadt zu Verkehrsstauungen geführt, der Leseraum des British Museum wurde zum ersten Mal geschlossen, seit er im Jahre 1857 für das Publikum geöffnet wurde. Wir sahen kleine Boote auf der Themse beim heroischen Versuch, die Abfahrt einer Fregatte der Royal Navy zu verhindern. Die Haghia Sophia, die griechisch-orthodoxe Kathedrale Londons, wurde in Brand gesteckt, was wiederum Vergeltungsmaßnahmen gegen die anglikanische Kirche in Athen, die Britische Botschaft und die englische Schule provozierte. Nun muß Mr. Lockwood mit der Debatte am heutigen Nachmittag den Preis für all das zahlen.

Bei mir im Studio sind Hilary Stockton, Vorsitzende des Unterhaus-Komitees für Kunst und Erziehung, die auch eine Treuhänderin des Victoria and Albert Museum ist, und Colin Raine, der politische Chefredakteur der *Daily Tribune.* Wenn ich mich zuerst an Sie wenden darf, Colin ... Wir erfuhren aus den Nachrichten von Michael Sideys Presseerklärung ... Ist die nicht bezeichnend? Geht man im Moment auf Distanz zum Premierminister?«

»Nun, nach meiner Meinung wollte Michael Sidey Mr. Lockwood sowieso nicht unterstützen. Als Abgeordneter von Bridport schiebt er nun die Sache mit dem getöteten Wähler seines Bezirks vor, doch dahinter steht Sideys Groll, weil Lockwood ihn nicht in die Regierung geholt hat. Es gibt mehrere Hinterbänkler in Mr. Lockwoods Partei, die ihm seine Blindheit gegenüber ihren angeblichen Talenten herzlich übelnehmen. Um das heutige Spektakel richtig zu deuten, müssen wir folgendes bedenken: Falls Lockwood heute nacht verliert, gerät er unter starken Druck, den Parteivorsitz abzugeben und sich dann sobald wie möglich einer Wahl um die neue Parteiführung zu stellen. Wenn er zurücktritt, dann erst morgen, nachdem er die Queen aufgesucht hat. Muß denn überhaupt ein neuer Vorsitzender gewählt werden? Im Augenblick – beim Frühstück in ihren Clubs oder in ihren Wohnungen – versuchen die Abgeordneten auszuknobeln, ob ihre Partei bessere Chancen hat, die allgemeinen Wahlen zu gewinnen, falls sie heute nacht überlebt und den Wahlkampf mit Lockwood an der Spitze ausficht, oder ob die Chancen mit einem anderen Parteiführer besser wären, wobei dieser Führer mit ziemlicher Sicherheit George Keld wäre, der zurückgetretene Verteidigungsminister.«

»Na schön, aber die entscheidende Frage ist doch: Wie verläuft die Abstimmung?«

»Nach meinen Schätzungen wird es 30 bis 31 Stimmenthaltungen geben ...«

»Womit Lockwood eine Stimmenmehrheit von drei bliebe?«

»Ganz genau.«

»Mrs. Stockton, jetzt würde ich gern Sie fragen, ob der Premierminister in der heutigen Debatte irgend etwas sagen könnte, das seine Truppen wieder um ihn schart. Was möchte die Partei eigentlich von ihm hören?«

»Wir hätten gerne, daß er zwei Dinge ausspricht.« Hilary Stockton hatte purpurrotes Haar, oder so wirkte es zumindest im Scheinwerferlicht, und einen gewaltigen Busen. Ihr Brillengestell war ebenfalls leuchtend rot. »Wir wollen, daß er diese Elgin-Marbles-Geschichte endlich vom Tisch räumt. Das Ganze ist für die Partei und für die Bevölkerung total verwirrend. Wieso sind wir eigentlich in diesen Schlamassel geraten? Warum gab es all diese Geheimnistuerei? Wir wollen eine genaue Erklärung, und dann wollen wir alles vergessen. Die meisten von uns waren dagegen, daß die Marbles das Land verlassen, aber da es nun mal geschehen ist, muß ein Schlußstrich gezogen werden. Zweitens: Der Premierminister muß wieder die Initiative ergreifen … Schließlich stehen die Wahlen kurz bevor, und es ist höchste Zeit, daß die Regierung die Opposition angreift und deren politische Schwächen aufzeigt, statt zuzulassen, daß diese Elgin-Marbles-Affäre den Blick ständig auf unsere Fehler lenkt.«

»Glauben Sie, daß der Premierminister die heutige Debatte übersteht?«

»Ich schätze die Situation ganz ähnlich ein wie Colin Raine. Es wird sehr knapp werden. Ich weiß allerdings nicht, ob diese Nachtwache in Athen oder der neue Todesfall die Abstimmung noch in irgendeiner Weise beeinflussen werden.«

»Na gut, die Abstimmung wird knapp ausfallen, aber natürlich wird keiner aus Ihrer Partei direkt gegen Mr. Lockwood stimmen. Und selbst wenn diese 31 Stimmenthaltungen als Gegenstimmen gezählt werden, bleiben immer noch an die 270 Abgeordnete, die ihn unterstützen. Macht ihn das nicht immer noch zu einem überzeugenden Parteiführer?«

»Aber nein. Falls William Lockwood die heutige Abstimmung verliert, wird es viele in der Partei geben, und zwar innerhalb und außerhalb des Parlaments, die ihm nicht verzeihen, daß er uns so kurz vor allgemeinen Wahlen so etwas eingebrockt hat. Für mich besteht kein Zweifel, daß der Premierminister nach einer verlorenen Abstimmung als Parteiführer zurücktreten muß. Wie ich weiß, sind einige meiner Kollegen sogar der Ansicht, er solle dann das Parlament auflösen und gleich Neuwahlen ansetzen. Wir müßten anschließend sehr rasch einen neuen Parteivorsitzenden wählen, sagen wir mal, George Keld, und der wäre dann einige Wochen lang Premierminister, bis es zwangsläufig laut Gesetz zu Neuwahlen kommt.«

»Würde denn George Keld mehr Unterstützung haben als Lockwood? Könnte die Opposition nicht in etwa 14 Tagen eine neue Debatte einberufen? Würde Keld sie überstehen?«

»Das hinge davon ab, was er in der Zwischenzeit geschafft hat. Falls er zum Beispiel die Elgin-Marbles-Affäre vom Tisch geräumt und sich auch in anderer Hinsicht als fähig erwiesen hätte ... Falls die Meinungsumfragen zeigten, daß sich die Partei nach dieser schlechten Phase erholt hat, dann wäre es wohl unklug von der Opposition, auf einer neuen Debatte zu bestehen.«

»Es hängt also alles von heute abend ab? Colin Raine, was wird Ihrer Meinung nach heute abend geschehen?«

»Wir können nur eines mit Sicherheit sagen: Es wird eine jener Debatten sein, die vom Auftritt der Hauptpersonen entschieden werden. Alles hängt davon ab, wie der Premierminister sich verkauft. Falls er tatsächlich die Elgin-Marbles-Affäre erklären kann, wird er vielleicht einen oder zwei Abgeordnete auf seine Seite ziehen und somit überleben. Falls er's aber nicht kann, falls er in dem Stil weitermacht, der bisher diese ganze verrückte Geschichte prägte, dann glaube ich, daß sich weitere fünf oder sechs Abgeordnete gegen ihn stellen werden ... und er wird verlieren.«

»Jemand geht von Bord der ›Strabo‹!« rief Victoria nach einem Blick durch das Fernglas.

»Richtig!« sagte Edward sofort darauf. »Fünf Leute insgesamt ...«

»Kofas, die Leondaris-Brüder und Kolettis, soweit ich sehe, und da ist noch ein jüngerer Mann.«

»Vermutlich von der Mannschaft. Stimmt, der jüngere Mann steuert das Boot ... in einem Kreis ...«

»Sie wollen an Land. Schau, ihr Ziel ist dieser weiße Ort da drüben.«

»Das ist Leonidion«, erklärte der Bootsmann, der eine geöffnete Seekarte auf seinen Knien hielt.

»Okay, wir fahren hinterher«, sagte Victoria. »Aber möglichst unauffällig ... Im Zickzack, wie die ›Strabo‹ hinter der ›Anglesey‹. Halten Sie anfangs Distanz, gehen Sie aber näher ran, sobald wir zum Hafen kommen. Wir dürfen von ihnen nicht bemerkt werden, können es uns aber auch nicht leisten, sie zu verlieren.«

40 Minuten lang jagten sie nördlich vom Beiboot der ›Strabo‹ über die Wellen, als wollten sie woanders hinfahren. Victoria nutzte die Zeit, um Lynn über das Funktelefon zu erklären, was sie vorhatten.

Der Kapitän konnte keine Neuigkeiten bieten. Zwar hatte er mit seinem Admiral gesprochen, aber London hatte noch nichts aus Basel gehört. »Vergessen Sie nicht, daß es noch sehr früh ist«, meinte er beruhigend. »Hier ist es 9.30 Uhr, aber in Basel erst 8.30 Uhr.«

»Sagen Sie London auf jeden Fall Bescheid, daß die ›Strabo‹-Leute von Bord gegangen sind. Vielleicht wollen sich die Baseler und die griechische Truppe treffen? Aber wo?«

»Ja, das kam mir auch schon in den Sinn. Ich werde es London mitteilen und mich dann wieder bei Ihnen melden.«

Das »Strabo«-Beiboot näherte sich nun dem Hafen von Leonidion. Durch seinen Feldstecher konnte Edward einen ziemlich großen Ort mit mehreren Kirchen und einer ganzen Anzahl moderner Apartmenthäuser erkennen. Die Hafeneinfahrt lag am anderen Ende der Mole, so daß das Beiboot der »Strabo« um die Hafenmauer herumfahren mußte.

Im Sichtschutz der Mole wagte es der Bootsmann, direkt auf Leonidion zuzuhalten und das Tempo zu beschleunigen. Victoria und Edward duckten sich auf den Boden des Boots, da sie nicht riskieren wollten, von Kolettis und den anderen als die »Künstler« erkannt zu werden, die in der Nähe der »Strabo« so viel Zeit verbracht hatten. Der Bootsmann berichtete ihnen, was er sah. »Das Boot macht nicht etwa am Kai fest, sondern setzt nur die Leute ab und fährt dann gleich zur ›Strabo‹ zurück.« Während er seinen Kommentar fortsetzte, steuerte ein anderer Matrose der »Anglesey« das Boot an die Anlegestelle. »Die vier Leute, die an Land gegangen sind, laufen die Mole entlang und recken die Hälse, als hielten sie nach etwas Ausschau. Ah! Ich glaube, jetzt weiß ich, was sie suchen.«

»Was denn?«

»Ein großes schwarzes Taxi. Offensichtlich haben sie es per Schiffstelefon bestellt.«

»Du lieber Gott! Was nun? Wir müssen ihnen auf den Fersen bleiben. Aber wie um alles in der Welt sollen wir das tun?«

»Warten ist schlimmer als alles andere«, sagte Riley mißmutig. »8.30 Uhr. Ich bin schon ganz steif.«

»Nächste Woche habe ich Geburtstag«, erwiderte O'Day. »Womöglich sind wir dann immer noch hier. Wenn bloß Lockwood nicht so ein Theater wegen der Geheimhaltung machen würde ... Ein paar Leute Verstärkung würden die Sache sehr vereinfachen.«

Riley nickte. »Hoffen wir bloß, daß unser griechischer Freund keine heimliche Verstärkung bekommt.«

»Ich wüßte zu gern, welchen Plan die andere Seite hat. Wartet Zakros ab, während alle anderen abtauchen? Schließlich hat die Brigade Leute in Griechenland, die Amerikanerin in London und diese Konservatorin im British ...«

»Ich hab's! Deshalb die Verzögerung. Was sind wir blöd! Daran hätten wir längst denken müssen! Was sie schon mal gemacht haben ...«

»Ich versteh' kein Wort!«

»Er wartet auf die Amerikanerin aus London, wie beim letzten Mal. Wann haben sie sich getroffen? So gegen 12 Uhr, stimmt's? Das wird heute wieder so sein, darauf wette ich.«

»Du könntest recht haben.«

»Du wartest hier. Ich rufe London an. Das hilft denen bestimmt weiter. Sobald wie möglich bin ich zurück. Falls der Grieche kommt und wieder geht, bevor ich hier bin, dann folge ihm. Aber ich wette, die beiden treffen sich hier, und zwar um 12 Uhr.«

Gegenüber vom »Savoy Hotel« pfiff der Wind über das Embankment. Arthur Page blieb für einen Moment stehen und schaute flußabwärts zu den Kränen von Dockland und zum Tower. Dann hinüber zum National Theatre und zur Waterloo Station – nicht alles an Londons Fluß war schön. Zuletzt schaute er flußaufwärts zum Parlament – für ihn der prächtigste Anblick. Ein Blick auf die Uhr. Kurz nach 8 Uhr. Heute abend, aber ganz sicher morgen um diese Zeit, müßte er dort eigentlich das Kommando haben. Vorläufig sah es noch nach einer knappen Entscheidung aus, aber die Stimmung änderte sich zu seinen Gunsten, das konnte er spüren.

Das Frühstück, zu dem er jetzt erwartet wurde, war ein deutliches Zeichen. Schließlich kam es ja nicht von ungefähr, daß ihn die zwei wichtigsten Leute von 3Ns, dem nationalen Nachrichtensender, sprechen wollten.

Er war am Temple aus seinem Wagen gestiegen, da er frische Luft nötig hatte, um sich etwas abzukühlen. Die Morgennachrichten waren von seinem Standpunkt aus gut, sogar sehr gut gewesen. Er würde der Witwe des Touristen, der an Herzversagen starb, natürlich Blumen schicken. Aber von seinem – Pages – Standpunkt aus war der Mann im richtigen Augenblick gestorben. Die Nachrichtenleute würden über die Debatte und die Abstimmung sprechen wollen, aber er mußte auf der Hut sein, denn sie würden ihm raffinierte Fragen stellen, würden ihn aushorchen wollen, um ihn besser einschätzen zu können. Er durfte nichts Unüberlegtes sagen, was sie ihm dann vorhalten konnten, wenn er Premierminister war.

Premierminister Page. Das klang verdammt gut. Es könnte im Februar soweit sein, ja, es könnte sogar schon früher soweit sein, falls Lockwood in Panik geriete und sofort Neuwahlen ausschriebe. Auch darauf war Page vorbereitet. Lockwood hatte das Gespür verloren. So etwas kam vor. Für Page konnte der Kampf gar nicht früh genug beginnen.

Nun stand er vor dem »Savoy«. Sein Fahrer hatte den Wagen bereits geparkt. Page atmete noch einmal tief die kühle Luft ein und überquerte dann die Auffahrt. Sein Leibwächter ging direkt hinter ihm. Vor dem Hoteleingang stand der Portier und gleich neben ihm Harold Swale, Pages Pressereferent.

»Harold? Was tun Sie denn hier? Es ist doch nichts passiert, oder?«

Unter seinem graumelierten Haar hatte Swale ein fast rundes Gesicht, was er durch seine runden Brillengläser noch betonte. »Ich weiß nicht, Arthur ... Möglicherweise glaubt man im Buckingham Palace, daß Sie die neue Regierung bilden werden. Sie sollen nämlich Sir Francis Mordaunt anrufen, den Oberstallmeister der Königin. Er sagt, es sei dringend.«

»Nein! Nicht den, sondern den Mercedes. Die andern haben einen schnellen Wagen, und nur so besteht eine Chance, sie einzuholen«, sagte Victoria zu Edward und wandte sich dann an den Mann in der Werkstatt neben dem Hafen. Die Werkstatt beherbergte auch die Leihwagenfirma. Sie hatten in Leonidion kein anderes Taxi auftreiben können, und die Werkstatt war ihre letzte Hoffnung.

»Bestich ihn!« flüsterte Edward. »Und zwar schnell!«

Ein 50-Dollar-Schein wechselte den Besitzer. Die Schlüssel vom Mercedes wurden plötzlich gefunden, die Papiere ebenfalls. Victoria zeigte ihren Führerschein. Seit sie an Land kamen, war eine Viertelstunde vergangen.

Als sie in den Mercedes stiegen, schaute Edward auf die Armbanduhr. »Die haben jetzt 20 oder 30 Kilometer Vorsprung. Und wir wissen nicht mal, wohin sie wollen.«

Victoria erkundigte sich auf griechisch bei dem Werkstattbesitzer und erklärte dann: »Es gibt nur eine Straße, die von hier in die Richtung führt, in die sie losfuhren. Nach Norden in Richtung Argos und Athen. Zum Glück ahnen die ja nicht, daß sie verfolgt werden, werden sich also nicht besonders beeilen.«

Edward manövrierte den Wagen zwischen Fahrrädern, Fußgängern, Kindern und allen möglichen Tieren hindurch. Außer ihnen schien niemand in Eile zu sein. Auf der Landstraße gerieten sie hinter einen alten Bus, der dicke schwarze Dieselwolken ausstieß. Scheußlicher Gestank erfüllte das Wageninnere, so daß es Victoria übel wurde. »Können wir diesen verdammten Karren nicht überholen?«

Auch Edward war es mulmig zumute, aber es herrschte viel zuviel Gegenverkehr, um einen Überholversuch zu wagen.

Fast zwei Kilometer lang mußten sie so dahinschleichen, bis sie zu einer Anhöhe kamen. Vor ihnen war die Straße frei, führte aber nach ungefähr 130 Metern um eine Kurve. Edward scherte aus. Fast im selben Moment tauchte in der Kurve ein Lastwagen auf. Edward beschleunigte trotzdem weiter und schob sich an dem Bus vorbei. Die Fahrgäste reckten die Hälse, um das riskante Manöver zu beobachten. Edward, mit einer Hand am Lenkrad und der anderen am Schalthebel, versuchte, durch hastige Seitenblicke festzustellen, wann er endlich an dem Bus vorbei war. Der Lastwagenfahrer blendete nun die Scheinwerfer auf und hupte wie ein Verrückter. Das große, knallrote Fahrzeug war höchstens noch 50 oder 60 Meter entfernt. Dann war es endlich geschafft, und der alte Bus blieb hinter ihnen zurück. Ob der Busfahrer nun plötzlich gebremst hatte, war nicht klar, aber Edward riß jedenfalls den Mercedes in dem Moment nach rechts, als der Laster an ihnen vorbeiraste.

Die Straße wand sich in Serpentinen eine Bergkette hinauf, die sich an der Küste hinzog. Als Victoria sich umdrehte, konnte sie übers Meer bis zur »Strabo« sehen. Die »Anglesey« war verschwunden.

Sie kamen durch ein kleines Dorf, verlangsamten aber kaum das Tempo. Beinahe hätten sie ein Tier überfahren. Als Victoria noch einmal zurückblickte, verschwand das blauseidene Meer gerade hinter einer braunen Bergkuppe.

In einer weiteren scharfen Kurve kam ihnen plötzlich ein schwarzer Wagen entgegen.

»Das Taxi!« schrie Victoria.

»Aber leer!«

Einen Moment schauten sich Edward und Victoria ratlos an. Gleich darauf hörten sie halb links über sich Motorenlärm. Eine kleine zweimotorige Cessna, ähnlich jener, mit der sie von Kreta nach Kithira geflogen waren, befand sich offensichtlich im Landeanflug. Die Straße war zum Glück inzwischen nicht mehr so kurvig, das Land ringsum viel flacher.

Plötzlich stieg Edward auf die Bremse.

Victoria fuhr zu ihm herum. »Was ist los?«

»Wir müssen anhalten! Das Flugzeug gerade eben. Deshalb war das Taxi leer. Sie sind an dieser Straße abgebogen und wollen nach ... Athen oder sonstwohin fliegen. Hinter uns ist ein Flugplatz, da muß einfach einer sein! Schau, dort, wo die Maschine landet.« Er deutete nach hinten.

Victoria wollte etwas einwenden, überlegte es sich aber anders. Edward wendete und jagte dann ungefähr vier Kilometer weit zurück, bis sie zu einem Hinweisschild kamen, auf dem ein Flugzeug und ein Pfeil nach rechts abgebildet waren. Er bog in einen Feldweg ein, und der Mercedes holperte durch die Schlaglöcher. Weit vor ihnen tauchte ein Windsack auf.

»Laß den Wagen hier stehen«, meinte Victoria. »Wir wollen unsere Ankunft ja nicht ausposaunen.«

Edward bremste, und sie stiegen aus. Der Windsack blähte sich in der aufkommenden Brise, aber es war trotzdem sehr heiß. Vor ihnen bot eine Reihe von Olivenbäumen und dahinter eine niedrige Mauer aus Feldsteinen einigermaßen Sichtschutz. Edward und Victoria hasteten weiter, bis sie auf ungefähr 50 Meter an den Windsack herangekommen waren. Dort hörten die Bäume auf, und sie mußten sich in mühsam gebückter Haltung hinter der Mauer vorwärtsbewegen. Schließlich kamen sie an ein offenes Gatter, an dem lose eine lange rostige Kette baumelte.

Edward drehte sich halb um und flüsterte Victoria zu: »Wir müssen es hier mit ihnen aufnehmen ...«

»Unmöglich! Das könnte die anderen in Basel warnen und verdirbt vielleicht alles ...«

»Wenn sie mit diesem Flugzeug abhauen, werden wir sie nie wiederfinden. Es muß sein ...« Über dem Pfeifen des Windes war plötzlich das Knattern eines Propellers zu hören. »Sie sind bereits an Bord!« zischte Edward. »O mein Gott!«

Er spähte vorsichtig um die Kante des Steinmäuerchens. Gerade da erwachte auch der zweite Propeller zum Leben. Das Flugzeug war keine 60 Meter entfernt und bereitete sich offensichtlich darauf vor, zu der staubigen Piste zu rollen, denn die Positionslichter blinkten schon. Das Flugfeld war nichts als eine kahle, ausgetrocknete Fläche, die auf dem Mars oder dem Mond hätte sein können, da es keinerlei Anzeichen von Leben gab. Nicht mal eine kleine Hütte wie auf Kithira. Das Dröhnen der Motoren schwoll an, wurde aber gleich darauf leiser, als die Maschine nach links kurvte, zurück zur Piste. Als das Flugzeug schließlich eine Kehrtwendung machte, spürte Edward den Luftstrom der Propeller im Gesicht.

Er rannte los, blieb aber gleich darauf stehen. Die Startbahn in ungefähr 300 Metern Entfernung war nur ein hellbrauner Streifen.

»Sie sind zu weit weg«, rief Victoria atemlos. »Wir schaffen's nicht.«

Edward stöhnte unwillkürlich.

Das Flugzeug hatte das Ende der Piste erreicht und mußte nun nur noch umdrehen. Edward geriet in schrecklichen Zorn bei dem Gedanken, daß die Griechen einfach so davonkamen, und sein Herz begann wie wild zu schlagen. Dann rannte er wieder los. Zuerst zum Holzgatter zurück, wo er die rostige Kette losriß. Dann wieder in Richtung Piste. Das Flugzeug mußte gestoppt werden! Er hatte eine Idee. Aber zuerst mußte er auf der Startbahn sein, und zwar so weit hinten wie möglich. Die kleine Maschine hatte nun ihre Kehre beendet und stand in Warteposition, während der Pilot wohl noch seine Instrumente überprüfte oder per Funk die Starterlaubnis einholte. Edward lief weiter. Vielleicht hielten sie ihn für den Taxifahrer, zurückgekommen, um ihnen etwas zu sagen ... Dann würden sie womöglich abwarten. Er lief weiter. Oder aber sie hatten schon bemerkt, daß sie verfolgt wurden, was ihren Start nur beschleunigen würde. Er lief weiter.

Inzwischen war er bis auf 50 Meter an die Piste herangekommen. Die Cessna setzte sich in Bewegung, etwa 300 Meter links von ihm. Er lief weiter. Nun war's nur noch die halbe Entfernung. Das Flugzeug rollte immer schneller, mußte aber noch viel mehr beschleunigen, bevor es abheben konnte. Edward hatte die Piste fast erreicht, als er mit dem Fuß in einem Erdloch landete und einen brennenden Schmerz im Knöchel verspürte. Trotzdem lief er weiter. Die Cessna drehte immer mehr auf, der Motorenlärm wurde immer lauter. Sein Knöchel schmerzte höllisch. Er versuchte, nicht daran zu denken. Unter Qualen schaffte er es bis zur Piste. Das Flugzeug war 100 Meter entfernt. Sein Fuß schwoll an, und er stöhnte mit verzerrtem Gesicht. Brennende Schweißtropfen liefen ihm in die Augen. Als die Maschine mit aufheulenden Motoren näher kam, kniete er sich an den Rand der Startbahn. Er umklammerte die Kette. Jetzt brauchte er viel Glück.

Noch 50 Meter. Edward schätzte, daß er einen Meter weiter links eine bessere Position hätte. Noch 25 Meter. Er konnte sehen, wie ihn der Pilot verwirrt anstarrte. Er konnte auch sehen, wie sich die Münder bewegten, als die Passagiere über ihn diskutierten. Inzwischen hatten sie wohl erkannt, daß er nicht der Taxifahrer war, und wollten so rasch wie möglich weg. Würde die Cessna abheben?

Sie war nur noch zehn Meter entfernt, und das Getöse der Propeller war ohrenbetäubend. Edward hob den Arm und hielt die Kette wie ein kompaktes Bündel aus Eisengliedern. Es kam alles auf den richtigen Augenblick an ... Er holte weit aus. Dem Piloten blieb keine Wahl; er mußte auf geradem Kurs bleiben. Das Flugzeug war nun auf gleicher Höhe mit Edward. Genau da beugte er sich vor und warf fast behutsam die Kette hoch in die Luft vor den Propeller der Maschine. Dies getan, ließ er sich zu Boden fallen und weiter und immer weiter rollen, bis er zum Rand der harten, staubigen Piste kam.

Die Cessna war an ihm vorbeigedonnert, doch es war nicht nur das normale laute Donnern. Es hörte sich wie ein scharfer, peitschender Schlag an, dem ein zweiter folgte, als die Blätter des Propellers abrissen. Edward schaute gebannt zu, wie sich die Kette um den Propeller wickelte. Das Flugzeug hatte gerade den Boden verlassen. Aber dann fraß sich der Motor fest, schwarzer Rauch stieg auf, und jäh schlugen Flammen hervor. Die Cessna erreichte vielleicht eine Höhe von drei Metern, kippte dann jedoch nach rechts ab. Einen Moment später bohrte sich die Spitze der rechten Tragfläche in den Boden, und die Cessna drehte sich einmal, zweimal, dreimal um ihre eigene Achse, in ihrem eigenen Flammenmeer.

Immer noch im struppigen Gras liegend, schaute Edward zu, wie die Cessna auf ihr Dach fiel. Kurz darauf herrschte auf dem Flugfeld tödliche Ruhe – bis auf das wütende Zischen und Prasseln der Flammen, die das Wrack einhüllten.

Riley gratulierte O'Day zu seinem Scharfblick. Zakros war tatsächlich kurz vor 12 Uhr in der Gerbergasse aufgetaucht. Fast zeitgleich hielt ein Taxi vor der Bank, und Nancy Tucker stieg aus. Sie und Zakros umarmten sich, wechselten einige Worte und verschwanden dann gemeinsam in der Bank.

O'Day fummelte an seiner Waffe herum. In seinem Job

brauchte man eine Pistole – vielleicht nur alle zwei Jahre –, aber immerhin. Von ihm wurde erwartet, sich »warm zu halten«, wie man es bei Scotland Yard nannte, und zwar alle sechs Monate in einem Kurs in Didcot. Aber bei einem Auftrag, bei dem eine Waffe benötigt wurde, war ihm immer etwas mulmig zumute.

Es hatte wieder zu regnen begonnen. Nie hätte er gedacht, daß es in der Schweiz so viel regnete. Trotzdem mochte er Basel, mochte das, was er bisher gesehen hatte. Es war keine aufregende Stadt, ganz und gar nicht. Aber die Stadtväter hatten das Beste aus der Lage am Fluß gemacht, und deshalb gab es immer wieder schöne Ausblicke, was nach O'Days Meinung viel wettmachte. Er drückte sein Auge an das Bohrloch in der Rückwand des Lasters ...

»Mist!« zischte er halblaut. »Schau dir das an.«

Riley spähte durch das zweite Bohrloch. Ungefähr 200 Meter entfernt, fast genau gegenüber der Bank, kamen zwei Polizisten und näherten sich dem Lastwagen.

Edward hielt sein Hemd vors Gesicht, um sich vor den Flammen zu schützen. Mit seiner freien Hand schleuderte er einen faustgroßen Stein gegen das Glas des Cockpits. Ein Netz von Sprüngen entstand, doch die Glasscheibe zerbrach nicht.

»Edward! Es ist sinnlos. Sie sind tot. Laß uns gehen, bevor jemand kommt.«

Aber Edward konnte nicht weggehen. Die Flammen und der dicke schwarze Rauch, der aus der brennenden Cessna hochstieg, hielten ihn fest. Mag ja sein, daß die Insassen tot waren, aber dann mußte er wenigstens ihre Leichen bergen. Was für eine Hitze! Er lief um die linke Tragfläche herum, die steil gen Himmel zeigte. Die Flugzeugkanzel war der einzige Teil, der noch von den Flammen verschont war. Er entdeckte einen Hebel und erinnerte sich an ihren eigenen Flug nach Kithira. Diese Cessnas hatten vorne Gepäckräume! Vielleicht konnte er auf diese Weise ins Innere gelangen.

Vorne war die Hitze erträglicher, oder besser gesagt, weniger unerträglich.

»Edward! Laß das! Und wenn sie nun explodiert?«

Aber er hatte die Klappe schon geöffnet und fand drei Segeltuchtaschen und eine Aktenmappe aus Leder, die alle unversehrt waren. Er nahm sie heraus und warf sie Victoria zu. Als er sich tiefer in den Gepäckraum hineinbeugte, ertastete er die Trennwand, die zum Cockpit führte. Sie war dünn, und vielleicht gelang es ihm, von dort ...

»Edward!« Aber er hatte es auch schon gehört: ein Geräusch, irgendwo zwischen bösartigem Zischen und Grollen, das nur bedeuten konnte, daß der Treibstofftank der Cessna Feuer gefangen hatte. Im nächsten Moment spürte er eine Hitzewelle am ganzen Körper und zog sich hastig zurück.

»O mein Gott!«

»Wir können nichts mehr tun, Edward. Wirklich!«

»Man kann nie wissen, Victoria, ob nicht einer von ihnen vielleicht ...«

»Schau mal«, sagte sie und zeigte ihm die geöffnete Aktenmappe, die Edward aus dem Flugzeug gerettet hatte.

»Was ist da drin?«

Sie wedelte mit etwas herum. »Flugtickets. Sie verraten uns, wohin sie fliegen wollten.«

Riley schwitzte und fluchte, fluchte und schwitzte. Der Grieche und Nancy Tucker waren nun schon über eine Stunde in der Bank und müßten eigentlich gleich herauskommen, aber das paßte ihm jetzt gar nicht, da die Polizisten immer noch in der Nähe herumstanden. Sie waren die Gerbergasse entlanggegangen und in Richtung Marktplatz verschwunden, aber schon nach wenigen Minuten wieder aufgetaucht. Inzwischen waren sie mit einer jungen blonden Frau ins Gespräch vertieft und schienen keine Eile zu haben. Beide trugen lange graue Regenmäntel und weiße spitze Kappen, waren also perfekt ausgerüstet für schlechtes Wetter. O'Day erlitt die gleichen Höllenqualen wie Riley.

Der Regen war noch stärker geworden. Essensdüfte drangen aus einem benachbarten Café zu ihnen, und das machte die Sache wahrlich nicht besser. Riley hatte Heißhunger. Bisher hatte er keinen echten Groll gegen den Griechen empfunden, doch nun, da er hier so tatenlos herumsitzen mußte, wurde er allmählich fuchsteufelswild.

Schließlich entdeckte er Nancy Tucker und tippte O'Day auf die Schulter.

O'Day nickte.

Sie hatte ihren weißen Trenchcoat gegen den Regen fest zugeknöpft, doch Rileys Interesse galt mehr zwei großen Reisetaschen, die sie bei sich trug. Auf dem Bürgersteig setzte sie die beiden Gepäckstücke ab, richtete sich auf und rieb sich die Hände. Offensichtlich waren die Taschen sehr schwer. Dann tauchte Zakros auf. Unter den einen Arm hatte er eine große schwarze Mappe geklemmt, unter dem anderen ragten vier oder fünf Pappröhren hervor. Enthielten sie vielleicht zusammengerollte Leinwände? Zakros lehnte die Mappe an die Hausmauer. Fast unmittelbar darauf kam ein weißes Mercedes-Taxi die Gerbergasse entlang und bremste vor der Bank. Nancy Tucker reichte dem Fahrer eine Reisetasche, während die Pappröhren auf den Vordersitz gelegt wurden und Zakros mit der zweiten Tasche hinten einstieg. Nancy Tucker setzte sich zu ihm, und das Taxi fuhr davon.

Als es auf gleicher Höhe mit dem Laster war, öffnete Riley die Ladetüren. Er zwang sich zu langsamen Bewegungen. Die Polizisten waren nicht weit entfernt, und es wirkte sowieso schon merkwürdig genug, wenn zwei Männer aus dem Inneren eines geparkten Lastwagens kletterten. Sie stiegen vorne ein, mußten aber quälend lange warten, bis eine Straßenbahn vorüber war. Endlich konnte Riley losfahren und tat dies mit einem solchen Tempo, daß Schmutzwasser in alle Richtungen spritzte. Die zwei Polizisten starrten hinter ihnen her.

Sie kamen zum Marktplatz, wo Riley bremste, damit sie sich auf eine Richtung einigen konnten. Beide schauten sich die Augen nach dem weißen Mercedes aus, entdeckten aber keine Spur von ihm.

»Dort entlang!« kommandierte O'Day und deutete auf die Straße, die zum Flughafen führte.

Riley raste los und kam auf den nassen Straßenbahngleisen fast ins Schleudern. Dann fuhr er bis zu einem Platz mit Kreisverkehr, wo es links zum Bahnhof und geradeaus zum Flughafen ging. Sie spähten in beide Richtungen.

»Wohin?« erkundigte sich O'Day.

»Keine Ahnung«, erwiderte Riley. »Wir haben sie verloren.«

»Wie weit ist Athen entfernt?« wollte Edward wissen, als er den Mercedes beschleunigte, um ein uraltes Motorrad mit Beiwagen zu überholen.

Victoria inspizierte die Straßenkarte auf ihren Knien. »An die 110 Kilometer.«

»Dann ist es zum Flugplatz noch ein bißchen weiter. Da es jetzt 14 Uhr ist, müßten wir dort eigentlich so gegen 16 Uhr ankommen, gerade noch rechtzeitig, um die Maschine um 16.30 Uhr zu erwischen.«

Edward hatte schließlich jeden Versuch aufgegeben, die Insassen der Cessna herauszuholen. Flammen und Rauch stiegen immer noch mehrere Meter hoch, als sie das Flugfeld verließen. Seit Victoria die Flugtickets entdeckt hatte, war beiden klar, daß sie so schnell wie möglich nach Athen mußten. Es waren zehn Tickets, vier für den Flug Athen–Genf und sechs für den Flug Genf–New York. Außerdem gab es da noch sechs amerikanische Pässe auf Namen, die ihnen völlig unbekannt waren: Hassan, Lassiter, Kimball, Stanfield, Quincy und Dearing. Aber die Gesichter in den Pässen waren ihnen wohlbekannt. Die »Apollo-Brigade«. Der Flug Athen–Genf war für diesen Nachmittag um 16.30 Uhr gebucht.

Edward hatte sich auf dem Flugfeld zweimal übergeben müssen, sich dann aber eisern zusammengerissen.

»Offensichtlich wollten sich alle in Genf treffen und dann nach New York fliegen, um dort mit der Geschichte an die

Öffentlichkeit zu gehen. Falls wir die Maschine erreichen, die sie gebucht haben, besteht für uns noch eine Chance.«

»Das glaubst du doch selbst nicht...«

»Man kann nie wissen! Falls Kolettis und die anderen sich schon in Athen mit Basel oder Genf in Verbindung setzen wollten, dann ist alles im Eimer. Aber ihr Zeitplan ist äußerst knapp, so daß sie vielleicht nur ein Treffen vereinbarten. Falls Zakros den Rest der Brigade erwartet und wir auftauchen... könnte das die Entscheidung sein. Er ist vielleicht so überrascht, so schockiert, daß... Aber wir müssen das Flugzeug erreichen! Kannst du's schaffen?«

»110 Kilometer in zwei Stunden. Das hängt ganz davon ab, ob uns die Polizei wegen Geschwindigkeitsüberschreitung schnappt oder nicht.«

Sir Francis Mordaunt schwitzte, und das kam nicht häufig vor. Seine linke Hand, die den Telefonhörer umklammerte, war geradezu klebrig.

»Nein, Mister Page«, sagte Mordaunt. Seine Stimme war ruhig, kontrolliert, aber eisig und scharf. »Ich machte es klar, kristallklar, daß ich mit Ihnen sprechen möchte. Allein.«

»Ich kann nicht vom Parlament weg. Heute schon gar nicht! Das müssen Sie doch einsehen.«

»Es ist gerade die Debatte, um die es geht.«

»Aber warum können Sie's nicht Swale sagen? Deshalb habe ich ihn ja geschickt... Er hat mein volles Vertrauen.«

»Mag sein, aber er hat nicht meines!« Falls überhaupt möglich, war Mordaunts Ton noch eisiger geworden. »Es geht um eine heikle Angelegenheit. Ich muß mit Ihnen sprechen.«

»Dann kommen Sie zum Parlament...«

»Nein! Wie oft soll ich es Ihnen noch sagen? Es ist eine zu heikle Angelegenheit, viel zu heikel sogar! Ich kann nicht riskieren, mit Ihnen gesehen zu werden.«

»Was haben Sie gegen mich einzuwenden?«

Momentan war Mordaunt aus der Fassung gebracht.

»Nein, nein ... So habe ich's nicht gemeint.« Seine Hand am Telefon wurde noch klebriger. »Es braucht ja nicht lange zu sein, 20 Minuten genügen, aber ich muß ...«

»Sir Francis! Es ist jetzt 13.30 Uhr. In knapp zwei Stunden beginnt eine der wichtigsten Debatten, die das Unterhaus je erlebt hat. Die wichtigste Debatte in der Karriere des Premierministers und die wichtigste Debatte in meiner eigenen Karriere. Ich muß gewisse Anordnungen treffen, muß Leute sprechen. Ich muß meiner Rede noch den letzten Schliff geben und meinen Gefolgsleuten Mut machen. Ich bin Parteiführer und muß folglich führen ... Ehrlich gesagt, bin ich sehr beunruhigt, daß der Palast auch nur andeutet, sich in diese Angelegenheit einmischen zu wollen. Und ich glaube kaum, daß ich ausgerechnet heute dabei beobachtet werden möchte, Buckingham Palace zu betreten. Die Leute könnten daraus die falschen Schlüsse ziehen und Abgeordnete der Regierungspartei in der Debatte viel Theater darum machen. Unter anderen Umständen würde ich natürlich gerne Ihren Wunsch erfüllen und zu Ihnen kommen. Unter den heutigen Umständen sieht es jedoch anders aus. Aber nun muß ich mich wirklich verabschieden. Falls Sie Ihre Meinung noch ändern und sich zum Parlament bemühen, werde ich Sie empfangen. Ansonsten ...«

»Nein.«

»Na schön.« Arthur Page legte den Hörer auf.

»Mir gefällt das nicht, mir gefällt das ganz und gar nicht«, schimpfte Riley. Sie hatten sich für den Flughafen entschieden, da Zakros und Nancy Tucker nur zwei oder drei Minuten Vorsprung hatten. In der kurzen Zeit konnten sie nicht eingecheckt haben, nicht einmal für einen Inlandsflug. Und Basel hatte keinen großen Flughafen. Falls der Grieche und die Amerikanerin dort waren, würde man sie nicht übersehen. Aber sie waren nicht da.

»So, dir gefällt das also nicht.« O'Day schlug mit der flachen Hand auf das Armaturenbrett. »Was nun? Die Grenze zu Frankreich oder zu Deutschland? Oder zum Bahnhof?«

»Es muß der Bahnhof sein. Kein Mensch nimmt ein Taxi nach Frankreich oder Deutschland.«

»Einverstanden«, sagte O'Day. »Also, nichts wie los!« Nach 25 Minuten waren sie am Bahnhof und rannten in die Vorhalle, ohne sich darum zu scheren, ob Nancy Tucker oder Zakros sie erkannten. Es herrschte viel Betrieb, aber ein Pärchen mit derart auffälligem Gepäck hätte man trotzdem gleich entdecken müssen. Kein Pärchen und kein Gepäck. Riley sah, wie O'Day kehrtmachte und zurücklief. Er folgte. O'Day studierte gerade den Fahrplan. »Was machst du?«

O'Day schaute auf seine Armbanduhr. »Sie kamen ungefähr um 13.40 Uhr aus der Bank. Bis hierher brauchten sie ... na, an die vier bis sechs Minuten. Weitere drei bis vier Minuten, um das Taxi zu bezahlen, ihre Fahrkarten zu kaufen und zum Bahnsteig zu gehen. Also können sie im besten Fall erst gegen 13.50 einen Bahnsteig erreicht haben. Jetzt ist es 14.39 Uhr. Zwischen 13.50 Uhr und jetzt haben nur zwei Züge den Bahnhof verlassen – einer nach Luzern und Como, der andere nach Bern und Brig. Ein dritter fährt in zwei Minuten nach Genf ab. Es muß Genf sein!«

»Warum?«

»Die Brigade will an die Öffentlichkeit gehen. Dafür braucht sie eine große Zeitung. Das bedeutet wiederum eine Großstadt. Die einzigen Großstädte in der Schweiz sind Basel selbst, Zürich, Bern und Genf. Außerdem hat Genf einen größeren Flughafen als Basel. Von dort könnten sie überallhin fliegen ... Athen, Rom, Melbourne ...«

»Melbourne?«

»Vermutlich nicht, aber du verstehst, was ich meine. Bahnsteig 8.« Er hatte sich schon in Bewegung gesetzt.

Durch einen Tunnel, von dem Treppen zu den verschiedenen Bahnsteigen hochführten, rannten sie bis zum dritten Aufgang, der zum Bahnsteig 8 führte. O'Day eilte hoch, und Riley keuchte hinter ihm her.

Oben angekommen, sahen sie, daß Bahnsteig 8 auf der linken Seite war. Die beige-blauen Waggons standen zur Abfahrt bereit.

O'Day warf einen Blick auf seine Uhr. »Er fährt gleich los«, keuchte er und deutete zum Ende des Zugs. »Ich steige ein und arbeite mich nach vorne durch. Du bleibst auf dem Bahnsteig und läufst parallel zu mir. Auf die Weise können wir sie nicht verfehlen, und sie entwischen uns nicht.«

Er hetzte zum letzten Waggon und kletterte hinein.

Riley hielt Schritt, als O'Day durch den Zug ging und in jedes Abteil schaute. Im ersten, zweiten und dritten Wagen waren die Gesuchten nicht, aber es gab noch sieben weitere. Der Zug schien ziemlich leer zu sein.

Plötzlich bemerkte Riley, daß der Zug anfuhr – kaum hörbar. Er griff nach einem Türhebel und zerrte daran. Jemand schrie ihm etwas zu. Er hörte Schritte hinter sich, hastende Schritte. Der Zug nahm allmählich Fahrt auf.

Er zerrte wieder an dem Türhebel, und wieder schrie ihm jemand etwas zu. Der Zug wurde immer schneller. Aber nun hatte er die Tür aufgerissen und sprang auf das unterste Trittbrett. Der Zug fuhr nun schon mit über 20 Stundenkilometern, aber Riley hatte es geschafft, stand völlig außer Atem im Inneren. Er zog die Tür zu und blieb noch einen Moment stehen, um Luft zu schöpfen. Dann ging er ein paar Schritte, um den Korridor entlangsehen zu können.

O'Day befand sich am anderen Ende, mit dem Rücken zu Riley. Der Zug schlingerte, als er in jetzt schon zügigerem Tempo über einige Weichen fuhr. O'Day war inzwischen durch die Tür verschwunden, die von einem Waggon zum nächsten führten. Riley folgte ihm. Er öffnete die Tür und schwankte leicht, als er die Verbindungsplattform überquerte.

Gerade als er die Tür zum nächsten Waggon geöffnet hatte, hörte er einen scharfen Knall. Der Zug fuhr noch immer nicht schneller als ungefähr 30 Stundenkilometer. Riley zwängte sich durch die Tür und griff in seine Tasche. Im nächsten Moment kam ein Tunnel, und alles war dunkel.

Aber dann wurde es wieder hell, und er konnte einen Blick in den nächsten Korridor werfen. Sein Herz schien sich in seiner Brust zusammenzukrampfen, Blut schoß ihm in den Kopf.

Am hinteren Ende des Korridors blockierte eine zusammengesunkene Gestalt den Durchgang. Sie bewegte sich, aber nicht von selbst, sondern wurde gerade in die Toilette geschleift.

Riley nahm die Szene in sich auf. Der Grieche mußte in der Toilette sein und O'Day zu sich hereinzerren, weil die Amerikanerin im Gang stand.

Sie erblickte Riley und hob den Arm. Er riß seine eigene Waffe heraus. Doch schon spürte er einen scharfen Schlag gegen die rechte Schulter, und sengender Schmerz jagte durch seinen Körper. Er ließ seine Pistole fallen, als er durch die Wucht der Kugel herumwirbelte, die sein Schulterblatt zerschmettert hatte. Mit einem fast schrillen Schrei kippte er um und schrie wieder, als er mit seiner verletzten Schulter auf dem schwankenden Boden des Waggons aufprallte.

Der Zug ratterte erneut über Weichen, diesmal noch lauter, da er an Fahrt gewonnen hatte. Dann gab es wieder einen Knall, als eine zweite Kugel sich in den Boden neben Rileys Kopf bohrte. Er wußte, daß er etwas tun mußte. Der Zug schlingerte, und er schlingerte mit, stöhnend vor Schmerzen, schwitzend vor Angst. Er rollte sich quer über den Gang und aus der Schußlinie der Amerikanerin.

Sie würde auf ihn Jagd machen, daran bestand kein Zweifel. Sie hatte O'Day kaltblütig erledigt, und ihn hatte sie ja auch beinahe ausgeschaltet. Beim nächsten Mal ...

Riley stemmte sich hoch. Der Türhebel des Wagens war fast auf gleicher Höhe mit seinem Kopf. Er tastete danach. Allerdings fuhr der Zug inzwischen mit fast 50 Stundenkilometern. Konnte er einen Sprung ins Freie überleben?

Aus dem Korridor drang ein Geräusch zu ihm. Nancy Tucker würde gleich auftauchen, und das würde er garantiert nicht überleben.

Der Schmerz war so durchdringend, daß ihm übel wurde, und er begann zu würgen. Schweiß tropfte ihm in die Augen, und die Finger seiner rechten Hand kamen ihm wie abgestorben vor. Mit seiner Linken drückte er den Türhebel runter. Die Tür klickte halb auf, wurde dann jedoch von einem Sicherheitshebel gehalten. Wieder ein Geräusch aus dem Korridor. Noch stärker lehnte er sich gegen die Abteiltür.

Plötzlich schwang sie weit auf, kühle Luft und das Rattern der Räder drang herein. Bestimmt hörte die Amerikanerin den veränderten Klang und begriff, was Riley vorhatte. Die Schmerzen in seiner Schulter machten ihn nun auch noch schwindelig. Jeden Moment mußte diese Tucker auftauchen und auf ihn zielen. Riley schob sich vorwärts und stellte beide Füße auf das unterste Trittbrett. Im Fahrtwind schwang die Tür zurück, versuchte ins Schloß zu fallen. Mit voller Wucht traf sie ihn an seiner rechten Schulter, und er schrie gellend vor Qual. Mit dem Knie drückte er die Tür wieder auf. Hinter sich hörte er jemanden und wußte, es war soweit. Halb sprang er, und halb ließ er sich fallen.

Bravorufe wurden auf der Regierungsseite laut, als Lockwood hinter dem Sitz des Parlamentspräsidenten hervortrat, um seinen Platz auf der grüngepolsterten Bank einzunehmen. Das Unterhaus war voll besetzt. Kein Parlamentarier, wenn er nicht gerade im Krankenhaus lag oder im Ausland weilte, wollte sich das heutige Drama entgehen lassen.

Während Lockwood zwischen einigen Abgeordneten hindurchging, die noch keine Plätze gefunden hatten, spürte er, wie alle Blicke auf ihm ruhten. Einige loyale Anhänger klopften ihm auf den Rücken, aber es gab auch verschlossene Gesichter. Die Opposition ließ durch Zwischenrufe, Gelächter und Spötteleien erkennen, daß sie Lockwood bereits für den Verlierer der Debatte hielt. Einige Minister – Lessor, Hatfield, Scylde – saßen bereits, hatten jedoch genau gegenüber dem Rednerpult für den Premierminister eine Lücke gelassen. Als Lockwood sich setzte, schaute er sich im Saal um. Er entdeckte George Keld. Da er nicht mehr Minister war, nahm Keld nun den ersten Sitz neben dem Durchgang auf der Regierungsseite ein. Dort saß traditionsgemäß der Hauptkritiker des Tages innerhalb der Regierungspartei.

Während der Präsident die Sitzung eröffnete, lehnte sich Lockwood zu seinem Nachbarn Hatfield hinüber. »Hat sich an der Berechnung etwas geändert?«

Hatfield wiegte bedächtig den Kopf. »Ziemlich viele halten sich bedeckt und behaupten, ihre Entscheidung hinge von der Debatte ab. Das mag bei manchen von ihnen stimmen, aber ich fürchte, daß andere bereits entschlossen sind, nicht für Sie zu stimmen, jedoch zu feige sind, um es mir zu sagen. Ich schätze, daß 29 sich der Stimme enthalten werden und weitere sechs oder sieben tatsächlich von der Debatte beeinflußt werden.«

»Also wäre noch alles zu gewinnen.«

Hatfield seufzte. »Das kann schon sein. Mit einem kämpferischen Auftritt, wie er Ihnen unter normalen Umständen spielend gelingt, könnten Sie mit einer oder zwei Stimmen siegen. Aber ...«

Lockwood tätschelte den Arm des Chief Whip. »Nur Mut, Joss. Lassen Sie mich jetzt nicht im Stich. Wir brauchen bloß eine kleine Nachricht aus Basel, und alles sieht völlig anders aus.« Er schaute auf die Armbanduhr. »Bis zur Abstimmung sind es noch über sechs Stunden. Wenn wir aus Basel positiven Bescheid bekommen, spielt nichts sonst in dieser Debatte eine Rolle.«

»Stell den Wagen da hin!« Victoria deutete auf ein Schild, auf dem in Englisch stand »Airport Security«. Bevor Edward den Mercedes ganz zum Halten brachte, hatte sie schon ihre Tür aufgerissen und rannte zur Abflughalle hinüber. Edward folgte ihr.

Es wimmelte nur so von Menschen. Victoria blieb stehen und reckte sich auf die Zehenspitzen.

»Swissair, nach rechts!«

Der Swissair-Schalter war leer. »Anscheinend haben bereits alle eingecheckt«, sagte sie atemlos. »Es ist schon 16.15 Uhr«, rief sie noch über die Schulter zurück, während sie quer durch die Halle hastete. Auf der Herfahrt waren sie übereingekommen, daß sie zwei der gefundenen Tickets benützen mußten, da nicht genug Zeit blieb, um neue zu kaufen. Hoffentlich bemerkte niemand, daß Tickets und Pässe nicht übereinstimmten. Aber nun kamen sie vielleicht gar nicht mehr in diese Verlegenheit, denn die Schlange vor dem Schalter der Sicherheitskontrolle zog sich fast durch den ganzen langen Raum. Es würde eine halbe Stunde dauern, bis sie an der Reihe waren.

»Da drüben!« rief Edward und machte eine Kopfbewegung zu drei Rollstühlen hin. Als sie dort anlangten, fluchte er unwillkürlich, denn sie waren mit einer Kette zusammengeschlossen.

»Stell dich vor mich«, befahl Victoria. »Das schaffe ich schon.«

Edward versuchte, Victoria abzuschirmen, als sie sich hinkniete. 30 Sekunden verstrichen. 40. 50. »Wir werden nie ...«, begann er gerade, als er spürte, wie ihn etwas unsanft in den Kniekehlen traf. Gleich darauf zischte Victoria: »Setz dich.« Sie gab ihm noch einen Stoß, und er fiel fast in den Rollstuhl.

Rasch schob sie ihn zur Spitze der Schlange, wo andere Passagiere sofort Platz machten. Der Sicherheitsbeamte sprach sie auf griechisch an, und sie antwortete. Was dann folgte, klang in Edwards Ohren wie ein Streit, und er begann zu schwitzen. Aber dann lachten der Beamte und Victoria, und sie wurden durchgelassen. Victoria stieß den Rollstuhl so schnell vor sich her, wie es gerade noch möglich war, ohne verdächtig zu wirken.

»Worum ging's denn überhaupt?«

»Er wollte wissen, warum ich keinen Flughafenpaß habe und du keine Bordkarte. Man braucht eine spezielle Genehmigung, um körperbehinderte Passagiere zu begleiten.«

»Und was hast du ihm gesagt?«

»Ich sagte, die Maschine, die den Sicherheitspaß mit Plastik überzieht, sei kaputt und habe meinen Paß nicht wieder ausgespuckt.«

»Das hat er dir geglaubt?«

»Er sprach mit nördlichem Akzent, worauf ich ihn fragte, ob er aus Kavalla oder Xanthi. Er stammte aus Drama, das ganz in der Nähe liegt. Wir kamen prima miteinander aus. Außerdem sah er, daß der Swissair-Schalter schon geschlossen war.« Plötzlich rief sie: »Ausgang 17! Wir biegen hier rechts ein.« Sie schob den Rollstuhl um eine Ecke. »Okay ... nichts wie los!«

Edward sprang auf, und gemeinsam rannten sie den Korridor entlang. Als nächstes kam Ausgang 11.

»Das ist ja meilenweit weg!« keuchte Victoria.

»Lauf!«

Ausgang 13, Ausgang 15. Eine lange Reihe von Gepäckwagen versperrte ihnen den Weg, so daß sie ausweichen mußten. Eine Gruppe lärmender Schulkinder bildete das nächste Hindernis. Edward schob sie vorsichtig beiseite, hob dann trotz allgemeinen Protests ein Kind sogar hoch und stellte es woanders ab.

Als sie zum Ausgang 17 kamen, war der Schalter von zwei Frauen und einem Mann besetzt. Victoria zeigte die Tikkets.

»Sie kommen zu spät«, sagte eine der Frauen mit Akzent. Sie war Schweizerin.

»Aber die Maschine ist noch da!« rief Victoria und deutete in Richtung Flugfeld.

»Sie startet jeden Moment.«

»Bitte!«

»Tut mir leid, aber ...«

Edward hielt seinen Paß hoch. »Ich bin Arzt«, sagte er betont ruhig. »Spezialist für Lebererkrankungen. Ich muß morgen früh in Annecy sein, um dort einen Jungen zu operieren, der sonst womöglich stirbt. Haben Sie Kinder?«

Die Frau starrte erst ihn an und dann seinen Paß, auf dem tatsächlich Dr. Edward Andover stand. »Warum operieren Sie in Frankreich, wenn Sie doch Engländer sind?«

»Ich bin auf meinem Gebiet sehr bekannt.«

Victoria sagte auf griechisch etwas zu dem Mann, der neben der Schweizerin stand. Er nickte und redete dann auf sie ein. Sie führte ein kurzes Telefonat auf deutsch und sagte dann, ohne zu lächeln: »Sie können an Bord gehen. Die Tür wird für Sie noch einmal geöffnet. Sie haben großes Glück, denn Swissair legt besonderen Wert auf Pünktlichkeit.«

Edward und Victoria eilten davon, bevor neue Zweifel aufkommen konnten. Als sie das Flugzeug betraten, wies man ihnen Plätze in der ersten Reihe an. Die anderen Passagiere beäugten sie neugierig. Völlig erschöpft ließen sie sich in die Sessel sinken.

Erst als die Maschine zur Startbahn rollte und Champagner serviert wurde, erkundigte sich Edward bei Victoria, was sie zu dem Griechen gesagt hatte. »Das schien die Sache zu entscheiden.«

»Ich erklärte ihm, daß du aus beruflichen Gründen in Griechenland warst und gerade einen berühmten Mann operiert hast – Georg Kofas.«

»Einige Zeitungskommentare zur heutigen Unterhausdebatte legten die Vermutung nahe, daß ein paar Marmorreliefs diese ganze Aufregung nicht wert wären.« Frank Whiteman schaute sich im überfüllten Saal um. »Ich muß jedoch sagen, daß ich ganz und gar nicht dieser Meinung bin. Und ich weiß, daß viele meiner Kollegen mir darin zustimmen.«

Frank Whiteman war bestens geeignet, um die Debatte zu eröffnen, da er eine angenehm tiefe, warme Stimme hatte, der man gern lauschte. Er war hochgewachsen, hatte volles schneeweißes Haar und ein offenes, freundliches Gesicht. Wichtiger war jedoch, daß er von den Mitgliedern der Regierungspartei sehr respektiert wurde, da er ein souveräner Politiker war, der es sich sogar leisten konnte, dem politischen

Gegner gelegentlich in der Sache recht zu geben. Die Regierungspartei zollte ihm dafür nicht öffentlich Lob, erwies ihm aber die Ehre, in Parlamentssitzungen genau zuzuhören, wenn er etwas vortrug. Als stellvertretender Parteivorsitzender war ihm der Respekt aller sicher.

»Gegen Ende des 20. Jahrhunderts leben wir in diesem Land – ob wir's nun mögen oder nicht – in einer postindustriellen Welt. Die Religion hat immens an Bedeutung verloren. Politische Bündnisse sind nicht mehr dauerhaft, sondern können jederzeit wechseln. Die moderne Technologie – zum Beispiel Computer und Kommunikationssysteme – verändert unser Leben buchstäblich von Monat zu Monat. In solch einer Welt, einer Welt, in der immer mehr Freiheiten möglich sind, spielen die Regierungen eine wichtige und in gewisser Weise auch neuartige Rolle. Die Menschen sind verwirrt durch den rasend schnellen Wandel, sind verängstigt, wenn die alten Überzeugungen und die alten Denkweisen nicht mehr bestehen. Hier müssen die Regierungen Hilfeleistung geben. Sie, und nur sie, sind in der Lage, Wertmaßstäbe zu setzen, die ein Volk braucht.«

Um größere Wirkung zu erzielen, senkte er nun die Stimme. »Und ich glaube, daß die Regierung in diesem Sinne versagt hat. In diesem Sinne nämlich sind die Elgin Marbles so wichtig!« Nun sprach er wieder lauter. »Die Rolle der Kunst, Schönheit in unser Leben zu bringen, war niemals wichtiger als heute. Das sieht man nicht nur an den Wahnsinnspreisen, die auf Auktionen für Meisterwerke von van Gogh, Picasso oder Renoir erzielt werden, sondern auch an den Millionen von Menschen, die in Museen, ins Theater, ins Ballett oder in die Oper strömen. Man sieht es auch daran, daß Abertausende von Leuten sich gestern zu einer Nachtwache bei Kerzenlicht auf der Akropolis in Athen versammelten. In einer immer häßlicheren Welt bereichern die Künste unser Leben mehr als alles andere, ausgenommen Liebe und Familienleben. Ich kann die Tatsache bedauern, daß die Religion keine entscheidende Rolle mehr spielt, aber ich kann nicht leugnen, daß die Kunst heutzutage für viele Menschen, vielleicht sogar für die meisten, mehr Freude bietet. Dies war mein erster Punkt, und, keine Angst, ich bringe nur zwei zur Sprache.« Er lächelte, als die Abgeordneten lachten und »Hört, hört!« riefen.

»Ich behaupte also erstens, daß die Zeitungen – nicht zum ersten Mal – sich irren. Die Künste sind keine Nebensache! Gegen Ende des 20. Jahrhunderts zählen sie sogar zu den wichtigsten Themen des Tages, und ich glaube, daß die Regierung dies unterschätzt hat. Natürlich haben sich Regierungen auch vorher schon verschätzt. Aber dies hier war keine übliche Fehleinschätzung. Diese Fehleinschätzung war beleidigend. Ich sagte, daß die Künste in unserer Zeit lebenswichtig für eine Nation sind. Um so mehr Grund also für den Premierminister, seine Pläne für die Elgin Marbles dem Parlament zu unterbreiten, damit darüber offen diskutiert werden kann. Nichts wäre verloren gewesen, hätte der Premierminister diese Angelegenheit vor das Unterhaus gebracht, und vielleicht wäre sogar eine Menge gewonnen worden.« Whiteman hob wieder seine Stimme, um anzukündigen, daß er jetzt aufs Ganze ging. »Wir werden es allerdings nie erfahren, Herr Präsident, da die Angelegenheit nicht vors Parlament kam. Vielmehr erhob sich der Premierminister über diese Institution. In einer der ältesten Demokratien benahm er sich arrogant und autoritär, hochmütig gegenüber allen anderen, Konkurrenten und Kollegen gleichermaßen. In einer wichtigen Sache, in der fast jeder in diesem Haus und in diesem Land eine bestimmte Meinung hat, wurde niemand konsultiert. Der Premierminister handelte auf eigene Faust. Deshalb trägt auch er allein die Verantwortung für alles, was folgte und zum heutigen Mißtrauensantrag führte. Auf eigene Faust! Allein! Das ist hier das Schlüsselwort. Und so sollte auch er allein gehen.«

Whiteman suchte seine Notizen zusammen, trat vom Rednerpult zurück und setzte sich auf die Bank dahinter. Ein wahrer Chor von Zurufen brandete auf Oppositionsseite auf.

Lockwood hielt die Augen geschlossen. Ihn interessierte mehr, was auf der Regierungsseite los war. Gedämpfter Lärm, aber nicht aggressiv gegen Whiteman, wie ihm auffiel.

»Was halten Sie davon?« flüsterte Hatfield in der kurzen Pause, bevor der nächste Redner aufgerufen wurde.

»Nicht schlecht. Zu sagen, ich hätte das Parlament mißachtet, war ein guter Schachzug. Jeder auf unserer Seite, der eine Stimmenthaltung erwägt, kann sich jetzt einreden, daß er im Interesse der Demokratie handelt. Und es stimmt ja auch! Ich habe das Parlament wirklich mißachtet. Doch mir blieb keine andere Wahl.« Er öffnete die Augen, setzte sich aufrechter hin und lächelte Hatfield zu. »Aber wenn wir die Nachricht bekommen, die wir erhoffen, werde ich die Sache immer noch für mich entscheiden können. Ah! Vielleicht ist sie das schon.«

Ein Amtsdiener, der zum Zeichen seiner Würde Frack und Kette trug, näherte sich dem Premierminister mit einem Brief. Lockwood nahm den Umschlag entgegen und bedankte sich. Nachdem er ihn geöffnet hatte, studierte er den Inhalt so, daß nur er das Schreiben lesen konnte. Wieder lächelte er Hatfield zu, der als einziger den bekümmerten Ausdruck in des Premierministers Augen sehen konnte, als dieser flüsterte: »Riley und O'Day sind verunglückt. O'Day ist tot, Riley hat eine gebrochene Schulter und ein gebrochenes Bein. Der Brigade in Basel gelang die Flucht.« Nur Hatfield sah, daß Lockwoods Unterlippe zitterte. »Whiteman hat ganz zu Recht den Niedergang der Religion beklagt. Jetzt brauchen wir ein Wunder.«

»Meine Damen und Herren, hier spricht der Kapitän. Aufgrund starken Flugaufkommens müssen wir noch einige Minuten abwarten, bevor wir auf dem Genfer Flughafen landen. Ich bitte um Entschuldigung für die Verzögerung, aber wir können nichts dagegen tun. Vielen Dank.«

Victoria schaute Edward von der Seite an und drückte beruhigend seinen Arm. Etwa auf halber Flugstrecke war ihm plötzlich erschreckend klar zu Bewußtsein gekommen, was er mit der Cessna getan hatte. Er hatte fünf Menschen getötet – darunter auch den unschuldigen Piloten. Fünf? Er konnte nicht mal sicher sein, wie viele Passagiere in der Maschine gewesen waren. Vielleicht sogar zwei Piloten? Durch den Schock war ihm eiskalt geworden, und er hatte sich in eine Decke eingewickelt. Victoria hatte die ganze Zeit über auf ihn eingeredet, um ihn auf andere Gedanken zu bringen. Wieder drückte sie seinen Arm. »Nur noch wenige Minuten, Edward. Nach der Landung wirst du dich besser fühlen. Das Stillsitzen ist so frustrierend. Vergiß nicht, daß wir in dem Flugzeug sind, das Kofas, Kolettis und die anderen nehmen wollten. Vielleicht werden Zakros und sogar auch Nancy uns erwarten.«

Sir Francis Mordaunt kannte sich im Parlamentsgebäude gut aus. Im Oberhaus sogar noch besser als im Unterhaus, denn dort hielt Ihre Majestät ihre jährliche Ansprache.

Mordaunt wäre es viel lieber gewesen, mit Page im Bukkingham Palace zu sprechen. Hier im Parlament konnte er es auf keinen Fall riskieren, mit dem Oppositionsführer zusammen gesehen zu werden. Dann gäbe es zu viele Fragen, die vielleicht sogar Lockwood zu Ohren kämen. Aber er konnte ohne weiteres die Debatte auf der Ehrentribüne verfolgen, von wo er es sofort sehen würde, falls Page den Saal irgendwann einmal verließe. Dieser Moment kam sogar früher, als er gehofft hatte. Gerade jetzt trat nämlich ein Diener zum Oppositionsführer und reichte ihm ein Blatt Papier. Page warf einen Blick darauf, las es dann etwas sorgfältiger und erhob sich. Vor dem Sitz des Präsidenten verbeugte er sich kurz und verließ rasch den Saal.

Mordaunt setzte sich in Bewegung. Er vermutete, daß Page zur Eingangshalle wollte, wo Parlamentarier Besucher zu treffen pflegen, die keinen Zutritt zu den exklusiveren Räumlichkeiten von Westminster haben. Mordaunt hastete die Stufen der Besuchergalerie hinunter. Durch das Parlamentsgebäude zog sich ein Netz von Korridoren, durch die er nun in Richtung Halle strebte. Seine Schritte hallten auf dem Marmorboden.

Ohne Mühe entdeckte er Page, der sich mit einem bekannten Journalisten einer inländischen Zeitung unterhielt. Dieser schien Page ein Papier in die Hand zu drücken.

Mordaunt setzte sich auf eine Bank und versuchte, sich möglichst unsichtbar zu machen. Er wollte warten, bis Page sein Gespräch beendet hatte, und sich ihm dann nähern. Wenn er Page doch nur einen Wink geben könnte, warum es zu diesem Debakel gekommen war…, dann könnte vielleicht die Abstimmung, die gefährliche Abstimmung, vermieden werden.

Die Halle war überfüllt, wie es bei einer solch wichtigen Debatte nicht anders zu erwarten war. Eine lange Reihe von weniger privilegierten Besuchern als Mordaunt wartete auf einen Platz auf der Besuchertribüne, einige Lords durchquerten die Halle auf ihrem Weg vom anderen Ende des Parlamentsgebäudes, und Wähler, die vor langer Zeit einen Termin mit ihrem Abgeordneten vereinbart hatten, lange bevor dieser Tag sich als so bedeutend erweisen sollte, standen unschlüssig herum.

Page und der Journalist schienen zu einem Ende zu kommen. Sie schüttelten sich gerade die Hand.

»Sir Francis? Was tun Sie denn hier?«

Mordaunt fiel fast von seiner Bank. Er schaute hoch. Jocelyn Hatfield! Einige Meter weiter wandte sich Page gerade ab und ging in Richtung Sitzungssaal.

»Natürlich die Debatte, was sonst?« antwortete Mordaunt irritiert.

»Aber hier in der Eingangshalle bekommen Sie nicht viel mit.«

Pages Schritte entfernten sich.

»Wo ich saß, war es sehr stickig«, erklärte Mordaunt. »Ich brauchte etwas Luft und mußte außerdem auch telefonieren.«

Page wurde kurz vor dem Sitzungssaal zum Glück wieder von jemandem aufgehalten.

»Wie läuft's Ihrer Meinung nach?« fragte Hatfield.

»Was?« Mordaunt versuchte, Page aus dem Augenwinkel weiter zu beobachten.

»Die Debatte!«

»Oh ... Whiteman machte seine Sache recht gut.« Er sprach nicht weiter, als er sah, daß Page sich gerade verabschiedete.

Aber Hatfield ließ immer noch nicht locker. »Schlechte Nachrichten aus Basel. Haben Sie schon gehört?«

Mordaunt gab keine Antwort. Er starrte Page hinterher, der durch die Tür verschwand, die in den Sitzungssaal führte.

Als sie in die Ankunftshalle des Genfer Flughafens kamen, schaute sich Edward suchend um. Er kannte Zakros nicht, aber um so besser kannte er Nancy. Keine Spur von ihr!

»Die beiden können noch nicht wissen, was mit den anderen passiert ist«, meinte Victoria. »Sie sollten mit dieser Maschine ankommen.«

»Jemand aus Griechenland wird sie wohl informiert haben.«

Victoria schüttelte den Kopf. »Vergiß nicht, Riley und O'Day hörten mit an, wie Nancy am Telefon sagte, daß die Brigade sieben Mitglieder hat. Es gibt keinen mehr, der sie warnen könnte.«

»Dann müssen sie irgendwo anders ein Treffen vereinbart haben. Alles war bisher bestens organisiert – der Wagen im Hafen, das Flugzeug, die Flugtickets. Und all das innerhalb von Stunden. Bis zur vergangenen Nacht müssen sie angenommen haben, daß alles nach Plan läuft.«

»Kofas! Er verfügt über eine große Organisation, hat sogar seine eigenen Reisebüros.«

»All das kann doch nur heißen, daß jemand inzwischen mit Zakros und Nancy Kontakt aufgenommen hat.«

»Nein, ganz und gar nicht. Die Brigade ist so verschwiegen wie unsere eigenen Leute.«

»Ich glaub's nicht! Und über das Flugzeugunglück wird sicher schon in den Nachrichten berichtet.«

»Mag sein. Aber falls Riley und O'Day Zakros noch auf den Fersen sind, brauchen sie vielleicht unsere Hilfe. Und wir haben immer noch einen großen Vorteil: Die anderen wissen nicht, daß wir sie verfolgen.«

Es war schon einige Zeit her, seit Edward das letzte Mal auf dem Genfer Flughafen gewesen war, aber er erinnerte sich noch, daß es an der Bar einige Telefonzellen gab. Victoria bestellte inzwischen Kaffee. Sie war froh, daß Edward das Telefonieren übernahm, denn das lenkte ihn vielleicht von der Cessna ab. An der Bar drängten sich die Leute, aber in erster Linie keine Reisenden, sondern Genfer. Diese Bar schien ein beliebter Treffpunkt zu sein.

Victoria war froh, als endlich der Kaffee gebracht wurde. Es war ein anstrengender Tag gewesen, und ein Ende war noch nicht abzusehen. Sie trank einen Schluck und schloß vor Wohlbehagen die Augen. Als sie wieder aufschaute, stand Edward neben ihr.

»Du siehst ja völlig verstört aus!« rief sie erschrocken. »Was ist passiert? Trink erst mal deinen Kaffee.«

Er stürzte den Kaffee hinunter und sagte dann: »O'Day ist tot, von Nancy umgebracht. Riley liegt mit mehrfachen Brüchen im Krankenhaus. Nancy und Zakros wurden beschattet, nachdem sie die Bank mit Reisetaschen und mehreren Pappröhren, in denen vermutlich Bilder steckten, verlassen hatten. Sie nahmen einen Zug, der ohne Zwischenhalt von Basel nach Genf fährt. O'Day wurde im Zug erschossen, und Riley mußte rausspringen. Also kamen Zakros und Nancy zwar nach Genf, wissen aber nun, daß sie verfolgt werden. Das ändert alles.«

»Herr Präsident, meine Frau ist – oder war zumindest bis vor kurzem – Vorsitzende des Vereins der Freunde des British Museum. In Übereinstimmung mit vielen ihrer Kollegen ist sie von diesem Posten zurückgetreten. Es mag für das Unterhaus vielleicht von Interesse sein, durch mich etwas über die Vorgänge im Museum zu erfahren, die so viele der dort Beschäftigten – Wissenschaftler und Personal – zu Protestkundgebungen veranlaßten.« Mit diesen Worten hatte Anthony Rolfe, der Vorsitzende der Liberaldemokraten, die ungeteilte Aufmerksamkeit des ganzen Unterhauses gewonnen. Inzwischen war es kurz vor 19.30 Uhr. Normalerweise würde sich der Sitzungssaal um diese Zeit ziemlich leeren, da Essenszeit war. Doch heute war das bestimmt nicht der Fall. Die Abstimmung war auf 22 Uhr angesetzt, die Resümees würden kurz vor 21 Uhr beginnen, und die Abgeordneten würden sich das letzte erbitterte Rededuell von Page und Lockwood nicht entgehen lassen.

Lockwood saß immer noch auf seinem Platz. Sein Gesicht wirkte grimmig. Bei vielen Abgeordneten und auch bei den Besuchern auf der Galerie, zu denen neben Sir Francis Mordaunt auch Lord Renfrew, Sir Henry Misco, der griechische Botschafter und Madeleine Rolfe gehörten, führte dies zu der Vermutung, er sei wütend über das, was er sich da anhören mußte. Dabei lag es vielmehr daran, was er aus Basel und Griechenland gehört hatte. Der ganze Plan schien zu scheitern.

Anthony Rolfe sprach weiter: »Besonders überraschend und beunruhigend ist . . .«

»Gebt die Marbles her!« rief plötzlich eine dunkle Stimme von der Besuchertribüne. Alle schauten überrascht nach oben.

»Sie gehören Griechenland!« schrie nun eine zweite Stimme, die Stimme einer Frau.

Saaldiener eilten von zwei Seiten zu den Demonstranten. Wie alle anderen Parlamentarier spähte auch Lockwood zur Tribüne hoch. Inzwischen waren die Saaldiener bei den drei Demonstranten angelangt, die Inder waren. »Die Briten sind Kultur-Imperialisten!« rief die Frau noch, während sie von ihrem Sitz hochgerissen wurde. »Gebt den Hindu-Thron zurück!« schrie der dritte, doch auch er wurde unsanft aus der Reihe befördert. »Lockwood hat recht!« brüllte der erste. »Gebt Griechenland, was griechisch ist! Gebt Indien, was uns gehört. Diese Debatte ist . . .« Bei diesen Worten wurde er mit seinen beiden Begleitern durch die Doppeltüren gestoßen.

Anthony Rolfe stand immer noch am Rednerpult, schien für einen Moment aber aus der Fassung gebracht.

Da schlüpfte plötzlich Hatfield auf den Platz neben Lockwood und flüsterte ihm ins Ohr: »Keld hält keine Rede.«

Lockwood warf ihm einen scharfen Blick zu. »Warum um alles in der Welt nicht?«

»Überlegen Sie mal, Bill! Wenn er nicht spricht und Sie verlieren, sind seine Hände sauber. Dann hat er keine aktive Rolle bei Ihrem Sturz gespielt und folglich eine viel stärkere Position, wenn es um Ihre Nachfolge geht. Er wird der unbescholtene Ritter sein.«

»Aber Keld ist Profi. Er wird reden wollen, damit ich noch sicherer verliere.«

»Sie verstehen nicht, Bill. Er hält keine Rede, weil er glaubt, daß die Sache schon entschieden ist. Er hat es nicht mehr nötig zu sprechen.«

»Ist dort das ›Rhône Hotel‹? Guten Abend, ich rufe vom PanAm-Büro im Flughafen an. Jemand hat in einer unserer Maschinen ziemlich wertvollen Schmuck verloren, und wir glauben, daß es jemand aus einer kleinen Gruppe von Amerikanern sein könnte. Wir sind auf der Suche nach ihnen, damit wir den Schmuck zurückgeben können. Wenn ich Ihnen die Namen nenne, könnten Sie dann bitte nachprüfen, ob sie in Ihrem Hotel abgestiegen sind?«

»Aber selbstverständlich. Wie lauten die Namen?«

»Hassan, Lassiter, Kimball, Stanfield, Quincy, Dearing.«

»Einen kleinen Moment bitte.«

Während Edward wartete, schaute er aus seinem Zimmer im Hotel »La Paix« über den See zu den Lichtern am anderen Ufer. Im Augenblick bestand das größte Problem darin, daß niemand wußte, wieviel Nancy und Zakros wußten. Natürlich war ihnen klar, daß sie in der Schweiz beschattet worden waren. Aber sie konnten nicht geahnt haben, was in Griechenland geschehen war, bevor sie nach Genf kamen. Die Frage war: Was hatten Nancy und Zakros getan, als sie in Genf eintrafen?

»Nach dem Zwischenfall im Zug haben sie garantiert gleich in Griechenland angerufen«, meinte Victoria.

»Aber wen sollten sie denn anrufen? Zum Zeitpunkt, als Zakros und Nancy nach Genf kamen, hätten die anderen schon im Flugzeug sitzen sollen.«

»Aber sie haben jemanden getötet! Vielleicht haben sie deshalb sofort das Land verlassen.«

»Falls das stimmt, können wir einpacken. Aber vergiß nicht, daß sie nach Amerika wollten. Vermutlich wollten sie dort an die Öffentlichkeit gehen – mit größtmöglicher Wirkung. Außerdem rechneten sie damit, daß Kolettis und Co. die falschen Pässe bringen. Deshalb besteht eine gute Chance, daß sie unter diesen falschen Namen ein Hotelzimmer buchten. Erst wenn die anderen nicht, wie geplant, in der Maschine sind und auch nicht im Hotel auftauchen, werden Nancy und Zakros einsehen, daß die ganze Sache geplatzt ist. Selbst wenn sie herausfinden, daß die Cessna beim Start explodierte, werden sie nämlich immer noch annehmen, daß ihre Decknamen ihnen Sicherheit bieten.«

»Das klingt in der Theorie ganz gut, Edward. Aber hier handelt es sich nicht um Kunstgeschichte, und wir befinden uns auch nicht in einer Bibliothek. Deine Freundin Nancy hat heute jemanden ermordet. Sie mag ja eine kaltschnäuzige Type sein, nach allem, was ich höre, aber nicht einmal sie wird ans Töten gewöhnt sein. Überleg mal, wie ihr zumute sein muß. Vermutlich ist sie in Panik, möchte sich verstecken, und zwar rasch. Und was werden die beiden tun, sobald feststeht, daß ihre Kumpel tot sind? Wieder Panik!«

»Na schön, dann probiere ich's eben anders. Bei ihrer Ankunft in Genf glaubten Nancy und Zakros bestimmt noch, daß Kolettis und die anderen leben. Kofas ist reich und mächtig, und vermutlich hofft Nancy, daß er sie verstecken kann. Zu Anfang vielleicht sogar auf seiner Yacht. Aber zuerst müssen sie meines Erachtens in das Hotel gehen, wo sich alle treffen wollten. Was die Cessna betrifft, so überleg mal folgendes: Soweit wir wissen, hat niemand die Explosion gesehen. Irgendwann wird man bei der polizeilichen Untersuchung die Kette finden, aber vorläufig könnte die Explosion auch nur ein Unfall gewesen sein ...«

»Edward! Das ist lächerlich.«

»Mag sein. Aber wir brauchen uns gar nicht zu streiten. Wenn die beiden abgeflogen sind, haben wir sie verloren. Falls sie's nicht taten und ich recht habe, dann vergeuden wir hier nur wertvolle Zeit, in der wir sie suchen könnten.«

Die Angestellte des Hotels »Rhône« meldete sich wieder am Apparat. »Sind Sie sicher, daß diese Amerikaner in unserem Hotel sind, Sir?«

»Nein, wir erkundigen uns in allen größeren Hotels der Stadt. Sie haben also keine Reservierung auf diese Namen?«

»Nein, Sir.«

»Da kann man nichts machen. Danke für Ihre freundliche Hilfe.« Edward legte auf und strich das Hotel »Rhône« im Telefonbuch durch. Auch das »Richmond« und das »Hilton« waren schon ausgeschieden. Victoria hatte inzwischen von ihrem Zimmer aus, das durch eine Tür mit Edwards verbunden war, das »Bristol«, das »Beau Rivage« und das »Ambassador« angerufen.

Edward versuchte es mit den Hotels »President« und »Les Bergues«. »Hast du schon mit dem ›Warwick‹ telefoniert?« rief er durch die Verbindungstür.

»Ja«, erwiderte Victoria. »Auch eine Niete. Probier's mal mit dem ›Berne‹ und dem ›Alba‹.«

Edward schaute wieder aus dem Fenster. Eine alte Frau spazierte mit ihrem Hund durch den Lichtkegel, der von einer Straßenlaterne über den Uferkai geworfen wurde. Was für ein Leben würde er wohl führen, wenn er alt war? Er hatte keine Frau, keine Kinder, nicht einmal einen Hund. Würde er sich mit Victoria enger befreunden? Wie lange würde es dauern, bis er über Nancy hinweg war?

Er unterdrückte einen Seufzer, nahm wieder den Telefonhörer auf und begann zu wählen.

»Herr Präsident, das Unterhaus hat eine Debatte wie die heutige seit vielen Jahren nicht erlebt. Ganz gewiß aber hat es noch nie einen Premierminister erlebt, der sich wie unser derzeit amtierender benahm.« Arthur Page hielt sich mit beiden Händen am Rednerpult fest. Das blonde, leicht angegraute Haar war nach hinten gebürstet; er sah rosig und gesund aus. Seine Nervosität zeigte sich nur daran, daß er sich immer wieder mit der Zunge über die Lippen leckte.

Page verzichtete auf Notizen. Er wußte wie alle anderen, daß er nach gewonnener Abstimmung innerhalb von Monaten, vielleicht sogar schon viel früher, Premierminister werden konnte. Also mußte er dem Unterhaus beweisen, daß er das Zeug zum Premierminister hatte. Ihm war ebenso klar wie Whiteman zuvor, daß er vor allem zu den Abgeordneten der Regierungspartei sprechen mußte. Seine eigene Seite würde in seinem Sinne abstimmen, komme, was da wolle. Heute hing alles davon ab, ob genug Abgeordnete der Regierungspartei sich der Stimme enthielten. Er mußte eine vorsichtige Rede halten, die nicht zu parteipolitisch war. Er mußte diese Abgeordneten bei ihren Gefühlen packen, und das, obwohl er zur Gegenseite gehörte. Er mußte sie vor allem als Parlamentarier zu fassen kriegen.

»In der heutigen Debatte hat sich schon gezeigt, daß nicht nur unsere Partei starke Einwände gegen das Vorgehen des Premierministers hat. Der ehrenwerte Parteiführer der Liberaldemokraten, die schottischen Nationalisten und sogar einige Ulster-Unionisten haben ihrem Mißfallen deutlich Ausdruck gegeben. Diese Debatte weckt Emotionen, und nicht nur bei uns hier unten, sondern auch dort oben.« Er lächelte in die Richtung der Hinterbänkler der Regierung und deutete zur Besuchertribüne hinauf. »Doch nun, da es dem Ende zugeht, muß ich sagen, das Thema sind nicht die Gefühle, so wichtig Gefühle auch sind, und es ist nicht die Kunst, wie wichtig die Kunst auch in unserem Leben ist ... Nein, das Thema ist die Demokratie, die Tätigkeit dieses Parlaments und die Verwaltung dieses Landes. Der Premierminister wurde heute in diesem Saal von vielen Seiten angegriffen und wird sich in Kürze verteidigen. Für mich jedoch, als Parteiführer der Opposition, einer immer loyalen Opposition, wie ich hier niemanden ausdrücklich erinnern muß, besteht seine Hauptsünde in dieser Angelegenheit darin, daß er das Parlament mißachtet hat. Wie jeder andere Parlamentarier bin ich bestürzt darüber, wie diese Angelegenheit ans Licht kam, und wie jeder andere bin ich über die Ereignisse erstaunt, verärgert und – ja, ich gebe es zu – beschämt. Wie jeder andere habe ich meine Meinung über die Kunst und ihren Platz in unserem Leben. Ich war verärgert und beschämt über den Vandalismus in der griechischen Kirche hier in London, war verärgert und beschämt über die Nachtwache in Athen und auch verärgert und beschämt über die Demonstration der nigerianischen Leichtathleten im Kristallpalast am Samstag. Aber all das haben schon andere zur Sprache gebracht, und vielleicht sogar besser, als ich es vermag. Als Oppositionsführer sehe ich es heute als meine Pflicht an, vor allem die Tradition dieses Hauses zu verteidigen. Und das tue ich, Herr Präsident, nicht nur für unsere Seite des Unterhauses, sondern für alle Seiten.«

Einige »Hört, hört«-Zurufe wurden laut. Page war überzeugt, daß manche sogar aus den Reihen der Regierungspartei kamen.

»Es ist verführerisch zu sagen, daß diese Elgin Marbles eigentlich doch nur soundso viele Steine sind. Es ist verführerisch zu argumentieren, daß diese Marbles nur Museumsstücke sind, 2000 Jahre alt und ohne Bezug zur heutigen Zeit. Nun, der ganze Verlauf dieser betrüblichen Angelegenheit zeigt, wie falsch diese Argumentation ist. Der Verlauf dieser Angelegenheit zeigt, wie falsch der Premierminister gehandelt hat.« Page fuhr sich mit einem Finger über die Lippen. »Daß er diese Angelegenheit nicht dem Parlament vorlegte, Herr Präsident, ist meiner Meinung nach unglaublich und zeigt die tiefe Geringschätzung des Premierministers für dieses Parlament. Wenn man bedenkt, was geschah, seit die Angelegenheit zum ersten Mal in den Medien auftauchte, zeigt es auch, daß es eine geradezu gigantische Fehleinschätzung war. Die Marbles befinden sich auf dem Weg nach Griechenland, obwohl die große Mehrheit der britischen Bevölkerung dies nicht will. Infolge des eigenmächtigen Handelns des Premierministers sind Menschen gestorben und wurden verwundet, Kirchen und andere Gebäude wurden beschädigt. Das Unterhaus muß von mir nicht daran erinnert werden, was alles geschah. Es genügt zu sagen, daß die Liste lang ist.«

Page schlug mit der flachen Hand auf das Rednerpult. »Ebenso unglaublich finde ich, daß es der Premierminister selbst nach den ersten Fehlschlägen immer noch nicht für nötig hielt, die Angelegenheit im Parlament durchzudiskutieren. Ich leugne nicht, daß Regierungen gelegentlich zu unpopulären Maßnahmen greifen müssen. Doch dies waren und sind keine üblichen unpopulären Maßnahmen, und es handelt sich hier auch nicht um eine Regierung, die eine unpopuläre Politik verfolgt. Es war vielmehr ein Einzelgänger, der eine Torheit beging. Es war ein Premierminister, der einer Nation seinen Willen aufzwang. Und, was noch schlimmer ist, er tat es im geheimen. Herr Präsident, es gibt keine Parallelen zu dieser Handlungsweise des Premierministers. Sie ist ohne Beispiel. Die meisten Repräsentanten des öffentlichen Lebens hoffen im tiefsten Herzen, daß sie etwas erreichen können, was auch noch in späteren Jahren mit ihrem Namen verbunden ist. Manchen wird sogar die Ehre zuteil, daß man für sie ein Denkmal errichtet. Das Hohe Haus möge mal überlegen, wie wohl ein Denkmal für diesen Premierminister aussehen wird. Es wird garantiert ungewöhnlich sein.

Jedesmal, wenn wir ins British Museum gehen, werden wir leere Säle finden. Vielleicht wird an der Tür eines dieser leeren Säle ein Schild hängen: ›Diese Räume sind leer, dank William Lockwood, Premierminister‹.«

Bravorufe und gackerndes Lachen der Opposition. Die Abgeordneten auf der Regierungsseite saßen unbeweglich. Aber Pages Worte hatten Eindruck gemacht.

Er schlug wieder aufs Rednerpult. »Was ist das für eine Art von Mensch, dessen Denkmal ein leerer Raum ist? Was für eine Art von Politiker ist das, dessen Verständnis nationaler Interessen so aussieht, daß er die Belange eines fremden Landes über die seines eigenen stellt?« Page richtete sich höher auf. »Das ist doch eine verkehrte Welt!« Wieder schlug er mit der Hand aufs Pult. »Diese Art, mit dem Hohen Haus umzuspringen, muß ein Ende haben! Diese Art der Geheimnistuerei muß ein Ende haben! Das Regieren von einem einzelnen muß ein Ende haben!« Page sackte in den Schultern etwas ein, um zu demonstrieren, daß es nach diesem Höhepunkt nun ruhiger würde. Aber er war noch nicht am Ende, sondern ging zu einem neuen Angriff über. »Ich gehe davon aus, daß einige der Kollegen des Premierministers aus seiner eigenen Partei meine Einschätzung seines Verhaltens teilen. Nur so kann ich mir den Rücktritt des Abgeordneten von Rothesay von seinem Posten als Verteidigungsminister erklären. Ich bin sicher, daß mein ehrenwerter Kollege mehr als ein Motiv für seinen Rücktritt hatte, doch das geht uns heute nichts an. Was uns aber angeht, ist die Tatsache, daß er nicht in einer Regierung bleiben will, die vom Premierminister auf die jetzige Art und Weise geleitet wird. Mein ehrenwerter Kollege hatte wenigstens den Mut zurückzutreten. Viele von uns wünschten, der Premierminister würde diesem Beispiel folgen. Die heutige Debatte muß nicht zu einer Abstimmung führen, falls er vorher seinen Rücktritt erklärt. Falls das Mißtrauensvotum gegen den Premierminister jedoch Erfolg hat, wird unsere Partei zum Wahlkampf bereit sein. Wir sind uns aber bewußt, daß dies schädliche Folgen für unser Land hätte. Der rasche Rücktritt des Premierministers könnte all das verhindern, und ich bitte ihn, diese Warnung nicht in den Wind zu schlagen, sondern verantwortungsbewußt zu handeln. Allerdings erwarte ich nicht, daß er auf mich hört. Wenn man bedenkt, wie er sich in jüngster Zeit aufführte, so hört er auf niemanden – nur auf sich selbst und seine engsten Berater.«

In diesem Moment konnte man sehen, wie Abgeordnete der Opposition in der ersten Reihe ein Blatt Papier von einem zum nächsten weiterreichten. Als es schließlich bei Whiteman anlangte, warf er einen kurzen Blick darauf, beugte sich rasch nach vorne und legte es vor Page aufs Rednerpult. Page entfaltete das Papier und las es. Dann stützte er sich wieder mit beiden Händen aufs Pult. »Ich sagte zwar, daß die autoritäre und überhebliche Mißachtung des Hohen Hauses das schlimmste Vergehen des Premierministers war und ist, aber natürlich nicht das einzige. Er war unschlüssig und wankelmütig, er hat sich selbst widersprochen und herumlaviert, so daß seine Handlungsweise für dieses Land peinlich und demütigend wurde. Sein Verhalten stand in kläglichem Gegensatz zu dem der USA, die aufgrund der ungeschickten Handhabung unseres Premierministers in die Affäre hineingezogen wurden. Die US-Regierung ist ungleich unserer eigenen in dieser Sache von Anfang an mit Entschlossenheit aufgetreten. Und diese Entschlossenheit hat sich bezahlt gemacht, wie ich dem Hohen Haus jetzt mitteilen kann.«

Page hielt das Blatt Papier hoch, das Whiteman ihm gereicht hatte. »Ich kann Ihnen mitteilen, daß die acht aus dem Metropolitan Museum gestohlenen Statuen wieder da sind. Als Folge einer Regierungsmaßnahme der USA, die alle Entwicklungshilfe für Indien einstellte, hat das Madras-Regiment heute den heiligen Hindu-Schrein in Uttar Pradesh angegriffen. Acht Hindus und drei Soldaten kamen dabei ums Leben. 19 Personen wurden verletzt. Die gestohlenen Statuen wurden zurückerobert, aber nicht ...« Page schaute nun direkt zu Lockwood hinüber. »... nicht ohne weiteres Blutvergießen, an dem der Premierminister eine Mitschuld trägt.«

Auf den Bänken des Unterhauses wurde es unruhig. Es war ein spektakulärer Glücksfall oder eine meisterhafte Inszenierung von Page, eine heiße Nachricht zu haben und sie auf diese Weise zu verkünden. Ob so oder so, die Abgeordneten waren voller Bewunderung. Auf der Zuschauergalerie wußte Sir Francis Mordaunt nun, was der Journalist Page in der Eingangshalle zugesteckt hatte.

»Und damit, Herr Präsident, hat diese unangenehme Angelegenheit für die Amerikaner ein gutes Ende genommen. Leider kann man das für unser Land nicht sagen. Was die britische Regierung betrifft, so ist diese Sache keineswegs ausgestanden. Aber möglicherweise hat der letzte Akt schon begonnen. Ich fordere das Hohe Haus auf, diese Affäre zum Abschluß zu bringen. Diese miese Angelegenheit hat den guten Namen unseres Landes schon zu lange besudelt.«

Page setzte sich inmitten von Zurufen aus den Reihen seiner Partei. Füße trampelten auf den Fußboden, und mit Sitzungsprogrammen wurde raschelnd herumgefuchtelt. Auf der Regierungsseite applaudierte niemand dem Oppositionsführer, aber es gab einige, die ebenfalls mit den Füßen trampelten. Das konnte jeder fühlen.

»Verdammt guter Trick mit dem Hindu-Schrein«, murmelte Lessor dem Premierminister ins Ohr.

Lockwood nickte. Er wirkte nachdenklich und saugte verdrossen an seiner Unterlippe. Sobald alles wieder ruhig war, kam er an die Reihe. Er schaute hoch, als Hatfield vom Gang kam und sich neben ihn setzte. »Wie lange wird Ihre Rede dauern?«

Lockwood warf einen Blick auf die Wanduhr. »Es ist schon 21.25 Uhr. Nicht lange. Warum?«

»Reden Sie so lange wie möglich«, sagte Hatfield. »Wir haben entdeckt, wo Zakros und Nancy Tucker in Genf abgestiegen sind.«

Nachdem Edward das Hotel »Berne« und dann das »Alba« ohne Erfolg angerufen hatte, versuchte er es mit den Hotels in der Altstadt von Genf, jenseits der Rhône in der Nähe der Kathedrale. Er wählte zuerst die Nummer des Hotels »Helvétique« und sagte sein Sprüchlein auf.

»Einen Moment bitte, ich sehe mal nach«, erwiderte die Empfangsdame. Schon nach kurzem war sie wieder am Apparat. »Ich glaube nicht, daß wir hier die ganze Gruppe haben, aber eine Mrs. Kimball und ein Doktor Quincy wohnen bei uns. Soll ich Sie gleich verbinden?«

»Nein danke, tun Sie das nicht. Mein Job besteht nur darin, die Leute ausfindig zu machen. Eine Kollegin wird zu Ihnen ins Hotel kommen. Guten Abend.«

»Wie Sie wünschen. Guten Abend, Sir.«

Er rief Victoria in sein Zimmer, und aufgeregt beugten sie sich über den Genfer Stadtplan, den sie von der Leihwagenfirma am Flughafen bekommen hatten. Das Hotel war in der Rue Saint-Léger. »Wie ist die Telefonnummer?« erkundigte sich Victoria und griff schon nach dem Hörer. Sie rief im Hotel an und bestellte zu Edwards Überraschung ein Zimmer.

»Hältst du das für klug?« fragte Edward. »Und wenn Nancy mich nun sieht?«

»Du mußt ja nicht dort wohnen. Aber wenn wir uns die Sachen schnappen wollen, die sie aus der Bank holten, müssen wir in ihr Zimmer einbrechen, sobald sich dazu eine Chance bietet. Deshalb brauchen wir im selben Hotel ein eigenes Zimmer.«

Edward blieb im Wagen sitzen, während Victoria sich im Hotel »Helvétique« einmietete. Nach ungefähr einer Viertelstunde kam sie zurück und beugte sich durchs offene Fenster in den Wagen.

»Und?«

»Mit dem Zimmer ist alles in Ordnung. Aber ich weiß noch nicht recht, was wir mit Nancy und Zakros alias Kimball und Quincy tun sollen. Unser einziger Vorteil ist im Moment, daß sie nichts von uns wissen. Falls ich an der Rezeption zu viele Fragen stelle, erfahren sie's am Ende noch und ...«

»Steig ein!« zischte Edward. »Da drüben bei den Taxis steht Nancy.«

Victoria stieg ein. Nancy trug einen weißen Regenmantel und einen leuchtendgrünen Schal.

»Das ist also Nancy Tucker«, murmelte Victoria und schaute von ihr zu Edward und wieder zurück. »Sehr attraktiv!«

Edwards Gefühle waren in Aufruhr. Nancy sah tatsächlich sehr attraktiv aus, und er konnte sich nur zu gut an ihre zarte Haut, ihre Brüste, ihre geschmeidigen Bewegungen erinnern. Andererseits aber ... Was sie getan hatte – Ausnützung, Irreführung und nun auch noch Mord. Er hätte nie geglaubt, daß er sich so in einem Menschen irren könnte.

Sie beobachteten, wie ein Mann den Wagenschlag für Nancy öffnete, worauf sie einstieg. Dann setzte der Mann sich neben sie. Das Taxi machte eine Kehrtwendung, und als es die Rue Saint-Léger entlangfuhr, konnten Edward und Victoria sehen, wie sich der Mann zu Nancy beugte und sie küßte.

Victoria umklammerte Edwards Arm, und er legte seine Hand darauf. »Das muß Zakros sein. Ich bin froh, daß ich dies sah«, sagte er leise.

»Sie wirken sehr entspannt«, meinte Victoria. »Eigentlich seltsam, nicht wahr?«

»Ja, das macht mir auch Sorge, denn sie müßten inzwischen schon alles wissen.«

»Sie können doch nicht glauben, daß sie in Sicherheit sind! Das gibt's einfach nicht.«

»Wie wär's damit? Zakros und Nancy sind ein Liebespaar. Sie waren Wochen, vielleicht sogar Monate getrennt, knobelten an dieser Sache rum und sahen sich fast nie. Nun endlich sind sie wieder zusammen und ... fühlen sich einfach glücklich.«

»Mag ja sein, aber immerhin töteten sie O'Day und fast noch Riley dazu.«

»Kamen aber ungeschoren davon, wie es für sie aussieht. Riley war der einzige Zeuge des Mordes, und ich vermute, daß er der Schweizer Polizei nichts verrät. Sicher hat er sich auf seine Rechte als Diplomat berufen, und so hat die Schweizer Polizei vermutlich keine Ahnung, ob sie nach Mann oder Frau, alt oder jung suchen muß.«

»Das ergibt keinen Sinn, Edward. Warum sollte Riley der Polizei nichts sagen? Er braucht ihr ja nicht alles zu verraten.«

»Hoffen wir bloß, daß die beiden nicht geschnappt werden, denn wer oder was sollte sie daran hindern, der Schweizer Polizei die ganze üble Story zu erzählen? Und wer weiß, vielleicht will sich einer der Polizisten einen kleinen Nebenverdienst verschaffen, indem er eine Zeitung anruft?«

»Hm. Wenn du meinst. Aber laß uns lieber mit diesen Spekulationen aufhören. Die beiden hatten kein Gepäck dabei, als sie eben wegfuhren. Also ist der ganze Kram im Hotel. Im Grunde müßte einer von uns die beiden beschatten, aber ich brauche dich bei dem, was ich vorhabe.«

»Und was hast du vor?«

»Komm mit.« Sie stieg aus und ging ihm ins Hotel voran. In der Halle angekommen, sagte sie: »Leih dir am Empfang den Michelin aus. Behaupte, du möchtest dir ein Restaurant aussuchen. Ich bin gleich wieder zurück.«

Etwas zittrig vor Angst, Nancy könnte plötzlich hereinkommen, führte Edward Victorias Auftrag aus. Als sie nach wenigen Minuten wieder auftauchte, trug sie einen Briefumschlag des Hotels bei sich.

»Jetzt bringst du den Michelin zurück und fängst mit dem Empfangschef eine Unterhaltung über Genfer Restaurants an. Ich werde euch unterbrechen, und du paßt bitte auf, wo er diesen Umschlag hinsteckt. Er ist an Quincy adressiert. Wenn du dann fertig bist, komm zu meinem Zimmer rauf ... Nummer 38. Einverstanden?«

Edward nickte und schlenderte mit dem Michelin zur Rezeption hinüber. Der Empfangschef war ein hochgewachsener Mann mit einem dünnen Schnurrbart. Edward legte das geöffnete Buch vor ihn hin. »Entschuldigen Sie bitte«, begann er höflich. »Bei meinem letzten Aufenthalt in Genf war ich im ›Le Cygne‹ und im ›Amphitryon‹. Ehrlich gesagt, waren sie mir ein bißchen zu übertrieben ... Können Sie mir etwas Schlichteres empfehlen?«

Der Empfangschef nahm den Michelin, schaute aber nicht gleich hinein. »Mögen Sie die Schweizer Küche? Oder lieber französische? Außerdem gibt's auch ein gutes deutsches Restaurant in Genf. Was wäre Ihnen am liebsten?«

Edward zuckte die Achseln. »Vermutlich doch französisch oder schweizerisch ...«

»Pardon, ich habe eine Bitte.« Victoria beugte sich über die Rezeption, in der Hand den Umschlag. »Heute hat Doktor Quincy Geburtstag, und ich möchte ihm dies gerne zukommen lassen. Es ist eine Überraschung. Können Sie bitte dafür sorgen, daß er den Brief gleich bei seiner Rückkehr erhält?« Victoria ließ den Umschlag neben dem Michelin liegen und verschwand in Richtung Lift. Der Concierge nahm mit abwesender Miene den Umschlag. »Ich würde Ihnen ›L'Or du Rhône‹ empfehlen oder, falls Ihnen das zu teuer ist, das ›Buffet Cornavin‹.« Er nickte Edward lächelnd zu, drehte sich dann um und steckte den Umschlag in das Fach Nummer 16.

Edward bedankte sich. »Ich glaube, ich versuch's mal mit dem ›Buffet Cornavin‹.«

Das Hotel war geradezu für Einbrüche gemacht, wie Victoria es ausdrückte. Kurze Korridore, winzige »Sackgassen«, die vom Treppenhaus abgingen. Das bedeutete, daß Edward aufpassen konnte, während sie sich ans Werk machte.

Zimmer 16 lag an der Rückseite des Hotels, von wo aus man vermutlich auf das Museum Petit Palais schaute. »Bist du bereit?« flüsterte Victoria, zog einen Bund Nachschlüssel aus der Tasche und wirbelte ihn um ihren Zeigefinger. »In Didcot habe ich einen Kurs mitgemacht. Nachschlüssel sind die American Express Card der Sicherheitsdienste: Ohne sie verlassen wir nie das Haus.« Sie lächelte ihm verschwörerisch zu. »Es dürfte eigentlich nicht schwierig sein.«

»Du bist ja sehr zuversichtlich.«

»Ich bin schließlich darin ausgebildet. Die britische Regierung glaubt, daß Frauen genauso gute Einbrecher sein können wie Männer. Meine Tante wäre sehr einverstanden.«

Sie beugte sich zum Schlüsselloch hinunter. Edward hörte ein Klicken, dann noch ein Klicken und schließlich ein Klappern. Victoria sagte triumphierend: »Voilà!«, und die Tür schwang auf.

»Hier ist heute viel von Moral die Rede gewesen. Aber vielleicht sollten wir uns mal fragen, wie moralisch diese Debatte eigentlich war und ist.«

Lockwood lehnte sich schwer auf das Rednerpult. Im Saal war es mucksmäuschenstill.

Als sich der Zeitpunkt seiner Ansprache genähert hatte, war der Premierminister nervöser gewesen, als er es selbst seinen engsten Vertrauten eingestehen wollte. Ihm war sogar der Schweiß ausgebrochen. Andover und Tatton hatten in Genf die Erpresser aufgespürt, aber was bedeutete das schon? Bedeutete es, daß er in der nächsten Viertelstunde eine neue Nachricht bekäme? Eine Nachricht, die diese ganze Debatte mit einem Schlag änderte? Die Zeitknappheit hatte ihn ziemlich aus der Fassung gebracht, und er würde bei dieser wichtigsten Rede seiner politischen Karriere nicht sein Bestes geben. Er wußte es, und das schwächte sein Auftreten noch mehr. Man würde daraus schließen, daß ihm das Ruder tatsächlich entglitt.

»Ich möchte dem Hohen Haus eine Frage stellen. Eine Reihe von Fragen. Die erste lautet: Hängt nicht die Rückgabe der sogenannten Elgin Marbles mit Moral zusammen? Sollten Regierungen nicht bei moralischen Belangen eine Führungsrolle übernehmen? Ich glaube mich zu erinnern, daß mir heute schon genau dies mit Nachdruck gepredigt wurde.« Er beugte sich noch weiter über das Rednerpult. »Nun eine andere Frage: Was wäre geschehen, wenn ich im Unterhaus angekündigt hätte, daß die Regierung erwäge, die Elgin Marbles zurückzugeben? Ich will Ihnen sagen, was geschehen wäre. Noch mehr leeres Geschwätz als in den vergangenen paar Tagen. Und vielleicht sogar mehr als nur leeres Geschwätz. Man hat viel Wind um die Demonstrationen gemacht, die Brandanschläge und natürlich den Tod des Museumswächters in New York. Sie können auch noch die Toten von Uttar Pradesh dazurechnen, wenn Sie wollen. Den Zusammenstoß der beiden Tanker auf der Themse und die Nachtwache in Athen ... Diese Argumente wurden schon von den Zeitungen und nun auch in dieser Debatte zu Tode geritten. Aber ich sage zum Hohen Haus: Hätte die Regierung einfach so angekündigt, daß sie die Marbles zurückgeben wolle, dann wären vielleicht noch weit größere Schwierigkeiten entstanden. Trotz Unterhausdebatte hätte es sehr leicht zu Demonstrationen kommen können, und vor allem auch ...«

»Quatsch!« schrie gellend eine Stimme aus den hinteren Reihen der Opposition. »Quatsch!«

Sichtlich irritiert, zauderte Lockwood weiterzusprechen. Dieses Zaudern wiederum veranlaßte schwächere Typen, zum Zeichen ihrer Mißbilligung schrill zu pfeifen. Andere stampften mit den Füßen, und irgend jemand schrie sogar »Zurücktreten!«

Lockwood war klar, daß er das Unterhaus unter Kontrolle bekommen mußte. Denn sonst ... Er richtete sich straff auf und erhob die Stimme. »Hier wird ständig von Moral gefaselt, aber man macht sich nicht mal die Mühe, mir zuzuhören.«

»Sie haben sich auch nicht die Mühe gemacht zuzuhören, Lockwood!« rief jemand. »Sie sind einfach losgeprescht.«

»Man wird mich anhören«, brüllte Lockwood. »Man wird mich anhören!«

Als nun der Präsident aufstand, bedeutete dies, daß alle anderen Parlamentarier, Lockwood eingeschlossen, Platz nehmen mußten. »Ruhe! Ruhe!« rief der Präsident. »Ich rufe das Haus zur Ordnung!«

Der Tumult verebbte, aber es kehrte keine vollständige Ruhe ein. Bevor sich der Präsident setzte, rief er noch: »Der Premierminister hat wieder das Wort.«

»Aber nicht mehr lange«, rief jemand anders und löste damit eine Lachsalve aus.

»Ruhe! Ruhe!« Der Präsident stand wieder auf.

Diesmal wurde es schneller still, und Lockwood trat erneut ans Rednerpult. »Ich werde mich vom ehrenwerten Kollegen der Opposition nicht über moralisches Verhalten in diesem Hohen Haus belehren lassen. Ganz im Gegensatz zu dem, was er behauptete, hat diese Regierung, meine Regierung, nichts getan, dessen sie sich schämen müßte. Daß unsere Aktion nicht mit den anderen Parteien abgestimmt war, muß nicht so negativ gedeutet werden, wie er es tat. Ganz im Gegenteil, sie zeigt, daß einige Leute in diesem Land, die glücklicherweise in der Regierung sitzen, aus edlen Motiven handeln können, da für sie unmittelbarer persönlicher Profit nicht der Maßstab ihres Lebens ist. Ich kann unmöglich der einzige in diesem Saal sein, der angeekelt von der Selbstgerechtigkeit und dem Eigennutz ist, die in dieser Debatte demonstriert wurden, von Ratten, die ...«

»Zurücktreten! Zurücktreten!« Der Ruf wurde sofort von vielen Abgeordneten der hinteren Reihen aufgenommen, und sogar auch von der ersten Reihe der Opposition.

Lockwood brach der Schweiß aus. Die letzte Bemerkung war ein Fehler gewesen.

»Zurücktreten! Zurücktreten!« Das Geschrei hörte nicht auf.

Der Präsident erhob sich wieder, und der Premierminister verließ das Rednerpult. »Ruhe! Ruhe!« Auch Arthur Page stand plötzlich auf, als der Lärm nachließ. »Herr Präsident, es wirft ein schlechtes Licht auf den Premierminister, der Anlaß dieser Debatte ist, wenn er ehrenwerte Mitglieder dieses Hauses als ›Ratten‹ bezeichnet. Ich räume ein, daß er mit rattenhaftem Verhalten vertrauter ist als jeder andere von uns. Dennoch sollte er die Bemerkung zurückziehen.«

»Zurücktreten! Zurücktreten!«

Lockwood stand auf und stützte sich aufs Rednerpult. Er wirkte nun wieder gefaßter. »Ich danke dem ehrenwerten Abgeordneten für seinen Rat«, begann er in sarkastischem Ton. »Ich mußte mir den ganzen Tag anhören, was ich bin: ein Feigling ...«

»Hört, hört«, schallte es von den Bänken der Opposition.

»... unfähig ...«

»Hört, hört!«

»... unentschlossen und autoritär zugleich ...«

»Hört, hört!«

»Deshalb kommt es mir so vor, Herr Präsident, als ob ›Ratte‹ nur zu gut paßt. Die ehrenwerten Abgeordneten der anderen Seite verbringen ihre meiste Zeit im Untergrund und tauchen nur auf, wenn sie ein Opfer wittern.«

Diesmal waren die Zurufe abwechslungsreicher: »Zurücktreten! Abdanken! Schmach! Schande!« Untermalt wurden die Rufe durch erneutes Füßestampfen. Der Präsident wußte, daß er diesem Getöse keinen Einhalt bieten konnte, wenigstens vorläufig nicht, und blieb sitzen. Lockwood stand immer noch am Rednerpult. Er schaute zur Galerie hinauf, wo Mordaunt mit elegant gekreuzten Beinen saß. Er erwiderte Lockwoods finsteren Blick, ohne mit der Wimper zu zucken.

Langsam wurde es ruhiger.

»Die ehrenwerten Herren der Gegenpartei sind jetzt sehr hoch gestimmt. Wie so viele Raubtiere jagen sie in Rudeln ... Und nur in Rudeln.« Der Premierminister sprach rasch weiter, um nicht unterbrochen zu werden. »Aber ich frage die anderen Abgeordneten, die vernünftigeren und intelligenteren ...«

Erneut wurde »Zurücktreten!« gerufen, aber er ließ sich nicht beirren.

»Ich bitte Sie, diese Angelegenheit in der richtigen Perspektive zu sehen. Dieses Land ist im Begriff, einem anderen

Land Kunstwerke zurückzugeben, eine Sammlung von Marmorskulpturen. Jenes Land – Griechenland – ist die Wiege der Demokratie und Ursprung der westlichen Kultur, wie wir sie kennen und lieben.« Er breitete weit die Arme aus. »Und das ist die ganze Angelegenheit! Nicht mehr. Darin ein größeres Komplott zu sehen heißt, die zugegebenermaßen beschränkte Phantasie der Opposition über Gebühr zu beanspruchen. Meine ehrenwerten Kollegen haben nicht genug betonen können, daß diese Kunstobjekte von großer Schönheit sind. Sie haben weiter betont, daß die Künste in unserem Leben eine Sonderstellung einnehmen, die immer wichtiger wird, je mehr es mit der Religion bergab geht. Ich stimme dem sogar zu, frage mich aber, ob das Ganze in dieser Debatte nicht übertrieben wurde. Ich frage mich, wann der ehrenwerte Kollege der Gegenseite«, und Lockwood machte eine flüchtige Handbewegung zu Page hin, »ich frage mich, wann er zuletzt in einem Museum oder in der Oper war. Wann hat er zuletzt ein Gemälde gekauft oder sich ein Theaterstück angeschaut?«

Lockwood bemerkte Pages Verlegenheit und lächelte. »Ja, ich sehe es seinem schuldbewußten Gesicht an, daß es schon einige Zeit her sein muß. Wie sagte mal jemand so schön: ›Mach mich gut und fromm, Herr – aber nicht gleich.‹ « Das brachte dem Premierminister einige Lacher von seiner eigenen Seite ein. Aber nicht viele. »Und so sage ich zu dieser Versammlung: Sehen Sie diese Angelegenheit in der richtigen Perspektive! Verlieren Sie nicht Ihren Sinn für Prioritäten. Dieses Thema wurde gewaltig aufgebauscht von einer Opposition, die trotz ihres hochtrabenden Geredes mehr daran interessiert ist, die Regierung zu stürzen, als an allem anderen. Mehr interessiert an ihrem eigenen Wohlergehen als am Wohlergehen dieser Nation.« Seine Stimme schwoll an, bis er fast schrie. »Dies ist eine gemeine, schäbige Opposition, schändlich und egoistisch ...«

Auf den Bänken der Opposition brach Tumult los.

Lockwood wollte seine Gegner gerade niederbrüllen, als er bemerkte, daß ihm ein kleiner Umschlag aufs Pult gelegt worden war. Alle schauten zu, als er ihn in die Hand nahm. Er wirkte erregt. Hatte er etwa einen ähnlichen Trick wie Page auf Lager, mit einem ähnlichen Knalleffekt? Lockwood drehte sich zu Hatfield um. Der Chief Whip zuckte die Achseln, womit er andeutete, daß er den Inhalt nicht kannte. Lockwood riß den Umschlag auf. Vielleicht war es das, worauf er den ganzen Tag gewartet hatte. Das Unterhaus bewahrte mehr oder weniger Ruhe. Was ging da vor sich?

Lockwood zog ein Blatt Papier hervor und las das Handgeschriebene:

Vor eineinhalb Stunden brach unsere Seite in das Hotelzimmer der Griechen in Genf ein. Das Zimmer war leer. Erwarten Sie für heute keine weiteren Nachrichten. Tut mir leid.

Midwinter

Lockwood zerknitterte das Papier, doch für alle anderen im Haus sah es so aus, als sei es der Premierminister selbst, der zerknittert wurde. Seine Schultern sackten herunter. Mit einem Taschentuch wischte er sich die Stirn ab. »Herr Präsident, das Hohe Haus hat miterlebt, wie die ehrenwerten Kollegen von der Opposition sich von der schlechtesten Seite zeigten. Ich kann dem Hohen Haus versichern, daß sie auch nicht besser wären, falls sie die Chance hätten, etwas Positiveres zu bewerkstelligen – wie das Besetzen der Regierungsbänke. Es war nur ein Zeitvertreib, Herr Präsident, ein Zeitvertreib für all jene, die nichts Besseres zu tun haben. Aber mehr war es auch nicht. Ich weise mit Entschiedenheit die Kritik zurück, die in dieser Debatte zum Ausdruck kam, und nehme die Herausforderung der Gegenseite an.«

Er setzte sich. Aus den Regierungsreihen kamen zustimmende Rufe, wurden jedoch fast übertönt durch die nun aufkommende Unterhaltung der Abgeordneten, die über die Abstimmung spekulierten oder auch darüber, was wohl in dem Brief gestanden haben mochte, den der Premierminister gerade erhalten hatte.

Alle standen auf, um sich die Beine zu vertreten. Einige Mitglieder schlossen Wetten auf das Abstimmungsergebnis ab. Die Stimmenzähler wurden herbeigerufen.

»Was war das für ein Schreiben?« flüsterte Hatfield.

Lockwood reichte ihm das zusammengeknüllte Papier. Hatfield glättete es und las dann die Botschaft. »O mein Gott!« stöhnte er.

»Ich war nicht gerade in Hochform, Joss. Niemand weiß das besser als ich. Aber wie sieht jetzt die Rechnung aus?«

»Nicht mehr als drei oder vier Stimmen werden das Zünglein an der Waage sein. Bei solchen Gelegenheiten, Bill, gibt es immer irgendwelche Hinterbänkler, die sich weigern – aus Prinzip, behaupten sie – zu verraten, was sie tun werden. Nur bei einer solchen Gelegenheit haben sie Macht über uns, und da gibt's eben immer einige, die es auskosten wollen.«

Beide sahen zu, wie die Parlamentarier hinausströmten, um abzustimmen. Als ein Abgeordneter der Opposition ihre Blicke bemerkte, rief er seinen Kollegen grinsend zu: »Hier entlang zum Rattenloch. Na kommt schon, Ratten ... Vergeßt nicht, wir jagen im Rudel. Folgt mir zur Beute.« Es gab Gelächter, und hintereinander verließen sie den Saal.

»Wenn ich an das bequeme Bett denke, könnte ich heulen.«

»Denk nicht dran. Zähl lieber meine Sommersprossen.«

Victoria stöhnte. Es war für sie beide ein schwerer Schlag gewesen, als sie entdeckten, daß Nancys und Zakros' Hotelzimmer leer war.

Für Edward war es ein zusätzlicher Schlag, Nancys und Zakros' Sachen im selben Raum zu sehen.

Aus Victorias Zimmer hatten sie London angerufen und mit Leith gesprochen, der ihnen klarmachte, daß ihnen keine andere Wahl blieb, als das Hotel von ihrem Leihwagen aus zu beobachten – notfalls die ganze Nacht. Beim Hinausgehen hatte Victoria den Umschlag zurückerbeten, den sie dem Empfangschef für Dr. Quincy dagelassen hatte. Sie erklärte, daß sie ihn jetzt lieber persönlich übergeben wollte.

20 Minuten zuvor hatten sie Nancy und Zakros zurückkommen sehen. Aber woher? Das Gepäck befand sich entweder im Hotelsafe oder weiß Gott wo... Vielleicht in den Schließfächern am Bahnhof. Das war am unauffälligsten und damit auch am sichersten.

Victoria schüttelte nun bedenklich den Kopf. »Mir macht etwas Sorgen.«

Edward strich ihr leicht über die Wange. »Was denn?«

»Warum sind die beiden so entspannt? Du sahst es doch auch... Wie die Turteltäubchen...«

Ja, das hatte Edward wohl oder übel gesehen.

»Lächelnd und sich küssend. Das ist unter diesen Umständen völlig unnatürlich! Ich garantiere dir, Edward, daß da irgendwas dahintersteckt, was wir nicht wissen. Das gefällt mir ganz und gar nicht.«

Die Bänke füllten sich wieder, als die Parlamentarier zurückkamen. Eines wurde sofort klar: Durch beide Eingänge kamen etwa gleich viele Leute herein. Es würde sehr knapp werden. Der Premierminister kehrte zu seinem Platz zurück, im Schlepptau Hatfield und Lessor. George Keld war ganz vorne sitzen geblieben, ein oder zwei andere in den hinteren Reihen ebenfalls. Was niemand wußte, war, wie viele Feiglinge den Sitzungssaal verließen, als wollten sie wählen, sich dabei aber der Stimme enthielten.

Als alle saßen, nahm auch der Präsident seinen Platz ein. Gleich darauf traten die vier Stimmenzähler, zwei von jeder Seite, zu ihm. Jemand hustete, aber das war der einzige Laut in der fast atemlosen Stille. Einer der Stimmenzähler hielt ein Blatt Papier mit dem Wahlergebnis. »Für den Mißtrauensantrag stimmten 298 mit Ja und 294...«

Bevor der Stimmenzähler zu Ende sprechen konnte, brach schon Tumult los. Page und seine Parteikollegen waren aufgesprungen. Lockwood spürte, wie ihm ein kalter Schauer das Rückgrat hochkroch, und das Haar an seinen Schläfen war feucht vor Schweiß. Er hatte verloren.

28. KAPITEL

Dienstag

»Meinst du, wir können's riskieren, daß einer von uns Kaffee trinken geht?«

»Nein, lieber nicht«, erwiderte Edward. »Der Flug nach New York – nehmen wir mal an, daß sie fliegen wollen – geht um 11 Uhr. Abfertigung ist von 9.30 Uhr bis 10 Uhr. Unter normalen Umständen müßten sie dann hier so gegen 9 Uhr aufbrechen. Falls sie aber den Kram im Bahnhof deponiert haben, dann müssen sie das Hotel noch früher verlassen.«

»Aber es ist doch gerade erst 7 Uhr. Also bleibt uns eine Stunde, um einen mickrigen Kaffee zu trinken und ...«

»Wir dürfen sie nicht verlieren! Lockwood würde uns die Haut bei lebendigem Leib abziehen.«

»Ist dir klar, daß Lockwood vielleicht gar nicht mehr Premierminister ist? Sollten wir uns nicht in London erkundigen? Vielleicht haben sich unsere Anordnungen geändert.«

»Wir bleiben hier. Halte mich ruhig für übereifrig, aber ich will nicht, daß Nancy einfach so davonkommt.«

7.30 Uhr, 8 Uhr.

Um 9.30 Uhr platzte Victoria los: »Die werden noch ihr Flugzeug verpassen, wenn sie sich nicht beeilen.«

»Vielleicht haben sie ihre Pläne geändert.«

»Mag sein. Aber ... inwiefern?«

»Guten Morgen und willkommen zu den BBC-Frühnachrichten. Gestern nacht wurde im Unterhaus gegen Mister William

Lockwood ein Mißtrauensvotum ausgesprochen, aufgrund seines Vorgehens in der Elgin-Marbles-Affäre. Zum Rücktritt wurde der Premierminister bislang von Mister Arthur Page, dem Oppositionsführer, und zwei Tageszeitungen, *The Times* und *The Guardian*, aufgefordert. Aber von Downing Street kam kein Kommentar. Bei mir im Studio habe ich unseren politischen Korrespondenten, James Nickerson. James, wie ist in einem solchen Fall der weitere Verlauf? Erfolgt der Rücktritt des Premierministers sozusagen automatisch?«

»Wie jeder weiß, hat unser Land keine geschriebene Verfassung. Deshalb ist nichts sicher, nicht mal in einer schwierigen Situation wie dieser. Meines Erachtens besteht aber kein Zweifel, daß William Lockwood als Parteiführer sehr bald, wenn nicht schon heute, zurücktreten muß. Er bliebe Premierminister, bis es zu einer Abstimmung um den Parteivorsitz kommt. Andererseits könnte er aber auch allgemeine Wahlen ausschreiben, falls er der Ansicht wäre, bei der Bevölkerung beliebter zu sein als im Parlament. Die letzten Meinungsumfragen stützen diese These allerdings nicht. Wie ich hörte, wird er heute mit der Queen zu Mittag speisen, was recht ungewöhnlich ist. Unter normalen Umständen würde er nämlich der Queen nur einen kurzen Besuch abstatten, um ihr sein Rücktrittsgesuch zu überreichen, und dann direkt zum Parlament fahren, um eine Erklärung abzugeben. Ich nehme trotzdem an, daß er nach seinem Essen mit Ihrer Majestät ins Unterhaus fährt, eine Erklärung abgibt und vermutlich zurücktritt. Wenn er als Parteiführer zurückgetreten ist, bleibt er immer noch geschäftsführender Premierminister, bis das Parlament ihn bei einer Abstimmung um den Parteivorsitz entweder bestätigt oder seinen Gegenkandidaten neu gewählt hat. Aber es gibt noch andere Möglichkeiten.«

»Welche denn?«

»Nun, hier wird's erst richtig interessant. Da wir keine geschriebene Verfassung haben, kann im Prinzip nichts den Premierminister daran hindern, allgemeine Wahlen auszuschreiben, ohne vorher zurückzutreten. Der Premierminister ist nach den Ereignissen der letzten Wochen in Westminster nicht mehr populär, aber niemand weiß, wie diese ganze Elgin-Marbles-Geschichte im Land ankommt. Falls es also allgemeine Wahlen gäbe, würde Lookwood höchstwahrscheinlich Parteiführer bleiben und den Wahlkampf leiten, denn es wäre einfach nicht genug Zeit, um eine Abstimmung um den Parteivorsitz zu organisieren. Ein verdammt riskantes Spiel von Lockwood, und die Partei würde es ihm nicht verzeihen, falls sie den Wahlkampf verliert. Aber damit wären Kelds Hoffnungen auf die Parteiführung zumindest vorläufig zunichte gemacht. Es gäbe dann nur die Möglichkeit, daß entweder Lockwood oder Page Premierminister wird. Aber nicht Keld!«

»Wie Sie sagen, sind das alles ja hochinteressante Möglichkeiten, James. Aber nun wüßte ich gern, welchen Weg Lockwood Ihrer Meinung nach einschlägt.«

»Er sah gestern nacht beim Ende der Debatte reichlich mitgenommen aus. Vielleicht ist er nicht mehr fähig zu kämpfen, was aber unabdingbar ist, wenn man sich als Premierminister halten will. Ich vermute, daß ihn einige der Parteigrößen heute vormittag aufsuchen, um ihm zu sagen, daß er nicht länger mit der Unterstützung und Loyalität der Mehrheit seiner eigenen Partei rechnen kann.«

»Vielen Dank, James Nickerson. Nun noch eine Nachricht aus Piräus: Die Elgin Marbles sind noch nicht in Griechenland eingetroffen, aber ein griechischer Tanker begegnete vor zwei Nächten der Fregatte ›Anglesey‹ in der Ägäis und berichtete, daß sie für einen offiziellen Empfang ›geschmückt‹ war. In Erwartung der Ankunft des Schiffes hat die griechische Regierung angekündigt, Mister William Lockwood einen Orden verleihen zu wollen. Und nun zum Wetter ...«

Das Wetter in Genf ließ endlich erkennen, daß es bald Sommer wurde. Zwischen den aufgeplusterten Wolken strahlte die Sonne hervor.

»Wen haben wir denn da?« fragte Edward, als ein blauer

Renault vor dem Hotel »Helvétique« vorfuhr. Ein Mann stieg aus und verschwand im Hotel. »Entspann dich«, sagte Edward lächelnd. »Der hat nichts mit uns zu tun.«

Sie hatten beobachtet, wie die Läden in der Rue Saint-Léger einer nach dem anderen öffneten. In einiger Entfernung gab es auch ein Café, doch Edward hielt es immer noch für zu riskant, den Beobachtungsposten zu verlassen.

»Schau mal!« flüsterte er plötzlich. »Da sind sie ja.«

Beide setzten sich auf, als Nancy und Zakros das Hotel verließen. Jeder von ihnen trug eine große Reisetasche, und Zakros hielt einige Papiere in der Hand. Der Mann, der mit dem blauen Renault gekommen war, begleitete sie. »Es ist ein Leihwagen. Sie haben ihn herbringen lassen«, sagte Edward halblaut und trommelte mit den Fingern aufs Lenkrad. Zakros öffnete die Fahrertür und warf dann die Taschen auf den Rücksitz. »Also wollen sie nicht zum Flughafen. Kein Mensch würde für eine zwanzigminütige Fahrt einen Wagen mieten. Also tatsächlich eine Planänderung.«

Sobald Nancy eingestiegen war, fuhr Zakros los. Edward ließ dem Renault ungefähr 300 Meter Vorsprung, bevor er ihm folgte. Der blaue Wagen bog nach rechts ein, fuhr eine Anhöhe hinunter, dann nach links auf die Rue Jacques Delcroze, die unter zwei Brücken zu einer großen Kreuzung mit Kreisverkehr führte. Dort fuhr der Renault erst geradeaus und dann nach links in die Avenue Pictet de Rochemont. Auf dieser Straße kam man zu einer Brücke über die Rhône.

»Also doch zum Flughafen!« stöhnte Edward entnervt.

»Oder sonstwohin«, widersprach Victoria.

Bald schon wurde klar, daß der Bahnhof das Ziel der beiden war. »Unsere Vermutung stimmte«, sagte Edward aufgeregt. »Sie haben die Sachen hier zur Aufbewahrung gegeben.« Er hielt mit ihrem roten Audi am Rand des Platzes, der vor dem Bahnhof lag. Nancy und Zakros stiegen aus dem Renault, ließen ihn mit eingeschaltetem Blinklicht stehen und betraten das Gebäude unter einem Schild, auf dem stand: »Livraison des Bagages« – Gepäckaufbewahrung.

Es herrschte reger Verkehr auf dem Platz. Busse, Privatautos, Taxis und Straßenbahnen fuhren vorbei und ließen Leute aus- oder einsteigen. Fünf Minuten verstrichen. »Ein bißchen lange, findest du nicht?« Edward biß sich nervös auf die Unterlippe.

»Vielleicht müssen sie am Schalter anstehen. Soll ich mal nachschauen?«

»Sie sollen unsere Gesichter nicht früher sehen als unbedingt nötig. Warten wir noch einen Moment.«

Fünf weitere Minuten vergingen.

»Also gut«, meinte Edward. »Geh du, mein Gesicht ist schon zu bekannt. Überprüf den Gepäckausgabeschalter; aber möglichst unauffällig.«

Victoria stieg aus und schlenderte über den Platz. Es gab noch hie und da Regenpfützen, die jedoch im warmen Sonnenschein rasch austrockneten. Victoria schien kaum eine Minute im Bahnhof verschwunden zu sein, als sie schon wieder auftauchte. Mit hektischen Bewegungen forderte sie Edward auf, rasch zu kommen. Er legte den Gang ein, flitzte noch knapp an einem Bus vorbei, der gerade hielt, und fuhr zum Bahnhofsgebäude hinüber. Als er die Tür öffnete, kam Victoria seinen Fragen zuvor und sagte hastig: »Sie sind nicht hier. Ich erkundigte mich am Schalter ... Niemand, der aussieht wie die beiden, hat in der letzten halben Stunde irgendwelche Gepäckstücke abgeholt.«

Edward rannte schon in die Haupthalle des Bahnhofs und fand auch gleich einen großen Plan, auf dem alle Ankunfts- und Abfahrtszeiten standen. Victoria trat zu ihm. »In den letzten zehn Minuten ist nichts abgefahren ...«

»Der nächste Zug geht nach Zürich ... Bahnsteig 3.«

»Paß du auf die Taxis auf. Wer weiß, vielleicht wollten sie uns reinlegen.« Edward hetzte durch eine Unterführung und dann die Treppe zum Bahnsteig 3 hinauf. Mit raschem Blick musterte er die Wartenden. Von Nancy und Zakros keine Spur.

Also zurück zum Bahnhofseingang, wo Victoria wartete. Sie schüttelte den Kopf. »Fehlanzeige.«

»Mist!« schimpfte Edward. »Die sind ganz schön raffiniert. Wir dachten, sie seien gestern entspannt gewesen, dabei war alles nur Show! Als sie das Hotel verließen, war das nichts anderes als eine Falle. Sie wollten herauskriegen, ob jemand in ihr Zimmer einbricht. Vermutlich hatten sie alles so arrangiert, daß wir irgend etwas im Raum verändern mußten. Damit war klar, daß sie verfolgt und beobachtet werden. In der Nacht haben sie dann einen Plan ausgearbeitet, um uns hinters Licht zu führen. Offensichtlich hatten sie noch keine Zeit, die Sachen von Blunt abzuholen, taten aber so, als sei die hiesige Gepäckaufbewahrung der richtige Ort. Alles nur, um uns aufzuhalten. Aber wenn sie keinen Zug und kein Taxi nahmen, was dann?«

»Schau mal!« sagte Victoria plötzlich und deutete zum hinteren Ende des Bahnhofsgebäudes. Dort hing ein rotes Schild, auf dem mit weißen Druckbuchstaben stand: »Alpine« und darunter »Leihwagen«.

Er hatte sich schon in Trab gesetzt. Als Victoria etwas langsamer folgte, betrat er gerade das Büro der Firma Alpine und wurde von einer Angestellten begrüßt. »Hat mein Schwager schon seinen Wagen abgeholt?« erkundigte er sich fast beiläufig und gab Zakros' Namen an. Lächelnd erwiderte sie: »Wie schade, Sie haben ihn ganz knapp verpaßt. Er und seine Begleiterin fuhren vor fünf oder sechs Minuten ab.«

Edward stöhnte unwillkürlich und änderte dann schlagartig sein Verhalten. Er nahm seine Brieftasche und zog einen 100-Franken-Schein heraus. »Was für ein Auto war es? Welche Kfz-Nummer?« sagte er scharf. Die Frau starrte ihn erschreckt an. Dies war nicht das Benehmen eines wohlmeinenden Schwagers. Edward zog einen weiteren Schein heraus. »Rasch!« drängte er.

Ein Kollege, der an seinem Schreibtisch saß, wurde aufmerksam und kam zu ihnen herüber. »Um was geht es, Monica?«

»Dieser Herr möchte Informationen über einen Kunden.«

Der Mann schaute erst Edward an, dann die Geldscheine.

Verbindlich lächelnd steckte er sie schließlich ein. »Ich kümmere mich schon darum, Monica.« Er beugte sich über einige Unterlagen und reichte gleich darauf Edward ein Formular.

Edward überflog die schriftlichen Angaben. Zakros hatte einen weißen Mercedes gemietet. Rasch schrieb er sich die Kfz-Nummer auf.

»Die beiden haben nicht zufällig erwähnt, wohin sie wollen, oder?«

Monica zuckte die Achseln. »Nein. Das tun die wenigsten ... Allerdings erkundigten sie sich, wo sie Landkarten von Frankreich kaufen können.«

Victoria und Edward hasteten zu ihrem eigenen Wagen zurück. »Aber wo in Frankreich?« rief sie hilflos.

»Alles der Reihe nach«, sagte Edward. »Mir ist gerade etwas klargeworden. Paß mal auf: Als die beiden gestern ins Hotel kamen, ahnten sie noch nicht, daß sie beschattet wurden, und hatten folglich die Blunt-Bilder bei sich. Als sie dann ausgingen, brachten sie die Bilder in den Tresorraum des Hotels.« Edward ließ den Wagen an und fädelte sich in den Verkehr ein. »Als die beiden zurückkamen, bestätigte sich ihr vager Verdacht, daß sie verfolgt wurden, worauf sie einen Plan ausknobelten, um uns abzuhängen.« Er fuhr wieder in Richtung See. »Absichtlich ließen sie die Reisetaschen in dem blauen Renault liegen, um ihre Verfolger in dem Glauben zu wiegen, daß sie nur kurz haltmachten, um zur Gepäckaufbewahrung zu gehen.« Schon war Edward an der Brücke angelangt. »Folglich müssen sie zuerst zum Hotel zurück, um die Blunt-Bilder und die Dokumente zu holen, bevor sie irgendwo anders hin können.«

Edward wagte fast halsbrecherische Manöver, aber der Verkehr war so dicht, daß der Audi mehrmals in einen Stau geriet. Als sie das Hotel »Helvétique« erreichten, sahen sie sofort, daß da kein weißer Mercedes in der Nähe stand. Edward parkte den Audi und ging dann in die Hotelhalle zum Empfangschef, mit dem er am Vorabend gesprochen hatte. »Ist Doktor Quincy bereits abgereist?«

»Ich glaube schon, werde aber zur Sicherheit noch mal nachfragen.« Er wandte sich um und sprach mit einem Kollegen.

Der Kollege nickte zustimmend. »Doktor Quincy hat schon heute vormittag seine Zimmerrechnung bezahlt, ließ aber sein Gepäck aus Sicherheitsgründen lieber bei uns im Hotel, als er mit seiner Begleiterin zum Bummeln ging. Doch die beiden holten es vor ungefähr einer Viertelstunde wieder ab.«

»Aha, besten Dank«, sagte Edward mit einem gezwungenen Lächeln. Als er sich dann zu Victoria ins Auto setzte, fluchte er unterdrückt, obwohl das sonst gar nicht seine Art war.

Victoria öffnete die Landkarte und breitete sie auf ihren Knien aus. »Frankreich! Du lieber Gott, da gibt's ungefähr fünf oder sechs Grenzübergänge von Genf nach Frankreich. Die Stadt ist ja förmlich von Frankreich umgeben!«

Edward schaute sie verblüfft an, nahm ihr die Landkarte weg und studierte sie einige Sekunden.

»Was ist los?«

»Du ahnst ja nicht, was du gerade gesagt hast.«

»Wieso?«

Edward schob ihr wieder die Karte zu und ließ den Wagen an. Er beschleunigte auf der Rue Saint-Léger und bog dann nach links, um zum Boulevard Jacques Delcroze hinunterzupreschen. »Ich werd's dir erklären. Nancy und Zakros merkten erst gestern abend, als sie in ihr Zimmer zurückkamen, daß sie entlarvt waren. Folglich mußten sie in der Nacht völlig neue Pläne schmieden. Wahrscheinlich haben sie inzwischen mit jemandem aus Kofas' Organisation in Griechenland Kontakt aufgenommen. Vielleicht mit Stamatis Leondaris' Frau, falls es nicht sogar noch andere Mitglieder der Brigade gibt. Auf die Weise erfuhren sie vom Unglück der Cessna und haben uns daraufhin diese Falle gestellt. Sie lockten uns erfolgreich auf eine falsche Fährte ... und entwischten.« Edward verlangsamte das Tempo am Boulevard des Tranchées und beschleunigte dann wieder auf der Route de Malagnou. »Wie die beiden sich am Bahnhof benahmen, beweist, daß sie sich verfolgt fühlten …«

»Das ist doch längst klar«, erwiderte Victoria etwas ungeduldig.

»Wenn du verfolgt wirst, hinterläßt du keine verräterischen Hinweise, oder?« redete Edward unbeirrt weiter.

»Aber das haben sie doch auch nicht! Wie gesagt, es gibt fünf oder sechs Möglichkeiten, von hier nach Frankreich zu gelangen.«

»Sie fahren aber nicht nach Frankreich!«

»Was? Woher willst du das wissen?«

»Wissen kann ich's nicht, aber ich vermute es. Genau deshalb haben sie die Frau in der Leihwagenfirma nach französischen Landkarten gefragt. Sie wollten uns reinlegen, aber auf versteckte Art und Weise. Es bestand schließlich die Chance, daß die Verfolger bei der Leihwagenfirma auftauchen, und so sorgten sie für ein wenig Verwirrung.«

»Aber wohin dann …?«

»Es gibt zwei Möglichkeiten. Entweder bleiben sie in der Schweiz, verstecken sich hier in Genf und harren einige Tage lang aus. Aber sie brauchen ja eine gute Zeitung für die Veröffentlichung, und Genf hat keine wirklich guten Zeitungen. Damit bleibt dann eigentlich nur Zürich. Die *Neue Zürcher Zeitung.«* Edward überholte einen riesigen holländischen Caravan. »Aber überleg mal. Die Geschichte mit Blunt ist nicht gerade schmeichelhaft für die Schweiz. Sie wirft ein schlechtes Licht auf Schweizer Banken. All diese Nazi-Beute, die hier in Tresoren verschwand. Wie ich die Schweizer kenne, ist es durchaus möglich, daß die Zeitung, der Nancy und Zakros ihre Story anbieten, sie einsperren läßt, statt etwas zu veröffentlichen, was ihre heißgeliebten Banken verunglimpft.«

»Und?«

»Und … somit bleibt die zweite Möglichkeit.« Edward deutete nach vorne auf ein Straßenschild.

»Chamonix?« sagte Victoria erstaunt. »Das liegt aber auch in Frankreich.«

»Ich denke da an den Montblanc-Tunnel, der nach Italien führt. Italien hat jede Menge guter Zeitungen – in Mailand, Florenz, Rom und Neapel. Und von dort können die beiden mit dem Schiff nach Griechenland reisen oder auch in die USA fliegen.«

»Aber wie können wir da sicher sein?«

»Das können wir nicht, aber wir müssen's trotzdem riskieren.«

»Warum alarmieren wir nicht die französische oder italienische Polizei, damit sie die Grenze abriegelt?«

»Und wie willst du die per Telefon überzeugen? Ohne alles zu verraten? Und wie lange würde es dauern? Chamonix liegt 80 Kilometer entfernt, fast nur Autobahn. Also 35, höchstens 40 Minuten. Nicht mal einen Hubschrauber kriegen wir rechtzeitig dorthin, und sobald die beiden in Italien sind, haben sie die Auswahl zwischen allen möglichen Straßen. Als nächstes lassen sie dann ihren Mercedes irgendwo stehen und nehmen sich einen anderen Wagen.«

Victoria versank in Schweigen, während Edward den Audi geschickt durch die Vororte von Genf lenkte. Schon nach kurzem war die französische Grenze erreicht, die sie problemlos passierten. Victoria meinte dazu düster: »Bei denen ging's vermutlich auch so glatt.«

Edward jagte den Audi auf 190 Stundenkilometer und behielt dieses Tempo bei. Beide dachten das gleiche: Der Mercedes vor ihnen schaffte das und noch mehr. Sie kamen an Vetraz und Arenthon vorbei. Inzwischen war es ein strahlend schöner Tag geworden. Nach Bonneville überquerte die Straße den Fluß Arve, wie sie auf einem Schild lasen. Das Tal wurde immer enger, die Abhänge immer steiler. In der Gegend von Cluses verlief die Straße auf hohen Stützen.

»Ach du lieber Gott!« stöhnte Victoria, als sie sah, daß Straßenarbeiten angekündigt wurden. »Das letzte, was wir brauchen.«

»Mit etwas Glück könnte es genau das sein, was wir brauchen«, widersprach Edward. »Halt uns die Daumen. Was meinst du, wie weit voraus die beiden sind? Falls sie's überhaupt sind.«

»Zehn, fünfzehn Minuten. Vielleicht etwas mehr.«

Laut Beschilderung wurde der Verkehr in ihrer Richtung auf die andere Seite umgeleitete, so daß auf sechs Kilometern Gegenverkehr herrschte. Kleine Plastikpfosten steckten alle 20 Meter in der Fahrbahndecke, und Überholen war verboten. Edward wurde durch einen Schwerlaster, der sich die Steigung hinaufmühte, gebremst und fiel auf 40 Stundenkilometer zurück. Zwei Laster kamen ihnen entgegengerumpelt, gefolgt von einem Bus. Direkt danach scherte Edward aus, steuerte den Audi zwischen zwei Markierungen hindurch auf die Gegenfahrbahn und überholte den Laster, der vor ihm fuhr, und dann noch einen. Der Fahrer hupte durchdringend und blendete die Scheinwerfer auf. Ein Personenwagen, der ihnen entgegenkam, gleichfalls. Edward lenkte auf die rechte Seite zurück und drückte den Gashebel ganz durch.

Das nächste Hindernis war einen knappen Kilometer entfernt. Wieder raste er darauf zu, schaltete herunter und scherte aus, sobald sich ihm eine Chance bot. Er überholte zwei Busse, deren Insassen sich die Hälse verrenkten, als der Audi an ihnen vorüberfegte. Edward riß das Steuer nach rechts, streifte diesmal aber einen der Pfähle, der umknickte und auf der Straße herumkegelte, wie Edward im Rückspiegel sehen konnte. Der vordere Bus ließ drohend seine Hupe ertönen, doch der Audi war schon ein ganzes Stück weiter. »Falls Nancy und ihr Liebhaber hinter einen langsamen Laster gerieten, könnten wir Minuten aufholen«, sagte er mit gepreßter Stimme. Noch zweimal jagte er den Audi auf die Gegenfahrbahn. Jedesmal wurde er von den anderen Fahrern angehupt und angeblendet. Noch einmal prallte er gegen einen Plastikpfosten, der einem entgegenkommenden Laster direkt vor die Räder geschleudert wurde. Hätte der Fahrer gebremst, wäre es vielleicht zu einem schrecklichen

Unfall gekommen, doch er war so geistesgegenwärtig, weiterzufahren und den Pfosten zu zermalmen.

Kurz darauf waren die Straßenarbeiten beendet, und eine freie Autobahn lag vor ihnen. Edward steigerte den Audi auf fast 200 Stundenkilometer, was aber auch das Äußerste war, denn das Lenkrad begann stark zu zittern. Sie kamen an Magland und Sallanches vorbei. »Wieviel Uhr?«

»11.45 Uhr.«

»Wann fuhren wir in Genf los?«

»Genau vor 21 Minuten.«

»Eventuell haben wir durch meine Überholmanöver vier bis fünf Minuten eingespart. Das läßt ihnen immer noch drei bis vier Minuten Vorsprung, also ein ganzes Stück auf einer Autobahn.«

»Falls sie überhaupt vor uns sind.«

Statt einer Antwort stieg Edward noch energischer aufs Gaspedal Sie passierten Le Fayet und dann Servoz. Ein Schild informierte sie, daß der Montblanc-Tunnel noch zwölf Kilometer entfernt war.

Die Berge zu beiden Seiten der Autobahn waren nun sehr nah, und die Luft wurde plötzlich viel kühler. Beide hielten angestrengt nach einem weißen Wagen Ausschau. Kurz darauf näherten sie sich der Autobahnstation, wo Gebühren erhoben wurden. »Lehn dich zurück, und schließ die Augen«, befahl Edward.

»Was ...?«

»Tu, was ich dir sage!« Gleichzeitig blendete er die Scheinwerfer voll auf. Vor ihm war eine Reihe von sieben oder acht Zahlstellen und davor jeweils eine Schlange von neun oder zehn Autos und Wohnwagen. Edward fuhr weit nach rechts und dann an den wartenden Fahrzeugen vorbei bis ganz nach vorne. Dem wütenden Fahrer des ersten Autos schrie er zu: »Hôpital! Crise de cœur! Hôpital!« und gestikulierte dabei wild in Richtung Victoria.

Der Fahrer reckte den Hals, warf einen Blick auf Victoria und ließ Edward dann vorbeifahren.

Er winkte ihm zum Dank zu, fädelte sich geschickt ein und hielt neben der Kassiererin. Als er ihr Geld gab, sagte er halblaut zu Victoria: »Gerade ist ein weißer Mercedes durchgefahren. Ich weiß nicht, ob sie's sind. Wenn ja, dann haben sie uns hoffentlich nicht gesehen.«

Nachdem Edward das Wechselgeld bekommen hatte, raste er los, doch schon bald hörte die Autobahn auf, und der Audi wurde durch einen Caravan blockiert. Dessen Fahrer brauchte eine kleine Ewigkeit, um einen anderen, ganz ähnlichen Caravan zu überholen. Bevor sich Edward eine Möglichkeit zum Ausscheren bot, verlangsamte sich der Verkehr wegen der französischen Grenzkontrollen.

»Hurra!« rief Victoria plötzlich. »Weißer Mercedes, fünf Wagen vor uns.«

Ein Fahrzeug nach dem anderen wurde durchgewinkt, doch als der Audi sich dem uniformierten Zollbeamten näherte, hielt dieser Edward an.

»Was ist denn nun los?« staunte Victoria.

Der Mann deutete mit dem Zeigefinger. Edward öffnete die Tür und schaute nach hinten. Ein Teil der Chromleiste war offensichtlich von einem der Plastikpfähle abgerissen worden und hing nun schräg nach unten. Edward zog die Handbremse an, stieg aus und schaffte es auch tatsächlich, durch rasche Hin- und Herbewegungen das Metallstück abzuknicken. »Merci«, rief er dem Zollbeamten zu, stieg wieder ein, warf die Chromleiste auf den Rücksitz, löste die Handbremse und fuhr los.

Die Tunnelöffnung tauchte auf – ein dunkler Zylinder mit bernsteinfarbenen Lichtpunkten. Im ersten Teilstück war die Straße vierspurig, verengte sich aber bald auf zwei Bahnen. Wieder war Überholen verboten, und auf dem ersten Kilometer waren entlang der Mittellinie noch mehr Pfähle angebracht, diesmal sogar aus Metall. Wieder mußte Edward hinter einem Caravan herschleichen, nutzte jedoch die erste Gelegenheit, als die Trennpfosten aufhörten, um ihn zu überholen. Ein entgegenkommender Bus blendete ihn mit seinen Scheinwerfern. Danach war der Gegenverkehr zu stark für Überholmanöver.

»Wie lang ist der Tunnel?« erkundigte sich Victoria.

»17 Kilometer – also noch 14 Kilometer bis zum Ende.«

Plötzlich war die Straße frei, und Edward konnte zwei Autos und einen Lieferwagen hinter sich lassen. Als er wieder auf die rechte Spur lenkte, befand sich direkt vor ihm ein Volvo-Kombi und vor diesem ein weißer Mercedes.

»Sie sind's!« sagte Victoria aufgeregt. »Nancy hat sich gerade umgedreht.«

»Ja ... sie haben uns bemerkt.«

Als die Gegenfahrbahn frei war, überholte der weiße Mercedes einen BMW, und Edward den Volvo, mußte aber hinter dem BMW bleiben, da ein Sattelschlepper entgegenkam. Weitere Fahrzeuge – hauptsächlich Busse – folgten.

»Nancy beugt sich zum Rücksitz«, sagte Victoria. »Sie zerrt an irgend etwas, vielleicht an einer Tasche.«

Da ein anderer Wagen vor ihnen fuhr, konnten Victoria und Edward nicht gut sehen, was in dem Mercedes vor sich ging. Die Scheinwerfer des Gegenverkehrs machten die Sache nicht gerade leichter. Der Mercedes beschleunigte auf etwa 80 Stundenkilometer. Der BMW mit einem Turiner Nummernschild drehte ebenfalls auf, um den Anschluß nicht zu verlieren. Edward folgte, wie auch der Volvo, der immer noch hinter ihm war.

»Sie hebt den Arm. Ich wundere mich, was sie ...«

Plötzlich flog ein Gegenstand durch das offene Schiebedach des Mercedes. Es war eine Tasche, eine weiche Reisetasche im Stil von Louis Vuitton, ziemlich groß und offensichtlich vollgepackt. Sie sahen, wie sie auf den Kofferraum des Mercedes fiel und auf die Straße rollte.

»Paß auf!« schrie Victoria gellend, als der BMW auf die Tasche fuhr und jäh bremste. Autos, Caravans und ein Laster rasten auf der anderen Straßenseite vorbei. Edward trat auf die Bremse, und Victoria stemmte sich mit beiden Händen gegen das Armaturenbrett, um nicht gegen die Windschutzscheibe geschleudert zu werden. Die Reifen des Audi und die der Wagen hinter ihm quietschten, und dieser hohe durchdringende Ton wurde von den Tunnelwänden noch vervielfacht. Doch schaffte Edward es, den Audi unter Kontrolle zu behalten und nicht auf den BMW aufzufahren. Nur einen Sekundenbruchteil später jedoch krachte der Volvo von hinten auf den Audi und katapultierte ihn einige Meter weiter, so daß er nun doch auf den BMW knallte, der wiederum einige Meter weitergeschoben wurde. Klirren und Scheppern hinter ihnen verriet Edward, daß weitere vier oder fünf Wagen, wenn nicht mehr, ineinander verknäuelt waren. Der weiße Mercedes war schon 50 Meter weiter und erhöhte noch das Tempo.

»Mist!«

Einige Fahrzeuge hinter ihnen waren offensichtlich auf die Gegenfahrbahn geschoben worden, da nun die Fahrzeuge aus dieser Richtung hart bremsten.

Edward und Victoria verließen den Audi und schauten sich das Unheil an. Ja, etwa ein halbes Dutzend Autos war in den Unfall verwickelt. Sie gingen zu dem Fahrer des BMW nach vorne, der sich bemühte, die Vuitton-Tasche unter seinem Wagen hervorzuziehen. Edward und Victoria bückten sich, um ihm zu helfen.

»Was sind das nur für Leute?« rief der Italiener. »Verrückt ... Und ich habe mir nicht mal die Nummer gemerkt.«

»Aber ich«, beruhigte ihn Edward. »So, jetzt ziehen wir mal zusammen an dem verdammten Ding.«

Die ölverschmierte und zerrissene Tasche gab endlich nach, als sie mit vereinten Kräften daran zerrten, doch bei dieser Gewaltaktion wurde das Nummernschild des BMW, das schon durch den Aufprall lädiert war, abgerissen. »Leider hat es Ihren Wagen schlimm erwischt, tut mir leid«, meinte Edward. »Aber wenigstens ist Ihnen nichts passiert, während der Fahrer des Volvo blutet«, redete er weiter und deutete nach hinten. Der Besitzer des BMW trat gleich zu dem Verwundeten, worauf Edward Victoria zublinzelte und eine Kopfbewegung zum BMW hin machte. Sie begriff sofort, was er beabsichtigte.

Als der Italiener sich zu dem Volvofahrer hinunterbeugte, stiegen Edward und Victoria rasch in den BMW, dessen Motor sogar noch lief. Edward legte den ersten Gang ein und brauste los. Der Italiener schaute hoch, schrie etwas und lief hinter ihnen her. Aber es war zu spät. Der Kofferraum des BMW war eingedellt, aber sonst war der Wagen völlig unbeschädigt. Als Edward beschleunigte, kamen sie an einem Schild vorbei, das die Mitte des Tunnels angab. Also noch knapp acht Kilometer bis nach Italien. Obwohl die erlaubte Höchstgeschwindigkeit nur 70 Stundenkilometer war, jagte Edward den BMW auf 130 hoch. Vor ihnen waren Schlußlichter zu sehen. Auf der Gegenfahrbahn herrschte reger Verkehr, aber Edward ging nicht mit dem Tempo herunter.

Als sie dicht hinter dem Mercedes waren, sahen sie im Licht ihrer Scheinwerfer, daß Nancy sich umdrehte und zurückschaute. Edward schaltete das Fernlicht ein, um Nancy und Zakros zu blenden. Der Zwischenfall mit der Tasche hatte in Edward jedes Gefühl für Nancy getötet. Sie war böse, unmenschlich. Nun fing er an, sie zu hassen. Wieder drehte sie sich um und schrie dann Zakros etwas zu. Edward gab Gas und rammte den Mercedes, da er erreichen wollte, daß die Mercedes-Räder ins Flattern gerieten und Zakros bremsen mußte. Das würde ihn vielleicht ins Schleudern bringen.

Nancy drehte sich wieder um, und Edward fuhr ein zweites Mal voll auf den Mercedes auf. Ein lautes, metallisches Krachen, aber sonst geschah nichts. Er verfluchte die Tatsache, daß ein Mercedes ein so robuster Wagen war.

Plötzlich scherte der Mercedes aus und ließ in Sekundenschnelle einen großen Citroën hinter sich. Ein entgegenkommender Laster blendete auf und hupte durchdringend. Edward mußte hinter dem Citroën bleiben.

»Sei vorsichtig!« warnte ihn Victoria. »Vielleicht versuchen sie wieder den Taschentrick.«

»Meinst du, den könnte ich je vergessen?«

Aber nichts geschah.

»Wahrscheinlich haben sie keine Taschen mehr«, meinte Victoria ironisch. »Es sind nur noch die Blunt-Sachen übrig.«

Sekunden später überholte der Mercedes einen kleinen Laster, Edwards BMW den Citroën. Wieder eine Kilometerangabe. Der Mercedes ließ einen Caravan hinter sich, der BMW den kleinen Laster. Ein weiteres Schild kündigte an, daß die »Dogana« noch sechs Kilometer entfernt war. Heftiger Gegenverkehr verhinderte jegliche Überholmanöver, bis sie an zwei weiteren Entfernungsschildern vorüber waren. Noch vier Kilometer. Der Mercedes scherte wieder aus, und Edward machte es ihm nach. Er schaffte den Caravan, aber der Mercedes war schon zwei Laster weiter, als wild blinkender Gegenverkehr Edward zwang, hinter dem zweiten Laster zu bleiben. Noch drei Kilometer. Edward schaltete herunter, um rasch beschleunigen zu können, sobald der Verkehr nachließ. Der Motor protestierte mit lautem Aufheulen.

Sie fuhren unter zwei gewaltigen zylindrischen Ventilatoren hindurch, die den Tunnel mit Luft versorgten. Zakros riß den Mercedes nach links, und Edward drückte sofort den Gashebel ganz durch. Als der Wagen losjagte, sah er aus dem Augenwinkel das nächste Schild vorbeiflitzen. Noch zwei Kilometer!

Edwards BMW wurde noch schneller und holte auf.

Er begann, den hinteren Laster zu überholen. In einiger Entfernung – vielleicht 300 Meter – brauste ein Bus heran. Der Mercedes hatte seinen Überholvorgang beendet und fuhr wieder auf der rechten Spur, doch Edward blieb unbeirrt auf der linken Seite. Der Laster kam ihm überlang vor. Mit aufgeblendeten Scheinwerfern und dröhnender Hupe kam der Bus immer näher. Endlich war es geschafft! Edward riß das Steuer herum und quetschte sich mit dem BMW direkt vor den Laster. Immer noch wild hupend raste der Bus vorüber.

Die Straße hinter dem Bus war frei, und Edward lenkte sofort nach links hinüber. Auch der Mercedes überholte schon wieder. Nur noch einen Kilometer! Schon war am Ende des Tunnels Tageslicht zu sehen. Ein Tankwagen mit Anhänger kam ihnen entgegen, noch 200 oder 300 Meter entfernt. Der Mercedes war gerade im Begriff, an einem Bus vorbeizufahren, während der BMW auf gleicher Höhe mit einem Wohnwagen war. Der Mercedes hatte nur noch 30 Meter Vorsprung, aber der BMW konnte nicht weiter aufholen. Eher vergrößerte sich der Abstand wieder.

Edward schaltete das Fernlicht ein, was anscheinend den Tankwagenfahrer irritierte, denn er blendete nun gleichfalls auf. Dadurch war der Mercedes von vorn und hinten in gleißendes Licht getaucht. Da sah Edward plötzlich etwas, das ihn erschrecken ließ, und er zog den Wagen rasch auf die rechte Seite. Gerade noch rechtzeitig!

Um das Ende des Tunnels zu markieren, hatte man eine Reihe von robusten, rot-weißen Metallpflöcken entlang der Mittellinie der Straße eingefügt. Die Pflöcke standen sehr dicht, nur wenige Zentimeter auseinander. Der Mercedes befand sich nun auf der falschen Fahrbahn, und der Tankwagen war nur noch 70 Meter entfernt.

Zakros fuhr voll in die Pflöcke hinein. Der schwere Mercedes knickte einige um, und einer oder zwei wurden abgerissen und flogen durch die Luft. Andere jedoch verklemmten sich zwischen den Wagenrädern und dem Chassis. Einer beeinträchtigte offensichtlich die Steuerung, denn Zakros hatte den Wagen nicht mehr unter Kontrolle. Der Mercedes durchbrach die Pfostenreihe, knallte gegen die Tunnelwand, wurde durch den Aufprall zurückgeworfen, schleuderte und geriet rückwärts auf die Mitte der Straße.

»Brems!« kreischte Victoria. »Um Gottes willen ... brems!«

Edward bremste nicht nur, sondern schaltete auch die Blinkanlage ein, damit das Fahrzeug hinter ihm gewarnt wurde. Der Mercedes war nun ungefähr 70 Meter vor ihnen und rutschte rückwärts auf der falschen Seite dahin.

Der BMW fuhr nur noch ungefähr 15 Stundenkilometer, als der Tankwagen mit dem Mercedes zusammenkrachte. Der Fahrer versuchte sein Bestes, hatte aber weder genug Zeit noch genug Platz, um rechtzeitig anzuhalten. Die Führerkabine des Tankwagens bäumte sich über dem Kofferraum des Mercedes auf. Der erste Anhänger des Tankwagens schob sich quer über die Straße, vorwärtsgetrieben durch den zweiten. Der Metalltank krachte ein zweites Mal auf den Mercedes, und Victoria sah, wie Benzin aus einem Riß sickerte.

»Raus!« schrie sie gellend.

Sie verließen fluchtartig den BMW, hinter dem der Verkehr mit quietschenden Bremsen zum Halten kam. Zwei Wagen fuhren aufeinander auf. Die beiden kümmerten sich jedoch nicht darum, sondern rannten so schnell wie möglich auf der Gegenfahrbahn von dem Tankwagen weg. Sie hatten vielleicht 30 Meter geschafft, als ein heißer Luftstrom sie erfaßte. Unbeirrt rannten sie weiter. Eine Sirene schrillte, als der Rauchdetektor sich einschaltete und die großen Ventilatoren unter dem Tunneldach plötzlich mit doppelter Geschwindigkeit arbeiteten. Sie wirbelten Luft in Richtung Feuer.

Edward und Victoria liefen weiter, wenn auch nicht mehr so schnell, als sie sicher sein konnten, daß sie dem Feuer und der damit verbundenen Erstickungsgefahr entronnen waren. Plötzlich traf sie ein kühlerer Hauch, und Victoria keuchte: »Das reicht. Hier kommt frische Luft rein.«

Völlig außer Atem, hielten sie an und schauten zurück. Ein gewaltiges Feuer loderte, und sie hörten das angsteinflößende Toben der Flammen, das Knistern und Krachen, die Schreie Sterbender. Sie warteten fünf Minuten, zehn, fünfzehn Minuten. Immer wieder gab es neue Explosionen, wenn eine weitere Kammer des Tankers platzte.

Andere Fahrer gesellten sich zu ihnen und fragten mit bleichen Gesichtern, wie es zu dem schrecklichen Unglück gekommen sei. Sie aber schüttelten nur den Kopf, als ob sie unter Schock stünden. Und so war es auch. Dann hörten sie die Sirene der Feuerwehr, und der Löschzug, der am Tunnelausgang für Notfälle bereitstand, kam herangerast. Inzwischen drang der Gestank nach brennendem Benzin, brennendem Autolack und brennendem Fleisch bis zu ihnen. Alle fingen an zu husten.

Die Flammen wurden gelöscht, und an ihrer Stelle stieg dicker schwarzer Rauch auf, der den Hustenreiz noch verstärkte. Da die Ventilatoren jedoch immer noch auf Hochtouren arbeiteten, bestand keine ernsthafte Erstickungsgefahr. Edward schaute auf seine Armbanduhr. 11.50 Uhr. Eine halbe Stunde war seit dem Zusammenstoß vergangen. »Komm mit«, forderte er Victoria auf.

Sie gingen zum BMW zurück und an ihm vorbei. Gestank und Hitze waren kaum zu ertragen, aber die Rauchschwaden begannen sich aufzulösen. Überall stand Wasser.

Der vordere Teil des Tankwagens hatte den Mercedes unter sich begraben. Sie bückten sich, um ins Innere zu spähen.

»Nicht schauen!« riet ein Feuerwehrmann, der hinter einem Rauchschleier fast verschwand. »Den Anblick werden Sie Ihr Leben lang nicht vergessen.«

Edward und Victoria hatten jedoch keine andere Wahl. Sie mußten wissen, was passiert war. Sie starrten auf das, was von Nancy und Zakros, den Reisetaschen, den Papprollen und den einstmals herrlichen Bildern übriggeblieben war.

Dabei war nichts zu sehen, denn nichts hatte das gewaltige Feuer übergestanden. Aber der Feuerwehrmann hatte recht: Sie würden diesen Anblick nie vergessen.

Der Butler beugte sich leicht nach vorne und füllte Lockwoods Glas mit rotgoldenem Wein.

»Mein Vater hat ihn gekauft, Mister Lockwood. Ich bin keine Autorität, was Wein betrifft.« Das Lächeln der Queen wirkte völlig entspannt. »Aber ich habe mir sagen lassen, daß dies einer der besten überhaupt ist.«

Es stimmte, denn es war ein 1928er Chateau d'Yquem.

Das Mittagessen wurde in einem Teil des Palasts serviert, den weder Lockwood noch irgendein Premierminister vor ihm je betreten hatte: in den privaten Gemächern der Königsfamilie. Der Herzog von Edinburgh und Prinzessin Anne waren anwesend. Prinzessin Margaret war immer noch auf Mustique und anscheinend immer noch krank.

»Ich möchte erfahren, was heute vormittag geschah, Mister Lockwood. Aber vorher ... Wie geht es Ihrem Enkel? Haben Sie Neuigkeiten?«

»Etwas besser, Madam, vielen Dank. Das Blutgerinnsel hat sich nicht neu gebildet, und der Druck im Gehirn wurde gesenkt. Unberufen! Die Operation scheint ein Erfolg gewesen zu sein.«

Die Queen nickte lächelnd.

»Nun zu heute vormittag ... Was da passierte, war äußerst unschön, fürchte ich.«

»Jetzt ist nicht die Zeit, zimperlich zu sein.«

Also berichtete Lockwood über den »Unfall« im Montblanc-Tunnel. Alle Einzelheiten kannte er selbst noch nicht. Als er geendet hatte, schwieg die Queen einen Augenblick, bevor sie sagte: »Der Tankwagenfahrer ... Kennen wir seinen Namen?«

»Er war Italiener, und ich werde es herausfinden.«

»Ich denke, wir sollten seine Familie finanziell unterstützen – natürlich diskret. Dasselbe gilt für die Familie des Piloten, der in Griechenland umkam ... Es tut mir sehr leid, daß es dazu kommen mußte.« Am Tisch entstand ein fast peinliches Schweigen. Es ließ sich nicht leugnen, daß unschuldige Menschen leiden und sogar sterben mußten, nur um den guten Namen des britischen Königshauses zu retten.

»Und ...« Die Queen wirkte plötzlich verlegen. »Die Bilder? Die Dokumente?«

»Alles zerstört, Madam. Es entstand ein gewaltiges Feuer, das durch die Ventilatoren im Tunnel sogar noch mehr angefacht wurde. Die Kartonrollen und die darin aufbewahrten, zusammengerollten Leinwände, die Taschen mit anderen Bildern und die Dokumente, die Aktenmappe – all das wurde bei der Explosion vernichtet. Andover und Tatton überzeugten sich selbst davon. Frau Doktor Shelby, die als einziges Mitglied der »Apollo-Brigade« überlebte, war zwar mit den Zielen der Erpresser vertraut, hat aber nie die Blunt-Bilder zu Gesicht bekommen und kennt auch keine Einzelheiten. Sie stellt keine Gefahr dar.«

Wieder entstand Schweigen. Dann sagte die Queen: »Was Sie betrifft, Mister Lockwood, so steht Ihnen ein schwieriger Nachmittag im Unterhaus bevor.«

»Nicht so schwierig wie der gestrige Abend, Madam.«

Die Queen nickte. »Mag sein ... Aber diesmal glaube ich, Ihnen helfen zu können.« Sie teilte ihm zweierlei mit, was seine Augen aufleuchten ließ. Er schaute die Prinzessin an und dann wieder ihre Mutter.

»Ich danke Ihnen, Madam. Vielen, vielen Dank!«

»Der Premierminister!« Der Präsident raffte seinen Umhang zusammen und setzte sich. Das Unterhaus war wieder brechend voll. Abgeordnete, Persönlichkeiten des öffentlichen Lebens, die normalen Zuschauer auf der Tribüne und außerdem noch über hundert Adlige aus dem Oberhaus.

Lockwood trat ans Rednerpult und schaute zur Uhr hinauf. Es war gerade 15.15 Uhr. Er trug einen doppelreihigen blauen Anzug, ein hellblaues Hemd und eine Seidenkrawatte mit Paisley-Muster. Wie schon so oft hatte er keine Notizen dabei. Genüßlich ließ er den Blick über die versammelten Parlamentarier schweifen. George Keld und Arthur Page schaute er länger an als die anderen.

»Herr Präsident«, begann er mit lauter Stimme. »Als erstes möchte ich mich bei diesem Hohen Haus entschuldigen.« Die Abgeordneten wurden unruhig. Dies war nicht der Lockwood, den sie erwarteten. War er nicht gerade im Buckingham Palace bei der Queen gewesen? Stand er nicht kurz davor zurückzutreten? Es wurde wieder still, mucksmäuschenstill. »Ich bitte das Haus um Entschuldigung, weil ich in der gestrigen Debatte ehrenwerte Mitglieder in die Irre führte. Ich führte sie nicht etwa freiwillig in die Irre, sondern weil ich dazu gezwungen war. Am besten kann ich erklären, was ich meine, wenn ich dem Haus Bericht erstatte über gewisse Ereignisse der letzten Tage und Wochen, von denen dieses Hohe Haus keine Kenntnis hat. Nach meinem Bericht wird das Hohe Haus hoffentlich anerkennen, daß ich korrekt handelte, als ich gewisse … Geheimnisse nicht vor dem heutigen Tag preisgab.« Lockwood unterbrach sich und warf Keld und Page wieder einen scharfen Blick zu. Beide Männer schauten zurück, ohne eine Miene zu verziehen.

»Vor knapp drei Wochen wurde in *The Times* kurz erwähnt, daß Prinzessin Margaret auf der Karibikinsel Mustique wegen einer Lebensmittelvergiftung das Bett hüten müsse. Am selben Tag war Ihre Majestät an Grippe erkrankt. Vielleicht erinnern Sie sich noch daran … Nun, ich muß dem Hohen Haus mitteilen, daß keine dieser Meldungen stimmte. Am Tag davor hatte eine Gruppe von sieben Terroristen, meistens Griechen, die sich die ›Apollo-Brigade‹ nannte, die Prinzessin gekidnappt und hielt sie als Geisel …«

Immer größere Unruhe kam im Unterhaus auf. Die Parlamentarier begannen zu begreifen, daß sie hier ein ganz anderes Schauspiel erlebten, als sie erwartet hatten. Lockwood nahm Page wieder ins Kreuzfeuer seiner Blicke. »Ich brauche wohl kaum hinzuzufügen, daß die Forderungen dieser ›Apollo-Brigade‹ darin bestanden, die sogenannten Elgin Marbles an Athen zurückzugeben. Damit begann eine äußerst gefährliche Phase. Tage und Wochen, in denen nur ich und einige wenige vertrauenswürdige Berater das ganze Drama kannten. Tage und Wochen, in denen die Queen große Angst um ihre Schwester haben mußte.« Lockwood schaute zur Ehrentribüne hinauf, wo Mordaunt saß. Die Geschichte mit der Entführung Prinzessin Margarets war die Idee der Queen gewesen, um Lockwood zu helfen, wie sie ihm beim Mittagessen anvertraut hatte. »Tage und Wochen, in denen es den Anschein hatte, wie mir gestern in diesem Haus mehrmals vorgeworfen wurde, als verhalte ich mich autoritär und sogar verfassungswidrig. Tage und Wochen, in denen es den Anschein hatte, als gleite der Regierung das Heft aus der Hand, als sei sie völlig unentschlossen, wie es hier bezeichnet wurde.« Lockwood hob stolz den Kopf höher. »Nichts davon stimmte! Aber ich – wir – konnten dem Hohen Haus nichts von dem erzählen, was wir wußten. Es war Bedingung der Kidnapper, daß nichts bekanntwerden durfte. Sie hatten eigene Pläne, wie sie mit ihrer Fassung der ganzen Geschichte an die Öffentlichkeit treten wollten, sobald die Marbles in Griechenland angekommen waren.

Natürlich saß die Regierung nicht untätig herum und drehte Däumchen, als diese Forderungen gestellt wurden. Niemand kann von mir erwarten, daß ich Details offenbare, die unsere Sicherheitskräfte bei zukünftigen Einsätzen etwa beeinträchtigen würden. Andererseits wird das Hohe Haus aber sicher von mir erwarten, Ihrer Königlichen Hoheit die besten Wünsche zu übermitteln, nachdem sie dieses Martyrium glücklich überstanden hat. Ich darf Ihnen auch jetzt noch nicht alles enthüllen, kann aber sagen, daß wir ziemlich rasch herausfanden, daß die Brigade, wie sie sich nannte, aus sechs Griechen und einer Amerikanerin bestand. Ein Mitglied der Brigade hielt sich in der Schweiz auf, die anderen lebten alle in Griechenland.« Lockwood hatte beschlossen, Eugenie Shelby lieber gar nicht zu erwähnen. »Ich spreche von der Brigade im Imperfekt, weil unser Eingreifen heute vormittag gegen 11 Uhr von Erfolg gekrönt wurde. Prinzessin Margaret, wie ich schon sagte, ist in Sicherheit, während alle Mitglieder der ›Apollo-Brigade‹ tot sind. Eine ausführlichere Erklärung – vorausgesetzt, die Sicherheitskräfte sind damit einverstanden – wird heute noch von Downing Street abgegeben. Mit besonderer Freude kann ich Ihnen aber jetzt verkünden, daß die Fregatte der Royal Navy, ›Anglesey‹, die mit den Elgin Marbles an Bord nach Griechenland unterwegs war, nun wieder Kurs auf London genommen hat ...«

Bei dieser Ankündigung Lockwoods gab es begeisterte Zurufe von der Zuschauertribüne, in die Abgeordnete auf der Regierungsseite einstimmten. Ihre Kollegen von der

Opposition dagegen saßen wie vom Blitz getroffen da. Lockwood wartete ruhig ab, bis sich der Aufruhr legte. Er wußte, daß er das Haus voll im Griff hatte, also das genaue Gegenteil vom Vortag, und er kostete diesen Moment mit Vergnügen aus.

Schließlich verschaffte er sich wieder Gehör. »Ich hoffe, die ehrenwerten Mitglieder dieses Hauses geben zu, daß mein Bericht ein neues Licht auf die Ereignisse der vergangenen Wochen wirft ...«

Wieder erhielt er Beifall von der Regierungsseite.

»Weit davon entfernt, eine ›unschlüssige‹ Regierung zu sein, ist dies vielmehr eine Regierung, die ein nie dagewesenes Problem mit Entschlossenheit, Intelligenz und Takt angepackt und erfolgreich gelöst hat. Ich brauche wohl nicht zu betonen, daß Ihre Majestät und Prinzessin Margaret sehr schwierige Zeiten durchgemacht haben. Wie meine ehrenwerten Kollegen vielleicht wissen, komme ich gerade aus dem Buckingham Palace, wo ich das Vergnügen hatte, mit der Queen in ihren privaten Gemächern zu speisen. Die Queen ist natürlich sehr erleichtert, und sie möchte der Regierung ihre Dankbarkeit dadurch ausdrücken, daß sie Bernard Midwinter, Pressereferent in Downing Street; Jocelyn Hatfield, Chief Whip; Tom Lessor, Innenminister, und meinem politischen Berater, Eric Slocombe, persönlichen Adel verleiht. Auch mir wird diese Ehre zuteil werden. Ich muß Sie hier sicher nicht extra darauf aufmerksam machen, daß diese Auszeichnung einem Abgeordneten des Unterhauses gestattet, weiter Mitglied dieses Hauses zu bleiben.« Lockwood schaute triumphierend zu Page hinüber, der irgendwie zusammengesunken auf der ersten Bank der Opposition saß. Die Adelsverleihung war die zweite Idee der Queen gewesen.

Er wandte sich wieder dem Präsidenten zu. »Auch wenn dieses Land keine geschriebene Verfassung hat, ist es doch so, daß manche Verfahren aufgrund langer Tradition Gültigkeit haben, wenn auch nicht kraft geschriebenen Gesetzes.

Und es läßt sich nicht beschönigen, daß gestern nacht gegen mich als Premierminister ein Mißtrauensvotum erfolgreich war. Deshalb und auch weil die Opposition so überaus erpicht auf meinen Rücktritt ist, kündige ich hiermit an, daß das Parlament aufgelöst werden soll. Ich trete als Premierminister zurück, aber nicht als Parteiführer. Ganz im Gegenteil! Ich beabsichtige, bei den allgemeinen Wahlen in drei Wochen mit demselben Team anzutreten, das gerade die schwierige Auseinandersetzung mit der ›Apollo-Brigade‹ siegreich beendet hat. Die Opposition und einige Mitglieder meiner eigenen Partei« – er schaute zu George Keld hinüber – »wollten einen Kampf. Den sollen sie haben!«

EPILOG

Der Spiegel schwankte hin und her. Edwards Krawatte blieb ungebunden. Er fluchte unterdrückt.

»Das Taxi ist da!«

»Ich bin noch nicht fertig. Verdammtes Hausboot! Du hast mir nie erzählt, daß auf dem Fluß so viel los ist ... All diese Wellen von dem vielen Verkehr ...«

»Glaubst du vielleicht, ich bin fertig? Schau mal her.«

Er wandte sich um. Victoria stand auf der Schwelle zum Schlafzimmer. Sie trug hochhackige Schuhe, einen großen Schlapphut und sonst nichts. »Ich bin nicht sicher, ob deine Tante damit einverstanden wäre, aber ich schon. Du hast zuviel an.«

»Und du denkst zuviel an Sex. Du bist schuld, daß wir beide nicht fertig sind.«

»Es ist doch nur der Buckingham Palace.«

»Und ich komme nur mit, weil du mir die Gemälde zeigen sollst.«

Sie verschwand wieder im Schlafzimmer, und Edward stellte sich erneut vor den Spiegel. Er fühlte sich nervös und erregt. Alles war so schnell gegangen seit ... seit dem Zwischenfall im Tunnel. Zurück in London, hatte es endlose Treffen gegeben, Unterhaltungen mit der Queen, mit Mordaunt, mit den Sicherheitsdiensten und natürlich mit Lockwood. Lockwood hatte Edward einen Job angeboten. Genaugenommen sogar verschiedene Jobs zur Auswahl. Er hatte ihn nach Chequers eingeladen, und zwar nur ihn, zum Mittagessen. Bei dieser Gelegenheit hatte Lockwood gesagt:

»Ich habe übrigens die Sache mit Arran und auch mit Ramsay geregelt. Als ich mit dem Geheimhaltungsgesetz drohte und ihnen gleichzeitig mehr Geld für Bilderankäufe anbot, waren sie einverstanden, nichts auszuplaudern.«

Edward war sehr erleichtert gewesen.

»Nun zu Ihnen. Sie vergeuden Ihr Talent in der Kunstwelt, mein Junge. Kommen Sie in die Politik. Die ist interessanter, wichtiger und macht mehr Spaß.«

»Und ist gefährlicher.«

»Na klar! Ich möchte, daß Sie ein Forschungszentrum für Downing Street Nr. 10 leiten. Entwickeln Sie neue unkonventionelle Ideen für die Regierung.«

»Sie sind also überzeugt, daß Sie die Wahl gewinnen?«

»Aber Edward! Sie sind doch kein naiver Akademiker mehr. Falls Sie's überhaupt je waren. Haben Sie denn nicht die Meinungsumfragen gelesen?«

Edward hatte genickt. Lockwood hatte einen letzten Coup gelandet, indem er dafür sorgte, daß die Elgin Marbles eine Woche vor der Wahl wieder im British Museum zu besichtigen waren. Die Besucherschlangen vor dem Museum waren so lang, daß sie bis zur Southampton Row reichten und Verkehrsstörungen bis hin zum Great Ormond Street Hospital verursachten.

»Nun, wenn Sie nicht für mich arbeiten wollen, welchen Job haben Sie dann im Auge?«

»Ich ... ich weiß nicht recht, ob ich alt genug und erfahren genug bin für den Posten, den ich gerne hätte. Außerdem habe ich noch nicht genug veröffentlicht ...«

»Bah! Ihr Akademiker! Sie müssen diese einmalige Chance ergreifen, Edward. Schauen Sie sich um. Nie mehr werden Sie von einem Premierminister zum Essen eingeladen, wo Sie der einzige Gast sind. Kein anderer Premierminister wird Ihnen je solche Protektion bieten. Seien Sie kein verdammter Narr ... In Ihren wildesten Träumen, bevor diese ganze ... Geschichte mit der ›Apollo-Brigade‹ losging ... Welcher Job war da für Sie am begehrenswertesten?«

Edward hatte nicht gleich geantwortet. Er wußte, daß Lockwood es ernst meinte, genierte sich aber trotzdem.

»Na los! Die National Gallery? Die Tate Gallery?«

Nach einer kleinen Pause hatte sich Edward vorgewagt. »Das British Museum, Sir.«

»Ausgezeichnet. Ogilvy wollte ja sowieso aussteigen, als es brenzlig wurde. Dann soll er jetzt seinen Hut nehmen.«

»Könnten Sie es bitte ... diskret machen, Sir?«

»Na schön, wenn Ihnen das am Herzen liegt. Ich werde ihn die Stufenleiter hinaufbefördern. Mir wird schon was einfallen.« Er hatte wohlwollend gelächelt. »So, das hätten wir also geregelt.«

Mordaunt hatte die Neuigkeit erfreut zur Kenntnis genommen. »Hillier ist etwas sauer darüber, daß er alles verpaßt hat«, hatte er bei einem Glas Sherry in seinem Büro zu Edward gesagt. »Deshalb ist es sicher das beste, wenn Sie Ihren Posten verlassen.«

»Was ist mit den drei Gemälden?« hatte Edward gefragt. »Der Raffael, der Canaletto und der Poussin.«

»Welche Gemälde?« Mordaunts Blick war schlagartig eisig geworden.

Edward hatte rasch seinen Sherry ausgetrunken und sich innerlich dazu beglückwünscht, daß er seine Stellung im Palast aufgab. Seine Gefühle für Nancy hatte er inzwischen ziemlich gut unter Kontrolle. Diskrete Nachforschungen der Sicherheitsdienste legten die Vermutung nahe, daß ihr Interesse an Skulpturen sie nach Griechenland geführt hatte, wo sie ihre Liebe zur griechischen Kultur entdeckte. Durch die Begegnung mit Zakros kam dann noch politisches Engagement hinzu. Kolettis, dem sie in griechischen Akademikerkreisen begegnet war, hatte die beiden miteinander bekannt gemacht. Zakros war das Verbindungsglied zu Blunt. Als Kunsthändler hatte er den britischen Kunsthistoriker in die griechische Homosexuellenszene eingeführt. Die Sicherheitsdienste hatten nicht viel mehr an konkreten Tatsachen feststellen können. Zakros und Kofas waren gute Bekannte gewesen – der Kunsthändler hatte dem Geschäftsmann Gemälde und Antiquitäten verkauft – und hatten in demselben monarchistischen Zirkel verkehrt, zu dem auch Angehörige des griechischen Königshauses zählten.

Folglich waren Zakros oder Kofas mit den Gerüchten über Blunts Bildersammlung in der Schweiz vertraut gewesen, und es war ihnen schließlich gelungen, nach Blunts Tod das ganze Puzzle zusammenzusetzen, wie Mordaunt ja immer vermutet hatte.

»Du wirst ein wichtiger Mann«, hatte Victoria lächelnd gesagt, als er ihr von seinem Wechsel ins British Museum erzählte. »Vielleicht ist ein Hausboot nicht prächtig genug.«

Edward hatte zurückgelächelt. »Mit dem Verlust meines Jobs im Palast verliere ich natürlich auch meine Wohnung.«

Ihre kleine Hand war in seine geschlüpft. »Könntest du's ertragen, auf dem Fluß zu leben?«

Danach war das Thema nicht mehr direkt angesprochen worden. Beide wußten, daß sie ein Risiko eingingen, vielleicht zu rasch vorpreschten. Andererseits waren aber beide dazu bereit. Obwohl sie zu Hatfields Wahlparty in Downing Street Nr. 12 eingeladen waren, hatten sie die Zeit lieber genutzt, um Edwards Siebensachen vom Kensington Palace zum Chelsea Embankment zu schaffen. Victoria hatte das Problem der ungeordneten Papierstapel in Edwards Wohnung dadurch gelöst, daß sie alles einfach wegwarf, und bisher hatte er nichts davon vermißt. Auf jeden Fall, so versicherte er sich selbst, würde sein Leben von nun an ordentlicher werden, denn als Direktor des British Museum hatte er drei Sekretärinnen.

Am Wahltag war bereits gegen 17 Uhr bei der Stimmenauszählung klar gewesen, daß Lockwoods Mehrheit im neuen Parlament eher bei 75 Abgeordneten als nur bei 34 liegen würde. Am nächsten Tag war er auf den Stufen von Nr. 10 mit seiner Frau und seinem Enkel Tommy fotografiert worden.

Endlich war Edwards Krawatte richtig gebunden. Er zog seinen Cut an und stellte sich wieder vor den Spiegel.

»Sir Edward Andover, wenn ich mich nicht sehr irre.«

Er wandte sich um. Victoria hatte Hut und Schuhe dort gelassen, wo sie schon waren, sich dazwischen aber in ein schwarz-weißes Seidenkleid gehüllt, in dem sie ebenfalls sehr sexy aussah. Edward lächelte und machte eine übertriebene Verbeugung.

Sie verschlossen die Eingangstür und balancierten über das Fallreep. Es war erstaunlich, wie schnell Edward sich daran gewöhnt hatte, mit jemandem zusammenzuleben. Dabei hatte er sich immer als eisernen Einzelgänger betrachtet. Nicht etwa einsam – weit entfernt davon –, aber eben jemand, der gern mit sich allein war. Er hatte sich sogar eingeredet, daß diese Veranlagung für einen Gelehrten günstig war. Aber all diese Überzeugungen hatte er aufgegeben, sobald er mit Victoria zusammengezogen war. Beide hatten ihre Jobs, die sie sehr in Anspruch nahmen, und beide stellten nun übereinstimmend fest, daß sie gemeinsam abends viel leichter abschalten konnten. Über Heirat war noch nicht geredet worden, bis auf Samantha, die Edward erklärt hatte, sie würde ihm sein Nichterscheinen beim Konzert nur verzeihen, falls sie bei seiner Hochzeit Brautjungfer sein dürfte.

Am Ufer wartete schon das Taxi, ein weißer Mercedes, fast identisch mit jenem, der im Tunnel verunglückt war. Edward hielt für Victoria die Wagentür auf, ging dann auf die andere Seite und setzte sich neben sie. »Buckingham Palace«, sagte er zu dem Fahrer.

Der Mann musterte ihn im Rückspiegel. Er war ein dunkelhäutiger, schwarzhaariger Typ – vielleicht ein Grieche.

»Buckingham Palace«, wiederholte Edward, und der Fahrer grinste.

»Super!« sagte er. »Dahin fahre ich zum ersten Mal.«

Edward schaute Victoria an und lächelte ebenfalls. »Und ich vermutlich zum letzten Mal.«

Peter Watson

Lügenlandschaft

384 Seiten, mit ausklappbarer Falttafel, gebunden, mit Schutzumschlag

In detektivischer Kleinarbeit finden Michael Whiting und Isobel Sadler heraus: Die »Lügenlandschaft« ist ein Bilderrätsel. Die neun eigenartigen Gestalten aus der antiken Mythologie und der mittelalterlichen Legendenwelt vor einer Klosterruine bergen verschlüsselte Hinweise auf das Versteck eines Millionenschatzes, der zur Zeit Heinrichs VIII. spurlos verschwand. Vom Jagdfieber gepackt, bemühen sich Isobel und Michael, das Geheimnis der »Lügenlandschaft« zu entziffern. Doch kaum haben sie eine erste Spur gefunden, taucht ein Rivale auf, der angebliche Kunsthändler Molyneux. Mit teuflischer Bosheit versucht er, Isobel und Michael an der Schatzsuche zu hindern und sie für immer aus dem Weg zu räumen...

ECON Verlag · Postfach 30 03 21 · 4000 Düsseldorf 30